Grados de pasión

Grados de pasión

Yolanda Díaz de Tuesta

Papel certificado por el Forest Stewardship Council®

Primera edición: junio de 2023

Travessera de Gràcia, 47-49. 08021 Barcelona

Printed in Spain – Impreso en España

ISBN: 978-84-666-7503-1
Depósito legal: B-7.881-2023

Compuesto en Llibresimes

Impreso en Rodesa
Villatuerta (Navarra)

BS 7 5 0 3 1

Para Arantza, mi hermana mayor, una mujer inteligente, fuerte y bella, como suelen serlo siempre mis protagonistas. Ella me dio el mayor regalo que he recibido en esta vida: Sara, mi sobrina, la niña de mis ojos.

Y para Anabel, mi hermana pequeña, que siguió a mi lado cuando el mundo desapareció. Por mucho que viva, no me queda tiempo suficiente para agradecérselo.

Amar, querer y enamorarse... Yo diría que son diferentes grados de una misma pasión, como pensé hace poco. Pero ¿quién osa saberlo todo del amor, o tener siquiera una respuesta que lo abarque y que explique por completo sus misterios? Yo no, desde luego.

Una carta de lord Waldwich

[...] y en el instante que vi
este galán forastero,
me dijo el alma: «Éste quiero»,
y yo le dije: «Sea ansí» [...].

LOPE DE VEGA,
El caballero de Olmedo

1

Terrosa, Extremadura, miércoles 7 de agosto de 1850. A pesar del bochorno que hacía a primera hora de la tarde, poco después de la una, la gran casa de madera y piedra gris que se alzaba a las afueras del pueblo hervía de agitación.

No era para menos. Desde la muerte de la señora, las visitas del señor eran raras, y más en verano, cuando siempre hacía demasiado calor. Bernardo Salazar, el mayor terrateniente de la localidad, nunca aparecía por Terrosa hasta finales de otoño, y eso solo en las raras ocasiones en las que decidía visitar el hogar familiar; prefería, con mucho, el clima más suave de la España del norte o incluso el neblinoso frío inglés en el que llevaba ya mucho tiempo establecido de un modo oficial.

Ese año, además, Terrosa y los pueblos de sus alrededores estaban sufriendo una sequía especialmente intensa. La primavera había traído pocas lluvias y el verano se estaba mostrando todavía peor. Llevaban varias semanas en las que un sol despiadado se había adueñado de un cielo que mostraba un azul sin mácula de la mañana a la noche, sin atisbos de nubes, sin la más mínima humedad en la brisa.

«¿Qué traerá a padre por aquí?», se preguntó por enésima vez Candela Salazar, la única hija del terrateniente. ¿Qué podía inducirlo a ir a Terrosa en verano, en plena época de la recogida del corcho que tanto odiaba? ¡Y con tantas prisas! Casi acababa de llegar el mensaje de Bilbao en el que anunciaba que estaba en España y se encontraba en camino, cuando ya lo tenían allí, prácticamente entrando por la puerta. Eso significaba que habían azuzado a los caballos sin tregua, y que apenas se habían detenido para descansar un poco en alguna posada.

¿Se habría dado prisa para poder celebrar con ella su cumpleaños? Qué pregunta más absurda, pues claro que no. Faltaban un par de días para que Candela cumpliera los veinticinco años y alcanzara la mayoría de edad, un hito importante para cualquier persona, pero seguro que Salazar no había caído en la cuenta. Ella no recordaba la última vez que su padre estuvo presente en esa fecha, para celebrar su aniversario a su lado.

Tenía más sentido pensar que venía a comprobar de primera mano cómo iban las cosas en sus negocios locales. Llevaban demasiado tiempo teniendo que arreglárselas por sí mismos, sin los habituales envíos de dinero desde Inglaterra, dados los descalabros continuos que las empresas de Salazar habían sufrido en los últimos años.

La situación empezaba a ser desesperada, y su padre debía haber considerado que esa vez sí que merecía la pena el esfuerzo de un viaje tan largo, y el sufrir, aunque fuera con protestas, aquellas altas temperaturas.

Sí, eso debía ser. ¡Diantre, es que no salían de aquella terrible mala época! Si había una posibilidad de que algo fuese mal, el destino la encontraba de inmediato. Era como si hubiese por ahí una mano negra actuando a su gusto, o como si les hubiese caído una maldición desde el fiasco de los Reynolds, la familia inglesa que había controlado durante años la explotación del corcho en la zona y con la que Salazar había tenido mucho trato.

Candela hizo una mueca, irritada por no tener una forma real de intervenir, de hacer algo al respecto. Hasta su acceso a la información era limitado. Desde que cumplió los veinte años sabía que adoraba Castillo Salazar, tal era el pomposo nombre que llevaba la gran casona de su familia, que le interesaban todos los asuntos de la hacienda y que hubiera disfrutado mucho dirigiéndola, buscando el modo de llevar prosperidad a la zona.

Pero era una mujer, y para su padre mandar no era algo propio del sexo femenino. Qué decir de la contabilidad, a la que parecía considerar una especie de arte esotérico reservado al entendimiento de los varones. Por esa razón había contratado a un administrador. Poco importaba que Federico Almeida fuese un hombre vago y corrupto, más interesado en imponer su criterio o aumentar su fortuna personal que en cuidar de la hacienda de su señor.

Al principio, Candela había intentado enfrentarse a él, pero Almeida se había negado a hablar de esos temas con ella, despreciándola con su continuo «joven damita», y luego se había mostrado furioso el día que la encontró en su despacho, revisando documentos.

Su enfado, por supuesto, se debía a algo más que al hecho de afrontar que una mujer pretendiera saber hacer mejor que él su trabajo. Lo que Almeida temía era que Candela descubriese lo que ya había averiguado: que alteraba la contabilidad y hacía sus propios negocios aprovechando la ausencia de Salazar para enriquecerse a su costa.

Ella lo amenazó con contárselo a su padre y él utilizó sus malas artes como contable y los prejuicios de Salazar para quitarle toda credibilidad.

La disputa terminó con un mensaje de Bernardo Salazar en el que la conminaba a ocuparse de asuntos más femeninos, como bordar o hacer muecas ante el espejo mientras su doncella le probaba nuevos peinados. ¡Al menos que sirviera de algo su cabeza!

Candela rompió la carta y ni se dignó a contestar. Si su padre pensaba que Almeida era mejor que ella para dirigir todo aquello, ese hombre era el administrador que se merecía. Pero no por eso dejó de interesarse por lo que consideraba que eran sus asuntos, aunque no los tachasen de femeninos. Era su hacienda, su herencia, y no pensaba dejarla abandonada a su suerte en manos de aquel canalla.

Eso sí, tomó medidas. Desde entonces Almeida no había vuelto a descubrirla fisgoneando en su despacho, como lo había llamado con desprecio, pero ella no había dejado de estar atenta a cada movimiento económico relacionado con la hacienda. Con la ayuda de los dos criados de su mayor confianza, Titán y Alba, que habían actuado de vigías, había podido dedicarse durante horas a hacer cuentas y revisar informes.

En realidad, no resultó difícil. Almeida nunca permanecía mucho rato en el despacho, y había días que ni siquiera iba por Castillo Salazar. Prefería con mucho pasar el tiempo cazando con sus amigos, o en reuniones elegantes en las que podía alardear de posición, antes que estar allí sentado, trabajando.

Gracias a eso, Candela había reunido toda la información necesaria para demostrar que Almeida robaba día sí, día también, y esperaba poder utilizarla en un futuro para despedirlo. Sola en su dormitorio, se mordisqueó la punta de un dedo, preguntándose si tendría opciones con su padre en esa ocasión, si podría enseñarle de una vez los malditos documentos.

Quizá, si se los estampaba en la cara...

—Madre mía, Candela —se dijo en un susurro—. Haz el favor de mantener la calma.

Al menos, no lo consideraba un trabajo inútil. Además de mantenerse al tanto de la situación económica general, aquello la ayudaba a la hora de saber dónde se necesitaba intervenir y qué medidas había que tomar para minimizar pérdidas o ayudar a las gentes que trabajaban en la hacienda, tanto en la casa grande como en campos de cultivo o en la explotación del alcornoque.

Y también a los tristes habitantes del arrabal de Santa Eulalia, un hacinamiento de chabolas surgido años atrás a las afueras del pueblo, donde vivían cada vez más gentes sin recursos. Allí habían terminado muchos trabajadores de su padre despedidos por Almeida, y ella se sentía responsable de su suerte.

Ningún sitio era buen lugar para ser pobre, y la sequía lo estaba empeorando todo. El Guadiana se había convertido en un triste arroyo sin fuerza. Había ocurrido ya otras veces, pero ese año el problema había empezado muy pronto, apenas llovió para la sementera y no cayó una sola gota entre los meses de febrero y marzo, y prácticamente nada desde entonces. Las consecuencias empezaban a ser muy graves.

¡Qué impotencia! Bajo aquel hermoso cielo azul, el ganado moría de hambre por la falta de pastos y la mayoría de los cultivos se habían echado a perder. Había escasez de pan hasta en Trujillo, una villa que habitualmente producía un buen excedente de cereal y que ese verano buscaba desesperada cómo proveerse de sus vecinos, que nada podían darle. Por eso, los precios habían subido de forma anormal y el pueblo se desesperaba. Se avecinaba un duro invierno.

Candela se miró las manos, algo callosas y despellejadas por el intento del día anterior de ayudar en la creación de un nuevo pozo de agua para los huertos que estaba organizando junto al arrabal. Si se fijaba, su padre haría algún comentario desagradable al respecto, seguro. ¿Debería ponerse guantes?

Bah, no merecía la pena. Ni se daría cuenta. Estaría de un humor de perros por el calor, jurando maldiciones por tener que haber vuelto a la hacienda y ocupado en solucionar lo que fuera que le había llevado allí, para así poder marcharse cuanto antes.

Sí, seguro que sí. Candela creía conocer bien a su padre. Los dos eran idénticos en muchos detalles: ambos eran tercos, decididos, ambiciosos, temerarios y podían llegar a ser incluso despiadados si la situación lo requería. Estaban siempre dispuestos a todo, con tal de conseguir sus objetivos. Pero, por lo que respectaba al sentimiento hacia su tierra, eran por completo diferentes.

Ella no concebía la idea de vivir en ningún otro lugar, ni en verano ni en invierno. Amaba fieramente Terrosa, con ese ímpetu intenso con el que lo sentía todo. Le gustaba el calor, el olor acre del trigo seco, el tacto rugoso de los alcornoques, el zumbido de las abejas en el ambiente cargado de las tardes de verano...

Se sentía parte de aquella tierra. No, más que eso: sentía que ella, Candela Salazar, era como aquella tierra, dura y resistente. El sol podía intentar desmenuzarla, pero incluso en forma de polvo permanecía allí, a la espera de la tormenta.

Oyó el tañido de una campana y se llevó una mano al pecho.

—Oh, Dios... —murmuró.

Castillo Salazar estaba rodeado por una amplia zona de terreno de bosque y jardines, todo ello cercado por un muro de piedra gris, del mismo tipo que la usada en la construcción de la casa. El recinto solo tenía dos entradas, una pequeña puerta trasera y la principal, el gran arco tallado con el nombre CASTILLO SALAZAR, con dos torres a los lados, ideadas para aumentar esa impresión imponente y señorial que había pretendido su dueño.

Todo el empeño de Bernardo Salazar cuando levantó aquel edificio estaba en romper el predominio ancestral de los Quintana en la localidad. Los Quintana llevaban siendo los señores absolutos de Terrosa desde los tiempos del descubrimiento de América, cuando un lejano Quintana llamado Genaro volvió rico como Creso gracias al oro de sus desdichados indios.

Gracias a eso, en tiempos, los Quintana habían poseído casi todo el pueblo y sus alrededores, pero perdieron posiciones a medida que se produjo el ascenso en el poder de Salazar, que fue lo bastante astuto como para salir de Extremadura, e incluso de España, con sus negocios. Eso le permitió hacerse lo bastante fuerte como para enfrentarse a ellos.

Pero por eso, por esa guerra entre familias, Castillo Salazar se llamaba «castillo»: el nombre de la mansión de sus adversarios era Palacio Quintana. Y por eso tenía tantas tierras alrededor, en vez de unas pocas, como la sede de los Quintana, demasiado cercana al pueblo como para contar con poco más que unos jardines.

Aunque había habido enfrentamientos con derramamiento de sangre entre hombres de los Quintana y de Salazar, hacía mucho que eran cosa del pasado. En esos momentos, la seguridad en Castillo Salazar no era mucha, pero sí suficiente. El portalón, de reja muy elaborada, se cerraba con una gruesa cadena por las noches, y en una de las torres había una campana. Cuando los guardias dejaban pasar a alguien, la hacían sonar. Y acababa de oír su repique.

Era cosa de un par de minutos que el coche de su padre apareciera a la vista.

—¡Señorita! —gritó Alba en el pasillo. Casi al instante se abrió la puerta y la joven doncella entró, con el rostro mofletudo rojo de excitación—. ¡Señorita Candela, dese prisa, que ya llega su padre!

—Gracias, Alba, lo sé. He oído la campana —musitó, con el corazón encogido en un puño—. Bajaré enseguida.

—Dice la señora Rodríguez que lo haga ya, que tiene que estar en la puerta con todos cuando el coche gire en la plazoleta.

—¿Ah, sí? —Candela frunció el ceño—. Dile a la señora Rodríguez que muchas gracias por su opinión, pero que yo soy la señora de esta casa y yo decidiré en qué momento debo bajar.

Alba titubeó, con evidentes ganas de convencerla, pero la conocía bien y sabía que no tenía sentido seguir discutiendo. Hizo una reverencia rápida y salió del dormitorio. Candela ya lamentaba haberle hablado de un modo tan seco. Pobre Alba, no se lo merecía. Precisamente ella, que era buena, cariñosa y trabajadora como pocas, no.

Pero lo último que deseaba Candela era comportarse con la

obsequiosidad con la que lo hacía todo el mundo alrededor de su padre. No tenía la más mínima intención de estar allí plantada, entre las filas de criados, para rendir homenaje al viejo monarca que regresaba a su reino. Bajaría, sí, pero en el último momento, en una demostración de fuerza. Le dejaría claro que era ya una mujer, y una mujer acostumbrada a vivir sola y hacer su voluntad.

Además, contaba con el apoyo de Luis Pelayo, el hombre al que amaba y que, estaba segura de ello, pediría su mano en cuanto se afianzase su consulta de médico en Terrosa.

El amor de Luis le daba fuerzas, lo conformaba todo. Era una roca bajo sus pies, un timón de la vida en sus manos y una puerta hacia su propio destino que sabía que podía tomar cuando quisiera; algo que le infundía la seguridad de que era ella quien controlaba cada paso en el camino que estaba empezando.

Por eso, Bernardo Salazar ya no tenía poder sobre su hija Candela. Ninguno. Dado que había decidido volver a España, su padre y ella tendrían que soportarse como bien pudieran los días que quedaban hasta su cumpleaños, o podían tener una relación más larga, eso iba a decidirlo él. A ella poco le importaba.

«Mentirosa», se dijo casi al momento. Cierto. Siempre llevaría en el alma esa pena, muy honda, la de no haber logrado jamás su cariño, y más si eso le costaba también el propio Castillo Salazar. Amaba su casa, deseaba seguir allí por siempre, pero era algo que no iba a permitir que siguiera afectándola. Si no había acuerdo con su padre y tenía que irse para mantener su dignidad, aprendería a vivir con ello.

—Deja de preocuparte antes de tiempo, Candela —se ordenó, aunque sabía que no serviría de mucho.

Mejor centrarse en el momento presente y ser práctica. ¿Estaba lista para bajar cuando fuera conveniente? De pie ante el gran espejo de cuerpo entero de su dormitorio, contempló su reflejo con mirada crítica. «Perfecta», se dijo con satisfacción. Candela Salazar se sabía hermosa, y en esos momentos brillaba por sí misma, parecía un ser casi mágico envuelta en la luz que se filtraba por la ventana.

El cabello, de un color castaño que se aclaraba en distintos tonos durante el verano, estaba recogido en un moño de trenzas entrelazadas, a la par pulcro y femenino; el rostro, suavemente ovalado, resultaba bello y llamativo, sobre todo por los grandes ojos verdes que había heredado de su madre, siempre dominando sobre la fina nariz patricia de los Salazar. La boca, de labios bien perfilados, ni finos ni gruesos, mostraban por lo general una mueca decidida, algo que dejaba claro que aquella mujer tenía temperamento y estaba dispuesta a hablar por sí misma.

Alzó una mano y los tocó con las yemas de los dedos.

Luis le había dicho una vez que eran labios nacidos para ser besados. Aunque, para ser exactos, él todavía no la había besado nunca...

Al recordarlo, Candela intentó escudar la decepción tras una barrera de convenciones, como hacía siempre. Por supuesto, ¡qué ideas más absurdas se le ocurrían a veces! Luis no la besaría hasta que estuvieran casados como era debido o, al menos, comprometidos de un modo oficial. Si no la amara de verdad, por completo, no se molestaría en esperar, ¿no? Se limitaría a tomar sin dar nada a cambio, como hacían tantos tarambanas por ahí, sabiendo que ella sería incapaz de negarle lo más mínimo.

No, Luis no era así: era un buen hombre, ordenado y prudente. Las cosas había que hacerlas bien, y más en los asuntos del amor.

Pero ¿cuánto tiempo tendría que seguir esperando? Candela se sentía impaciente y angustiada...

El sonido de un coche acercándose llegó claramente a través de la ventana abierta y la arrancó de aquellos pensamientos, algo que agradeció, aunque se negó a reflexionar al respecto. Candela fue hacia allí, apartó un poco la cortina y contempló el vehículo, que se movía a buen ritmo por el camino. No lo reconoció, aunque eso tampoco era de extrañar. Su padre visitaba pocas veces España y, por lo general, al desembarcar en la península, compraba un coche en el norte, en Bilbao, que luego volvía a vender al irse.

En esta ocasión había elegido un carruaje más grande de lo habitual, muy elegante, lacado en negro con detalles dorados. Pese a su buen tamaño, iba sobrecargado de equipaje, algo que apenas se notaba en su avance, porque lo arrastraba un tronco de media docena de caballos en verdad soberbios, de la mejor calidad. Años atrás, su padre había presumido de tener unas buenas cuadras, en otras épocas las mejores del pueblo, pero ni de lejos había poseído jamás unos animales como esos, por no hablar de la calidad del coche.

Candela frunció el ceño, intrigada. Un vehículo así implicaba mucho dinero. ¿De dónde había salido? Ella conocía la situación económica en la que estaban, pero no era ni siquiera necesario estudiar los libros de cuentas. Solo había que mirar alrededor para saber que los tiempos de opulencia eran cosa del pasado.

Ya nada iba como debía ir en la fortuna de los Salazar, y el propio Castillo Salazar lo manifestaba. El número de criados en la mansión había disminuido drásticamente, las comidas eran más sencillas y menos copiosas. Reparaciones urgentes se dejaban para momentos mejores, una decisión impensable en otros tiempos, cuando, según le habían contado, el bullicio de las fiestas que ofrecía su padre se oía desde muy lejos.

Sí, era una pena que Castillo Salazar tuviera ahora ese aire decadente de los edificios cortejados por la ruina. Pero todo se solucionaría, estaba segura. Cuando pudiera despedir a ese ladrón de Almeida y hacerse cargo de todo, empezarían los cambios.

Ella sería la esposa de un médico próspero, bien situado en la localidad, alguien que podría ayudar a aportar los medios suficientes para arreglarlo. Quizá no para mejorarlo o devolverle el pasado esplendor, pero sí podría asegurarse de que el tejado no estuviera siempre a punto de hundirse, repararía las grietas de algunas paredes y daría a todo el lugar la capa de pintura que necesitaba.

O al menos eso esperaba, ya que Luis no mantenía una buena relación con Salazar. Y eso que, cuando murió su padre, Pedro Pelayo, uno de los trabajadores más humildes de las tierras de Castillo Salazar, Luis y su madre, Andrea, siguieron viviendo en la barraca, que pertenecía al señor. Salazar no los había echado, más que nada, sospechaban todos, porque se había olvidado de ellos y de la chabola. Aquel cuchitril le daba lo mismo.

Andrea murió pocos años después, y Luis se quedó solo. Se había mantenido a duras penas con un par de trabajos, y mucha ayuda por parte de los vecinos, Candela y Lorenzo Quintana entre ellos. Se limitaba a sobrevivir.

Pero cuando, de pronto y para sorpresa de todos, decidió estudiar Medicina, tuvo que replantearse las cosas. Los estudios eran caros, implicaban muchos gastos por sí mismos, y, además, para poder cursarlos no le quedaba más remedio que trasladarse a Madrid, donde tendría que pagarse alojamiento y comida. Por mucho que se buscase un trabajo, o dos o tres, iba a necesitar una ayuda inicial.

Animado por Candela, acudió a Salazar para ver si podía prestarle un poco de dinero hasta que pudiese hacer frente a todo por sí mismo, pero algo ocurrió en el despacho de su padre, algo muy grave, porque tuvieron una discusión espantosa. Luis se fue de Castillo Salazar dando un portazo y no había vuelto a pisar la casa nunca, por mucho que ella se lo había suplicado.

Sin duda, debieron hablar de Pedro y Andrea, de su origen

miserable, de lo que se rumoreaba, que él era hijo del Gran Quintana. Su padre, con la falta de tacto que le caracterizaba, habría dicho algo inconveniente al respecto, como llamarlos muertos de hambre o algo peor, además de asegurar que, por si acaso los rumores eran ciertos, él no pondría jamás dinero para beneficio de un Quintana. Y Luis no había podido soportarlo.

Pero debía ser verdad aquello de que Venancio Quintana era su auténtico padre, porque fue quien le pagó al final la carrera de Medicina. Candela sabía poco al respecto. Luis no quería hablar de ello.

Por todo eso, la relación no podía estar más tensa entre él y Salazar. Pero, Candela, que era optimista y voluntariosa por naturaleza, estaba segura de que, si su padre se comportaba, Luis acabaría aceptando la situación, aunque solo fuera porque la amaba. De ese modo, tras casarse, viviría allí, con él y con sus propios hijos cuando estos llegaran. Lo llenarían todo de luz y alegría, y sería como si aquella etapa oscura en la que había tenido que crecer, aquel pasado tan triste y solitario, nunca hubiese ocurrido.

Sin embargo, aquel coche... Durante un momento, hasta dudó que se tratase de su padre, pero, dado que venía escoltado por Almeida y los dos hombres de vigilancia de Castillo Salazar que habían partido a caballo para recibirlo en el puente de la Reina, no podía tratarse de otro.

Candela no sabía qué pensar. La situación de su padre debía de haber cambiado otra vez si podía volver a disfrutar de lujos como un coche semejante. ¿Tenía que preocuparse por ello? Al fin y al cabo, buena parte de sus esperanzas de que Salazar no se opusiese con demasiado empeño a su boda con Luis estaban depositadas en esa falta de fortuna. En que pudiera llegar a necesitarlo, de hecho, para pasar una vejez sin demasiadas privaciones.

El coche dibujó una amplia curva al rodear la plazoleta oval que adornaba el frente de la mansión y se detuvo. La puerta derecha se abrió casi al momento, sin esperar a que se acercara ningún criado.

Para mayor desconcierto de Candela, salió de él un hombre que no había visto nunca.

2

Candela parpadeó, sorprendida. El desconocido debía de tener unos treinta años y estaba en buena forma. Saltó con agilidad del coche al suelo, en un movimiento fluido, y sin mayor dilación le dijo algo a Gabriel, el joven lacayo que se estaba acercando desde la casa.

El muchacho asintió y se dirigió hacia la parte trasera del coche, para ocuparse del equipaje. Candela le oyó llamar a gritos a Titán, el gigantón de sangre gitana que ayudaba en las tareas más duras de Terrosa. Desde luego, iba a necesitarlo. Bajar todos aquellos trastos iba a suponer un gran esfuerzo.

La señora Rodríguez, el ama de llaves, fue la siguiente en acercarse. Vestía de negro, como siempre, y, bajo el sol intenso de la tarde, Candela pensó que resultaba difícil distinguirla de su sombra. El recién llegado la saludó con educación, pero casi enseguida empezó con un monólogo que parecía ser una sarta de indicaciones. La mujer apenas titubeó un momento antes de apresurarse a obedecer.

Cada vez más sorprendida, Candela se preguntó quién era aquel hombre tan acostumbrado a que todos hiciesen su voluntad...

No tenía mal aspecto, al contrario. No sería ella quien negase que era realmente guapo, de esos hombres que llamaban la atención en cualquier sitio. Con una altura bastante por encima de la media, esbelto y moreno, poseía un rostro atractivo que irradiaba fortaleza. El traje que llevaba, de un tono claro apropiado para aquel tiempo, era elegante y cómodo. Y muy caro, seguro.

Cuando se movió para observar la fachada de la casa con un aire de propietario que la incomodó, las hebillas de sus zapatos resplandecieron al sol, un brillo dorado que la llevó a pensar que posiblemente eran de oro.

El escrutinio del desconocido barrió poco a poco todo el frente de Castillo Salazar. Durante un momento, Candela tuvo la impresión de que sus ojos se detenían en su ventana y que la miraba con fijeza. ¿La había visto? Lo creía poco probable pero, por si acaso, cerró un poco más la cortina, aunque no se apartó. ¿Por qué iba a hacerlo? Ella era la que estaba en su casa, él era el intruso, el que venía por asuntos que aún tenían que determinarse.

¿Quién podía ser? ¿Quizá algún socio de su padre? Sí, por supuesto. Alguien que llegaba para intentar reflotar los negocios de Salazar con una buena cantidad de dinero. Maldito fuera. Solo esperaba que su presencia allí no alterase sus planes.

—No, claro que no —susurró, muy bajo, aunque pudo escucharse con claridad en el silencio del dormitorio.

Daba igual lo que pasara con Bernardo Salazar y sus asuntos patrimoniales, en pocos días ella sería libre de entrar y salir, y de hacer cuanto le pareciera oportuno.

Ajeno a sus pensamientos, el desconocido se giró hacia el coche, pateó sin mayor miramiento la escalerilla y ayudó a bajar a su acompañante. Hacía casi tres años que Candela no veía a su padre y no estaba ni de lejos preparada para aquello.

El corazón le dio un violento vuelco en el pecho.

Bernardo Salazar siempre había sido un hombre fuerte, indómito y tremendamente tiránico, un demonio devastador de espíritus: alguien que moldeaba por la fuerza su propia realidad, a la que ajustaba todo cuanto lo rodeaba. Pero aquel gigante soberbio y dominante que vivía en la memoria de Candela no tenía nada que ver con el anciano trémulo que descendió en ese momento del coche.

Las piernas no parecían capaces de sostenerle. Lo vio apoyarse con una mano en su bastón y con la otra en el brazo del desconocido, aferrándose a él casi como un niño temeroso. La forma en que asintió con la cabeza a algo que dijo este último fue prácticamente un temblor.

Candela arrugó la delicada cortina entre los dedos, alarmada incluso a su pesar. ¿Es que acaso estaba enfermo? Eso parecía, pero, de ser así, no lo había mencionado en sus cartas... «¡Qué bobada!», se reprochó al momento. Bien sabía Dios que su padre no era dado a la correspondencia personal. Sus mensajes siempre eran instrucciones para la señora Rodríguez o para el administrador, en las que de vez en cuando había una frase más o menos punzante dedicada a ella.

Bernardo Salazar era parco en palabras, tanto dichas como escritas.

«Al menos, conmigo», se corrigió al darse cuenta de que su padre no parecía tener ningún problema en hablar con aquel caballero. Aunque fuera de un modo algo frío y cortés, le estaba concediendo su atención. Intentó alejar la repentina oleada de celos, la amargura, la impotencia de verse incapaz de superar aquel obstáculo.

Candela hubiera deseado que Bernardo Salazar mostrara un interés semejante por ella. Quizá no ya amor, el amor por el que había suspirado tanto de niña sin ningún éxito. Ahora solo aspiraba a ganarse su respeto.

Pero Candela no era un hombre, claro.

En otros tiempos, escuchar rumores sobre la profunda decepción del señor por haber tenido una niña y no un hijo varón, un heredero, la había cargado con una pesada sensación de culpa. De hecho, llevada por uno de sus impulsos, convencida de que era algo que tenía fácil arreglo, Candela se había cortado el pelo, se había vestido de chico con las ropas del hijo de un criado y había informado a todos de que, en el futuro, viviría como varón y se llamaría Andrés Salazar.

No estaba segura de por qué había elegido aquel nombre. Simplemente, fue el primero que se le ocurrió.

Tenía nueve años en aquella época, así que no pudo evitar que la castigaran sin salir de su habitación hasta que le crecieran los rizos de una nueva melena, ni que la obligaran a volver a aquellos odiosos vestidos que parecían el medio de distinguir entre personas de primera y segunda categoría, entre las que tenían permitido dejar sus huellas en el mundo porque llevaban pantalones, tenían una opinión válida y pisaban fuerte, y las secundarias, las que, comprimidas en corsés, se entorpecían a sí mismas con faldas largas y pesadas enaguas, y cubrían con bonitos sombreros sus cabezas vacías.

Las que, silenciosas y sumisas, solo existían para adornar el hogar de un hombre.

¡Por Dios, qué impotencia había sentido en aquel despertar tan temprano y tan cruel! Lo que más le dolió fue la risa condescendiente de su padre, divertido por su ridícula pretensión de ser más de lo que era.

Maldito, maldito, maldito Salazar. Odiaba que la despreciara, odiaba que la hiciese sentir inútil, imperfecta, insignificante... Puesto que lo que más ansiaba Candela era que la quisiera, aquella risa le había hecho un daño brutal.

También fue la primera vez que experimentó lo que era toparse de bruces con algo que no podía cambiar por mucho que lo intentase, aunque, con el tiempo, aquello había adquirido su auténtica dimensión y había comprendido que ella nunca quiso ser un hombre. No deseaba serlo y, asumir la personalidad de Andrés Salazar solo por complacer a su padre, sí que hubiese sido una derrota.

Había aprendido que tenía que ser ella misma, siempre y en todo lugar, y no lo que otros quisieran.

Pero eso lo había comprendido gracias a Luis Pelayo. ¿Cómo no iba a amarlo? Siempre la animaba a tomar sus propias decisiones, a pensar por sí misma y a salirse con la suya cuando estaba completamente convencida de lo que tenía que hacer. Le amaba, por eso y por muchas otras cosas. Incluso cuando la exasperaba con su comportamiento demasiado formal.

Su padre y el desconocido habían emprendido ya el camino hacia la escalinata del porche de Castillo Salazar, adornada con grandes cántaros de piedra en los que Candela en persona había plantado flores propias de Extremadura: orquídeas de Almaraz, jara pringosa, erodios de roca, lirios lusitanos, retama negra y mucho cantueso. Agobiadas por el calor, las pobres criaturas tenían un aspecto lamentable, si es que quedaba algo de vida en ellas.

El amigo de su padre debió de comentar algo al respecto, porque recibió de Salazar una respuesta escueta, con un gesto de desdén.

Maldita fuera su negra alma...

Aunque Salazar caminaba con lentitud, como si estuviese agotado, en pocos minutos los dos hombres habían desaparecido bajo el techado del amplio porche frontal de la casa. Candela hizo amago de apartarse de la ventana, porque ya no podía retrasar más el bajar a recibirlos, pero sus ojos se fijaron en cómo Titán y el resto de los criados se afanaban en descargar del vehículo aquella desmesurada cantidad de equipaje: baúles, arcones, sombrereras y cajas de todo tipo.

¡Qué barbaridad! Ni ella en sus mejores tiempos había ido a ningún sitio con tanto fasto. Conociendo el modesto modo de viajar al que estaba acostumbrado su padre, que odiaba moverse a ningún sitio con más de un baúl, aquel despliegue indicaba que el individuo que le acompañaba en esa ocasión era un hombre caprichoso.

Y, también, que tenía pensado quedarse durante un tiempo muy largo.

La idea le produjo una extraña sensación de fatalidad, pero la apartó con impaciencia. Al fin y al cabo, ¿qué más le daba a ella? ¿Qué sentido tenía preocuparse por algo así? Aquel hombre era un invitado de su padre, uno más, uno como tantos. Podía permanecer en Castillo Salazar cuanto su dueño quisiera, por supuesto, no era asunto suyo, al menos de momento. No era la propietaria. De resultarle desagradable, siempre podía irse y volver cuando se hubiera marchado.

Una llamada a la puerta la sobresaltó. Candela se giró hacia allí justo a tiempo de ver cómo se asomaba el ama de llaves.

—No le he dado permiso para entrar, señora Rodríguez —le dijo, con enfado; aunque bien pudo ahorrarse el esfuerzo, porque la otra ignoró por completo su comentario.

—Señorita Candela, su padre le ruega que baje a la biblioteca de inmediato —replicó, con un centelleo de censura en sus ojos; fue el único detalle que se permitió, más que nada porque en ese mismo momento estaban peleadas.

La señora Rodríguez llevaba ya ocho años en Castillo Salazar. Candela era muy joven cuando ella llegó, le quedaban unos meses para cumplir los diecisiete, por lo que la mujer había sacado de algún sitio la idea de que, dado que se encontraba al cargo de una casa con una muchacha todavía soltera, era su obligación ser ama de llaves, institutriz, dama de compañía y guardiana de toda virtud, y la cosa no había mejorado con el tiempo.

No importaba que, a su edad, Candela tuviera ya pocas ganas de dejarse mandar por nadie, y menos por una empleada de su padre, alguien a quien ella no había elegido. Pero la señora Rodríguez parecía inmune al desaliento. Ni las respuestas cortantes ni las advertencias habían servido de nada, nunca. Aquella mujer no dejaba de intrigar para que hiciese las cosas según le parecía conveniente a ella. Incluso había llegado a tomar medidas por su cuenta, del tipo de ordenar que siempre la acompañasen Titán y una doncella a cualquier sitio al que desease ir.

Ordenar... ¿Cómo se había atrevido?

Aquello, que podía ser habitual en la ciudad, o incluso en el propio pueblo de Terrosa, si ibas al mercado o a misa los domingos, resultaba ridículo cuando una salía a dar un simple paseo por los alrededores de Castillo Salazar o a leer un libro bajo un árbol.

No era que le molestase la presencia de Titán o de Alba, en absoluto. La doncella era un encanto y a Titán le tenía muchísimo cariño. Candela sabía desde hacía años que compartían sangre, que el gigante gitano era uno de los muchos bastardos que su padre había sembrado por toda Extremadura y a saber por dónde más, que a veces daba la impresión de que también en eso habían competido Venancio Quintana y él. Ambos habían dispersado su semilla generosamente por toda la zona.

Al menos, Salazar siempre había atendido a sus bastardos. Aunque no los había reconocido legalmente, se ocupaba de ellos, asignándoles rentas o cuidándolos de algún modo. Por eso, Titán siempre había estado ahí, vivía en la casa, con la servidumbre, desde antes de que Candela naciera. Era como una sombra silenciosa y servicial, y hasta afectuosa. Algo que no molestaba; al contrario, procuraba cobijo.

Pero Candela no podía admitir ninguna imposición. A veces pensaba que era por llevar el apellido Salazar, más que por su sangre también maldita, o quizá por ambas cosas. Fuera cual fuese la causa, odiaba que se metieran en su vida, que la tratasen como si fuese una niña o le dijeran cómo debía actuar.

Y, peor, no podía consentir que se insinuase que, sin la debida vigilancia, ella fuese a cometer algo impropio, por vicio o por pura estupidez. ¿Qué se había pensado aquella mujer odiosa? ¿Que se iba a convertir en la amante del primero que se cruzase en su camino, solo por el deseo de pecar? ¿O que se dejaría seducir como una tonta, como hizo su propia madre, para terminar pagando el mismo precio terrible que ella?

Jamás. Si Clara Marcos le había legado alguna lección a su hija, había sido esa: ninguna mujer con fortuna debía fiarse de un hombre que se acercase con intenciones de conquistarla.

Se lo había repetido mil veces a la señora Rodríguez, pero siempre en vano. En cuanto Candela intentaba salir por la puerta, aparecía aquella mujer con gesto justiciero a recordarle cómo debía comportarse una señorita de bien y se empeñaba en que las cosas se hicieran a su modo.

Por eso, un par de días antes, no había tenido más remedio que enfrentarse a ella y pararle los pies. En la escena más turbulenta de cuantas habían tenido lugar entre ellas, Candela le recordó que, aunque llevara mucho tiempo en Castillo Salazar, no debía acomodarse. Era la séptima ama de llaves que había conocido y, si seguía así, no tardaría en conocer a la octava.

La señora Rodríguez la había mirado con rencor y había replegado de inmediato posiciones, aunque seguro que aprovechaba la llegada de su padre para establecer algunos puntos y retomar terreno.

Con un encogimiento de hombros, Candela apartó aquel asunto, que tendría que solucionar con el tiempo, y analizó la orden que le había transmitido. «Su padre le ruega». ¡Ja! El término «ruega» debía ser por completo metafórico, un aporte diplomático de la señora Rodríguez. Más literal era el «de inmediato».

Su padre quería verla cuanto antes, y punto. Debía estar furioso por no haberla encontrado esperando ansiosa en la entrada, demostrando que no era más que otra vida secundaria girando alrededor de la suya, la única importante.

En todo caso, si no quería una guerra abierta, debía bajar ya. Pasó junto al ama de llaves, con la cabeza muy alta, y salió al pasillo. Se dirigió a las escaleras, donde se cruzó con los criados que subían los primeros bultos. Rodeó como pudo la inmensa mole de Titán, que cargaba un arcón al hombro y dos maletas con el otro brazo y, viendo que llegaba Gabriel con más equipaje, seguido de otros hombres, decidió quitarse de en medio lo antes posible.

Se recogió el borde de la falda hasta media pantorrilla, pese a que no llevaba medias por el calor, y bajó a saltos la mayor parte de lo que quedaba de los dos largos tramos de peldaños que separaban la planta baja del primer piso.

—¡Señorita Candela! —oyó arriba, y se detuvo en seco, en un escalón, para mirar. La señora Rodríguez estaba asomada a la barandilla, con expresión de escándalo—. ¿Qué formas de bajar son esas para una joven dama?

Estuvo a punto de replicar, enojada, y fue una suerte que decidiera no hacerlo. Hasta ese momento no se había dado cuenta de que el desconocido que había viajado con su padre estaba también en el vestíbulo, justo en el umbral próximo a la entrada del exterior, vigilando cómo trataban su equipaje. Al oír las voces se volvió, la vio y clavó en ella sus ojos, de un negro tan penetrante como su cabello.

De cerca, aquel hombre era mucho más guapo de lo que le había parecido a través de la ventana, aunque quizá lo más atractivo en él no fuera en realidad su físico, sino la fuerte voluntad que irradiaba y que parecía rodearlo como un manto, como un aura sólida, incapaz de pasar desapercibida. De no haber llegado con su padre, quizá nunca lo hubiese relacionado con él, pero no pudo evitar pensar en que estaba contemplando una versión renovada de Bernardo Salazar.

«He aquí otro devastador de espíritus», se dijo, sintiendo hacia él un poderoso rechazo. Algo que incluso se superponía a la fascinación casi sobrecogedora que provocaba en su cuerpo aquella mirada oscura.

Porque, no podía negarlo, la proximidad de ese individuo la perturbaba como nada ni nadie lo había hecho antes. Ningún hombre había conseguido dejarla así, sin aliento, sin siquiera haber abierto la boca. Ni Luis, que le inspiraba desde siempre aquella emoción profunda, sublime, que le daba fuerzas cada día, había logrado nunca estremecerla de semejante modo.

A medida que las pupilas del desconocido la iban recorriendo, como tomando al asalto cuanto veían, Candela fue repentinamente consciente de cada milímetro de sí misma, de cada poro de su piel, de cada pliegue, cabello, rasgo y detalle. Y tuvo la extraña impresión de que podría perderse en aquellos ojos tan negros, hundirse en ellos, como si fueran arenas movedizas hechas de cristales de obsidiana.

Unos ojos que se detuvieron apenas un segundo en los tobillos que mostraba con descaro, en los pies enfundados en los bonitos botines blancos, y luego iniciaron el camino inverso, de abajo arriba, ahora con un énfasis más atrevido, incluso sensual, como disfrutando del terreno conquistado, hasta terminar de nuevo en sus pupilas.

Candela dudó, preguntándose por qué se le había ocurrido de pronto la idea de que aquella mirada estaba calculando alguna clase de ganancia.

Ruborizada, dejó caer las faldas y se sintió más mortificada aún cuando él sonrió, divertido por lo que confundió con una repentina timidez. Candela no era tímida, en absoluto, y de hecho tuvo que contener el impulso de darle un escarmiento por su osadía, pero algo le dijo que, con aquel hombre, esa clase de juegos podían ser muy peligrosos.

Por suerte, no había nadie en la entrada que pudiera presentarlos de un modo formal, por lo que aprovechó la circunstancia para evitar hablar con él. Descendió los últimos peldaños con toda la dignidad de la que fue capaz, hizo una apresurada inclinación, que el hombre correspondió con un elegante gesto de la cabeza, y siguió hacia la biblioteca.

Llamó a la puerta y aguardó mientras trataba de tranquilizar el estruendoso latido de su corazón.

—Adelante —dijo Bernardo Salazar, al otro lado, y su hija obedeció.

3

Candela encontró a su padre sentado en el butacón de siempre, frente a la chimenea. Tenía la cabeza apoyada en la oreja del sillón y había cerrado los ojos. Una de sus manos estaba extendida sobre su regazo, con la palma hacia arriba, dejando a la vista la vieja cicatriz, muy larga, que la cruzaba de un lado a otro. Era como si hubiese intentado coger una espada por el filo.

Candela ya se la había visto antes, años atrás, cuando todavía estaba tierna y rosada. Hasta le preguntó al respecto.

—Tener hijos siempre es doloroso —había replicado Salazar con una sonrisa sibilina.

Por supuesto, no aclaró para nada semejante frase, y la dejó con la eterna incógnita de si aquello estaría relacionado con ella.

Era curiosa la comparación entre el Salazar de ese momento, un hombre envejecido y de aspecto enfermo, y el Salazar del retrato que colgaba detrás, en la pared, al fondo, junto al de la rubia y etérea Clara Marcos, su difunta esposa. El Salazar de ayer y el del hoy estaban situados en el mismo sillón y en la misma posición, excepto por esa mano con la cicatriz expuesta, y por la cabeza inclinada. En el retrato, Salazar la mantenía alta, con la mirada alerta. Desprendía un toque de humor que le daba un aire inteligente.

El cuadro era soberbio, algo lógico, porque había sido realizado por Vicente López Portaña, quien, por cierto, había muerto recientemente, siendo primer pintor de cámara de la reina Isabel II. Candela se preguntó si su padre se habría enterado de su fallecimiento. Era una noticia que podía afectarle, puesto que, según se rumoreaba, tras unos inicios tormentosos habían llegado a hacerse muy buenos amigos.

López Portaña había realizado aquellos retratos al poco tiempo de casarse sus padres. De hecho, cuando Bernardo Salazar todavía se llamaba Bernardo Expósito. Por aquel entonces, tenía veintiséis años y era un joven guapo, inteligente, impetuoso y decidido, pero sin medios ni linaje: una combinación que no podía presagiar nada bueno.

Su origen seguía siendo un completo misterio, un enigma que posiblemente nunca llegara a resolverse. Lo único que se sabía a ciencia cierta era que alguien lo había abandonado, al poco de nacer, en el llamado cerro de los Ahorcados, un hecho que siempre había levantado recelos y temores en el pueblo, porque aquella colina era considerada un lugar maldito, y las gentes de Terrosa procuraban evitarla.

No era para menos: en el pasado, se había usado para las ejecuciones de esclavos rebeldes, y de los asesinos y ladrones que hubiesen sido juzgados o no por las autoridades del pueblo, pero también de algún que otro desventurado viajero, gentes que no eran del lugar o al menos eso contaban las historias más antiguas de Terrosa.

Sobre su cima todavía podía verse el esqueleto reseco de un árbol muy viejo, una encina de grandes proporciones. Las ramas se extendían a su alrededor a lo largo de muchos metros, sin hojas ni vegetación de ningún tipo, entretejiéndose unas con otras como si se tratara de una gigantesca telaraña. Tenía una corteza tan gris, tan oscura, que, de lejos, parecía hecha de ceniza, y en la base del tronco había grabadas algunas marcas muy antiguas que bien podrían ser símbolos esotéricos, o quizá iniciales.

Los niños de la localidad, para asustarse unos a otros, contaban que habían sido talladas por el diablo. Que eran las iniciales de los nombres de los ahorcados allí, y también las de los que se atrevían a acercarse a la encina en las noches sin luna, arriesgándose a desaparecer para siempre entre sus raíces.

La Candela adulta casi no creía en Dios y tenía poca fe en el diablo, por lo que aquel lugar ya no le inspiraba el mismo miedo. Pero no se necesitaban supersticiones para sentir el peso del pasado que aplastaba ese lugar. Aquella encina llevaba siglos muerta, pero nadie en los alrededores dudaba de que las muchas almas que había consumido y asimilado desde los inicios de la cuenta del tiempo la habían dotado de una extraña forma de vida y de un apetito sin límites.

El mundo a su alrededor cambiaba, se civilizaba, pero ella seguía teniendo hambre y esperaba más sacrificios.

La temían, por eso evitaban el sitio como procuraban evitar toda posibilidad de ir al infierno al morir. Y por eso fue una circunstancia más que afortunada que un pastor de los Quintana llamado Eustaquio pasase por allí un amanecer y oyese los llantos de un recién nacido. Atónito, rescató de entre las raíces negras de la encina a un bebé envuelto en una mantita. Estaba medio muerto, pero dispuesto a vivir, costara lo que costase.

Dispuesto a todo.

Cada vez que recordaba esa historia, Candela no podía por menos que sentirse orgullosa de ser una Salazar. Hacía que admirase a su padre, mucho. Empezar así, con tanta desventaja respecto al resto del mundo, y haber logrado hacerse un sitio en lo más alto, a puras dentelladas, tenía su mérito.

La Iglesia católica bautizó al pequeño y le dio uno de los apellidos habituales en esos casos, Expósito, pero fue el pastor Eustaquio quien se lo llevó a su cabaña para criarlo. Lo hizo sin mayor afecto, más como esclavo que como hijo, dándole de comer lo justo para sobrevivir y golpeándolo a su antojo. De ser por él, Salazar hubiese estado condenado a seguir sus pasos y vivir y morir en las tierras de Terrosa, cuidando del ganado de otro, oliendo como el ganado de otro, pero era demasiado ambicioso y no quiso consentirlo.

El joven Bernardo Expósito se empeñó en aprender a leer y escribir, algo inusual en los alrededores, incluso entre gentes de mayor calidad. Con la ayuda de la señora Andrade, la esposa de uno de los terratenientes locales, madre ya de varios hijos y a la que sedujo siendo todavía un crío de catorce años, se inició en las primeras letras y en unas matemáticas básicas; luego, estudió cuanto pudo por su cuenta, sacando el tiempo de no descansar más allá de tres o cuatro horas al día.

Eso le permitió mejorar y aspirar a otra posición, pero no se conformó tampoco con la posibilidad de convertirse en un secretario o un contable sin mayor futuro, siempre con la miseria en sus talones. Algo así hubiese podido ser una meta envidiable para alguien que había estado destinado a vivir y morir en una choza de pastor, pero no para el joven y ambicioso Bernardo.

Pulió su aspecto en la medida que le fue posible, hasta convertirse por propia voluntad en un caballero elegante sin nada en los bolsillos, como una Cenicienta con las horas contadas antes de verse otra vez perdida entre ovejas, calabazas y ratones, y sedujo a la joven y enamoradiza Clara Marcos, hija única de Joaquín Marcos, dueño de varias minas y de uno de los mayores alcornocales de toda Extremadura.

Se escaparon juntos y se casaron a escondidas, provocando un escándalo que hubiese podido ser recordado durante siglos de no ser porque fue cortado de raíz por la poderosa familia de la novia.

En realidad, aquel matrimonio carecía de validez, puesto que Clara solo tenía dieciocho años y no había habido consentimiento paterno, pero Bernardo había cuidado al detalle sus planes. Por eso había pedido a la joven que, antes de abandonar la mansión Marcos, cogiese cuanto dinero y joyas le fuera posible.

Con esos fondos robados a su víctima, iniciaron un viaje precipitado en el que, durante meses, no se detuvieron más de tres o cuatro días en cada lugar. La joven pareja recorrió toda Extremadura y luego Madrid, Barcelona, Bilbao... Se dejaron ver por familiares y amigos de la familia de Clara, alternando en sociedad como si estuviesen en su luna de miel, y, para cuando lograron localizarlos los hombres de Joaquín Marcos, toda España creía en ese matrimonio y ella ya estaba encinta. El mal menor para los Marcos pasaba por aceptar la situación tal cual estaba. Algo que había calculado muy bien Salazar.

El siguiente paso consistió en convencer a su suegro forzoso de que merecía seguir con vida, algo que resultó bastante más complicado de lo que imaginó en un principio, porque Joaquín Marcos estaba furioso y muy decidido a dejar viuda a su hija antes del nacimiento de su nieto.

Candela solo había oído rumores al respecto cuando era pequeña. Según contaban las leyendas familiares, llevaron a Bernardo a su despacho y nadie supo qué pasó o qué pudo decirle, pero, al terminar la reunión, los dos hombres eran socios en uno de los primeros negocios que impulsaron su fama como empresario.

La posición social que le procuró entrar en el aura de poder de los Marcos y la dote forzada que consiguió con la boda permitieron que Salazar diese el gran paso. Como una serpiente cambiando de piel, pasó de ser Bernardo Expósito a ser Bernardo Salazar, un apellido elegido por él mismo, y empezó una brillante carrera hacia la fortuna.

—Oh, sí... —susurró Candela, con los ojos fijos en el hombre del retrato; una carrera brillante y fría, y tan carente de humanidad como un diamante.

Salazar jamás había consentido que nada ni nadie se opusiera a su avance. Ni la ley ni la moral ni las habladurías... ¡Ni siquiera la Iglesia católica, tan poderosa y soberbia! ¿O acaso le importó ser excomulgado cuando Candela era muy pequeña, a causa de aquel asunto tan turbio, la compra de unas tierras expropiadas al convento de Santa Lucía? En absoluto.

Ella se enteró de lo ocurrido mucho después, cuando tenía once años, y fue por pura casualidad, durante una discusión con su amiga Matilde, la hija pequeña de Venancio Quintana. Matilde solía ser divertida y por lo general mostraba un buen corazón, pero aquel día, enfadada por una disputa provocada por algo que Candela ya ni recordaba, le aseguró que iría al infierno, como su padre.

Porque Bernardo Salazar estaba fuera de la Iglesia. Así de terribles eran las cosas. Dios no lo quería, ni los ángeles, ni la Virgen, ni ninguna de esas criaturas divinas, plenas de un supuesto amor incondicional. El cielo le estaba vedado, no habría salvación para él. No podría tener ni funeral cuando muriese.

La niña que era Candela se sintió aterrada. ¿De verdad le pasaría eso a su padre? ¿Y a ella? ¿Lo heredaría, como el color de los ojos, la forma de la nariz o una mancha de la piel?

Luis, que había cumplido ya los quince años, fue quien la consoló y le aclaró la verdad sobre lo ocurrido. Le habló de ese proceso llamado «desamortización», utilizado por el Gobierno para llenar las arcas públicas con ingresos rápidos. Algo que también pretendía, o eso afirmaban los políticos, crear una fuerte burguesía, una clase media de campesinos propietarios, algo que mejoraría la vida de todos.

Por supuesto, tal intención quedó al final en nada, como solía ocurrir siempre con esa clase de proyectos.

Con la desamortización, se expropiaron y vendieron gran cantidad de terrenos baldíos, ya fueran comunales o de la Iglesia católica. Y desde luego que las arcas públicas se llenaron, o al menos hubieran debido llenarse, que a saber cuánto dinero se perdió en el camino. Por desdicha, el segundo objetivo del proyecto, esa creación de una clase media de campesinos propietarios, se topó de bruces con la corrupción de políticos y poderosos, tan arraigada en la España de todas las épocas.

Así, las comisiones municipales, siempre al servicio de los poderosos, lo organizaron todo de tal modo que los lotes de tierras a la venta eran demasiado grandes, por lo que estaban más allá de las posibilidades de los compradores pequeños. Fueron de nuevo los ricos, los caciques bien asentados en el poder, los que una vez más ampliaron brutalmente sus fortunas. Como siempre.

La Iglesia católica contraatacó con dureza para recordar a todos que era ella la que tenía las llaves de su paraíso bien aferradas entre sus dedos. Así, declaró por igual la excomunión de quien expropiase y de quien comprase las tierras expropiadas. Para evitarlo, unos por conveniencia social, otros porque realmente tenían algo de fe y preferían no arriesgarse a quedar fuera del rebaño, muchos realizaron los trámites de la compra a través de testaferros, gentes que asumían una posible condena eterna futura a cambio de una mejor vida presente.

Centenares de personas de postín, y de misa diaria, medraron más todavía con esa impostura. Siguieron siendo un pilar de la sociedad, un ejemplo de virtud, mientras otros cargaban con las consecuencias de su pecado.

Pero no Salazar, él no. ¡Cómo hubiera sido posible! Él siempre se había reído del mundo y se reía de los dioses. No creía en nada que no pudiera tocar con las manos, o comprar o vender, o destrozar.

Y, en definitiva, apenas le afectó aquel asunto. Dado que empezó a pasar cada vez más tiempo en Inglaterra, lo que pudiera opinar sobre él o sobre su alma la Iglesia católica le importaba bien poco. Siempre que se refería al tema, aseguraba que ni siquiera le había perjudicado en sus negocios, porque prácticamente todo lo importante lo trataba ya con anglicanos.

Salazar se removió en su sillón. Tosió, y el sonido arrancó a Candela de sus pensamientos, tan sombríos. La joven avanzó hacia su padre y se inclinó para besar su mejilla. Frunció el ceño al notar su piel ardiendo de calor, por una fiebre alta. La impresión aumentó cuando Salazar levantó por fin los párpados, sobresaltado por el contacto de sus labios.

Sus ojos brillaban mucho. Parecían cristales extraños en los que se distorsionaba la luz que entraba por los ventanales.

—Me alegro de verlo, padre —se obligó a decir, lamentando que no fuera cierto, mientras le dedicaba la inclinación habitual—. Espero que haya tenido un buen viaje.

Él gruñó.

—Pues no sé de dónde puedes sacar tal idea. Menuda tontería. Ha sido un viaje infernal, como siempre.

—Lo siento.

—No me mientas. Sabes que odio que me mientan, demonios. —La miró con desagrado. Candela sintió el viejo frío interior, que se extendía por todas partes. A veces lo olvidaba. A veces hasta creía que podría llegar a convivir con él, en buena armonía. Qué tonta—. Pareces una campesina, con esa piel tan oscura. ¿No tienes suficientes sombreros o sombrillas que tiene que darte así el sol?

Allí estaba. Ni dos segundos había tardado en lanzarse al ataque, y nadie como Bernardo Salazar para reducir a su oponente a la condición de gusano cohibido. Pero ella era Candela Salazar, era su hija, carne de su carne, y no se dejaba pisar por nadie. Lo miró de frente, con los labios fruncidos en un esfuerzo por contener una réplica igualmente dañina.

—Me gusta el sol —se limitó a decir—. Y odio las sombrillas.

—¡Ja! Voy a tener que hablar muy en serio con la señora Rodríguez. Está visto que en esta maldita casa nadie ha sabido educarte. Solo hay que ver lo que acaba de ocurrir. Llego con un invitado y no estabas ahí para recibirnos. Deja, deja —añadió cuando vio que su hija abría la boca, suponiendo que iba a dar una explicación—. Sabes lo poco que me gustan las excusas. No son más que una prueba de cobardía.

«Se acabó», pensó Candela. Discutiría con él, subiría a su

dormitorio y se encerraría allí hasta pasados los dos últimos días de aquella condena que le había impuesto la vida. Y una vez tuviese veinticinco años, cogería sus maletas y se iría. Luis podría acogerla, o alojarla en algún sitio, mientras organizaban la boda.

—No soy cobarde, y no pensaba darle ninguna excusa —replicó, cuidando cada palabra—. Al contrario, porque la culpa es suya. Se ha ganado a pulso que no quiera recibirlo, ni ahora ni nunca. Quizá, si me hubiese informado de que venía con un invitado, sí habría estado presente para recibirlos. Pero no puedo afirmarlo con seguridad. Ese hombre, sea quien sea, es su invitado, no el mío. Atiéndalo usted.

Salazar arqueó una ceja.

—Creo que te he dejado demasiado tiempo sola, Candela —masculló, con el tono peligroso que la hacía temblar de niña.

Pero ya no. Estaba a punto de ser libre.

—Sí. Toda una vida —replicó, y sintió que aquellas palabras desataban una oleada de amargura en su interior, algo que se fusionaba con el frío y la embriagaba hasta casi aturdirla. Nada había cambiado, nada cambiaría nunca. ¡Qué tonta era, cómo podía haber imaginado una posibilidad de acuerdo con aquel hombre! Daba igual. Algún día terminaría por aceptarlo y dejaría de sentir aquel dolor tan intenso en el corazón—. Pero no importa, padre. Lo único que quiero saber es cuándo va a volver a irse.

Se produjo un silencio profundo en el que solo fue consciente del modo en que la miraba su padre. No estaba segura de si el brillo de sus ojos se debía a la fiebre o a algo más, algo intenso que palpitaba en su interior.

Estaba a punto de preguntar qué le ocurría, pero la interrumpió un golpe seco, una llamada a la puerta. Sin esperar a recibir permiso, se abrió y entró el desconocido.

Su padre frunció el ceño.

—Ah, William... —carraspeó, porque su voz había sonado

ahogada. Se recobró con rapidez—. Sí, pasa. Deja que te presente. —La señaló con un movimiento débil de la cabeza—. La señorita Candela Salazar, mi hija. Candela, este es su señoría, William Caldecourt, conde de Waldwich. El décimo conde de Waldwich, para ser más exactos.

—No hace falta especificar tanto —dijo el inglés. Se inclinó ante Candela con elegancia. Tenía un fuerte acento, pero hablaba muy bien el castellano—. Señorita Salazar —saludó—. Su padre me ha hablado mucho de usted. Es un placer conocerla por fin.

—Gracias, milord —replicó ella, tan fría como cortés, aunque sintió que se ruborizaba y se odió por ello. Él la miró de un modo peculiar. ¿Se estaba dando cuenta de lo que le pasaba, de lo que le provocaba su cercanía? Muy probablemente. Lord Waldwich daba toda la impresión de ser un hombre curtido en los asuntos amorosos, algo lógico, siendo tan guapo—. El placer es mío, aunque me temo que mi padre no ha tenido a bien mencionarlo a usted, nunca.

—Ya... —Lord Waldwich miró a Salazar con reproche, pero el viejo no se dio por aludido—. Hablando de eso, permita que me disculpe por esta invasión imprevista de su hogar. Le aseguro que estaba convencido de que había recibido un aviso de mi llegada, para que pudieran tener tiempo de organizar lo necesario, pero, por lo que me han dicho hace pocos minutos, no ha sido así. Lo lamento de verdad. Supongo que ambos conocemos a Bernardo.

Aquel hombre no temía a su padre. No le tenía miedo. Candela se dio cuenta de ese detalle entre sorprendida y admirada. No era lo habitual; de hecho, no había conocido a nadie así antes. Ni siquiera se mostraba obsequioso, como hacían otros que buscaban establecer negocios con él. Al contrario, lo había irritado que Salazar no hubiese avisado y no le importaba mostrarlo.

En otras circunstancias, eso hubiera podido despertar su interés, pero ella ya había elegido a Luis y no pensaba cambiarlo por nadie. Además, no sentía mayor simpatía por los ingleses. En los últimos tiempos se habían convertido en una auténtica plaga, varias firmas llevaban años haciéndose con grandes extensiones de alcornoques en Extremadura y copando toda la producción de corcho a través de sus agentes.

Que su padre hubiese trabajado durante años con la familia Reynolds no hacía que Candela lo viera con mejores ojos.

—No se preocupe —se obligó a contestar. ¿Llegó a sonreír? No estaba segura—. Los amigos de mi padre siempre son bienvenidos en Castillo Salazar. Espero que aquí se sienta como en su casa.

—Gracias.

Ambos se esforzaron por ignorar el bufido de Salazar. Candela titubeó, sin saber qué más añadir. Definitivamente, las pupilas de lord Waldwich la estaban poniendo nerviosa.

—Bien, entonces ¿qué te parece, William? —preguntó de pronto su padre, rompiendo el tenso silencio que se había producido. Candela esperó confusa, sin saber a qué se refería. ¿A la casa, quizá? Debía de ser eso, sí. Pero los ojos de aquel hombre seguían fijos en los suyos.

—Perfecta —respondió. Por fin miró a su padre, liberándola, y titubeó un momento, como si no estuviera seguro de querer seguir con aquella línea de la conversación—. Aunque ya me lo esperaba.

—Ah, muchacho, nunca des nada por supuesto y menos en estos casos. Y no es tan perfecta. Tiene ya veinticinco años y muy mal genio. A estas alturas, se ha convertido en una auténtica solterona.

Pues sí, se estaba refiriendo a ella. Aquello levantó sus recelos y la indignó. ¿Por qué tenía que hablar así, de ese modo tan condescendiente, como si ella no estuviera allí? ¡Y delante de su amigo! Ya no era una niña, y mucho menos una mercancía de mala calidad y a punto de estropearse, como parecía dar a entender.

—Bernardo, no creo que... —empezó lord Waldwich, contrariado, intentando salir incólume de una situación embarazosa, como buen inglés.

Pero Salazar no le dio opción.

—Como no se dé prisa, pocos nietos podrá darme —continuó, indiferente. Ella entornó los ojos. Pero ¿cómo se atrevía...?—. Debí casarla hace mucho, pero es muy rebelde, ya podrás comprobarlo. Me ocasionó muchos problemas en su momento y como yo no podía perder el tiempo viniendo a este maldito agujero a imponer orden cada dos por tres, lo dejé estar, a la espera de una ocasión más conveniente. Ahora me arrepiento. Está claro que necesita mano dura.

Candela sintió que su indignación subía varios niveles, de ser eso posible, pero se contuvo. No quería perder los estribos delante de aquel desconocido.

—Tengo veinticuatro años, querido padre, seguiré teniéndolos hasta pasado mañana, cuando cumpla los veinticinco —aclaró, con calma—. Y puede decirse que soy rebelde o puede decirse que no soy alguien a quien se pueda obligar a hacer lo que no desea. Eso queda a criterio de cada cual.

—Bueno... tener una fuerte personalidad no es un rasgo negativo —la apoyó lord Waldwich, aunque no se sintió especialmente confortada por ello. Su rostro no expresaba nada. Le hubiera gustado saber en qué estaba pensando—. Al contrario.

Candela lo miró con falso interés.

—¿Usted cree? Mi padre se refiere a que, la primera vez que quiso casarme, amenacé con una escopeta a mi supuesto pretendiente. Yo tenía dieciséis años. Volvió a intentarlo cuando cumplí los dieciocho. Entonces, le apunté a él.

Lord Waldwich arqueó una ceja.

—Ya veo... —En su caso, el interés con el que la miró no dio la impresión de ser falso. En absoluto—. Pero estoy seguro de que no habría disparado, señorita Salazar.

—Usted no me conoce. —Candela se encogió de hombros,

deseando que le quedase bien claro—. Sí que lo hubiese hecho. Y él lo sabe, por eso lo dejó estar. —Su padre volvió a observarla con curiosidad, como evaluando un adversario digno de atención. Las pupilas de lord Waldwich también parecían intrigadas—. Pero ya que ha mencionado mi boda, hay algo de lo que quería hablar con usted, padre. —Miró de reojo al inglés. Con un poco de suerte, se daría por aludido y se retiraría sin que tuviera que plantearlo directamente—. Si tiene un momento, cuando estemos a solas...

—¿Vas a pedirme que te busque novio? ¿En serio? ¿A estas alturas? —Salazar se echó a reír, aunque terminó tosiendo de tal modo que parecía que se le iban a desgarrar los pulmones. Candela hizo amago de acercarse a ayudar, pero la apartó con un gesto brusco—. ¡Deja, deja! —Ella retrocedió de inmediato y lo fulminó con la mirada, dispuesta a observar impasible cómo moría entre estertores sin mover ni un solo dedo por evitarlo. Salazar no murió, claro. Era demasiado incluso para el propio Satanás, que debía de estar negándose a recibirle—. Mujeres. Bah. Siempre pretenden saber qué hay que hacer.

—E incluso, en ocasiones, hasta lo sabemos y todo, a diferencia de los hombres —gruñó ella, enojada.

Su padre debía de encontrarse mejor, porque arqueó una ceja con aire amenazador.

—Como ves, tiene una lengua cortante. No sé a quién habrá salido, la verdad. Su madre no era más que un ratoncillo asustado, siempre encogida por los rincones.

—Ese fue su error —confirmó Candela—. Y podemos imaginar a quién he salido, entonces. A menos, por supuesto, que mi madre hiciera como usted y se buscara algún amante por ahí.

Que Bernardo Salazar había tenido numerosas amantes, tanto en el propio pueblo de Terrosa como fuera de él, antes, durante y después de su matrimonio, era algo de conocimiento público. Lo que nunca hubiera podido imaginarse era que su única hija legítima, la que había disfrutado de su fortuna y de una muy buena educación, hiciese semejante declaración en la biblioteca y en presencia de un extraño.

Salazar parpadeó y lord Waldwich hizo un gesto con los labios. Indignada, Candela tuvo la impresión de que trataba de contener la risa.

—Te puedo asegurar que no lo hizo —replicó su padre, con frialdad—. ¿Cómo te atreves siquiera a insinuarlo?

—No sé. Supongo que porque yo lo hubiera hecho, en su caso.

La risa que palpitaba en las comisuras de la boca de lord Waldwich desapareció bruscamente. Aquello la amedrentó más que el golpe sonoro de la mano de su padre contra el apoyabrazos del sillón, y eso que había reunido en el gesto toda la contundencia de su antigua fuerza.

—¿Cómo te atreves a hablar así, deslenguada? —gritó, mientras sus mejillas adquirían una tonalidad rojiza muy poco halagüeña—. ¡Es inadmisible, Candela!

—En eso estoy de acuerdo. Prácticamente todo lo dicho en esta biblioteca, desde que he entrado, es inadmisible. Será mejor que demos por terminada la conversación. —Saludó con la cabeza a lord Waldwich mientras se dirigía a la puerta. Mejor irse cuanto antes o, con el humor que se le estaba poniendo, empeoraría todo—. Discúlpenme. Voy a ocuparme de...

—Quieta ahí, niña. No hemos terminado. —La voz de su padre la clavó en el sitio. Candela se detuvo y se giró de nuevo hacia él, sintiendo que una premonición espantosa se hacía espacio en su pecho—. Díselo, William —ordenó entonces Salazar al conde, impaciente—. Vamos. No tiene sentido esperar más.

Lord Waldwich lo miró con dureza. Durante un momento, dio la impresión de negarse a hacer lo que fuese, pero terminó asintiendo, como aceptando un desafío. Se volvió hacia ella.

—Señorita Salazar, mañana por la mañana usted y yo nos casaremos en la iglesia del pueblo. No se preocupe por los detalles, ya está todo organizado. Nosotros nos hemos adelantado, pero esta noche llegarán varios carros con suministros y personal para el convite. Ellos se ocuparán de prepararlo todo. Y, respecto a los requisitos legales, de camino aquí ya hemos hablado con el párroco. Los trámites están en regla, gracias al obispo.

Salazar soltó una risa.

—¡Hasta se ha hecho católico! ¿Puedes creerlo?

Waldwich movió los hombros en un gesto ecuánime.

—Era lo más rápido para solventar el problema de las religiones. Al fin y al cabo, no soy hombre de fe. Espero que no le importe. —Ella no dijo nada. No podía—. Por otra parte, le hemos traído un ajuar completo basándonos en las medidas que nos fueron facilitadas por el ama de llaves.

—La señora Rodríguez —aportó Salazar.

El conde asintió.

—Eso es. Se las pidió su padre, con la excusa de comprarle algún capricho. Creo que lo encontrará todo de su gusto. En cualquier caso —añadió, en un claro intento de agradar—, no estaría de más que lo revisara todo, señorita Salazar... Candela. —Pronunció el nombre con cuidado, como si estuviese avanzando por un puente de madera que crujiera a cada paso—. Contrataré a las costureras que hagan falta para los ajustes que sean necesarios. Y, por supuesto, si echa algo en falta, estaré encantado de hacérselo traer a la mayor brevedad posible.

—Vale, vale ya de tonterías. Ahora, dile... —empezó su padre, pero la mirada que le lanzó lord Waldwich lo silenció con la misma efectividad que si le hubiesen cortado la lengua de un tajo.

Candela tenía la sensación de que sus voces le llegaban desde un lugar muy lejano, remoto. Apenas podía escuchar lo que decían, pero no le importaba, porque en realidad no quería oírlas. La cabeza le daba vueltas, era incapaz de centrarse en nada; el corazón se le había disparado y la fuerza de sus pulsaciones golpeaba sus oídos con auténtico estruendo. Notaba una debilidad extraña en las piernas, como si hubiesen perdido sus fuerzas y pudieran fallarle en cualquier momento.

¿Se iba a morir? Sin duda, de un momento a otro. Caería redonda en el suelo, sobre la alfombra, y ellos comentarían con indiferencia lo que iba a costar enterrarla y qué parte del ajuar podrían aprovechar en el empeño.

Se llevó una mano al pecho.

—Pero...

Ambos la miraron, algo alertas. Debía estar dando una imagen deplorable, pálida, temblando, casi fuera de sí.

—¿Se encuentra bien? —preguntó lord Waldwich.

Su padre se limitó a fruncir el ceño.

Trató de centrarse, trató de controlarse. Se jugaba demasiado, demasiado, todo. «Luis...». Tenía que hacerlo por Luis, por ella, por su futuro juntos, ese futuro con el que siempre había soñado. Tenía que mostrarse segura de sí misma, dejar claro que aquella propuesta era lo más absurdo que podía plantearse y que no estaba dispuesta a aceptarla, de ningún modo.

—Padre, yo ya... Yo he... —Se odió por el tartamudeo. ¡Por Dios! ¡Ella era Candela Salazar! ¡Era la hija del ser oscuro nacido en el cerro de los Ahorcados! ¡Llevaba su sangre de monstruo en las venas y no se arredraba ante nada! Apretó los puños, inspiró y recuperó el suficiente control como para soltarlo con firmeza. Se volvió hacia el inglés—. Es muy amable, lord Waldwich, y me siento muy honrada con su propuesta, de verdad, pero me temo que no va a ser posible. —Miró a su padre—. Precisamente de eso quería hablarle, padre. Ya he elegido a otro hombre. —«Luis, Luis, Luis...», repetía en su mente. ¿Cómo explicar aquel sentimiento inmenso con simples palabras?—. Lo quiero y estoy decidida a casarme con él. Estoy segura de que cuando sepa quién...

—¿Cómo que has elegido? —Salazar abrió mucho los ojos—. ¿Desde cuándo tú eres la indicada para elegir en una cuestión tan importante?

—¿Quizá porque estamos hablando de mi boda —recalcó el posesivo con el mismo retintín que había usado él para el verbo— y no de la suya, o la de cualquier otro?

—¿Y eso qué tiene que ver, si puede saberse? Las bodas son una cuestión de negocios, niña, no una tontería romántica. Son algo de lo que deben ocuparse los padres, porque los jóvenes no tienen cabeza para saber qué conviene a su futuro.

—¿En serio? —Candela se cruzó de brazos—. Pues esta joven que tiene delante sabe perfectamente lo que quiere y lo que le conviene y no está dispuesta a...

—Silencio —ordenó lord Waldwich. Candela y su padre lo miraron. El inglés apretó los labios. ¿Qué le ocurría? También parecía muy afectado—. Candela, perdóneme, me temo que no he sabido explicarme. Nuestra boda no es una petición, es un hecho, porque está decidido.

Ella entornó los ojos. De modo que por fin empezaban a quitarse las máscaras. Tanta educación, tanta galantería, pero debajo de toda esa parafernalia lord Waldwich era el tirano que había sospechado desde el primer momento.

¿Quería guerra? Pues bien, la iba a tener.

—No sé de dónde saca que puede obligarme, inglés —replicó, retirándole el título y el tratamiento—. Le recuerdo que pasado mañana cumplo veinticinco años y seré mayor de edad. Ni siquiera mi padre tendrá ninguna autoridad sobre mí.

—Desde luego. —Lord Waldwich se cruzó de brazos—. Pero, como bien dice, eso será pasado mañana. Hasta entonces, tiene veinticuatro años. Por lo tanto, es menor de edad y está bajo la autoridad de su padre. Y su padre quiere que se case conmigo mañana.

Candela apretó los puños, al percatarse de la situación. Miró a Salazar.

—¿Por eso ha viajado tan rápido? ¿Por eso? —¡Qué tonta! ¡Y ella que había llegado a acariciar la idea de que quería celebrar a su lado una fecha tan señalada!—. ¡Para llegar antes de mi cumpleaños y poder imponer su voluntad de este modo tan vil!

Por primera vez en su vida, Bernardo Salazar miró para

otro lado. No pareció avergonzado, pero al menos no se mostró desafiante ni agresivo. Algo era algo.

—Será mejor que nos tranquilicemos —sugirió lord Waldwich.

—Me tranquilizaré si me da la gana —replicó ella, rotunda—. ¿Cómo se atreve a intentar forzarme? ¿Qué va a hacer? ¿Arrastrarme por los pelos hasta la iglesia?

—Es una posibilidad, pero estoy seguro de que, cuando lo hablemos, irá por voluntad propia —repuso él, que, al contrario que su padre, seguía con atención cada uno de los cambios de su rostro. Parecía disgustado, pero también compasivo, como si sintiera pena de Candela. Por alguna razón, eso la irritó más todavía—. Le sugiero que nos cambiemos y vayamos a dar una vuelta a caballo antes de la cena. Puede enseñarme los alrededores mientras hablamos. Tenemos que llegar a un entendimiento.

—Lo dudo, porque la señorita Salazar no va a acompañarlo a ningún sitio, a no ser que sea al infierno —lo cortó, con voz helada. Por Dios, no había ninguna posibilidad de acuerdo, nunca la había habido. Para eso había regresado su padre, claro, para casarla bajo imposición, como lo hacía todo siempre. Pues bien, la batalla estaba servida, porque si el juego era ese, no iba a haber boda alguna en mucho tiempo—. La señorita Salazar no va a casarse con usted. Ni con usted, ni con nadie que no elija ella misma. Ni atada y amordazada, señor, así que vaya haciéndose a la idea.

—Candela... —empezó su padre, con el tono de voz reservado para las grandes broncas, pero lord Waldwich alzó de inmediato una mano, pidiéndole silencio, y afirmó la mandíbula.

—Entiendo que la noticia la ha cogido desprevenida, incluso acepto que no ha sido el mejor modo de plantearla. A ese respecto, como dije antes, ambos conocemos a su padre, no hay mucho que añadir.

—No, desde luego —masculló ella.

—Pues olvídelo. Olvidémonos de Bernardo Salazar y sus

cizañas. Tratemos este asunto entre nosotros. Estoy dispuesto a hablarlo con calma sin problema cuando esté usted más tranquila, dando ese paseo, quizá. He pensado...

—¡No voy a ir con usted a ningún sitio! —lo cortó Candela, empezando a perder toda esperanza de calma—. ¡No daré con usted ningún maldito paseo! ¿Es que no me ha oído? ¡No voy a casarme con usted!

Lord Waldwich entornó los ojos.

—¿Quiere seguir esa línea? Muy bien. Entonces, me limitaré a dejar algo claro: usted y yo vamos a casarnos. Mañana. —La miró desde su altura, las manos en la espalda, firme. En una posición muy militar—. Eso, Candela, es un hecho.

Parecía tan seguro, tan decidido... Candela no pudo evitar sentirse intimidada, pero no iba a permitir que se notase. Apretó los puños con disimulo.

—No sea absurdo. Repito que no puede usted forzarme. Inténtelo y haré que lo lamente. Se lo juro.

Él arqueó una ceja, más molesto todavía por su tono.

—¿De verdad? Mi querida señorita Salazar... —Se detuvo y dejó que el tiempo se deslizase en una pausa ligera, incómoda, como si fuese algo que no hubiese debido estar ahí—. Da igual. Olvidemos lo dicho y dejemos esta conversación para otro momento. Será lo mejor para todos. Ambos necesitamos reflexionar. Si no quiere dar ese paseo, hablaremos más tarde. Quizá durante la cena.

—Olvídelo. ¿Está loco? Tampoco voy a cenar con usted.

Lord Waldwich apretó la mandíbula, enojado.

—Candela, se lo advierto, no tense más la situación. Acabamos de conocernos, no hay razón alguna para discutir.

Candela lanzó una risa seca.

—Vaya, me alegra que incida en ello, porque es verdad, «acabamos de conocernos». Por eso, no entiendo que pretenda casarse conmigo. Que insista en ello hasta el punto de que le parezca bien hacerme semejante chantaje. Ni me quiere ni lo quiero. Es más, por lo poco que ya lo conozco, estoy segura de que nunca voy a quererlo. Nunca —repitió, para que le quedase claro. Las pupilas de lord Waldwich titilaron—. Y si intenta ponerme una sola mano encima, le juro que...

—Me pegará un tiro, sí, ya lo imagino —terminó él, sarcástico—. Tomo nota.

—No. No sea petulante. No malgastaré pólvora con un maldito inglés. Me limitaré a abrirle la cabeza con un atizador. Está advertido.

—¡Candela! —riñó Salazar.

Lord Waldwich la miró con frialdad.

—Será mejor que se tranquilice, Candela. Váyase. Ahora.

¿Aquel hombre se creía con el derecho a echarla de su propia biblioteca como si fuera una niña castigada? Pero ¿qué se había pensado? Y el caso era que sí que se sentía intimidada por él, algo que odió más todavía.

Como no se le ocurría nada que fuera lo bastante hiriente, y todavía no estaba segura de su posición en aquella pelea, decidió irse. Para que le quedase claro que no era por aceptar sus órdenes, le dedicó a lord Waldwich una expresión convenientemente despectiva, que él aceptó impasible, y se dirigió a la puerta.

—¡Candela! —la llamó su padre, en el último momento. No le hizo ni caso—. ¡Candela, te lo advierto muy en serio, no voy a permitir más desafíos! ¡En este asunto, harás lo que yo te diga!

Ella se detuvo un segundo en el umbral, pero no llegó a volverse. No merecía la pena. Salió de allí, dando un fuerte portazo.

4

Candela subió corriendo la escalera, cruzó el pasillo y entró como una tromba en su dormitorio, terriblemente agitada.

Lo que vio no la ayudó a tranquilizarse.

Habían llevado allí algunos de los baúles y cajas que habían formado parte del equipaje de su padre y de lord Waldwich; en realidad, podría decirse que la mayoría. Estaban por todas partes, abiertos de par en par como monstruos destripados, y mostraban un interior rebosante de toda clase de vestidos, faldas, trajes, chales, enaguas, corsés, abrigos, sombreros, bolsitos, zapatos...

El sueño de cualquier dama de Madrid, o incluso de ciudades más sofisticadas, como Londres o París, estaba allí mismo, en su habitación, materializado repentinamente en el lejano, atrasado y apartado Terrosa.

La señora Rodríguez y Alba habían extendido sobre la cama varios vestidos y se dedicaban a admirarlos entre grandes exclamaciones, casi con veneración. Los había de mañana, de tarde, de fiesta, de paseo, para cuando le doliera la cabeza, o tuviera un día divertido, o cuando sintiera el capricho de ir de verde satinado.

Candela se quedó con la boca abierta, incrédula. Por todos

los santos, ¿qué era aquello? Parecía que hubieran intentado abarcar todas las posibilidades, todos los momentos, todos los estados de ánimo.

—¡¿No son hermosos, señorita Candela?! —exclamó la señora Rodríguez, emocionada, y Alba suspiró a su lado, sin palabras—. ¡Y mire este!

Alzó por los hombros un vestido de novia de seda, con una cola inmensa y un corpiño exquisito, muy escotado, cubierto de intrincados bordados y perlas, que estuvo a punto de provocarle una convulsión.

Jamás había visto nada tan bonito, cierto. Alba sostuvo en alto las enaguas, una cascada del más delicado encaje, capas y capas interminables, con los soberbios volantes también adornados con perlas.

—¡Es... asombroso! —exclamó la doncella, con el rostro enrojecido por la emoción—. Ese caballero lo ha encargado en el propio París, ¿puede creerlo?

—¡Y haberlo escogido demuestra una enorme sensibilidad y mucho interés en usted, señorita! —añadió la señora Rodríguez. Estudió el corpiño, frunciendo el ceño—. Aunque habrá que añadirle algo de encaje para cerrarle el escote. Tal como está, ni siquiera le cubriría los hombros. Inadmisible. —Agitó la cabeza con desaprobación—. En París las mujeres pueden ir como quieran, pero en Terrosa esto sería un escándalo, y usted vive aquí, no en París. Además, las novias deben ser recatadas y modestas, no... no... así. —Sensuales. Seductoras. Candela recordó las pupilas negras de lord Waldwich cuando la recorrían de arriba abajo—. Pero, bueno, será fácil arreglarlo, lo haré yo misma, sin problema. Estará listo esta misma noche. —Sonrió—. Mañana va a ser usted la joven más envidiada de los alrededores, querida.

Candela tragó saliva. No quería ser envidiada, no quería todo aquello, ni el interés de ese hombre extraño y dominante. Solo quería a Luis, y ser ella misma. Quería su independencia.

Y aquel vestido de boda, por hermoso que fuese, no era más que una condena encubierta.

—Salgan de aquí, las dos —ordenó con voz ahogada.

—Oh, pero...

—¡Ahora! —repitió con mayor fuerza. Las dos mujeres se miraron. La señora Rodríguez se encogió de hombros, de nuevo rígida por el enfado, y le indicó a Alba que obedeciese.

Cuando la puerta se cerró tras ellas, Candela suspiró, y se acercó poco a poco hacia la cama. Estudió las ropas, los adornos, los complementos... En aquellos regalos no había nada dejado al azar y se preguntó cómo era la mente del hombre que los había reunido, qué buscaba, qué quería de ella. ¿La casa? ¿Las tierras? Su cuerpo, seguro, eso se lo habían dicho sus ojos, pero no creía que la cosa quedara en algo tan banal. Lord Waldwich podría tener a muchas mujeres, todas las que quisiera, incluso más hermosas que ella misma, no se engañaba en ese punto.

Pero algo quería...

Frustrada, dejó de intentar adivinar sus intenciones. Era consciente de la belleza de aquellas prendas, pero representaban todo lo que podía perder si no plantaba cara de inmediato y lanzaba un contraataque igualmente intenso. Las odiaba. Las odiaba tanto como odiaba a su padre, como odiaba a aquel hombre que había intentado comprarla sin conocerla siquiera.

Bernardo Salazar la había vendido, o pretendía hacerlo, pero lord Waldwich pensaba que podía conseguirla con unas cuantas lazadas bonitas y unos cuantos frunces. No estaba segura de qué ofensa podía ser mayor.

Sin pensárselo dos veces, buscó su caja de costura, sacó las tijeras y las clavó en la primera prenda que encontró, un camisón de un suave tono marfil. La tela se desgarró con satisfactoria facilidad, una y otra vez, en las sucesivas puñaladas que le procuró. Cuando quedó satisfecha, la arrojó a un lado y siguió con la siguiente, trabajando de una forma mecánica y concienzuda.

En pocos minutos, había hecho un auténtico estropicio, vaciando los baúles y haciendo pedazos cuanto encontraba: ropa, zapatos, sombreros, bolsitos, guantes, estolas de piel...

El exquisito vestido de novia, aquella joya de raso, seda, perlas y encaje, fue el que se llevó la peor parte, porque lo convirtió en jirones irreconocibles.

Al terminar, miró a su alrededor. Estaba agotada, pero sentía las tijeras listas para seguir desgarrando. ¿Quedaba algo? Parecía que no. Las telas destrozadas formaban un montón informe sobre la cama y en el suelo. Estupendo. Lo ideal hubiera sido volver a meterlas en los baúles y arrojárselo todo a aquel canalla, pero no podría con el peso, de modo que se contentó con coger una buena brazada de prendas. Cargó con todas las que fue capaz y salió al pasillo.

Supuso que su padre habría dado órdenes de que alojasen a su insigne huésped en la habitación de invitados principal, así que hacia esa estancia se dirigió. Efectivamente, encontró allí otros baúles, y unos objetos de tocador que le resultaban desconocidos estaban colocados pulcramente sobre la cómoda, además de un traje de montar dispuesto en el galán de noche y una fusta dejada en un ángulo del tocador, como al descuido.

Una fusta para un déspota. Qué apropiado.

Candela soltó su carga en mitad de la habitación, y volvió a por más. Tuvo que hacer varios viajes hasta que todo estuvo de nuevo en el territorio de su legítimo dueño. Como último detalle, colgó los despojos del vestido de novia del dosel.

Esperaba que lord Waldwich captase con toda claridad el mensaje. Y su desafío.

Solo cuando hubo terminado, se permitió encerrarse en su habitación, tumbarse de bruces en la cama y romper a llorar.

5

William contempló contrariado la puerta que acababa de cerrar de golpe aquella muchacha.

Maldición, qué mal había ido todo, no podía haberlo hecho peor. Pero ¿qué alternativas tenía? ¿Renunciar a la boda? ¿Olvidarse de todos sus planes?

No. Imposible.

Era la hija de Salazar, el último elemento de su venganza, el trofeo más codiciado de todos. Algo que sanaría por fin su corazón tras aquella larga, larguísima época de odio y oscuridad. Durante años había imaginado cómo sería su llegada a Terrosa, a los cimientos del mundo de aquel ser maldito. Estaba decidido a destruirlo todo como un huracán, como una auténtica catástrofe natural...

Pero, para su desdicha, había descubierto que no le agradaba en absoluto la idea de seguir adelante con todo aquello.

No era algo repentino. Aquello había empezado a ocurrir desde el mismo momento en que vio el retrato al daguerrotipo de aquella mujer, un par de meses atrás. Qué hermosa le pareció. Cabello castaño claro, ojos verdes, labios rojos...

¿Por qué demonios se sentía así? ¿Qué había ocurrido? No podía entenderlo. Él nunca se había considerado enamoradizo, o romántico; al contrario, tras lo vivido con sus padres y con Salazar, confiaba muy poco en semejante sentimiento.

Era un crío cuando decidió que jamás querría a nadie, que no necesitaría a nadie y que solo aspiraría a poseer más riquezas y extender al máximo sus dominios, hasta caer muerto de bruces sobre sus posesiones, agotado en esa búsqueda. Esas eran sus únicas metas en la vida y las había considerado sagradas.

Por eso, aunque había tenido varias amantes establecidas, una durante dos largos años, nunca se había encaprichado de verdad de ninguna de ellas. Para William Caldecourt, las mujeres solo eran un desahogo físico, alivio y diversión momentáneos. No había sitio para esas tonterías en su vida.

Pero no podía negarlo: sin siquiera saberlo, desde la superficie de un daguerrotipo coloreado, Candela Salazar había trastocado todos sus planes. Todos y cada uno de ellos, por completo.

Aquel rostro hermoso, aquella expresión llena de fuerza en sus impresionantes ojos verdes, se había infiltrado en su cuerpo como una enfermedad perniciosa de un modo que nunca hubiese creído posible. Había pasado muchas noches soñando con ella mientras recorría Europa de un lado a otro. Perfilando su venganza, sí, pero también reuniendo aquel ridículo ajuar, en el que se había dejado una fortuna.

Menudo dispendio absurdo. ¡Y menuda muestra de debilidad! ¿Por qué demonios lo había hecho? Ni siquiera él lo sabía.

Estar por fin frente a la muchacha había resultado tan... perturbador. Sí, esa palabra lo describía bien. No podía negarlo: en aquel momento, se emocionó, y no solo por la idea de que iba a poder poseerla físicamente, aunque eso fuera algo que lo excitaba como nunca antes, sino por pensar que iba a compartir con ella muchos momentos futuros.

De pronto, por alguna razón, no se sintió tan solo, y eso hizo que fuera más consciente de su soledad. Si en las semanas anteriores había dejado a un lado demasiado a menudo sus famosas metas, en los primeros momentos de su encuentro con Candela las olvidó por completo.

Hablar con ella en la biblioteca, intercambiar saludos, poder ver la sucesión de expresiones en su rostro fue como hacer realidad un sueño. Hubo algo de magia en el hecho de que Candela Salazar dejase de ser un rostro estático plasmado en una placa de cobre plateado y posteriormente coloreado para convertirse en una criatura viva y llena de fuerza. ¡Y su voz! Oírla fue absolutamente maravilloso. Tenía un tono firme y a la vez seductor, sensual. Muy sugerente y apropiado para su imagen.

No la amaba, no podía amarla, porque no la conocía. Pero aquella mujer tenía algo que lo obsesionaba, lo volvía loco. Por eso, en ese mismo momento, cuando debería estar disfrutando de su victoria, de la cercanía del golpe de gracia dado a Bernardo Salazar, William solo era capaz de recordar la expresión embelesada de Candela mientras hablaba del hombre que había elegido.

¿Quién sería? ¿A quién demonios amaba? Había sido terrible... Ella parecía feliz y él había notado un dolor extraño en el pecho, algo como una punzada que le atravesara de lado a lado, quemándolo todo a su paso. Era la primera vez que lo experimentaba, pero no tuvo ninguna duda: supo darle un nombre.

Celos.

Celos rabiosos, ardientes, cegadores. Algo que no sabía si podría soportar.

Candela quería casarse con aquel desconocido. Y él podía forzarla al matrimonio, de hecho lo haría, porque en definitiva sí que era una catástrofe natural y no podía detenerse, pero la venganza había perdido ya todo sabor.

Además, empezaba a temer que, cuando todo terminase, él iba a quedar tan destruido como sus víctimas.

«Nunca», había dicho ella, de una forma categórica que sonó a condena. Candela no lo amaría nunca. Y no podía reprochárselo. No era digno de amor, porque hacía mucho que había repudiado de su vida ese sentimiento por completo.

William se frotó el rostro con las manos. No, no debía pensar en esas cosas, no tenía sentido atormentarse así. Inspiró profundamente y apartó todo aquello de su cabeza, con esfuerzo.

—¿Por qué lo has hecho? —preguntó a Salazar—. ¿Acaso no te advertí que no quería que la pusieses en mi contra? ¿Que quería plantear las cosas con suavidad, durante la cena?

Salazar se mostró divertido.

—¿Y qué importa? ¿Acaso no me has dicho también que vas a arrastrarla hasta el altar aunque sea por la fuerza, gritando y pataleando?

William lo miró, enojado.

—Sí. Pero solo en caso de necesidad. Preferiría persuadirla de buenas maneras.

—¿En serio? —Salazar se llevó una mano al pecho, falsamente contrito—. Vaya por Dios, disculpa, Will, nunca he sido bueno como marioneta. No se me ocurrió que quisieras ser tan amable con ella. Me confundes mucho con todo este asunto. Tenía en mente aquello de que ibas a darte un par de buenos revolcones con ella y luego echarnos a ambos de esta casa.

William frunció el ceño. Sí que lo había dicho, varios años antes, no estaba seguro de cuándo. Fue tras provocar el hundimiento de los negocios de los Reynolds en Extremadura y antes, mucho antes, de ver el daguerrotipo de Candela.

Ni siquiera cuando lo dijo lo hubiera llevado a cabo, ni de lejos. Pese a todo lo ocurrido, pese a sus juramentos y su ansia de venganza, jamás violaría a una muchacha inocente o echaría a la calle a un viejo enfermo. Pero admitirlo ante Salazar sería como darle un arma capaz de destruirlo. Aquel viejo olía la debilidad a distancia. Debía ser muy cuidadoso.

Se encogió de hombros.

—Algo que todavía puede llegar a ocurrir.

Por suerte para él, Salazar no replicó a eso. William dio un par de vueltas por la estancia, un lugar que consideró sobrio pero elegante, aunque no le prestó demasiada atención. Sus ojos se centraron sobre todo en las estanterías y no se sorprendió al ver que había un buen número de libros, y cuidadosamente escogidos. Salazar siempre había sido un gran lector y, por lo que sabía tras sus investigaciones, Candela había heredado aquella buena virtud.

Sobre una mesita, vio un pequeño ejemplar, encuadernado en rojo y marcado con una cinta rosa. ¿Lo estaría leyendo Candela? Parecía lógico pensarlo, no veía a Almeida como alma sensible que marcase páginas con cintas rosas. No, eso era cosa de Candela. La imaginó allí, por las tardes, recostada en el sillón, con la chimenea encendida en invierno o disfrutando de la luz del sol que entraba por los ventanales en verano.

Llevado por un impulso, lo cogió y lo giró entre las manos para ver de qué se trataba. Eran poemas de Lope de Vega. «Esto es amor, quien lo probó, lo sabe», leyó, subrayado en la página indicada. El verso, rotundo, era el último de un poema maravilloso que ya conocía. Pero verlo allí le provocó un escalofrío en la espalda y lo llevó de nuevo a su mayor problema.

Se volvió hacia Salazar.

—¿Qué opinas de lo que ha dicho?

—¿Sobre qué? Siempre dice muchas tonterías.

Lo miró con disgusto. Qué padre más detestable era.

—Lo de ese hombre. Ese que dice haber escogido.

—Ah, sí... —Lo miró con curiosidad—. ¿Acaso te importa?

—En absoluto —mintió—. Pero quiero saber a qué me enfrento.

Salazar hizo un gesto de desdén.

—Bah, seguro que se lo ha inventado para salir del paso. —Frunció el ceño—. Aunque...

—¿Sí? —le animó William.

El viejo se rascó la barbilla.

—Pongamos que es cierto. Si dice que ha elegido hombre, quién nos dice que no se ha acostado ya con él, o con otro. Quizá ya le ha entregado la virginidad a un pastor de ovejas en cualquier establo, como hizo su madre. —Soltó una carcajada al ver su expresión—. Tendría gracia, ¿eh?

—¿Gracia? Eres una mala bestia. Cierra la boca.

—Pero, vamos, William. Piénsalo bien. Sería hasta justo. —Alzó las manos, con las palmas hacia arriba—. Amigo mío... si ha sucedido, te jodes.

—Que te calles te digo. Eres despreciable. ¿Es que no te das cuenta de que estás hablando de tu hija y de tu difunta esposa? Muestra un poco de respeto, por favor.

Salazar rio nuevamente.

—Qué cara has puesto, Will. Sí que te importa, y es normal. A todo hombre le importa ser el primero y el último en el lecho de su esposa.

William bufó. El viejo tenía razón, no podía negarlo. En un momento dado, podría vivir con ello, aceptar que Candela había tenido su propia vida antes de unirse a él, una vida con todas sus consecuencias, pero esperaba que no fuese cierto. Siempre la imaginaba envuelta en un aura de misterio que le gustaría ser el primero en descubrir.

—Quizá —decidió admitir, renuente—. Pero eso no se lo reprocharía, créeme —insistió, aferrándose a lo único cierto—. Bien sabe Dios que yo he recorrido buena parte de las camas de este continente y de otros, no voy a exigir nada que no pueda dar.

—Qué tontería. —Salazar arqueó ambas cejas—. ¡Como si fuera lo mismo en un hombre que en una mujer! ¿Acaso quieres cargar con el bastardo de otro como si fuera tu propio hijo? —Por la manera como lo miró, seguro que había pensado de pronto en su propia relación—. Porque una cosa es elegir a alguien como tu hijo, pese a no ser de tu sangre, y otra que te lo coloquen así. Y no...

—Me da igual. No insistas. —Por fin, aquel maldito guardó silencio. William suspiró—. Por lo demás, está todo dicho. Y creo que no le ha sentado nada bien.

—Yo diría que no.

Eso fue todo. Se divertía, claro. Estaba disfrutando de esa pequeña victoria. William luchó por contener su indignación.

—Que no vuelva a ocurrir. No la predispongas en mi contra. —Se cruzó de brazos mientras se preguntaba por qué no estaba más enojado. No, en realidad eso no era posible. Vivía siempre enfadado, de continuo, desde hacía demasiado tiempo—. No juegues conmigo, Bernardo. No te conviene. Te recuerdo que el resto de tu vida vas a vivir de mi caridad. De ti depende que me esfuerce en que lo tengas muy presente a cada momento.

—Lo sé. —Salazar le lanzó una mirada calculadora—. Supongo que tu sed de venganza también te ha convertido en un monstruo. Bienvenido a la familia.

William hizo una mueca. ¿Había ocurrido de verdad? ¿Se había convertido en otra cosa, en aquello que quería destruir? Claro que sí. Para vencer a un monstruo, tenías que serlo también, qué remedio. No se sentía orgulloso de un buen número de las cosas que había tenido que hacer para llegar hasta allí, ni, mucho menos, de lo que se disponía a hacer en el futuro inmediato.

Pero, cada vez que se sentía flaquear en ese empeño, que se apiadaba de la chica inocente o del viejo enfermo en que se había convertido aquel hombre maldito, recordaba el rostro de su madre. Su expresión sumisa y vacía, atormentada por Bernardo Salazar...

Vale, nada de revolcones ni de arrojar ancianos enfermos a la calle a morir de hambre en cualquier rincón. Había cosas que no podía hacer, pero otras sí. Se casaría con Candela, lo que le daría a cambio un respaldo social importante, y mantendría a Salazar prisionero en Terrosa, el lugar que más odiaba con diferencia.

—Solo estoy impartiendo un poco de justicia —dijo, con frialdad.

—Ja. No me hagas reír. Eso no es cierto y lo sabes. Candela no tiene la culpa de nada. —Sus ojos brillaron con furia mientras crispaba las manos en los apoyabrazos del sillón—. Y, ya que estamos, yo tendré la mía, pero me has superado con mucho.

—¿En serio?

—¡Sí! Te di unos estudios, te convertí en un caballero, en el hombre que eres, y lo único que he conseguido a cambio es que te revuelvas en mi contra. ¿Qué necesidad había, además, para arruinarme así? ¡Eras ya mi maldito heredero! ¡Te lo dije, te puse en mi testamento el mismo día en que unimos nuestras sangres! ¿No podías esperar?

—No. Nunca ha sido una cuestión de dinero y lo sabes. —Salazar no replicó a eso, al menos de palabra. Su mirada fue de lo más elocuente—. Dejemos ese tema. La culpa de la situación en la que te encuentras es tuya y solo tuya. Además, no exageres, no te lo he quitado todo.

—¿Ah, no?

—No. Que yo sepa, estás cómodamente sentado en una casa preciosa... —Al mirar a su alrededor, captó más detalles de decadencia. Había visto muchos desde el mismo momento en que se bajó del coche: una grieta en un muro, unas alfombras raídas, una chimenea en malas condiciones... A todo le hacía falta una buena capa de pintura. Como poco—. Bueno, necesita unos arreglos, pero es bonita. Imponente, diría yo. Y te encuentras bien atendido, y no en la cárcel por deudas, como mereces estar.

—No me hagas reír. Tenerme aquí forma parte de tu venganza.

—Sí. Pero te aseguro que preferiría no verte siquiera, no saber nada más de ti. Así quizá pudiera olvidarte... —Inclinó la cabeza a un lado—. Que te permita estar aquí ahora mismo tiene un precio y lo sabes: Candela. Si por lo que has hecho se opone a nuestra boda, si me da el más mínimo problema, te juro por mis muertos, que bien los conoces, que acabarás en la cárcel. Y, aunque no sea mi deseo, ella contigo.

—Eres un hijo de puta...

—Cállate —le cortó. Su voz sonó tan helada que consiguió silenciarlo de verdad. Salazar le miró, pálido. De pronto, parecía algo aturdido—. Ni se te ocurra volver a llamarme eso.

—Sabes... sabes que es solo una forma de hablar...

—Me da lo mismo. A ti no te consiento ese insulto. Vuelve a repetirlo y te echo a la calle con mis propias manos.

—Serías muy capaz.

«No lo dudes», pensó William. Los dos hombres se miraron a los ojos, cada uno seguro de que sabía lo que recordaba el otro: el funeral de Ethan, el funeral de Helen. El suicidio, la carta, la traición...

El día en que su madre le pidió que jurase venganza...

En la memoria de William, todo estaba iluminado por la luz lúgubre de un día lluvioso. Entraba a través de una puerta de balcón, haciendo apenas visibles las formas de la salita. Era muy tenue, pero había tanta oscuridad dentro que casi llegaba a deslumbrarlo. Su madre era solo un rostro pálido y unas manos muy blancas que se movían en una marea de luto.

Ropas negras, pena negra, ánimo oscuro...

¿Qué había ocurrido?, se preguntaba a veces el muchacho que fue William. Había sido feliz de niño, pero luego había ocurrido algo, algo que había destrozado por completo su hogar.

Salazar, claro.

Eso era lo que había pasado, claro que sí. Un desastre, algo intenso y devastador. Él sí que había sido un huracán, el primer huracán que lo había arrasado todo.

Una catástrofe natural.

6

La familia de William Caldecourt vivió siempre en la creencia de que, cuando muriese su tío abuelo Arthur, heredarían el título de conde de Waldwich, junto con la considerable fortuna y las tierras que incluía.

Arthur William Caldecourt, noveno conde de Waldwich, era un misántropo reconocido y poco dado a socializar, en buena parte por sus condiciones físicas, culpables de que viviese una infancia que William suponía terrible. Aunque de noble cuna y sumamente rico, había sido un niño enfermizo, más bajito de lo habitual, con una pierna más corta que la otra y una joroba en la espalda, evidencias todas de muchos problemas óseos.

El tío Arthur tenía ya más de sesenta años cuando él nació y no se mostraba dispuesto a solucionar el tema de su soltería. De hecho, demasiado gordo, cojo, jorobado, reumático y siempre enfermo de gota, vivía prácticamente encerrado en Waldwich Manor, dedicado por completo al estudio de los viejos libros que encargaba por todo el mundo a través de sus abogados.

Así las cosas, nadie dudaba de que moriría sin hijos y que su heredero sería su hermano pequeño, diez años más joven, Richad Caldecourt. El que, más tarde, se convertiría en el abuelo de William.

Todo el mundo comentaba que Richad parecía haber acumulado la belleza de dos personas en una, como si el destino hubiese querido compensar a la familia por la fealdad de Arthur. El joven, muy consciente de su atractivo, terminó convirtiéndose en un dandi en la línea de Beau Brummell, el bello Brummell, en esa época árbitro de la moda y el buen gusto de todo Londres.

Al igual que en el caso de Brummell, para Richad Caldecourt ser dandi también era una profesión a tiempo completo. Se pasaba el día preocupado por los rizos de su frente, discurriendo nuevas ideas para su vestuario, siempre impecable, y comentando aquí y allá la apariencia y el comportamiento ajenos. Sus opiniones sobre lo visto en Almack's, en sus fastuosas reuniones de los miércoles, no llegaron a ejercer tanta influencia como las de Brummell, pero sí que se tenían en cuenta.

Richad se casó con la esposa apropiada y tuvo cinco hijas, algo que consideró cinco intentos fallidos antes de conseguir el tan ansiado varón.

Ethan Caldecourt disfrutó de la vida de un príncipe, incluso a costa de sacrificar la educación, la salud y las dotes de sus cinco hermanas mayores. Acudió primero a Eton y estudió leyes en Oxford, con los futuros grandes hombres del Imperio. Frecuentó siempre los clubes más selectos y supo honrar la tradición familiar de cuidar al máximo su apariencia: peluqueros, trajes, viajes, coches... Cosas que raramente pagaban al momento, sobre todo porque muchas veces ni tenían con qué hacerlo.

Todo aquello implicaba un gasto enorme y continuo. El tío Arthur les había designado una renta más que generosa, pero ni de lejos les llegaba para tantos lujos, y, con tan solo unas pocas tierras de labranza por todo patrimonio, los Caldecourt no podían hacer frente a tanto dispendio.

Vivían, como tantos otros en aquel Londres luminoso y aparentemente perfecto, muy por encima de sus posibilidades, siempre tambaleándose por la cuerda floja de su continua mentira.

Las deudas contraídas con sastres o zapateros llegaron a ser astronómicas, pero no había que olvidar las del carnicero, el panadero, el carbonero, el cerero y el resto de los proveedores de Caldecourt Place. De haber sido las cosas de otro modo, los acreedores no hubiesen permitido que el asunto llegase a esos extremos, pero todo el mundo se mostraba comprensivo y vivía a la espera del gran momento.

Nada era bastante para el elegante futuro titular del rico condado de Waldwich.

Por desdicha, el destino quiso que el solitario tío abuelo Arthur llegase a conocer a una joven cuyo carruaje se averió en las cercanías de Waldwich Manor, la señorita Taylor. Según las noticias que llegaron a Londres, la muchacha viajaba para visitar a una prima enferma que vivía en un pueblo cercano y, al sufrir el incidente, se dirigió a la mansión señorial y solicitó ayuda.

Allí, el mayordomo le ofreció uno de los coches para continuar camino. Pero, en vez de quedarse en la salita en la que la acomodaron con una taza de té mientras organizaban las cosas, la joven decidió salir y deambular por la casa, para admirarla, según aseguró más tarde. Encontró a lord Waldwich en la biblioteca, y lo que allí se inició cambió muchas vidas.

La señorita Taylor no era demasiado inteligente o culta, ni tampoco demasiado guapa, pero supo mostrar interés por sus libros y admirar sus conocimientos. El pobre y solitario Arthur, tan necesitado de afecto, de ternura y romance en su vida, fue una víctima fácil en aquel juego de seducciones.

Antes de que pasaran tres meses, Arthur ya había anunciado que iba a casarse con ella, por lo que, con suerte, si Dios así lo decidía, tendría su propia descendencia. Richad Caldecourt recibió la noticia como si hubiese recibido un disparo. De hecho, incluso cayó al suelo, inconsciente.

Ya solo con la idea de semejante matrimonio estuvo a punto

de sufrir un infarto, pero cuando, a los siete meses de la boda, la joven en cuestión dio a luz un niño rollizo y pelirrojo, sin rastros de posibles enfermedades óseas ni rasgos físicos que lo relacionasen de ningún modo con el conde de Waldwich, la situación traspasó todo límite.

Las acusaciones de adulterio lanzadas sobre la nueva condesa provocaron una enorme trifulca familiar, algo que derivó en batalla legal cuando Richad intentó incapacitar a su hermano mayor en defensa de sus derechos hereditarios, alegando que su mala salud y la vejez habían alterado su entendimiento; que no tenía auténtica conciencia de lo que estaba pasando y que aquella mujer indecente le había colado el hijo de otro hombre.

«Cualquier mozo de las caballerizas de Waldwich Manor», afirmó ante el juez encargado de dirimir la contienda, algo en lo que, aunque nunca llegaron a saberlo, no estaba tan desencaminado.

Pero no hubo pruebas que demostrasen tal afirmación, de modo que la única consecuencia que tuvo aquello fue que el tío Arthur cortase toda relación con ellos, no sin antes echarlos con cajas destempladas de las casas en las que habían estado viviendo tanto Richad como su hijo Ethan, que a esas alturas ya estaba casado y era a su vez padre de un niño, William.

También anuló las rentas y se negó a seguir pagando sus gastos, ni pasados ni futuros, por lo que, con la noticia de que Richad Caldecourt ya no heredaría la fortuna de Waldwich, el rumor de los acreedores se convirtió en un auténtico estruendo. Sin medios ni títulos, y demasiado confuso como para pensar cómo esconderse, fue muy sencillo arrastrarle ante un juez y conseguir una sentencia condenatoria.

En aquellos tiempos, lo habitual era que los presos por deudas se establecieran en prisión con toda su familia, y él así lo hizo. Una fría tarde de invierno, ingresó en la cárcel de Fleet junto con su esposa y sus hijas, las tres que todavía vivían.

Solo Ethan se libró de aquello. Richad asumió todas las

deudas para que su único hijo varón pudiera buscar el modo de solucionar las cosas. De otro modo, los Caldecourt jamás hubiesen podido escapar de todo aquello.

Y es que Fleet era la cárcel más cara de toda Inglaterra. En aquel lugar, cada preso pagaba buenas cantidades por la comida, el alojamiento y por todos los privilegios de los que quisiese disfrutar. Como el tío Arthur se negó siquiera a hacerse cargo de la suma mensual que les habría permitido estar en la zona de señores, más abierta, tuvieron que acomodarse en el área de comunes, donde la vida era mucho más dura. Directamente, terrible.

Los Caldecourt necesitaban dinero para subsistir y no tenían nada. Por eso, empezó a ser habitual ver a las tres hijas de Richad en la reja de Fleet que daba a la calle Farringdon, donde se permitía a los presos pedir limosna a los viandantes.

William tenía diez años la última vez que vio a sus tías, pero nunca podría olvidar la imagen de aquellas figuras pálidas, demacradas y sucias, con los moños mal hechos y los ojos vacíos. Tendían las manos a través de la reja, desde el hueco frío y turbio de la cárcel. Le hacían pensar en almas condenadas intentando alcanzar un mundo de luz que había quedado demasiado lejos. Eran aterradoras.

Por suerte, Ethan había disfrutado de una buena educación, y era un hombre inteligente que supo controlar el timón en aquel cambio de vida. Aunque durante un tiempo dio tumbos entre despachos de abogados que trabajaban para empresas y para particulares, siempre esperando a que le llegara un nuevo encargo, para sorpresa de muchos demostró ser bueno en su profesión y no tardó en recibir propuestas más estables.

En 1836, Ethan ya trabajaba a tiempo completo para el empresario Thomas Reynolds Hunter, razón por la que empezó a especializarse en derecho mercantil y en legislación española. Tras vivir varios años en Oporto y Lisboa, los Reynolds habían vuelto a establecerse en Inglaterra, obligados por la guerra civil portuguesa, pero conocían la región y sabían que en Extremadura se hallaba una de las zonas de mayor producción de corcho del mundo y que todavía estaba sin explotar.

Eso obligaba a Ethan a pasar largas temporadas en España, sobre todo a partir de 1838, cuando viajó al país con Robert Reynolds, uno de los hijos del empresario, y se ocupó de ayudarlo en las gestiones necesarias para la creación de un entramado de apoderados que negociaran arriendos y compras en nombre de su sociedad.

Así fue como conoció a Bernardo Salazar, aunque no fue en España.

Robert Reynolds y él lo visitaron en Londres, en Salazar Castle, su impresionante mansión de Trafalgar Square, porque, aunque Salazar era español, extremeño, llevaba muchos años establecido en Inglaterra. Los investigadores de Reynolds lo habían estudiado a fondo: viudo desde hacía años y con una hija de corta edad a la que visitaba poco, Salazar era alguien al que no debía subestimarse. Nunca ocultaba que había surgido de lo más bajo y que estaba dispuesto a trepar a lo más alto. Podía ser definido como muy ambicioso, inteligente y sin escrúpulos conocidos.

Ya para entonces había logrado forjar un emporio de empresas que abarcaba sectores muy distintos, con intereses en varios países, una especie de versión hispana de los propios Reynolds. Era perseverante y decidido: raramente soltaba un negocio en el que habría puesto las garras, siempre que todavía hubiese visos de posibles ganancias, ni aunque hubiese perdido interés personal en él.

Por ejemplo, cuando se le preguntaba al respecto, afirmaba no sentir mayor deseo de regresar a España. No le gustaba el clima y no tenía recuerdos agradables de su país, por no hablar de que había sido excomulgado por las autoridades católicas por la compra de unas tierras expropiadas a su Iglesia durante la desamortización.

Sin embargo, pese a todo, Salazar seguía siendo el mayor terrateniente de Terrosa, el dueño de su alcornocal más importante. Continuaba llevando la gestión del sitio y mantenía viva la lucha contra su mayor adversario, Venancio Quintana. Entre ese hombre y Salazar había un odio muy antiguo, tan hundido en la tierra de Terrosa como las raíces de sus alcornoques.

La intención de Robert Reynolds y Ethan, en aquella primera visita, había sido la de arrendarle sus grandes extensiones productoras de corcho. Pensaban que resultaría un negocio sencillo, incluso más barato que de costumbre, dado su desapego de España.

Pero, a diferencia de otros terratenientes extremeños, en su mayor parte nobles que vivían lejos de la zona y que no eran conscientes de la riqueza que se escondía en sus dehesas, Salazar no se dejó engañar. Podía no sentir afecto por su tierra, pero sabía oler un buen negocio a distancia. Y el corcho lo era.

Solo tuvo que informarse un poco para descubrir lo mismo que sabían los Reynolds: que la fabricación de tapones había experimentado un gran auge en los últimos años. Los catalanes, los primeros en iniciar su industria en la península, no conseguían producir la materia prima suficiente como para hacer frente a la enorme demanda europea, por lo que los ojos de todos se estaban dirigiendo a lugares como Extremadura, donde más de la mitad de la tierra era dehesa de alcornoques.

Aunque suponía un riesgo, los Reynolds, bien asesorados por Ethan, fueron lo bastante inteligentes como para darse cuenta de que el auténtico beneficio estaba en arrendar por adelantado grandes zonas a bajo precio y por largos periodos de tiempo, a veces durante varias décadas. De ese modo, se podía conseguir una materia prima sumamente barata, además de asegurarse el suministro y de evitar toda posible competencia.

Pero Salazar, a su vez, supo sacar buen provecho de la situación. Accedió a participar y ofreció su ayuda para conseguir contratos con otros vecinos, pero solo si Reynolds le aceptaba como algo más que un simple agente, casi como una especie de socio local. Y lo logró.

Según el acuerdo que establecieron, a cambio de una parte generosa de las ganancias, él se encargaría de gestionar todo lo relativo al corcho de Terrosa y alrededores. Pero, claro, no iba a jugar limpio en un negocio donde podía sacar mucho más dinero si jugaba con sus propias normas, alterando aquí y allá números y datos.

Todo fue bien los primeros meses, pero, por desgracia para Salazar, Ethan Caldecourt no era ningún tonto. Sorprendido por los resultados de su participación, que había esperado mejores, los investigó a fondo. No fue fácil, pero terminó descubriendo la verdad.

Tras un enfrentamiento muy tenso, en el que Ethan se negó a aceptar sus sobornos, cortó la sangría por lo sano. Hubiese preferido expulsarlo del negocio, pero si iniciaba un pleito para aclarar la estafa el abastecimiento de corcho se resentiría con largos retrasos, cosa que Reynolds no podía ni quería permitirse.

Tras pensarlo bien, Ethan optó por el mal menor: conservó a Salazar como socio, pero a partir de entonces revisó cada número en las cuentas y cada coma en los acuerdos, manteniéndole bajo una vigilancia estricta. Rara era la reunión en la que no terminaban discutiendo.

Salazar no se lo tomó muy a bien. No fue tanto por el dinero perdido como por la afrenta sufrida en su orgullo, algo que no podía permitir ni, mucho menos, perdonar. A partir de aquel instante, Ethan Caldecourt se convirtió en un objetivo a destruir por completo. A su modo de ver, aquel inglés entrometido le había quitado algo; él le quitaría algo también.

Todo, a ser posible, porque no era hombre de términos medios.

7

Salazar conoció a Helen Caldecourt, la esposa de Ethan, en Londres, en una fiesta navideña de los Reynolds, y supo de inmediato lo que tenía que hacer. Al dulce sabor de la venganza se añadió el hecho de que era un depredador nato y siempre le divertía la idea de la caza. Como buen demonio, le gustaba corromperlo todo a su paso y sembrar el camino de tentaciones, así que empezó a jugar.

Primero fueron miradas, luego regalos, detalles cada vez más caros y comprometedores; más tarde, empezaron los encuentros fortuitos, en tiendas o por la calle, llenos de sonrisas cómplices y galanterías, en el inicio del cortejo que debía llevarlos a una relación adúltera. No le resultó difícil, porque la joven se enamoró de él por completo.

Para Helen, Salazar resultó ser todo un descubrimiento. Había creído ser feliz con su marido, un hombre al que consideraba amable y cariñoso, pero de pronto comprendió que solo había contemplado la vida sin sentirla realmente. No amaba a Ethan, no sentía mayor placer con él, no ardía entre sus brazos. No se estremecía de ese modo, profundo e intenso, que Salazar sabía cómo provocarle. Aquello la avergonzaba y la hacía sentir muy culpable, pero no lo podía evitar.

Así, mientras Ethan estaba en tierras extremeñas, asegurándose de que los socios de Reynolds no volvieran a estafarlo, el español estaba en su casa, acostándose con su esposa.

La primera vez que vio a Salazar, William tenía quince años recién cumplidos. Por aquel entonces, pasaba poco tiempo en su casa, porque estaba estudiando interno en un colegio, el mejor centro que podían permitirse los Caldecourt, pero aquel día se encontraba de vacaciones y acompañaba a su madre, que se había empeñado en salir de compras.

Estaban a punto de ir a tomar el té cuando se tropezaron con Salazar, que salía de una de las tiendas más elegantes de Bond Street. Llevaba traje, con sombrero de copa y abrigo largo, de corte impecable, todo de tonos oscuros, excepto el chaleco, bordado con detalles plateados.

Era ya de mediana edad, rondaría los cuarenta años; su cabello empezaba a volverse gris, pero todavía se veía lejos del triste anciano en que iba a convertirse. Al ver a Helen, sonrió y se llevó los dedos de la mano derecha al ala del sombrero de copa, como gesto de saludo. En la izquierda sostenía el bastón de tal forma que la enorme bola de la empuñadura, que seguramente era de oro, parecía una maza. Su brillo estaba empañado por las huellas de sus dedos, dedos de gigante, de semidiós.

A William le pareció impresionante, pero también tan oscuro y siniestro como la sombra que proyectaba.

—¡Señora Caldecourt, qué agradable sorpresa! —dijo Salazar, con un fuerte acento español—. Permítame que le diga que está usted muy hermosa hoy. ¡La mujer más hermosa que he visto en todo el día, me atrevería a decir!

Era cierto. De hecho, al regresar del colegio, William se había preguntado qué pasaba. Casi había tenido dificultades para reconocer a su madre en aquella mujer que le parecía de pronto tan joven, tan... sensual. Nunca la había visto así de resplandeciente. Helen siempre había sido una mujer sencilla, nada coqueta; una muchacha volcada en su marido y su hijo que prefería reír con el pequeño Will, leyendo un libro juntos, que alternar en sociedad o asistir al teatro.

Pero en esa ocasión la había encontrado ausente y extraña. Se había empeñado en salir de compras cada día, recorriendo siempre las mismas zonas con aire inquieto. Tardaba más de lo habitual en arreglarse, algo lógico, puesto que de pronto se esmeraba mucho en su apariencia. Ese mismo día lucía un vestido de un suave tono rosa que le sentaba muy bien. También se había esforzado en hacerse un nuevo peinado. Mientras la esperaba, tumbado indolente en un sillón, Will había podido escuchar cómo discutía cada rizo con su doncella.

Y, de pronto, en aquella acera de Bond Street, lo entendió todo. Entre su madre y aquel hombre pasaba algo; hubiera apostado el alma a que tenían una aventura. Helen se dio cuenta de la mirada de su hijo y trató de disimular, quiso mostrarse indiferente al enorme carisma de Salazar, y ocultar la alegría que le daba verlo, pero le resultó imposible. Se ruborizó de una forma encantadora y sus ojos brillaron.

Ese era el hombre que ocupaba por completo sus pensamientos. Para el que se preparaba cada día, y al que buscaba incansable por las calles de Londres. William sintió pena por su padre, que estaba lejos, ignorante de lo que ocurría en su casa, con su familia; pero también por su madre, porque estaba claro que se había enamorado de Bernardo Salazar, pero no era correspondida.

Para entonces, William ya sabía de sobra lo que era el sexo. Había perdido la virginidad poco después de cumplir los trece años, durante unas vacaciones, con la hermana mayor de uno de sus compañeros de internado, y luego nunca había tenido problemas a la hora de encontrar compañía para esa clase de diversiones.

Todo el mundo decía que había heredado el atractivo físico casi legendario de su abuelo Richad: gustaba a las mujeres, y mucho.

Lo mismo le pasaba a aquel hombre.

—Señor Salazar, no exagere, por favor —pidió Helen, tan tímida y temblorosa como una debutante en su primera temporada—. Últimamente... últimamente coincidimos poco. Me alegro mucho de verlo.

—Lo mismo digo, mi querida señora —replicó él, con una sonrisa, dejando pasar el tema del tiempo transcurrido. Echó un vistazo lleno de curiosidad a William—. ¿No va a presentarme a este joven caballero?

Helen lo miró y William hubiera jurado que se había olvidado de que estaba allí. Carraspeó, nerviosa.

—Sí, desde luego. Este es mi hijo, William. Will, este caballero es el señor Bernardo Salazar. Trabaja con tu padre.

Así que aquel era Bernardo Salazar. William no lo había visto nunca, pero había oído hablar de él. Sabía que era un empresario español, muy próspero, que tenía negocios con Reynolds, el hombre para el que trabajaba su padre. Incluso, una vez, unos meses antes, Ethan le había enviado a su casa a llevar unos documentos.

No le dejaron pasar de la verja de la mansión de Salazar, llamada Salazar Castle. Un criado ceñudo lo miró como si temiese que le fuera a contagiar unos piojos o algo peor, cogió la carpeta y le dijo que se marchara. Por lo poco que vio, el lugar le había parecido gigantesco. Desbordaba esa impresión de lujo abrumador que él asociaba con su propia niñez, aquellos lejanos tiempos en los que vivían como duques la posibilidad futura de convertirse en condes.

—William, saluda. Sé educado —ordenó su madre.

William hizo una mueca. De haber sido ya un hombre adulto seguro que hubiese afrontado el momento de otro modo. Pero todavía era un muchacho, y uno obediente, además, al que habían inculcado un comportamiento formal.

—Buenas tardes —logró decir, cortés, tratando de resistirse a la mezcla de fascinación y rechazo que le provocaba aquel hombre.

Su voz le sonó lo suficientemente fría. Bien. No quería que pensase que de verdad le deseaba una buena tarde.

Nunca olvidaría el modo en que lo escrutó Salazar al escucharlo. Sus ojos, muy negros, ásperos como la piel de un demonio, lo recorrieron de abajo arriba, tomando buena nota de cada detalle. Cuando William le mantuvo la mirada, sin dejarse arredrar, parpadeó apenas y casi sonrió.

—Un placer, joven William. —Extendió la mano derecha en su dirección y él tuvo que estrecharla, y percibió su fuerza—. Me alegro de conocerte por fin.

—¿Por fin? —preguntó sorprendido.

Quizá su padre le había hablado de él, aunque le constaba que no se llevaban especialmente bien. No los imaginaba manteniendo una charla sobre la familia.

Salazar sonrió.

—¿No crees que todo hombre se forja su propio destino?

Aquello lo desconcertó. Miró a su madre, que contemplaba a Salazar como si no hubiera criatura más admirable en el mundo.

—Eh... Supongo —atinó a decir.

—Yo también. —Su sonrisa se acentuó. Le dedicó una última mirada y se volvió hacia Helen—. Ha sido un placer volver a verla, señora Caldecourt. Transmita mis saludos a su esposo cuando...

—Espere. —La expresión de Helen había variado. La sonrisa se había convertido en una mueca tensa y toda la luz que la había envuelto al encontrarse con Salazar se disipaba por momentos—. Yo quería... eh... No sé si recordará aquel vino que comentamos en la fiesta de lady Galthaway. Me preguntaba si podría...

Se le atascó la frase, y fue incapaz de continuar, pese a que Salazar esperó varios segundos con gentileza. Finalmente, viendo que Helen no conseguía articular palabra, lo hizo él.

—Por supuesto, señora Caldecourt. Mañana mismo le enviaré tres botellas del mejor tinto a la dirección de siempre.

Helen se ruborizó más todavía, con lo que William terminó por comprender que estaban hablando en clave. Mañana. Dirección de siempre. ¿Las tres botellas podían indicar la hora? Quizá...

Salazar hizo un último saludo antes de alejarse. Solo cuando giró una esquina y desapareció de su vista, Helen y él reaccionaron. Casi dio la impresión de que habían despertado de un hechizo.

—¿Qué está ocurriendo, madre?

Helen apartó los ojos, turbada.

—No sé qué quieres decir.

Exponer sus sospechas en voz alta, pedir explicaciones, hubiera roto una línea invisible entre ellos. Había cosas que un hijo no podía reclamarle a su madre. Casi lo sentía como una falta de respeto, de modo que guardó silencio, pero decidió espiar sus pasos.

Gracias a eso, al día siguiente siguió a Helen cuando esta salió de su casa a escondidas. Se había excusado diciendo que tenía jaqueca y que iba a estar acostada hasta la cena, pero William no la creyó en absoluto. Dijo a su vez que iba a dar un paseo y se apostó en las cercanías, oculto por el seto del jardín de unos vecinos.

«¡Menuda familia de mentirosos!», pensó, sin sorpresa. Eran Caldecourt.

Helen caminó hasta Trafalgar Square, en cuyas cercanías estaba Salazar Castle. Dio la impresión de que los criados la conocían. Le abrieron la puerta de inmediato.

William tardó una hora entera en decidirse a intentar saltar la tapia sin que le viese nadie. Trepó por la pared del edificio, hasta el primer piso, y se movió por la repisa bajo las ventanas.

Buscó hasta encontrar lo que no quería ver.

La escena que estaba teniendo lugar dentro era mucho peor de lo que había esperado. De hecho, pareció saltarle a los ojos por sorpresa, como una fiera que hubiese estado emboscada, una criatura artera y dañina.

Su madre, en la cama, desnuda sobre las sábanas de seda, se aferraba a aquel hombre mientras se retorcía de placer y gemía; tumbado sobre ella, Salazar empujaba con determinación entre sus piernas, de una forma lenta pero decidida, provocando un sonido rítmico de crujidos con cada fuerte golpe de caderas.

William supo en todo momento que no estaba contemplando un acto de amor, o al menos no lo había por parte de aquel hombre. En su caso, era puro y simple deseo de posesión, y la seguridad de que ya era suya.

Sintió una profunda náusea y retrocedió con tanta brusquedad que perdió pie y cayó al vacío. Estuvo a punto de matarse. Por suerte, los arbustos del jardín amortiguaron la caída, aunque quedó inconsciente y nunca supo qué pasó, cómo lo encontraron y qué hicieron para llevarlo dentro.

Cuando recuperó el sentido, estaba acostado en un sofá, en un despacho grande y elegante que le resultaba completamente desconocido. Lo único que tuvo claro fue que le dolía la cabeza, y mucho.

Salazar estaba a un par de metros, sentado en un butacón, observándole con fijeza. Estaba descalzo y solo vestía una bata de estar en casa, aunque fuera una de seda bordada. Debajo seguro que estaba tan desnudo como le había visto en la cama.

Durante unos momentos, se miraron en silencio.

—¿Y bien, joven William? —preguntó entonces Salazar—. ¿Qué vas a hacer con lo descubierto hoy?

«Maldito cabrón». Iba a mandarle al infierno, pero se contuvo. Supo de un modo instintivo que estaba ante un adversario demasiado peligroso. Era mejor ir paso a paso, con cuidado. Además, le importaba más su padre que la verdad, y si Ethan se enteraba de aquello, podía cometer cualquier locura.

—Nada.

Los ojos del hombre lanzaron un destello de genuino interés y se echó a reír.

—¿En serio? Un muchacho listo.

—No voy a provocar un conflicto que perjudique a mi padre. —¿Eso era todo? ¿Iba a dejar las cosas así? No. Suponía que sería inútil, pero tenía que intentarlo—. Pero se apartará de mi madre.

Salazar arqueó una ceja.

—No. No lo haré. Y, para que lo sepas, ella no quiere que lo haga. Le gusta lo que siente conmigo, lo que le hago sentir. —Sonrió—. Es ella la que me busca ahora. Yo había dado por terminada la relación, pero se empeña en hacerse la encontradiza, en venir aquí. A mi cama.

Lleno de rabia, William trató de incorporarse y sintió una fuerte punzada, como si le taladrasen el cráneo. Con un gemido, se tocó en el punto donde se había golpeado. ¡Cómo dolía! Quería irse a casa cuanto antes, acostarse y dormir durante siglos. O, al menos, hasta volver a encontrarse bien. Para eso, quizá necesitase uno o dos milenios.

—¿Dónde está?

—Arriba. Se está vistiendo, le he dicho que se vaya. La he dejado llorando, espero que no me monte una escena como la última vez. —William calculó el coste de incorporarse por sorpresa y darle un puñetazo. No se atrevió—. No se ha enterado de que casi te abres la cabeza en mi jardín, si es lo que te preguntas, y no se enterará. Mis hombres son discretos. Haz el favor de estarte quieto —ordenó al ver que quería incorporarse otra vez—. El médico ha ido a casa de uno de sus pacientes aquí cerca, volverá después. Dijo que no te movieras cuando recobrases el conocimiento. Haré que...

—Da igual. Estoy bien.

Salazar no le creyó. Se inclinó hacia él y extendió un brazo, para sujetarle.

—Eso no...

—¡Estoy bien! —insistió, con voz helada, apartándole de un manotazo. Se puso en pie y se tambaleó. Aun así, esperó estar mostrándose lo suficientemente firme cuando añadió—: Me voy de aquí. Apártese de mi madre, aléjese de mi familia, o juro que se lo haré pagar con creces.

Salazar pareció más divertido que amedrentado, pero no volvió a intentar retenerlo. William salió de la mansión como pudo y caminó durante lo que le parecieron horas. Hizo el equipaje y se fue a la estación. Para cuando su madre volvió a casa, él ya estaba lejos, rumbo al colegio, sin esperar a que terminasen sus vacaciones.

A los pocos días, Helen fue a verle para exigirle una explicación, pero solo la recibió un momento.

—William, ¿qué...? —empezó ella.

—Salazar —le dijo, como si fuera una palabra mágica, el desencadenante de un conjuro maldito.

Debía serlo, porque Helen abrió mucho los ojos, palideció y no volvió a insistir. No dijo nada tampoco cuando le dio la espalda y se fue.

William no regresó a su casa en mucho tiempo, ni siquiera por vacaciones. Casi un año después, a principios de un frío diciembre, recibió un mensaje urgente de su madre: necesitaba su ayuda, de inmediato. Ethan había regresado de improviso de España. Se presentó en su casa y le preguntó si era cierto el rumor de que se había convertido en la amante de Salazar. Ella no supo cómo reaccionar y terminó admitiéndolo.

Había esperado un estallido, quizá alguna bofetada y, desde luego, una petición formal de divorcio, pero no hubo nada de eso. Ethan no había discutido, no había gritado. Simplemente, la miró con tristeza; dio media vuelta, sin soltar la maleta que había traído consigo, la que llevaba arrastrando de un lado a otro desde hacía años, y se fue.

Tres días después, seguía desaparecido. Nadie sabía nada de él. En la mansión de Reynolds tampoco tenían ni idea de dónde estaba. De hecho, al acudir allí a buscarle, se enteró de que le habían despedido por alguna clase de fraude.

No sabía qué hacer. ¿Podía ayudarla a buscarle?

Aturdido, William regresó de inmediato a Londres. Allí, hizo que su madre avisase a Charles Barrow, un hombre que había trabajado muchos años con Ethan. Se dedicaba a recopilar información para los negocios de Reynolds, y le consideraba un buen investigador, además de un buen amigo. Gracias a él, descubrió que Ethan había alquilado una pequeña casita en las afueras. Desde que entró, no parecía haber vuelto a salir. Nadie le había visto en días.

Con ayuda de Barrow, William abrió la puerta y se lo encontró ahorcado en la cocina. Ni siquiera había deshecho el equipaje. Debió suicidarse nada más entrar con dos cinturones enlazados, sujetos a la lámpara.

A sus pies, vieron una silla volcada. Había dejado una carta sobre la mesa...

> A mi muy amado hijo:
>
> William, perdóname por lo que voy a hacer, por favor, perdóname. Bien sabe Dios que he intentado buscar alternativas que no te provocaran el terrible pesar que ahora estarás sintiendo, pero... no he sido capaz de encontrarlas.
>
> Me lo han quitado todo. Me han traicionado de la peor manera y me enfrento al deshonor y la cárcel, sin posibilidad de defenderme. No quiero vivir algo así.
>
> Mi último legado solo puede ser un consejo: no creas nada de lo que te digan. Jamás

Faltaba el punto final, dejando la duda de si pensaba seguir la frase o no. Así había quedado su último mensaje, como había quedado su vida, sin terminar.

William no tenía un recuerdo claro de lo que sucedió a continuación, una vez terminó de leer la carta y la arrugó entre sus dedos. Ya desde el momento en que atravesó el umbral y vio el cuerpo desmadejado de su padre, oscilando lentamente desde aquella soga improvisada, tenía la sensación de vivir en un mundo diferente, uno en el que la velocidad y el tiempo fluían de otro modo, y sin mayor control.

Pero, con ese leve crujido de papel, la sensación pareció dispararse.

A partir de ahí, todo se agolpaba de cualquier modo en su cabeza, en un caos de percepciones: los copos de nieve que rozaban su cara pero no le provocaban ni frío ni calor; las calles abarrotadas de gente y adornos navideños en las que no oía más que un zumbido muy grave; la gran mansión de Salazar, en la que entró como una tromba gritando algo que ni siquiera él podía entender...

Su puño golpeando el rostro de ese hombre odioso; Salazar golpeándole a él; un par de guardaespaldas que, con grandes problemas, lograron arrastrarlo hasta el despacho y retenerlo por la fuerza en una silla...

—¡Está muerto! —exclamó William mucho después, cuando todo volvió a quedarse quieto, casi con brusquedad.

Quizá no le entendieron, porque no era capaz de pronunciar bien las palabras con su boca crispada. Sentía fuego en los ojos. No iba a llorar.

Recostado en su sillón de cuero, Salazar aplicaba un paño húmedo sobre su rostro. Le había roto la nariz.

—Para ya de una vez, cojones. Maldito crío... ¿Te has vuelto loco? ¡Si vuelves a atacarme, del modo que sea, recibirás una paliza que te costará olvidar! Ofrécele un adelanto —le dijo a uno de sus hombres. El matón le propinó un puñetazo devastador que le lanzó fuera de la silla y le envió rodando hasta chocar con una estantería, junto a la pared. Estaba todavía atontado cuando lo levantaron en volandas, como si fuese un muñeco, y volvieron a sentarlo. Salazar lo observó durante varios segundos con el ceño fruncido—. ¿Qué demonios ha pasado?

William se lo dijo, le explicó todo lo ocurrido, vomitó aquella escena terrible que jamás conseguiría arrancarse de la cabeza. Salazar apretó los labios y su rostro se volvió de piedra. Una vez que terminó de contarle todo, mandó a un par de sus hombres al lugar en el que se había colgado Ethan y avisaron de inmediato a las autoridades.

Alguien comentó que habían bajado el cuerpo. Quizá. Para él, permanecería por siempre balanceándose, colgado de aquella lámpara.

Al cabo de una eternidad, uno de los hombres de Salazar lo llevó a casa. Su madre estaba allí, sentada en el salón. Helen tenía los ojos secos y la boca torcida en una línea forzada. Nunca la había visto tan pálida.

—El señor Salazar va a hacer todo lo posible para que la noticia no llegue a los periódicos —le dijo, sin mayor preámbulo—. Si se descubre que se ha suicidado, no querrán enterrarlo en sagrado. —Hizo una ligera pausa, quizá esperando a que él dijera algo. No lo hizo—. El funeral será mañana. Espero que...

—Ha sido por su culpa, madre —la acusó, rabioso—. Ha sido por su traición, por su repugnante traición. —La fulminó con la mirada—. Jamás se lo voy a perdonar. Ni a Salazar ni a usted.

Helen no se defendió. Tomó aire, con fatiga. William tardó todavía varios meses en enterarse de que tenía tisis.

—Yo tampoco voy a perdonarme —susurró—. Pero ahora debemos centrarnos en sobrevivir, William. Nuestra situación es desesperada. No tenemos nada. —Se pasó una mano por el rostro—. Nada.

—¿Qué? ¿A qué se refiere?

—Vivíamos del sueldo de tu padre. Lo poco que he logrado ahorrar en este tiempo no alcanzará ni para seis meses. Y, desde luego, vamos a necesitar ayuda para mantenerte en el colegio y enviarte a la universidad.

—Eso da igual. Buscaré empleo.

—No. No, de ninguna forma. Tu padre quería que estudiases leyes, como hizo él. —Dudó—. El señor Salazar se ha ofrecido a sufragar todos los gastos de tu mantenimiento y tus estudios hasta que seas mayor. Voy a aceptar esa propuesta.

Él la miró con la boca abierta.

—No puede estar hablando en serio. —Esperó, pero como ella no decía nada supuso que sí, que aquello no era una broma de mal gusto. Simplemente, su madre se había vuelto loca—. Olvídelo. No voy a hacer como si no hubiese pasado nada ni quiero que su amante me mantenga.

—Haz lo que te digo, William. Hemos de ser prácticos. Tu padre no nos ha dejado nada. —Miró a su alrededor, con indiferencia—. Ni siquiera sé si la venta de esta casa sería suficiente como para afrontar sus deudas. Tenemos que pensar en tu futuro.

—Podré arreglármelas. Saldré adelante y me ocuparé de usted.

—No. —Y, entonces, lo sorprendió al mirarle con un brillo de puro odio en los ojos—. Si de verdad deseas vengar a tu padre, si quieres tener alguna oportunidad de conseguirlo, no puedes terminar siendo un bruto con más músculo que cerebro. Necesitas títulos, ¿lo entiendes? Necesitas una educación que te permita una posición social y la capacidad de hacer daño, William. Auténtico daño.

—Madre...

—Hay momentos en los que solo cabe tragarse el orgullo y morderse los nudillos. Este es uno de ellos, porque tienes que ser fuerte y sacar toda la ventaja posible de la situación en la que te encuentras.

—¿A qué viene esto?

Helen se puso en pie y caminó hacia la ventana, una sombra negra moviéndose por un mundo en luto. Contempló el cielo nublado del exterior.

—Bernardo Salazar ha pasado muchas noches en esta casa...

William sabía que ella le visitaba asiduamente en su mansión, pero, claro, también podían haberse dado ocasiones a la inversa. Helen había pasado mucho tiempo viviendo sola, con él en el colegio e Ethan en España.

En cualquier caso, no quería saber nada de aquello.

—No, por favor, no...

—Espera. La historia que voy a contarte no tiene nada que ver con las bajas pasiones que me... arrastran. O sí, pero de otro modo. Hace ya tres años que me convertí en su amante. —Curiosamente, fue esa palabra la que provocó su rubor—. Por lo general, era yo la que iba a su casa, pero no siempre. Ha dormido aquí, a mi lado, muchas veces. Y más de una noche, al despertarme, he descubierto que no se encontraba en la cama.

Aquel detalle sí que le intrigó. William la miró sorprendido.

—¿Dónde estaba?

—En el despacho de tu padre, entre papeles. Siempre tenía una excusa, claro, pero la verdad es que nunca le creí. Quería hacerlo, pero no pude. —Tragó saliva—. Me utilizó, ¿entiendes? Me usó para sacar información, para acceder a documentos de tu padre, quizá incluso para introducir pruebas que luego han condenado al pobre Ethan. Porque estoy segura de que eso era lo que buscaba Salazar: destruirlo. Siempre, desde el principio. ¿Lo entiendes?

William sintió un frío intenso. Dio un par de pasos de un lado a otro, apretando los puños. Deseando poder volver a golpearlo.

—Maldito...

Helen asintió.

—Él es el auténtico asesino de tu padre, nunca lo olvides. Por eso debes aprovechar esta oportunidad y prepararte para destruir a tu enemigo en el futuro. —Su boca se curvó, tensa, en un remedo de sonrisa—. Es tan irónico que sea él quien vaya a pagar para convertirte en el vengador de tu padre que hasta resulta hermoso.

—Madre, no creo que sea buena idea.

—Basta. Júrame que acabarás con Bernardo Salazar, William. —Entornó los ojos—. Destrózalo, humíllalo. Coge todo lo que tiene, absolutamente todo, y aprópiate de ello. Y, luego, destrúyelo por completo. —Estaba tan pálida, tan bella, mientras alzaba una mano y aplastaba el aire en un puño... Seguía enamorada, comprendió. Enamorada del monstruo, frustrada por ello, impotente. William sintió que su corazón se llenaba de fuerza, de deseos de venganza, de odio. De pena—. Hazlo por tu padre. Hazlo por mí. Ninguno de los dos descansaremos hasta que lo consigas.

¿Qué podía replicar a eso? También quería lo mismo. Asintió.

8

Su madre murió dos años después de tisis. William estaba estudiando en Oxford, gracias al tutelaje de un noble inglés amigo de Salazar, y regresó a Londres para el entierro. El cielo estaba gris, el viento que barría el cementerio era muy frío y llegaba cargado de humedad. Acudió muy poca gente, solo algunos criados, los guardaespaldas y ellos dos, Salazar y él. Cualquiera hubiese podido pensar que se trataba del viudo y el hijo de la difunta.

Tras el funeral, William quiso marcharse de vuelta a la universidad sin hablar con Salazar, pero no llegó a salir de Londres. Los matones de este lo localizaron y, pese a sus protestas, lo llevaron a su mansión y lo obligaron a sentarse en la misma silla del despacho que la otra vez.

Salazar lo dejó cocerse en su propio jugo durante más de diez minutos; luego entró y se sirvió una copa.

—¿No te están enseñando algo de educación en esa universidad tan cara que te estoy pagando, muchacho? —le preguntó, con enfado—. ¿A qué ha venido salir corriendo de ese modo, sin despedirte siquiera?

William hizo una mueca.

—Quizá a que no quería despedirme.

—No seas insolente. —Se miraron con fijeza, retándose como dos toros meditando la embestida. Salazar se encogió de hombros—. Supongo que debería ser más paciente. Perdiste a tu padre, ahora a tu madre... Lo lamento, William, de verdad. Después de todo lo ocurrido, debes de sentirte muy solo. —«¡Bastardo!». William apretó los puños. No iba a llorar, no iba a llorar...—. Sabes que, si quieres hablar, aquí me tienes.

—¿Con usted? —Soltó una risa amarga—. Por Dios... No tengo nada que decirle, excepto que volveré de inmediato a Oxford.

—No. Te irás mañana, esta noche la pasarás aquí. Quiero que hablemos, quiero que nos conozcamos mejor.

—Yo ya lo conozco. Sé perfectamente ante quién estoy.

La expresión de Salazar se volvió pétrea. Lo observó con ojos entornados.

—Entonces, sabrás cuánto puedo darte. —Dejó pasar un par de segundos, como asentando las bases para la propuesta que le tenía reservada—. ¿Qué dirías si te ofreciese la oportunidad de llevar el apellido Salazar?

—¿Salazar? —Eso le tomó por sorpresa—. ¿Está hablando de cambiarme el apellido?

—No, no exactamente. Podrías, supongo, yo lo hice en su momento, aunque no sé si también en Inglaterra es un asunto de derecho privado, como en España. Allí cualquiera puede cambiarlo con total libertad. Podría consultarlo, pero no es eso.

—¿Entonces?

—En realidad, primero pensé en casarte con mi hija. —«¿Con su hija?». Tuvo que hacer memoria para recordar cómo se llamaba: Candela, claro. Seguro que era una versión femenina del propio Bernardo Salazar, soberbia y caprichosa. Ni loco se ataría a alguien así—. Pero creo que eso se queda corto. Quiero que tú lleves el apellido Salazar, directamente. Que seas un Salazar. Algo que implica mucho más de lo que parece a simple vista. —Se inclinó hacia él con aire confidencial—. Estoy hablando de adoptarte. Que seas mi hijo y heredero.

William cada vez estaba más perplejo.

—¿Y por qué iba a hacer algo así?

—Esa es una pregunta estúpida. Porque no tengo un heredero varón, por supuesto. Por eso, podrías serlo tú.

—¿Y su hija?

Le miró con desprecio.

—Otra pregunta estúpida. Solo es una mujer. No cuenta. No sirve. Tampoco mis bastardos. Tengo hijos a montones, pero no son los elegidos. —Miró hacia el fuego, ceñudo—. Hubo una vez que sí, que pensé que uno de ellos podría servirme para continuar la estirpe, pero el muy majadero me salió señorita.

—No le entiendo.

Salazar agitó la cabeza y volvió a mirarlo.

—Da igual. Lo único que importa es que te he elegido a ti, para algo que... —Se quedó sin palabras y suspiró, frustrado—. William, yo soy una mala hierba. Quizá por el modo en que llegué a este mundo no tengo un sentido del origen, sino de la ambición de ser y conseguir. —William había oído historias, rumores sobre que Salazar había sido un niño abandonado, pero no estaba muy al tanto del tema y, de hecho, le importaba bien poco—. Nada me ata, ni siquiera un linaje. Hace tiempo que decidí que, al igual que forjé mi propio tronco a partir de las raíces de una encina negra, crearé mis propios retoños para extenderme en el tiempo.

En aquel entonces, no entendió la referencia a la encina. Tampoco le concedió un segundo pensamiento.

—Pero eso...

—Tú me gustas, me gustaste desde el primer día en que te vi, y más cuando me plantaste cara. Te ganaste mi respeto y eso que solo eras un crío. Ya entonces me dije que llegarías a ser un hombre admirable. Lo serás, seguro. —Sonrió—. Un auténtico Salazar.

—Ni lo sueñe. Soy un Caldecourt. Uno que, por cierto, no olvida quién es el culpable de la muerte de su padre. —Salazar no dijo nada, aunque sus labios dibujaron una mueca amarga—. No me interesa nada su propuesta, ni siquiera quiero dormir bajo su techo, así que me vuelvo a Oxford de inmediato. —Quiso levantarse, pero Salazar hizo un gesto al hombre de su derecha y este le puso una mano en el hombro, reteniéndole en el sitio—. ¿Vamos a jugar otra vez a lo mismo? Dígale a su matón que no quiero que me toque.

Salazar se echó a reír.

—Admirable. En serio, admirable. Pero la cuestión es que poco importa lo que tú quieras, muchacho. Yo soy quien decide. Siempre soy el que decide. Ya deberías haber aprendido esa lección.

Dejó la copa, se puso en pie y rodeó el escritorio. De inmediato, sus hombres sujetaron a William en la silla y, aunque forcejeó, no pudo evitar que lo inmovilizasen. Uno de ellos, tendió un cuchillo a su jefe. William abrió los ojos como platos, empezando a temer por su vida.

¿De qué iba aquello? ¿De una especie de «Serás un Salazar o no serás nada»?

—¿Qué hace? ¿Se ha vuelto loco? —El otro matón le agarró por la muñeca derecha y le obligó a alzar la mano—. ¡No! ¡Suélteme!

Siguió forcejeando, intentó impedirlo, pero eran mucho más fuertes que él.

Con un tajo rápido, Salazar abrió una larga herida en la palma de William, que empezó a sangrar de forma muy aparatosa. El joven se mordió los labios. No quería gritar, no quería darle ese gusto. Salazar sonrió.

—¿Lo ves? Ni una queja. Por eso hago esto. —Lentamente, se hizo también un corte, y luego estrechó la mano de William, palma contra palma. Las heridas quedaron en contacto, la sangre no tardó en rebosar y empezó a gotear sobre la alfombra. A Salazar no pareció importarle. William quiso retroceder, pero no se lo permitió—. Quieto. Vamos, quieto. No te resistas, muchacho. Esto no terminará hasta que pierdas la última gota de sangre de ese hombre inútil.

—¡Mi padre no era...!

—Oh, sí. Ya lo creo que sí. Ethan Caldecourt fue un jodido cobarde hasta el final. Un petimetre que prefirió morir a pelear por seguir viviendo, peor que eso, a luchar por su familia. Por su esposa. Por su hijo. Pero, bueno, ¿qué se podía esperar? Al fin y al cabo no era más que un señorito bien, uno de esos hijos de puta que nacen con todas las ventajas y no saben vivir si las pierden. Cómo me repugnan...

—¡Era abogado! ¡Supo salir adelante, pese a todo!

—Ah, cierto. Se licenció en Oxford, era una mente privilegiada. Y, sin embargo, no llegó a percibir las mareas oscuras que le iban cercando hasta que se ahogó en ellas.

—¿Qué...?

Los ojos de Salazar relampaguearon de ira.

—Tuvo la osadía de venirme a mí con órdenes. ¡De insultarme llamándome estafador de tres al cuarto! No lo sabía, pero estaba arruinado, estaba muerto desde el momento en que vomitó tales palabras —prosiguió, imperturbable. Apretaba tanto que le hacía daño. William crispó los dientes para no gritar—. Y si no llego a decirle que me estaba follando a su mujer, el muy idiota ni se hubiese enterado. —William abrió los ojos de par en par—. Sí, fui yo. Fue el último acto de una obra cuya protagonista ya me tenía aburrido.

William forcejeó con más ahínco.

—¡Canalla!

—Vamos, vamos. Tenía que hacerlo. Todo lo tuyo se enreda con lo mío, como las ramas de una encina negra, William. Como sus negras raíces... —Salazar sonrió, pensativo—. Al menos, he de admitir que tu padre fue un cornudo considerado, quitándose así de en medio. Claro que, si lo hizo, fue porque era demasiado débil como para soportar el peso de semejantes astas. Una enorme cornamenta.

—¡Basta! —Pataleó tanto que tuvieron que volver a contenerlo—. ¡Cállese! ¡Cierre la maldita boca! ¡No le consiento que hable así de mis padres!

—¿Por qué no? ¿Por qué los defiendes? A su manera, te han dejado abandonado en este perro mundo. Abandonado a mi merced, William, a merced del gran monstruo de este relato.

William jadeó, jurándose que no lloraría, que no le daría a ese hombre semejante gusto, maldita fuera su alma perversa. Salazar se limitó a observarlo durante varios segundos. Luego, asintió.

—No lloras, no suplicas. Solo peleas, incluso cuando sabes que no puedes ganar. Bien por ti, muchacho. Ahora, escucha la única verdad de tu existencia. —Lo atrajo de un tirón y se inclinó sobre él, sobre las manos unidas empapadas en sangre, hasta que sus narices casi se tocaron—. Yo surgí de la nada y me rebelé contra el destino que me habían designado: elegí ser quien soy, elegí mi puñetero apellido y el día en que te conocí elegí al que sería mi heredero, mi descendiente. Tú. ¿Te ha quedado claro, joven William? Eres más mío que mi propia hija. Y no hay nada, absolutamente nada, que puedas hacer para evitarlo.

«Debes aprovechar esta oportunidad y prepararte para destruir a tu enemigo en el futuro», había dicho Helen. Cuánta razón tenía. Fue en ese momento cuando decidió hacerlo de verdad. Vengarse de Bernardo Salazar. Destruirlo por completo.

Consiguió tranquilizarse lo suficiente como para lograr un tono frío y decidido, aunque su respiración seguía siendo agitada.

—No permitiré que me adopte.

Si Salazar se sintió frustrado, no lo demostró.

—No lo haré, entonces —concedió, y soltó su mano. Uno de sus hombres les tendió unos paños para limpiar las heridas y contener la hemorragia—. Esperaré a que me lo supliques.

Ya estaba todo dicho. Lo dejaron ir.

9

Desde entonces, William se dedicó por completo a sus estudios. En eso, Salazar nunca se había mostrado tacaño y siguió sin hacerlo, siempre atento a sus notas y a las opiniones de sus profesores, presente en las entregas de títulos y en las fiestas, hasta el punto de que se llegó a rumorear que se trataba de uno de sus bastardos.

Gastó mucho dinero en convertirlo en un auténtico caballero y solo insistió en una cosa: debía aprender a hablar y escribir el castellano. Para ello, tuvo una sucesión de excelentes profesores nativos y, en las ocasiones en las que Salazar y él se reunían, hablaban en ese idioma.

Esa parte, la de los estudios, no había estado tan mal. William era inteligente y tenía una meta, por lo que sacó excelentes notas hasta conseguir licenciarse en Oxford. Entonces, Salazar le ofreció un buen empleo con posibilidades de terminar dirigiendo sus empresas, el objetivo que siempre había tenido en mente, según le dijo. El otro modo de convertirlo en su heredero. Pero, para su sorpresa, William lo rechazó y se fue de Inglaterra.

No tenía medios. No se le ocurría cómo llevar a cabo la venganza prometida a su madre y no soportaba la vergüenza que le provocaba esa derrota. Decidió tomarse un tiempo para sí mismo, para pensar y elaborar una estrategia. Si es que se le ocurría alguna.

Pasó muchos meses viajando de un lado a otro, dando tumbos por toda Europa y por tierras más lejanas todavía, casi siempre sin dinero, aceptando trabajos de todo tipo para mantenerse. Tuvo muchas amantes, pero jamás se permitió pensar en el amor. Para entonces, ya había repudiado ese sentimiento, borrándolo de su vida. Reunió una gran cantidad de conocidos en la larga estela de su memoria, pero no podía decir que supiera lo que era la amistad.

Entonces, llegó el golpe de suerte, aunque fuera gracias a algo terrible.

Estaba en París, a finales de 1845, cuando los abogados del conde de Waldwich se pusieron en contacto con él y le informaron de que tanto el tío abuelo Arthur como su esposa y su hijo habían muerto de «fiebre irlandesa», una forma de llamar a la epidemia de tifus que se estaba extendiendo por toda Inglaterra.

A pesar de la ruptura familiar vivida, el abuelo y el padre de William seguían siendo los herederos del condado de Waldwich en línea directa. Tal como él ya sabía, un título nobiliario no se poseía, solo se ostentaba. El tío Arthur no hubiera podido hacer nada para conseguir que su sucesor fuera otro, por mucho que odiase a su hermano. No estaba en sus manos.

Así las cosas, y dado que tanto su abuelo como su padre habían fallecido, le correspondía a él ostentarlo.

De la noche a la mañana, William se vio dotado con un importante título nobiliario que puso a su disposición una fortuna considerable. O Dios o el diablo estaban dispuestos a ofrecerle una oportunidad. Había llegado el momento de dejar de dar tumbos y comenzar de una vez a organizar su venganza.

Decidió seguir en París y contratar investigadores para reunir información antes de decidir a qué atenerse. William nunca dejaba cabos sueltos, no le importaba invertir en prevenir riesgos, pagar por conseguir cualquier información que conviniese tener, algo que siempre terminaba dando buenos resultados.

A Charles Barrow, el hombre que en su momento lo ayudó a localizar a su padre y lo consoló cuando encontraron su cuerpo colgado, le encargó la recopilación y el estudio de datos relacionados específicamente con Bernardo Salazar, centrándose en Terrosa, en sus orígenes. Por desdicha, Barrow tuvo que dejar el asunto a los pocos días por unos problemas familiares, por lo que todo se retrasó durante varios meses.

Por suerte, la paciencia dio sus frutos. Los investigadores que había contratado para vigilar los asuntos de los Reynolds le informaron un buen día de que el primogénito de Thomas Reynolds Hunter había hecho un reconocimiento de deuda a favor de unos comerciantes andaluces, Julián de la Vega y Antonio de la Riva. El importe era considerable: alrededor de un millón y medio de reales españoles.

William no se lo pensó dos veces. Estudió bien a cada implicado, eligió a su víctima propiciatoria y en muy poco tiempo provocó la ruina de Antonio de la Riva, que tuvo que apelar a todos sus recursos para no hundirse.

El desastre se abatió como una avalancha imparable sobre todos los negocios extremeños de los Reynolds, quienes, a finales de 1846, tuvieron que liquidar gran parte de su patrimonio para saldar la deuda de De la Riva con las casas londinenses Gray y MacFarland y Sadlen, Harrison & Cía, en las que el propio William tenía invertidos grandes intereses.

Y, por supuesto, el desastre de los Reynolds se abatió de inmediato sobre su socio en Extremadura, Salazar.

El asunto De la Riva solo fue el primer paso. William siguió socavando los cimientos de la fortuna de su enemigo con movimientos no siempre limpios, pero sí eficaces. Salazar fue perdiendo poco a poco los nervios, y razón no le faltaba: su magnífico imperio, forjado a lo largo de muchos años de esfuerzo, se derrumbaba poco a poco a su alrededor, sin que llegara a entender qué estaba ocurriendo.

William no tenía ninguna prisa, al contrario. Pensaba haber dedicado a ello al menos otros dos años, quizá tres, para asegurar bien la caída y porque se deleitaba con el sufrimiento lento de aquel canalla.

Pero, un día, supo que Salazar estaba enfermo. No tenía tanto tiempo como esperaba, tendría que actuar ya, si es que iba a hacerlo pese a todo. Y sí, aun así, deseaba hundirlo y mirarlo a la cara mientras se sumía en la desesperación.

Para más contrariedad, recibió una carta del investigador que había enviado a Badajoz a controlar todo lo relativo a la familia política de Salazar. En ella, su hombre le informaba de que la abuela materna de Candela Salazar, Blanca Marcos, había fallecido recientemente y que, en la lectura del testamento, se había indicado que una buena parte de su fortuna debía ser entregada a su nieta Candela el día en que cumpliese los veinticinco años.

Eso sería a principios de agosto, exactamente el día 9. Cuando recibió la noticia, a William le quedaba muy poco tiempo para solucionar las cosas antes de que aquel pez se le escapase de entre los dedos.

A su favor tenía el hecho de que la joven Candela no había sido invitada a la lectura del testamento y que nadie iba a informarla de lo ocurrido si no resultaba absolutamente necesario. Además, como era de esperar, en la familia Marcos se había organizado un buen revuelo. Había quien quería impugnar el testamento, y quizá al final lo lograse, tal como le habían informado sus abogados, pero William no quería arriesgarse a dejar las cosas en manos de la decisión de un juez, de ningún modo.

De hacerse con aquel dinero, la muchacha tendría los recursos suficientes como para salvar por lo menos sus posesiones en Terrosa y asegurar su futuro y el de su padre. No podía permitirlo. Tenía que contraatacar cuanto antes. Y la única solución que se le ocurrió fue adelantar la boda con ella.

Y, total, tampoco tenía en mente casarse con nadie. El matrimonio, al igual que el amor, no eran temas de su interés. Pensaba usarlo para retener y controlar a Candela Salazar, nada más.

Aquel día, en su despacho de París, dejó la nota de su hombre en Badajoz sobre la mesa, se levantó y buscó el daguerrotipo que había encargado meses antes, una imagen de la hija de Bernardo Salazar, Candela.

El paquete había llegado con varios más, y lo había dejado en un rincón, sin desenvolver. El experto, el joven señor Barney, fue enviado a Terrosa a tomar daguerrotipos como si fuera un naturalista viajero interesado en recopilar imágenes de toda España y que se ganaba la vida haciendo retratos al daguerrotipo de las gentes de cada sitio por el que pasaba.

¿Quién podía resistirse a tener una imagen de sí mismo para la posteridad, aunque fuera una invertida lateralmente, como si se hubiese captado su reflejo en un espejo? Cada daguerrotipo era único, y Barney los entregaba ya coloreados a sus modelos, pero había hecho siempre dos, para poder mandar uno a Londres. Total, con los últimos avances, para lograr una buena impresión, los modelos apenas tenían que estar quietos un minuto, y nadie se sorprendía cuando sugería plasmar otra placa, por si acaso.

Gracias a esa triquiñuela, William se había hecho con un buen número de rostros de Terrosa, aunque les había prestado poca atención. Barney había retratado al Gran Quintana, al alcalde Andrade, al dueño de la botica, cuyo apellido siempre olvidaba; a Matilde Quintana, la hija de don Venancio, que sonreía, pero tenía unos ojos extraños que casi diría que estaban muertos. A todos esos, y a muchos otros.

Y el de Candela Salazar, el único que William no había desenvuelto siquiera. No había sentido ningún interés por comprobar su aspecto. Estaba demasiado ocupado despedazando al padre.

«Mentiroso», se dijo. Lo cierto era que no se había atrevido. No quería que el rostro de una muchacha desconocida e inocente lo volviera vulnerable.

Mientras contemplaba el paquete, justo antes de desenvolverlo, sintió de nuevo aquel conato de culpa, pero se recordó que ella también formaba parte de la venganza. Una venganza que estaba logrando poco a poco, que tenía un sabor dulce aunque le dejara frío el corazón.

La convertiría en su esposa, disfrutaría de su cuerpo mientras durase su interés y luego la olvidaría. Regresaría a Londres, tendría miles de amantes y nunca volvería a pensar en aquella mujer. Como Salazar hizo con Helen.

«Destrózalo, humíllalo. Coge todo lo que tiene, absolutamente todo, y apropiate de ello. Y, luego, destrúyelo por completo», le había pedido su madre.

Todo. Todo.

Pensaba en eso, justo en eso, mientras retiraba el papel del envoltorio y se enfrentaba a la imagen de Candela, impresa en la placa y luego coloreada.

Y el mundo cambió...

10

—... al margen. —La voz de Salazar lo sacó de su ensimismamiento—. Espero que te haya quedado claro que Candela no va a permitir que la manejes a tu antojo. Y nada de eso será culpa mía.

William caminó hacia la ventana. Daba a un patio interior, un lugar amplio, bonito. Estaba parcialmente cubierto por un tejadillo enrejado, situado justo a la altura de la base de la balconada que formaba el primer piso. Sobre él se extendía un emparrado reseco, que intentaba dar un poco de sombra sin demasiado éxito.

Las paredes y el suelo estaban alicatados con diminutos azulejos de un blanco intenso, solo roto por una línea de adornos azules. En uno de los ángulos habían colocado unos sillones de caña trenzada, vestidos con almohadones de ganchillo, y una mesita baja.

Diseminados por todas partes podían verse grandes tiestos de piedra, con geranios de distintos colores. Una pequeña fuente completaba la estampa, añadiendo un toque alegre, aunque no salía ningún chorro de agua del caño.

Maldita sequía. Ese año, por lo que había podido comprobar, estaba siendo terrible.

—Ya veremos —replicó, los ojos fijos en aquel patio tan bonito. Resplandecía bajo el sol. Se preguntó cómo era posible que tal cantidad de luz no lograse alejar un poco su propia oscuridad. A veces se sentía tan cansado... Se volvió hacia Salazar—. Sabes que te odio y sabes por qué. Juré terminar contigo y voy a hacerlo. Pero no quiero ser como tú, necesito pensar que soy mejor, y eso requiere que todo sea más civilizado entre nosotros. Por eso vivirás aquí y no te faltará de nada.

—Tonterías. Yo siempre he odiado Terrosa.

William le dedicó una sonrisa.

—Lo sé. Por eso vas a morir aquí.

—Cabrón. —El insulto se le estranguló en la garganta y entró en una de sus crisis de tos. Viendo que no remitía, William se dirigió a la mesita con las bebidas y le sirvió un vaso de agua, pero el viejo lo rechazó. Tuvo que esperar a que se le pasase por sí mismo. Se limpió los labios y miró la sangre que manchaba el pañuelo mientras jadeaba, intentando respirar—. ¡No tengo por qué aguantar esto! ¡Puedo irme en cuanto me dé la gana!

William le contempló con frialdad. Dejó de nuevo el vaso en su sitio y se detuvo frente a él.

—No. No puedes, al menos ahora mismo. Estás agotado por el viaje, no podrías ni arrastrarte hasta esa puerta y, de conseguirlo, mis hombres volverían a traerte a este sillón y te obligarían a sentarte en él.

—Mañana, entonces, o pasado —replicó Salazar con soberbia—. Cuando haya recuperado mis fuerzas. Pese a todo, no soy un maldito inválido.

—Da igual. No tientes mi paciencia, Bernardo. Tienes prohibido salir de esta casa sin mi consentimiento. De hacerlo, mis hombres te traerían a rastras, yo te diría que se acabó nuestro acuerdo y te enviaría directo a la cárcel. Y lo sabes. —El silencio que siguió a tal afirmación se extendió durante varios segundos. Fue William el que lo rompió, con voz clara y dura como el diamante—. No compliques más las cosas. Tengo tu patrimonio y voy a tener a tu hija. Si por tu culpa mañana se plantea negarme el «sí, quiero», todos viviremos una experiencia muy desagradable.

—Ya veo. —Salazar frunció la boca, valorando un pensamiento, y se inclinó hacia delante. Sus pupilas tenían un aire malévolo—. Está bien, adelante, sigue con tu venganza. En realidad, está siendo divertido ver cómo vas quedando atrapado en la trampa que estás tendiendo tú mismo.

—¿A qué te refieres?

—Candela. —El nombre cortó por lo sano cualquier posible réplica. Salazar le señaló—. A veces, cuando hablas de ella, casi da la impresión de que todavía hay un corazón por ahí dentro, latiendo en algún sitio.

—No digas tonterías.

—Y tú no intentes disimular, conmigo no puedes. Nos hemos odiado demasiado, a estas alturas te conozco como a mí mismo. Mi hija te gusta. Te gusta mucho. —Su sonrisa se amplió. Le recordó a un gato regodeándose por haber recuperado una sardina que creía perdida—. Por eso has pasado tanto tiempo haciendo esas estúpidas compras para su ajuar.

William desdeñó aquella idea con un gesto.

—Debe de ser la fiebre, estás delirando. Si compré esas cosas fue porque tú me dijiste que no tenía ni ajuar y yo no quería protestas ni dar pie a demoras. Lo hice por la misma razón por la que solucioné los asuntos religiosos para poder casarnos de inmediato por el rito católico: me da igual todo, con tal de conseguir mi objetivo.

—¿En serio? —Rio entre dientes—. Venga, muchacho. Pensaba que entre nosotros no cabían ya las mentiras. Te he observado durante el viaje, cuando creías que estaba dormido, mientras contemplabas ese bonito daguerrotipo de Candela que conseguiste no sé cómo. Casi me atrevería a asegurar que estás enamorado, pobre diablo. Pero, de no ser así, pronto lo estarás. Tienes la mirada de un hombre condenado.

William entornó los párpados. Maldito fuera...

Y el caso era que tenía razón. Hubiera deseado ser menos transparente, pero las cosas eran como eran y no podía evitarlo. ¡Oh, Dios, qué desastre, qué montón de líos y complicaciones! Y no solo por la situación en la que él se encontraba, con la búsqueda de esa venganza que se negaba a dejar escapar. ¿Amaba de verdad Candela a ese otro hombre? Parecía creerlo y, por lo que William sabía de esos asuntos, había muy poca diferencia entre la ilusión del amor y el amor mismo.

Pero daba igual. Si Candela estaba cometiendo un error o no al elegir marido por sí misma, no llegaría a saberlo, porque él no pensaba permitirlo. Al margen de lo que pudiera sentir por ella o no, aquella mujer era suya, botín de guerra. Se casaría con él y con nadie más.

Claro que la idea de verla suspirar por otro, obligada a estar a su lado, le ponía realmente enfermo...

Salazar tenía razón, sí que era un hombre condenado. Eso le enfadó y se revolvió, iracundo.

—Pisas terreno peligroso, Bernardo —le advirtió—. Además, te equivocas. Te equivocas por completo. —Apoyó una mano en el respaldo del sillón y se inclinó hacia él. Decidió seguir hablando, mintiendo y humillando—. Voy a tener a tu hija, y la tomaré única y exclusivamente porque será una satisfacción que sepas que la disfruto a mi antojo, haciendo con ella lo que tú hiciste con mi madre. —Salazar entornó los ojos—. Y jamás permitiré que se vaya. Esa es la única razón que me lleva a casarme con ella: será mía, legalmente mía. Tan mía como esta casa, como las tierras, como el ganado de mis cuadras, como el último de los perros de Castillo Salazar. Podré obligarla a quedarse, quiera o no quiera. A permanecer aquí, sometida y callada.

Salazar lanzó una risa seca.

—Qué tontería. Candela es una Salazar. Siempre tendrá sus opiniones y tratará de vivir en consecuencia, así se hunda el puto mundo.

—¿En serio? ¿No me has dicho muchas veces que, como mujer, solo existe para obedecer?

Salazar sonrió con desmayo.

—Demonios, Will, digo muchas cosas. Pienso muchas otras. Entre dos aguas, algo pesco. —William rio, pero al otro no pareció importarle—. Y tú... tú no piensas lo que dices tampoco, ni eres tan desalmado como pretendes. Fuerte sí, pero no desalmado, nunca lo has sido.

—Ja. No tientes tu suerte, viejo, sabes que no te conviene. Limítate a seguir mis instrucciones.

—Te repito que estás cayendo en tu propia trampa. —Salazar golpeó el apoyabrazos con la mano derecha, en un gesto lleno de frustración—. Estás tan ciego por el odio que no te das cuenta de que la harás sufrir, seguro, pero tú sufrirás también. Candela no es como tu madre...

—Calla —le advirtió con voz helada.

—No, tienes que escuchar. No es como tu madre, no siente como ella. Pero tú sí.

Eso lo hizo parpadear.

—¿Qué quieres decir?

—¿No es evidente? Tu madre se enamoró de mí de tal manera que se convirtió en un títere en mis manos. Tú te has enamorado de Candela y...

—¡No estoy enamorado! —gritó, enojado.

Y asustado. No sería un títere, jamás, no sería un muñeco en manos de una Salazar, repitiendo la misma situación. Antes, la destruiría.

Salazar adelantó la mandíbula.

—Como tú digas. El tiempo lo aclarará todo. —Suspiró—. Pero hazme caso. Os parecéis demasiado. Del mismo modo que tú no quieres ser barro moldeable en sus manos, Candela no es una muñeca a la que puedas vestir a tu gusto.

Según lo dijo, William pensó en el ajuar y sintió un leve estremecimiento. Esperaba que Candela no se tomase a mal aquel regalo, era lo que le faltaba. Se pasó la mano por el pelo mientras trataba de disimular su inquietud.

—Estoy seguro de que... —Salazar rio entre dientes, como divertido por alguna idea. Le miró sorprendido—. ¿Qué pasa?

—Me estaba acordando de Andrés Salazar.

—¿Quién demonios es Andrés Salazar? ¿Uno de tus bastardos?

—No, claro que no... Pregúntale a Candela.

Iba a insistir, pero se le veía tan agotado que decidió dejarlo estar.

—Bueno, pues gracias por tus consejos, pero te recuerdo que no te los he pedido. Ahora será mejor que me vaya. Tienes que descansar un rato.

—Sí... —Apoyó la cabeza en el respaldo del sillón. Le costaba mantener los ojos abiertos—. Pero te estás equivocando por completo, William... Busca la forma de vivir feliz con Candela... De verdad, no lo digo por mí, que reventaré en cualquier momento. Lo digo por ti, por ella. Estoy seguro de que...

Fuera lo que fuese, no pudo seguir. Se quedó dormido, sin más. William lo contempló durante unos segundos, meditabundo. Luego le dio la espalda y salió de la biblioteca, justo en el momento en el que una doncella se disponía a llamar a la puerta. La chica se ruborizó. Hizo una reverencia tan torpe como encantadora. Era algo regordeta, con un rostro redondeado, infantil y amable.

Nadie se lo había dicho a su llegada, pero William sabía que su nombre era Alba. En realidad conocía el nombre de todos los criados, desde la señora Rodríguez, el ama de llaves, hasta el enorme Titán, que se llamaba en realidad Benito Expósito, y que había sido un niño abandonado junto a la puerta trasera del muro que rodeaba la casa cinco años antes del nacimiento de Candela. Puesto que había vivido en las cercanías una familia gitana, todo el mundo suponía que era uno de los bastardos de Salazar.

La muchacha, Alba, le tendió un pequeño sobre.

—Perdón, milord, un muchacho del pueblo ha traído esta nota para usted. Ha dicho que era urgente.

—¿Para mí?

Tomó el sobre, sorprendido. Cierto, su nombre estaba escrito en él con letra elegante. «Lord Waldwich». Nada más.

Dentro, había una nota muy breve:

Por favor, venga cuanto antes a Palacio Quintana.
Esta misma tarde. No se lo piense.
Necesito hablar con usted con la máxima urgencia.
Suya atentamente,

Ildefonsa Pineda

—¿Quién es Ildefonsa Pineda? —preguntó, desconcertado. El nombre le sonaba, pero no estaba seguro de dónde encajarlo.

—Oh, es la Abuela Quintana —respondió la chica, que contenía a duras penas su curiosidad—. Todos la llaman así, porque fue ama de llaves de los Quintana durante muchísimos años, y la consideran de la familia.

Ah, sí, algo recordaba de la información de los habitantes de Terrosa. Venancio Quintana, conocido como el Gran Quintana, era el mayor terrateniente de la localidad. Su madre había muerto siendo él muy pequeño, y su padre tuvo un ataque de algo. De manera que lo crio el ama de llaves, esa mujer, que incluso había administrado la hacienda durante muchos años.

Bernardo Salazar y Venancio Quintana habían estado enfrentados en las últimas décadas. No podía ser de otro modo, puesto que eran demasiado parecidos, aunque el primero hubiese subido escalando desde la clase más baja y el segundo tuviera un apellido con un rancio abolengo en el pueblo.

Muchas cosas despertaban sus odios mutuos, pero la más grave, con diferencia, era el hecho de que Quintana tuviera un hijo legítimo, y varón, un heredero del que estaba muy orgulloso a pesar de que todo el mundo lo consideraba un crápula y un inútil. Aquello, según le habían contado, era algo que Salazar soportaba a duras penas.

Venancio Quintana también había tenido otra hija, Esmeralda, nacida muchos años antes de un primer matrimonio; de hecho, Lorenzo y Matilde habían sido el fruto de sus segundas nupcias y, en esos momentos, era ya tres veces viudo. William no estaba seguro de qué conclusión podía sacarse al respecto, pero la idea no dejaba de resultarle muy incómoda.

Pese a tanto interés por reproducirse, de los tres matrimonios de Quintana solo habían sobrevivido a la infancia esos tres hijos: Lorenzo, Matilde y aquella otra muchacha, Esmeralda, que había muerto muy joven, protagonizando el mayor escándalo de Terrosa en el último siglo. Al parecer, se había suicidado.

Y aquella familia tan llena de sombras había sido dirigida durante muchos años por el ama de llaves, la llamada Abuela Quintana. Ildefonsa Pineda.

¿Qué podía querer de él aquella mujer? Y con tantas prisas...

—¿Dónde queda el Palacio Quintana? —preguntó.

—Al otro lado del pueblo, señor. Es la casa grande y blanca que se divisa nada más pasar el puente de la Reina. Tuvo que verla al entrar en Terrosa.

—Ah, sí, la recuerdo. —William arqueó las cejas—. El señor Salazar me dijo que era un hospital mental para enfermos peligrosos.

La chica lanzó una risita entre dientes.

—El señor no se lleva bien con don Venancio. Cosas de los amos, ya sabe...

—Sí, ya sé, ya sé... —Ildefonsa Pineda... ¿Qué querría aquella mujer de él? Bueno, si era tan urgente, podía acercarse dando un paseo antes de la cena, quizá con Candela, si lograba animarla. Se estaba guardando la nota en el bolsillo de la chaqueta cuando recordó que Bernardo se había quedado dormido en la biblioteca. Mejor que lo acostaran cuanto antes—. Por cierto, el señor Salazar...

—¿Necesita algo, señor?

La señora Rodríguez, el ama de llaves durante los últimos años, acababa de llegar al vestíbulo desde la entrada del pasillo de servicio. Incluso de no haber sabido que esa parte de la casa estaba destinada a los criados, lo hubiese podido deducir sin problema, porque al otro lado del umbral se divisaban paredes sin adornos, pintadas de un blanco liso. Un modo un tanto insensible de recordar a quien traspasaba ese umbral que no vivía en aquel lugar, que solo trabajaba allí.

William asintió.

—Sí, señora Rodríguez. El señor Salazar necesita descansar. Se ha quedado dormido en el butacón. —Señaló hacia la biblioteca—. ¿Puede ocuparse de que lo suban a su dormitorio? Ha sido un viaje muy largo y está agotado. —Se le ocurrió que más valía asegurar. Si Salazar moría demasiado pronto, su venganza no tendría ningún sentido. Qué irónico—. Y no sería mala idea hacer llamar a su médico, para que pueda comprobar su estado. —Titubeó—. Imagino que tienen un médico de confianza...

—Sí, por supuesto, el doctor Segura. Ha sido nuestro médico durante los últimos cuarenta años.

William arqueó una ceja. Si llevaba tanto tiempo ejerciendo de médico, debía de ser muy mayor. Quizá había llegado el momento de depositar su confianza en algún otro, por lo menos un poco más joven, pero decidió no decir nada de momento, hasta comprobar por sí mismo la situación.

—Perfecto. Hágalo llamar, por favor.

—Desde luego. Le avisaremos de inmediato. —Se volvió hacia la doncella—. Alba, busca a Paco y a Germán y diles que vengan con Titán a la biblioteca. —La chica hizo otra reverencia y desapareció por el pasillo de servicio—. ¿Algo más, milord?

—No, gracias... —Miró alrededor—. ¿Dónde está la señorita Salazar?

—En su habitación. Está viendo el ajuar, señor. —Sonrió con amplitud, arrobada—. Permítame decirle que es maravilloso, absolutamente maravilloso, el sueño de cualquier muchacha. La señorita va a estar preciosa con esos trajes. Tiene que haberlos encargado en los mejores establecimientos.

William titubeó, pero decidió no mencionar que había elegido en persona cada prenda, aprovechando una serie de reuniones de negocios por las principales ciudades europeas. Había aprovechado cualquier momento libre para entrar en tiendas de moda y discutir con una multitud de modistas mientras contemplaba el daguerrotipo de Candela.

Se preguntaba de continuo si tal prenda sería de su gusto, si aquello le sentaría bien, o si por el contrario estaría cometiendo un terrible error de criterio.

A decir verdad, la mayor parte del tiempo se había sentido bastante tonto.

—Así es —admitió. Bueno, al menos parecía que Candela había quedado satisfecha, lo cual le elevó algo la moral. Incluso se animó a sonreír—. Me alegro mucho de que le guste.

—¡No podría ser de otro modo, señor! El vestido de novia es... perfecto, aunque necesita unos pequeños ajustes. —¿Se había ruborizado? William se preguntó a qué clase de ajustes se refería—. Y ese camisón que casi parece dorado... ¡Oh, válgame el cielo, qué bonito! ¡Parece cosa de hadas! ¡Jamás vi nada semejante!

William carraspeó. Él tampoco, y desde el momento en que lo compró esperaba darle buen uso.

Incluso había imaginado a Candela con él puesto, aunque, por aquel entonces, en su mente se había combinado el rostro del daguerrotipo con el cuerpo de su última amante, una poetisa francesa que había demostrado tener más talento entre las sábanas que en los campos de las rimas. La fantasía había resultado satisfactoria, pero había pasado sin pena ni gloria. Ni siquiera había vuelto a recordarlo.

Ahora la idea se entremezcló con la imagen de la joven que bajaba con tanta determinación las escaleras, mostrando los elegantes tobillos con descaro. La que estaba tan dispuesta a luchar por lo que quería que casi llegó a desafiarlo y que se fue con un portazo, dando por terminada su conversación...

No estaba preparado para la oleada de calor que lo envolvió al imaginarla vestida tan solo con esa delicada prenda, mirándole con ojos llenos de pasión. Temió ponerse en evidencia ante la señora Rodríguez, de modo que inició una retirada estratégica hacia las escaleras. Además, necesitaba refrescarse y cambiarse de camisa. Si iba a ir a Palacio Quintana, también debería ponerse las botas de montar.

—Me alegro mucho, esa era la intención, que gustasen —replicó, sonriendo.

Qué curioso que, solo por aquello, ya se sintiese mejor, casi feliz. Ilusionado, eso era, una alegría empapada de esperanza, como si de pronto se sintiera más ligero y el mundo fuese un lugar más alegre. Algo que, de pronto, lo sobresaltó.

¿Tendría razón Salazar, era como su madre? ¿Se enamoraría de ese modo tan completo, tan entregado, hasta el punto de perder la cabeza y olvidar su propio bien?

No. No podría soportarlo. Antes preferiría morir. «Demonios, qué infierno». Se llevó una mano a la sien.

—¿Se encuentra bien, señor? —preguntó la señora Rodríguez. William, que había estado muy absorto, tardó un par de segundos de más en entender qué le decía—. ¿Le duele la cabeza?

—No. Solo estoy cansado. Y este calor asfixiante... —Empezó a avanzar hacia las escaleras—. Gracias.

—¿Desea tomar algo, alguna cosa, antes de la cena, señor? —propuso ella entonces—. Puedo servirle algo fresco en la salita azul, o en la biblioteca. Incluso podemos ofrecerle un té.

No será nada tan elaborado como lo hacen en Inglaterra, pero estoy segura de que le agradará nuestra repostería.

William sonrió. Le gustaba esa mujer. Ya tenía pensado subirle el sueldo, pero ahora con más razón.

—No, gracias, no necesito nada. Más tarde quizá. Ahora voy a salir. Iré a cambiarme.

— Por supuesto, milord. ¿Recuerda dónde queda su habitación? La casa es grande, si necesita puedo...

—No, no se preocupe. —Conocía bien los planos de la mansión. Además, nada más llegar le habían indicado cuál era su cuarto y había estado allí unos minutos. Sabía cómo encontrar su dormitorio y también el de Candela. O cualquier otro rincón, para el caso—. Tengo buena memoria para esas cosas, le aseguro que podré localizarla.

—Muy bien, milord. Encontrará allí todo lo necesario. Si necesita algo más, utilice la campanilla. Acudirá de inmediato alguien del servicio.

—Perfecto. —En el último momento, se le ocurrió otra cosa—. ¿Puede ocuparse de que ensillen un caballo? —Vaciló, pensando en Candela. Quizá el ajuar la había hecho cambiar de opinión sobre un posible paseo—. No sé si la señorita Candela desearía acompañarme... ¿Puede preguntarle si quiere venir? Y ocúpese de que tengamos dos caballos listos, de ser el caso.

La señora Rodríguez sonrió.

—Sí, señor, por supuesto. Se encargará Germán en cuanto quede libre. Es el caballerizo.

William asintió y se alejó, cavilando sobre el servicio de Castillo Salazar. Por lo que sabía, quedaba una media docena de criados en la casa, contando a la propia señora Rodríguez. Estaba también la señora Ortiz, que era la cocinera; la doncella Alba, que ayudaba a limpiar y también hacía de pinche; Gabriel, el joven lacayo; la mole del gigantesco Titán y, por último, el famoso caballerizo, al que también había que recurrir para subir al señor de la casa a su dormitorio, por cierto. Por eso, el propio edificio mostraba un aspecto limpio, pero no impecable.

No eran suficientes. En cuanto pudiera hablar con el administrador contrataría otros tantos, y esos solo para el servicio interno. Las caballerizas, el bosque de alcornoques y las tierras de cultivo iban a necesitar muchos más trabajadores. Pero, lo primero, la casa... Si trabajaban de firme, en un par de meses Castillo Salazar podía recuperar el esplendor que le suponía en sus mejores tiempos.

Eso le gustaría a Candela, porque, si sus informes eran correctos, la joven adoraba su casa, su pueblo, y trataba de ocuparse del bienestar de sus gentes. De eso podría hablarle, durante el paseo a Palacio Quintana, o durante la cena, si no quería salir. Esa promesa la apaciguaría y la haría considerar de otro modo su matrimonio. Seguro que le gustaría volver de Londres, quizá por Navidad, y organizar una fiesta por todo lo alto.

Tal como había afirmado, no le costó encontrar su habitación en el entramado del primer piso. La habitación de invitados que le habían asignado era la última puerta a la izquierda, la que tenía una ligera muesca en uno de sus ángulos inferiores, seguramente por un golpe con un mueble, o quizá un baúl.

La de Candela estaba en el pasillo inmediato a la escalera, mucho más corto que el otro, y era la primera puerta a la derecha. La que quedaba justo al fondo, con una gran puerta doble, era la habitación principal. La que había sido de Salazar, pero que él compartiría con Candela desde la noche siguiente.

William entró en su dormitorio y se quedó paralizado.

La ventana estaba abierta y una corriente de aire cálido y pesado hizo ondular con fuerza la masa de prendas destrozadas que se alzaba en el suelo, junto a la cama. Varias telas, retazos acuchillados con toda brutalidad, se movieron erráticamente de un lado a otro, sin mayor sentido. Volaban o reptaban por encima de los zapatos mutilados, de los bolsitos rotos...

Y el vestido de novia.

Estaba colgado de la estructura del dosel, hecho jirones, como una cortina espantosa, como una bandera grotesca. Nada que ver, absolutamente nada, con aquella delicada prenda que le había fascinado y que había supuesto que encantaría a Candela. Resultaba irreconocible, roto como los sueños en los que la había imaginado vestida de novia, acercándose hacia él por el pasillo de una iglesia hecha de luz, con una sonrisa en los labios y una promesa en esos hermosos ojos.

Aquello era una advertencia al más puro estilo Salazar, comprendió. Un desafío, una provocación en toda regla.

Candela le había lanzado el guante con todas sus fuerzas.

Durante un momento lo vio todo borroso. Parpadeó, sintiéndose absurdo y extraño, atrapado en un decorado irreal. El corazón retumbaba en su pecho con tanta fuerza que pensó que, si seguía así, terminaría estallando. Tragó saliva mientras cerraba poco a poco la puerta y caminó tambaleándose hasta la cama, donde arrancó el vestido de novia del dosel y lo arrojó al suelo, con el resto de los despojos. No soportaba verlo.

¿Qué iba a hacer? ¿Qué podía hacer? Aquello lo cambiaba todo, por completo. En su interior, un corazón frenético que ya ni sentía como suyo envenenaba su sangre con cada latido. La ponzoña era pura furia, una cólera imparable, inmensa, intensa y brutal. Su clamor le llenó la cabeza, como el sonido de un mar muy profundo, un inmenso oleaje embravecido.

Apretó las manos. Apretó los dientes.

Maldita, maldita fuera, malditos ella y su puñetero padre. ¿Cómo se había atrevido? Si hubiese estado al tanto de sus intenciones, si hubiese sabido a qué se debían sus prisas, hasta habría podido entenderlo. No le hubiese servido de nada, desde luego, la boda era un hecho seguro, pero lo hubiese encontrado comprensible.

Pero no lo sabía. O mucho le habían engañado, o Candela Salazar no tenía ni idea de que estaba allí para vengarse. Para ella, solo era un caballero que quería cortejarla y se había mostrado excepcionalmente generoso. Menudo acto cruel y sin sentido... ¿Cómo responder a eso?

Menos mal que él solo buscaba venganza, que no era un hombre roto y solitario, enamorado de la imagen de un retrato, alguien que había vagado incansable para reunir una ofrenda de amor para su amada. De ser así, aquello le hubiese destrozado por completo.

¿Menos mal que no lo era? ¡Por Dios!

—Me las vas a pagar, pequeña zorra —susurró.

De no haber sido por la famosa herencia que la pondría a salvo de todo, la habría echado de la casa en ese mismo momento. Quizá ese hombre al que tan claramente idolatraba la hubiese recogido y se hubiera casado con ella, o quizá no. Quizá hubiese terminado prostituyéndose en el arroyo, que era lo que se merecía, y en pocos días la hubiera tenido de vuelta, arrastrándose, suplicando que la tomara a cambio de unas pocas monedas...

Pero no podía hacerlo, claro. ¡Por favor, qué necio! Qué idiota, qué soberano imbécil estaba hecho el flamante décimo conde de Waldwich. Era como su madre, una criatura tan necesitada de amor que resultaba patética; alguien que cuando entregaba su corazón era incapaz de controlarlo, y mucho menos de recuperarlo.

Ni siquiera lo había entregado realmente, no conocía a aquella muchacha. Vivía atrapado en un espejismo, porque se sentía tan solo, tan...

Apretó los labios para ahogar un sollozo.

Había llegado a considerar la idea de dejar de lado su venganza y recomponer su vida al lado de aquella mujer. Tener unos hijos, formar con ella una familia... Pero ese solo fue su segundo error. El primero había sido el olvidar que, precisamente, su vida era su venganza. Ninguna otra cosa.

No el amor. El amor no existía.

William recorrió con los ojos la amalgama de telas. Al reconocer un encaje color champán, tuvo la impresión de que el corazón le daba un nuevo vuelco y se paraba. No hubo dolor, solo frío. Se inclinó a recoger la prenda. El camisón estaba tan destrozado como el resto de las cosas. Contuvo la respiración y lo arrojó a un lado.

Daba lo mismo. Para lo que tenía en mente hacer con Candela Salazar no necesitaba camisón alguno.

Justo en ese momento, llamaron a la puerta.

—Adelante —dijo, sombrío.

Qué más daba. Tarde o temprano, toda la casa sabría qué había pasado. Y todo el pueblo. No habría forma de ocultar el ridículo. Todos se reirían del pretencioso recién llegado y de la manera terminante en que la señorita lo había puesto en su lugar.

La señora Rodríguez se asomó.

—Milord, disculpe, he pensado que... —Se quedó con la boca abierta, contemplando el terrible panorama: William, en medio de su ofrenda de amor hecha jirones—. ¡Dios santo!

—Parece que, definitivamente, no le han gustado —dijo él, y contuvo una risa amarga. Qué atrocidad, qué terrible atrocidad—. Porque ambos sabemos que ha sido ella. ¿Verdad? Candela.

La señora Rodríguez abrió y cerró la boca, sin saber qué decir. Normal, estaba todo dicho. Ningún criado se hubiese atrevido a llevar a cabo aquella infamia. Pero William se dio cuenta de que realmente había estado esperando que hubiese una alternativa, una posibilidad para Candela y para él. Absurdo.

Estaba tan indignado, tan lleno de ira, que temía ser incapaz de contenerla bajo la piel. Estallaría, terminaría por estallar y generaría un tornado, un huracán lleno de furia que se llevaría por delante Castillo Salazar, con sus dueños incluidos, borrando de raíz todo recuerdo de su puñetero apellido.

Casi sin pensarlo, se puso en pie, dio un par de pasos y extendió la mano hacia la fusta que descansaba sobre un ángulo del tocador. La aferró con tanta fuerza que se hizo daño. Se alegró. Era un dolor que lo enlazaba con la realidad, el único vínculo, mientras el bramido del océano aumentaba y aumentaba...

Con un movimiento rápido y fluido, pasó junto a la señora Rodríguez y enfiló hacia la habitación de Candela.

Al momento, oyó gritar al ama de llaves, que salió en su persecución. Surgió por su izquierda y se le colgó del brazo.

—¡Por favor, por favor, milord, qué va a hacer! —Como vio que no podía pararlo, se interpuso. William intentó apartarla de su camino, pero ella se le aferró a las solapas de la chaqueta—. ¡No! ¡Se lo ruego, no cometa una locura! ¡No lo haga! ¡Solo es una niña, una niña tonta que no ha medido bien sus fuerzas!

—¡Quizá sea porque esa pequeña perra desalmada nunca ha recibido el correctivo que merece! —replicó él, decidido. Intentó apartarla—. ¡Quítese de ahí, señora Rodríguez!

—Por favor... ¡No puede golpearla! ¡A pesar de todo, no tiene usted ningún derecho! ¡El señor no lo consentirá!

—Ja. Le aseguro que el señor hará bien en mantenerse fuera de mi vista durante lo que queda de siglo. De momento, voy a ocuparme de la hija.

—¡Por favor, deténgase! —ordenó la señora Rodríguez, con tal ímpetu que consiguió pararlo en seco—. ¡Sería una atrocidad! ¿Se da cuenta? —¿Lo sería? Seguro... ¡Pero sentía tanta ira!—. Yo la conozco. La señorita no es mala, se lo juro, solo es... una niña. Está confusa y asustada, ya lo ve. Tiene que entenderlo, para ella esto ha sido un atropello y no ha sabido reaccionar como es debido. Aprenderá. Dele una oportunidad, señor, por favor, solo una. Se lo ruego.

Los segundos se deslizaron lentamente por el pasillo. En contrapartida, William se descubrió jadeando como si hubiese recorrido una distancia inmensa a toda velocidad. El corazón empezó a tranquilizarse en su pecho. Se pasó una mano por el rostro.

—Está bien... —Miró la fusta, sombrío. Ni siquiera él sabía si hubiese sido capaz de utilizarla. Le estallaba la cabeza—. ¿Puede hacer que se lleven todo eso de mi habitación? Que lo quemen. No quiero volver a verlo.

—Por supuesto, señor. De inmediato.

—Gracias.

Caminando a buen paso, bajó las escaleras y salió de la casa. Eligió un caballo al azar, lo preparó él mismo y partió a todo galope, fustigando al pobre animal como le hubiese gustado fustigar a aquella maldita, mientras se preguntaba si realmente tenía algún sentido plantearse volver.

11

Dos golpecitos y la puerta de su dormitorio se abrió, sin darle tiempo ni a conceder el permiso para entrar. ¡Qué decir de haber querido denegarlo!, como era el caso.

Candela no tuvo que girarse para saber que se trataba de la señora Rodríguez, porque era la única en todo Castillo Salazar, y posiblemente en toda Extremadura, capaz de faltarle así al respeto. Se lo hubiese reprochado, como tantas otras veces, pero no se sentía con fuerzas. Siguió mirando por la ventana.

—Déjeme sola —se limitó a decir.

—Ni hablar —replicó la mujer. La imaginó allí plantada, las manos entrelazadas a la altura de la cintura, el rostro más severo que nunca, por el enfado—. Por muchos aires de señora que se dé, no se va a librar de una buena reprimenda.

Candela la miró furiosa. Efectivamente, no se había equivocado en su aspecto. Menudo ceño traía. Le devolvió uno en consecuencia.

—Pero ¿cómo se atreve a hablarme así? Le tengo dicho que ya no soy ninguna niña, no tiene usted derecho a...

—¿No es una niña? ¿De verdad? —la cortó—. Pues no lo parece. —Vale, había quedado claro que no podría evitarlo: iban a tener otra discusión. Menuda sorpresa—. ¿Cómo ha podido hacer una cosa así, señorita Candela? ¿Cómo ha sido capaz de destruir ese ajuar de semejante modo?

Candela suspiró para sí. Era cierto, ¿cómo podía haber hecho una cosa semejante? Aquellos bonitos vestidos, esos sombreros maravillosos... ¡Era todo tan perfecto! Pero no debía olvidar lo que significaba.

—Ya sabe por qué —contestó, sombría, al ama de llaves y a su propia conciencia. No tenía sentido darle vueltas—. De todos modos, no se preocupe, me disculparé con lord Waldwich por ello en cuanto... en cuanto me sea posible. Ahora no. —Se encogió de hombros—. No quiero ni verlo.

—Ah... ¿y ya está? ¿Cree que con eso estará todo solucionado? En algo tiene usted razón: ya no es una niña, señorita Candela. Tiene que aprender a asumir las consecuencias de sus actos. Lo que hizo es imperdonable. Por completo.

Candela se sintió tan acorralada que reaccionó como siempre: contraatacando.

—Entonces, da igual lo que haga, así que mejor ni me disculpo.

—No sea sarcástica. Aprenda también a callar cuando tiene que hacerlo. —Candela no replicó—. Espero que esté satisfecha. Ha destrozado un precioso ajuar, el más bonito que he visto nunca, y le ha roto el corazón a ese pobre hombre.

—Pues no sé qué decirle. No estoy del todo segura de que ese pobre hombre en concreto tenga un corazón que se pueda romper —afirmó ella, que seguía furiosa con lord Waldwich—. Y, que yo sepa, ni a él ni a mi padre les ha importado un comino romperme el mío.

—¿El suyo? Pero ¿cómo puede ser tan tonta? —Se miraron enfadadas—. No tiene ni idea, ni idea, de lo afortunada que es. —Por Dios, si volvía a oír aquello, no podría contener un grito—. ¡Va a ser condesa! ¡Una noble, una lady, en Inglaterra!

—Yo no quiero nada de eso. Estoy bien aquí.

La señora Rodríguez hizo una mueca.

—Sí, supongo que es mejor que no salga de Terrosa.

—¿Qué quiere decir?

—Que su actitud no tiene justificación posible. En el caso de su padre, sí. Don Bernardo se ha criado en otro ambiente. Podrá ser el dueño de la casa grande, habrá aprendido a parecer un caballero comiendo con corrección en la mesa y vistiendo esos trajes tan elegantes, pero en el fondo sigue siendo el niño que pasaba frío, miedo y hambre mientras cuidaba ovejas. Por eso tiene menos sensibilidad que un cardo. —Candela la miró con la boca abierta, sin creer que se hubiese atrevido a decir eso. El caso es que era un modo perfecto de expresarlo—. Pero usted... ¡Oh, vamos! Usted ha tenido la ventaja de una educación y los beneficios de una vida cómoda y fácil. En su caso, la falta de un mínimo de gentileza es imperdonable. No digamos ya el hecho de que carece de todo sentimiento de gratitud. Es como si tuviese algún derecho supremo a esos privilegios, no los valora ni los agradece.

—Se está propasando...

—¿En serio? Pues no he hecho más que empezar, jovencita. No voy a opinar sobre el modo en que la ha tratado su padre o las decisiones que tomó en el pasado. Pero, en todo caso, esta vez ha elegido bien. Mejor que bien, diría yo. Podría haberla casado con cualquier viejo repugnante con los dientes podridos y mal genio, dueño de mucho dinero y muchas tierras, pero más tacaño que el propio Judas. Sin embargo, le ha traído un hombre atractivo, reconózcalo. Es muy guapo, el más guapo que he visto nunca, además de considerado y generoso. ¿Y qué hace usted con sus regalos? —Se llevó una mano a la frente, en un gesto demasiado sentido como para resultar teatral—. ¡Qué atrocidad!

—Ya... —Candela suspiró, sintiéndose cansada de todo aquello—. Yo no digo que lord Waldwich no sea atractivo, y amable cuando quiere. Pero todo eso da igual. Podría ser, incluso, la mejor persona del mundo, que no lo sé. Lo que importa es que prefiero elegir por mí misma quién será mi marido. ¡Y a él ni siquiera le conocía hasta hoy!

—Vamos. ¿Y qué más da? No sea caprichosa. El matrimonio es un asunto demasiado serio como para dejarlo en manos de una niña, a la buena de Dios.

—Creí que habíamos quedado en que ya no soy una niña.

—A veces lo parece. Todavía no entiende que la vida es larga y hay que buscar el modo de vivirla en la mejor posición posible. Con un dinero que haga las penas más llevaderas y un respeto social que la apoye de ser necesario. Lord Waldwich es muy rico, cuidará bien de su hacienda y de sus hijos. Y es un hombre bueno, se ve en sus ojos: cuidará bien de usted.

Candela apretó los puños, suplicando por un poco de paciencia.

—Corríjame si me equivoco, pero no recuerdo haber pedido que nadie me cuide. No necesito que nadie lo haga, ni quiero que ocurra. Puedo salir adelante por mí misma. De ser necesario, lo haré.

—No diga tonterías. No sabe de lo que habla.

—¿Que no? Espere y verá. Pasado mañana seré mayor de edad. Si tengo que irme de esta casa para librarme de ese hombre, me iré.

—Pero ¿qué dice? —El ama de llaves rio con desdén—. ¿Qué va a hacer usted sola en el mundo, criatura? ¿Cómo diantre va a salir adelante?

—Depende. Siempre hay opciones. —No quería hablarle de Luis, así que tomó otro camino—. Para empezar, puedo hacer como hizo usted: conseguir un empleo. Le ruego que no me considere inútil total, señora Rodríguez. Sabe que, sin esperar ningún reconocimiento, trabajo muy duro para mejorar las condiciones de esta hacienda.

—Es verdad. Y no niego que la admiro, señorita Candela —replicó el ama de llaves, sorprendiéndola—. Sé que pasa mucho tiempo estudiando las cuentas en la oficina del señor Almeida. Nunca he dicho nada porque, aunque ahora no tenga usted posibilidad de hacer nada, quién sabe qué ocurrirá en el futuro. Y siempre es bueno que esté informada de todo.

—Me alegra que coincidamos en eso.

—También la admiro por su labor con las gentes del pueblo, por la ayuda que organiza para los trabajadores. Tengo que admitir que, cuando empezó a hacerlo, dudé de cuánto tiempo perseveraría. Pensé que sería un capricho temporal. —Se encogió de hombros—. Era usted muy joven, y la señorita del lugar. No estaba acostumbrada a las obligaciones. Pero se ha ganado mi respeto.

—Vaya, gracias. ¿Entonces? ¿Por qué me considera incapaz de salir adelante sola?

—Porque una cosa es ser la señorita, con unos recursos a su alcance para poder administrarlos según su inteligencia, y otra estar ahí fuera, con las manos vacías, buscando trabajo.

—Qué absurdo. Puedo ser ama de llaves, como usted, o quizá maestra. Seguro que todo va bien. Mejor que aquí, obligada a... —Se ruborizó, pensando en las nebulosas intimidades del matrimonio—. Bueno, a eso.

La señora Rodríguez frunció el ceño.

—No se oye, no se escucha a sí misma. Está tan acostumbrada a ser la señorita de la casa grande, a que la comida aparezca como por arte de magia en su plato y los vestidos más hermosos llenen sus armarios que no concibe la idea de que las cosas puedan ser de otro modo. Pues escúcheme bien, jovencita. —Señaló la puerta—. Yo sí que vengo de allí, del otro lado, de fuera. Sé bien lo duro que es el mundo, lo difícil que es salir adelante. Lo desolador que resulta estar sola, completamente sola, preguntándote si al día siguiente tendrás un techo y un plato de comida sobre la mesa.

—No creo que...

—Lo terrible que es temer ser violada, lo espantoso que es serlo —la cortó, dejándola sin habla—. Sentirte usada y humillada por alguien que lo considera divertido, o que cree que es su derecho, porque tú solo eres basura. —Tragó saliva. Sus ojos se velaron por algún recuerdo doloroso. Candela se preguntó qué le habría pasado, qué cosas terribles habría vivido aquella mujer que formaba parte de su vida desde hacía tantos años, pero que le seguía resultando una completa desconocida. Ah, sí, sabía que era viuda, aunque nunca le había preguntado nada al respecto—. Y, por supuesto, qué será de ti cuando seas vieja, incapaz de trabajar y no puedas seguir manteniéndote. Una mujer sola y sin recursos, sin ningún respaldo ni ninguna protección, es una víctima en esa jungla.

—Pero...

—Cállese, le digo. Puedo entender que quiera usted hacer valer su opinión en este asunto, pero no que considere con tanta ligereza los privilegios de los que disfruta. Es usted inmensamente afortunada. —Esta vez, Candela no se atrevió a decir nada. Sabía que tenía razón—. Ni se imagina cuánto.

—Señora Rodríguez... —La vio tan afectada que decidió intentar contemporizar— no sé qué le habrá ocurrido en el pasado y, de verdad, lamento que haya tenido que sufrir tanto. Pero precisamente por eso tenemos que luchar para cambiar las cosas. Un matrimonio de conveniencia puede asegurarme un buen futuro, pero es que yo aspiro a otra cosa. Aspiro al amor.

—Amor... —repitió el ama de llaves con desdén—. Ha leído demasiadas novelas, jovencita.

—¿Eso cree? Si lo piensa bien, la idea de casarse por dinero es tan repugnante como la de trabajar en un burdel. En realidad, es exactamente lo mismo.

La señora Rodríguez la miró escandalizada.

—¿Cómo puede decir algo así? ¡No debería conocer esa palabra! ¡Y no tiene ni comparación, el matrimonio es un sacramento!

—Lo que usted quiera. Pero plantearlo tal como quieren mi

padre y usted es acostarse con un hombre por dinero. Y yo no pienso hacerlo.

—¡No hable así! ¡Una dama jamás diría esas cosas!

—Entonces, creo que tampoco quiero ser una dama.

—Qué barbaridad. —La mujer apretó los puños—. Consigue enfadarme como nadie. Es tan mimada y caprichosa...

—Bueno, basta ya. —Candela decidió tomar el control de la conversación—. Ni una palabra más, señora Rodríguez. No voy a consentir que me siga ofendiendo. Quizá no debí destruir ese ajuar, estoy de acuerdo con usted en que ha sido una respuesta... exagerada. Y entiendo que he tenido unos privilegios que debería reconocer más, y que fuera de estas paredes hay un mundo terrible, inhumano, que podría devorarme. Pero insisto en que no va a convencerme de que tenga que estar encantada con un matrimonio semejante. Ni lo estoy ni lo estaré.

—No entiende...

—No, no lo entiende usted. —Su voz sonó demasiado alta, perdida ya toda paciencia—. Tengo casi veinticinco años. Soy una mujer adulta y elegiré por mí misma o no habrá boda jamás. Jamás. Llámelo niñería si quiere, me da igual. Como bien dice, a diferencia de usted yo he tenido una vida privilegiada, con dinero y lujos. Pero da la casualidad de que en esa vida no ha habido ningún amor. Usted, que viene de una situación menos afortunada, piensa que una estabilidad económica lo compensa todo, pero yo sé bien que eso no es cierto. No lo es. —Pensó en los largos años estériles esperando una carta de su padre. Una sonrisa. Algo—. Al infierno con todo. Quiero amar. Quiero que me amen. Quiero sentir que soy importante para alguien, que darían la vida misma por mí.

—Señorita Candela... —susurró la señora Rodríguez, menos beligerante. Seguramente había captado su dolor y entendía mejor su postura. Lo confirmó al seguir hablando— sé que ha sido una niña solitaria...

—Sí, lo he sido. Que agradezca lo que tengo, en el ámbito

material, no significa que tenga que renunciar a ser feliz. Feliz de verdad, como se siente cuando el corazón te rebosa de pura emoción. Quiero vivir eso, lo intentaré, como sea. Y, por supuesto, asumiré las consecuencias de mis decisiones. —Guardó silencio un segundo, que resultó impresionante, tras tanta emoción expuesta—. Ahora, déjeme sola, por favor. Agradezco su intención, pero no voy a admitir que se involucre más en todo esto. No quiero hablar más del tema.

—Como quiera. —La señora Rodríguez suspiró, dándose por vencida—. En realidad, quizá tenga algo de razón... Pero solo un último consejo, señorita Candela: no tiente demasiado su suerte. Lord Waldwich no es alguien con el que se pueda jugar de semejante forma. Hoy, cuando ha visto ese desastre en su dormitorio, estaba tan enojado que quería venir a... expresarle de inmediato su enfado. Se ha contenido, pero estoy por asegurar que no lo hará una segunda vez. Por favor, se lo ruego, sea sensata y piense bien las cosas antes de hacerlas. Por su propio bien.

¿Expresarle su enfado? ¿Se había contenido? ¿Qué significaban semejantes palabras? ¿Qué había estado a punto de ocurrir? Candela se sintió algo inquieta.

—Déjeme sola —volvió a decir, aunque ahora sonó como una súplica.

La señora Rodríguez la miró una última vez y se marchó.

12

Para ser un pueblo remoto situado en mitad de ninguna parte, Terrosa era bastante grande. Claro que... no era de extrañar. Según le habían dicho, había crecido mucho en los últimos tiempos, gracias a diversas inversiones realizadas por Venancio Quintana en su empeño por arrebatar el liderazgo local a la sombra ausente de Bernardo Salazar. Así, por ejemplo, había creado una pequeña fábrica propia de tapones en cuanto sus alcornoques quedaron libres de sus contratos de arrendamiento con los Reynolds.

Además, cada año, a finales del mes de mayo, la población de Terrosa empezaba a aumentar notablemente, por la llegada de trabajadores, los llamados «corcheros» o «peladores», para la recogida del corcho. Para la «pela del alcornoque», como era conocida en la localidad.

Si creía lo que le habían dicho, en esos momentos tenía ya cerca de trescientos habitantes, pero ninguno de ellos se encontraba a la vista.

Había que reconocer que, como pueblo, Terrosa no valía mucho. Solo tenía adoquinada, y de mala manera, la calle principal, a la que llamaban, simplemente, la rúa; el suelo de las otras calles era simple tierra apisonada, de la que el viento levantaba continuamente densas nubes de polvo. Las casas de piedra gris, por lo general feas y de formas simples, formaban un círculo a su alrededor y se iban expandiendo hacia fuera. Habían sido construidas muy apretadas unas contra otras, para dar el máximo de sombra a los que se aventurasen por sus callejuelas, y sus muros eran gruesos, con ventanucos minúsculos, para conservar el fresco de su interior.

Debido a eso, no tenía fachadas especialmente bonitas, a excepción de algún edificio disperso y algunos de los que rodeaban la llamada plaza de Genaro Quintana, como indicaba el cartel situado sobre el soportal del ayuntamiento, en una de sus esquinas. Ese nombre que, por lo que sabía, había provocado un grave enfrentamiento en el consistorio décadas atrás, al intentar cambiarlo Salazar por el de plaza de Bernardo Salazar.

La plaza era una buena extensión adoquinada en piedra, donde se organizaban los mercadillos, y donde se celebraban las fiestas locales. Allí, alrededor de una fuente de piedra circular, se agolpaban los edificios más emblemáticos de Terrosa: el ayuntamiento, del siglo XVII, la iglesia de Santa María Magdalena, la llamada Casa del Rey, un palacete en el que, según las historias locales, se alojó Fernando VII durante un viaje que realizó hacia el sur y en el que ahora vivían el alcalde y los visitantes insignes.

Esa mañana le habían contado que fue el hogar levantado por el tal Genaro Quintana a su vuelta de las colonias de las Américas, de Cuba concretamente, donde se hizo rico con el negocio de la esclavitud, pero luego construyó Palacio Quintana, mucho más imponente y con tierras para poder lucir grandes jardines, de modo que, a su muerte, legó ese al municipio, con la condición de que la plaza llevase su nombre a perpetuidad.

Dos grandes bloques de casas señoriales, con bonitos miradores, completaban el conjunto. En las galerías de sus bajos estaban la botica, la consulta del doctor Segura, que vivía justo encima, y la única tienda de telas elegantes de todo Terrosa, además de otros comercios, como la tienda general de la señora Társila, el del orfebre Santamaría, el café La Habana o la barbería de don Blas.

Luego, justo antes del puente de la Reina, que marcaba la salida del pueblo por aquel lado, estaba la casa de los Quintana.

Palacio Quintana no era tan hermosa como la mansión de Salazar. De hecho, ni siquiera podía ser considerada bonita, aunque sí imponente, y era mucho más antigua. William la contempló desde el caballo mientras pensaba que, quizá, su problema era que resultaba demasiado sólida, como un bloque de piedra destinado a perdurar durante siglos, no a acoger a una familia ni procurar la comodidad de sus habitantes.

Tenía muchas ventanas, pero pequeñas, y los escudos grabados en el lateral de sus escasos balcones eran un adorno demasiado sobrio. Cuando Salazar le dijo que era un psiquiátrico, William lo había creído a pies juntillas, porque tenía todo el aspecto.

Estuvo mucho tiempo observando la casa desde lejos, indeciso. No se había calmado del todo, de hecho seguía furioso, lo que podía perjudicar cualquier cosa que iniciase en ese momento, pero también le intrigaba la nota de aquella mujer, y parecía tener mucha prisa.

Era un hombre de natural curioso, por lo que decidió presentarse. Solo tenía que contener su temperamento y mostrarse cortés, algo que no le resultaría difícil ante una anciana. Se limpió el sudor del rostro y el cuello con un pañuelo, se peinó con los dedos y se arregló la ropa lo mejor que pudo. No podía hacer más. Tampoco le importaba.

En las grandes puertas de reja había dos hombres de guardia. Cuando dijo quién era, llamaron a un tercero, un individuo trajeado, pero con una pistola al cinto y, posiblemente, algo más. La cadena de oro de un reloj cruzaba la delantera de su chaleco y se perdía en uno de sus bolsillos.

—Soy Cruzeiro, el hombre de confianza de don Venancio —le dijo, como si eso fuera alguna clase de título importante—. ¿En qué puedo ayudarle?

William hizo un gesto de saludo.

—Soy lord Waldwich. La señora Pineda me ha pedido que venga a verla.

Cruzeiro le miró sorprendido.

—No he sido informado de ello...

Como dejó ahí la frase, William, que ya venía irritado, decidió preguntar, bastante seco:

—¿Hay algún problema?

—No, no... Solo que el señor Quintana no está. —Sacó el reloj del bolsillo del chaleco y comprobó la hora—. Me temo que todavía tardará un buen rato y...

Quizá añadió algo más, pero William ya no le escuchaba. Se había quedado mirando el reloj, entre confuso y alarmado. Era de oro, con todo el borde exterior labrado en filigrana y un dibujo en un esmalte de un azul intenso. ¿Una rosa de los vientos? No había podido verlo bien, pero eso le había parecido, y él había visto un reloj así, muchas veces, en Londres.

Pero qué absurdo, no podía ser el reloj de Charles Barrow. ¿Qué iba a hacer allí Barrow? Cierto que William le contrató para que investigase a Salazar, años antes, pero que él supiera nunca llegó a viajar a España, y, de hecho, no tardó en mandarle una nota, desde el propio Londres, excusándose.

En ella le decía que le habían surgido problemas familiares: William sabía que tenía una única hija, que vivía en Irlanda, y al parecer se había puesto enferma. Era lógico que quisiera acudir cuanto antes a su lado. Así había quedado todo.

Pero ¿y si las cosas habían sido de otro modo?

No, qué absurdo. Simplemente, los relojes se parecían, eso era todo.

Un movimiento a su derecha llamó su atención. Acababa de salir una mujer por las grandes puertas delanteras del edificio.

Vestía de negro, con un delantal muy blanco y cofia, también impecable. Una doncella, sin duda. Era muy alta y desgarbada, aunque trataba de caminar firme como un soldado. William no solía ser cruel con la belleza femenina, pero se vio obligado a admitir que era fea como un demonio.

—Buenos días, milord. La Abuela Quintana le está esperando.

El individuo del reloj frunció el ceño.

—¿Está enterado don Venancio de esta visita, Francisca?

La doncella evitó su mirada.

—No lo sé, señor Cruzeiro.

El tal Cruzeiro hizo una mueca, nada satisfecho con la situación, pero se apartó a un lado. William arqueó las cejas, pero solo mentalmente.

Le hicieron pasar a una sala amplia, que también sufrió seriamente en una nueva comparación con Castillo Salazar. Eso sí, en vez de psiquiátrico, pensó en un museo. Por todas partes podían verse cosas hermosas y antiguas, buenas alfombras y pesados cortinajes, pero todo parecía sofocado por una impresión de polvo y profunda decadencia. Allí olía a polilla, a dinero amortajado; a infelicidad y negrura.

Solo le hicieron esperar unos segundos antes de conducirle a una gran sala de estar que le provocó las mismas sensaciones. Allí, sentada en una enorme silla de ruedas junto a la chimenea, se encontraba la que supuso que era Ildefonsa Pineda, la famosa Abuela Quintana. Estaba casi calva, con la piel del rostro apergaminada sobre la calavera, que parecía casi de oro por culpa de las llamas.

En comparación con el armatoste en el que estaba acomodada, parecía pequeña y frágil, una criatura consumida por el paso del tiempo. La cabeza apoyada a un lado, como si no pudiera levantarla, aumentaba la impresión. Pero esa idea solo sobrevivía a un primer vistazo. Luego ya no.

William se fijó en la forma en que le miraba la anciana. Sus ojos, de un azul muy pálido, tenían una expresión desafiante cuando lo recorrieron de arriba abajo, en un análisis semejante al que él estaba haciendo. La criada se colocó a su lado y un paso por detrás, con las manos juntas en un gesto de recato.

Nadie más. No estaba don Venancio ni tampoco su hija Matilde. El hijo, Lorenzo, hacía años que no pisaba Terrosa. Con la excusa de asistir a su universidad, se había establecido en Salamanca, donde, por lo que le habían dicho, era uno de esos eternos estudiantes que son más vistos en los tugurios de juego que en las aulas, o extendiendo su semilla por todos los burdeles.

En cualquier caso, ninguno de los Quintana estaba presente. Debía ser cierto aquello de que la anciana ama de llaves era aceptada como una más de la familia, y se comportaba como la dueña de la casa.

—La señora Pineda, supongo —dijo, con una inclinación. Ella asintió con un gesto débil—. Recibí su nota...

—Sí, lord Waldwich. Gracias por venir, y tan pronto —respondió ella. Su voz sonaba quebradiza, pero todavía llena de resolución. Señaló un sillón cercano, separado de la silla de ruedas por una mesita en la que habían dispuesto un juego de té. Por cómo olía, estaba recién hecho. Había también algunas pastas de aspecto dudoso—. Por favor, siéntese. Francisca, sirve el té y ve a buscar a la señorita. Se retrasa.

—Sí, ama.

Ama. No era un término inusual, desde luego, pero era extraño utilizarlo con quien solo había sido una empleada más del servicio de la casa. Tremendamente intrigado, William no dijo nada. Tomó asiento y esperó.

La Abuela Quintana no era de conversaciones banales, no se puso a comentar tonterías sobre el tiempo y William no se animó a intentarlo. Ninguno de los dos dijo absolutamente nada mientras la doncella servía un té que hubiese hecho torcer el gesto de cualquier londinense que se preciara de serlo.

—Espero que le guste el té —dijo la anciana. La doncella le acercó la taza a los labios, pero apenas bebió un sorbo antes de hacer un gesto para que la apartase. Francisca dejó la taza sobre la mesa, hizo una reverencia y salió de la habitación—. Al saber que venía usted de Inglaterra, acompañando a Salazar, hice que nos lo trajeran —explicó entonces la Abuela Quintana—. Tuvieron que ir hasta Madrid a buscarlo. Aquí no se estila.

—Lo sé. Y aprecio el detalle. Ha sido usted muy amable.

—¿Cuándo supo que llegaba de Inglaterra? Un dato interesante. Pero eso solo podía indicar que tenían vigilado de algún modo a Salazar. No se le había ocurrido pensarlo. ¿Por qué harían algo así? Probó un sorbo con educación, y con educación disimuló su disgusto—. Es excelente.

Quizá se dio cuenta, porque sonrió.

—Y usted un joven muy considerado. —A ella tampoco debía gustarle—. Vuelvo a agradecerle que haya venido a verme, y tan rápido. Prácticamente acaba de llegar.

—No tiene importancia, señora. Su nota decía que era urgente.

—Y así es, milord. Lo es, puesto que el padre Severino me ha dicho que piensa usted cometer la tremenda locura de casarse mañana por la mañana, a primera hora, con Candela Salazar.

William arqueó una ceja.

—Bueno... Yo no lo diría así.

—Por supuesto que no, mi querido muchacho. Usted acaba de llegar a Terrosa y no sabe nada de este lugar, de este pequeño mundo.

—¿A qué se refiere?

La anciana apretó los labios y dudó un momento, como si estuviese pensando en el mejor modo de plantear la cuestión, aunque William hubiera apostado a que se trataba de puro teatro. No parecía mujer dada a improvisar: seguro que había preparado cada detalle de esa entrevista antes de citarlo.

—A que ese hombre con el que se propone emparentar, Salazar... o Expósito, para ser exactos, pues ese es su auténtico apellido, no es más que el hijo de un pastor, un muerto de hambre con suerte. Y un piojo resucitado, como se dice vulgarmente por estas tierras. Porque no crea que, una vez rico, se ha planteado ayudar a los suyos, a los miserables de su nivel, no. Tiene mala entraña, pero supongo que eso es lo que menos importa. Nadie de buena familia debería querer relacionarse con él. —Entornó los ojos, en un gesto que translucía una gran maldad—. ¿Sabe que está excomulgado? Tener un parentesco con él puede perjudicarle enormemente.

William se encogió de hombros. Hacía mucho tiempo que lo sabía.

—Soy inglés, señora. Los intereses de la Iglesia católica no me afectan. En realidad, los de ninguna religión. Pueden decir muchas cosas de mí, pero no que sea un hombre de fe.

La Abuela Quintana pareció contrariada, pero tuvo la inteligencia de dejar pasar ese tema y centrarse en otros.

—En todo caso, ¿por qué quiere cometer tal atrocidad? No será por su dinero. A ambos nos consta que Salazar está en la ruina, más bajo no puede caer. Don Venancio está organizando todo para comprar Castillo Salazar en cuanto se ponga a la venta.

Ah, ahí estaba la razón de esa vigilancia sobre Salazar. Los Quintana se habían enterado de sus problemas económicos y planeaban alrededor como buitres. Aquel té execrable había sido una consecuencia más de aquello.

¿Quién podía mantenerlos informados? «En cuanto se ponga a la venta», había dicho, con la seguridad de que iba a comprar la casa. Eso solo podía significar que estarían ya formulando la oferta cuando se hiciera público, sin dar opción a otros posibles competidores. Por lo tanto, debía de ser alguien que estaba muy al tanto de las finanzas y asuntos de Salazar.

¿Quizá el administrador Almeida? Aquel hombre no le inspiraba ninguna simpatía. Todavía tenía que reunirse con él y comprobar la contabilidad de Castillo Salazar, pero ya empezaba a sospechar que había jugado mucho por su cuenta, y que iba a tener que despedirlo.

—Parece muy segura de que va a ocurrir —le dijo a la Abuela Quintana, volviendo a centrarse en la conversación.

—Por completo. De modo que... ¿por qué empeñarse en un matrimonio así?

«Una mujer directa», pensó. Y decidida. De joven, debió de ser de armas tomar. Normal que se hubiese hecho un hueco en una familia como aquella.

—Quizá esté enamorado de Candela —se aventuró a contestar.

La Abuela Quintana movió la mano en un gesto despectivo, apartando por completo semejante posibilidad.

—No diga sandeces. Acaba de conocerla. Por no hablar de que Candela Salazar no es precisamente el tipo de mujer que necesita alguien como usted.

—¿Ah, no? ¿Y cuál necesitaría, exactamente?

La mujer giró el rostro hacia un lado y William siguió la dirección de su mirada. No se había dado cuenta, pero ya no estaban solos en el salón. Una joven de unos veinticinco años, rubia, muy pálida, le observaba desde el umbral de una de las puertas. Sin dejar de ser atractiva, resultaba algo insípida, con un rostro ovalado y unos rasgos dulces que le hacían pensar en una oveja cariñosa. Le recordó a alguien, pero no estaba seguro de a quién.

William se puso rápidamente en pie, como buen caballero.

—Le presento a la señorita Matilde Quintana —dijo la anciana—. Es la hija de don Venancio. Matilde, este caballero es lord William Caldecourt, conde de Waldwich.

—Un placer —replicó William, con una inclinación cortés.

Ella asintió con la cabeza. No dijo nada. Avanzó hacia ellos, tensa hasta casi parecer rígida, y se sentó en un sillón, pero a cierta distancia de ambos, como si no pensara intervenir, solo estar presente.

William lo hizo un segundo después, lentamente, cada vez más desconcertado.

—Es una jovencita preciosa, ¿verdad? —dijo la Abuela Quintana.

—Sin duda —replicó, por pura galantería.

Matilde no era fea, pero tampoco podría decirse que fuera preciosa. Si hubiese tenido otra actitud... Trató de imaginarla sonriendo, con algo de brillo en esos ojos blandos y sufridos, y se sorprendió, porque ganó bastante. ¿Qué le ocurría? ¿Estaría disgustada por esa reunión? No, diría que era algo peor. Su instinto le decía que aquella chica tenía algún problema grave.

Al darse cuenta de su escrutinio, Matilde se removió, incómoda.

—Pese a su título, entiendo que es usted un hombre de negocios, lord Waldwich, y yo soy una anciana —prosiguió la Abuela, indiferente a la tensión del ambiente—. Ambos valoramos mucho nuestro tiempo, de modo que iré al grano. Esta es mi propuesta: se olvidará de ese absurdo enlace con la señorita Salazar y se casará con la señorita Quintana. No mañana, por supuesto, algo así no sería apropiado, pero sí en unos pocos días. El papeleo puede organizarse fácilmente. Solo tengo que dar la orden.

Se detuvo, como esperando su reacción. Lo único que William pudo compartir fue su desconcierto.

—¿De verdad haré eso?

—Sí. Y no tardará en descubrir que se trata de un enlace mucho más conveniente para usted, créame. Don Venancio es un hombre muy rico y Matilde heredará buena parte de lo que puede ver en Terrosa. Edificios en el pueblo, tierras de cultivo, amplias zonas de dehesa y de bosque de alcornoques, además de posesiones en Madrid e incluso en Cuba.

«Caramba con la vieja», pensó William, desconcertado. Sí, era un hombre de negocios. Por eso desconfiaba de forma natural de aquella clase de ofertas. No dudaba de la solvencia de Venancio Quintana, entre los informes que había recabado sobre la localidad su nombre aparecía por todos lados. ¿Por qué le ofrecían a su hija, y de ese modo? ¿Había algún problema con ella? ¿O quizá querían hundir definitivamente a Salazar?

Sí, eso debía de ser. Sin su apoyo, no tardaría en estar en la cárcel, con todos sus bienes repartidos entre acreedores, o subastados. Y Candela... Quizá se librase de terminar en Fleet con él, pero no del hambre y la miseria.

¡Dios, se merecía lo que le esperaba! Todo, con toda su crudeza. Las niñas de buenas familias venidas a menos sufrían las carencias con especial intensidad. Recordó a su madre cuando se frotaba con aceite las manos enrojecidas y le hablaba de lo suaves que eran en otros tiempos, y del encaje de los guantes que había usado cuando no sabía ni cómo se pronunciaba la palabra «privación». «Una dama se reconoce por sus sombreros y sus guantes», solía decir.

Debería aceptar. Debería condenar a Candela a toda aquella desdicha...

Carraspeó.

—No quisiera resultar descortés, pero tengo que rechazar su tentadora oferta. —Se volvió hacia Matilde y trató de mostrarse lo más amable posible. Al fin y al cabo, la chica no tenía culpa de nada—. Señorita Matilde, estoy seguro de que hará muy feliz a un hombre algún día, pero me temo que no seré yo. Tengo toda la intención de casarme con Candela Salazar.

Si la joven le oyó, no mostró reacción alguna. Fue la anciana la que arrugó el ceño, modificando el entramado de arrugas que era su rostro.

—No lo entiendo. ¿Por qué? Le consta que ese hombre está arruinado. Usted es su principal acreedor.

—Así es. Lo soy.

—¿Y aun así sigue queriendo casarse con la chica? —Cuando le vio asentir, apretó los labios—. Le tenía por un hombre inteligente. Puede que no le importe el dinero, pero ¿es que no le importa rebajarse de ese modo?

—¿Rebajarme?

—Es la hija de un pastor, un completo advenedizo... ¡por Dios!

Aquello empezaba a ser realmente molesto. William hizo una mueca.

—Un trabajo bastante más honrado que muchos que he conocido. Y, si vamos a eso, convendrá conmigo en que tiene mucho mérito haber superado esos orígenes. Es algo similar a su caso, de hecho: por lo que tengo entendido, nació en una pequeña aldea y ha sido doncella y ama de llaves durante muchos años, hasta que consiguió hacerse un sitio en la familia Quintana. Y no por ello voy a ofenderla llamándola advenediza. —La mujer apretó los labios—. Al contrario, tanto Salazar como usted tienen mi más completa admiración por sus logros.

Captó el repentino interés de Matilde, pero solo de un modo secundario. Estaba intentando mantenerse sereno e indiferente ante la mirada de rencor que le lanzó la anciana.

—Comete usted un gran error, milord —mascullό—. Otro gran error.

—Es muy posible. Pero me temo que la decisión está tomada, señora Pineda. Gracias por la invitación y por el té. —Se puso en pie, dispuesto a concluir el encuentro de inmediato. Saciada su curiosidad, nada lo retenía allí, y no quería que le sirvieran una segunda taza—. Ha sido un placer conocerlas.

Dio la impresión de que la Abuela iba a seguir insistiendo, pero cambió de idea. Hizo un gesto a Matilde, que cogió una campanilla de la mesita y la agitó. Casi de inmediato, llegó una doncella. La Abuela ordenó que le acompañasen a la puerta.

William hizo una inclinación de cabeza como despedida.

Ellas no dijeron nada.

13

A media tarde, Candela hizo un maletín con algunas cosas, incluidos todos sus ahorros, y se dirigió a las caballerizas, pero ya desde la distancia vio que estaba vigilando uno de los hombres de Almeida. El administrador tenía cuatro guardias para Castillo Salazar. A veces estaban en las puertas, a veces no, aquel era un pueblo tranquilo. Sin embargo, con la visita, seguro que intentaba hacer méritos.

Maldito fuera... Estaba claro que no podría coger un caballo ni salir por la puerta principal. Por suerte, la puerta trasera del muro solía estar siempre abierta. Cruzó mentalmente los dedos, para que siguiera siendo así y no hubiesen situado en ella ningún guardia, y se dirigió hacia allí.

Sí había vigilante, pero estaba sentado en el suelo a pocos metros, donde la silueta de un olmo cercano daba algo de sombra. El hombre había apoyado la espalda en el muro, vencido por el calor, y se había quedado completamente dormido. Candela fue a la puerta y la abrió. Chirrió un poco, como siempre, haciendo que el corazón le palpitase de un modo descontrolado, pero el guardia no se despertó.

Respirando agitadamente, Candela salió de Castillo Salazar y se dirigió a pie al pueblo, a casa de Luis. Era una buena caminata, algo que se volvía de verdad terrible con aquel calor, pero la hizo a buen paso. De hecho, apenas fue consciente de nada en el trayecto, porque su mente bullía de ideas.

Imaginó una y otra vez su entrada en la casa alquilada por Luis, su desconsuelo cuando le contase lo que había ocurrido; su inmediata petición de matrimonio, ya que era lo lógico, lo natural, lo que les pedía el corazón a los dos. Tendrían que esconderse las pocas horas que faltaban para su mayoría de edad, pero no resultaría difícil. Era muy poco tiempo.

Aunque, para asegurar que fuese un hecho consumado, deberían convertirse en amantes... ¿Se atrevería a plantearlo? Seguro que, de entrada, Luis se oponía a algo así, con lo recto y educado que era. «Si dice que no, provocaré yo la situación», pensó, decidida. Se asomaría a la ventana en ropa interior, de ser necesario, para que la vieran. Y ya bregaría con Luis, nunca le duraban mucho los enfados. ¡Era un hombre maravilloso, pero tenía que cambiar en tantos detalles! Ella se ocuparía de enseñarle.

Lo único que importaba era que, luego, en cuanto fuese posible, se casarían.

Estaba tan segura de todos esos proyectos que tuvo problemas para reaccionar cuando doña Fulgencia, el ama de llaves de Luis, una viuda de mediana edad, bajita y delgada como una niña, y siempre muy miedosa, le dijo que el señor no estaba. Había tenido que salir por una urgencia en una granja, un parto complicado, y todavía no había vuelto. De hecho, siendo como eran esas cosas, no le esperaba en horas. ¡Lo que Dios quisiera que tardase en nacer aquel niño! Quizá el doctor no llegase hasta el día siguiente, porque si se hacía muy tarde, seguro que le ofrecían un lugar para dormir.

—Pero ¿sabe dónde era? —intentó ella, como último recurso. Conocía a casi todo el mundo, incluso a los campesinos que vivían dispersos por la zona. Aunque estaba agotada por el calor y la caminata, podría ir allí, ayudarle con valentía a salvar al bebé y a la madre, y luego casarse—. ¿Quién era la paciente?

—Lo siento, señorita Candela. Si me lo dijo, no lo recuerdo.

No hubo nada que hacer. Candela se fue de allí tan aturdida que ni siquiera era capaz de echarse a llorar. ¡Cómo podía tener tan mala suerte! ¿Y qué iba a hacer ahora? Aquello había roto todos sus planes por completo. Si Luis llegaba por la noche, todavía tendría una oportunidad. Pero, si se demoraba hasta el día siguiente...

Consideró la posibilidad de pedirle a doña Fulgencia que le permitiese esperar en su habitación, pero sabía que no podía consentirlo. Lo único que conseguiría sería escandalizarla. Tuvo que irse.

¡Qué calor! No se veía a nadie por ninguna parte. Las gentes se habían recluido, buscando un poco de frescor, y Terrosa parecía un pueblo fantasma, un lugar por el que solo caminaba el polvo arrastrado por el viento. Vagó sin rumbo fijo por sus calles vacías, sin saber qué hacer. No quería regresar a Castillo Salazar, se había despedido de todo aquello para siempre, o al menos hasta que pudiera regresar como mujer casada, con la esperanza de que, siendo hija única, su padre no la desheredase.

—Oh, Dios, espero que no...

Eso era lo que más le dolía de su situación. No quería perder Castillo Salazar; allí había nacido y había vivido siempre, amaba la mansión y sus paisajes, y no imaginaba una vida más allá de sus límites, pero si ese era el precio de su libertad...

Bueno, en ese caso, no quedaba otro remedio. Tendría que estar dispuesta a pagarlo.

«Ya se verá», se dijo. Lo importante en ese momento era buscar dónde meterse, a quién pedir auxilio. No debía poner a sus pocas amistades en el compromiso de acogerla ni salir de Terrosa como si nada. Andando no llegaría muy lejos. Aquel calor y su corsé se aliarían para hacerla caer de bruces en el camino antes de llegar a la localidad más cercana.

Además, seguía siendo menor de edad. Tenía que esconderse cuanto antes. Si daban parte de su fuga a las autoridades, la buscarían y la llevarían de vuelta por la fuerza a Castillo Salazar.

¡Cómo pesaba la bolsa, y eso que apenas llevaba nada! Más y más a cada momento. Era cosa del calor, a esa hora el sol caía a plomo y el aire era como metal fundido. Candela sacó el pañuelito del bolso y se secó el sudor. ¡Por Dios, estaba empapada! Tenía mucha sed y le zumbaba la cabeza. De no llevar el sombrero temería estar sufriendo una insolación. De todos modos, debía conseguir la ayuda de alguien. Muchos nombres, de gentes del pueblo, pasaron por su mente, pero ninguno llegó a convencerla.

¿Y Matilde Quintana?

Candela puso mala cara. Sí, para qué negarlo, podía ir a pedir asilo en Palacio Quintana. Solo por el odio que sentían por Salazar, los Quintana se avendrían a ayudarla a frustrar sus planes. Pero eso implicaría tener que dar explicaciones a la Abuela Quintana, algo que no deseaba tener que hacer por nada del mundo. Aquella mujer le causaba un profundo desagrado desde siempre.

Pero iba a tener que arriesgarse, no quedaba otro remedio, de modo que giró y tomó la rúa en dirección a la salida del pueblo por el puente de la Reina.

Quizá, incluso, Matilde la librase de tener que informar de aquello a los suyos, porque bien podía esconderla por ahí, en algún establo, ese par de días. Al fin y al cabo, de pequeñas eran amigas íntimas. Se reían de aquella vieja rivalidad que había entre sus padres, y del modo en que estos fomentaban su amistad, más como medida de espionaje que otra cosa. Daba igual lo que Salazar o don Venancio dijeran o quisieran: ellas confiaban la una en la otra, se divertían juntas...

Una pena que se hubiesen alejado tanto desde que dejaron de jugar con muñecas.

El rostro de Candela se ensombreció mientras recordaba aquella época. Fue cuando tenían doce o trece años, cuando estaban convirtiéndose en jovencitas. Matilde cambió de la noche a la mañana y empezó a alejarse; a evitarla a ella y todo cuanto había sido su mundo hasta entonces. No quería ir a la Charca, la pequeña laguna donde se bañaban; no quería correr por la dehesa ni jugar a las casitas en el patio, a la sombra, con una buena merienda. Candela trató de hablar con ella, intentó buscar una explicación, pero resultó inútil.

En realidad, era como si de pronto Matilde se hubiese convertido en otra persona, alguien que parecía haber tenido una visión del mismísimo infierno. Estaba más pálida, menos vital, y ya no sonreía. Pasó una época así, sin querer siquiera salir de casa ni recibir visitas, y cuando volvió a ser vista por el pueblo, se había vuelto tan distinta...

Ahora, aunque solo se encontraban en la iglesia o en los eventos públicos a los que se veían obligadas a asistir, las dos se sabían antagonistas en el pequeño teatro que conformaba la buena sociedad de Terrosa, como lo habían sido sus padres durante toda su vida.

De pronto, cayó en la cuenta de que, cuando le pasó eso a Matilde, tenía catorce años, la misma edad que tenía su hermana mayor, Esperanza, cuando falleció. Como siempre, cuando Candela trató de recordarla, de recuperar su imagen del fondo de su memoria, solo consiguió una sombra sin mayor detalle. Una figura borrosa, muy delgada, triste y terriblemente pálida, siempre vestida de oscuro, con ropa más grande de lo necesario.

A la pequeña y voluntariosa Candela de aquel entonces le llamaba la atención la costumbre de Esmeralda de ir encorvada, encogida sobre sí misma, como si no quisiera ser vista. O como si esperase en cualquier momento un nuevo golpe. Pero ¿quién hubiese podido lastimarla? ¿Quién se hubiese atrevido a alzar la mano contra la primogénita de Venancio Quintana? Nadie, que ella supiera.

Nadie excepto el propio Quintana, claro...

Bien se sabía que don Venancio era un hombre violento,

muy apegado a su látigo. Golpeaba a sus trabajadores, tuviera o no alguna razón, y también a los ajenos, si tenían la mala suerte de cruzarse en su camino. Además, había mantenido reyertas en todos los tugurios de Extremadura y más allá, y había medido con el cinto la espalda de su hijo Lorenzo hasta el día en que este pudo revolverse con un puñetazo.

Pero a su hija Matilde jamás la había golpeado, al menos que ella supiera. Al contrario, era muy considerado en su presencia, iban del brazo a misa cada domingo y jamás le negaba un capricho. Dos veces al año, Matilde viajaba a París y a Roma, para comprar ropa nueva, y hasta había ido a Inglaterra, a ser presentada en sociedad a su reina y a participar en distintas temporadas, pese a que no se había llegado a concertar ningún matrimonio.

Candela era muy pequeña en los tiempos de Esmeralda, y no recordaba cómo eran las cosas por aquel entonces. Pero ¿por qué iba a actuar de modo diferente con ella? ¿Porque no era hermosa? ¿Porque no era alguien de quien pudiera sentirse orgulloso? Quizá... Quintana era un hombre que no admitía debilidades de ningún tipo, y estaba claro que Esmeralda nunca fue una muchacha fuerte.

Los rumores decían que así fue a su vez la madre de Esmeralda, una joven de buena familia madrileña, elegida por la Abuela Quintana como esposa del joven señor. Lamentablemente, su mayor virtud fue la de ser la heredera de una fortuna, y lo único remarcable que hizo fue dar a luz una hija y morirse en el empeño.

Pobre Esmeralda. Era mejor un padre ausente que tener que soportar hora tras hora la sombra de un individuo dominante como don Venancio. Esmeralda no fue más que una planta que se ahogaba, aplastada por las raíces Quintana. Incluso la Abuela Quintana tenía más que decir en aquella casa que ella. No contó nunca para nadie y, al igual que ocurrió con su madre, el hecho más notorio de su vida fue su muerte.

¡Menudo escándalo fue aquel! Aunque oficialmente había muerto a causa de una caída por las escaleras de Palacio Quintana, se rumoreaba que la habían encontrado en la bañera, con las venas abiertas por un cuchillo, sumergida casi por completo en el agua ensangrentada.

Que se había quitado la vida.

El pequeño mundo de Terrosa se estremeció hasta sus cimientos y la conmoción duró meses, como las consecuencias de un terremoto.

¡Un suicidio! ¡Qué pecado! ¡Y por parte de una muchacha tan joven!

De no ser por la influencia del Gran Quintana, Esmeralda hubiese acabado en el llamado «rincón de los moritos», la zona de tierra no consagrada del cementerio donde se enterraba a los fallecidos fuera de sacramento, a las gentes confusas que se perdían en las mentiras de otras religiones, a los suicidas y a los bebés no bautizados. Y también a los excomulgados, seguro, aunque, que se supiera, solo había habido uno en el último siglo en toda la localidad de Terrosa.

Allí acabaría Bernardo Salazar si es que no conseguían arreglar los asuntos con la rígida Iglesia católica antes de su muerte. «Qué horror...». No había pensado en ello, pero sería terrible. Estaba tan abandonado aquel rincón, tan dejado de lado... Era tierra de fantasmas en pena, esa era la impresión que transmitía. Por mucho que la irritara su padre, por muchas maldades que hubiese hecho, no quería verlo terminar allí.

El ruido de los cascos de un caballo la sacó de sus cavilaciones. Candela alzó la cabeza para ver por dónde venía el jinete y apartarse de su camino, pero se quedó paralizada sobre el viejo empedrado.

Lord Waldwich acababa de aparecer al final de la larga curva que formaba la calle principal de Terrosa. Conducía el caballo a un trote bastante rápido, pero lo sujetó al reconocerla.

14

Candela se llevó una mano al pecho, donde el corazón acababa de darle un brinco, y se detuvo, insegura. El inglés debía de haber estado meditando también cosas muy desagradables, porque tenía un aire serio y absorto. ¿De dónde vendría? Llevaba rato cabalgando, porque estaba ya tan cubierto por el polvo de Terrosa como si fuese uno más de los lugareños.

En todo caso, su expresión se ensombreció cuando la miró a los ojos, y más todavía cuando sus pupilas se fijaron en la bolsa de viaje. Avanzó con cautela hasta detener el caballo a pocos pasos, en mitad del camino.

—¿Puedo saber adónde vas?

Ella dudó, considerando la posibilidad de seguir camino sin dirigirle la palabra, pero lo encontró demasiado infantil. Una mujer adulta se enfrentaba a sus problemas. Mejor zanjar el asunto allí mismo, de inmediato.

—No creo que sea algo de su incumbencia. Apártese y déjeme en paz.

—¿Que no es de mi incumbencia? —preguntó él entonces, con un tono que le provocó un escalofrío por la espalda. Lord Waldwich dejó pasar un segundo largo y difícil antes de continuar—. ¿Y esa bolsa? ¿No estarás huyendo...?

—¿De usted? —Lanzó una risa seca—. Ni lo sueñe.

—Eso me parecía. Puedes ser una zorra cruel e insensible, pero no eres una cobarde.

Candela se quedó atónita. ¡Jamás, en toda su vida, nadie se había referido a la señorita de Castillo Salazar en semejantes términos, al menos no en su presencia! Sintió un calor intenso en las mejillas y tardó unos segundos en poder reaccionar. Para el caso, mejor que hubiese seguido callada, porque solo le salió un tartamudeo patético:

—¿Cómo... cómo se atreve...?

—Cállate. —El tono helado la silenció como si le hubiese arrancado el aliento de raíz. Pero lo que le dio miedo de verdad fue el modo en que la miró, con una expresión terrible—. Lo que has hecho con los regalos que te traje no tiene perdón, Candela Salazar. Ni siquiera me interesan unas posibles disculpas. Vamos a dejarlo en que no volveremos a mencionar ese tema, jamás. Pero no te equivoques, eso no significa que vaya a olvidarlo. —Le tendió una mano—. Vamos, ven, sube. Te llevaré a casa.

Candela apretó los labios. Tenía miedo, pero ¿qué podía hacerle? Nada. Si intentaba levantarle la mano, cogería una piedra y se la rompería en la cabeza.

—No —replicó—. Ni lo sueñe. No voy a ir con usted a ninguna parte. —Ya puestos, ¿por qué no soltarlo todo?—. ¿Quién se ha pensado que es, milord? ¿Cómo se atreve a tutearme, a darme órdenes o a decidir sobre aquello de lo que puedo o no puedo hablar? Diré lo que quiera y cuando quiera, sin tener que rendirle cuentas a nadie, y mucho menos a usted. No lo conozco. Es más, ni siquiera deseo conocerlo.

Él arqueó una ceja.

—¿En serio? —Hizo una mueca—. Vamos a pasar mucho tiempo juntos, Candela, y ya me has hecho enfadar bastante. No te aconsejo seguir por ese camino.

—¿Pasar tiempo juntos? ¿Es que no me escucha? —¡Por

Dios, qué hombre insufrible!—. Le repito por enésima vez que no voy a casarme con usted. De hecho, creí haber dejado muy claro que no quiero ni verlo, algo que acaba de agudizarse con este encuentro. Y le advierto que, si no me deja en paz ahora mismo, llamaré a la guardia.

Para su sorpresa, lord Waldwich se mostró muy divertido con la amenaza. Incluso se atrevió a lanzar una carcajada.

—Me parece una estupenda idea, así me evitas tener que llamarla yo. Te recuerdo que eres menor de edad, no puedes marcharte por ahí a tu antojo.

Candela sintió que hervía de indignación.

—Pasado mañana seré libre. Y lo primero que haré será echarle a patadas de Terrosa. Se lo juro.

Él la miró de un modo extraño y suspiró. No parecía especialmente belicoso, pero, aun así, cuando empezó a bajar del caballo, Candela se sobresaltó y retrocedió un paso, aunque se negó a dar un segundo. Odiaba sentirse amedrentada, era algo que la ponía furiosa.

Por suerte, como era de imaginar, él no hizo ningún movimiento agresivo. Se limitó a mirarla admonitoriamente, sujetando el caballo por las riendas.

—No seas tonta. Jamás he golpeado a una mujer y no voy a empezar contigo. Aunque, ahora que lo pienso, reconozco que esta mañana, al encontrar tu obsequio en mi habitación, tuve ganas de... —Chasqueó los dientes y movió la fusta en un gesto evidente—. Bueno, todavía no sé cómo no te di unos buenos azotes. Ganas no me faltaron. Dale las gracias a tu ama de llaves.

Ella tragó saliva al recordar las palabras de la señora Rodríguez.

—Déjeme en paz.

—No. Sube al caballo.

—No.

Se miraron desafiantes, en medio de la callejuela empedrada. «¿Y ahora qué?», se preguntó Candela, porque aquella situación resultaba completamente ridícula. Ninguno de los dos estaba dispuesto a dar su brazo a torcer. Bajo el sombrero, la frente de lord Waldwich estaba perlada de sudor. Vio que una gota caía lentamente por su sien.

Estaba tan condenadamente guapo, tan elegante pese a todo...

—Ven aquí —dijo él. Una orden perentoria—. Es la última vez que te lo pido de buenos modos, Candela. A la próxima, te subiré por la fuerza, te llevaré hasta Castillo Salazar atravesada en mi regazo, y te iré dando una buena zurra en el trasero.

—Ja. No se atreverá.

—Ja. No me subestimes.

Era rápido. Candela esperaba alguna reacción, pero aun así, aturdida por el calor, no le dio tiempo a apartarse. Lord Waldwich se lanzó hacia delante, y la enganchó por una muñeca mientras le arrebataba sin dificultad la bolsa con la otra mano. Cuando trató de apartarse, tiró de ella, un golpe seco, le rodeó la cintura con un brazo y la estrechó con fuerza contra su cuerpo.

Notó su aroma a colonia fresca y sudor limpio, su fuerza, y también la dureza de la erección que indicaba que estaba totalmente enardecido. Eso resultó tan turbador como innegable.

Candela se oyó jadear en respuesta. Sintió que cada centímetro de su piel vibraba, que su cuerpo y su mente se separaban con brusquedad y tomaban caminos distintos, cada cual buscando cosas muy diferentes. Quería seguir furiosa, quería luchar, quería irse y olvidarse de aquel hombre, tal como llevaba jurándose todo el día, pero la sangre rugía en sus venas, arrastrada por una inesperada promesa de placer que parecía desprenderse de toda aquella excitación.

—¡Suélteme! —susurró, más asustada de lo que pudiera hacer ella que de nada que pudiera intentar él. Débil. Débil y traidora, así se sentía—. ¡Van a vernos!

—¿Y qué? Deberías suponer que a mí no me importa lo más mínimo montar un escándalo en este insignificante rincón del planeta. —Se inclinó hasta que sus rostros estuvieron muy cerca. ¿Iba a besarla? Eso parecía. Y no podía negar que lo deseaba, mucho. ¡Por Dios! ¿Por qué tenía que ser tan guapo?—. Supongo que soy como tú: hago lo que quiero sin que me importen la moral o las consecuencias.

—No tiene ni idea de cómo soy.

—En eso te equivocas, perra desalmada. Quizá esta mañana no lo sabía, pero ahora sí. Me has dejado perfectamente claro que llevas la sangre de Salazar.

Semejante comentario consiguió arrancarla de la bruma de fascinación que le había provocado su cercanía. Candela se sintió perdida entre la culpa y la indignación. Para mayor desdicha, todavía estaba pensando qué replicar a semejante ofensa cuando apareció por una de las bocacalles doña Baltasara, la esposa del boticario, acompañada de su doncella, Raimunda, una mujer de mediana edad, con nariz muy grande y pelo muy gris.

Debían de venir de la parroquia, porque llevaban las cabezas cubiertas con las mantillas negras y las manos ocupadas con rosarios y misales. ¡Menuda hipócrita era la Baltasara! Cuando eran pequeñas, Candela y Matilde la llamaban la Bruja, y por ese nombre seguía pensando en ella. Siempre arrasaba por los salones como un viento de mal fario, envenenándolo todo a su paso con su lengua malintencionada.

Por personas como ellas, Candela solía preguntarse si su padre no estaría en lo cierto, si no sería verdad que Dios no existía. Era lo único que podía explicar que gente tan maligna no estallase en llamas nada más colocar un pie en suelo sagrado. Y no solo eso, sino que al padre Severino solo le faltaba arrastrarse a su paso, siempre dispuesto a complacerlas en lo que fuera que deseasen, con tal de recibir una nueva donación.

Al verlos así agarrados, en plena calle, doña Baltasara lanzó dagas por los ojos. ¡Cómo disfrutaba, seguro! Candela logró separarse de un empujón, más que nada porque lord Waldwich decidió permitirlo, pero la situación en la que les habían encontrado no podía resultar más comprometedora.

Mientras las dos mujeres se acercaban, oscuras como cuervos, con la brisa del atardecer ondeando en faldas y toquillas negras, buscó rápidamente una explicación.

—Candela, querida... —saludó doña Baltasara cuando los alcanzaron—. ¿Todo bien?

—Sí, desde luego, doña Baltasara. —Carraspeó mientras se recolocaba el sombrerito—. Perfectamente, gracias. Me he mareado un poco, por el calor, y este... este señor ha sido tan amable de sostenerme, eso es todo.

—Oh, entiendo, qué amable, por supuesto... —Lanzó una mirada directa a lord Waldwich, evaluando la nueva pieza principal en los cotilleos de Terrosa—. Supongo que es el caballero inglés que ha venido acompañando a tu padre, ¿verdad? ¿No vas a presentarnos?

Pues menos mal que no había dicho «este desconocido», como había sido su primera idea. Maldito pueblo... A esas alturas, seguro que ya hasta la más tonta de las ovejas sabía que lord Waldwich estaba allí para casarse con ella. Porque, a quién quería engañar, ese era el único interés de aquella arpía.

Doña Baltasara, una de las líderes de las detestables Damas Cristianas de Terrosa, jamás se refería a su padre si podía evitarlo, del mismo modo que jamás mentaba al demonio. Para ella, eran exactamente lo mismo.

—Sí, bueno, es un socio de mi padre —replicó con rapidez. ¿Qué podía decir? Lo que fuera, algo que justificara su prisa por marchar, sin dar tiempo a más presentaciones ni charlas corteses—. Pero, lo siento, es que tengo que...

No le dio tiempo a más. El inglés dio un paso al frente, se quitó el sombrero mientras se inclinaba en un gesto que resultó muy galante y sonrió.

—Lord William Caldecourt, conde de Waldwich. Un placer, señora. Tengo negocios en Londres con don Bernardo, ciertamente, pero si estoy en Terrosa es porque, además, soy el prometido de Candela. —Sonrió a esta última—. Sospecho que ha decidido omitirlo por pura timidez.

¡Por Dios! Aquel demonio era demasiado guapo, y estaba claro que sabía cómo sacar ventaja de ello. Hasta doña Baltasara, que ya era una mujer entrada en años, y momificada por voluntad propia entre velos, cera consagrada y nubes de incienso, sonrió con coquetería.

—¡Candela tímida! ¡Qué idea tan curiosa! —exclamó. Candela respondió a la burla con una sonrisa torcida—. Encantada de conocerle, milord, soy Baltasara Roldán de Cuesta, esposa de Eladio Cuesta, el boticario. —Lord Waldwich le tomó la mano y la besó. Para asombro de Candela, la Bruja apartó los ojos y se ruborizó como una niña. Carraspeó y se volvió hacia ella—. ¡Oh, Candela, mi querida niña, te casas! ¡Pero qué maravillosa noticia!

—Sí, bueno, no es...

—¡Eres una muchacha muy afortunada! ¡Y a tu edad! —prosiguió la otra, incapaz de evitar soltar su veneno, pese a todo—. ¡Querida, que yo ya estaba temiendo que te ibas a quedar para vestir santos! —Candela entornó los ojos, pero no dijo nada—. ¡Tienes que venir a visitarme mañana sin falta y contármelo todo!

—Mañana no va a ser posible —se apresuró a intervenir lord Waldwich, que podía ser muy listo en los negocios, y también a la hora de llevarse a las arpías de turno a su terreno, pero no parecía muy curtido en el despiadado mundillo de los chismes. Si doña Baltasara había dicho eso era, precisamente, para poder sacar a colación el asunto de la boda. Su criada y ella venían de la parroquia. Seguro que, antes o después de los rezos, había hablado con el padre Severino del tema y sabía que pretendían organizarla para el día siguiente—. Nos casamos a primera hora.

—¡Tan pronto! —exclamó. Su mirada y la de su silenciosa criada se concentraron al unísono en su vientre. Zorras... Candela se ruborizó—. Pero, querida, ¿cómo es eso? ¡Qué dirá la gente! ¡Ya sabes lo mucho que les gusta hablar!

Ella frunció el ceño, tan enfadada que no le importó ser un poco grosera.

—Ya, ya, bien que lo sé. Pero, como lord Waldwich ha llegado al pueblo esta misma mañana, creo que las posibilidades de que haya habido algún contratiempo como el que insinuarían algunas arpías se reducen a una milagrosa concepción virginal.

Doña Baltasara torció el gesto ante el sarcasmo.

—No te creas. Todos saben que pasas mucho tiempo con don Luis, demasiado, y algunos podrían pensar... bueno, tú ya me entiendes. —Sí, lo entendía bien, pero, por si acaso, lo aclaró más todavía—. Que hubo un desliz y que por eso ha vuelto tu padre en una época en la que no suele visitarnos nunca con la solución ideal para el problemilla. —Al ver que la había dejado sin palabras, sonrió perversa—. La gente es muy mal pensada.

Candela no supo qué replicar a eso, lo que provocó un silencio muy incómodo. Ni siquiera estaba segura de qué era lo peor: si la infamia de lo que insinuaba o la referencia a Luis. Hubiese preferido no darle ningún dato al inglés, por si acaso.

—Cierto, la gente es así —dijo entonces lord Waldwich. Ni fruncía el ceño ni había cambiado nada en apariencia, pero Candela captó claramente su enfado—. Pero yo no me preocuparía, doña Baltasara. Bien sabemos todos que unas malas lenguas no pueden hacer mucho mal. Son molestas, sin duda, pero inofensivas.

Ella, acostumbrada a tirar por tierra demasiadas reputaciones, lo miró con suficiencia.

—¿Eso cree, milord? ¿En serio?

—A pies juntillas, mi querida señora. Hablar, hablar...

—Pareció considerar la palabra—. Si lo pensamos bien, es algo que carece de auténtica fuerza. Aire que se desvanece. Todo pasa y se olvida, a la espera de un nuevo escándalo.

—Bueno, sí, pero...

—Sin embargo, el que sí que puede hacer daño, daño de verdad, es aquel que tiene mucho dinero y, por tanto, mucho poder para cambiar las cosas a su alrededor —continuó, tan natural como si estuviera hablando del tiempo, aunque su voz había adquirido un toque vagamente helado—. Cambiarlas desde un punto de vista físico, entiéndanme. Algo que sí sería de verdad perdurable. Alguien rico y poderoso que, por ejemplo, venga como yo a este pueblo, lo mire de extremo a extremo y sepa que puede comprarlo prácticamente entero.

—¡Exagera! —exclamó doña Baltasara, impresionada a su pesar.

A su lado, Raimunda había abierto mucho los ojos.

—Oh, le aseguro que no. Hice el cálculo en Inglaterra con los informes que me consiguieron mis abogados. —Se llevó una mano al pecho—. Por pura curiosidad, ya me entiende.

Doña Baltasara había palidecido.

—Claro...

—Pues ya ven. Descubrí que, si quisiera, si fuera ese mi capricho, podría adquirir todos los inmuebles, las tierras, toda la dehesa de Terrosa... —Pasó las pupilas por la calle, con tranquilidad, como si estuviese reuniendo sus posesiones. Las tres mujeres contemplaron también las casas de piedra, el suelo polvoriento; incluso el inmenso cielo azul—. Cuanto ven y cuanto conocen. Todo ello, por cierto, sin que mi patrimonio se viese apenas afectado.

—Eso no es verdad... —musitó Candela.

Él arqueó una ceja.

—Ya lo creo que sí, amor. Podría comprarlo todo y reducirlo por completo a escombros. —Volvió a centrarse en doña Baltasara—. Incluida la botica, fíjense. —Rio, como si solo estuviese gastando una broma, aunque todas sintieron que no era así—. Uno nunca sabe lo frágil que es un negocio, lo vulnerable que es, hasta que llega alguien con posibles y dispuesto a hacer daño. ¿No están de acuerdo conmigo?

¿Era aquello una amenaza? Sin duda. Elaborada y cortés, pero no por eso menos firme. Las tres mujeres, criada incluida, lo miraron con cautela. Candela sintió por él un nuevo respeto, y también un cierto temor.

Doña Baltasara parpadeó.

—Sin duda... —acertó a decir.

Lord Waldwich asintió.

—Por eso, como puedo defenderme de unas simples palabras, no temo lo que pueda decir nadie. Y los rumores que surjan sobre Candela y Luis... —Se volvió hacia Candela—. Perdona, amor, he olvidado el apellido, y mira que me lo has repetido veces. Era Luis...

—Pelayo —terminó doña Baltasara, servicial, al ver que Candela no reaccionaba. «Oh, no»—. Luis Pelayo. Ahora don Luis Pelayo. Se ha hecho médico.

—Ah... —Una sombra cruzó los ojos del inglés. Candela se sintió inquieta—. Eso, Luis Pelayo, gracias, señora. Como decía, los comentarios que puedan relacionarlo con mi prometida son absurdos, pero también insultantes. No podría dejarlos pasar. Rastrearía cada uno de ellos hasta su origen y le daría a su autor su debida recompensa.

Doña Baltasara y Raimunda lo miraban tan sorprendidas y amedrentadas que Candela no pudo evitar aplaudir mentalmente a lord Waldwich. Él no sabía la de muchachas de Terrosa que habían tenido que sufrir el ataque de aquella hiena, la de lágrimas y desesperación que había provocado. Se merecía ese susto por completo.

De hecho, decidió participar en la falacia, aportando un granito de arena para hacerlo más creíble.

—Mi padre me ha contado lo que ocurrió la última vez que

lo molestaron, en Londres —dijo, con un carraspeo, simulando estar acobardada. No le costó mucho—. Estoy segura de que cualquier cosa que ocurra aquí podría solucionarse sin llegar a esos extremos, milord.

Hubo un destello de risa en los ojos del inglés, algo luminoso que barrió por completo las sombras y realzó su atractivo, de ser eso posible. Estaba satisfecho y divertido por su colaboración.

Y Candela se encontró absurdamente satisfecha de haber provocado aquel cambio. Aquella versión de lord Waldwich le gustaba mucho más. De hecho, le gustaba demasiado, comprendió, inquieta. ¿Estaría traicionando a Luis?

—No lo sé, amor —dijo entonces él. Hizo un gesto de pesar y volvió a centrarse en las dos mujeres mayores—. Candela es más comprensiva, pero yo esas cosas me las tomo muy a pecho. Sé que hundir a aquella familia, hasta el punto de enviarla a la cárcel de Fleet por deudas, fue terrible. —Su tono resultó tan... sentido, frío y seco que Candela se preguntó si no sería verdad que había hecho algo así—. Pero volvería a hacerlo, una y mil veces. —Se encogió de hombros—. Entiéndanme, soy un noble inglés, lo exige mi honor. Por eso, no lo duden, me ocuparé personalmente de mostrar mi descontento a quien se le ocurra levantar o propagar rumores sobre mí o mi familia. Lo cual incluye a los Salazar.

La Bruja tragó saliva.

—Bueno, sí, hará usted muy bien —balbuceó.

—Lo sé. —Lord Waldwich sonrió más todavía—. Pero, bueno, entre nosotros, le diré que las prisas por celebrar nuestra boda son por mi culpa. Me temo que soy un hombre ocupado y tengo negocios que atender en Londres. Por eso debemos casarnos de un modo tan precipitado. Por suerte, el señor obispo ha sido tan amable de acelerar los trámites, y contamos con su bendición.

Doña Baltasara no solía librar batallas que no podía ganar.

No quería a lord Waldwich por enemigo; prefería tenerlo como aliado.

—Debe ser emocionante vivir en Londres —dijo, con aire hasta cordial—. Antes de irse, tienen que venir a casa, a cenar. —Agitó una mano, como para rechazar cualquier excusa—. Por favor, sería un placer recibirlos y además me gustaría mucho presentarle a mi esposo. Estudió en Salamanca y es un hombre de mundo, seguro que tienen muchos temas de los que conversar.

—Seguro que sí —contestó el inglés, y también retribuyó la sonrisa—. Si nos es posible, iremos encantados. ¿Verdad, querida?

Candela hizo una mueca.

—No veo la hora de que llegue el momento.

—Entonces, te complaceré, amor, faltaría más. —Un nuevo destello de risa cruzó sus ojos antes de volverse hacia doña Baltasara—. Ahora, deberá disculparnos. Tengo que llevar a mi prometida a casa cuanto antes. No quiero que vuelva a marearse por el calor.

—Por supuesto —replicó ella, abanicándose con el pañuelo—. Este bochorno es insufrible. Nos veremos mañana en la iglesia. —Lanzó una risita—. Porque asistiremos, por supuesto. No nos perderíamos la boda del año por nada del mundo.

Candela abrió los ojos con espanto.

—No creo que...

—Serán ustedes bienvenidas —intervino el inglés, y les hizo otra inclinación como despedida—. Un placer.

La Bruja replicó con un gesto torpe y siguió su camino. Cuando ella y su criada desaparecieron de su vista, lord Waldwich se volvió hacia Candela, ya sin atisbo de sonrisa en los labios, menos todavía de aquel destello que había dado tanta vida a sus pupilas. No pudo evitar lamentarlo.

—Luis Pelayo, ¿eh? —preguntó, con tono ácido.

Candela entornó los ojos.

—Don Luis Pelayo para usted. O doctor Pelayo, como guste.

—Gracias por la corrección. —Miró la bolsa de viaje—. ¿A eso ibas, a reunirte con él?

—No es de su incumbencia.

—Y volvemos al triste principio de nuestra disputa.

Candela apretó los puños con tanta fuerza que se hizo daño con el asa de la bolsa.

—¿No le da vergüenza? ¿Por qué demonios quiere obligar a casarse con usted a una mujer que ama a otro? ¿Que lo va a odiar y a despreciar por siempre, si lo consigue? ¿Tan lamentable ha sido su vida hasta ahora?

Para su sorpresa, aquello lo afectó, y mucho. Lord Waldwich palideció a ojos vistas. Tardó un par de segundos en contestar.

—No tengo por qué darte explicaciones —dijo entonces, molesto.

Quería escabullirse, pero Candela había descubierto una fisura en el grueso muro tras el que se escondía y no estaba dispuesta a dejarla pasar.

—Pero hay algo, ¿verdad? Acaba de conocerme. Si ha venido hasta aquí, si ha montado todo ese teatro del ajuar, es por algo. No por mí. —Pensó, rápida—. Tiene que ser algo relacionado con mi padre... ¡Oh, ya sé! Son socios y quieren unir todas sus propiedades, para el caso de que mi padre fallezca. Y yo soy el vínculo entre ambos patrimonios. —Suspiró de un modo teatral—. Qué romántico. ¡Y qué detalle que hayan pensado en mí para utilizarme! Me siento halagada y muy honrada, milord.

Él la miró con fastidio.

—Deja de intentar adivinar, se te da tan mal como la ironía. —Bufó—. Bueno, ¿qué? ¿Seguimos discutiendo aquí, en plena calle, con este endemoniado calor y dando explicaciones a todo aquel con el que nos crucemos o montas ya en el maldito caballo?

Qué remedio, tuvo que aceptar. No tenía fuerzas para echar a correr y no quería tener que hablar con más vecinos, que empezarían a salir en cuanto refrescase un poco. Waldwich la ayudó a subir, sujetó bien la bolsa de viaje a la silla y se montó detrás. La rodeó con sus brazos para sujetar las riendas del caballo.

—¿Vas bien? —preguntó.

No se dignó a contestar y él no insistió. Dirigió al animal por la calle, en un silencio que hubiera sido completo de no ser por el resonar rítmico de los cascos contra el empedrado.

No podía hacer nada respecto a los brazos que la rodeaban, pero Candela intentó mantenerse lo más alejada posible del cuerpo del inglés. Lamentablemente, el traqueteo continuo lo hacía imposible.

Qué incómodo, qué... excitante. Candela se odió al percibir otra vez el modo en que su cuerpo respondía a la cercanía de aquel hombre. Y él, ¿se sentía igual? Estaba por asegurar que sí. Lo notaba tenso, a su espalda, con una dureza más que evidente clavada en su trasero. Tuvo tentaciones de moverse para incomodarle más, pero no se atrevió, no fueran a írsele las cosas de las manos.

De hecho, una vez lo imaginó, no pudo dejar de pensar en cómo sería ser besada por esos labios, qué sentiría al ser estrechada por esos brazos tan fuertes, acariciada por aquellas manos, rudas y quizá ásperas, pero que sabían sujetar con amabilidad las riendas del caballo...

Lástima que todo lo estropeara aquel aire de soberbia y altanería que lord Waldwich arrastraba como una capa. Pues no pensaba permitir que la pisase, no pensaba someterse a su dominio.

Claro que, de momento, tendría que permitir que la llevase de vuelta a Castillo Salazar.

15

Al llegar a las caballerizas de la mansión, Candela forcejeó para obligarlo a apartarse, se deslizó al suelo y estiró sus faldas con un par de manotazos. Luego, intentó coger su bolsa de viaje, pero William la retuvo a tiempo.

—No, no, de eso nada —dijo. Hablar le costó cierto esfuerzo, porque no había abierto la boca en todo el camino, y la sentía seca y pastosa. ¡Demonios de bochorno! Necesitaba un trago, de lo que fuera, cuanto antes—. Esto me lo quedo yo, amor. Por si acaso.

Ella apretó los labios, le lanzó una mirada despectiva y enfiló hacia la casa con paso firme, seguramente para volver a encerrarse en su dormitorio. William la observó un par de segundos en silencio. Las palabras que le había dicho en el pueblo le dolían como las quemaduras de un hierro candente. «¿Por qué demonios quiere obligar a casarse con usted a una mujer que ama a otro? ¿Que lo va a odiar y a despreciar por siempre, si lo consigue? ¿Tan lamentable ha sido su vida hasta ahora?».

Tenía razón, maldita fuera. En todo. Su vida había sido lamentable, por eso buscaba la venganza. Y al vengarse iba a condenar el resto de su vida, porque era un tonto que no sabía controlar sus emociones. Ya se lo había advertido Salazar, y hasta él podía verlo con toda claridad, aunque se negase a reconocerlo.

Solo había que ver cómo había sido viajar a lomos del caballo llevando a Candela entre sus brazos, prácticamente sentada en su regazo; obligado a oler su perfume y a percibir el roce de su cabello en el rostro. William se removió, incómodo, al sentir cómo su miembro, duro y crecido, presionaba casi dolorosamente contra sus pantalones. Aquello había sido una auténtica tortura.

Jamás había estado más excitado, y si Candela hubiese tenido un poquito de experiencia, se habría dado cuenta de ello, porque su erección era más que notoria. También él quería entrar en la casa y encerrarse en su dormitorio, pero en su caso para meter la cabeza en una palangana de agua fría y dejar que pasara todo aquel calor que no tenía nada que ver con el clima de Extremadura.

No, no podía dejar así las cosas, comprendió de pronto. No hablar de lo ocurrido con el ajuar solo ahondaría más y más el abismo que los separaba. Se casaban en pocas horas, tenían que afrontarlo y cuanto antes. No estaba seguro de que aquello tuviera solución, pero al menos debían intentarlo.

Esperaba que no se lo pusiese difícil, porque, pese a todo aquello que le hacía sentir, estaba todavía tan enfadado que no tenía cuerpo para galanterías ni cortejos. No era hombre de ofrecer alegremente la otra mejilla cuando acababan de abofetearlo y le iba a costar perdonar lo ocurrido, si es que algún día llegaba a conseguirlo.

Sobre todo cuando no había encontrado ningún arrepentimiento en Candela. Al contrario.

William bajó del caballo con un salto ágil, caminó rápido tras ella para alcanzarla y la enganchó por un brazo, justo a tiempo de impedir su huida.

—Espera —ordenó. La muchacha le miró suspicaz—. Acompáñame a la biblioteca. Tú y yo tenemos una conversación pendiente.

—No sé de qué.

—¿No? No te preocupes —añadió, llevándola bien sujeta—. Me encantará ponerte al día.

Candela intentó soltarse de un tirón, pero no lo permitió.

—Suélteme —ordenó entonces, como si eso fuese a tener más efecto.

William gruñó y siguió tirando de ella hacia la casa. Por suerte estaban ya muy cerca. Nada más entrar, se cruzaron con el ama de llaves, que estaba en el vestíbulo.

—Señora Rodríguez, por favor, que nos sirvan un té en la biblioteca.

—Por supuesto, milord —replicó ella, sorprendida por el modo en que arrastraba con él a Candela, pero sin atreverse a intervenir—. De inmediato.

—¿Un té? —repitió Candela, con burla—. ¿Se cree que está en uno de esos tontos salones de Londres? En Terrosa no tomamos té, milord. Nosotros haríamos como los americanos: tiraríamos su dichoso té al mar.

—Me alegra comprobar que sabes algo de historia. Te daré una lección de geografía, entonces: en Terrosa no tenéis mar.

—¡Por suerte para usted! ¡Lo tiraríamos con su té!

«Maldita terca». La llevó hasta la biblioteca y la empujó hacia el interior. Candela trastabilló un par de metros, se giró y lo miró. Se tranquilizó un poco al ver que dejaba la puerta entreabierta, como mandaban los cánones.

—¿Qué demonios quiere?

—Ya te lo he dicho. Hablar.

—Pues no es el mejor modo de pedirlo.

Él sintió un nuevo arrebato de ira, que solo contuvo a duras penas.

—Yo nunca pido nada.

—Y yo no tengo por costumbre transigir con las imposiciones. En lo que a mí respecta, no tenemos por qué volver a hablar nunca de nada, milord. —Inició una huida hacia la puerta, un movimiento determinado y de alto riesgo, ya que tenía que pasar por su lado, esperando quizá que se apartase—. Ni siquiera tenemos por qué volver a vernos. Yo...

—Qué equivocada estás. —William no solo no se apartó, sino que dio un paso a la izquierda para interceptar su rumbo con gesto decidido—. Ni se te ocurra moverte de aquí.

—¿Cómo se atreve...?

William la estudió de pies a cabeza, evaluando cuidadosamente la situación. La señora Rodríguez estaba en lo cierto: era una cría, demonios. A pesar de sus aires de mujer de mundo, Candela Salazar no dejaba de ser una niña que había vivido encerrada en su jaula dorada, protegida del infierno que había al otro lado.

Estuvo a punto de apiadarse, pero recordó el ajuar destrozado, y también el brillo de sus ojos cuando hablaba del hombre del que estaba enamorada, y se le agrió otra vez la sangre.

De pronto, sintió que las velas daban menos luz.

Aquello le había enseñado una buena lección, una que no debía olvidar en ningún momento: volverse vulnerable ante un Salazar era una temeridad y un absurdo. No tenían entrañas ni corazón. Buscaban su capricho y pisoteaban todo lo que se interponía a su paso. Candela le arrebataría el alma si llegaba a consentirlo. Ya lo había hecho, con alguna clase de magia, simplemente por aquella sensación que le embargaba cuando estaba a su lado, esa idea absurda de que era perfecta para él, que era lo que quería, lo que deseaba y necesitaba para ser feliz.

Pero, como Ulises, el rey de Ítaca, William iba a poder escuchar el canto de aquella sirena sin caer en su embrujo. El heleno se había atado al palo mayor de su barco. Él contaba con una ligadura todavía más firme: la promesa de venganza hecha a su madre, entretejida con la certidumbre de que Candela no lo amaba ni lo amaría nunca.

Y él ya no era un crío, un adolescente idiota al que se le pudiera romper impunemente el corazón.

Ya era hora de que recordase que no había ido a esa casa buscando amor, sino un desagravio, una reparación. ¿Cómo había podido olvidar, siquiera por un momento, la imagen del cuerpo ahorcado de su padre, balanceándose en silencio en aquella casa extraña y vacía? ¿El desconsuelo de su madre, que siguió respirando un tiempo pese a llevar años muerta, desde que aquel bastardo le arrebató el corazón con sus zarpas de demonio? Cuando la sedujo y la traicionó de la manera más vil para convertirla en el instrumento de su desquite contra Ethan.

«Canalla... Maldito hijo de puta», pensó.

«Destrózalo, humíllalo. Coge todo lo que tiene, absolutamente todo, y aprópiate de ello. Y, luego, destrúyelo por completo».

Esas palabras de su madre, que durante años había escuchado cada noche, al apoyar la cabeza en la almohada... ¿dónde estaban ahora? ¿Cómo podía haberlas dejado de lado? ¿Qué había ocurrido?

Nada, nada debía interponerse en su venganza contra Bernardo Salazar. Y para haber sido esa venganza lo que inició de verdad toda aquella historia, últimamente tendía a olvidarla demasiado a menudo.

Maldito retrato. Maldita Candela. Malditos impulsos. A su edad, debería haber aprendido a doblegarlos. Basta ya de bobadas románticas.

Venganza.

—Ya me has oído, señorita Salazar —dijo, con voz gélida. Señaló hacia el tresillo—. Siéntate, por favor.

Era una petición educada, pero aquel tono lo había perfeccionado a lo largo de muchos años de vivir con sus demonios, sabía que pocos podían oponerse. A su pesar, Candela titubeó y se sintió obligada a obedecer. Se acomodó en uno de los sillones, aunque se mantuvo con la espalda bien tiesa y sentada muy al borde, como queriendo recordarle que podía levantarse y salir de allí en cualquier momento. Peleando hasta el fin.

William la estudió con acritud y luego caminó unos segundos de un lado a otro, considerando el mejor modo de abordar el tema. Finalmente, se plantó ante ella. La miró desde arriba, aprovechando la ventaja para intimidarla.

—En Inglaterra, estar a solas con un hombre compromete la reputación de una dama. En nuestro caso no tiene mayor importancia, dado que vamos a casarnos. Sin embargo, no quiero equívocos ni busco aprovecharme de la ocasión. Puedes decirle a Alba, tu doncella, que esté presente, o llamar a la señora Rodríguez, si lo consideras oportuno.

Candela arqueó una ceja.

—Faltaría más. No necesito su permiso para ello.

William contuvo la respiración. Un segundo después, siguió, normal, sin alteraciones en su tono.

—¿Por qué lo hiciste?

—¿El qué? —Ambos sabían esa respuesta, por supuesto. William solo tuvo que entornar los ojos para que Candela reculase—. Creí que había dicho que no volveríamos a mencionar el tema.

—Cierto. Pero, tras reflexionar durante nuestro camino de vuelta, he pensado que, si no lo hablamos, las palabras no dichas se van a pudrir entre nosotros. ¿Eso quieres? ¿En serio?

La muchacha hizo una mueca de desdén.

—No sabía que fuese usted un poeta.

—No lo soy —replicó, tratando de contener el enfado—. Y no te burles, no es momento de sarcasmos. Me he limitado a expresar una verdad.

Candela titubeó. Bajó los ojos hacia sus manos, recogidas en el regazo, como si de pronto se sintiese incapaz de mantener su mirada.

—Lo hice para dejarle claro que no quiero casarme con usted —dijo, con voz monótona—. Lo hice porque no quería unos regalos que ni pedí ni necesito. —Alzó las pupilas hacia él, aquellos ojos verdes que William siempre había soñado con ver llenos de risa. Ahora solo mostraban cautela—. No lo conozco, milord, ni siquiera somos amigos y a este paso dudo que lo lleguemos a ser jamás. ¿Se da cuenta? Precisamente por eso, no tiene por qué regalarme nada.

—Pero...

—Y, para terminar... —le interrumpió, cortante— lo he hecho porque usted no es quién para llegar aquí y cambiar de tal modo mi vida, sin consultarme, sin tener en cuenta mi opinión. Planteó nuestra boda como algo decidido por usted y totalmente irrevocable. Pues bien, no voy a consentirlo y eso quería transmitirle de manera inequívoca. ¿He sido clara?

—Mucho.

Oyó un golpecito en la puerta. Miró hacia allí y vio en el umbral a la señora Rodríguez. Tras ella iba Alba, con una bandeja.

—Perdón, milord, señorita...

Al pasar hacia la mesita, miró a Candela de reojo, pero no dijo nada. La doncella depositó la bandeja con mucho cuidado y el ama de llaves se dispuso a servir una taza de té, pero William la interrumpió.

—No, señora Rodríguez. Gracias, pero no es necesario, váyanse. Me servirá la señorita Salazar. Lo vas a tener fácil, Candela, porque lo tomo solo, sin leche, ni azúcar ni limón.

El ama de llaves y la doncella pusieron expresión de desconcierto, pero se apresuraron a obedecer. Sin duda, se imaginaban lo que venía a continuación.

Candela miró a William como si le hubiese salido de pronto otra cabeza más.

—¿Es una orden?

William cogió una silla, la colocó con determinación ante ella, y se sentó.

—Voy a intentar razonar contigo, señorita Salazar, pese a que creo que te has comportado de un modo indigno. Más que eso, abominable.

—Estamos a la par, entonces.

—No, no lo estamos, ni de lejos. —Alzó un dedo—. Y no quiero ni un solo comentario desagradable más. Me lo debes, por lo que has hecho. —Ella así lo debió de considerar, porque apretó los labios y guardó silencio—. Las razones por las que deseo casarme contigo son muchas y variadas...

—Concrete alguna. —Él titubeó. Candela interpretó mal su silencio—. Entiendo. Como supuse, es un asunto de negocios.

—No del todo. Ya te he dicho que tengo varias razones para ello, pero creo sinceramente que, si ponemos buena voluntad, este matrimonio puede funcionar de un modo civilizado. Solo tienes que comportarte. Eso evitará que olvide que, al fin y al cabo, tú no tienes culpa en todo esto...

—¿Culpa? —Lo miró sorprendida—. ¿Culpa en qué? ¿Por qué?

William dudó.

—Nada que importe.

—Así que hay algo —continuó ella, nada dispuesta a permitir que se le escapase el hilo del que tirar—. ¡Tanto regalo exquisito, tanto detalle y tantas atenciones, pero la única verdad es que hay algo turbio tras sus manejos! —Frunció el ceño—. ¿Se está vengando por algo que hizo mi padre? Es eso, ¿verdad?

Era lista, demasiado. William se maldijo interiormente. ¡Bocazas, bocazas, bocazas...! No se le debería haber escapado eso.

—Te digo que no importa. Dejemos la cuestión en que no tienes ninguna culpa y no deseo hacerte sufrir. Por eso, te ofrezco una tregua. Una oferta de paz, antes de que esto estalle y tú y yo nos veamos abocados a una guerra.

—Nunca me ha importado pelear.

William sonrió con frialdad.

—No habrá pelea, corazón. Me limitaré a aplastarte.

Ella entornó los ojos.

—Creí haberle dejado claro que no puede amedrentarme. —Hizo amago de ponerse en pie—. Si eso es todo...

—No te levantes —ordenó, con voz firme. Esperó hasta estar seguro de que ella obedecía y siguió—. ¿Por qué no quieres casarte conmigo? Explícame eso. Tengo fortuna, buena posición, tu padre me apoya y no creo que mi aspecto te resulte muy desagradable.

De pronto, adelantó una mano y rozó con la punta de los dedos la delicada línea de su barbilla. Candela retrocedió de un brinco, pero no pudo ocultar su estremecimiento. Su pecho se agitó bajo el discreto escote del vestido, y se ruborizó como la virgen que sin duda era.

Así que la pequeña Salazar no era tan indiferente a sus encantos como intentaba hacerle creer.

—No me toque —dijo, con voz tensa.

William sonrió.

—¿Por qué no quieres casarte conmigo? —volvió a preguntar.

—Ya se lo dije, se lo he repetido mil veces: estoy enamorada de otro hombre.

—De Luis Pelayo, sí. Perdón, don Luis Pelayo. O el doctor Pelayo. —Se recostó en la silla, molesto. Tardó unos segundos en continuar—. Muy bien, háblame de él.

Candela le miró con precaución y negó con la cabeza.

—No. Ni lo sueñe. Nada de eso es de su incumbencia.

—Teniendo en cuenta que te niegas a casarte conmigo por su culpa, yo diría que sí que lo es.

—Su opinión me importa poco.

—Qué gran error... —El tono de William se tiñó de peligro. Cruzó los brazos y la observó con el ceño fruncido—. Muy bien, no importa. Si estamos aquí, es para solucionar nuestro... desencuentro. —Ella no dijo nada, así que continuó—. Como te decía, voy a darte la oportunidad de un nuevo comienzo. Pide disculpas por lo ocurrido, sirve el té y ofréceme una taza, a ser posible con una sonrisa y una palabra amable, eso me gustaría. Si lo haces... No, no voy a olvidar lo ocurrido, pero no volveremos a mencionar el maldito ajuar, esta vez sin rencores ocultos. Hablaremos sobre nuestra relación y veremos cómo llegar a un entendimiento.

—¿Sin boda?

—No, querida. Con boda. —«Destrózalo, humíllalo», volvió a oír en su memoria. «Coge todo lo que tiene, absolutamente todo, y apròpiate de ello. Y, luego, destrúyelo por completo». William hizo una mueca. Podría no buscar destruirla, porque tenía escrúpulos, y al fin y al cabo, ella no era culpable de nada. Pero tenía que ser suya. Era la hija de Salazar—. Eso es innegociable.

Ella arqueó ambas cejas.

—¡Pero acabo de decirle que amo a otro hombre!

—Ya lo he oído, sí. Y como te he dicho yo, no es un detalle que me interese lo más mínimo. Estoy seguro de que se te pasará. Don Luis Pelayo forma parte del pasado. Cuanto antes lo asumas, mejor te irá.

—¿De verdad? —Lo miró directamente—. Mal modo de intentar llegar a un entendimiento.

—¿Tú crees? —Ella fue a hablar otra vez, pero no lo permitió—. Una cosa es que no tengas responsabilidad en el hecho de que hayamos llegado a esta situación, y otra muy distinta que, desde que nos conocemos, te has comportado de un modo abominable.

—Eso no...

—Me has afrentado. Me has desafiado y ofendido. La verdad, no me siento inclinado a ser amable contigo ni a preocuparme por lo que puedas sentir. Sobre todo, cuando se trata de lo que sientes por otro hombre. —La muchacha lo observó en silencio, exudando amargura—. Pide disculpas, Candela, sirve el té y tráeme esa taza. Hazlo, te conviene. Te aseguro que no te arrepentirás. Intentaré con todas mis fuerzas ser un buen esposo y hacerte feliz.

—¿Y la otra opción?

—La otra opción es que te levantes y salgas de aquí ahora mismo, dándome la espalda. —Candela se puso en pie al momento y empezó a moverse hacia la puerta, pero se detuvo cuando él siguió hablando—. Sin embargo, te lo advierto muy en serio: si te vas, asumiré que no quieres arreglar nada. En lo que a mí respecta, estarás haciendo una declaración de guerra en toda regla, algo que me tomo muy a mal. —William entrelazó los dedos, los codos apoyados en los reposabrazos de la silla—. Eso implica que, en el futuro, asumiré que nuestra relación solo será cuestión de quién conquista y quién queda bajo la bota del otro.

—Haga lo que quiera —replicó, con desprecio—. Tengo un buen par de botas de montar.

—Y yo una fusta.

Candela parpadeó, pero se repuso rápido.

—Lo sé, ya la mencionó. Empiezo a creer que le gusta usarla. Una razón más para evitarme la desagradable experiencia de un matrimonio con usted. —William se ruborizó. ¿Cómo conseguía siempre dejarlo en evidencia, hacerle parecer un ser despreciable? Quizá porque lo era—. Si al menos quisiera casarse conmigo porque de verdad siente algo por mí... —Él apretó los labios, deseando soltar todo aquello que sentía. Saldría a borbotones, hasta dejarle vacío. Pero hablarle de amor no parecía prudente. Abrir su corazón solo le pondría en desventaja. Candela interpretó mal su silencio—. Pero ya hemos quedado en que se trata de una venganza.

No se vio capaz de negarlo. Al menos, le debía eso.

—No del todo. —Carraspeó—. Seguro que te consta que te encuentro muy atractiva.

—¿En serio? Un valor añadido, supongo. Pero me temo que tengo que declinar su amable ofrecimiento. Por mi parte, puesto que yo sí estoy enamorada —cómo sonó. Y cómo lo sintió. Casi fue como el golpe seco de un cuchillo en el corazón—, no encuentro ventaja alguna en semejante compromiso. No me interesa usted, ni su título ni su dinero. Si quiere tomárselo a mal, si quiere considerarlo una guerra, adelante. Estoy más que dispuesta a combatir hasta el final.

William apretó la mandíbula.

—Candela, no te aconsejo tomar ese camino. Te lo advierto: nunca pierdo.

Candela lo miró con fijeza, muy tensa, y fue hacia la puerta. Colocó la mano en el pomo y se detuvo un instante.

—A pesar de todo, sí que quiero disculparme —dijo, sin volverse, con voz apagada—. Siento lo del ajuar, lord Waldwich, lo siento de verdad. Era... era todo precioso y sé que no debí hacerlo. Ojalá pudiera volver atrás y no estar tan ofuscada. Lo lamento mucho.

Salió. Cerró con suavidad.

—Joder —gruñó entonces William, tirándose del pelo.

16

Candela cruzó el vestíbulo como una exhalación, corrió escaleras arriba y se encerró en su dormitorio.

—Y, ahora, ¿qué? —se preguntó en voz alta, ya a solas.

Caminó hacia la cama y se dejó caer de bruces a sus pies, totalmente abrumada por la conversación que había mantenido con el inglés.

Conversación por llamarlo de alguna manera, claro. En realidad, había sido una batalla, una más de la guerra que había pronosticado. Y, por muy altanera que se hubiese mostrado, no estaba preparada para algo así. Le había costado un esfuerzo increíble no hundirse y ponerse a suplicar. Si no lo había hecho, en realidad, fue porque supo en todo momento que no iba a servir para nada.

Ese matrimonio no tenía que ver con el amor ni con el dinero. Se trataba de un asunto entre su padre y aquel hombre, la consecuencia de alguna disputa. Una venganza, probablemente. Se casaba con ella por venganza, para hacer daño o para obtener una satisfacción. O ambas cosas, a saber...

—Cabrón...

Pero no estaba todo perdido, no. Todavía le quedaba esa noche. Tenía que escapar y volver a casa de Luis. Con un poco de suerte, ya habría regresado y podrían seguir adelante con sus planes. Y, de no ser así, de no haber vuelto, solo tendría que buscar un lugar donde esconderse y...

¡Aquel hombre horrible no le había devuelto la bolsa de viaje!, recordó de pronto. No tenía dinero, ni joyas, y nadie en el pueblo la acogería, temerosos de las posibles represalias del inglés. Ella misma había ayudado a crear su imagen de hombre implacable en su encuentro con doña Baltasara.

—Maldita sea... —gruñó, cubriéndose el rostro con las manos—. ¡Pero qué tonta soy!

Bueno, no había que dejarse llevar por el pánico. Todavía le quedaban algunas opciones: podía irse al bosque o a las peñas del Rayo... ¿Y qué tal la caseta del pastor Eustaquio, el hombre que encontró y crio a su padre? Llevaba vacía desde que Salazar, ya convertido en un caballero adinerado por su matrimonio con Clara Marcos, le echó de aquel lugar con cajas destempladas.

Las crónicas de Terrosa contaban que la expulsión tuvo lugar una noche sin luna, en la que reinaba una oscuridad tan densa que ni las luces de las antorchas podían iluminar el rostro de quienes las portaban. Salazar fue a la choza del pastor con una cuadrilla de trabajadores de sus tierras y le azuzó una jauría de perros.

No mediaron palabras, no fueron necesarias, como nunca lo habían sido. En los años en los que habían vivido juntos, Salazar y él apenas habían compartido alguna. Eustaquio, más animal que humano tras tanto tiempo viviendo entre ovejas, era hombre de gruñido breve y golpe seco.

Aquella noche pagó muchas culpas. Tuvo que huir corriendo como pudo por las peñas para salvar la vida, y sin poder llevarse nada de sus miserables posesiones. No luchó, no estaba en posición de hacerlo, pero, según las leyendas, maldijo a Salazar justo antes de desaparecer para siempre en la oscuridad de la noche.

Nadie volvió a saber nada más de él.

El contenido de la maldición en sí variaba según quien narrase la historia, de modo que lo que fuera que dijo el viejo pastor, si en verdad llegó a hablar en una situación tan apurada, carecía de toda importancia. Lo único cierto, aquello en lo que todos los habitantes de Terrosa estaban de acuerdo, era que Salazar estaba maldito, igual que la choza miserable en la que había crecido. Igual que todo lo que había surgido de la encina negra.

Por suerte para ella, Candela no era supersticiosa. Además, de niña, había jugado muchas veces en la cabaña vacía con Luis y los niños Quintana, Matilde y Lorenzo. Se habían metido miedo unos a otros, desde luego, pero nunca habían visto el fantasma de Eustaquio.

De modo que sí, podía ir allí. ¿Cómo no lo había pensado antes? Total, solo necesitaba esconderse un día, hasta que cumpliera la mayoría de edad, para asegurar que nadie pudiera obligarla a nada. Se llevaría un par de mantas para hacerse un jergón y cogería algo de comida y agua de la cocina cuando todos se hubiesen acostado. Con eso, sería capaz de sobrevivir ese tiempo sin mayor problema.

Candela bostezó aparatosamente.

Solo era un día...

Estaba tan cansada por la caminata hasta Terrosa bajo el fuerte calor y la tensión de lo vivido con el inglés que casi sin darse cuenta se quedó dormida. Tras un momento de completa oscuridad, soñó con una boda en la que la música era un chirrido estridente y ella iba vestida con harapos.

Lord Waldwich la esperaba junto al altar, muy elegante; atractivo y tentador como el demonio que era. La contempló con una mirada oscura y codiciosa, mientras le decía: «¿Te gusta tu vestido de novia?», justo antes de sujetarlo por el escote y rasgarlo por completo, dejándola desnuda a merced de sus ojos negros, de unas manos duras e insistentes que la hacían crepitar en cada caricia.

Su roce le provocaba una extraña sensación en el vientre, una especie de comezón intensa que provocaba una necesidad enloquecedora que la hacía sentir muy viva...

Subía, subía...

—¿Señorita Candela?

La voz de la señora Rodríguez atravesó el sueño y lo disolvió en un único instante. Candela despertó con un sobresalto, totalmente sofocada. El ama de llaves estaba de pie a su lado.

Candela se pasó una mano por el rostro, temerosa de que pudiera leer los restos de aquel deseo loco, intenso y carnal que todavía la envolvían.

—Me he dormido —atinó a decir—. ¿Qué...? ¿Qué pasa?

—Perdone, señorita. Esta vez llamé, pero no me oyó. —No había mucha disculpa en su tono, pero estaba demasiado aturdida como para empezar a reñir, así que decidió dejarlo estar—. Su padre le ruega que no falte a la cena, tienen que hablar de los pormenores de la boda. No se retrase. Le diré a Alba que venga a ayudarla a prepararse.

—¿Boda? —repitió, con voz pastosa, y todo volvió a su mente. La boda con aquel inglés, claro... Candela se incorporó y se frotó las sienes. Le dolía mucho la cabeza. Siempre le había sentado mal dormir la siesta—. ¿De qué me habla? Ya he dejado claro que no pienso casarme con ese hombre.

El ama de llaves apretó los labios en su clásico gesto de censura.

—Baje cuanto antes. Su padre quiere...

—Y yo quiero muchas cosas, pero me tengo que aguantar sin ellas —la cortó, enojada.

—¿Aguantarse usted? —El tono de la señora Rodríguez sonó muy irritado—. ¿Cuándo ha hecho tal cosa? No me haga reír.

Candela frunció el ceño.

—No se extralimite. Y no vuelva a faltarme al respeto. Se lo advierto por última vez. Dentro de muy poco tiempo yo seré mayor de edad y mi padre ya tiene una edad. Si le importa su empleo en esta casa, empezará a tratarme como lo que soy: su señora.

La señora Rodríguez la miró muy seria. Había captado el mensaje.

—¿Va a bajar a cenar?

—No.

—¿Qué digo si el señor insiste?

—Que la idea de pensar en semejante boda me ha quitado por completo el apetito.

El ama de llaves la miró con expresión de querer seguir discutiendo, pero obedeció. Candela fue hacia la ventana. Estaba anocheciendo en un crepúsculo precioso, pero seguía haciendo un calor insoportable. Como todavía tendría que esperar varias horas antes de irse, se quitó el vestido y se aflojó el corsé, para estar más cómoda, y, tras dudar, también se soltó el pelo, el moño de trenzas entrelazadas que le había hecho Alba. No había imaginado que fuera tanto alivio librarse de las horquillas.

Recordó con tristeza el cuidado con el que se había peinado esa mañana para recibir a su padre. Lo nerviosa que estaba ante la idea de verlo, por saber qué lo traía a Terrosa en ese momento, y por contarle su decisión de casarse con Luis.

Qué ingenua le parecía la Candela de esa mañana. Qué tonta. Parecía haber pasado toda una vida desde entonces.

Se cepilló bien el cabello, borrando todo rastro de aquellas trenzas, puesto que ya ni quería ni necesitaba para nada la aprobación de su padre. Luego se acostó y trató de volverse a dormir, pero estaba completamente desvelada. Además, por mucho que se esforzara en conseguirlo, no podía dejar de pensar en el sueño. A su pesar, volvía una y otra vez al recuerdo del roce de aquellas manos, aquel tacto enloquecedor...

Luis nunca le había hecho sentir así.

—Eso es porque a él lo amo —se dijo en voz alta, con firmeza, intentando convencerse.

Era distinto, claro. El amor era un sentimiento superior,

puro, relacionado con el alma, con la unión de dos espíritus afines. Aquello otro... No estaba segura, pero solo podía ser alguna clase de pasión indecente. Algo de lo que seguramente debería avergonzarse, y mucho, aunque no lograba hacerlo.

Menos mal que nadie llegaría a enterarse, nunca, de aquellas cosas. No quería ni pensar en tener que confesárselo al padre Severino.

Nada, que no podía dormir. Maldita señora Rodríguez... Vista la situación, lo mejor que podía hacer era aprovechar el tiempo. Iba a tener que irse tarde, de madrugada. Cuantas más cosas tuviese ya listas, menos luz necesitaría, lo que supondría a su vez menos riesgos de que la descubrieran.

Se movió por la habitación, buscando algo para envolver las mantas, hasta que se llamó tonta y decidió usar una de ellas para hacer el hatillo. Necesitaría también algo de aseo...

Al ir hacia el tocador, se vio reflejada en el espejo, y se detuvo para estudiarse con curiosidad, y también con cierta jactancia. Estaba en enaguas y corsé, unas prendas blancas, delicadas, adornadas con muchos encajes, y que le daban un aire... Dudó un momento porque no sabía cómo describirlo. Inocente y pecaminoso a la vez, podría decirse. Una combinación extraña y fascinante.

El corsé elevaba su pecho y casi llegaba a mostrar el inicio de sus pezones. Lo había aflojado antes, al acostarse, para poder respirar con comodidad, pero incluso así le marcaba una cintura de avispa que Matilde siempre había envidiado. Los volantes de encaje de las enaguas se amoldaban a sus caderas y luego caían hasta el suelo como una cascada que parecía susurrar promesas a cada paso.

Arqueó las cejas al darse cuenta de que casi parecía un vestido de novia. Uno escandaloso, muy atrevido, desde luego, que jamás podría ser llevado en ninguna iglesia, pero a la vez...

Ah, mejor no pensarlo. Casarse en ropa interior, menuda locura. Pero estaba tan atractiva así vestida y con la melena dorada suelta, enmarcando el rostro con gruesos bucles, que era una pena. Lo que sí podía hacer era fantasear con ello. Nadie se enteraría nunca, tampoco, de aquel juego privado. Se imaginó entrando así en la iglesia. Lord Waldwich la miraría con auténtica voracidad y...

El reflejo le devolvió una expresión de espanto. ¡No! ¿Por qué metía en su boda a Waldwich? ¿Estaba tonta? Era Luis el que la miraría con cariño, eso era. Luis y nadie más.

Aunque, para ser sincera consigo misma, aquel cariño no la hacía crepitar como el deseo de lord Waldwich en su sueño.

—Amor verdadero —le recordó, terca, a su imagen—. Un sentimiento puro que enlaza las almas. No eso... eso que...

Apartó aquellos pensamientos. La ponían nerviosa.

¿El pelo suelto o recogido? Lo subió con ambas manos, comprobando el efecto. Tenía una melena muy larga, que casi le llegaba a la cintura; dejarla suelta le daba un aire sugerente, incluso apasionado, pero un recogido la haría más sofisticada, más educada, y conocía a Luis lo suficiente como para intuir que preferiría a una mujer así.

Aunque eran tan hermosos los rizos sueltos, salvajes...

Estaba tratando de decidirse cuando la puerta del dormitorio se abrió a su espalda, con violencia.

Candela pegó un brinco y contempló atónita el reflejo de lord Waldwich en el espejo, el rostro pálido, tenso por la ira. Se giró poco a poco, sintiendo las articulaciones rígidas por el miedo y la sorpresa, incapaz de creer que se hubiese atrevido a entrar así en su habitación. Estaba tan atónita que tardó un par de segundos en recordar que estaba en ropa interior y recogiéndose el pelo en un moño. Rápidamente, soltó la melena y cruzó sus manos sobre el pecho, intentando tapar el escote.

—Tiene gracia —declaró él, con un tono bajo y monótono que auguraba tormenta—. Al final sí que voy a tener que pensar que eres una cobarde.

Asombrada, Candela abrió y cerró la boca varias veces, hasta que atinó a preguntar:

—¿Cómo dice?

—Qué triste desengaño, qué decepción —prosiguió él, sin hacerle caso—. Si hay algo que no soporto en nadie, ni hombre ni mujer, es la cobardía. De haberlo sabido, te aseguro que no me hubiera tomado la molestia de venir a este lamentable rincón del mundo. Está visto que aquí no hay nada que pueda interesarle a nadie.

Candela enrojeció, sintiéndose terriblemente insultada. Las protestas se agolparon en su garganta: ella no era una cobarde, no tenía ni un gramo de cobardía en todo el cuerpo, no en vano era la hija de Bernardo Salazar. Era capaz de oponerse a lo que fuera, con la cabeza bien erguida y la mirada desafiante.

Claro que, teniendo en cuenta que se había pasado horas escondida en aquella habitación, y más que pensaba estar, discutir el asunto no tenía mayor sentido. Mejor centrarse en lo inconveniente de la presencia de lord Waldwich allí. No había mejor defensa que un buen contraataque.

—¿Cómo... cómo se atreve a entrar aquí de esa forma? —El tartamudeo la enfureció más todavía. Se obligó a bajar los brazos, con gesto orgulloso, haciéndole frente—. ¡Salga ahora mismo de mi habitación!

—¿Que salga?

Arqueó las cejas con algo de burla y, ante su horror, entró del todo y cerró la puerta a su espalda.

Candela retrocedió un paso hasta chocar con el tocador. Aquello de por sí sería todo un escándalo en Terrosa si llegara a saberse, de la magnitud que podía conducir a una boda forzada e inmediata, lo único capaz de acallar los rumores. Claro que también podía violarla directamente para conseguir sus fines, y algo le decía que, por mucho que gritase, nadie acudiría en su auxilio. Ni el ama de llaves ni el resto de los criados. Ni siquiera su padre.

Pero esa misma intuición le dictaba que aquel hombre jamás haría algo así, y, en definitiva, tampoco era necesario. Al cerrar aquella puerta estaba provocando la misma situación, a efectos sociales. No importaba si pasaba algo o no, solo contaba el hecho de que pudiera haber pasado.

Candela dudó, preguntándose si eso era lo que lord Waldwich andaba buscando.

—Abra la puerta —susurró, aunque se oyó claramente en el profundo silencio del dormitorio. Jamás había sido tan consciente de la cercana presencia de su cama. El tacto de las sábanas, el ligero crujido del colchón... Sintió un profundo calor, una sacudida intensa que le puso la piel de gallina y le trajo vestigios del sueño erótico que había tenido con él. Sintió que los pezones se le ponían rígidos, hasta casi dolerle—. Por favor... Salga de aquí. —Tragó saliva—. Por favor...

Lord Waldwich la estudiaba con tanta atención que estuvo segura de que no podría pasársele por alto lo que le estaba ocurriendo. Y era un hombre adulto, rico y atractivo, seguro que había conocido las suficientes mujeres como para reconocer la causa de aquel sofoco molesto e inadmisible, o captar la manera indigna en que su cuerpo respondía a la situación, a su presencia y a su forma de mirarla.

Pero, de ser así, no lo dejó translucir.

—Sí, me iré —dijo, sin abandonar su tono enojado—. Pero de ti depende que regrese. Escúchame bien, Candela: se me ha terminado la paciencia por completo. Tienes diez minutos para vestirte de forma adecuada y bajar al comedor. Diez, ni uno más. Si pasado ese tiempo no estás allí, te juro por mis muertos que subiré otra vez y te arrastraré por las escaleras tal y como estés. No te molestes en cerrar con llave, porque, de ser necesario, derribaré la puerta de una patada.

—No... no se atreverá.

—¿No? —La miró, de pies a cabeza. Candela se estremeció, consciente de que él estaba captando todos los detalles: el bonito corsé, tan escotado que podía ver buena parte de sus pechos, la cascada de encajes de las enaguas, el cabello enredado y suelto sobre los hombros, los pies descalzos... Una sonrisa lenta curvó sus labios—. Piensas eso porque todavía no me conoces. Diez minutos —repitió, saliendo del dormitorio.

La puerta se cerró con suavidad, pero Candela no sintió ningún alivio. Hubiera preferido, con mucho, un buen portazo. Daba la impresión de que lord Waldwich se había guardado para sí la tensión que hubiera liberado en un acto tan sencillo.

Permaneció muy quieta durante un par de minutos, tan rígida que pensó que se quebraría como una rama seca si intentaba moverse. ¿Qué había pasado? ¿Aquello había ocurrido realmente? ¿De verdad aquel hombre horrible se había atrevido a entrar en su dormitorio y a amenazarla de semejante modo en su propia casa?

Cuando consiguió salir del aturdimiento, se descubrió asustada como nunca antes. Sí, le creía capaz de volver y de llevarla al comedor por la fuerza, en ropa interior y chillando sin ninguna dignidad. Debía haberse vuelto completamente loco y estaba claro que, si nadie iba a defenderla de una violación, menos aún de eso.

Lo mejor sería seguirle la corriente mientras se viera obligada a ello. ¿Qué importaba una cena más o menos? En pocas horas se habría ido y no volvería a pisar esa casa mientras lord Waldwich siguiera en ella. O nunca, si su padre la desheredaba. No quería ni pensarlo, pero debía contar con esa posibilidad.

Se vistió apresuradamente, porque no sabía cuánto tiempo le quedaba y la idea de que aquel loco irrumpiese de nuevo en el dormitorio y la encontrase medio desnuda la llenaba de horror. Eso sí, se vengó a su manera. Eligió para la ocasión uno de los vestidos más feos que tenía, uno marrón de tela basta y desgastada que solía utilizar para trabajar en el jardín, y se recogió apresuradamente un moño de rodete, sin tomarse la molestia de cepillarse antes el pelo.

Ni se miró al espejo; decidió que ya estaba lo suficientemente lista para una cena obligada de ese tipo y salió del dormitorio. Si la encontraban horrible, que no la mirasen. Ella no había pedido asistir.

Se dirigió al comedor, suponiendo que ya llegaba tarde. Efectivamente, ya estaban allí su padre y lord Waldwich, pudo oír sus voces desde el pasillo. Candela fue caminando cada vez más lentamente hasta detenerse al otro lado del umbral, para escuchar sin que se dieran cuenta. Comentaban algo sobre las reparaciones más urgentes que necesitaba el edificio...

Lo extraño era el modo en que hablaban. Casi daba la impresión de que lord Waldwich tenía alguna clase de poder de decisión al respecto. ¿Ni siquiera se habían casado y ya se estaba apropiando de la casa? Pobre canalla. Si contaba con la boda para ampliar sus posesiones, tendría que ir buscando otros medios.

Candela se apoyó en el marco de la puerta y se asomó discretamente. Desde su posición, pudo ver que aún no habían empezado a cenar, solo se habían servido el vino. El ama de llaves estaba en su puesto, de pie junto al aparador, como siempre. Distinguió parcialmente a Alba, situada en el otro extremo. Ambas mantenían la misma posición, los hombros bien altos, rígidas, con las manos recatadamente cruzadas sobre el delantal blanco. Pero no fueron ellas las que llamaron su atención.

Lord Waldwich estaba sentado a la cabecera de la impresionante mesa del comedor de Castillo Salazar, donde en tiempos se había agasajado a ministros y embajadores, incluso a algún que otro miembro de la nobleza española, sin que Salazar perdiese nunca su puesto de anfitrión.

Ahora, de modo incomprensible, ese lugar privilegiado lo ocupaba lord Waldwich, como si fuera el maldito señor de la casa, mientras que su padre estaba situado a su izquierda. A la derecha, en el lugar que correspondía a la anfitriona en las cenas informales, para no tener que quedar sola y lejos al otro extremo de la mesa, un cubierto la estaba esperando a ella.

Candela sintió que hervía de furia. ¿Cómo... cómo se atrevía? ¿Y cómo consentía su padre semejante afrenta? Aunque pensara casarlo con ella, aunque se sintiera enfermo y débil y hubiese perdido toda capacidad de seguir luchando en la vida, no tenía sentido cederle el puesto tan pronto. O sí. Supuso que se trataba de un acuerdo entre ambos, para dejarle las cosas claras a ella.

Apretó los puños, temiendo ahogarse de pura indignación. Dio un paso al frente y entró en el comedor con aire decidido.

17

Su padre fue el primero en mirarla, aunque no tuvo ninguna duda de que lord Waldwich sabía que estaba en el umbral desde el primer momento. En todo caso, fue el único que se puso en pie en cuanto entró.

—Vaya, qué gran honor —dijo Salazar, con cara de pocos amigos—. ¿Quieres hacer el maldito favor de sentarte para que puedan servirnos? Si tus achaques femeninos te lo permiten, me gustaría cenar de una vez.

—No sé qué tienen que ver mis achaques, femeninos o no, con su apetito, padre —replicó ella, en tono cáustico, mientras se dirigía a la mesa. Lord Waldwich le apartó con galantería la silla, para ayudarla a sentarse, pero tuvo mucho cuidado de no mirarla de una forma directa—. Yo no estoy enferma y usted podía haber cenado sin mí, como ha hecho innumerables veces durante toda mi vida. Y su amigo inglés, lo mismo.

Se sentó muy rígida, aunque perdió parte de su aplomo cuando lord Waldwich la empujó hacia delante con brusquedad, silla incluida, acercándola tanto a la mesa que casi rozó el borde con el pecho, aunque no llegó a tocarlo.

Por el modo en que la movió, Candela tuvo la impresión de carecer por completo de peso. Desde luego, para él parecía haber sido un movimiento sencillo, algo que no le había supuesto el más mínimo esfuerzo.

Sintiéndose arrinconada, Candela se agitó y arrastró el asiento de vuelta hacia atrás para hacerse algo de espacio.

—Gracias, milord, muy amable —gruñó.

—Como siempre, un placer servirla, señorita Salazar —replicó lord Waldwich, con voz contenida.

Volvió a su sitio, donde hizo un gesto a la señora Rodríguez. Al momento, el ama de llaves se apresuró a indicarle a Alba que llevase la sopera para empezar a servir la cena.

Aquello era el colmo del descaro. Ese hombre engreído pretendía ser el señor de la casa sin tener siquiera la consideración de esperar a una boda que no iba a celebrarse, más claro no podía habérselo dejado. Y su padre allí, como un convidado de piedra, más interesado en catar el vino que en aclararle los límites a semejante advenedizo.

¿Y la propia señora Rodríguez? ¿Por qué servía tan diligentemente a aquel desconocido? Supuso que se lo habría ordenado su padre. De otro modo, resultaba incomprensible.

Muy bien, no sería ella quien dijera nada al respecto. Al fin y al cabo, poco les importaba su opinión ni nada que tuviera que decir a ninguno de ellos. Eso sí que lo habían dejado bien claro.

La sopa de hortalizas se sirvió y consumió en silencio absoluto. A pesar de su enfado, Candela no pudo por menos de fijarse en lo poco que comía su padre, lo enfermo que parecía, y sintió un conato de miedo. «Se muere», comprendió, y la envolvió una emoción extraña. ¿Pena? Sin duda. Pero, sobre todo, extrañeza, y desconcierto, porque le resultaba imposible concebir un mundo sin la presencia atronadora de aquel hombre. Aunque estuviese lejos, en otra ciudad, en otro país, al otro lado de un mar bravío.

Parpadeó, intentando controlar unas lágrimas repentinas y que jamás hubiera creído posibles. Qué absurdo. ¿Acaso iba a llorar por Bernardo Salazar? ¿Por el canalla que había traicionado a su madre, que la había ignorado a ella, que había intentado venderla una y otra vez?

No, no era por él, no era por la pérdida de un padre al que en realidad nunca había podido aprender a querer lo suficiente. Era una pena más profunda, la tristeza continua que sentía por su soledad, por lo que le hubiera gustado que fuera, pero que nunca fue: la familia que hubiesen podido ser, el cariño que se hubiesen podido profesar, las risas cariñosas que jamás se escucharon en ningún rincón de Castillo Salazar...

Ese momento que vivían era una buena muestra de ello. Su padre se moría. Resultaba lamentable que, en lugar de pasar ese tiempo juntos, confortándose el uno al otro, estuvieran tan sumamente peleados. Le hubiese gustado poder extender una mano y cubrir la suya, dando y recibiendo consuelo, pero Salazar no admitiría nunca una debilidad de ese tipo.

Y hacía mucho que Candela se había resignado al hecho de que buscaba un padre que, simplemente, no tenía. Nunca lo había tenido.

No, en realidad, reconoció con honestidad, no se había resignado. Era tan combativa que hasta en eso le resultaba difícil aceptar lo inevitable. De otro modo, se hubiese vuelto inmune a sus desprecios, y no era así. Una y otra vez aquel hombre conseguía hacerle daño.

Captó de reojo la mirada curiosa de lord Waldwich. Seguramente se había dado cuenta de su estado de ánimo y se preguntaba qué le pasaba. Candela no quiso parecer débil, ni que él se mostrase solícito, obligándola a ceder en la pugna que mantenían, de modo que irguió los hombros con gesto altanero y adoptó una expresión neutra. Al diablo con él. No quería ni su amistad ni su comprensión.

El pescado, trucha rellena de jamón acompañada de puré de patata, pasó sin pena ni gloria, y llegó la carne, un solomillo de ternera con guarnición de verduras y setas. Estaba tan sumamente tierno que parecía mantequilla.

Mientras cortaba un extremo con cara de aprobación, lord Waldwich rompió por fin el incómodo silencio.

—Por cierto, Bernardo, ¿al final vas a asistir mañana a la boda o prefieres quedarte en casa?

Candela sintió que habían arrojado sobre ella un jarro de agua fría. Poco a poco, alzó los ojos de su plato y lo miró. Lord Waldwich tenía un aspecto de lo más normal, como si no hubiese pasado nada. Como si no hubiera aprovechado una nueva oportunidad para dejarle muy clara la situación y que estaba decidido a llevar adelante aquella locura.

Candela tenía poco apetito, pero en ese momento lo perdió todo. Eso sí, se obligó a permanecer con los cubiertos en la mano, muy quieta, mientras intentaba controlar la náusea que había convulsionado su estómago.

Lo mejor era no decir nada, hacer como si todo aquello no fuese con ella.

—Pues no lo sé. —Salazar pinchó una seta. Por su expresión, seguro que hubiese querido atravesar de igual modo al párroco, con una estaca—. Ese beatón de Severino es capaz de intentar quemarme vivo si pongo un solo pie en su iglesia.

—Bah, no hay por qué preocuparse. —Lord Waldwich sonrió de aquel modo que parecía iluminar el mundo, convirtiéndolo en un hombre muy guapo, el más atractivo que hubiera visto nunca. Candela se removió, nerviosa, y, por hacer algo, bebió un sorbo de vino—. Los dos sabemos que no arderías.

Salazar lo miró con sorpresa y estalló en carcajadas, a las que se unió el inglés. Vaya, pues en el humor negro sí que congeniaban. ¡Pareja de idiotas!

—No, seguro que no. Pero da igual, me quedaré aquí. Siempre me han aburrido mortalmente las misas, terminaríais con un funeral —añadió. Más risas, claro—. Además, no voy donde no me quieren.

«Eso sí que es una novedad», pensó Candela, cáustica, pero

no lo dijo en voz alta. Lord Waldwich comió un par de trozos de solomillo, pensativo.

—¿Quieres que intente... solucionar el asunto? —preguntó luego.

—¿Lo de la excomunión, te refieres? —El otro asintió y él arqueó una ceja—. ¿Es eso posible?

—Claro que sí. —Lo miró con reconvención—. Parece mentira que alguien como tú diga eso, Bernardo. Fuiste tú quien me enseñó que, con dinero, todo es posible en esta vida.

Aquella última frase parecía contener un mensaje importante en sí misma, al margen del hecho de que aquellos dos debían de conocerse desde hacía bastante tiempo. Eso suscitó su curiosidad, pero Candela siguió negándose a hablar.

Mientras lo consideraba, Salazar movió la mandíbula de un lado a otro, un gesto senil que nunca había hecho antes.

—No, demonios —replicó, finalmente—. ¿Para qué? No creo ni una mierda en Dios, y a estas alturas me niego a doblegarme a mis miedos. Además, de existir realmente ese cielo que predican, prefiero abrasarme en el infierno a estar allá arriba con tanto canalla hipócrita.

Lord Waldwich lo estudió durante unos segundos, con algo de pena.

—Bien. Por mí, como prefieras. Y por la boda, no te preocupes, a mí tampoco me apetece nada esa clase de ceremonias. Advertí al párroco que no quiero que se alargue con tonterías. Será una ceremonia muy breve, de modo que no tardaremos en volver. —Hizo un gesto incierto con el tenedor—. Solo pensé que quizá querrías llevar a tu hija al altar. Aunque he mandado una nota al alcalde, para pedirle que haga los honores, si quieres hacerlo tú podemos decirle que has cambiado de idea, porque te sientes mejor.

«Maldita sea», pensó ella. ¿Se lo habían dicho al alcalde? ¿Y a cuántos más? Quizá lo sabía ya todo el pueblo...

—¿Qué? —Su padre rechazó la idea con un gesto de desdén—. Ñoñeces. Además, seguro que prefiere que la arrastre por los pelos hasta un barranco.

—Cómo lo sabe... —gruñó Candela.

Lord Waldwich apretó los labios, pero también conocía el arte de hacer como si no hubiese oído.

—Pues eso —siguió Salazar—. Que la lleve el alcalde. Por lo demás, me importa poco el pequeño problema de los coj... —Su padre se interrumpió en el último momento, al ver que lord Waldwich le lanzaba una advertencia muda—. Si quisiera ir, iría, y te aseguro que ese viejo carcamal de Severino no se atrevería a hacerme frente, lo conozco bien. Pero no iré, no tengo nada que tratar con ningún dios y, con ese en particular, menos aún —añadió, con voz apagada—. Y bien, William, ¿qué tal te ha ido con Almeida? —preguntó, aprovechando que retiraban los platos y sacaban el postre para cambiar hábilmente de tema.

El administrador. Candela frunció el ceño. ¿Qué tenía que opinar lord Waldwich sobre el administrador? Al parecer, el asunto era mucho más grave de lo que pensaba. Aquel hombre se estaba haciendo cargo de todo a pasos agigantados.

El inglés titubeó un momento.

—Todavía no puedo responder a eso —dijo por fin—. Tengo que revisar con calma la contabilidad. Pero hemos mirado los planos. Me ha llamado la atención lo de esa loma que queda entre tus tierras y las de Quintana, al oeste del pueblo... —Frunció el ceño—. Esa colina de nombre tan descriptivo que ahora mismo no puedo recordar. ¿La colina del Muerto? Algo así.

—El cerro de los Ahorcados —dijo Candela con voz átona, imaginándolo así, bien ahorcado en lo alto.

La idea le provocó una sonrisa perversa.

Lord Waldwich asintió.

—Eso. Gracias, querida. —«¿Querida?». Candela emitió un sonido ahogado, pero el inglés no pareció escucharlo. Siguió hablando con su padre—. Todavía no lo he visto, pero se comenta por ahí que es un lugar terrible.

—No más que otros —respondió Salazar, revolviendo sin ganas sus natillas—. Hace años me planteé conseguir esa tierra. Hubiese sido una pelea dura, porque también la reclamaba Quintana, pero no fue eso lo que me desalentó. Quería... —seguro que estaba relacionado con el deseo de borrar por completo sus orígenes, pero no lo iba a reconocer— quería construir allí unas cuantas casas para algunos jornaleros y sus familias, pero me advirtieron que nadie querría dormir en semejante sitio, así que lo dejé estar. —Se encogió de hombros—. Poco puede hacer uno por ayudar a nadie si no se ayuda a sí mismo dejándose de tonterías.

—Cierto —gruñó Candela—. Debió limitarse a hacer que talasen ese árbol.

—Mmm... —La miró con cautela—. Quizá. Pero no me pareció necesario. Los muertos no harán nada, pero siempre es mejor dejarlos en paz.

—Estoy de acuerdo. —Lord Waldwich masticó con cuidado antes de seguir—. De todos modos, supongo que hace mucho que ya no se cuelga a nadie allí. Tarde o temprano perderá su fama.

—No creo —replicó ella—. Hará como dos o tres años encontraron colgado el cuerpo de un hombre.

—¿En serio? —Él giró la cabeza en su dirección, con un sobresalto. Candela titubeó, sin saber cómo tomarse esa reacción. ¿Estaba alarmado?—. ¿Hace tres años? ¿Estás segura?

—Sí... creo que sí. —Reflexionó al respecto—. De hecho, seguro que sí. Lo recuerdo porque fue la última vez que Lorenzo Quintana estuvo en el pueblo, y estuvimos hablando de la noticia. Los hombres de su padre habían encontrado el cuerpo en la encina negra.

—¿Cruzeiro? —preguntó Waldwich, con expresión grave.

Ella asintió, sorprendida.

—¿Lo conoce?

—Me he cruzado con él, sí.

—Lorenzo Quintana... —murmuró Salazar, perdido en sus pensamientos—. Una vez me planteé casarte con él.

—Lo sé. Me lo contó él. —Lo miró con intención—. Y admito que Lorenzo, pese a todos los demonios que lo persiguen, suponía una enorme mejora respecto a aquel otro socio suyo, aquel repugnante carcamal de manos largas que trajo de Francia.

—Era belga.

—Me da igual. ¿Cómo se le ocurrió semejante idea? —Miró al inglés, para que supiera que había un mensaje último en sus siguientes palabras—. Por supuesto, semejante casamiento tampoco se celebró nunca.

Lord Waldwich arqueó una ceja. Su padre bufó.

—Porque cambié de opinión —dijo.

—Es posible que fuera por eso, sí. O porque le apunté a la cabeza con la escopeta.

Salazar sonrió.

—William tenía razón. No hubieras disparado.

—Quién sabe. —Se encogió de hombros—. También es posible. En aquella época yo era más niña y más manejable; ahora, ya no.

Satisfecha por haber podido deslizar otra advertencia en la conversación, Candela sonrió. Pero, o mucho se equivocaba, o el inglés ni se había dado cuenta. Parecía pensativo. Dio un sorbo de vino.

—¿Qué más sabes de esa historia? —preguntó.

—¿De qué historia? —replicó desconcertada. ¿De qué estaban hablando? ¿De su posible matrimonio con Lorenzo Quintana? Ah, no—. ¿Lo del cerro de los Ahorcados? —Lord Waldwich asintió—. Poco más. Lorenzo solo me contó que lo encontraron los hombres de su padre. Fue un asunto que trató de taparse en lo posible.

—¿Por qué?

—Pues... —Hizo memoria—. Si no recuerdo mal, iba a venir a Terrosa el obispo, a bendecir la iglesia por lo del retablo nuevo, invitado por el Gran Quintana. Los Quintana habían pagado la restauración del retablo en cuestión y, claro, decían que no era bueno para el pueblo que hubiese semejantes habladurías. Temían que el obispo no viniera, y estaba organizado ya todo el recibimiento.

—Por supuesto —masculló el inglés—. Qué más daba un hombre muerto más o menos.

Candela asintió, sin poder evitar estar de acuerdo con aquel juicio moral.

—Así es. Me temo que, para algunos, el cerro de los Ahorcados ya ha dado bastante de qué hablar, a lo largo de la historia de este lugar, y prefieren hacer como si no existiera. —De pronto, recordó otro dato—. Seguro que el señor Almeida puede informarle mejor, ya que se han hecho tan amigos. —Lord Waldwich ignoró su pulla—. Le oí hablar con su secretario al respecto. Algo de que no sería posible identificarlo sin documentación.

El inglés contempló lo que quedaba de su solomillo como si tratase de leer la verdad en él.

—Entonces ¿no hubo investigación oficial?

—No. —Lo miró sorprendida—. ¿Para qué? Ya le digo que no llevaba documento alguno. No era de aquí, nadie lo conocía ni sabía dónde había podido alojarse. Supusieron que se trataba de un vagabundo o algo peor, y Almeida insistía en que no merecía la pena empeñar recursos del pueblo en semejante asunto. Supongo que otros también lo pensaban. Lo enterraron con mucha discreción y casi nadie se enteró de lo sucedido.

—Yo mismo no me enteré —asintió Salazar.

Candela lo miró irónica.

—Pero eso no es raro. Que yo sepa, usted nunca ha permanecido aquí el tiempo suficiente ni para saludar, así que menos todavía como para que le cuenten nada, padre. Pero el caso es que ocurrió.

—Ya... —Aunque fue lord Waldwich el que respondió, dio la impresión de que no la había oído, que seguía pensando en otra cosa. Sus ojos se habían vuelto reflexivos. Candela se preguntó qué estarían contemplando en algún rincón profundo de su memoria—. Pobre hombre, morir así...

—¿Usted cree? —Algo le dijo que no estaba bien aprovecharse de aquella pequeña ventaja, porque el inglés parecía realmente afectado por algo. Era como dar una patada a un adversario que acababa de resbalar. Pero él mismo había afirmado, en la biblioteca, que en aquella guerra no habría concesiones—. No sé. Supongo que algo haría para ganarse ese destino. Es lo que le suele ocurrir a los que solo están de paso y soliviantan a la gente decente del pueblo.

No lo sentía de verdad. Aunque aquel hombre era un completo desconocido, alguien que para ella era poco más real que cualquier personaje de leyenda, lamentaba la muerte de cualquiera, y más una tan atroz. Pero tenía que mostrarse despiadada con aquel inglés, y lo miró, llena de intención. Que se aplicase el cuento.

Él tardó un segundo de más en reaccionar, y le clavó unas pupilas duras y firmes. Sonrió, pero su sonrisa resultó distinta a la de antes. Esta no era luminosa; era fría como el hielo. Y quizá eso le hacía más atractivo aún, maldita fuera su alma.

—Capto la idea, señorita Salazar, y le aseguro que tendré cuidado con la gente decente de este sitio, no sea que me ahorquen entre todos a escondidas, como auténticos valientes. —Tras la burla, se dirigió a su padre, ignorándola—. Respecto a las tierras de las que hablamos ayer, tras ver cómo están las cosas, no digo que cultivar trigo también allí no sea buena idea, pero estoy seguro de que se les puede sacar mejor partido.

—¿En serio? ¿Cómo?

Agitó una mano en el aire.

—Ya lo comentaremos.

Salazar le miró con evidente preocupación.

—Muy involucrado te veo en los asuntos de Terrosa. ¿Significa eso que no vas a volver a Inglaterra de inmediato?

—Todavía no lo sé. Quizá me quede un par de semanas, aunque no me agrada demasiado este lugar, y menos con este calor.

—Ya te lo dije. Esto es el infierno. La letrina del infierno, para ser exactos.

—Por suerte, no todos opinamos así —replicó Candela, molesta.

Su padre rio.

—Sí, jamás entenderé lo mucho que te gusta todo esto. A tu edad, yo estaba rabiando por irme lo más lejos posible.

—No es mi caso.

—Pues creo que William tiene en mente que viváis en Londres.

Candela arqueó una ceja.

—¿Ah, sí? ¿En serio?

—Desde luego —respondió lord Waldwich—. Allí están todos mis asuntos.

—Por suerte, ninguno de los míos.

—Algo que podremos solucionar. —Candela bizqueó—. Aunque no me importaría venir a temporadas. No lo sé, todavía no he tomado una decisión. —El tono lo dejó claro: dependería de ella. De si le tenía contento—. Pero tú no te preocupes, Bernardo. —Hizo un gesto hacia el ama de llaves—. La señora Rodríguez es muy competente. Seguro que te atenderá bien.

Salazar titubeó.

—Bueno, en realidad, como te dije, yo también preferiría seguir viviendo en Londres. —Apretó los labios—. William, quizá podrías...

—No —le interrumpió, tajante—. Como ya te dije yo también, me consta que quieres vivir en Londres y que odias este lugar, por eso no darás un solo paso fuera de estas tierras —añadió, en una orden más imperiosa todavía—. Te quedarás aquí y morirás aquí, para eso te he traído. Y no quiero volver a discutir este asunto.

18

Se hizo un silencio gélido. Salazar devolvió la mirada al inglés sin expresión alguna. Candela se estremeció, incapaz de creer lo que había oído.

—¿Disculpe? —dijo, y se preguntó si su voz había sonado de verdad chillona—. ¿Cómo ha dicho?

—No te metas en esto, Candela. —Lord Waldwich bebió de su copa de vino—. No es asunto tuyo.

—¿Que no es asunto mío? ¿Cómo que no? ¿Cómo se atreve? Para empezar, ha tenido la osadía de darle una orden a mi padre y...

—Cállate, Candela —lo apoyó su padre. Ella lo miró frustrada. Contra los dos no podía pelear. Al infierno, que se defendiese solo—. Muy bien, William. Como desees, también en esto. Disfruta de tu venganza.

La venganza, claro. Lo que fuera que hubiese pasado entre ellos y que lo impulsaba ahora a comportarse de aquel modo tan atroz. ¿Qué sería? Sentía una curiosidad enorme, tanta que estuvo tentada de preguntar, pero no quería darles el gusto de que le ordenaran que cerrase la boca.

Lord Waldwich entornó los ojos.

—No me hagas reír, Bernardo. No es ni la mitad de dura de

lo que te merecerías. No te va a faltar de nada y lo sabes. La señora Rodríguez se ocupará de todo. Lo hará mejor incluso de lo que lo hubiese hecho la propia Candela.

—Ja. Eso no lo dudo —admitió Salazar—. Si tengo que esperar a que Candela me atienda, ya me puedo conformar con un lecho de clavos.

—Ya conoce el dicho —replicó ella. Aunque molesta, le agradeció la pulla. La indignación consiguió reconfortarla—. Siembra vientos y recogerás tempestades. No recibiría usted nada que no se hubiera merecido sobradamente, padre. Pero tranquilo, que no pienso mover un dedo por usted, ni para bien ni para mal.

—Yo conozco otro dicho, y mucho más apropiado. —Salazar afirmó la mandíbula, enojado—. Cría cuervos y te sacarán los ojos. Esto, esto es lo que recibo a cambio de haberte mantenido y educado como una señorita durante toda tu puñetera vida.

—Ya. Cierto. Se confundió a la hora de educarme, está claro. —Candela estaba tan enfadada que ya ni midió las palabras—. Tenía que haberme dicho desde el principio que lo que deseaba era una furcia que se abriera de piernas para sus amigos en cuanto chasquease los dedos.

—¡Señorita Candela! —gritaron al unísono Alba y la señora Rodríguez, absolutamente espantadas.

La copa de lord Waldwich se detuvo en el aire, a pocos centímetros de su boca, y él la miró con las pupilas dilatadas por el asombro. Su padre palideció.

—Niña descarada y vulgar... ¿Quién demonios te ha enseñado a hablar así?

—Oh, lo he aprendido de sus libros. De esos que esconde en la biblioteca, tras la fila de filósofos griegos.

Eso lo tomó por sorpresa.

—Vaya. —Arrugó el gesto—. Es cierto, no me acordaba. No he pensado en ellos en décadas. —Sonrió—. Tengo una colección mayor en Londres.

—No lo dudo. Pero aquí se dejó unos cuantos, así que me los leí. Qué puedo decir, eran mucho más interesantes que los filósofos. —Por fin tenía otra vez ganas de comer. Cogió una buena cucharada de natillas y sonrió—. Supuse que apreciaría el hecho de que compartiera con usted alguno de sus gustos. Oh, no, perdón. —Se llevó una mano a la mejilla, con afectación—. Pero ¿qué estoy diciendo? No soy un hombre, solo soy una mujer, una criatura inferior, torpe y de escaso entendimiento. ¡No puedo saber ni por dónde se abre un libro! No sé cómo se me ha ocurrido semejante presunción. —Agitó una mano en el aire—. Lo habré oído por ahí.

Salazar apretó los puños con tanta fuerza que los nudillos se le pusieron blancos.

—¿Te burlas de mí? Debería darte una buena paliza, desvergonzada. Tú...

—Inténtelo —contestó, con el mismo nivel de beligerancia—. Le aseguro que no voy a...

—¡Basta! —La orden llenó por completo el comedor, cortando de raíz la disputa. Todos miraron a lord Waldwich. Había fruncido el ceño y dejó que el silencio se extendiera todavía, amenazador, durante varios segundos—. Tú, Bernardo, harás el favor de tratar de otro modo a Candela. Es tu hija, y solo por eso merece un respeto, pero también va a ser mi esposa y no te voy a consentir que la maltrates. Si no eres capaz de decir algo amable, cállate, porque te juro que, si vuelves a insultarla, te echaré de mi casa como a un perro.

Candela observó horrorizada cómo su padre inclinaba la cabeza, en muda aceptación. ¿Echarle de su casa? «¿Qué ocurre aquí? ¿Qué está pasando?». Pero todas las preguntas desaparecieron cuando lord Waldwich se volvió hacia ella.

—Y tú, mi estimada señorita Salazar, te cuidarás mucho de volver a usar un lenguaje tan grosero fuera del... ambiente adecuado. —Sonrió de una forma intimidatoria—. Me alegro mucho de que hayas leído esos libros, de verdad que sí, estoy convencido de que lo hará todo mucho más interesante entre nosotros; pero si vuelves a repetir algo semejante en público, te juro que seré yo quien te dé esa paliza.

Candela entornó los ojos.

—Y yo le juro que si alguna vez intenta ponerme una mano encima, si trata de golpearme de algún modo, lo mataré. —Cogió el cuchillo, que todavía seguía en la mesa, para reafirmar su arenga. Él lo miró con expresión de indiferencia y Candela sintió que temblaba de pura furia—. ¿Cree que bromeo?

Él tardó unos segundos en contestar.

—No. Creo que lo harías. Y tendrías razón al hacerlo. —Eso la tomó por sorpresa. El inglés chasqueó la lengua contra los dientes—. Te pido disculpas. Era solo un modo de hablar, en el calor de la conversación. Como ya te dije en alguna de nuestras continuas disputas, jamás he golpeado a una mujer. No voy a comenzar contigo.

—Bien.

—Pero no dudes de que, si me obligas, sabré hacerte saber el tamaño de mi descontento. Y sin necesidad de ponerte una mano encima.

Aquello, de algún modo, la asustó más todavía. Y, como no podía ser de otro modo, Candela contraatacó.

—Pero ¿qué se ha pensado? No tiene usted ningún derecho a amenazarme ni a decirme cómo debo actuar. No tiene derecho a sentarse ahí, en la cabecera de la mesa, en el puesto de mi padre, ni a dar órdenes como si fuera el dueño de la maldita casa. ¿Cómo se atreve? Pero ¿quién demonios se ha pensado que es?

—Candela... —empezó su padre, aunque en un tono muy distinto al que había estado utilizando.

No le hizo caso. Siguió mirando a lord Waldwich.

—No, basta. —Dejó el cuchillo, con un golpe sonoro, y señaló con un dedo la puerta, estirando el brazo—. Quiero que se vaya, ya, de inmediato, o llamaré a la guardia —incidió con retintín. Que dijera tonterías al respecto ahora—. Los llamaré y lo sacarán a rastras de mi propiedad. Si piensa que mi padre va a protegerle se equivoca. Está enfermo, salta a la vista, no piensa con claridad y le permite un comportamiento al que usted no tiene ningún derecho.

—¿Eso crees? —preguntó él, y tuvo el valor de mirarla con desdén.

—¿Acaso no es evidente? —Le devolvió el desdén y trató de añadir una mayor dosis de desprecio—. Para que le quede claro, me importa poco lo que Bernardo Salazar haya podido hacerle. Esta es mi casa y yo no le he hecho nada. Nada. Busque su venganza de otro modo.

Por fin lord Waldwich hizo una mueca que denotó que se sentía incómodo, pero no sirvió de mucho.

—No es posible, lo siento. Tú formas parte de ella.

—¿Yo? Menudo canalla. Me considera poco más que una pieza de caza, ¿eh? —Él enrojeció. Claro, por supuesto—. Pues si ha pensado que este trozo de carne va a entregarse sin luchar, está muy equivocado, inglés. Ni se imagina cuánto. Y si tan desesperado está porque le calienten la cama, hasta el punto de plantearse obligar a una mujer a hacerlo por la fuerza, le aconsejo que se aloje en el burdel. Hay uno a las afueras del pueblo. Al menos, allí hay mujeres dispuestas a consentir por dinero, y estarán más que encantadas de recibir sus patéticos regalos.

Todo había sido un ataque desbordado, llevado a cabo con saña, pero Candela tuvo claro que fue aquella última referencia al ajuar la que cruzó alguna clase de límite.

Lord Waldwich cerró los ojos y contuvo la respiración.

Salazar lo miró con alarma.

—William... —susurró, pero tampoco esta vez le hicieron caso.

—La casa es mía —declaró el inglés, pronunciando cuidadosamente, con voz monótona—. Las tierras son mías. El ganado es mío. Ese vestido espantoso que te has puesto para provocarme es mío. —Abrió los ojos y le clavó sus pupilas con una fuerza casi física—. Tú eres mía, Candela Salazar. Compré el lote completo y no voy a renunciar ni a una brizna de hierba, ni a uno solo de tus cabellos. Te casarás conmigo o te aseguro que os hundiré a ti y a tu padre tan profundamente que te preguntarás en qué dirección del barro queda la superficie. —Volvió a coger la cuchara, como si no hubiese pasado nada—. Ahora, cállate. Cierra esa maldita boca y termina de cenar.

Aturdida, Candela tardó unos segundos en reaccionar. Lo que acababa de oír era tan inconcebible, tan absurdo, que la idea tuvo dificultades para abrirse paso hasta su cerebro. Miró a su padre, horrorizada, y en su rostro cansado leyó la verdad.

—No es posible —susurró, sin embargo. Negó con la cabeza, como si eso diese más fuerza a sus palabras—. ¡No es cierto, lo sabría! Habría visto la documentación, algo, en el despacho de Almeida.

—Almeida se ha enterado hoy. Los trámites los hicimos en Inglaterra, William tiene ya todo a su nombre.

—Hablando de eso, puedes llamar a la guardia cuando quieras —intervino el inglés, devolviéndole la pulla—. Estaré encantado de mostrar los títulos de propiedad.

Candela se cubrió la boca con una mano. Lord Waldwich no mentía. Todo cuanto la rodeaba en esos momentos, todo cuanto había sido suyo, todo cuanto esperaba que siguiera siendo suyo para siempre pertenecía ahora a aquel hombre horrible. Aunque nada cambió físicamente a su alrededor, se sintió repentinamente lanzada a otro decorado, un ambiente extraño que apenas conocía, lleno de rincones oscuros, de ángulos inexplorados y ajenos.

La casa de un hombre que cada vez le inspiraba más temor y rechazo.

—¿Cómo... cómo lo ha permitido? —susurró, dirigiéndose a su padre. Por una vez, este tuvo la cortesía de ruborizarse—.

¡Por mal que fueran las cosas, hubiéramos podido salir adelante, hacer algo...!

—No. —Salazar sacudió la cabeza—. No, niña, no. Era irremediable. Mi fortuna se hundió por un golpe tremendo que barrió sus bases.

—¿Qué golpe?

Salazar titubeó.

—Bah, qué más da. No entenderías nada.

—¿Está usted seguro? —Apretó los labios—. ¿Por qué siempre me trata como si fuera tonta? No lo soy, maldita sea. Ser mujer no implica ser menos inteligente, se lo he dicho mil veces. Me consta la situación en la que estamos, llevo años revisando los libros de Almeida.

—¿De verdad seguiste con eso? —Su padre se mostró sorprendido—. Pensé que eran tonterías tuyas para llamar mi atención.

—Ja. Seguro que sí. Siempre ha sido muy presuntuoso. —En parte, sí, así comenzó todo, intentando impresionarle, como siempre. Pero no lo admitiría jamás—. Se lo dije, hace años: puedo demostrar que Almeida le roba. —Eso le ganó una mirada de interés por parte de lord Waldwich, lo que le provocó una extraña satisfacción—. Y también que ha ocasionado auténticas tragedias entre nuestros labradores, por prepotencia o por avaricia. He intentado remediar la mala situación de muchas familias, y he tenido que hacerlo sin que ese idiota se enterase, porque usted le daba el poder a él y...

—Eras... ¡Eres una niña! ¿Cómo podría dejarte a ti tanta responsabilidad?

—Si fuera un hombre, no se habría planteado esa pregunta. —Salazar se limitó a mirarla serio—. ¿Y bien? ¿Qué fue? —Como su padre seguía renuente a contestar, Candela evaluó con rapidez la información que disponía y optó por aquel asunto tan grave del corcho—. ¿El famoso reconocimiento de deuda?

Los dos hombres la miraron perplejos.

—¿Cómo sabes tú eso? —preguntó su padre.

—Ya se lo he dicho, he revisado siempre toda la documentación. No ha sido difícil. En realidad, Almeida poco usa la silla de su despacho.

—Ah. Eso no me sorprende —intervino el inglés—. Tengo mis teorías al respecto.

Candela lo miró intrigada.

—¿Ah, sí? ¿Y eso?

—Me he topado con un par de detalles que me han hecho sospechar que el señor Almeida puede trabajar también para Venancio Quintana.

Ella asintió, seria.

—Yo también lo creo. —Lo estudió con curiosidad, y renuente admiración—. Es usted observador.

—Eso dicen.

—Sí, bueno, Almeida es un bastardo, yo nunca he dudado de que saca dinero de todas partes —dijo Salazar—. Pero, Candela, volviendo a la contabilidad y los informes, ¿cómo puedes haber sabido lo de Antonio de la Riva? ¿Cómo has podido entender esos datos?

—Ni que estuvieran escritos en latín. —Salazar puso mal gesto, así que se apresuró a explicar—: Aprendí a hacerlo, por supuesto. Soy la hija de mi padre, aunque admito que lo he tenido mucho más fácil. Usted salió de una cabaña de pastores y tuvo que aprender a leer y a escribir de jovencito; yo he tenido profesores e institutrices toda mi vida. Además, contaba con su biblioteca, donde encontré toda clase de información. —Omitió las muchas horas que Luis había pasado explicándole cosas. Él no llegaría a saberlo, y en esos momentos prefería atribuirse el mérito—. Pero lo importante es que he heredado su inteligencia, padre. Por eso sé que el inicio de nuestra decadencia coincidió con la repentina quiebra de Antonio de la Riva, que tuvo graves repercusiones en los intereses de los Reynolds. Fue eso, ¿verdad?

—Sí. —Salazar se encogió en la silla. Miró de reojo a lord Waldwich—. Ese fue el comienzo del fin. Y ya era imparable. Los acreedores me acosaban...

Candela agitó la cabeza.

—Debió decírmelo, quizá hubiera podido ayudar, aconsejarle... —Miró al inglés, beligerante—. ¿Y usted? Ha aprovechado todo esto para poder vengarse de lo que sea, claro...

—No —replicó con tranquilidad lord Waldwich—. En realidad, no aproveché nada, puesto que yo fui quien provocó esa caída. —Candela se quedó sin palabras, y él continuó—. Organicé la ruina de Antonio de la Riva, lo que perjudicó los intereses de los Reynolds y, por tanto, de su socio, tu padre.

Ella abrió mucho los ojos.

—¿Cómo pudo? ¡Ni se imagina la de familias que dependen de Castillo Salazar!

—A esas familias no les faltará de nada, no te preocupes. Ni a las que dices que ha arruinado Almeida. Espero que me muestres esos informes, porque pienso tomar medidas antes de irnos.

—¿Lo ves? No te preocupes —se apresuró a decir su padre, para animarla—. William se ocupará de todo. Se casará contigo y cuidará de ti y de todo esto.

Candela negó con la cabeza.

—Yo no necesito que nadie se case conmigo para cuidarme. Nadie. ¿Lo entiende?

—¡Oh, demonios! —maldijo Salazar—. Tú eres la que no lo entiende. Eres demasiado niña, Candela, todavía te quedan sueños y esperanzas, y no te das cuenta, pero deberías hacerme caso. No tienes nada. Nada, en un mundo hambriento que lo exige todo. Lo sé bien. —Clavó un dedo en la mesa—. Yo vengo de abajo, de muy abajo, del camino eterno de la miseria; soy de los que conocen bien la oscuridad de sus curvas porque nacieron con las manos vacías. Tú has vivido siempre aquí, protegida, en otro nivel. No sabes defenderte, no sabes lo que es llorar de hambre, de frío o por pura desesperación. No sabes lo que es sentir el miedo corriendo por tus venas, en vez de sangre, porque ni siquiera posees un poco de esperanza.

—Bernardo... —empezó lord Waldwich.

En ese momento casi parecía sentir algo de compasión por el hombre destruido que era Salazar.

—Y William... —siguió el otro, sin hacerle caso—. No lo ha tenido fácil. Por mi culpa, cierto. En eso tiene razón, no se lo puse fácil. —Se frotó la mano, la palma con la vieja cicatriz—. Hoy en día es muy rico, más de lo que yo lo fui nunca, y ha jurado tratarte bien, cuidar de ti el resto de su vida. —Candela se volvió hacia el inglés. Él la estaba mirando también y casi tuvo la impresión de verse reflejada en sus pupilas—. Lo hará, sé que cumplirá puntualmente con su parte, eso jamás lo he dudado. Es tan firme en sus promesas como en sus rencores. Me parece a mí que, en definitiva, todo esto ha resultado ser un buen negocio. —Bajó la vista, pensativo—. Mi último gran negocio.

—Oh, papá. —Lo que no había conseguido la noticia de su situación desesperada lo consiguió el verlo así, tan derrotado. Candela sintió que algo se rompía en su interior. Tardó un poco en continuar, intentando contener las lágrimas. Ninguno de los dos le metió prisa. Finalmente, se dirigió a lord Waldwich—. De ser así, se lo agradezco, aunque no será necesario que se preocupe por mí. No voy a casarme con usted, ya le dije que tengo una relación con otro hombre, y es alguien bien posicionado.

El inglés hizo una mueca.

—Luis Pelayo, sí. Lo recuerdo.

—¿Luis Pelayo? —repitió Salazar, sobresaltado, y la miró con ojos muy abiertos—. No me digas que has cometido la estupidez de fijarte en él, Candela.

—¿Por qué? —Su padre titubeó—. ¿A qué viene eso? Sabe que siempre nos hemos llevado bien. Y Luis ahora tiene una buena profesión, es médico. Es...

—Es un degenerado. —Al ver que no le entendía, se explicó—. Creí que te habías leído mis libros eróticos, Candela, aunque bien sabe Dios que con los filósofos griegos hubieses debido tener ya suficiente muestra. Eran todos unos sodomitas, siempre tras sus efebos. —Ella frunció el ceño más todavía—. Que le gustan los hombres, vaya.

—¡¿Qué...?! —exclamó. No, imposible. No había oído bien, eso era. O quizá sí, pero no debía olvidar que su padre era un maldito mentiroso, alguien que diría cualquier barbaridad con tal de salirse con la suya—. Pero ¿qué dice? ¿Cómo se atreve a soltar semejantes mentiras? Le recuerdo que la sodomía es un delito, esa clase de comentarios podrían ponerlo en peligro.

—Solo digo la verdad, lamentablemente. —Salazar agitó la cabeza—. Ya se veía venir de niño, pero de mayor quedó más que claro. ¿Por qué te crees que se marchó Lorenzo Quintana? Su gran amigo, Luis, estaba locamente enamorado de él, y sospecho que se le declaró.

—¿Qué dice? —Tardó unos segundos en poder seguir hablando, tan conmocionada estaba—. Al margen de que sea una atrocidad, una de sus invenciones habituales para salirse con la suya, sabe tan bien como yo que se rumorea que Luis es hijo del Gran Quintana. Jamás podría haber albergado semejantes sentimientos por su hermano.

—¿No? —La miró de un modo extraño. Quizá fue a decir algo, pero cambió de idea y siguió con otra cosa—. Bobadas. Venancio tendrá la verga grande, pero es como su cerebro: no vale para nada. Luis no es su hijo, por muy buena cuna que pretendas darle. Y es un sodomita, con todas sus consecuencias. —Candela abrió los ojos como platos, y vaciló unos segundos, sintiéndose al borde del colapso—. Ahora no sé, pero en mi última estancia aquí me enteré de que, cada vez que iba a Madrid, visitaba a un amigo, un médico de enfermedades vergonzosas que tenía su consulta en la Puerta del Sol. Supongo que investigaban su mutua anatomía y se curaban el uno al otro la gonorrea y la sífilis.

Candela cortó su risa con un manotazo en la mesa. Cualquier rastro de lástima por él había desaparecido. De nuevo solo quedaban el odio y el rencor, enquistados en su corazón.

—¿Cómo puede ser tan grosero y tan falso? Es usted un canalla. Me consta que se inventaría cualquier cosa para salirse con la suya, pero algo así es demasiado. Luis me ama. Me ama a mí, ¿lo entiende? Y aunque no fuera así, daría igual, porque yo lo amo a él por los dos. —Cuando estuvo segura de que Salazar no iba a decir nada más, se dirigió a lord Waldwich, que la observaba muy serio—. Entiendo que hay algo entre usted y mi padre, algo que le ha enojado mucho y que nos ha llevado a esta situación. —Vio que los dos hombres se miraban en silencio—. Pero insisto en que yo no tengo culpa alguna. Sea razonable, lord Waldwich. Tiene que entender que esta es mi casa, mi hogar.

—Ya no. —La miró, y había una invitación en sus ojos oscuros—. Pero puede volver a serlo.

Candela sintió que le faltaba el aire. Maldito corsé. Ah, pero si no se había molestado en apretarlo, seguía suelto, como cuando durmió la siesta.

—Deme... deme tiempo —suplicó. Odiaba suplicar—. Estoy convencida de que Luis me ayudará a comprársela.

—¿Luis? —Salazar lanzó una risa seca—. Siempre ha sido más pobre que una rata. Por mucho que gane de médico, acaba de empezar. Dudo que tenga ni para comprar el huerto.

Candela se volvió hacia él con rabia.

—¡Cállese! ¡Cállese! ¿Por qué tiene que estropearlo todo en mi vida? Deje a Luis en paz. No quiero que hable de él, no quiero que lo mencione, ni siquiera que piense en él.

—Castillo Salazar no está a la venta —declaró lord Waldwich, muy serio—. Vuestra discusión no tiene mayor sentido.

—¿Cómo que no? Usted no quiere esta casa para nada...

—Eso lo decidiré yo. —Se encogió de hombros—. Quién sabe. Quizá la use de vez en cuando. O quizá la derribe. Si te digo la verdad, ahora mismo me dan ganas de esparcir sus piedras por toda Extremadura.

—¿Qué? ¡No será capaz! —Él dibujó una leve sonrisa. Por supuesto, claro que lo sería. Cada vez que creía que podría congeniar con él, volvía a atisbarse el monstruo que había llegado a Terrosa para vengarse. Un monstruo que ni razonaba ni, mucho menos, tenía corazón. Candela estaba furiosa y cansada, tras un día tan largo y tan tenso. Era lo que le faltaba—. Es usted un canalla. Y un estúpido.

—Candela, no me ofendas...

—Basta ya de todo esto. Si quiere vengarse de mi padre a mi costa, le aseguro que no es la mejor forma. Estoy tentada de seguirle el juego y hacerle la vida imposible. ¡Para empezar, me buscaré un amante!

Él arqueó una ceja.

—Y yo lo mataré.

No bromeaba, no amenazaba. Era una promesa real, expresada en un tono tan tranquilo como firme. Candela tragó saliva.

—Pues, por muy conde que sea en su país, o muy milord que se considere, de asesinar a alguien lo detendrían y lo ejecutarían.

—En el famoso cerro de los Ahorcados, una horda de pueblerinos decentes, sí, ya me lo has dejado caer. Pero, en cualquier caso, te aseguro que la experiencia habría valido la pena. Serías mi esposa, habría matado a tu amante y yo me iría al infierno más que contento.

Candela apretó los puños.

—Y yo, una joven viuda rica, me echaría otro amante. —Él frunció el ceño—. Y otro, y otro. Juntos o por separado.

—¡Candela! —Salazar frunció el ceño—. Basta.

—Me limito a leer el futuro del milord aquí presente. —Sonrió, encogiéndose de hombros—. Le auguro una viuda rica con muchos amantes. Alguien que dilapidará por completo su fortuna, burlándose de él. Porque juro que lo haré.

No supo qué más decir y tras ella nadie se animó a hablar. Durante varios segundos, se hizo un profundo silencio. Finalmente, lord Waldwich dejó la cuchara en la mesa, con mucho cuidado. Estaba mortalmente pálido.

—Tienes razón, Candela, soy un idiota —dijo, en tono comedido—. De verdad, soy un completo idiota. ¿Qué sentido tiene semejante disputa? Se acabó. Tú ganas. No habrá boda.

—¡William! —exclamó Salazar, alarmado—. ¡No puedes hablar en serio!

—Por completo. Las condiciones han cambiado. Me casaré con ella cuando sea Candela quien me lo pida. No antes. —Le miró de un modo que dio la impresión de que ambos encontraban un significado más profundo a la frase—. Esperaré a que me lo suplique.

—Entonces, mejor que se ponga cómodo —le advirtió Candela, con malevolencia.

Él frunció el ceño.

—No hay problema. Siempre estoy cómodo en mi casa. Pero tú... ¿en qué posición estás? No eres mi invitada, y tu padre mucho menos. Es más, ni siquiera os quiero aquí. O me pides que nos casemos antes del alba o tendréis que recoger vuestras cosas, que no es más que lo puesto, y marcharos. Ese vestido horrible que has elegido será lo único que tengas. Te lo regalo, ya que parece gustarte tanto.

Candela entornó los ojos.

—Me encanta. Lo prefiero a todo lo que me trajo.

Lord Waldwich lanzó una carcajada seca.

—Creí haberte oído decir que lamentabas haber hecho lo que hiciste, pero tampoco me sorprende comprobar que era mentira. No te preocupes. Si quieres pelea, pequeña zorra, la tendrás. —Volvió a centrarse en sus natillas—. Ahora sugiero que continuemos con la cena. Es la última que os voy a ofrecer gratis.

Salazar no se movió. Siguió mirando el plato de una forma casi nostálgica. Tampoco Candela tenía ganas de continuar comiendo. De hecho, sentía el estómago revuelto. Ella se iría con Luis, no estaría allí para ver cómo terminaba todo en otras manos, las de aquel desconocido que tanto daño estaba haciendo, pero en cualquier caso la pérdida había sido terrible.

Siempre había tenido la esperanza de que su padre entrase en razón y permitiese que Luis y ella viviesen en Castillo Salazar. Pensaba tener allí a sus hijos, ver crecer a sus nietos, pasar el resto de su vida entre los muros que le eran tan queridos y tan familiares.

Era su hogar. Siempre había sido su hogar, cada rincón estaba lleno de recuerdos. Pero ahora todo le pertenecía a ese hombre.

Estaba agotada y aquel último enfrentamiento la dejó sin fuerzas. Sintió que, pese a todos sus esfuerzos, una lágrima escapaba y recorría su mejilla. Estaba caliente y húmeda, y tan cargada de pena como ella misma. La siguieron muchas otras, en una avalancha que no pudo contener.

Se cubrió el rostro con las manos.

—Candela...

Oyó a su padre, con un tono que jamás había usado. Hasta parecía amable. Pero no podía hablarle, no podía...

Candela se puso en pie, luchando enconadamente contra el lamento angustioso que pugnaba por escapar de su garganta. Apenas se sentía capaz de respirar ni de escuchar nada que no fuera el fragor de su sangre, convertido en alguna clase de río tumultuoso, atronador, una gigantesca cascada golpeando con furia sus tímpanos.

En la cabecera, lord Waldwich suspiró.

—Si no vas a comer nada más, puedes irte —ofreció, magnánimo—. Descansa y reflexiona, Candela. Pero, recuerda, espero una propuesta. Tienes tiempo hasta el alba. Ni un minuto más.

Maldito canalla desalmado y sin entrañas. Deseó romperle el plato en la cabeza, pero no podía luchar contra él, en esas condiciones no.

Dio media vuelta y salió corriendo.

[illegible]

[illegible] Déjanos solos, por [illegible]

—[illegible], William, y luego me hablas a mí de tacto. Solo

19

—Me consta que Candela es muy terca y que ha dicho cosas terribles —murmuró Salazar cuando su hija hubo abandonado el comedor—. Pero todos lo hemos hecho. Reconoce que tú también has sido muy duro con ella. Y te recuerdo que es la única que no tiene ninguna culpa en este asunto. Es nuestra víctima, tuya y mía.

William volvió a depositar la cuchara en la mesa, con auténtico alivio. No había tenido apetito en ningún momento de toda aquella horrible cena, pese a sus esfuerzos por simularlo, y sintió una punzada de lástima por el soberbio solomillo que habían tomado y que tan mala suerte había tenido. Lo notaba como una bola en el estómago. Maldición, iba a tener una digestión terrible.

¿Y las natillas? Era uno de sus postres favoritos, pero jamás le habían sabido tan amargas.

—Lo sé —musitó. Miró a la señora Rodríguez y a Alba. La pobre doncella estaba llorando en silencio—. Déjennos solos, por favor. Ya recogerán esto luego. O mañana. No importa.

Ambas mujeres hicieron una reverencia y salieron. Salazar lanzó una risa seca.

—Demonios, William, y luego me hablas a mí de tacto. Solo

te ha faltado decirle que el aire que estaba respirando también era tuyo. —Pues sí, una rabieta como cualquier otra. Candela tenía una habilidad natural para encontrar sus límites—. Y todas esas cosas horribles que has añadido después... ¿En serio no habrá boda?

—No, a menos que entre en razón y me lo suplique ella misma.

Apoyó los codos en la mesa y se frotó el rostro con las manos. No había sido buena idea obligarla a bajar a cenar. Todavía estaban ambos bastante desquiciados.

Qué idiota era. Por más que lo intentaba, no conseguía apartar de su mente la imagen de Candela cuando la vio en su habitación, con aquellas enaguas y los pechos que asomaban por el amplio escote del precioso corsé. Se sintió sacudido por un deseo tan imperioso que había tenido miedo de no poder controlarse y, o mucho se equivocaba, o a ella le había pasado igual.

Pero entonces había hablado, había vuelto a retarle, ordenándole que se fuera con aquella actitud arrogante de los Salazar, y no pudo consentírselo.

El viejo dobló con cuidado la servilleta.

—Y yo que te había echado una mano, contando todo eso sobre mi ruina y lo terrible que es ser pobre...

—Cierto. Gracias. Tengo en cuenta que lo has dicho sabiendo que ella no sabrá nunca lo que es vivir en la miseria, se case o no conmigo.

—Pues sí. —Agitó la cabeza—. Te arriesgas mucho. Después de lo que has dicho, lo que me extrañaría es que quisiera seguir en esta casa. La has jodido bien. —William guardó silencio. Semejante comentario no merecía respuesta—. ¿Qué... qué demonios te pasa? —le preguntó al cabo de unos momentos—. Y no me digas que es por lo que ha dicho ahora. Estabas ya enfadado, y mucho. Nunca te había visto así, y mira que te he visto en malas situaciones. ¿Qué te ha hecho? No puede haber sido tan grave. Aún no ha tenido tiempo.

«Ni te lo imaginas», pensó William, recordando el ajuar destrozado en su dormitorio. Se había disculpado, sí, pero no dejaba de utilizarlo para sus pullas, maldita fuera.

—Déjalo, Bernardo. Por favor. —Se puso en pie y fue hacia el mueble de los licores. Como conocía los gustos de Salazar, sirvió dos copas de coñac—. No quiero hablar de eso.

—Ya, bueno... —siguió Salazar al cabo de un segundo—. Yo no sé qué ha pasado entre vosotros, pero si quieres mi opinión...

—No la quiero. —Enfadarse con él carecía de sentido. Por una vez, Salazar no tenía ninguna culpa. Le entregó su copa y volvió a sentarse. Tomó un par de tragos, pensativo, antes de decidirse a hablar—. Trato de ser práctico, de modo que lo voy a preguntar directamente. ¿Es cierto lo que has dicho de Luis Pelayo?

Salazar titubeó, quizá sorprendido por el cambio de tema.

—¿Por qué?

—Es evidente. —Nunca podría olvidar el brillo de los ojos de Candela cada vez que surgía ese nombre. Y lo que había dicho. «Luis me ama. Me ama a mí, ¿lo entiende? Y aunque no fuera así, daría igual, porque yo lo amo a él por los dos». Le habían enfadado muchas cosas en esa cena, pero ahí fue cuando empezó a sentirse enfermo—. Candela cree que está enamorada de él.

—¿Y qué? Le va a dar igual.

—Entonces, es cierto. Prefiere a los hombres.

El viejo se tomó su tiempo para contestar. Movió la copa mientras contemplaba la superficie del coñac.

—Bueno... sí. Pero no es la única razón por la que semejante matrimonio no va a ser posible. Yo estoy dispuesto a decirte algo que puede esclarecer mucho todo, pero no lo haré sin condiciones.

—¿Qué quieres?

—Volver a Londres, claro está. Seguir viviendo en mi casa. En Salazar Castle.

—¿Qué dices? No.

—No es tanto pedir. A mi muerte, vas a quedarte con todo, ¿qué más te da? —Apretó los labios con fuerza—. Deja que muera sintiendo que he progresado algo desde que salí de la chabola de Eustaquio, cojones. No quiero estar aquí, en este puñetero agujero de mierda. Toda Terrosa huele a oveja, ¿no te has dado cuenta? Si luché con tanto ahínco fue para conseguir escapar de aquí.

Parecía tan viejo, tan cansado y hundido... Pero la imagen de su padre, colgado de aquella lámpara, eliminó cualquier remordimiento.

«Quítaselo todo».

—No.

Salazar contuvo un gesto de frustración.

—Entonces, no hay más que hablar.

—Puede ser. Pero, si yo fuese tu amigo, te sugeriría que intentases ser amable para conseguir mis simpatías.

—No digas bobadas. Ambos sabemos que eso es algo que nunca tendré. —Bebió un trago y el alcohol pareció infundirle nuevos ánimos—. ¿Sabes qué? Al carajo. Prefiero que el asunto quede así, tal cual. Pensar en ello le dará un poco de interés a mis últimos días en esta perra vida. —Se echó a reír—. Va a ser divertido ver qué pasa.

¿Y eso qué quería decir? William frunció el ceño.

—No me vas a tentar. Ya lo descubriré.

—Bueno, qué quieres que te diga, hay cosas que no todo el mundo sabe. —Sonrió—. Ya veremos qué ocurre.

—Sí... —De todos modos, decidió tantear un poco, a ver si sacaba algo al respecto—. Entonces ¿nunca pensaste en casarla con ese tal Luis?

Salazar lanzó una carcajada.

—No, por Dios. Es una idea disparatada, por muchas razones. —Se encogió de hombros—. Además, en Terrosa solo hay Salazar y gentes que no están a la altura de los Salazar.

—Pero quisiste casarla con el hijo del Gran Quintana.

—Ah, sí. Lorenzo Quintana. Un señorito de la vieja raza. Mujeriego, juerguista, tan voluble como simpático.... Un auténtico idiota, vamos. —El viejo arqueó ambas cejas, con un gesto divertido—. Guárdame el secreto: nunca tuve intenciones de permitir semejante matrimonio.

—¿En serio? —preguntó William, desconcertado.

—Completamente. Para ser exactos, todo estuvo relacionado con el enfrentamiento más grave que he tenido nunca con Venancio Quintana, una pelea por culpa de unos terrenos por los que cruza el escuálido cauce del Terrosilla. —Le tendió la copa vacía. William titubeó, pero no vio razón para negarle otro trago. El último, eso sí. Se lo sirvió y el viejo siguió hablando—. Están en mis tierras, se las compré a los antiguos dueños, como compré a tantos otros hasta completar lo que hoy son Castillo Salazar y sus propiedades. Pero Venancio asegura que no, que son suyas, porque... Bah, da igual. Tiene sus argumentos. El caso es que se trata de un asunto antiguo que se ha dado de forma cíclica, sobre todo cada vez que hay sequía, pero que resurgió de nuevo en aquella época. Hará unos siete años.

—Supongo que por el tema del agua.

—Del agua y del orgullo, que en Terrosa significan lo mismo, sobre todo en verano. Quise evitar otra pelea sin sentido, tan grave como la anterior, así que propuse el enlace y simulé estar encantado con él, pero solo el tiempo necesario para poder investigar y encontrar algo en contra del chico que me permitiera controlar al padre.

—Qué ruin. —William estuvo a punto de echarse a reír, pero recordó su propia historia y perdió toda hilaridad—. Aunque no sé por qué me sorprendo. Usaste a mi madre contra mi padre.

—Eh... Aquello fue diferente. En el asunto del Terrosilla intentaba salvar unas cuantas vidas, aunque fuera de maleantes. —William parpadeó—. Para que entiendas hasta qué punto llegaron las cosas, en el anterior estallido de ese conflicto ambos terminamos contratando mercenarios para evitar que el otro usara ese tramo de río. Gentes que a nadie importaban y que desaparecieron sin mayor problema. Porque a más de uno se le disparó una pistola, y hasta hubo alguna cabeza rota de una pedrada. He visto mucha muerte en esta vida, pero aquella época... —Salazar miró el contenido de su copa— se derramó más sangre que agua tiene el dichoso río. —Bufó—. Claro que eso no es decir mucho.

—Vaya...

Pensó en el reloj que le había visto a Cruzeiro, y en lo que Candela había contado del hombre ahorcado. Todo aquello le daba una pésima impresión. ¿Podía tratarse de Barrow? Era todo tan extraño. No había vuelto a saber de él desde su carta de renuncia, no había contestado a la que él le mandó diciendo que lo entendía. Supuso que se había marchado para reunirse con su hija. Pero ¿y si...?

Debía enterarse. Al día siguiente, sin falta, enviaría una nota a Londres, para que lo localizasen...

—¿Me estás escuchando? —preguntó Salazar, llevándolo de vuelta al momento presente.

—Sí, perdona.

—Vale. Decía que por eso se me ocurrió decirle a Quintana que, si casábamos a nuestros hijos, se solucionaría el asunto de una forma muy simple. Él aceptó encantado. —Rio entre dientes—. Y Candela me apuntó con la escopeta. No sabía que todo era una artimaña, claro está, a sus ojos yo la estaba prometiendo en matrimonio en contra de su voluntad, y con esa buena pieza. Pero no era así, como digo. De hecho, para entonces, ya tenía la información que me permitía librarme del asunto.

—Vamos, que te quedaste con las tierras...

—Sí. Con todas. Aunque cedí a Quintana el acceso libre al agua en esa zona, para regadíos. Así, evitaba más problemas.

—¿Y Candela? ¿Por qué no se lo contaste?

Le miró sorprendido.

—¿Para qué?

—¡Por Dios! ¡Es tu hija! Además, estaba directamente implicada.

—¿Y qué? Ya aprenderás que, cuanto más apartadas tengas a las mujeres de las cuestiones importantes, mejor. Muchas simulan poder entenderlas, como Candela, pero no es cierto, y por lo general todo termina en lloros y quejas.

La imagen de Candela, al final de la cena, surgió en su mente. Sí que había llorado al irse, pero era algo que podía entenderse. No se trataba de un lloro infantil, de queja. Era un llanto sentido, de pérdida. Estaba destrozada.

Cuando intentó razonar, cuando le habló de lo importante que era su hogar para ella, hasta estuvo a punto de recular en toda aquella locura. No podía soportar verla así, como no podía soportar verla tan enamorada de ese tal Pelayo. En otras circunstancias, de estar solo implicado su corazón, hubiese aceptado un acuerdo de algún modo, incluso le hubiera regalado la casa.

Pero, cada vez que se planteaba esas cosas, volvía a su mente la imagen de su padre, colgado, y la expresión de su madre cuando le exigía su juramento. Eso, entremezclado con escenas felices de su infancia, que echaba profundamente de menos.

Candela lo estaba pasando mal, debía ser así, era parte de Salazar. Y, al fin y al cabo, también él vivía en un infierno del que no sabía cómo salir.

—Eres un idiota —murmuró, siguiendo con la conversación con el corazón encogido en el pecho—. Hay mujeres de muchas clases, igual que hay hombres de todo tipo. No niego que muchas se comportan como dices, más que nada por culpa del modo en que las educamos, como las obligamos a ser. Pero, por suerte, Candela no es así. ¿No la ves? Lleva tu sangre, Bernardo. Es una luchadora. Y es inteligente. Debiste hacerle caso, hace años, respecto a Almeida. Yo solo he echado un vistazo superficial a las cuentas, pero también creo que te ha estado robando con total impunidad.

—Bueno, bueno, da igual. —Salazar agitó la mano libre en el aire, evitándose culpas, tanto por haber menospreciado a Candela como por haber permitido que Almeida le robara, algo que seguro que le reconcomía lo suyo—. Es una mujer. Demasiado sensibles. No tienen la cabeza fría ni saben controlar bien sus emociones, seguro que los Quintana se hubiesen dado cuenta.

William se lo quedó mirando, intrigado por deducir si en serio pensaba semejante necedad. Probablemente, a pies juntillas, porque así pensaban los hombres en el mundo en el que creció, el mundo en el que continuaban viviendo, así que decidió no seguir discutiendo con él. No merecía la pena.

—¿Y qué descubriste de Lorenzo Quintana? ¿Qué era eso tan importante que consiguió incluso contener a su padre?

Salazar hizo una mueca.

—Que tiene sífilis.

William le miró con asombro.

—¿Qué? ¿Quién? ¿Lorenzo Quintana?

—Así es. La pilló por ahí, en algún burdel, seguro. O en cualquier pajar, vaya.

—Qué terrible, pobre muchacho...

—No es tan muchacho. Tiene tu edad, más o menos.

—Ya, bueno... Es la costumbre de pensar en él en relación con su padre. —Repasó mentalmente la información que sus investigadores le habían facilitado sobre el joven Quintana. No recordaba que hubiesen mencionado en ningún momento ese detalle de la enfermedad, pero tampoco había pedido unos informes a fondo. No imaginaba que fuese un actor importante en aquel drama—. Pero ¿cómo pudo eso contener a Quintana?

—Ah, pues porque le dije que, si no reconocía legalmente que esas tierras eran mías, haría público el asunto en todos los periódicos y, en pocos días, se hablaría de ello hasta en la China. ¡No veas cómo se puso! Él ya lo sabía, claro, pero había callado como un auténtico verraco y había ordenado a Lorenzo que no se lo dijese a nadie. Temía que eso impidiera el matrimonio de su primogénito y único varón y, por tanto, provocase el final de su estirpe. —Rio con desdén—. Viejo idiota, con lo que ha presumido siempre, cómo se burlaba del hecho de que tenía un varón y yo no... Y te voy a decir más: estoy seguro de que disfrutaba con la idea de infectar a la hija del demonio Salazar, con la simiente enferma de su hijo.

William se dio cuenta de que se había dejado la boca abierta. La cerró, asombrado.

—Sois de verdad terribles en Terrosa.

—Ya lo vas viendo.

—Pero... es que algo así no puede ocultarse. ¿Qué pasará con la pobre joven que caiga en sus manos? No será Candela, pero sí será hija de otro, hermana, sobrina... Qué terrible fin le espera. —En Europa, en la visita que hizo a un hospital, había visto algunos enfermos terminales de sífilis, convertidos en cosas aullantes, sin nariz, sin mente... Era una imagen tan aterradora como inolvidable. Negó con la cabeza—. Silenciarlo es criminal por completo. No puedes hacerlo, Bernardo.

—¿Ves como eres un blando? —Hizo un gesto ecuánime—. Aunque supongo que, en el fondo, yo también lo soy.

—¿A qué te refieres?

—A que no tienes que preocuparte. Para cuando hablé con Venancio, yo ya había tenido una conversación muy seria con Lorenzo. Por suerte, tiene mejor entraña que su padre. Él me aseguró que ya no se acerca a ninguna mujer para... —Movió una mano en el aire, buscando el mejor modo de decirlo—. Que ya no folla, vamos —aclaró, por si quedaban dudas—. Y jamás se casará, se mostró totalmente decidido a ello. Tiene toda la intención de avisar a cualquier muchacha que su padre intente convertir en su esposa. De hecho, me aseguró que pensaba contarle la verdad a Candela, de ser necesario, pero, bueno, no hizo falta.

—Me alegra saber que no la casarías con cualquiera.

—No te equivoques. Aquello fue siempre una mentira, pero el matrimonio es un negocio serio. Los hombres de nuestra posición siempre han vendido a sus hijas al mejor postor, y yo lo hubiese hecho con Candela, por su propio bien. En realidad estuve a punto de casarla con uno de mis primeros socios en Londres, un abogado escocés, aunque me llevaba diez años a mí y pesaba más de cien kilos.

—Ese al que apuntó con la escopeta.

—Así es. Y le dijo: «Tenga cuidado. Es usted tan grande que, si disparo, dudo que pueda fallar aunque quiera». —Salazar se echó a reír y William no pudo evitar una sonrisa—. Ya había recibido algunas propuestas para casarla, pero, como digo, aquel hombre era el mejor postor en ese momento. Tú lo eres ahora, lo eres desde hace años. Bien sabe Dios que nadie puede mejorar la puja que has hecho y, como eres de amante fija, hay pocas posibilidades de que le pegues la sífilis.

William ahogó una carcajada, divertido a su pesar.

—Te juro que eres imposible. Y un padre horrendo —añadió, señalándolo con un dedo acusador—. Si algún día tengo una hija, quieran los cielos que me comporte con ella de un modo muy distinto a como tratas tú a Candela.

—Tonterías. Candela es una Salazar. Es una chica fuerte, de mucho carácter y tremendamente cabezota, ya has podido comprobarlo. —Titubeó—. Y, hablando de eso, Will... Te has arriesgado mucho. No creo que te vaya a pedir que te cases con ella.

—No importa. Eso ha sido como lo tuyo con Lorenzo Quintana: una simulación. En realidad, mañana vamos a casarnos, sí o sí. Tendré una conversación con ella en cuanto amanezca.

—Ah, bien. —Salazar se mostró aliviado—. Quiero estar en posición de seguir insistiendo hasta que permitas que vuelva a Londres. Que lo harás. Ambos lo sabemos.

William le miró fijamente y vació su copa de un trago.

—Joder —gruñó—. Te odio.

—Lo sé. —Rio—. Hazme caso: mañana, cásate con ella, pídele disculpas por lo dicho esta noche, y hazle un hijo cada dos años. Será una mujer plenamente feliz. Ah, no olvides comprarle un regalo bonito de vez en cuando, a las mujeres les encanta eso.

William lo miró indeciso. Con el error de criterio que había tenido en lo del regalo bonito no estaba seguro de que dejarla embarazada cada dos años fuera una buena idea. Por él, encantado, y no solo por el entretenido proceso previo, sino por los resultados.

La imaginó con un vientre enorme en el que descansara su hijo y una oleada de ternura lo invadió, y con ella se acentuaron sus remordimientos. Sí, se había portado de una forma horrible a lo largo de todo el día. Lo hecho y dicho por Candela no justificaba su propia conducta, empezando por ocultarle lo de la herencia. Los dos tenían mucho de lo que arrepentirse.

Dios, le estallaba la cabeza.

—Estoy cansado, harto de todo esto —dijo, poniéndose en pie—. Te dejo, Bernardo. Cuando estés dispuesto, avisa a la señora Rodríguez. Se encargará de que te acompañen a tu dormitorio.

Salazar frunció el ceño, aunque se le veía muy pálido y ojeroso. Seguro que él sí que estaba agotado, pero no daba la impresión de que fuese a reconocerlo.

—Todavía puedo andar solo —gruñó—. Y la cabeza me rige bastante bien. Me queda entendimiento como para recordar dónde está mi dormitorio.

William entornó los ojos. Vale, había tenido suficiente ración de Salazar, tanto de padre como de hija, por ese día.

Salió del comedor y subió a su habitación. Se alegró al ver que se habían llevado los restos del ajuar, pero, de algún modo, la sensación de destrozo permanecía en el aire, como si hubiese ocurrido algo irreparable. Se quitó la chaqueta y la camisa sudada, echó agua fresca en la jofaina, se lavó, y luego metió el rostro, intentando alejarse en lo posible del mundo real.

«Hazlo por tu padre. Hazlo por mí. Ninguno de los dos descansaremos hasta que lo consigas».

La voz de su madre le llegó con una claridad insólita después de tantos años. William se incorporó con brusquedad, salpicando agua por todas partes.

—Maldita sea...

Por Dios, ¿cómo iba a cumplir semejante promesa? Sin darse ni cuenta había caído en una trampa terrible. El viejo tenía razón, era un hombre condenado, atrapado entre las consecuencias del pasado y las esperanzas del futuro.

¿Se había sentido así su madre? Cuando buscaba desesperada a Salazar por las calles de Londres, cuando lo recibía en su casa, a escondidas de todos, cuando lo descubría en el despacho de su marido, revisando papeles... ¿Se mentía a sí misma, se engañaba, pensando que todo se solucionaría, que conseguiría enamorar a aquel hombre? Sí, claro que sí. Pero desear algo no solía ser suficiente en la vida, y menos en asuntos del corazón. Se amaba o no se amaba. Salazar no la amó a ella, nunca.

Candela no lo amaba a él. Y cada paso que había dado a lo largo de ese día lo había hecho todavía más imposible. Los había alejado cada vez más. Era un maldito idiota.

Se llevó una mano al pecho. Candela Salazar le iba a romper el corazón. Al tiempo.

Maldita fuera. Malditos fueran todos los Salazar.

Abrió la ventana. Era casi de noche, pero el aire estaba caliente y no corría brisa alguna. No recordaba tanto calor jamás. Estaba claro que estando así no iba a poder dormir. Saldría a dar un paseo y a fumar un cigarro. Eso lo confortaría.

Volvió a ponerse la camisa, aunque dejó la chaqueta. Se permitiría ese alivio, ya que era poco probable que se encontrase con nadie, o eso pensaba. Nada más salir, oyó voces y el ruido de vehículos grandes. Ya casi no había luz, la noche se les echaba encima, pero los carros que llegaban iban provistos con antorchas y lámparas. También algunos de los que caminaban a su lado llevaban su propia iluminación.

William supuso que se trataba de los suministros para el convite de bodas. Los miró con desaliento, sin animarse a acercarse, seguro de que aquel iba a ser otro ridículo más para lord Waldwich cuando no hubiese boda. Se quedó entre las sombras y encendió el cigarro, observando cómo la señora Rodríguez les daba indicaciones, cerca de la puerta principal, y procedían a rodear la casa para ir hacia el oeste. El ama de llaves volvió al interior del edificio.

William tiró la colilla del cigarro al suelo y la pisó, enterrándola tan profundo como fue capaz en aquella tierra tan castigada por la sequía.

Ahora sí que debía irse a dormir, otra cosa era que pudiese pegar ojo en toda la noche, algo que dudaba. Todavía hacía un calor infernal, aunque nada que ver con lo que habían sufrido a lo largo del día. Ojalá hubiese algo de viento, una señal que indicase lluvia, lo más torrencial y próxima posible, pero no había nada excepto aquella temperatura insoportable.

No quería pensar en Candela. Se negaba a hacerlo.

«Maldición». No podía apartar su imagen en el comedor, cuando se echó a llorar. Parecía un nuevo daguerrotipo clavado ante sus ojos.

Estudió sus opciones inmediatas. Podía entrar en la casa, ir al dormitorio de Candela y arrastrarse ante su puerta, para suplicar su perdón, contarle todo y terminar de hacer el ridículo ante ella. Otra alternativa era coger alguna botella del armario de licores de la biblioteca, llevarla a su dormitorio y emborracharse hasta caer de espaldas.

—Va a ser lo mejor —musitó. Dudaba mucho de que Candela fuese a suplicarle que se casara con ella, ni aunque fuese a quedarse en la calle, en la indigencia. ¿Cómo se había dejado llevar a aquel terreno? Bien lo sabía. Le había herido tanto tanto... Candela Salazar nunca sería suya—. Soy un imbécil.

No había allí nadie para darle o quitarle la razón, así que dejó de discutir consigo mismo. Suspiró y decidió caminar un poco más con la esperanza de que aquella noche tan tranquila le sosegase el alma.

Justo en el momento en que se movió, oyó una detonación, un silbido, y la rama de un árbol cercano que había estado a la altura de su cabeza saltó destrozada por los aires.

—¡¿Qué...?! —exclamó, y se lanzó al suelo, entre los matorrales.

Se deslizó unos metros y se asomó desde detrás de otro tronco. Pasaron los segundos. Los minutos se extendieron con lenta agonía.

Nada. Todo era tranquilidad en los dominios de Castillo Salazar.

Pero le habían disparado. Estaba seguro.

20

Candela subió a su habitación, cerró la puerta de golpe y estuvo llorando un buen rato sobre la almohada. Ese hombre horrible, ese cabrón sin entrañas... Las cosas espantosas que le había dicho, el modo en el que pretendía obligarla a hacer lo que él quería...

—Canalla, canalla, canalla... —repitió, golpeando la cama con los puños.

Maldito fuera por siempre. Por eso y por la certeza de que todo la afectaba más de lo que hubiese debido. ¿Por qué la hacía sentir así? ¿Por el sueño? ¿Por qué, de algún modo, su corazón y su cuerpo se agitaban con su cercanía?

Pues era una pena, porque, incluso de no haber existido Luis, jamás podría perdonarle. Aunque, por lo que parecía, la situación en la que se encontraban era por completo culpa de su padre. Totalmente, de principio a fin, desde la venganza que había suscitado hasta la consecuencia de presentarse allí con aquel inglés. Tenía que haberla avisado, haber preguntado antes de plantearse entregarla de ese modo, sin más, como si no tuviese opinión ni sentimientos.

Pero no debía sorprenderse. Jamás había contado con ella y estaba claro que ese inglés tampoco lo haría.

Oyó ruidos fuera, voces, relinchos y el sonido de grandes vehículos. Sorprendida, se levantó y se asomó a la ventana. El cielo todavía no se había oscurecido del todo, y era noche de luna llena, enorme. Se vería bien, mejor que bien, lo que sería ideal cuando saliese hacia el pueblo.

Con esa luz, y la ayuda de antorchas y lámparas, pudo ver que llegaban a la casa tres grandes carros, con una pequeña turba de gente. A primera vista, vio unas quince o veinte personas, quizá más, entre conductores, jinetes alrededor e incluso algunos hombres caminando.

Recordó lo que había dicho lord Waldwich sobre los carros con suministros y criados que iban a llegar para el convite. Así que allí estaban. Esperaba que no le estorbasen en su fuga, si es que se decidía a llevarla a cabo. No, era poco probable que se los encontrase. Les indicarían que se aposentasen en la tierra campa de la zona oeste de los jardines, donde solían organizarse las fiestas al aire libre que se celebraban en Castillo Salazar, sobre todo la del fin de la recogida del corcho, a finales de agosto.

Allí tenían espacio para colocar los vehículos y podrían hacer hogueras en las que preparar sus comidas. Además, había un pozo, aunque en esos momentos no estuviera muy boyante.

Perdido todo interés en ellos, Candela se apartó de la ventana. ¿Qué iba a hacer? Eso era lo importante, y no había una respuesta fácil. Tenía tantos problemas que no sabía ni por dónde empezar, pero sí en qué no quería pensar. Aquellas infamias sobre Luis. ¿Cómo se atrevía? ¡Decir algo tan terrible!

Aunque... ¿por qué nunca la había besado? ¿Por qué no había intentado...? Ella le había dado más de una oportunidad cuando estaban a solas.

—Basta —se ordenó en voz alta.

Tenía que olvidarlo. No iba a permitir que Salazar envenenase aquella parte sagrada de su vida. Luis era un caballero, eso era todo. Siempre se lo había repetido a sí misma como respuesta a sus dudas, no tenía por qué pensar ahora de otro modo, solo por las espantosas mentiras de aquel viejo.

En cuanto al inglés, doblegarse no era una opción, antes morir que pedirle que llevase a cabo una boda que no deseaba. Pero si los echaba... Ella no iba a quedarse, eso no era problema. Se iría. Podía salir adelante por sí misma incluso aunque estuviese totalmente sola, pese a lo que había dicho la señora Rodríguez. Quizá lo tuviese difícil, pero, si era necesario echarle arrojo a la vida, ella estaba dispuesta a pelear con uñas y dientes por defender su lugar en el mundo.

Pero su padre ya no tenía fuerzas ni tiempo. A pesar de todo el daño que le había hecho, si lord Waldwich lo dejaba en la calle y moría de hambre y miseria, Candela nunca se lo podría perdonar a sí misma. Y a esas alturas consideraba capaz de cualquier cosa a ese bruto desalmado.

Luis era una posible solución, pero a saber qué opinaba de tener que cargar con Salazar de semejante modo. Tras lo ocurrido cuando le pidió dinero sin éxito, gracia no iba a hacerle, seguro. Una cosa hubiese sido convencerlo de ir a vivir con el viejo a Castillo Salazar, y heredarla con el tiempo, junto con el resto de su fortuna, y otra muy distinta tener que llevarlo a vivir con ellos.

Candela se frotó las manos, nerviosa. En esa situación no se veía capaz de pedirle que aceptase a su padre bajo su techo. Bastante iba a tener con mantenerla a ella, sobre todo ahora que Luis tenía apenas para salir adelante. Lo había invertido todo en abrir su pequeña consulta, tardaría un tiempo en recuperar los gastos y empezar a tener beneficios. En un año, o en dos a más tardar...

Pero su padre no disponía de tanto margen. No podría aguantar en cualquier barraca abandonada hasta entonces.

No, daba igual, tendría que pedirlo, de rodillas de ser necesario, porque no contaban con más opciones. Luis no podía negarse, no tenía a nadie más a quien recurrir. El párroco estaba descartado por completo. El padre Severino era un hombre severo que hacía honor a su nombre. Tenía un sentido muy poco cristiano de lo piadoso, en el que no encajaba un excomulgado sin que antes pidiese perdón y se retractase públicamente, y Salazar jamás lo haría.

Recurrir a los Quintana, qué decir, era algo impensable. Una pena, porque tenían mucho poder. Los Andrade, la tercera familia en importancia, tampoco eran una opción. No tenían pendencias con Salazar, los Andrade siempre eran un barco que avanzaba según soplase el viento. Incluso tenía la ventaja de que podía considerarse amiga de Petra Andrade, la pequeña de la estirpe.

Pero, por desgracia, don Nicolás Andrade, el alcalde, ocupaba ese puesto porque Quintana le había situado allí dos años antes, aprovechando que Salazar se encontraba en el extranjero, y no tuvo tiempo material de enterarse y oponerse. Algo que hubiera hecho simplemente porque era el candidato de Quintana.

Además, don Nicolás en concreto no sentía especial simpatía por Salazar; al contrario. Todo el que lo miraba se daba cuenta de que se parecía físicamente mucho al viejo terrateniente y sabía por qué. Su madre, la mujer que le enseñó las primeras letras y unas matemáticas básicas, había sido seducida por un Salazar de catorce años, decidido y sin escrúpulos. El hecho de saber que todo el mundo creía que era en realidad su hijo, un bastardo más de Salazar, lo llenaba de amargura.

Si estuviese Lorenzo... Aunque no hubiesen tenido mucha relación en los últimos años, ya desde antes del conflicto de su compromiso le consideraba de alguna forma su amigo más antiguo, junto con Luis, y seguro que hubiese podido confiar en él. Además, Lorenzo tenía dinero suficiente para hacerle un préstamo. Claro que a saber si se le olvidaban sus promesas en la siguiente borrachera...

Tendría que intentarlo con Luis, sí. Y no tenía sentido esperar más. Candela miró por la ventana. Ya era noche completa.

Tendría que evitar a los hombres de Almeida, y tampoco se

fiaba del resto de los criados de Castillo Salazar, Alba incluida. Seguro que ya sabían todos que el nuevo amo era lord Waldwich, por eso actuaban así, y si se cruzaba con ellos, no la dejarían marchar sin obtener su permiso.

Peor si se encontraba con la señora Rodríguez, esa seguro que no se lo permitiría en ningún caso. Si se empeñaban, entre unos y otros podrían retenerla y convertirla en una prisionera. A saber en qué acabaría todo. Mejor no tentar su suerte.

Cogió el hatillo que había preparado, lo tiró por la ventana, al pie del edificio, y luego salió, apoyándose con cuidado en el alféizar. Bajó por el árbol que crecía junto a la casa, como cuando era niña, recogió sus cosas en la oscuridad y se movió sigilosa. La puerta principal del muro ya estaría cerrada a esas horas, pero no se preocupó: siempre había una copia de la llave en las caballerizas.

El gran edificio olía a paja húmeda, madera seca y estiércol y, excepto por su puerta principal, iluminada por una lámpara allí colgada, todo estaba envuelto en sombras. En otros tiempos, cuando tenían el triple de criados y cinco veces más de caballos, a esas horas aquel sitio todavía hubiese mostrado una ruidosa actividad, pese al enorme calor que hacía. Cepillar animales, limpiar excrementos, engrasar arreos, sacar brillo a las sillas... Todas ellas eran tareas que ocupaban a sus gentes de la mañana a la noche.

Pero, en esos momentos, se encontraban desiertas. El único movimiento que vio fue el del perro de la cocinera, que pasó tranquilamente a pocos metros, sin hacerle caso, en dirección a la casa.

Hubiese preferido marcharse andando, pero hacía demasiado calor y estaba demasiado cansada como para plantearse semejante caminata por segunda vez en el día. Además, en cuanto se dieran cuenta de su ausencia, saldrían a buscarla. Lo mejor era alejarse de allí cuanto antes y lo más rápido posible.

—No te amilanes —se dijo, aunque su voz le sonó insegura incluso a ella.

Candela era una amazona aceptable, pero prefería con mucho ir en coche. Consideraba los caballos un medio de transporte necesario, no un placer. Por eso no había ensillado nunca ninguno por sí misma. ¡Pero no debía ser tan difícil, algunos ayudantes de las caballerizas habían sido auténticos niños, seguro que podía arreglárselas!

Entró en el edificio, entrecerró la puerta y encendió una lámpara, pese a que eso suponía correr un riesgo enorme. Pero no le quedó más remedio: aunque en el exterior la luna llena iluminaba con claridad, dentro no se veía nada sin luz. Oyó el zumbido de una mosca. Los animales estaban tranquilos, abotargados por el bochorno. Dejó el hatillo a un lado y avanzó sobre el suelo cubierto de paja, mientras fruncía la nariz.

Nunca le había gustado el olor a estiércol y, en esos momentos, el lugar estaba lleno a rebosar de caballos. Solo tres eran suyos. El resto eran los que habían llegado con el elegante coche de lord Waldwich. Candela no pensaba tocarlos. Solo le faltaba que la acusase de ladrona.

No había problema, no podría confundirlos, los de lord Waldwich eran tan negros como su alma. Los de su padre, por el contrario, mostraban un aspecto de lo más variado, tanto en envergadura como en colores. Tras pensarlo un momento, dejó la lámpara sobre unas cajas y sacó de su compartimento al único que reconoció, Pimentón. Llevaba ese nombre por su pelaje, de un curioso tono tirando a rojizo, y lo había montado bastante a menudo cuando recorría la zona comprobando la situación de campos y bosques o atendiendo las necesidades de las familias a su cargo.

—Vale, Pimentón, soy yo —le dijo, preguntándose si la recordaba. El caballo le clavó un ojo grande y profundo que emitía una vaga impresión de inteligencia—. Por favor, pórtate bien. No te preocupes, no voy a secuestrarte ni nada por el estilo. No vamos muy lejos y tú no tardarás en volver. —Le acarició la testa—. Me ocuparé de ello. Prometido.

El caballo no dio más muestras de entendimiento, aunque al menos se mantuvo tranquilo mientras intentaba sujetarle la silla y las riendas. Solo se sobresaltó al oír una detonación. ¿Un disparo? Había sonado bastante cerca. ¿Alguien cazando a esas horas? Era raro, pero recordó el grupo que acababa de llegar y se estaría estableciendo en la campa oeste. ¿Quizá se habían topado con una alimaña?

Candela esperó un poco, pero, como todo volvió a quedar tranquilo, se calmó y continuó con su tarea. Para cuando terminó de ajustar la última cincha del pobre Pimentón, sudaba profusamente, pero se sentía bastante satisfecha del resultado.

21

William, parapetado tras un tronco, intentó otear algo, distinguir la figura de quien le había atacado. Imposible, las ramas de los árboles provocaban grandes zonas de oscuridad. Intentó deducir su posición, por la trayectoria de la bala, y empezó a moverse hacia allí tumbado sobre la hierba.

Menuda locura. El otro, fuera quien fuese, estaba armado. Pero, si lograba acercarse con el suficiente sigilo como para noquearlo de un puñetazo, quizá pudiera devolverle el favor haciéndole unas cuantas preguntas incómodas y...

Un sonido de voces alteró de nuevo la paz nocturna. Eran algunos criados, que habían oído el disparo y se preguntaban unos a otros qué había ocurrido. Cerca del camino distinguió la forma grande de Titán buscando a su alrededor. No iba armado, tomó nota, aunque en realidad en ningún momento había sospechado de él.

Casi al instante, le llegó el ruido precipitado de unas pisadas abriéndose paso entre los arbustos, y una silueta oscura se movió a poca distancia. «Maldición», pensó, incorporándose. Ese debía de ser el hijo de puta que le había disparado. Pues no iba a permitir que se fuera sin más. Corrió en su dirección, pero era imposible moverse bien en la negrura del bosquecillo, no dejaba de golpearse con ramas y un par de veces tropezó y cayó de bruces. Pese a todo su empeño, no tardó en perderle el rastro.

William se detuvo jadeando y maldiciendo a partes iguales. ¿Qué demonios había pasado? ¿Quién podía querer quitarlo de en medio? ¿Merecía la pena intentar avisar a las autoridades de inmediato? No tenía mucha confianza en una investigación local, y, en cambio, alargaría su estancia más de lo deseado.

Emprendió el regreso hacia la casa, procurando no resultar tan visible como antes.

Estaba acercándose a las caballerizas cuando captó un destello de luz entre las rendijas de las tablas. Allí dentro había alguien. Podía ser cualquier empleado de Salazar, pero era tan tarde, y parecía todo tan sigiloso, que se sintió intrigado. ¿Sería su atacante? ¿Habría dado un rodeo para llegar allí y robar un caballo, quizá para huir más rápido? No, eso era absurdo...

Apoyó la palma en una de las grandes puertas de la entrada y empujó. Tenía la intención de abrirla apenas, solo lo suficiente como para meter la cabeza y echar un vistazo, intentando no hacer ruido, pero la estructura crujió con fuerza mientras giraba sobre sus goznes.

Al fondo, iluminada por la luz amarillenta de un candil, estaba Candela, y tuvo el placer de verla dar un brinco y volverse hacia él, asustada.

Aquella loca estaba terminando de ensillar un caballo. Posiblemente era la primera vez que hacía algo así, a decir de la poca maña que se daba en la tarea. Si no terminaba en el suelo, con silla y todo, por causa de alguna cincha mal sujeta, sería un auténtico milagro. William se hubiese reído con ganas de no ser porque la puerta se topó con algo. Miró hacia allí y vio un hatillo.

¿Habría sido ella? ¿Le había disparado? No podía creerlo... Pero ¿por qué no? ¿Porque era mujer? ¿Porque aquel sentimiento absurdo que lo carcomía hacía que pensara que algo así era imposible? Y, sin embargo, todo parecía indicar que así había sido, que Candela le había disparado y, al fallar, intentaba huir. Iba a reunirse con ese hombre del que estaba enamorada.

Maldita... ¿En serio se había atrevido a dispararle? ¿Y pensaba irse con lo puesto y poco más, dejando allí a su padre? Sí, claro que lo estaba haciendo. Menuda era la niña Salazar. Tenía más redaños que muchos soldados.

Caminó hacia ella mientras preguntaba:

—¿Vas a alguna parte?

Candela titubeó, pero solo un segundo.

—Eso es algo que no le incumbe, milord.

—Ya lo creo que sí. Sobre todo, cuando intentan matarme.

—¿Qué? —Se mostró tan desconcertada que le hizo dudar—. ¿Matarle? ¿Cómo?

—Ahí fuera. Un disparo. Entiéndeme, alguien capaz de hacer lo que has hecho con el ajuar puede ser capaz de matar a quien se interpone en sus planes, ¿no crees?

—No diga barbaridades. Una cosa es romper unos cuantos vestidos y otra muy distinta matar a alguien. —Sí, en eso también tenía razón—. Usted ni siquiera me cae simpático, pero jamás le asesinaría como insinúa. Lo haría de frente.

William la observó un segundo.

—Sí, parece más propio de ti. Creo que me apuntarías con una escopeta y me advertirías antes de disparar.

—Exacto. Es lo que suelo hacer. Y resulta bastante efectivo. Con eso suele funcionar.

A pesar de la gravedad de la situación, William no pudo evitar reírse.

—Está bien, disculpa. —Ya se ocuparía de ese asunto. Tenía uno más inmediato. Volvió hacia ella, que había empezado a conducir el caballo hacia la puerta, y se puso en medio—. Perdona, ¿adónde vas?

—No le importa. —Ella intentó seguir, sin más, pero William puso una mano en el cuello del animal, inmovilizándolo.

Hizo un gesto hacia el hatillo, sin mirarlo.

—¿Qué es eso?

—¿No es evidente? Mi equipaje, ya que me robó el otro. —Alzó su nariz Salazar, con gesto orgulloso—. Dado que esta ya no es mi casa, me voy para siempre.

—¿De verdad? No creo que tu padre lo haya consentido. Y, desde luego, yo no.

Ella frunció el ceño.

—Quítese de ahí. ¿Cómo se atreve? Usted no es quién para decir nada sobre qué debo o no debo hacer, y bien sabe Dios que mi padre perdió todo derecho hace muchos años.

William negó con la cabeza.

—No vas a ningún sitio. —Candela intentó mover el caballo y él lo retuvo con firmeza. Se miraron a los ojos, desafiantes—. He dicho que no te vas. —Como la cosa quedó así, en un terreno de nadie que resultaba incómodo para ambos, se sintió impulsado a contemporizar—. Ninguno de los dos queremos que esto se complique más de lo que ya se ha complicado, Candela. Vamos, vuelve a la casa conmigo. Hablemos. Seguro que podemos llegar a un acuerdo.

—Vaya. —Lo miró con amargura—. ¿Ahora sí quiere llegar a un acuerdo?

Tenía razón. Había sido sumamente desagradable durante la cena. Estaba tan dolido que no había dejado de confundirse en un círculo vicioso del que se sentía incapaz de salir. Él, que había llegado a aquella casa como conquistador, como señor y amo, dispuesto a dominarlo todo en sus ansias de venganza, se había encontrado con una resistencia inesperada. Había intentado intimidarla y no había servido más que para complicar las cosas. Era evidente que, con aquella mujer, ciertos sistemas no funcionaban.

Y William quería que se casara con él por la mañana... Más le valía esmerarse.

—Sí —dijo, con tono razonable—. Y si lo piensas bien, te darás cuenta de que es una buena oportunidad para ambos.

—¿Usted cree? No parece que ninguno de los dos vayamos a dar nuestro brazo a torcer. ¿O es que acaso ha renunciado a su absurda idea de que nos casemos?

Él dudó, pero no quería mentir en eso.

—No.

—Pues, entonces, no tenemos nada más que hablar. Le repetiré hasta el fin que yo estoy enamorada de otro hombre.

—¡Por Dios, Candela! —Se pasó una mano por el pelo, desesperado—. Aunque fuera así, no podrías haber elegido peor. ¿No lo entiendes? A Luis Pelayo solo le gustan los hombres. —Se resistía a usar el término «sodomita», lo sentía como un insulto, y él no tenía nada contra las inclinaciones sexuales de nadie. Tampoco entraba en la discusión de si surgían de forma natural o se trataba de desviaciones de conducta, aunque sospechaba, simplemente por un ligero estudio de la historia humana, que se trataba de lo primero. Pero, en todo caso, ¿por qué meterse en cómo vivía cada uno su vida íntima? Le parecía una aberración que, en su propio país, la civilizada Inglaterra, siguiese siendo un delito penado con la horca, por la antigua Buggery Act de Enrique VIII—. Olvídalo, él jamás se enamorará de ti. Puede quererte de muchas formas, pero no de esa.

Ella se ruborizó violentamente.

—¿Cómo se atreve? ¡Eso es mentira!

—Por lo que yo sé, es cierto.

—¡Ni siquiera lo conoce!

—No, no lo conozco, es verdad, pero es lo que dice tu padre.

—Él quiere tenerlo a usted contento, eso es todo. ¿Acaso no es evidente? Usted tiene su fortuna, lo tiene todo, y él quiere sujetarlo a través de su hija. Diría lo que fuese con tal de impedir que yo me case con Luis.

En eso podía tener razón. Incluso quizá Salazar había mentido para provocar más daños, le creía muy capaz. Maldito viejo... William tomó aire, tratando de calmarse, de mantener el control de aquella conversación. Tenía que conseguir llegar a la verdad y, en todo caso, convencerla.

—¿Desde cuándo os conocéis?

—De toda la vida —replicó Candela. Sus ojos se iluminaron con un brillo intenso—. Y siempre lo he querido. Siempre. Ha estado a mi lado en todos los momentos duros, me ha apoyado y me ha ayudado a seguir, y ha compartido todas mis alegrías. —Agitó la cabeza, con una expresión pétrea en el rostro—. Contra eso no va a poder hacer nada, nunca va a poder hacer nada, alguien como usted, un recién llegado a estas tierras. Alguien que no me conoce, al que no conozco y al que, como ya he constatado, ni siquiera deseo conocer.

William parpadeó. Aquello era más grave de lo que pensaba. Candela y él parecían sufrir dos tipos de amor diferentes, o quizá era mejor decir que se trataba de dos grados distintos de una misma pasión. En ella, era un sentimiento cultivado a lo largo de los años, sazonado a base de cercanía y agradecimientos. En él, había sido un auténtico flechazo, algo irremediable, irrefrenable, con lo que no sabía lidiar.

¿Cuál de los dos sería el más auténtico? Seguro que habría tantas opiniones como personas y muchos supondrían tener razón, tercos en la idea de que su visión del mundo era la única posible, faltaría más. Pero él empezaba a pensar que, tratándose de una cuestión sobre el amor, cualquier cosa podía llegar a ocurrir. Que podía ser inmediato, lento, rápido, cultivado a lo largo de toda una vida o totalmente inesperado, pasional, platónico, considerado, impaciente...

En todo caso, si de verdad las inclinaciones de aquel tal Luis eran las que afirmaba Salazar, William todavía tenía una oportunidad. O eso esperaba, porque quizá no impediría una relación. No sería el primer hombre con gustos especiales que se buscaba una esposa para simular estar dentro de lo que se consideraba adecuado. El mundo era muy cruel con los que se salían de las normas.

—Dime, ¿nunca has notado nada raro en él?

—¿A qué se refiere?

—¿Él se te ha declarado, ha intentado besarte? —Candela titubeó. William notó su incertidumbre. Y su miedo—. No lo ha hecho, claro. No ha caminado hasta ti, impulsado por algo superior a sus propias fuerzas, algo que no puede refrenar. —Dio un paso al frente, para colocarse muy cerca. Candela contuvo la respiración, pero no se retiró—. No ha sentido que los dedos le queman por el deseo de comprobar lo suave que es tu cabello. —La miró intensamente, y dejó que sus pupilas se deslizasen lentamente hasta su boca—. Que el cuerpo se le estremece de pura necesidad ante la idea de besarte, de sentir lo dulces que pueden ser tus labios.

Se inclinó, hacia ella, poco a poco. Candela se quedó muy quieta, los ojos muy abiertos, como una libélula deslumbrada por una llama intensa. ¡Pequeña niña curiosa! Podía sentir cómo latía su corazón, totalmente desbocado ante la idea de aquel primer beso. Y él podía percibir su calor, su aroma...

Sus bocas se unieron, y entonces fue él quien sintió que se le encabritaba totalmente el pulso. El olor, el sabor y el tacto de Candela le embriagaron, le envolvieron por completo, saturaron sus sentidos. Descubrió que, en una cercanía así, en una comunión como esa en la que ambos estaban sumidos, no necesitaba seguir manteniendo abiertos los ojos para seguir viéndola. Candela estaba allí con él, delante, a su lado, en su interior, en todas partes y en todos los momentos: antes, después y siempre.

¡Qué sentimiento maravilloso! «Soy feliz», pensó por primera vez desde que era niño. Y se descubrió atemorizado por las posibles consecuencias de aquel momento de debilidad, pero también decidido a disfrutarlo como fuera. Nada conseguiría ensombrecer aquel momento único.

Dio otro medio paso hacia ella, aunque estaban tan cerca que ya ni avanzó realmente, aquello fue poco más que inclinarse hacia delante. Soltó las riendas del caballo, la enlazó por la cintura y la atrajo hacia él para besarla con mayor fuerza, mientras con la mano libre le acariciaba los pechos. Ella se estremeció y se movió, sinuosa, entre sus brazos.

Harían el amor, allí, en ese momento, decidió William. Sellarían para siempre esa unión de una forma mucho más terminante que la ceremonia de la iglesia.

—Luis Pelayo... —le susurró, mordisqueando sus labios. Empezó a soltarle los botones del vestido. Descubrió uno de sus hombros...—. Tenlo muy en cuenta, Candela. Él no te hará sentir así.

No debió decir nada. Aquello la hizo reaccionar, como si despertase de alguna clase de hechizo. La muchacha forcejeó hasta soltarse y le apartó de un empujón. Estaba muy pálida.

—¿Qué hace? —Se cerró el vestido con ambas manos, aunque no llegó a atarlo. Y William se llamó tonto, porque ahora el fascinado era él. A la luz de la lámpara, ruborizada, con el cabello revuelto y los ojos brillantes, solo podía pensar que estaba preciosa—. ¿Cómo... cómo se atreve?

No era aquella la reacción que esperaba tras sus avances. William frunció el ceño, frustrado. Iba a contestar, y seguro que no hubiese sido nada amable, porque la naturaleza no le había dotado de demasiada diplomacia, pero no tuvo opción.

—¿Hay algún problema, señorita Candela?

La voz, profunda y fuerte, lo sobresaltó. William miró hacia atrás. Titán estaba a pocos metros. Parecía inmenso, incluso recortado contra la gran entrada de las caballerizas.

—Vete —le ordenó, molesto por la interrupción—. La señorita Candela y yo estamos teniendo una conversación privada.

—No es cierto —replicó ella. Se ató rápido y mal un par de botones y recuperó las riendas del caballo—. Yo ya me iba.

—Candela, ¿te has vuelto loca? —Volvió a interponerse, reteniendo al pobre animal, que debía estar ya harto de aquellos humanos, y trató de sujetarla—. No voy a consentirlo.

—¡Eh! —Titán le enganchó por el brazo y tiró con tanta fuerza que casi lo levantó del suelo mientras lo hacía girar hacia él. Volvió a encontrárselo de frente—. No la toque, inglés.

William arqueó ambas cejas. Vaya por Dios. No había contado con semejante problema.

—Suéltame —ordenó. Por suerte, el otro decidió obedecer—. ¿Nadie te ha dicho quién es el amo aquí ahora?

Titán entornó los ojos. Posiblemente sí se lo habían dicho, pero le daba igual por completo.

—No le ponga una sola mano encima —repitió lentamente.

William se arregló la chaqueta, sin apartar las pupilas de las del gigante.

—Lárgate, antes de que decida echarte de mi casa.

Por el rabillo del ojo, vio que Candela aprovechaba para intentar coger el hatillo, quizá con la intención de irse a pie. William reaccionó al momento, la alcanzó de un salto y agarró el envoltorio, que parecía una manta. Ella apretó los dientes.

—Suéltelo —ordenó.

William frunció el ceño.

—No. —Ambos tiraron del hatillo, pero Candela era fuerte y estaba empeñada. Se aferró a él con ambas manos y no se lo consiguió arrancar—. Estoy empezando a estar muy harto de este lugar y sus gentes.

Estaba a punto de quitarle definitivamente el hatillo cuando Titán volvió a interrumpirle con un buen empujón que le hizo soltar su presa. William se vio lanzado hacia el caballo, que relinchó, molesto, y empezó a corcovear. Tras Titán, Candela tuvo la desfachatez de sonreír mientras se dirigía hacia la puerta. Si no hacía algo rápido, se marcharía.

William no se lo pensó dos veces: lanzó un puñetazo al estómago del gigante.

Posiblemente Titán ni se enteró. No perdió aire, no se inmutó. Por no reaccionar, ni reaccionaron sus músculos, que sintió como un muro de piedra contra los nudillos. Fue William el que ahogó un gemido y se cogió la mano con la otra. ¿Se había roto algún hueso? Era posible. Incluso podía haberse roto todos.

Bueno, tendría que tomar medidas drásticas, de las que se aprendían en los tugurios más sórdidos. Alzó una pierna y la bajó rápido, pateando la rodilla de Titán desde arriba. Eso sí funcionó, siempre funcionaba. El gigante bramó y cayó hacia ese lado, sujetándose la pierna. William aprovechó para correr hacia la muchacha, que ya llegaba a la puerta.

Se lanzó sobre ella, la derribó y rodaron sobre la paja.

—¡Suélteme! —gritó Candela.

William no dijo nada. Se sentó a horcajadas sobre su cintura, le arrebató el hatillo, lo abrió y esparció su contenido por todos lados, sin importarle que, mientras tanto, ella le estuviese propinando golpes y tratase de arañarle.

Había poca cosa: un peine, un espejo, algunas horquillas, un pañuelo, otra manta doblada, ropa interior... ¿Con eso pensaba iniciar Candela una nueva vida? ¡Por Dios! Tenía incluso menos de lo que había tenido él mismo cuando decidió dejar de recibir la ayuda de Salazar y lanzarse al mundo por su cuenta.

Estaba claro que la señorita Salazar valoraba poco las riquezas materiales, y eso hizo que, a su vez, él la admirase más.

La agarró por las muñecas y las sujetó contra el suelo, a ambos lados de su cabeza.

—¡Suélteme, maldito! —volvió a gritar ella, forcejeando furiosa. Se movía tanto entre sus piernas que William empezó a sentirse excitado. «Venga ya», se dijo. ¿A quién quería engañar? Hacía rato que la sangre corría a toda velocidad por sus venas, que se desbordaba de puro deseo por aquella mujer. Toda la situación era excitante—. ¿Cómo se atreve? ¡Haré que lo metan en la cárcel por esto!

—¡Calla de una vez! —Se inclinó hacia ella hasta que sus narices casi se tocaron—. Deja de gritar, Candela. ¿Es que no ves que es inútil? He dicho que no vas a ninguna parte.

—¡No tiene ningún derecho!

¿Qué contestar a eso? Seguía siendo verdad. Por suerte o por desgracia, William no tuvo necesidad de decir nada. Una mano le agarró por el cuello de la chaqueta y tiró de él con tanta fuerza que saltaron varios botones. ¡Maldito fuera! Pues esta vez iba a dejarle las cosas claras desde el principio.

Se encontraba todavía en el aire cuando se giró y lanzó un puñetazo que impactó en el rostro de Titán. Tampoco hubo mucha respuesta en esta ocasión, pero eso no le desalentó. Le lanzó otro y otro y otro, todos muy rápidos, esquivando siempre las respuestas. Mientras siguiera así, en una pelea de puro desgaste, tenía una oportunidad. Titán era grande y fuerte, pero lento, solo podría ganarle si seguía encajándole golpes y no estaba en el sitio para soportar sus réplicas.

Otro golpe y otro...

Titán resoplaba. Tenía la nariz rota y seguro que había perdido algún diente. William casi sonrió. Lo estaba logrando.

Entonces, notó un fuerte impacto en la cabeza y todo se volvió oscuridad.

[illegible]

—¿Está bien? —le preguntó [illegible] fue capaz de hablar otra vez.

El gigante asintió mientras contemplaba [illegible] de su [illegible]. Cuando [illegible] camino [illegible] lord [illegible], se agachó a su lado y pasó los dedos por sus rizos, para comprobar su estado. Tenía algo de sangre en el pelo, aunque la herida era míni-

22

Candela dejó caer el cubo con el que había golpeado a lord Waldwich y jadeó, mirando horrorizada el cuerpo de aquel hombre, tumbado de bruces en el suelo cubierto de paja.

¿Le habría matado? ¡Por Dios, esperaba que no! La sola idea le heló la sangre en las venas, y no solo por la posibilidad de haber asesinado a un hombre, sino por... No, no quería pensar en ello. Aquel idiota se iba a levantar, se iba a levantar y volverían a discutir. Quería discutir con él. Quería que volviera a besarla de aquel modo, aquel beso magnífico que la había devuelto a las sensaciones del sueño erótico que había tenido con él.

«Dios, Dios, Dios...».

Pero los segundos pasaban lentamente y no se movía. Todo seguía muy quieto a su alrededor. En el silencio intenso de la caballeriza solo se oía la respiración pesada de Titán.

—¿Estás bien? —le preguntó cuando fue capaz de hablar otra vez.

El gigante asintió mientras contenía la hemorragia de su nariz. Nerviosa, Candela caminó hacia lord Waldwich, se agachó a su lado y pasó los dedos por sus rizos, para comprobar su estado. Tenía algo de sangre en el pelo, aunque la herida era mínima al tacto, y no protestó mientras la palpaba. Sí, le quedaría un pequeño chichón, pero nada más. Su respiración y su pulso parecían normales.

¡Menos mal! El alivio hizo que empezase a temblar como una hoja. Las piernas dejaron de sostenerla y cayó al suelo sentada.

—¡Señorita Candela...!

Alzó una mano, indicando que estaba bien, mientras intentaba pensar rápidamente. Tenía que hacer algo con el inglés. Si lo dejaban allí, cabía la posibilidad de que lo encontrara cualquier criado antes de tiempo, o la de que recuperase el sentido, saliese de allí por sí mismo y pidiera ayuda. En cualquier caso, si daba la alarma demasiado pronto, podía darse por perdida. La buscarían, la traerían de vuelta y, a todos sus otros problemas, añadiría la posible acusación de una agresión grave.

No podía permitirse nada de eso, al menos no antes de que pudiera organizar las cosas con Luis. Además, nada de aquello había sido culpa suya. ¡No lo era! ¡Se había visto obligada! Ella no había buscado esa situación ni había provocado el conflicto.

Se le ocurrió una idea.

—Carga con él, vamos. Lo encerraremos en la bodega.

Si Titán tuvo algo que objetar a semejante plan, se lo calló para él. Avanzó cojeando de forma aparatosa y levantó a lord Waldwich con menos facilidad de la que hubiese mostrado en cualquier otro momento. Pese a todo, se lo colocó al hombro, como un saco, y avanzó decidido. Candela no pudo por menos de admirarse al pensar que el inglés había estado a punto de vencerlo en la confrontación. De no haberlo visto, no lo hubiese creído.

De camino a la puerta, recogió las cosas del hatillo. Con cuidado de no ser vistos, volvieron a la casa y entraron por una de las ventanas del salón. Candela fue a la biblioteca para hacerse con la llave maestra del escritorio de su padre y se internaron en los pasillos del servicio. Por suerte, la puerta de la bodega era la primera a la izquierda, estaba incluso antes de la cocina, desde donde les llegó la mezcla de ruido y voces cansadas de los criados, que estaban terminando de recoger.

Candela comprobó el picaporte por pura curiosidad: como siempre, estaba cerrada. Los únicos que tenían acceso a ella eran Salazar, Almeida y la señora Rodríguez, por lo que, cuando su padre no estaba en Terrosa, se abría muy raramente. En los últimos años, solo en alguna festividad en la que Candela decidía beber vino, o por mantenimiento.

Unas escaleras muy empinadas daban a una sala amplia, con varias barricas a un lado y una larga pared cubierta de botelleros al otro. También había cajas y un par de toneles, que hacían más la función de mesa que otra cosa. Sobre uno de ellos encontraron una lámpara.

Candela la encendió y condujo al silencioso Titán hacia el fondo. Allí, donde la oscuridad era más densa, estaba la pequeña puerta de la habitación donde se guardaba la reserva especial, los vinos más valorados por el señor. En el centro había varios barriletes con grifo, además de botelleros.

Extendió la manta que llevaba doblada en su hatillo al pie de los toneles y la señaló.

—Déjalo ahí —ordenó.

Titán dejó caer a lord Waldwich con bastante poca consideración, pero ni Candela ni él se lo tuvieron en cuenta. De hecho, ella se apresuró a atarle las muñecas con una cinta de seda que quitó de sus enaguas, asegurándolo a la estructura metálica que sostenía los barriletes.

Lord Waldwich quedó allí, con la cabeza ladeada, como encogido.

De rodillas a su lado, Candela acercó la lámpara para verlo mejor. Estaba tan pálido... Así, inconsciente, sin el gesto soberbio tensando su barbilla, estaba más guapo que nunca, incluso parecía más joven. ¿Qué le habría pasado con su padre, qué habría ocurrido para llevarle a semejante situación? A ratos, cuando intentaba razonar con ella, parecía hasta asequible, alguien a cuyo corazón se podía llegar.

«Intentaba razonar». Eso no podía negarlo. Aunque fuera a ratos, cuando no estaba furioso, cuando no le arrastraba aquella oscuridad que parecía envolverlo como una capa. Y lo hacía pese a que era dueño de todo y hubiese podido llegar devastando Terrosa a su paso, como había dicho a doña Baltasara.

Eso por no hablar de que le había comprado todas aquellas cosas tan bonitas, detalles que indicaban que se había tomado tiempo y había invertido mucho en escoger cada uno de ellos...

Candela se estremeció. Cada vez se sentía más culpable. Lord Waldwich era odioso y estaba empeñado en atarla a él, pero de algún modo sabía que otro en su situación, alguien tan lleno de odio y de rencores, se hubiese comportado de un modo mucho peor. Directamente, brutal.

Además, recordó su rostro, la forma en que la miraba justo cuando se acercaba para besarla. ¡Y lo que sintió ella! Tenía el cuerpo tenso, ardiente, anhelante... ¿Por qué le ardía de ese modo la sangre? ¿Por qué le latía así de fuerte y rápido el corazón? ¿Acaso sus latidos, todos y cada uno de ellos, no hubiesen debido pertenecer a Luis por completo? No lograba entenderlo, o quizá era que no quería, porque le daba miedo la posible respuesta.

Candela se llevó los dedos a los labios, impresionada. El beso de lord Waldwich había sido el primero que había recibido como mujer, y nunca hubiese imaginado que algo así pudiera ser tan maravilloso. Intuía que, en aquel campo, ese hombre y ella hubiesen podido congeniar bien, que se atraían de un modo irresistible. Quizá, de haber sido las cosas de otro modo...

Pero, lamentablemente, eran como eran, habían empezado muy mal una relación sin ningún futuro, y todo iba a terminar en esa bodega.

De pronto, lord Waldwich empezó a removerse, sobresaltándola.

—¿Qué...? —le oyó decir, con voz pastosa, en inglés—. ¿Qué ha ocurrido? —Se volvió hacia ella, bizqueando, mientras forcejeaba con las ataduras. Candela se puso en pie de un brinco y retrocedió—. ¿Candela? —Pasó con facilidad al castellano—. ¿Qué haces? ¿Te has vuelto loca? ¡Suéltame!

—No, yo... —Tenía que hacer algo para que no la convenciese. ¡Estaba tan aterrada! Haciendo un esfuerzo, reunió todo su valor, apretó los puños y se mostró firme—. Mañana. Después del mediodía.

—¿Qué? ¡Ni hablar! ¡Suéltame ahora mismo!

—¡No! —Lo miró con amargura—. Usted mismo se ha puesto en esa situación. ¡Me amenazó! ¡Está intentando aprisionarme con algo peor que una tira de seda! ¡Quiere atarme a un matrimonio en el que usted será el dueño de mi destino! ¿Cómo se atreve?

Él entornó los ojos.

—Créeme, no te he hecho ni la mitad de lo que había pensado hacer.

—¿Ah, sí? ¿Y por qué? ¿Qué le hizo mi padre? ¿Qué le he hecho yo, canalla? —Al oír eso, lord Waldwich apartó los ojos, claramente avergonzado—. ¿No quiere decírmelo? Por supuesto, lo olvidaba: yo no importo, nada importa, solo busca su venganza. ¿O no? —Volvió a agacharse a su lado, clavando una rodilla en tierra. Él la miró con cautela—. Dígame qué le hizo mi padre y quizá lo suelte. Quiero entenderle, inglés, quiero poder comprender su comportamiento. Deme algo —insistió, pero él siguió en silencio, resistiéndose—. Vamos, hable.

Lord Waldwich soltó una risa seca. Dio un tirón a sus ataduras, que resultó completamente inútil. Aun así, ella no pudo evitar echarse un poco hacia atrás, sobresaltada.

—Esto me lo vas a pagar —mascculló él.

—No creo. Si no me lo dice, saldré por esa puerta y no volverá a verme nunca. —Él palideció—. Hable. —Estaba claro que no conseguía impresionarle. Seguía empeñado en no decir nada—. Muy bien. —Se puso en pie y empezó a caminar hacia la salida, con paso resuelto—. Entonces, no tenemos...

—Espera. —Lo hizo. Se quedó quieta, a la espera de algo. A él le costó todavía un poco decidirse—. Bernardo Salazar mató a mi padre.

Candela le miró horrorizada.

—¿Qué? —Un segundo después, negó con la cabeza, incapaz de creerlo—. No, eso es imposible. Mi padre puede ser muchas cosas, pero no es un asesino. No le gusta la muerte. La guerra, sí, porque ama el enfrentamiento, la pelea, pero la muerte... —Buscó el modo de explicarlo—. Es algo que acaba con todo eso. Ni siquiera le gustó el enfrentamiento que se produjo, hace años, con el Gran Quintana por el Terrosilla, y eso que eran hombres contratados para matar o morir.

—Ya. —El inglés la miraba tan serio... Estaba convencido de esa atrocidad—. No lo hizo directamente, si te refieres a eso. Pero utilizó a mi madre para destruirlo, lo hundió en su trabajo y su reputación, y lo arrastró al suicidio. —Candela sintió que un frío intenso se extendía por sus venas. Sí, eso era más propio de Salazar—. Con lo cual, es por completo el responsable de su muerte.

—Sí. Lo es...

—Y lo que le hizo a mi madre no fue menos grave. La sedujo, la utilizó y luego la abandonó. La apartó, la arrojó a un lado, como algo inservible, como una colilla... Ella quedó... quedó destrozada. —La emoción hacía temblar su voz y sus ojos se habían llenado de lágrimas—. La muy tonta seguía amándolo. Había destruido su familia, se había burlado de ella, le había roto el corazón... pero seguía amándolo. Por eso lo odiaba con más intensidad todavía.

—Dios mío... —musitó ella, afectada por todo aquel dolor—. Lo siento mucho.

—Sí. Yo también —contestó lord Waldwich. No apartó las pupilas y ella no pudo evitar un estremecimiento, aunque al menos esperó haberlo disimulado—. Me hizo jurar que me vengaría de Bernardo Salazar en su nombre y en el de mi padre. Que se lo arrebataría todo, y lo destruiría por completo. Por eso lo hundí y por eso vine aquí. Por eso busqué esa boda, para hacerte mía. —Un instante de frío silencio—. Mi plan, el original, pasaba por conquistarte para luego dejarte como él la dejó a ella y destruirte. Pero descarté ese plan mucho antes de emprender este viaje a Terrosa.

—¿Por qué?

—Porque me enamoré de ti.

Ella parpadeó.

—¿Se enamoró de mí? Pero ¿qué dice? ¿Cuándo? ¡Si no nos conocíamos!

—Yo... te vi en un retrato...

—¿Qué retrato?

—Uno que mandé realizar. Envié a un experto a realizar unos daguerrotipos.

—¡El señor Barney!

Él asintió y Candela recordó al naturalista que se pasó un par de meses en Terrosa, tomando imágenes de paisajes. Fue una revolución en el pueblo, porque ofreció hacer daguerrotipos a las gentes más importantes, y se organizó la sesión en una sala del ayuntamiento. Ella dudó sobre qué hacer, pero era demasiada tentación. Luego se alegró de haber aceptado, porque había quedado realmente hermosa.

—Pero ¿cómo tiene una copia? —La respuesta le llegó enseguida—. ¿La toma que sugirió por seguridad?

William asintió.

—Qué tonto, ¿verdad? —Lord Waldwich rio, como burlándose de sí mismo—. Tenía muy claro que iba a ser implacable en mi venganza. Pero vi el retrato al daguerrotipo y... —Sintió cómo las pupilas del hombre recorrían su rostro—. Todo cambió, Candela, no sé por qué. Ya todo era... distinto. ¿Lo entiendes?

Ella apenas podía respirar.

—Sí... creo que sí. —Candela parpadeó. Le entregó la lámpara a Titán y se arrodilló junto al inglés—. Si es así, de verdad que lamento todo lo que ha ocurrido. Mi padre tiene mucho que pagar. Yo pienso en él como en un monstruo, ¿sabe? Una criatura legendaria, algo así como un dragón. Algo que admiras, que asombra, pero que va sembrando la destrucción allá por donde pasa.

Las pupilas de lord Waldwich titilaron.

—Sí. Exactamente eso es. Un viejo dragón que arrasa mundos.

—Así es. Y yo soy su hija. Me digo muchas veces, cuando necesito valor, que llevo su sangre de monstruo en las venas. Jamás hubiese podido abatirme. —Acercó su rostro al de lord Waldwich—. No puede amarme, inglés, no me conoce. Solo está fascinado por algo que ansía. Amor. Compañía. —Una idea surgió en su mente, y se dejó llevar por el impulso—. Deseo carnal.

Lo besó, y lord Waldwich no se apartó, al contrario. Aceptó sus labios como si los esperase, los lamió y se amoldó a ellos. Sí, allí estaba aquella sensación sublime que la había sobrecogido en las caballerizas, algo que iba despertando su cuerpo por completo, que hacía que se sintiera viva como nunca.

De pronto, era más consciente del olor del vino, de la madera de los toneles, de la oscuridad de los rincones, del frío de la piedra...

¡Qué maravilla! ¿Podía haber algo más maravilloso? Juntos, agrandaron el beso, que creció y creció desaforado. Sintió que sobraban las ropas, las pieles se llamaban, el calor subía. Lord Waldwich forcejeó para soltarse y ella se acercó cuanto pudo para sentirle a lo largo de su cuerpo.

—Candela... —susurró él, labios contra labios—. Suéltame. ¡Por Dios, suéltame!

Pensó hacerlo, pero era una locura. Además, estaba Luis.

—No puede ser. —Jadeó, interrumpiendo el beso—. No me fío, no puedo... —Se echó hacia atrás—. Voy a irme.

—¿Qué? ¡No puedes hacerlo, Candela! No después de este beso. No tras sentir lo que sientes a mi lado.

—Una fantasía. Un espejismo. —Apoyó una mano en su mejilla y lo acarició—. Como lo que siente usted por mí.

Él la miró con ojos inmensos.

—No te vayas, no puedes. Aparte de ti y de mí, no tienes nada.

—Eso no es cierto. Una vez más se olvida de algo: tengo a Luis.

—¿Luis? ¿Luis Pelayo? ¿Es que no escuchas? ¡No puedes ir con él! Si es un hombre íntegro, te dirá la verdad y seguirás en la miseria; y si es un canalla, te mentirá, te atará a él pese a no desearte, solo por simular ser normal frente al mundo, y te convertirá en una desdichada. Jamás conseguirá que sientas lo que has sentido entre mis brazos. Lo que puedes llegar a sentir.

Candela tragó saliva. Se puso en pie.

—No debería hacer caso de las mentiras que suelta mi padre. —Cogió la lámpara. Las sombras se agitaron y le dejaron en penumbra—. Si le sirve de consuelo, siempre recordaré estos besos, lord Waldwich.

—¡Candela! ¡Candela, no! ¡No te atrevas a irte! ¡Candela!

Pues claro que se atrevía, a eso y a mucho más. Indicó al gigante que saliera y cerró la puerta con llave, dejando al inglés en la negrura de aquel cuartucho. Oyeron sus voces, todavía, durante varios minutos, mientras ellos se miraban asustados.

Por suerte, terminó calmándose, y no parecía que lo hubiesen oído.

—Vamos arriba —le susurró a Titán—. Tengo que curarte esas heridas.

—No, ni hablar. No se preocupe, puedo arreglármelas solo.

—¿Seguro?

—Sí, señorita Candela. —Titán afirmó la mandíbula—. Ya

sabía cómo están las cosas en Castillo Salazar, la señora Rodríguez me lo había contado todo. —Miró hacia la bodega especial, como si pudiese ver a lord Waldwich a través de la pared de piedra—. Pero ahora debe marcharse con más razón.

—Sí, tengo que hacerlo. No quiero, claro está, pero no me queda más remedio.

Él se limitó a asentir. Normal. Candela sabía que sentía lo mismo que ella, aquel apego total a Castillo Salazar y aquella sensación de fatalidad por haberlo perdido. Estaban como huérfanos abandonados en un mundo oscuro, como náufragos a la deriva, perdidos en un océano inmenso. Todo se había truncado y no había forma de recomponer sus pedazos.

—Lo sé. Usted también necesita encontrar su propio destino.

—Sí, así es. —Sonrió—. Gracias, Titán.

Él hizo un gesto, quitando importancia al asunto.

—¿Qué hago con el inglés?

Candela lo pensó un momento, aunque en realidad ya estaba todo decidido.

—Tráele algo de agua y ocúpate de su herida. Que pase la noche ahí. Por lo demás, quiero que mañana por la mañana vengas a liberarlo. Sobre las nueve o las diez, no antes. ¿Entendido? —Titán volvió a asentir. Candela le apretó el brazo con cariño—. Gracias, Titán. Volveré a buscarte y te llevaré conmigo. Te lo juro.

Titán dudó.

—Debería ir con usted ahora.

—No, no, ahora te necesito aquí.

—Pero es de noche, puede ocurrir cualquier cosa.

—Sabré arreglármelas, no te preocupes. Solo voy hasta el pueblo, a casa de Luis. Y tú tienes que ocuparte de ese hombre y liberarlo por la mañana. Además, tendrás que cuidar de mi padre hasta que yo vuelva a buscaros. Por favor, Titán.

Él puso cara de no estar de acuerdo, pero Candela no tuvo

dudas de que haría lo que le estaba pidiendo, siempre le había mostrado una lealtad incondicional. Candela volvió a salir de la casa y regresó a las caballerizas. Sus cosas seguían tiradas por todas partes, por suerte no las habían encontrado aún.

Las recogió a toda prisa, sujetó el hatillo en la trasera de la silla, cogió la llave de las puertas del muro, montó en el caballo y abandonó Castillo Salazar con un peso en el corazón.

Esta vez no pensaba volver jamás.

[illegible] pasar rechazado que
[illegible] con atención la gruesa
[illegible] consulta del
joven [illegible]. Resultaba [illegible] que había sido reformado
recientemente: habían cambiado las tejas rotas o agrietadas, los
marcos de las ventanas y la puerta habían sido pintados no ha-

23

En cuanto estuvo en las calles de Terrosa, tan familiares, Candela desmontó y condujo a Pimentón con las riendas, siempre aprovechando rincones poco transitados. Aunque a esa hora era poco probable que la viese nadie, nunca estaba de más ser cauta.

De no haber estado tan alterada por todo lo ocurrido, y tan nerviosa por lo que iba a ocurrir, hubiese disfrutado del paseo. Seguía haciendo bochorno, pero todo estaba muy tranquilo y silencioso. Bajo la luz de aquella luna, Terrosa hasta parecía un pueblo bonito.

Decidió dejar el caballo en un lateral de la plaza, en las sombras de un callejón. Esperaba que no lo encontrasen antes de tiempo. Pimentón era fácilmente reconocible, y en cuanto empezasen a buscarla, sería fácil atar cabos. Mejor tener cuidado.

Desde allí, se dirigió con sigilo hacia la casa de Luis, rezando para que hubiese vuelto ya. Al salir del pasaje techado que formaba uno de los callejones, observó con atención la pulcra fachada del edificio que acogía el domicilio y la consulta del joven doctor Pelayo. Resultaba obvio que había sido reformado recientemente: habían cambiado las tejas rotas o agrietadas, los marcos de las ventanas y la puerta habían sido pintados no hacía mucho y las paredes estaban impecables, arreglados los desperfectos y blanqueadas con cal.

En el cartel que había junto al arco de la entrada, escrito con hermosas letras pintadas en blanco sobre un verde homogéneo, se podía leer: LUIS PELAYO - MÉDICO.

Candela sintió que se le humedecían los ojos por las lágrimas. ¡Qué orgullosos se habían sentido, los dos, el día que lo pusieron! Luis hasta había abierto una botella de vino y brindaron juntos por el futuro. ¡Cómo se habían reído! Era primavera, y todo resplandecía y sus vidas estaban llenas de esperanza.

Bajo el resplandor de la luna llena, Candela recordó con nostalgia la alegría de aquel momento y trató de recuperarla, para darse fuerzas. Había llegado la hora, por fin. Ese futuro, aquel futuro, se había convertido en presente. Tenía que convertirse en presente...

Golpeó la aldaba dos veces.

Doña Fulgencia, el ama de llaves de Luis, la reconoció a través de la mirilla y la dejó entrar, pese a la hora que era. ¿La habría sacado de la cama? Posiblemente. Estaba en camisón y llevaba una gran pañoleta sobre los hombros. En vez del moño habitual, el largo pelo gris caía sobre su espalda en una trenza muy gruesa, tan larga que le llegaba casi a medio muslo. Candela se preguntó si se habría cortado alguna vez el cabello.

—¿Ha vuelto ya don Luis? —preguntó.

La mujer asintió con aire cansado.

—Sí, señorita Candela. —¡Menos mal! Sintió que se mareaba de puro alivio—. Pero me temo que ahora mismo tiene una visita.

—Oh. —Reprimió un bufido de impaciencia—. ¿A estas horas? Supongo que es una urgencia... —Miró hacia la primera puerta del pasillo desde la entrada. Daba a un despacho amplio con una habitación unida por un arco, un espacio que había convertido en sala en la que examinar a los pacientes—. ¿Está en la consulta?

—No, no. Están arriba, en su dormitorio. —Candela arqueó una ceja—. Su visitante es un caballero, no sé quién. Cuando ha llegado yo ya me había acostado, ha venido con don Luis y luego he oído que hablaban arriba, aunque no he podido entender nada. Subiría para ver si quieren tomar algo, pero me está matando el reuma. —No contenta con negar con la cabeza, agitó una mano en el aire—. No podría enfrentarme a esa maldita escalera por nada del mundo.

—¿Están en el dormitorio? —repitió extrañada.

¿Por qué querrían hablar allí? Solo se le ocurría que quienquiera que fuese pretendía evitar por completo cualquier posibilidad de ser espiado. La señora Fulgencia podía ser una mujer muy agradable, pero tenía una fama terrible de cotilla, y Terrosa era un pueblo muy pequeño.

La mujer asintió.

—¿Quiere esperar conmigo? Podemos tomar una copita de anís.

Candela consideró la posibilidad, pero a saber qué asuntos podían estar tratando aquellos dos. Igual duraban horas y ella se sentía demasiado nerviosa e impaciente.

Claro que... subir resultaba tan poco apropiado...

«Bueno, qué más da», se dijo, irritada consigo misma. Menuda tontería, ponerse melindrosa a esas alturas. Había ido a quedarse a vivir con Luis, a acostarse de inmediato con él, de ser necesario, así que no tenía sentido darle vueltas a lo que era socialmente aceptable.

—Me encantaría, pero es que es un poco tarde —dijo—. Ni se me hubiese ocurrido venir a estas horas, pero tengo que consultarle algo urgente sobre la salud de mi padre, que está agotado del viaje y no se encuentra nada bien. —Era una buena excusa, dentro de unos márgenes, y se felicitó por su inventiva. Doña Fulgencia asintió comprensiva. Candela decidió continuar sin darle tiempo a preguntar por qué no habían enviado a un criado con el recado, que hubiese sido lo correcto—. Si no le importa, subiré un momento a saludar y le preguntaré qué debemos hacer, así podré irme a casa de inmediato.

La expresión del ama de llaves se llenó de apuro.

—¡Oh, pero es el dormitorio de don Luis! ¡No estaría bien que subiera sola una señorita joven, y menos a semejantes horas! Ni siquiera tratándose de usted, niña.

Candela se echó a reír. Había estado allí muchas veces desde el mismo momento en que Luis compró la casa y empezó a montar la consulta. Antes incluso de que la señora Fulgencia fuese contratada.

—¡Pero si ayudé a pintarlo y decorarlo! —le recordó—. ¡Hasta elegí sus cortinas!

—Me consta. —Asintió la otra, dejando claro con su expresión que no aprobaba nada semejante iniciativa—. Pero una cosa es lo que hizo y otra lo que puede hacer hoy en día. Y ya sabe que las malas lenguas son muy... malas.

Ella se encogió de hombros.

—No se preocupe. Como ambas sabemos, hay otro caballero presente, y está usted aquí abajo. Además, ¿quién se va a enterar a estas horas? Será solo un momento, no ocurrirá nada.

La señora Fulgencia terminó aceptando, más que nada porque no le quedó más remedio: Candela empezó a subir y la dejó allí, boquiabierta. Estaba demasiado acostumbrada a sortear amas de llaves como para que aquella pobre mujer tuviese ninguna oportunidad.

Conocía perfectamente el camino, así que no necesitó luz para moverse con soltura. Llegó a lo alto de la escalera y se deslizó por el pasillo en sombras, fijándose en las formas oscuras de los cuadros, en el armario donde se guardaba la ropa blanca y en la mesita con el candelabro de tres velas, que en esos momentos no estaban encendidas. No eran necesarias, por la ventana entraba a raudales la luz de la luna.

En esa casa Candela sabía dónde estaba cada cosa y por qué. Allí había limpiado, pintado, planchado sábanas y cortinas, organizado vajilla... Lo había hecho con toda dedicación, ya que consideraba aquella vivienda como propia. Al fin y al cabo, siempre había esperado convertirse algún día en la señora de la casa, la esposa del médico, la dueña del lugar.

Se detuvo frente a la puerta del dormitorio de Luis. Reunió todo el valor que le quedaba y llamó a la puerta, tres golpecitos suaves con los nudillos. Si la otra visita no era muy importante, seguro que le pediría que se fuera para atenderla a ella. Aunque, claro, a esas horas, debía serlo...

Le pareció escuchar voces de hombre y luego una exclamación, y una respuesta profunda, muy enojada, que no consiguió entender. Indecisa, llamó otra vez, por si no la habían oído.

No llegó a dar el tercer toque: Luis abrió de repente y el corazón de Candela dio un brinco completo dentro de su pecho.

¿Cómo hubiera podido ser de otro modo? ¡Lo quería tanto! Llevaba casi dos largos días sin verlo y estaba realmente guapo, con los rizos del cabello castaño claro revueltos por aquella costumbre de despeinarlos con la mano cuando pensaba. Luis había heredado la belleza de su madre, aunque más dulce, con unos rasgos más suaves que clásicos.

Sus grandes ojos pardos eran lo que más le gustaba de él, le parecían emotivos y sensibles. Ojos de médico, había pensado ella alguna vez. Ojos que te decían que, quien estaba al otro lado, era una buena persona y se preocupaba por ti. Le gustaban mucho, pese a que hubiese preferido que fuesen un poco más duros y firmes. Más... a saber. Más varoniles que tiernos, quizá. Más sensuales.

Como los de lord Waldwich, que a veces parecían de piedra y a veces se llenaban de pasión.

En esos momentos, Luis no llevaba chaqueta, estaba en mangas de camisa y con el chaleco puesto, lo que acentuaba su aspecto esbelto y gallardo. Sus pantalones, de la misma tela marrón, y las botas, altas hasta las rodillas, eran de excelente calidad. Se notaba que ya había empezado a prosperar, convirtiéndose en un hombre admirable.

Pero, por alguna razón, pasó por su mente la idea de que lord Waldwich era más alto.

¡Otra vez el maldito inglés! Molesta, apartó a un lado aquel pensamiento desleal. ¡Además, menuda tontería! Luis tenía la altura perfecta y ella le quería con todas sus fuerzas. No había más vueltas que dar al asunto.

—Hola, Luis, buenas noches —dijo, nerviosa—. Perdona que...

Un movimiento al fondo atrajo su atención. Por el hueco que dejaba la puerta a la izquierda de Luis, Candela vio la figura en penumbra de un hombre. Estaba demasiado lejos de la única lámpara encendida en el dormitorio, por lo que no era más que una silueta cubierta de sombras; aun así, lo reconoció de inmediato, más que nada por su envergadura. Era Venancio Quintana.

Ella lo miró con sorpresa. ¿Qué demonios estaba haciendo allí y a esas horas de la noche?

—¿Candela? —preguntó Luis, arqueando ambas cejas, y le planteó la misma pregunta que acababa de hacerse Candela, pero dirigida a ella misma—. ¿Qué... qué demonios haces aquí a estas horas? ¿Ocurre algo? —Su tono cambió bruscamente a la alarma—. ¿Estás enferma? ¿Hay alguien enfermo en Castillo Salazar?

—No, yo... —contestó, reaccionando por fin—. Perdón, sé que es muy tarde, pero no has estado en todo el día y tenía que hablar contigo.

—Pelayo, ¿qué pasa? —preguntó Quintana, de evidente malhumor.

Luis titubeó y miró hacia atrás.

—Es... Candela. Candela Salazar. —Lo vio dudar mientras buscaba una excusa—. No se encuentra bien.

—¿Candela? ¿Sola y sintiéndose mal, aquí, a estas horas?

—Quintana lanzó una risa ronca—. Vamos, no me haga reír. Debería inventar mejores embustes. De otro modo, va a ser un médico pésimo.

Sí, como justificación resultaba muy poco creíble. De estar enferma ella, hubiesen enviado a un criado a buscar al médico habitual de Castillo Salazar, el doctor Segura. Y de encontrarse mal cualquier otra persona, desde Salazar hasta el propio Titán, hubieran hecho exactamente lo mismo. En ningún caso la hubiesen dejado recurrir a él, y mucho menos salir sola en mitad de la noche.

Luis puso mala cara.

—Déjelo estar, Quintana.

El terrateniente maldijo algo entre dientes, seguramente una de sus groserías habituales. Por suerte, Candela no lo entendió.

—No —dijo luego—. Déjese usted de tonterías y mándela de vuelta a casa. Tenemos un asunto importante que solucionar.

Luis afirmó la mandíbula.

—Yo creo que no —respondió, enfadado—. A estas alturas, le he dicho todo lo que tenía que decirle, de diversos modos y varias veces. No insista, se lo ruego. Mi respuesta va a seguir siendo un rotundo no.

—Piénselo mejor, galeno. —Quintana avanzó hasta quedar en el círculo de luz de la lámpara, quizá para que pudieran comprobar que estaba frunciendo el ceño amenazadoramente. Era un hombre grande, fornido, con una buena mata de pelo cano y una barba muy poblada, igual que las cejas, que, con toda su exuberancia, parecían querer ocultar la mirada de unos ojos pequeños y estrechos pero muy agudos—. Si lo hace, se dará cuenta de que no le estaba haciendo ninguna pregunta.

—Don Venancio... —Luis apretó los labios y abrió más la puerta. Candela se apartó a un lado para dejar hueco en caso de que Quintana quisiera salir—. Por favor, váyase. Ya.

El Gran Quintana tomó ruidosamente aire.

—Creo que no lo entiendes, imbécil —siseó, pasando bruscamente al tuteo. No era un hombre de carácter fácil, pero esa noche estaba especialmente furioso. Candela se preguntó, amedrentada, qué habría hecho Luis para despertar semejante enfado—. Te recuerdo que eres médico porque yo te di el dinero, ya que no tenías donde caerte muerto. Eres mío, Pelayo, desde esa cabeza engreída que creía más despierta hasta los pies, que ya deberían haber aprendido a correr en la dirección que yo le indique. Míos son tus libros, tus conocimientos, tu destino y hasta esas botas tan elegantes que llevas. ¿Te queda claro? No te equivoques conmigo. —Lo señaló con un dedo—. No me obligues a recordártelo otra vez, porque lo vas a lamentar.

Luis hizo una mueca. Abrió más la puerta.

—Váyase. —Candela lo miró atónita. ¿De verdad estaba echando a Quintana de su casa?—. Fuera de aquí, ahora mismo, y no vuelva jamás. Le devolveré su dinero en unos meses, a medida que lo vaya ganando, tal como convinimos en su momento. Porque le recuerdo que quedamos en eso, no en que le pagaría de otras formas.

—¡No quiero el maldito dinero, cojones! —estalló Quintana. Luis consiguió mantenerse bastante entero, aunque Candela percibía claramente su tensión—. ¡Quiero que hagas lo que te digo cuando te lo digo! ¡Y si no...!

—Deje de gritar, le van a oír en todo el pueblo.

—¡Me importa una mierda!

—Lo dudo mucho. Usted es el último interesado en que se monte un escándalo. Ambos sabemos por qué están las cosas como están. Lo que ha pasado, lo que ha ocurrido desde siempre. Es usted un individuo infame y repulsivo. —Quintana parpadeó, y hasta pareció ruborizarse. Candela los miró horrorizada—. ¿Quiere jugar a las amenazas? ¿En serio? Bien, no hay problema, yo también lo haré. —Entornó los ojos—. Lorenzo está de camino. De hecho, llegará a Terrosa cualquier día de estos, quizá mañana mismo, y se lo voy a contar.

—Tonterías. Hace años que no os habláis. —Su expresión se llenó de asco—. Ambos sabemos por qué.

Luis acusó aquel golpe con esfuerzo, pero se repuso.

—No necesitamos retomar nuestra amistad para lo que tenemos que decirnos. Le escribí para avisarle y me confirmó que ya tenía intenciones de venir, tenía el equipaje hecho cuando le llegó mi nota. Y se lo voy a contar todo, don Venancio, todo. Esto y lo de la otra vez. Que él haga lo que crea oportuno.

El terrateniente lo miró fijamente durante un par de segundos, con una expresión terrible.

—No lo harás —dijo finalmente, más calmado, al menos en apariencia. Ya no gritaba, aunque quizá por eso resultaba más amedrentador todavía—. Tienes un código que mantener, doctor Pelayo.

—Usted no es mi paciente ni lo será nunca, de eso puede estar seguro. —Hizo un gesto seco hacia la puerta—. Fuera.

Quintana lo miró de arriba abajo, con odio, y dio un manotazo a un lado para derribar una silla. Candela pegó un brinco. Luis le miró inexpresivo, pero la puerta que sujetaba por la manilla osciló ligeramente, revelando su sobresalto.

—Esta vez sí que no hay vuelta atrás, majadero —dijo aquel hombre horrible, en un tono bajo y siniestro—. Recuerda de dónde vienes: de la escoria, del barro, de la basura del mundo... Yo te he ayudado a subir, como el gusano que eres, pero puedo destruirte de muchas formas distintas, no solo pisándote. Y lo haré, si no me complaces, te juro que lo haré. Toda tu medicina no va a salvarte. Ni siquiera el tarambana de mi hijo lo hará.

Luis palideció, pero no perdió firmeza.

—Fuera.

Quintana se puso el sombrero, con un gesto lleno de enfado, y se dirigió hacia la puerta. Pasó junto a Candela como un viento de mal fario, ignorándola por completo, y desapareció en la escalera.

[illegible]

—¿Qué? Te estás [illegible]. Si se entera tu padre te va a matar.

—[illegible] sin mayor alegría—. Tu [illegible] dicho que está en [illegible]rica.

—... Llegó esta mañana. —Dudé sobre si mencionarlo, pero debía hacerlo—. Está enfermo, Luis. Muy grave. Creo que es tisis...

24

Candela descubrió que estaba temblando.

—¿Qué ocurre? —le preguntó a Luis—. ¿Por qué está tan enfadado?

Él agitó la cabeza.

—Nada. Olvídalo.

—¡Pero, Luis, es...!

—Es un asunto privado de los Quintana —la interrumpió, antes de que le diese tiempo a añadir más—. Candela, te ruego que lo dejes, no te incumbe y yo no debo hablar de ello. Además, ¿se puede saber qué estás haciendo aquí? —preguntó, cambiando bruscamente de tema. Miró hacia el pasillo a través de la puerta abierta. Incluso se acercó hasta allí para asegurarse de que no había nadie fuera—. No me digas que has venido sola.

—Sí.

—¿Qué? Tú estás loca. Si se entera tu padre te va a matar. —Sonrió sin mayor alegría—. Ya me han dicho que está en Terrosa.

—Sí. Llegó esta mañana. —Dudó sobre si mencionarlo, pero debía hacerlo—. Está enfermo, Luis. Muy grave. Creo que es tisis...

Algo cruzó por los ojos de Luis, pero lo doblegó de inmediato y la miró sin compasión alguna.

—¿De veras? Al final sí que va a ser un castigo divino, como pensaban en la Edad Media... —Maldijo al ver su expresión—. Lo lamento, no pretendía resultar tan desagradable. Bueno, sí, en realidad sí, pero no debería hablar de ese modo en tu presencia. A pesar de todo lo que te ha hecho, sé que lo quieres.

Candela asintió.

—Sí, supongo que sí —murmuró—. Ha sido toda una sorpresa darme cuenta de ello, no creas. —Candela dio un par de pasos por el dormitorio y dejó el hatillo sobre la cama. ¡Qué calor! Y no podía ser solo por la situación tensa que vivía. La ventana estaba cerrada, incluso las contraventanas. Por eso no había visto luz desde abajo, claro—. ¿Te importa que abra un poco?

—No, por favor. No me ha dado tiempo de hacerlo a mí, acababa de llegar cuando se ha presentado aquí ese hombre. Adelante, abre.

Candela así lo hizo, dejando entrar un ligero soplo de brisa nocturna. No era fresca, lamentablemente, el calor del día seguía aferrándose al mundo, pero al menos aliviaba algo el ambiente sofocante del dormitorio. Fuera, en el alféizar, estaban alineadas varias macetas de piedra. No tenían flores, eran todas de hierbas medicinales que habían plantado juntos. La mezcla de sus aromas saturaba el aire y se combinaba con los olores del jardín del edificio de enfrente, una casita baja rodeada de un pequeño muro.

Oyó ruido fuera. Pasos y el crujido de la puerta de la casa al abrirse. El Gran Quintana salió del edificio hecho una furia y se alejó calle abajo.

—¿Candela? —oyó a Luis preguntar, a su espalda.

Al volverse, vio que la miraba preocupado, con los brazos en jarras. Había dejado la puerta abierta. Candela no entendió por qué. A esas horas nadie iba a enterarse de que estaba allí, al menos nadie que no se hubiera enterado ya, y esa clase de convencionalismos le parecían ridículos. Pero Luis era así, convencional y muy riguroso con las normas. A veces eso la exasperaba. En realidad, casi siempre.

—Perdona, sí, será mejor que vaya al grano. —Se frotó las manos con nerviosismo—. He venido porque... porque... tienes que ayudarme.

—¿Con tu padre? —Apretó los labios, como resistiéndose, pero terminó cediendo—. Por supuesto, iré a visitarlo si es lo que quieres, pese a que preferiría no hacerlo. Pero, por ti, lo examinaré. Así sabremos a qué nos enfrentamos y quizá encuentre algún modo de mejorar su situación. —Puso expresión de circunstancias—. Espero que el doctor Segura no se moleste y...

—No, no es eso.

—¿No? ¿Qué pasa entonces? —Frunció ligeramente el ceño—. Vamos, Candelita, cariño. Estás empezando a preocuparme en serio. Cuéntame lo que te ocurre, que es tarde y tienes que irte a dormir. —Puso mala cara—. Vaya, ahora que me doy cuenta, voy a tener que acompañarte a casa, y te juro que estoy baldado. No sé si te lo comentó doña Fulgencia, pero Ramona Aranda ha tenido muchos problemas con su primer parto y han sido dos días muy largos.

Su tono, su condescendencia general, la molestó. En otros tiempos, se hubiese reído, más que nada por complacerle, pero esa noche no quería que la viese como aquella mocosa que corría tras él por la dehesa.

—Ya no soy una niña, Luis —le dijo, seca—. No me trates como si lo fuese.

Luis arqueó una ceja. Caminó hasta estar a su lado, para examinarla con mayor atención.

—No. Ya no lo eres, sin duda —dijo, con algo de sorpresa, como si no hubiese reparado en ello hasta entonces. Luego su rostro, atractivo, elegante, sensible, con sus grandes ojos del color de la corteza de los castaños, se ensombreció—. Perdona que haya sido tan brusco, estoy muy enfadado. Lo siento, Candela, te juro que lo siento muchísimo. Hubiera preferido no ponerte jamás en una situación tan desagradable. Pero ese hombre... —Suspiró—. Lo siento.

Candela contuvo un gesto de impaciencia. ¿Por qué tenía que pedir disculpas? Era ella la que se había presentado en su casa a esas horas de la noche, cuando nadie la esperaba. Era ella la que se había metido en su dormitorio, la que había interrumpido... lo que fuera. Pero, claro, era Luis, siempre correcto y amable. Demasiado amable, por eso abusaban de él. Todo el mundo lo tenía siempre de un lado a otro por unos males no siempre reales. Cuando se casaran, tendría que enseñarle a ser firme.

—No te preocupes —murmuró, intentando quitarle importancia al asunto—. Conozco bien a Venancio Quintana. Es un individuo libertino, grosero y prepotente. Un auténtico hijo de p... —Se interrumpió justo a tiempo y se llevó una mano a la boca, horrorizada—. Ay, perdón.

Él se echó a reír, divertido, pero sobre todo lleno de sorpresa. Por supuesto. Con Luis jamás había usado un lenguaje tan soez y grosero como el empleado esa noche durante la cena. Candela no pudo evitar sentir una profunda satisfacción ante la idea de que había escandalizado incluso al curtido lord Waldwich.

Al recordar cómo la había mirado, con el tenedor a medio camino hacia su boca abierta, tuvo que reprimir una carcajada.

—Por Dios, cariño. ¡Que eres una dama! —estaba diciendo Luis, ajeno a sus pensamientos—. Pero sí, tienes razón. Lo es.

—Menos mal que Lorenzo salió distinto. Aunque sea también un tarambana.

Luis parpadeó mientras su expresión se entristecía, como si le hubiese cubierto una sombra. Quizá fue a decir algo, pero, entonces, por fin, reparó en el hatillo sobre la cama.

—¿Qué llevas ahí?

—Mis cosas.

—¿Tus cosas? —Como ella no añadió más, Luis pasó de confuso a totalmente atónito—. ¿Qué quieres decir exactamente?

—Que llevo mis cosas —repitió con sencillez, y se encogió de hombros—. Bueno, lo imprescindible para un par de días. —Tomó aliento y lo soltó—: Me he ido de casa.

—¿Que te has ido de casa? —Luis abrió mucho los ojos—. Pero ¿qué dices? ¿Por qué?

Candela suspiró. Lo mejor era afrontarlo todo de una vez y cuanto antes.

—Porque mi padre ha vuelto con un hombre horrible, un inglés lleno de ínfulas, y resulta que han acordado que me case con él mañana por la mañana.

—¿Qué? ¿Casarte? ¿Mañana? —Ella asintió—. ¿Y esas prisas?

—No lo sé. —Sí, aquello la había sorprendido—. Supongo que para evitar que me dé tiempo a reaccionar. O para asegurarse de que debo obedecer a mi padre, ya que pasado mañana seré mayor de edad y podría irme sin más, sin que pudieran retenerme. —Luis frunció el ceño, enojado—. En cualquier caso, quieren que me case, así, de pronto. Y yo no deseo hacerlo, como es lógico. Ni lo conozco, ni me gusta, ni, mucho menos, lo quiero. —Dudó—. Hemos tenido un... pequeño enfrentamiento.

—Por Dios... ¿Te ha ofendido de algún modo? ¿Y qué barbaridad se te puede haber ocurrido a ti? ¡Que te temo, Candela!

—¡Yo no cometo barbaridades! —Optó por no mencionar la destrucción del ajuar o el hecho de tener en esos momentos prisionero a lord Waldwich en la bodega. No se sentía especialmente orgullosa de lo primero, pero lo segundo no dejaba de llenarla de una cierta satisfacción. Había hecho lo que tenía que hacer para defenderse—. Hemos discutido, porque no quiero casarme, eso es todo.

—Bueno...

—¡Tenías que haber oído las cosas espantosas que me ha dicho! ¡Que la casa es suya, que la tierra es suya...! ¡Que yo soy suya, Luis! —Le miró suplicante, con los ojos vidriosos por las lágrimas—. Al final, a fuerza de discutir, he conseguido que anulase la boda, pero entonces ha dicho que o le pido que se case conmigo antes del amanecer o tendremos que irnos de casa mi padre y yo. ¿No es horrible? ¿Puedes creerlo?

Luis se había puesto inusualmente serio.

—¿Qué es eso de que la casa es suya? ¿Te refieres a Castillo Salazar?

Ella le miró con desconcierto. ¿La casa? ¿Eso preguntaba, eso era lo que le importaba? Acababa de decirle que quería apropiarse de ella. ¿No era eso mucho más importante? Pero seguro que Luis lo decía por algo. Candela también amaba Castillo Salazar y no podía concebir la idea de su pérdida.

—Al parecer, es verdad. Mi padre se la ha vendido o algo así, y supongo que siempre tuvo en mente la boda como solución para retenerla. Pero yo no quiero casarme con él, Luis. Yo quiero...

Pero Luis no parecía escucharla. Se llevó una mano a la frente.

—Ese viejo perro mal nacido... —musitó, tan encolerizado que su voz vibró llena de furia—. ¿Cómo ha sido capaz?

—Todo empezó con la caída de los Reynolds. ¿Recuerdas que te lo mencioné? Y te he dicho mil veces que algo pasaba, que las cosas no iban bien.

Luis asintió.

—Sí. Hasta oí rumores en Madrid. Lo siento, no terminaba de creerlo. Me resultaba inconcebible imaginar que el rico y opulento Bernardo Salazar tuviese problemas económicos graves, o que incluso pudiera llegar a caer.

—Sí, te entiendo. Yo tampoco le concedí la importancia que en verdad tenía. El mundo de los negocios es así, algunas veces se tienen tropiezos, y no era el primero que sufría mi padre, aunque sí el más grave. Pensé que se arreglaría. Pero es que no sabía que había otro monstruo detrás, buscando su ruina.

—¿Otro monstruo?

—Ese inglés. —Luis abrió mucho los ojos—. Ese hombre quiere vengarse de mi padre por lo que le hizo a su familia, una larga historia. —Agitó la mano—. Esa es la razón última de esta boda. ¿Lo entiendes? Quiere quedarse con todo.

—Maldición... ¿Una venganza?

—Sí. Dice que mi padre arrastró a la ruina al suyo y provocó su suicidio. Así que vino a quedarse con todo lo suyo y a pisotearlo a placer.

—Dios mío...

—También sedujo a su madre. No sé. Lo que importa es que pretende que me case con él. —Decidió omitir la declaración de lord Waldwich, aquel reconocimiento de que se había enamorado de algún modo al ver su daguerrotipo. ¡Era todo tan absurdo! Además, no quería dar pie a equívocos. El inglés debía parecer lo que era: el otro malvado de aquella situación. Luis debía tener claro que aquel hombre era un adversario, alguien que pretendía arrebatársela—. Y mi padre está de acuerdo. Claro, de ese modo, puede retener en parte la fortuna.

Por fin pareció escuchar aquella parte.

—Te juro que lo estrangularía con mis propias manos. ¡Vender a su hija! ¡Viejo egoísta! —La esperanza renació en el corazón de Candela. ¡Por fin un poco de sangre ardiente en sus venas! Además, era lógico que Luis se pusiera así. ¡Intentaban quitársela!—. ¿Y ese hombre...? ¿Cómo se llama?

—Lord William Caldecourt. Es el conde de Waldwich.

Luis arqueó ambas cejas.

—Vaya, un noble inglés empeñado en casarse contigo. Todo un honor para ti, Candela.

—No te burles —le ordenó, dándole un golpe juguetón en el brazo—. En todo caso, ya te digo que la boda ha sido anulada y les he dejado claro que no pueden utilizarme como un simple medio para conseguir sus fines. ¡Pues solo faltaría! Pero lord Waldwich es un desalmado, seguro que insiste, así que deberíamos actuar deprisa, Luis.

—Sí, por supuesto... —musitó él, que se había quedado algo abstraído.

—Sé que no podemos casarnos de inmediato, el padre Severino se negará en redondo sin unas amonestaciones o sin el permiso del obispo para omitirlas, pero tengo un plan. —Se humedeció los labios con la punta de la lengua, con nerviosismo. Plantear aquella cuestión resultaba sumamente difícil—. Debemos acostarnos juntos, ahora mismo.

—¿Qué? —Luis pareció volver de algún lugar lejano. La miró con ojos desorbitados, como si se le hubiese puesto la piel verde—. Pero ¿qué estás diciendo, Candela?

—Sé que hubiera sido más apropiado esperar hasta estar casados —admitió ella, intentando aplacarle y hacerle comprender. Caminó hacia él para acortar la distancia, como si eso pudiera unir más todavía sus almas—. Pero date cuenta, si nos acostamos ahora, si... si te entrego mi virginidad, ese hombre ya no querrá casarse conmigo, seguro. Los hombres sois así —añadió, encogiéndose de hombros. Era lo que había oído siempre—. Y seremos totalmente libres. Ya no...

—Candela...

Ella alzó una mano y le tapó los labios con los dedos.

—No, espera... Sé que no te has declarado porque hasta ahora no tenías el futuro asegurado, pero lo haré yo, porque da igual: entre nosotros no hay lugar para el orgullo, no hay lugar para nada que no sea nuestro amor —dijo, lanzada, deseando que su rostro fuera lo bastante expresivo como para proclamar el sentimiento inmenso que estaba experimentando en esos momentos—. Te amo, Luis Pelayo. Te amo, te amo, te amo. Te amo desde siempre y para siempre, no puedo vivir sin ti. No sé vivir sin ti ni quiero tener que hacerlo.

—Pero, Candela...

—Espera. Dame un minuto, solo un minuto más. Yo... siempre he sabido que terminaríamos casados y esperaba poder hacer las cosas bien, con calma, como sé que te hubiese gustado a ti, que eres un caballero, mi caballero. —Apoyó la palma en su mejilla, acariciándolo llena de emoción—. Pero te ruego que comprendas, que entiendas, que no tenemos más tiempo. No lo hay. Por favor, ayúdame, cásate conmigo. Hazme el amor esta noche, demos el paso. Yo... no sé nada de estos asuntos, pero te juro... te juro que aprenderé a hacer las cosas bien, mejor que bien. Soy Candela Salazar y soy totalmente tuya —añadió, con voz grave, exorcizando lo dicho por lord Waldwich—. Haré que nunca, jamás, te arrepientas de haberme querido.

Los ojos de Luis brillaban con un sentimiento profundo. Parecía incapaz de reaccionar. Ella avanzó un paso, puso suavemente las manos sobre su pecho y se alzó de puntillas para alcanzar sus labios. Él no se movió; no la rechazó, pero tampoco la alentó. Seguía mirándola como ofuscado, clavándole las pupilas con una intensidad casi física, como dardos.

Los labios de Candela acariciaron los suyos, como había hecho con lord Waldwich. Pero, a diferencia del inglés, al que había sentido arder a su lado, Luis se envaró y, en vez de estrecharla, la empujó bruscamente hacia atrás.

—Por todos los demonios... —musitó, y parecía horrorizado. La mantuvo a distancia, estudiando sus ojos—. ¿Qué haces?

Ella parpadeó, intentando entender dónde estaba el problema. ¿Quizá por su descaro? Bueno, sí, se había comportado de un modo impropio iniciando un beso, pero estaban a solas, ¿no? Y se amaban. Se necesitaban. Se casarían. ¿Qué importaba quién tomara la iniciativa, o que aquello ocurriese antes de lo debido?

Había riesgos, claro, pero él era médico, seguro que conocía los mejores medios para evitar un embarazo. O no, daba igual.

Candela quería tener un hijo cuanto antes. Un hijo suyo, que tuviera sus ojos y su pelo, y su forma de sonreír.

Ahora no sonreía. Ahora estaba como loco.

—Luis...

—Dime que no lo sabes —dijo él con una voz profunda que le resultó totalmente desconocida. Su mirada la asustó. Brillaba intensamente, de una forma que daba auténtico miedo. La cogió por la barbilla y la zarandeó apenas—. Dímelo, Candela. Vamos. De otro modo, no podría soportar que hubieras venido aquí a esto.

—¿Saber qué?

Luis le clavó durante mucho tiempo aquellas pupilas extrañas que parecían pertenecer a otro hombre, uno que no conocía, con el que no se sentía segura y al que no amaba. Luego parpadeó, recobrando algo de compostura. Sin dejar de agarrarla por la barbilla, deslizó su dedo pulgar por los labios de Candela, como si estuviera borrando su beso.

Solo entonces la soltó y se llevó las manos a la frente.

—Jamás. Jamás, en toda tu vida, vuelvas a hacerme algo así.

—¿Por qué? ¿No lo he hecho bien? —preguntó mortificada. Claro, ¿cómo había podido pretender otra cosa? ¡Qué tonta, qué pretenciosa! ¡Un par de besos con lord Waldwich y ya se consideraba toda una experta en el arte de la seducción! Había querido darle un beso profundo, un beso hábil, capaz de hacerle arder la sangre, como había ocurrido con el inglés en la bodega, pero era ignorante y estúpida, y todo lo que sabía de besos de amor antes de esa noche lo había leído en los libros—. Perdona, perdóname. Luis, aprenderé, te lo juro, por favor, enséñame. Estoy dispuesta a todo, aprenderé...

—¡Candela! —exclamó él, sujetándola por los brazos y sacudiéndola para cortar aquel patético flujo de súplicas—. ¡Basta! Lo que pretendes es imposible por muchas razones que no voy a explicarte, pero, la principal, es que no podemos. No podemos —repitió, con firmeza. Y luego, tras una ligera pausa que retumbó en el interior vacío de Candela, dijo—: Somos hermanos.

—¿Qué?

Hermanos...

Sacudió la cabeza, intentando despejarla. Luis había dicho algo importante, tremendamente importante, pero no conseguía recordar qué. Era como si sus oídos se hubiesen negado a transmitir la información.

—He dicho que somos hermanos —repitió él, implacable, para que no quedase duda—. Hermanos, Candela. Hermanastros, si quieres, da igual. Hermanos por parte de padre. Bernardo Salazar es mi padre, y tú eres mi hermana pequeña. Así es como te he visto siempre, aunque la verdad es que lo supe bastante tarde, cuando fui a pedirle el dinero para mis estudios y, bueno... él mismo me lo dijo. —Agitó la cabeza con pesadumbre—. Creí que tú lo sabías, que por eso te has mantenido siempre cerca. Esto que estás sugiriendo, lo que estás buscando, a lo que has venido esta noche, es incesto. ¿Lo entiendes de una vez?

¡Hermanos!

—¿Qué? —volvió a repetir ella mientras una sensación espantosa, un horror indescriptible, se abría paso en su interior, arrasándolo todo.

Su cuerpo se volvió insensible, incapaz de sostenerla, y sus ojos se perdieron en una oscuridad fría y densa. Sintió que se hundía. Él la sujetó.

—¡Oh, cariño, Candela!

Los brazos de Luis eran lo único firme, lo único que la retenía por la fuerza en aquel lugar maldito del que quería escapar para siempre.

Morir, morir, morir, no ser más...

¡Que viniera cuanto antes el demonio a buscarla, como iría pronto a buscar a su padre! ¡Así podrían estar juntos en el infierno eternamente, podría vengarse de él eternamente, haciéndole pagar segundo a segundo por aquella última burla, aquel robo, aquel crimen execrable con el que había sacrificado su corazón!

La idea le pareció tan atractiva, tan perfecta, que le sorprendió que Luis siguiera gritando, llamándola, insistiendo en apartarla de la sima.

Luis, que lloraba con amargura a su lado.

—Creí que lo sabías. Creí que lo sabías...

25

Cuando Candela recuperó el conocimiento, se sentía tan cansada que ni siquiera se movió.

—¿Candela? —preguntó Luis—. ¿Estás bien?

La había acostado en su cama y le estaba pasando un paño húmedo por la frente. Ella no contestó. Volvió a cerrar los ojos y se quedó dormida. Por suerte, no soñó con nada.

Debía de ser ya más de medianoche cuando despertó, mucho después. Durante un segundo, se sintió desorientada, sin saber ni dónde estaba, pero no tardó en volver a su memoria todo lo ocurrido, lo descubierto, y se extendió por todo su cuerpo como una oleada de pura amargura.

Luis se había sentado a su lado, en una silla.

—¿Estás mejor?

Asintió apenas. Notaba la cabeza aturdida y el cuerpo rígido por el sufrimiento. ¡Y sentía tanta vergüenza! ¡Pobre Candela! ¡Ridícula Candela! ¡Llevaba años enamorada de un imposible! Jamás podría recuperarse de semejante decepción.

No se veía capaz de hablar con él. Necesitaba pensar. Recuperarse.

—Será mejor que me vaya —musitó, con voz átona, aunque no sabía de dónde iba a sacar fuerzas para levantarse.

Además, ¿irse adónde? Tendría que volver a Castillo Salazar. O dar tumbos por Terrosa hasta que se le ocurriese qué hacer. Daba igual. En esos momentos, todo le resultaba indiferente. Estaba rodeada de fragmentos, restos del mundo que se le había roto.

—No, ni hablar. Espera un poco. —Fue él quien se puso en pie—. Te voy a traer una copa, te sentará bien. Tengo el coñac abajo, en el despacho. No te muevas.

Le oyó salir. Un número indeterminado de segundos silenciosos, tranquilos, se deslizaron por el dormitorio sin dejar nada a su paso.

Candela pensó de pronto que estaba en la cama, en el que hubiera podido ser su lecho durante muchos años felices. En un mundo ideal, habría podido despertarse por la noche, cualquier noche, y ver exactamente eso, esa habitación iluminada por la luna. Hubiese oído la respiración de Luis a su lado, sumido en un sueño tranquilo, y se habría preguntado si los niños, en sus dormitorios, estarían bien.

Esa posibilidad, esa línea de la vida, había desaparecido por completo. Y ella se sentía vacía, porque notaba el dolor de su ausencia.

Se encogió hasta adoptar una posición fetal y sollozó. ¿Qué iba a hacer, qué podía hacer? ¿Por qué no podía morirse, sin más, y terminar con todo aquel dolor? No quería otra cosa y, tal como se sentía, hasta lo veía posible en cada siguiente latido, o el siguiente aliento... pero no ocurría.

De pronto, se oyó un golpe muy fuerte abajo.

Candela se incorporó de un brinco, olvidando temporalmente todas sus penas. ¿Qué había sido aquello? Era como si hubiesen derribado una puerta de una patada, algo brutal. A eso le siguieron otros ruidos igualmente violentos: sonidos de movimientos bruscos, un grito de Luis, el retumbar de un mueble grande al ser volcado...

La señora Fulgencia chilló en alguna parte.

Candela se levantó, salió del dormitorio y se asomó a la escalera, con el corazón en vilo. Varios hombres se movían de un lado a otro por el piso de abajo, no pudo estar segura de cuántos, tres o cuatro quizá. Oyó a Luis pedir explicaciones, pero debieron de darle un puñetazo, porque se oyó un estrépito, como si le hubieran arrojado contra la pared derribando cosas a su paso, y guardó silencio bruscamente.

Alguien empezó a subir. Aterrada, Candela corrió de vuelta al dormitorio, intentando no hacer ruido. Allí, miró desesperada alrededor, buscando una escapatoria, pero no había ningún posible escondite, ni siquiera bajo la cama, un espacio que, como bien sabía, estaba ocupado con varias cajas llenas de libros y otros enseres.

Sus ojos se dirigieron a la ventana. Era su única opción, de modo que fue hacia allí. Salió al alféizar tan aturullada que derribó un par de macetas con las faldas. Una de ellas rodó hasta caer a la calle. ¡Oh, Dios! ¿Lo habrían oído? No iba a quedarse a comprobarlo. Con más suerte que habilidad, se descolgó hacia el marco de la ventana del primer piso.

No se trataba de un descenso difícil, pero estaba demasiado nerviosa, y la ropa no ayudaba. Decidió dejarse caer el último metro largo. No fue una gran idea, porque perdió pie por culpa de un trozo de la maceta rota, se estampó contra el suelo y se hizo daño en una pierna. De todos modos, ni se detuvo a quejarse. Estaba demasiado asustada.

Se levantó, cruzó la calle lo más rápido que pudo, saltó el muro de la casa vecina y se ocultó detrás. Desde allí pudo ver que, en el callejón cercano, había varios caballos, quizá tres o cuatro. Los de aquellos brutos, seguro.

Entonces, se oyeron más gritos de doña Fulgencia, que se interrumpieron con el retumbar de una detonación, casi inmediatamente seguida de otra.

El silencio que se extendió tras aquellas descargas fue profundo y terrible. Estaba empapado de miedo, de muerte, de auténtico hedor a tragedia... Candela, que apenas era capaz de respirar, apretó una mano contra su pecho, allí donde latía su corazón totalmente desbocado.

¿Fueron los disparos o fue ese silencio espantoso el que por fin despertó a los vecinos? Candela vio el resplandor de varias lámparas tras el cristal de otras ventanas, pero nadie llegó a asomarse. Al menos ella no vio a nadie.

La puerta de la casa de Luis se abrió bruscamente. Encogida tras el murete, Candela vio salir al Gran Quintana, seguido de varios de sus matones, cuatro en total; uno de ellos era aquel infame de Cruzeiro, su hombre de confianza, que iba pocos pasos por detrás diciendo algo con expresión de enfado.

Los reconoció sin mayor problema, pese a que todos iban embozados, y los siguió con la vista desde su escondite. Ellos no se percataron de su presencia. Se movían con prisas hacia el callejón donde esperaban los caballos, parecía una huida precipitada.

Por las sombras y su posición, Candela tardó un segundo de más en darse cuenta de que no todos eran gente de Quintana, sino que entre dos matones arrastraban con ellos a alguien maniatado. Le habían puesto una funda de almohada en la cabeza para ocultar su identidad o para evitar que viera adónde le llevaban, pero tampoco le costó darse cuenta de que era Luis. Seguía estando en mangas de camisa y chaleco.

Candela jadeó, llevándose una mano a la boca. ¿Qué estaba pasando? ¿Por qué aquellos brutos lo estaban secuestrando? Quería ayudarlo, salir a enfrentarse a ellos, a dar gritos, a morder y arañar rostros, de ser necesario, pero eran demasiados. Si se dejaba ver, si abandonaba su escondite y empezaba a gritar pidiendo ayuda, perdería toda su posible ventaja. Y, o mucho se equivocaba, o a esas horas los miembros de la Guardia Civil tardarían en aparecer.

De modo que, si se mostraba, tendría que enfrentarse sola a aquellos hombres. ¡Quizá hasta la secuestrasen también, con lo que definitivamente no ayudaría a nadie! No, era mejor esperar hasta que montasen en sus caballos e iniciasen su camino.

De pronto, el Gran Quintana se detuvo al ver algo en el suelo. Candela miró también hacia allí. Una maceta rota. La que había tirado ella al salir precipitadamente por la ventana. Sus trozos estaban diseminados por todas partes.

El terrateniente frunció el ceño y miró a ambos lados de la calle, incluso hacia el propio murete tras el que estaba oculta. Candela se preguntó cómo era posible que no escuchase el modo en que retumbaba su corazón. ¿O quizá sí lo hacía? ¡Seguro que sí, seguro que iba a ir hacia ella, la encontraría y, entonces, a saber qué podía pasarle! Hasta dio un paso en su dirección, pero sus hombres protestaron y le metieron prisa, sobre todo Cruzeiro.

Quedó en la duda si hubiera hecho caso, Candela estaba por apostar a que no, porque a don Venancio le gustaba aprovechar toda ocasión para demostrar quién mandaba, y esa era una muy jugosa. Pero, de pronto, se oyó una explosión en el interior de la casa de Luis y una de las ventanas laterales estalló, lanzando cristales a la noche para dejar salir una lengua de fuego que lo iluminó todo, casi como si durante un largo instante hubiese sido de día. Quintana dejó de lado sus posibles sospechas y siguió caminando hacia los caballos. Sus hombres y él montaron y desaparecieron, tragados por la calleja.

Casi de inmediato, acuciada por las prisas, Candela salió de su escondite. ¡No podía perderles! Por lo menos, ya que no había intervenido, tenía que saber adónde se llevaban a Luis, y para eso debía ir cuanto antes a por Pimentón y seguirlos a una prudente distancia.

Pero, antes, quería comprobar cómo estaba la señora Fulgencia. ¿Por qué no la habían sacado con Luis? ¿Por qué no salía? Aquel último grito, aquella detonación, esa última explosión... Con un mal presentimiento agarrotado en el pecho, avanzó de vuelta hacia la casa, cojeando como pudo, pero ya antes de llegar resultó evidente que el fuego se había extendido por la estructura de madera reseca del edificio. Lo devoraba todo a buena velocidad.

—¡Oh, Dios mío! —exclamó, horrorizada—. ¡Doña Fulgencia! ¡Doña Fulgencia!

Empujó la puerta y trató de entrar, pero el simple calor del incendio la desalentó. Además, el aire en el interior era irrespirable; solo por intentar mantenerse en el umbral, Candela empezó a toser sin poder controlarse. El vestíbulo estaba ya envuelto en llamas y humo, y lo poco que pudo avistar del interior era puro caos. Si la mujer seguía dentro, y eso se temía, no podía haber sobrevivido a semejante infierno. Retrocedió un par de pasos, tambaleándose horrorizada.

Empezaron a oírse voces de «fuego, fuego», y eso la sacó de su aturdimiento. No tardarían en acudir los vecinos y se ocuparían de todo. Ella debía irse, cuanto antes, no fueran a entretenerla. Luis estaba en peligro y cada minuto, cada segundo, contaba. Cojeó por las calles de Terrosa en dirección a la plaza, apretando los dientes. La pierna le dolía cada vez más, le costaba apoyar el pie sin que la rodilla protestase, pero se negó a detenerse, ni siquiera a pararse un momento para comprobar su estado. Eso tendría que esperar.

El caballo seguía donde lo había dejado. Si Pimentón se sorprendió por su urgencia, ni siquiera relinchó para demostrarlo, bendito fuera. Subió con esfuerzo y se puso en marcha.

Terrosa era un lugar demasiado pequeño y con no muchas alternativas, así que no tardó en localizar el grupo de secuestradores, al principio guiándose sobre todo por el oído y acortando entre calles. Los avistó por fin cerca de la salida sur del pueblo. Por suerte para ella, habían avanzado con lentitud, reteniendo los caballos para no llamar mucho la atención con el retumbar de sus cascos, pero en cuanto dejaron atrás las casas aumentaron la velocidad todo lo que les permitía la noche.

Candela los siguió de lejos, a una distancia prudente, aunque si realmente no la vieron fue porque ni se les pasó por la cabeza que alguien pudiera estar persiguiéndolos y no miraron hacia atrás en ningún momento. A lo largo de unos quince minutos, avanzaron sin detenerse por tierras de labor, zonas de dehesa y casetas o viviendas de campesinos hasta llegar a una en tierras del Gran Quintana.

Era la casa de Jose el Telele. Candela recordó al viejo que había vivido allí durante años, más que nada a costa de la caridad de la Abuela Quintana, que era la que siempre le había compadecido y ayudado. Le llamaban de ese modo por los ataques que le daban de vez en cuando: caía al suelo entre convulsiones, echaba espuma por la boca y tenía periodos de ausencia.

Por todo ello, no era de extrañar que en el pueblo pensaran que estaba endemoniado. De hecho, el propio padre Severino trató de aliviar su situación con una serie de misas, pero no tuvieron mayor efecto, algo que el sacerdote se tomó como una afrenta personal.

«Epilepsia», le dijo Luis en cierta ocasión, cuando ya pudo diagnosticarlo. El pobre Jose no había tenido mucha suerte en una vida larga y solitaria. Había muerto unos cinco años antes, ya pasados los setenta, y la casa seguía vacía. Muchos decían que era porque nadie quería alojarse en ella, por los rumores de que el demonio que había poseído a Jose el Telele hasta dejar su cuerpo seco rondaba por allí a la espera de apoderarse del primero que durmiese en su cama.

No sería ella quien opinase sobre la posible existencia de ángeles o demonios, pero Candela sospechaba que todo se debía a que los Quintana todavía no se habían decidido a entregar la casa a ningún otro arrendatario, sin más.

Sin embargo, esa noche el lugar estaba lleno de actividad. Habían encendido una hoguera en la entrada y, desde la distancia, pudo distinguir que había gente esperando. El grupo no tardó en llegar al edificio; vio como bajaban a Luis del caballo y lo metían dentro de bastantes malos modos.

Candela titubeó. Ya no podía seguir más, hasta allí alcanzaban sus posibilidades. No podía acercarse ni arriesgarse a intentar liberarlo ella sola, había llegado el momento de buscar ayuda. Pero ¿a quién acudir? En Terrosa, nadie, ni siquiera las más altas autoridades, se interpondrían en los planes del Gran Quintana. Ir a despertar al alcalde Andrade, que tenía su cargo gracias al terrateniente, no serviría de mucho. Al contrario.

Almeida... Otro del que tenía grandes sospechas, por lo obsequioso que era siempre con don Venancio. Si no trabajaba para él, que no lo descartaba en absoluto, estaba deseando hacerlo, con lo que daba igual. No podría ser de ninguna ayuda.

¿Y el padre Severino? No, tampoco, descartado por completo. Quintana también se había ganado su voluntad con los arreglos de las humedades de la iglesia y la recuperación de aquel retablo original del siglo XV, del que tan orgulloso estaba el párroco...

Ni siquiera el asesinato de la pobre doña Fulgencia le haría cambiar de idea. Como mucho, insistiría en que había otras interpretaciones posibles a lo ocurrido: que había sido un accidente con una chimenea o un quinqué, que Candela se había equivocado al confundir un ruido del incendio con un disparo... ¡Al fin y al cabo, ni siquiera había visto ningún cadáver! Las llamas le habían impedido entrar a comprobarlo.

Debía asumirlo: nadie de Terrosa osaría plantarse ante Quintana y obligarle a liberar a Luis. Pero ¿quizá alguien de fuera?

Candela permaneció inmóvil unos segundos, luchando consigo misma. Bien sabía Dios que no quería tener que deberle un favor así a lord Waldwich por nada del mundo. Pero recordó cómo se había enfrentado a Titán. Era un hombre fuerte, acostumbrado a mandar y a pelear y, lo más importante, todo el mundo en Terrosa sabía que era más rico que los propios Gran Quintana y Salazar juntos, y el padre Severino además tenía claro que contaba con el favor del obispo. Si alguien podía hacer algo en semejante situación, seguro que era él.

Candela lanzó una última mirada a la casa y ordenó a Pimentón que diera media vuelta, en dirección a Castillo Salazar.

Tenía que darse mucha prisa.

26

Olía a vino.

William no quería, porque se sentía muy a gusto, pero despertó poco a poco de un sueño profundo y cálido. El frío lo incómodo de su posición y la sensación de que le estaban dando de martillazos en el cráneo, con saña y desde el interior, no le dio más opciones.

—Oh, maldición... —susurró.

Seguía atado y a oscuras en aquella maldita bodega. Tras intentar soltarse sin demasiado éxito, se había quedado dormido, por el puro agotamiento y porque no podía hacer nada más allí atrapado. Tenía un dolor de cabeza de mil diablos. Quería tocarse la nuca, comprobar los daños, pero, al estar maniatado de esa forma, le resultaba imposible.

Furioso, volvió a forcejear con sus ataduras. Ya podía correr aquella maldita. Ya podía alejarse cuanto quisiera, huyendo por todo el país, por todo el continente, que iba a darle igual. La encontraría allá donde se escondiese, aunque fuese en el mismísimo confín del mundo. Y esa última afrenta se la iba a hacer pagar bien cara.

—¡Eh! ¡Socorro! —llamó—. ¡Maldita sea! ¿Hay alguien ahí?

Nada, aunque ya lo había imaginado. Esa tarde, en el recorrido por la casa con el administrador Almeida, había visitado la bodega de Castillo Salazar y sabía que estaba justo en el límite entre la zona de los señores y la de los criados. Todos ellos estarían en esos momentos en sus habitaciones, demasiado lejos como para percatarse de nada.

Por si eso no hubiese sido suficiente, era muy profunda. La piedra que le rodeaba ahogaba sus gritos, a menos que alguien bajase hasta la mitad de su escalera. ¿Y quién iba a entrar allí a esas horas de la noche?

Si es que seguía siendo de noche, claro. A saber cuánto tiempo había estado inconsciente, o dormido después. Aquella negrura le desorientaba.

Su única opción era conseguir romper las ataduras, aquella cinta de seda que se le clavaba en las muñecas hasta hacerlas arder. Por lo menos, estaba atado a una estructura de metal, parte del armazón que sostenía los barriletes. Tanteó un poco hasta encontrar de nuevo la imperfección con la que había estado trabajando antes y empezó a mover las manos otra vez, con paciencia, esperando desgastar el tejido.

Un rato después, empezó a notar avances. La cinta estaba cada vez más suelta. ¡Sí! ¡Lo estaba consiguiendo! «A ver cómo abres la puerta ahora», se dijo, aunque parecía algo secundario, puesto que, para empezar, no tenía ni idea de dónde se encontraba la maldita puerta en cuestión. Tendría que arrastrarse por aquella densa oscuridad hasta localizarla.

Dio un último tirón y, listo, quedó libre. Exultante de alegría, se estaba frotando las muñecas, para aliviar el dolor y ayudar a activar la circulación, cuando oyó un ruido. William se quedó muy quieto. Cuando fue evidente que sí, que había alguien en las escaleras, volvió a poner las manos en la posición que habían tenido, temiendo que descubrieran que se había liberado y estropeasen de algún modo su fuga.

—¡Socorro! —gritó con fuerza, de todos modos, por si acaso. Siempre podía ser un criado al que le gustase beber a escondidas, a costa de su señor. Alguien inocente en ese asunto—. ¿Hay alguien ahí? ¡Necesito ayuda!

Un instante después, le llegó una tenue luminosidad. Alguien había encendido una lámpara y su luz se filtraba por unas ranuras. ¡Mira qué bien, solucionado el misterio, allí estaba la puerta! Y justo se estaba abriendo.

Tras tantas horas en la oscuridad, William parpadeó, deslumbrado, pese a que solo era un quinqué con la llama muy baja, y su corazón dio un vuelco de puro alivio al comprobar que se trataba de Candela.

Pero ¿qué le había ocurrido? Estaba pálida y despeinada, con manchas de tierra en el rostro y el vestido, las manos crispadas, tensas por la angustia. Cualquiera diría que venía corriendo desde el otro extremo del mundo. Bueno, cojeando, más bien, porque parecía haberse hecho daño en una pierna, quizá en el tobillo o la rodilla.

Tras ella, llegó Titán, que también la miraba preocupado. El hombretón era el que llevaba el quinqué, y la luz mostraba de forma implacable los resultados del combate que habían mantenido. Tenía la nariz enormemente hinchada, y varias contusiones por el rostro, que le habían curado. Eso bien sabía de dónde había salido, y se sintió absurdamente satisfecho. Menudo animal era aquel gigante, pero había sabido hacerle frente.

—Por favor, ayúdeme, lord Waldwich —dijo Candela. Se acercó, con la clara intención de soltarle las ataduras—. ¡Ha ocurrido algo terrible!

Y más que iba a ocurrir...

En cuanto la tuvo al alcance, William se impulsó hacia arriba. Tenía los músculos tan anquilosados por el frío y la postura forzada que se movió con bastante torpeza. Aun así, fue lo bastante rápido como para engancharla antes de que pudiera retroceder.

Candela gritó y trató de zafarse dando un tirón, pero la sujetó con fuerza, inmovilizándola contra los barriletes, y le rodeó el cuello con una mano.

Titán hizo amago de avanzar hacia él, pero se detuvo ante su mirada de advertencia.

—Ni te muevas —le ordenó. No pensaba hacerle ningún daño a Candela, pero el gigante no lo sabía. Y no tenía ganas de volver a pelearse con él. Dudaba que volviera a tener tanta suerte en un segundo combate. Cuando estuvo seguro de que iba a obedecer, la miró a ella. Parecía realmente desencajada. Y había estado llorando, incluso a la escasa luz de la lámpara se veían los chorretones limpios, dibujados como arroyos claros en el rostro cubierto de polvo—. ¿Qué demonios te ha ocurrido?

—Es Luis, Luis Pelayo. —En ese momento sí que le entraron ganas de estrangularla. A ella y al titular de ese nombre maldito, ese hombre al que odiaba y envidiaba con todas sus fuerzas. Pero, entonces, ella siguió hablando y lo desconcertó por completo—. ¡Y estoy segura de que han matado a doña Fulgencia!

—¿Que han matado a quién? —preguntó aturdido.

—A su ama de llaves. ¡Y a él se lo han llevado!

—Dios... —La soltó para frotarse las sienes con las manos. Si no le doliera tanto la cabeza... Bueno, para qué negarlo. No entendería nada aunque se encontrase en perfectas facultades, que no era el caso—. ¿Y quién lo ha hecho?

—¡El Gran Quintana! —Lo dijo como si él tuviera que saberlo desde el inicio del mundo—. ¡Estaba en su habitación, pero Luis lo echó de malos modos y él volvió luego con sus hombres! ¡Se lo llevaron y quemaron la casa!

—Quemaron la casa... —William bufó—. Menudo lugar Terrosa. Con lo tranquilo que parecía a primera vista, hasta casi resultar soporífero.

—¡No se burle! ¡Y muévase! ¡Tiene que ayudarme a rescatarlo!

—¿Eh? ¿Adónde lo llevaron?

—A la chabola de Jose el Telele.

—Ah, muy bien. En Londres no sabemos dónde queda eso. Ni quién es el tal Jose, para el caso. Lo del mote... Casi me da miedo preguntar.

Candela tuvo el valor de fruncir el ceño.

—Le he dicho que no se burle. No se preocupe, yo voy a acompañarlo. Y Titán, porque necesitaremos toda la ayuda posible, son como media docena de hombres con el Gran Quintana. Por eso he venido a buscarlo, milord. —Ahora fue ella la que lo cogió por un brazo, y tiró hacia la puerta—. Vamos, rápido. ¡No hay tiempo que perder! ¡Tenemos que rescatarle!

—¿Por qué? —preguntó William, clavado en el sitio.

Ella lo miró, confusa.

—¿Por qué qué?

—Que por qué tengo yo que salvarlo, pregunto. —Al ver la expresión de Candela, casi tuvo ganas de reír. No lo hizo, claro—. Perdona, señorita Salazar, pero no conozco de nada a ese tal Luis Pelayo. Jamás lo he visto en mi vida. No le debo ningún favor. —Inclinó la cabeza a un lado, falsamente reflexivo—. Ahora que lo pienso, tampoco a ti, que yo sepa. En todo caso, al contrario. A ti no parece importarte, pero yo no puedo olvidar que me has tenido horas encerrado aquí.

Candela palideció más todavía. Le soltó.

—No sea ruin... —Frustrada, alzó la voz—. ¡Hay un hombre en peligro! ¡No puede jugar con eso!

—No grites —ordenó, perentorio, un segundo antes de recordar que nadie podría oírlos, bien había gritado él sin éxito durante horas. Pero resultaba molesto, y se alegró cuando ella guardó silencio, con los ojos muy abiertos—. Mi estimada Candela, te voy a contar un secreto, ya que yo he visto lo que queda más allá del pedregoso horizonte de Castillo Salazar. Verás: siempre hay hombres en peligro en el mundo, siempre, a cada momento. Y mujeres y niños, y hasta perritos y gatitos, y patitos y conejitos y...

Candela le miró enfadada.

—Le he dicho que deje de burlarse de mí.

Él siguió, imperturbable:

—Si tuviese que salvarlos a todos, patitos incluidos, no podría dormir nunca. ¿Y, total, por qué esforzarme, y más en este caso? Dime, ¿por qué? —Alzó una mano y empezó a enumerar con los dedos—. Rompiste el ajuar que te traje. Me has rechazado. Me has insultado. Me has agredido y me has secuestrado. Me dejaste atado aquí, en esta fría y húmeda oscuridad, abandonado a mi suerte, hasta que otra generación de extremeños me encontrase ahí, bien macerado entre vinos.

Candela puso los ojos en blanco.

—No sea melodramático, lord Waldwich. Titán tenía órdenes de liberarlo por la mañana.

—Es cierto —apoyó el gigantón.

—Qué amable, gracias, supongo. En todo caso, entenderás que solo haría algo como lo que me pides por un amigo o por alguien de mi familia. —La contempló con meditada indiferencia—. Pero tú no eres mi amiga, Candela Salazar, ni eres pariente mío. No eres mi hermana, ni mi sobrina, ni siquiera mi prima tercera, y mucho menos mi esposa; de hecho, por lo que tengo entendido, no quieres serlo nunca. Por lo tanto, no nos ata ninguna relación personal.

Ella lo miró muy seria.

—Cierto —reconoció, con un tono frío y meditado—. Esto solo es un asunto de negocios. Como todos los que nos relacionan a usted y a mí.

William apretó los labios. Qué mujer tan peligrosa. Sabía bien cómo herirle.

—¿Ah, sí? —consiguió decir—. Muy bien. Pues hablemos de negocios, entonces. —Mostró ambas manos, con las palmas hacia arriba—. Exactamente, ¿qué quieres de mí?

—Que haga algo, claro está. Que lo salve.

—¿Y qué ofreces a cambio?

Candela se quedó muy quieta, casi ni parecía respirar. Sus pupilas brillaron y William la odió por ello; porque sabía lo que estaba pensando, lo que iba a decir, y no podía soportar que ese hombre fuese tan importante para ella...

—Si me hace ese favor... —murmuró. Le costó dos intentos formular la frase completa—. Si me hace ese favor, por la mañana me casaré con usted.

Por él. Lo hacía por el maldito Pelayo, era capaz de sacrificarse hasta ese punto por salvarlo. William contuvo las ganas de abofetearla. Quizá resultó evidente, porque Candela trató de retroceder un poco, aunque no podía, al seguir arrinconada contra los barriletes.

—No te asustes, maldita sea. Te he dicho mil veces que nunca pegaría a una mujer. —Estaba tan enfadado que su voz le sonó por completo despiadada incluso a él—. Y, que yo sepa, por la mañana no habrá boda, a menos que me lo supliques.

Candela tragó saliva. La palidez de sus mejillas dejó paso a un intenso rubor.

—No sea canalla...

—Me temo que lo soy. —Soltó una risa seca al ver su expresión—. Vamos, vamos, mi querida señorita Salazar, tienes que aprender que, a veces, humillarse es bueno para el alma. —Como seguía en silencio, la azuzó—. No me hagas perder el tiempo. Te doy un minuto, un minuto escaso. Luego, me iré a mi habitación, me meteré en la cama, que es lo que más me apetece ahora mismo, y me dormiré, dejando que los malditos Pelayos del mundo solucionen por sí mismos sus problemas.

Quizá Candela lo había tenido en mente, o había ido ya dispuesta a concederle lo que fuera, porque ni siquiera necesitó tanto tiempo. El justo para tomar aire y alzar la barbilla.

—Cásese conmigo, por favor... Se lo suplico.

Lo dijo. Lo había dicho.

Maldita fuera... Por Luis Pelayo estaba dispuesta a sacrificar todo lo que era y todo su futuro. Estaba dispuesta a sacrificarse a él, como si William fuera algo repugnante, una especie de demonio primigenio al que se le hicieran ofrendas en un altar sacrílego. Se sintió tan ofendido que durante un momento lo vio todo rojo. Quiso hacerle más y más daño.

—Qué poco romántica, Candela —pronunció con esfuerzo—. Como petición de matrimonio deja mucho que desear.

Ella apretó los puños, con rabia.

—¿Qué quiere que le diga, qué espera de mí? ¿Quiere que me ponga de rodillas?

Tuvo toda la intención de hacerlo, la muy bellaca empezó a inclinarse para arrodillarse ante él y suplicarle que salvase a Luis Pelayo. Por suerte, William se dio cuenta a tiempo y la sujetó por un brazo, para impedirlo.

La empujó y la retuvo contra las cubas, tenso, temeroso de hacerle daño.

—Te odio —masculló, furioso—. Te juro que, en este momento, te odio, Candela. Yo... —Se le estranguló la voz. Ella parpadeó, asustada por lo que quiera que estaba viendo su rostro congestionado por el despecho. William la contempló todavía varios segundos, con absoluto disgusto, hasta que el silencio se hizo demasiado incómodo. —Maldita seas. Vale, tú ganas. —La soltó—. Iré a buscarlo y, si me es posible, lo salvaré... de lo que sea que le esté pasando.

—Oh, Dios, gracias...

—No me las des tan rápido. —La señaló con un dedo, decidido a aprovechar la situación para sacar algo de ventaja—. No lo olvides, esto es un asunto de negocios. A cambio, me obedecerás puntualmente en todo lo que te ordene, en todo, desde este mismo instante. Piénsatelo bien, Candela. No quiero tonterías ni falsas interpretaciones. ¿Te queda claro? —Como no decía nada, insistió—. ¿Tengo tu palabra de honor?

Ella vibró de pura furia.

—¡Sí, maldita sea! —exclamó, casi gritando—. ¡Me casaré con usted y le obedeceré en todo lo que ordene! ¡Ya tiene su maldita venganza! ¿Satisfecho? —William no se sentía contento, no. Ciertamente, lo había logrado, poseía cuanto había sido de Salazar, pero... ¡qué victoria más amarga! Candela jadeó y añadió con angustia—: Pero vamos ya, por Dios, de inmediato. No hay tiempo que perder. Sálvelo.

—Está bien. —Ella asintió antes de girarse para salir, cojeando—. ¿Qué haces? ¿Se puede saber adónde vas?

—Voy a ponerme ropa más adecuada para el rescate, claro está —le explicó, sorprendida, como si aquella majadería fuese lo más normal del mundo—. Y a coger una pistola.

—¿Qué? No. Ni lo sueñes. Tú no vas a ninguna parte. Para empezar, cojeas.

—Estoy bien. Tuve que bajar por la ventana y me resbalé.

—Bien. Veamos. Titán, acerca la luz. —Se agachó frente a ella—. Levántate la falda. —Al ver que no obedecía, alzó los ojos hacia ella. Candela le mantuvo la mirada con desafío, pero terminó obedeciendo. No llevaba medias, seguramente por el calor, pero eso ya lo sabía William. Parecía haber pasado toda una vida desde que vio sus pantorrillas cuando bajaba corriendo la escalera para recibir a su padre—. La derecha, ¿verdad?

—Sí. ¡Ah!

Se quejó cuando la tocó. William la palpó con cuidado. Qué piernas tan bonitas tenía, largas y bien torneadas. Solo pensar en sentirlas presionando alrededor de sus caderas... Apartó el pensamiento antes de empezar a ponerse en evidencia.

—No es nada —confirmó, con voz ronca, y carraspeó antes de seguir—. Mañana estarás bien, pero será mejor que te pongas una compresa con hielo o agua fría y luego la mantengas en reposo.

—No nos queda hielo. Y usted no es médico.

William entornó los ojos.

—No, claro. Yo no estoy a la altura del ilustre doctor Pelayo. Pero he vivido las suficientes riñas de taberna como para saber algo de golpes. Y, te lo aseguro, esta vez no va a ser necesario que te amputemos la pierna.

Candela puso cara de espanto.

—Qué horror, qué cosas dice. —Lo apartó de un manotazo y se bajó las faldas—. En ese caso, puedo acompañarlos.

—Ni hablar.

—¡Pero tengo que hacerlo para...!

—Para nada —la cortó él—. Olvídalo, Candela. Ni aunque estuvieras en plena forma consentiría que vinieras a estas horas a meterte en una pelea con unos tipos que, al parecer, han secuestrado a un hombre y hasta han podido quemar una casa y matar a esa tal doña Filomena...

—Fulgencia. Doña Fulgencia.

—Da igual. Se llame como se llame, no vienes. Que te quede muy claro: tú de aquí te vas a la cama, ya me ocuparé yo de buscar a tu amigo. Titán sí, él sí se vendrá conmigo. —Hizo un gesto hacia el gigante—. Y espero que no tengamos que volver a pelear entre nosotros.

Candela apretó los labios. Miró a Titán.

—Haz todo lo que te ordene. Por favor —insistió al ver que el hombretón ponía mala cara—. Por favor, Titán.

—Como quiera, señorita Candela. —Aun así, Titán dudó un momento—. Pero creo que se precipita. No debería negociar con este inglés. —Tal como lo dijo, sonó como sinónimo de invasor—. Yo podría ocuparme de rescatar a don Luis. Iría con Gabriel y algún otro y...

—No, no. —Lo descartó de plano—. ¿Qué dices? Son demasiados. Si vais pocos y se inicia una pelea, todo terminará con un derramamiento de sangre, y no quiero que os maten. —Hizo un gesto hacia William—. Tiene que ser él. Debe avisar al alcalde Andrade, acuda a él primero. Si le tienta, si le hace sentir que le va a deber un favor, que puede prosperar a su lado, le apoyará. Es una maldita rata ambiciosa.

—¿Y si vamos directamente a la Guardia Civil? —propuso

William—. Al fin y al cabo, su deber es intervenir en casos como este.

—No, sería inútil. —Candela negó también con la cabeza—. El capitán Trincado está a sueldo de Venancio. No hará nada que lo perjudique. Con suerte les dará largas, aunque también es posible que terminen ustedes pasando la noche en una celda, solo por asegurarse de que no entorpecen los planes de Quintana.

—No creo que se atreviera...

—Esto es Terrosa, milord. Estamos cerca pero a la vez muy lejos de lo que conoce como civilización, no se confunda. Aquí manda quien manda, y su poder es la única ley que importa. —Esperó a que William asintiese antes de continuar—. Por eso, para contar con una oportunidad, tendrán que sacar de la cama al alcalde. —Su expresión se iluminó al ocurrírsele algo—. Y también sería buena idea contar con el padre Severino. Vayan a buscarlo, vive muy cerca. Quintana no se atreverá a emprenderla a tiros con nadie en su presencia. O eso creo.

—¿De verdad cree que vendrán? —Titán parecía poco convencido—. Al fin y al cabo, don Luis no deja de ser el hijo de Pedro Pelayo, un simple campesino. Un donnadie a ojos de esa gente.

—Sí, claro que sí, irán. Porque, como digo, será el inglés quien se lo pida. —Lo miró a él—. A usted sí lo escucharán. Todos saben que es un milord, y muy rico, que tiene dinero suficiente como para enterrar varias veces este pueblo, y ese es el único idioma que entienden todos ellos, malditas sean sus almas codiciosas. Usted puede prometerles pagar más que el Gran Quintana. Puede jurar que va a traer a este pueblo la abundancia, la prosperidad, incluso más allá de sus sueños más ambiciosos. —Sus ojos brillaron de un modo que le quitó el aliento. Qué bella estaba, pese al polvo y las lágrimas y aquel cabello despeinado—. Tiene que dejarles claro que va a ser el próximo señor de Terrosa, milord.

William asintió lentamente.

—No me interesa lo más mínimo semejante título... pero tendré en cuenta tus sugerencias. —Hizo un gesto al gigante—. Déjanos solos, Titán, por favor. Ve a ensillar un par de caballos, de los míos. Partiremos enseguida. —Titán dudó, pero se encaminó hacia la puerta, aunque se detuvo cuando William siguió hablando—. Ah, y consigue una pistola para ti. Yo llevaré la mía.

—Muy bien, inglés —contestó el gigante, tenso, y se fue.

William miró a Candela.

—¿Algo más que deba saber?

—No. —Pero la vio dudar—. Hace bien en llevar pistolas, porque ya le digo que están armados. Con Quintana iban otros tres hombres, contando a su mano derecha, Cruzeiro. Y había algunos más en la casa. Yo vi a uno fuera a la luz de una hoguera que habían encendido cerca de la entrada, pero podría haber más, dentro.

—Ya me lo imagino. Madre de Dios... —Tenía que asumirlo: podía no salir entero de aquella, maldito fuera el tal Pelayo. Mejor tomar medidas, por si acaso. Trazó un plan, no era ninguna maravilla pero esperaba que fuera suficiente, y se movió para coger en brazos a Candela. La levantó en el aire con facilidad—. Vamos, te llevaré arriba.

—¿Qué hace? ¡Suélteme! ¡Puedo caminar!

—Seguro que sí —replicó, reteniéndola—. Lo has demostrado sobradamente volviendo a buscarme. Pero es mejor que no lo hagas. Ya tienes la rodilla bastante resentida.

Qué ligera era, y qué agradable resultaba sentirla cerca. Su cabello olía a noche de verano y claveles, y aunque estaba cubierto de polvo y revuelto, su tacto era suave cuando le rozaba la mejilla. William salió de la bodega, subió las escaleras hasta el piso inferior y luego las del primer piso.

Allí, en vez de dirigirse al dormitorio de Candela, se encaminó directamente hacia el suyo.

—No es por aquí... —dijo ella, empezando a inquietarse.

—Ya lo creo que sí. —Se detuvo ante la puerta de su habitación y se movió para abrir la manilla con el codo—. Prefiero que esta noche te quedes aquí.

—¿Qué? ¡No puedo hacer eso! ¡Si alguien se enterara, sería un escándalo enorme!

—¿Tengo aspecto de que me importe lo más mínimo un escándalo de cualquier magnitud?

Cruzó la distancia hasta la cama y la sentó en el borde. Candela se quedó allí quieta, mirándolo con cautela. William fue a buscar una toalla y se la lanzó; cayó blandamente sobre su regazo. Ella la cogió sorprendida.

—¿Y esto?

—Para tu rodilla. —Libró la mesilla de cosas, pasándolas a la cómoda, y le acercó la jofaina. Una vez allí, llenó la palangana con agua fresca—. Humedece la toalla y aplícatela. ¿Seguro que no hay hielo en la casa? Te iría muy bien.

Ella negó con la cabeza.

—No, no queda. Tenemos nuestro propio nevero y lo llenamos de nieve cada invierno. Por lo general, dura todo el año, pero ahora, con este calor, me temo que lo hemos agotado. Llevamos dos meses encargando hielo a Badajoz. Estamos esperando el siguiente envío.

—Sí, comprendo. Da igual. Aplícate...

—¡Oh, por favor! Pero ¿qué hago hablando de hielo? ¿Quiere hacer el favor de irse de una vez? ¡Cada segundo cuenta!

Él bufó mentalmente.

—Lo sé. Ya me voy. Aplícate la toalla húmeda un rato. Luego, métete en la cama.

—No puedo. No tengo aquí mi camisón. Además, es...

—Oh, maldición —la cortó él. Buscó en el armario y en la cómoda hasta localizar sus camisas, y sacó una. Se la arrojó también—. Seguro que esto puede servirte. —Se la veía tan apurada, y a la vez tan excitada por la situación, que se le escapó una sonrisa perversa—. Aunque, quizá, cuando vuelva, te la reclame.

Candela parpadeó ligeramente.

—Desde luego, milord. No olvido que esto es un asunto de negocios, y yo siempre pago mis deudas.

Fue como recibir un jarro de agua fría. Así, sin ceder ni un milímetro, implacable como siempre. «Pequeña perra», pensó William, haciendo una mueca. Claro que se lo merecía por mostrarse siempre como un amante ansioso.

—No lo dudo. —Volvió a la cómoda y sacó su pistola. Comprobó que estaba cargada y en orden, y cogió algo de munición—. No te muevas de aquí, Candela —le advirtió mientras se colocaba el arma en el cinto, en la parte de la espalda, donde quedaría oculta por la chaqueta. También añadió el cuchillo en la bota derecha. Una vieja costumbre que le había salvado el pellejo en más de una ocasión—. Regresaré lo antes posible con tu don Luis.

Ella le mantuvo la mirada, aunque hubo algo, una fluctuación en sus ojos... William pensó que iba a decir algo, pero no. De modo que alzó también los hombros, tenso, y salió del dormitorio sin decir palabra. No tenía sentido discutir más, tenía prisa y todavía le quedaba algo que hacer antes de irse.

Caminando a buen paso, se dirigió al piso inferior, al despacho de Salazar, y se sentó frente al escritorio. Ya sabía dónde estaban las cosas, había pasado unas cuantas horas hablando allí con Almeida.

Bufó al recordarlo. Qué hombre más... tiralevitas. Adulador, servil y falso, porque se veía que estaba acostumbrado a campar por sus respetos, sintiéndose casi como el señor de la casa, y le costaba bajar la cabeza.

William no se fiaba lo más mínimo de él. De su conversación con la señora Pineda había sacado en claro que alguien pasaba información a los Quintana, y apostaría toda su fortuna a que era Almeida. Estaba deseando revisar los datos recopilados por Candela, las pruebas de sus robos.

Pensar en ello lo hizo sonreír. Le había gustado descubrir que Candela era una mujer interesada en la gestión de la hacienda, y en el bienestar de los trabajadores y gentes del pueblo en general. No estaba seguro de cómo irían las cosas en el futuro, pero cada vez se sentía más convencido de que aquella mujer y él eran espíritus afines, que podrían tener una convivencia maravillosa.

Más animado por esa idea, sacó un pliego de papel, tomó la pluma y empezó a escribir.

> Yo, lord William Caldecourt, conde de Waldwich, actuando con total libertad y estando en pleno uso de mis facultades mentales, declaro en este momento mi firme voluntad de nombrar heredera única de todos mis bienes a la que en estos momentos es mi prometida, la señorita Candela Salazar Marcos, hija de don Bernardo Salazar y doña Clara Marcos...

Añadió algo más de texto, encargando a sus abogados que se ocupasen de allanarle el camino a la joven en caso de problemas y, para finalizar, incluyó el lugar, la fecha y su firma.

Luego, cogió otro papel. Ante ese, estuvo dudando más tiempo, quizá un par de largos minutos.

> Candela:
>
> Si me has obedecido y lees esto, será porque me han matado en esta locura que voy a emprender. No te culpo de nada, y tampoco creas que tal posibilidad me preocupa demasiado ahora mismo. He tenido una vida intensa en la que ha habido un poco de todo. Al menos, la suerte me ha permitido resarcirme de muchas cosas.
>
> Tenías razón: no debí incluirte en mi venganza nunca, por ninguna razón o causa. ¿Qué puedo decir? Esa ha sido

mi mayor vergüenza, incluso cuando no pensaba más que en mi dolor y trataba de convencerme de que no me importaban las consecuencias de mis actos. Que todo medio valía para conseguir el fin...

Pero nunca he sentido mucha simpatía por Maquiavelo y, lo admito, secretamente me avergonzaba, sí.

Me gustaría poder decírtelo, poder hablar contigo por una vez sin crispaciones, pero, ahora mismo, tengo prisa. Debo ir a rescatar a ese hombre que amas tanto, pese a que creo que él nunca podrá corresponderte. Supongo que me merezco la ironía de semejante castigo.

Si muero en el empeño, ahí tienes mi testamento. Es un texto un poco precipitado, pero para qué más. Desde un punto de vista legal, con eso es suficiente.

Te lo dejo todo, es lo único que importa. Considérate esa viuda joven y rica de la que me hablaste durante la cena, alguien totalmente libre de iniciar lo que espero sea una larga existencia llena de aventuras, amorosas o no. Mi dinero no te dará la felicidad completa, pero espero que te ayude a disfrutar de la vida. Es lo menos que puedo hacer para compensarte.

Y no sé qué más decirte... Que te quiero, supongo, aunque no lo creas, aunque te parezca ridículo, fútil o directamente imposible.

Quizá todo se deba a que sé poco del amor, Candela. No he tenido oportunidad de amar a nadie más que a mis padres y luego he estado demasiado loco de rabia, de deseos de venganza, de odio, como para abrirme fácilmente a otros sentimientos.

Pero lo que sentí cuando vi tu imagen en aquel daguerrotipo y, más, cuando te he visto esta tarde en la escalera de Castillo Salazar es algo que llenó de luz mi vida y la cambió para siempre.

¿Qué fue? Pues no lo sé. No soy tan osado como para

pretender darle un nombre. Amar, querer y enamorarse... Yo diría que son diferentes grados de una misma pasión, como pensé hace poco. Pero ¿quién osa saberlo todo del amor, o tener siquiera una respuesta que lo abarque y que explique por completo sus misterios? Yo no, desde luego.

Yo solo sé que estoy muy enamorado de ti. Mucho. Me hubiera gustado, de verdad, llegar a conocerte y aprender a amarte. Lamento perderme esa inmensa felicidad.

En todo caso, me conformo con llevarme este sentimiento inmenso conmigo, al otro mundo, y te doy las gracias por él.

Tuyo, por siempre,

William

La releyó, preguntándose cómo era posible que pudiera tener la sensación de haber dejado el corazón en unos simples trazos de tinta. Cuando quedó satisfecho, lo dobló, junto con el testamento, y los metió en un sobre. Escribió «Candela» en su parte delantera y lo selló con lacre.

Luego, subió al dormitorio de Candela, un lugar femenino y encantador, y lo dejó en el cajón de su mesilla. Si volvía con vida, intentaría recuperarlo. Pero, si lo mataban, sería Candela quien lo encontrase. Esperaba que con ello también entendiese por qué la había llevado a la otra habitación. Tenía que asegurar en lo posible que fuera ella y solo ella quien recibiera aquella carta.

Ya estaba todo listo. Solo quedaba cumplir con su parte en aquel extraño drama.

Tenía que ir a salvar a Luis Pelayo.

27

William maldijo para sí. Había perdido demasiado tiempo en Castillo Salazar. Por suerte, había luna llena. Su luminosidad se derramaba por todos lados como una neblina densa que revelaba con fuerza cada detalle, por lo que pudieron avanzar a buen ritmo.

Se veía tanto que, a veces, incluso resultaba difícil aceptar que fuese de noche. Tampoco podía ser de día, claro, la luz era demasiado plateada, demasiado fantasmagórica y fría, nada que ver con la familiar calidez del sol. Todo parecía brillar, y ese resplandor lograba convertir el poco inspirado Terrosa en un lugar atrapado fuera del tiempo, delicado y terriblemente bello: un auténtico reino mágico.

Y el tono rojizo de las llamas de un incendio que se divisaba desde bastante lejos aumentaba con mucho su belleza.

Moviéndose a buena velocidad, como la sombra de un alma con prisas por llegar al infierno, Titán lo condujo hasta el centro del pueblo. Esa noche, la plaza estaba llena de gente, y tuvieron que retener a los caballos mientras la cruzaban. Los animales estaban nerviosos, tensos, porque captaban la sensación de alarma que sacudía Terrosa.

Hombres y mujeres se movían de un lado a otro sin parar, daban instrucciones a voces o llevaban cubos de agua desde el pilón de la fuente hacia una de las callejuelas cercanas, tratando de apagar el incendio de la casa de Luis Pelayo.

William y Titán observaron la columna de humo y chispas que sobresalía de los tejados junto con el resplandor de las llamas.

—Maldita sea... —masculló Titán, deteniendo el caballo cuando varios hombres se cruzaron por en medio cargados con mantas empapadas en la fuente.

A punto había estado de arrollarlos.

—Espero que tengan algo más que esta especie de brigada inicial del cubo —dijo William, recordando el sistema que habían estipulado por ley en algunos lugares de Estados Unidos, por el cual siempre debía haber un cubo en cada fachada, y lleno, sobre todo por las noches, para que la brigada que llevaba ese nombre pudiera ir echando agua en cualquier incendio incipiente mientras llegaba la ayuda.

Titán asintió.

—En primavera, don Venancio compró para el pueblo un coche de bomberos, una maravilla a vapor de las que construyen en el extranjero. Seguro que ya lo han llevado hasta allí.

—Pues qué bien...

Más cosas que el pueblo llano tenía que agradecer al insigne señor del lugar, y precisamente en una noche como esa. A ver cómo les convencía de que el fuego que estaban apagando gracias a su ayuda también había sido obra suya, además del secuestro de Pelayo y la muerte de aquella anciana. ¿Cómo se llamaba? Ah, sí. Doña Filomena.

—Esperemos que hayan reaccionado con rapidez —estaba diciendo Titán—. Con lo seco que está todo, el fuego puede extenderse rápidamente por el pueblo y más allá. Por ese lado, no tardaría en llegar a la dehesa de Salazar y buena parte de los alcornoques ya no tienen el corcho que debería protegerlos un poco de las llamas.

William asintió. Solo últimamente se había interesado por el tema, pero ya sabía que el corcho era una protección natural que desarrollaban los alcornoques. Como la pela ya estaba avanzada, si el fuego llegaba al bosque se produciría un desastre. Un percance económico enorme que caería por completo sobre su fortuna.

—Tenemos a favor la ausencia casi absoluta de viento...

—Algo que, aquí, puede cambiar en cualquier instante, inglés —replicó Titán, con acritud.

«Como en cualquier otro sitio», pensó él, pero no tenía sentido ponerse a ilustrarlo sobre el clima y sus peculiaridades, del mismo modo que no vio apropiado mencionarle que no era conveniente mostrarse tan hostil con quienes estaban allí para ayudarle. Pero, como le había roto la nariz y fastidiado la rodilla, estaba dispuesto a ser comprensivo.

Iban a reiniciar la marcha cuando oyeron comentar a un grupo que pasó por su lado que habían encontrado, en la casa en llamas, el cuerpo carbonizado de una mujer. Aunque estaba irreconocible, pensaban que podría ser el ama de llaves del doctor Pelayo. Titán y él intercambiaron una mirada.

De no haber tenido tanta prisa, se hubiesen detenido para ayudar, pero no era el momento. Titán consiguió abrirse camino, dirigió el caballo hacia la Casa del Rey, desmontó casi a la carrera y fue directo a la puerta. Había varios criados en las ventanas, y también fuera, cerca del umbral, contemplando con curiosidad lo que ocurría.

El gigantón preguntó por don Nicolás, pero, lamentablemente, el alcalde no se encontraba en casa. Les informaron de que había acudido a una cena.

—¿Dónde? —preguntó Titán.

El criado de Andrade lo miró molesto.

—Titán, no creo que...

—¿Dónde está el alcalde? —preguntó William, firme.

El hombre parpadeó. Seguramente había supuesto quién era, y su acento terminó de delatarle.

—En casa de don Venancio, milord —contestó, confirmando esa sospecha—. En Palacio Quintana.

—En casa de Quintana —concluyó él mientras se alejaban de allí, de vuelta a los caballos—. Qué curiosa coincidencia.

El gigantón puso cara de disgusto.

—No creo que lo sea.

—Ya —suspiró William, decidiendo que tampoco merecía la pena desvelarle los deliciosos misterios del sarcasmo. Miraron el grupo de vecinos ajetreados. Entre ellos, había varios miembros de la Guardia Civil. Pero Candela los había descartado de plano, y tendía a confiar en su criterio—. ¿Y ahora? ¿Qué hacemos?

Titán señaló hacia la iglesia. William la había visitado esa misma mañana, nada más llegar al pueblo. Era un edificio pequeño pero sólido y muy digno, de estilo románico, datado en la primera mitad del siglo XIV. Al margen del gran pórtico, realmente impresionante, daba una fuerte impresión de sobriedad que combinaba bien con el padre Severino.

¡Qué poco le había gustado al párroco de Terrosa la idea de una boda tan precipitada! Y más estando implicado un recién converso como él, alguien que, posiblemente, se había hecho católico solo para la ocasión, como acertadamente llegó a insinuar.

Don Severino había protestado de todos los modos posibles, incluso llegó a amenazar con paralizar los trámites mientras iba personalmente a la archidiócesis de Badajoz a tratar el tema, que tildó de auténtica locura. Pobre incauto... ¡Como si él hubiese permitido tal cosa!

Por suerte, todo se solucionó con un par de sobornos y varias promesas. Si algo había aprendido William en su ajetreada vida era que los hombres de fe que predicaban a los demás sobre futuras recompensas en reinos divinos eran grandes hombres de negocios en el reino de los humanos.

—El padre Severino tiene su casa en la parte de atrás de la

iglesia —le estaba diciendo Titán—. Aunque seguro que anda por aquí, ayudando, porque le habrán despertado. ¿Lo buscamos?

William se lo pensó un momento, porque lo último que le faltaba era terminar en una celda y fracasar en su empeño. No quería ver la decepción en los ojos de Candela.

—Si nos metemos ahí, es muy posible que la Guardia Civil nos dé el alto y nos retenga, por poco tiempo que sea —replicó—. De hecho, Candela dijo que Quintana tiene comprada su voluntad, y excusas no les faltarían. Al fin y al cabo, yo soy un extranjero y aquí acaban de cometerse un par de delitos. Mis abogados tomarían represalias en cuanto se enterasen, desde luego, pero mientras tanto ya habría pasado la noche y no hubiera podido hacer nada por ayudar a don Luis.

Titán asintió.

—Y yo tengo sangre gitana. He vivido siempre aquí, pero muchos siguen esperando que, en cualquier momento, muestre mi verdadera naturaleza cometiendo alguna tropelía. —Se sonrieron, por primera vez hermanados en algo, y chasqueó la lengua—. Tiene razón, inglés. Mejor mantenerse lejos, sí.

—Muy bien. Pues, entonces, llévame directamente a la casa de Jose el Telele.

Titán lo miró sorprendido.

—Pero... la señorita Candela ha dicho que son cerca de media docena. Solos no vamos a poder hacer mucho.

—¿Por qué no? En realidad, si lo piensas bien, ni siquiera sabemos realmente qué pasa. ¿Y si es algo que pueda comprometer de algún modo a don Luis? ¿No sería mejor intentar sacarle del lío de un modo discreto? —Titán titubeó—. ¿Tan lejos está la casa de ese tal Telele?

—No, qué va. Desde aquí a unos quince minutos en línea recta.

—Entonces, no hay tiempo que perder. Vamos, comprobamos cómo está la situación, y si de verdad vemos que no podemos hacerles frente nosotros solos, nos pensamos lo de buscarnos un ejército.

Titán lo observó escéptico. La idea no llegó a convencerle del todo, pero sí lo suficiente como para no seguir discutiendo.

—Como usted quiera, inglés. Echaremos un vistazo.

Sin más, subió al caballo y lo espoleó, conduciéndole entre callejuelas con la soltura de quien se había criado en ellas. En pocos minutos, atravesaron el pueblo de lado a lado, salieron por el sur y se dirigieron a campo abierto, cruzando cultivos y dejando atrás casetas, chabolas y otras edificaciones, siempre muy dispersas, muy separadas unas de otras.

Poco después, William avistó a lo lejos una pequeña construcción, supuso que un almacén o granero, aunque al acercarse vio que tenía más el aspecto de tratarse de la chabola de algún campesino. El famoso Jose el Telele, supuso. Había una luz bastante intensa encendida en su parte delantera, cerca del porche. Candela había hablado de una hoguera...

A cierta distancia, detuvo el caballo, bajó y lo ató a un tronco.

—Deja también el tuyo aquí —susurró a Titán—. Es mejor que nos acerquemos andando.

El gigante asintió y así lo hizo. Avanzaron agachados, intentando no hacer ruido mientras se cubrían entre árboles, piedras y sombras. No tardaron en divisar con claridad a los hombres que montaban guardia en la entrada de la chabola, alrededor de la hoguera, fumando y bebiendo tranquilamente. Eran tres. Estaban sentados en piedras, excepto uno, que usaba una silla vieja.

Cruzeiro. El hombre de confianza de Quintana.

A un lado, había un carro, una pequeña calesa, todavía con el animal enganchado. Un poco más allá, vio más caballos, agrupados en lo que parecía los restos de un establo.

—¿Alguno de esos es Luis Pelayo? —le preguntó a Titán.

—No —dijo el otro, y lo miró molesto—. Don Luis es un caballero.

—Ah, vaya, perdón —replicó William.

Cada vez le tenía más inquina al perfecto doctor Pelayo.

—El de la silla es Cruzeiro, la mano derecha de don Venancio.

—Sí, a ese lo conozco. Fui a Palacio Quintana esta tarde y no pareció muy contento de verme por allí.

—No me extraña. Cuidado con él, inglés, Cruzeiro es un cabrón peligroso. Dicen que antes tenía otro nombre, pero que lo cambió tras escapar de la cárcel. Supongo que tiene cierta lógica, porque le habían condenado a muerte y, con el túnel que excavó, volvió a nacer.

«Interesante...», pensó William. Quizá fuera buena idea investigar aquellos datos, por si podía utilizarlos de algún modo. Estaba pensando en ello cuando apareció otro individuo por la esquina derecha de la casa. Se detuvo al llegar a sus compañeros y clavó algo en el suelo, a su lado.

¿Una pala? Eso parecía, y no pudo evitar un mal presagio.

—Dios mío... —susurró Titán a su lado. Debía estar pensando lo mismo: que llegaban tarde. Que Luis Pelayo ya estaba muerto y enterrado. De ser así, ya podía dar por cancelados todos sus planes de boda. Candela no se lo perdonaría jamás, y eso que él no tenía culpa de nada—. Canallas, malditos canallas... ¡Lo han matado!

—No, no. No lo des por perdido, Titán. —Señaló la construcción, el ventanuco que se veía iluminado—. Dentro de la casa hay luz, es posible que siga allí.

—Ah... sí, es posible. Pero ¿por qué lo traerían a este lugar? ¿Y qué podría estar haciendo ahí dentro?

No supo qué contestar a eso. William se limitó a ver qué hacían mientras intentaba organizar un plan y rezaba para que el tal Luis siguiera siendo un caballero del reino de los vivos. Qué situación... Al menos, aunque pasaron varios minutos, no apareció nadie más. Triste consuelo, porque, con los que ya había visto, eran demasiados para ellos dos, incluso contando a su lado con alguien como Titán.

—Escucha, espérame aquí —decidió, finalmente—. Voy a intentar rodear la casa sin que me vean y comprobar si hay gente al otro lado, o alguien dentro.

Titán lo miró con sorpresa.

—No lo haga. Es un suicidio.

—Esperemos que no. —Le hizo gracia verlo tan preocupado. Quizá el invasor inglés ya no lo era tanto. Le dio una palmadita en el brazo—. Tranquilo, solo me acercaré y echaré un vistazo.

Titán ahogó una risa seca, que indicaba sobre todo incredulidad.

—Se ha vuelto loco, inglés.

—Menuda novedad. Siempre lo he estado.

—Ja. Lo van a matar, y luego la señorita Candela me matará a mí por haberlo permitido.

—Si quieres que te diga la verdad, no creo que le importe tanto. —Ojalá, pero lo dudaba. Se preparó para salir, buscando otro punto en el que resguardarse—. Será mejor que me ponga en marcha...

—¿Está seguro de que no quiere que lo acompañe?

—No, no te preocupes. Me las arreglaré. Pero, si la cosa se complica y oyes jaleo, vete y busca ayuda.

Titán frunció el ceño.

—Olvídelo. No voy a dejarle aquí.

—Pues no sería tan mala idea. Ten en cuenta que más vale que quede uno de nosotros para poder dar la alarma. —Empezó a salir, pero se detuvo y se volvió a mirarle—. Por cierto, en caso de que no pueda volver, dile a Candela que he dejado en su mesilla una carta muy importante para ella. Es vital que la recoja ella y no alguna otra persona, ¿entendido?

Era poco probable que no la viese, pero, ahora, Titán ya tenía una razón para salvarse. «Y yo prácticamente ninguna». ¿Por eso estaba actuando así, de ese modo tan temerario? Desde luego, no era propio de él. Aunque se considerase más valiente que cobarde y pensara que todo hombre tenía sus momentos, nunca le había gustado correr riesgos absurdos.

Lo cierto era que, si moría esa noche, tampoco importaría demasiado, porque nadie lo echaría en falta. No tenía amigos ni familia, ni relaciones personales de ninguna clase. La soledad y la rabia eran sus únicas compañeras desde hacía ya demasiado tiempo. La mitad de su vida, de hecho.

Además, durante todo ese tiempo había tenido una meta única que ya se había cumplido con creces: le había arrebatado toda su fortuna a Bernardo Salazar. Lástima que la empresa hubiese perdido valor al convertirse en realidad. ¿Para qué negarlo? Dejar en la miseria a un viejo enfermo tampoco representaba ningún mérito.

Además, su hija Candela había conseguido volver contra él las tornas de aquel juego siniestro. De pronto, importaban otras cosas, importaban muchísimo, y empezaba a pensar que jamás le daría lo que deseaba de ella...

Quizá la sombra de todos esos pensamientos se reflejó en su rostro, porque Titán le miró con fijeza, pero no dijo nada. Simplemente asintió.

William salió de su escondite y se dirigió hacia la casa moviéndose rápido entre puntos que podían darle algo de cobertura, siempre con sigilo, tan encogido como le era posible. No tardaron en llegarle las voces de los hombres de Quintana, que flotaban en el aire cálido de la noche, y casi de inmediato empezó a entender lo que decían. Incluso se dio cuenta de que algunos estaban bebidos.

—¡Vamos, señor Cruzeiro! —estaba discutiendo uno delgaducho y con pelo rizado. Era el más borracho de todos, a decir de su voz, muy gangosa por el alcohol—. ¡No sea así, hombre! ¡Solo tiene que asentir con la cabeza!

—Ya os he repetido mil veces que no voy a entrar en ese tema —respondió el aludido. Cruzeiro estaba sobrio, seguro. Fumaba tranquilamente, recostado en su silla; la gran pistola colgando del cinto—. Estoy aquí para asegurarme de que se cumple lo ordenado, ni más ni menos. El que quiera explicaciones que le pregunte directamente al Gran Quintana.

—Como si fuera tan fácil, estando su hija de por medio —replicó el otro, bajito y ancho, moreno, casi calvo.

—Bueno, pues me da igual, mientras pague bien. —El delgaducho dio un largo trago a una botella que tenía en la mano—. ¡Joder! ¡Dios! ¡Qué bueno es este whisky!

—Pásamelo antes de que te lo acabes, vamos —gruñó el bajito. Su compañero le lanzó la botella y la cazó al vuelo por los pelos—. ¡Cuidado! Si la rompes, juro que te parto la cabeza, cabrón.

Cruzeiro sonrió.

—No os preocupéis, queda otra botella. Y, de aquí, nos vamos a casa de la Carmen a seguir celebrando que todo haya salido bien. El señor Quintana corre con todos los gastos. —Sus hombres vitorearon la noticia—. Ya veis, quiere solo lo mejor para quienes le sirven. —Hizo una ligerísima pausa—. Aunque hagan las cosas de una forma tan chapucera como la de hoy.

El bajito bufó.

—¡Joder! ¡Le había dado un buen golpe! ¿Quién nos iba a decir que la vieja volvería y con una pistola? ¿Y que se atrevería a disparar para defender a don Luis? Ja. —Bebió, aunque interrumpió la acción antes de lo pensado para añadir—: Además, tenga en cuenta que así evitamos que pueda acusar de nada a don Venancio.

—Esa mujer jamás hubiese acusado al Gran Quintana. Jamás. —El rostro de Cruzeiro compuso un gesto de desdén, William no estuvo seguro de si por sus hombres o por la anciana asesinada—. Y, sin embargo, ahora tenemos que explicar su muerte y un incendio en el puñetero centro de Terrosa. Os dije que encerraseis a la mujer en su habitación —acusó ya directamente, con un enfado apenas contenido—. No busquéis excusas: ha sido un error.

—¿Y qué más da? —siguió protestando el delgaducho, envalentonado por el whisky—. ¿No hay que matar al médico? Pues que digan que la vieja sabía lo que iba a pasar aquí y que intentó detenerlo.

—Eso —convino el otro—. Seguro que le hubiese pegado un tiro al Pelayo de saber a lo que venía. Solo hay que decir que, en la pelea, se inició el incendio, y que tras matarla, huyó.

Cruzeiro los miró con tranquilidad.

—¿Y a qué venía?

Los dos hombres le devolvieron la mirada incómodos. También el tercero, que había permanecido todo el tiempo en silencio, junto a su pala clavada en el suelo, con aire taciturno. No había pedido la botella ni tenía aspecto de haber bebido.

—Bueno, yo solo lo supongo, claro —siguió diciendo el bajito, algo nervioso, como excusándose—. Pero no resulta tan difícil sacar conclusiones. Cuando hemos llegado, estaba aquí esa vieja a la que el Gran Quintana en persona ha partido el cuello...

—La bruja carnicera que hacía los «arreglos» a las putas del burdel, sí —aportó el otro.

—Exacto. ¿Y la niña Quintana aquí? ¿Con ella? ¿Necesitando un médico con urgencia? ¡Vamos! —Rio con desdén—. Si lo suyo hubiese sido un simple resfriado, hubiera estado en su casa, bien arropada, y no en este rincón miserable.

—Y hubiesen avisado al doctor Segura, no a ese degenerado de Pelayo —añadió el delgado.

—Habla con respeto —le advirtió su jefe—. Ahora es médico.

—¿Y qué más da? —Su expresión se llenó de asco—. Dicen que es un invertido, que le han visto por ciertos garitos de Madrid haciendo... cosas innombrables. ¡Además, vamos a matarlo!

—No por eso debe perderse el respeto. —Cruzeiro se volvió hacia el hombre que permanecía aparte—. ¿Qué haces ahí tan callado? —El otro se encogió de hombros—. Asumo que está todo listo.

—Sí, claro. He cavado el hoyo en lo que queda del huerto y he metido el cuerpo de la bruja.

—¿Un hoyo bien profundo? La mujer me da igual, pero te recuerdo que no deben encontrar el cuerpo del doctor Pelayo nunca, jamás. Ya que ofrecíais vuestras historias, os diré que lo que se sabrá de este asunto es que fue él quien mató a su ama de llaves porque llevó a la casa a un hombre, otro invertido como él, y ella los descubrió en la cama. Escandalizada, como buena cristiana, fue a buscar una escopeta.

—Joder, solo con imaginarlo, yo también lo hubiera hecho. ¡Maricones! —exclamó el delgaducho. William arqueó una ceja, ya convencido de que aquel individuo sentía las mismas inclinaciones que el doctor Pelayo y se esforzaba por ocultarlo. Como tantos—. Qué repugnante...

—Sí, bueno... Al comprender la gravedad de lo ocurrido, el doctor Pelayo y su amante provocaron el incendio y huyeron —siguió diciendo Cruzeiro. Miró a los dos borrachos—. Esa será la historia que se cuente, idiotas. Nada que lleve a nadie a pensar en lo que pudiera ir a hacer el médico, en plena noche, por ahí.

—No, claro... —mascculló el bajito—. El Gran Quintana dijo que lo que ha ocurrido aquí esta noche debe ser un secreto.

—Eso es. Nadie debe saberlo jamás. Por eso él no está aquí ahora, ha organizado algo para tener una coartada. —Volvió a dirigirse al de la pala—. Y por eso el agujero debe ser bien profundo.

—No se preocupe, señor Cruzeiro. No es la primera tumba que cavo.

—Bien. Pues siéntate con nosotros y bebe algo.

El tipo miró la botella con aprensión.

—No, gracias.

—¿Cómo que no, idiota? —dijo el bajito. Él y su compañero borracho rieron—. Mira, es un obsequio del Gran Quintana para agradecernos...

Se le enredó la lengua en algún intento de repetir algo y miró a Cruzeiro. Este rio.

—Para agradeceros lo hecho esta noche y vuestra lealtad.

—¡Eso! Y no has probado nada tan bueno en años... Qué digo en años, en toda tu puta vida. —Le tendió la botella—. Anda, dale un trago.

—No, da igual. Creo que, a partir de ahora, yo voy a hacer como el señor Cruzeiro: no beber alcohol.

Los otros rieron, incluso el aludido, aunque lo miró de un modo inquietante.

—Muy bien —aceptó—. Pues ya que estás sobrio y has abierto la tumba, tú te ocuparás también de matarlo. En cuanto termine con su tarea aquí, le cortas el cuello y lo entierras.

El hombre hizo una mueca. Había miedo en sus pupilas, pero también determinación. Estaba dispuesto a todo con tal de salir ileso de aquella.

—Lo que usted diga...

«Pequeño cabrón», pensó William, con la sensación de que estaba viendo un demonio rodeado de tres almas a punto de condenarse. Ya había oído suficiente: Pelayo todavía estaba vivo, pero le quedaba poco margen. Y, o mucho se equivocaba, o aquellos dos idiotas no llegarían vivos al amanecer; los tres, si el de la pala no se andaba con cuidado. Si tenía que apostar, diría que sería el veneno, suministrado por medio de aquella botella de whisky, el que acabaría con ellos.

¿Cómo podían ser tan sumamente idiotas? Si Quintana no quería que nadie supiera jamás lo ocurrido, lo lógico era que se encargase también de los hombres que lo habían llevado a cabo. Excepto Cruzeiro, claro, que por algo era su mano derecha y seguro que estaba al tanto de muchos secretos más: los suficientes como para haberse vuelto inmune.

William se deslizó hacia la parte trasera de la casa y avanzó pegado a la pared. Quería comprobar si contaba con una puerta secundaria, pero, como era de imaginar, no la había, el caseto era demasiado pequeño. Lo que sí encontró fueron dos ventanas muy estrechas, pero no lo bastante como para no dejarlo pasar.

La que quedaba cerca de la entrada era la que habían visto de lejos, porque dentro había luz. Pero la de atrás estaba en penumbra. Eso podía indicar que había algún tabique interior y que, con suerte, en ese lado no había nadie. Decidió meterse por allí.

Con el mayor sigilo del que fue capaz, forzó la contraventana, que era lo único que protegía el hueco, y se coló dentro, empuñando el cuchillo que había llevado en la bota.

No se había equivocado, por allí no había nadie, aunque le llegaba la luz y algunas sombras a través del umbral sin puerta que dividía la casa. La zona donde estaba era muy pequeña, ocupaba aproximadamente una cuarta parte del edificio. Quizá fue un dormitorio en otra época, o más probablemente un almacén, aunque solo quedaban algún trasto caído aquí o allá y un mueble roto y desvencijado cuya naturaleza no pudo identificar.

Se dirigió hacia el umbral, aunque sin asomarse y procurando que nadie lo viera. No era necesario correr riesgos, porque la pared estaba muy deteriorada, incluso faltaban algunos ladrillos. Se inclinó para espiar por uno de los huecos.

Vio una cocina, como ya imaginaba, probablemente el lugar donde sus habitantes habían hecho toda su vida antes de dejar la casa, por la razón que fuera. Allí todavía aguantaban una alacena, unos anaqueles ya sin vajilla alguna, pero con un par de sartenes viejas colgando de un lateral, un pilón, aunque sin bomba para el agua... El hogar, una chimenea grande y tosca que ocupaba casi al completo una de las paredes, tenía en esos momentos un pequeño fuego encendido.

Gracias a la luz de las llamas, y a una lámpara situada al otro lado, vio que la mesa, de recia madera oscura, estaba manchada de sangre. Sobre ella se encontraba acostada Matilde Quintana, desmayada o muerta, vestida con un camisón, cuya parte inferior también estaba ensangrentada.

Sentada junto a ella, en un banco largo, estaba la criada alta y fea, la doncella de la Abuela Quintana. «¿Francisca, se llamaba? Sí, eso es». En esos momentos, rezaba con toda dedicación, la espalda inclinada, el rostro clavado sobre las manos, que iban pasando las cuentas del rosario. Estaba despeinada y sudorosa. A su lado, en el mismo asiento, William vio lo que seguro que era el maletín del médico, con algo del instrumental empleado: un bisturí, unas pinzas, algo que no sabía para qué podía usarse...

Para algo terrible, eso sí, porque cerca, en el suelo, pudo ver un barreño con el agua de un inquietante color rojizo.

Durante un momento, pensó que las mujeres estaban solas, pero no. Cerca de las llamas que iluminaban la escena, un hombre joven y atractivo, con cierto aire romántico, se lavaba las manos en una palangana.

Ese era el famoso Luis Pelayo, supuso.

Sangre por todos lados... ¿Qué demonios había pasado allí? Menuda pregunta: un aborto, claro. En un sitio repugnante, de una forma repugnante... Ya podía imaginar lo que había pasado. La joven Matilde había tenido un desliz y, tras fracasar en el intento de casarla a toda prisa con un buen partido, los Quintana al completo habían decidido que era mejor eliminar el problema de raíz.

Según le había contado Candela, Pelayo se había negado a participar en los planes del Gran Quintana, pero, al final, estaba claro que lo había hecho. Eso era lo que William no podía admitir, esa cobardía que llevaba a hacer daño a otros por puro miedo. Si Pelayo hubiese considerado que un aborto no era un crimen ante Dios y ante los hombres, y lo hubiese llevado a cabo simplemente por el deseo de Matilde, hasta lo hubiese entendido. O, al menos, lo hubiese aceptado de otro modo.

Pero hacerlo por miedo... ¡Maldición! Era tan culpable como el individuo de fuera, el que esperaba para matarle a él a cambio de que le dejasen seguir con vida.

Casi estaba decidido a dejarse ver y darle un buen puñetazo a aquel cretino cuando, de pronto, Matilde se removió en la mesa y gimió. La doncella se puso en pie de un salto y Luis dejó el trapo con el que se estaba secando para acercarse rápidamente.

—¿Señorita Matilde? —dijo la doncella—. Señorita Matilde, ¿cómo se encuentra?

—Apártese, déjeme —ordenó Luis, haciéndola a un lado—. ¿Matilde? —preguntó, en un tono más amable—. Matilde, cariño, tranquila. No te preocupes, te daré algo para el dolor. Es importante que no te muevas y que sigas durmiendo.

—No, no, no quiero dormir —replicó ella, tan bajo que costaba entenderla—. No quiero... Ya no puedo más. No dejo de verlos. Es... es horrible. —Sollozó—. ¿Crees que estarán en el cielo, Luis?

—¿Qué? —preguntó él, desconcertado—. ¿Quiénes?

—¡Mis niños! ¿Crees que estarán allí? —Luis apretó los labios, en un gesto lleno de pesadumbre—. No, no, claro. No pueden entrar. Eran monstruos. Eran... —Su voz se rompió en un sollozo—. Ella siempre dice que no pueden nacer, Luis. ¡Que Dios iba a odiarlos!

La doncella se santiguó. Luis se limitó a agitar la cabeza.

—Matilde, tranquila. No pienses en eso ahora. Estás muy débil.

—Débil... Muerta es lo que estoy. Ojalá hubieses dejado morir también mi cuerpo. Ahora entiendo bien a Esmeralda. Debería seguir los pasos de mi hermana mayor, ya que vivo ahora en su infierno.

—No digas esas cosas. Ni se te ocurra. ¿Me oyes? No has

muerto, es lo único que importa. —Ella no contestó. Luis miró a la doncella—. Y bien sabe Dios que no sé cómo he sido capaz de evitarlo. ¿No aprendieron la lección la otra vez? ¿Cómo se les ocurre volver a pedir los servicios de esa maldita carnicera?

Francisca titubeó.

—¡Usted no quería hacerlo, y el amo pensó que...!

—¿Y el doctor Segura? Es buen amigo de don Venancio...

—¿Qué dice? Sería como hacerlo público para todo Terrosa. No, no podía ser. Eso nos dejaba pocas posibilidades, dado lo... avanzado de la situación. Y el amo toma muchas decisiones difíciles, siempre guiándose por lo que cree más conveniente para la familia.

—Pues en este caso se ha confundido por completo. De hecho, el destrozo que ha organizado esa mujer va a tener consecuencias muy graves.

—¿A qué se refiere?

El doctor Pelayo dudó un momento; luego se frotó el rostro con las manos.

—A nada. Dejémoslo por ahora, ya lo hablaré con ella cuando esté mejor. Pero de aquí quiero llevarla a mi casa.

—¿Qué? No, imposible —dijo la mujer con rotundidad—. Don Venancio dijo que mandaría un carro a buscarnos en cuanto se fueran los invitados de Palacio Quintana. No creo que tarden ya, estarán aquí en poco tiempo. La señorita debe volver con su familia y...

—Ambos sabemos que su maldita familia es la que ha provocado esto. —Se giró hacia la muchacha—. Matilde, escucha. Ven conmigo, a mi casa. Te ayudaré a salir de esta situación. A irte de Terrosa, a forjarte tu propio destino donde quieras. Puedes ir a Salamanca con Lorenzo, o a Madrid tú sola, si lo prefieres.

Ella lo miró con sorpresa.

—¿En serio? ¿Lo harías?

—Sabes que sí. —Le acarició el pelo—. ¿Por qué te lo callas

siempre, Mati? ¿Por qué simulas que todo va bien, por qué ríes en público y aceptas sus regalos, si tu vida es un infierno?

—¡Doctor! —le advirtió la doncella—. Se está metiendo en problemas. Le recuerdo que le dijeron que no hablase con la señorita. No tiene que decir nada, solo atenderla.

Luis la miró con el ceño fruncido.

—Diré lo que quiera. Ya me he callado demasiado, todos somos culpables de lo que ha ocurrido simplemente por no haber intentado evitarlo. —Francisca se ruborizó y guardó silencio—. Y tú, Matilde, debiste contarme que había vuelto a pasar.

—Jamás dejó de pasar —replicó la joven—. Por suerte, los Quintana no somos muy fértiles. Tierra totalmente yerma, eso es lo que deberíamos ser. Pero, incluso en ella, de vez en cuando arraiga una mala hierba. —Ella alzó una mano para apoyarla sobre la del médico—. Por favor, no se lo digas a Lorenzo, Luis. No se lo digas.

Él frunció el ceño.

—No seas tonta, claro que se lo voy a decir. Hubiese debido contárselo hace mucho, pero permití que me convencieras y mira hasta dónde hemos llegado. Es la segunda vez, pero también es la última, te doy mi palabra de honor. —Matilde no replicó a eso—. De todos modos, estoy convencido de que tampoco va a ser una sorpresa para él. Seguro que ya sabe lo que pasa.

—No. No lo sabe. Solo lo supone.

—Pues yo voy a confirmárselo.

—Pero... eso destruirá nuestra familia.

—Ya lo sé. Y espero poder ayudar en la tarea, porque no existe esa familia, Mati, no sois una familia. —Le acarició el pelo—. Ya va siendo hora de que se sepa qué clase de infiernos oculta Terrosa. La clase de monstruo que es el Gran Quintana.

—Por Dios...

La doncella volvió a santiguarse.

—No, no lo entiendes. —Matilde jadeó—. Nos destruirá a todos por completo. Los Quintana seremos barridos del pueblo y lo mejor que nos puede pasar es que se nos olvide.

—¿Qué quieres decir?

—Lorenzo tiene...

De pronto, se oyó un disparo fuera.

[illegible]

sentidos para todas las sensaciones.

—[illegible]

[illegible] que [illegible] que les tenían preparados [illegible] abierta en el [illegible]

—Nada, nadie [illegible]. [illegible], volvió junto a la muchacha. Tras un momento de indecisión, dijo, con un tono urgente que antes no tenía—: Matilde, si me sucediera algo...

28

Los tres se sobresaltaron, al igual que William. ¿Qué demonios...? Esperaba que no tuviera nada que ver con Titán. El silencio que llegó a continuación, y que se extendió durante largos segundos, era muy semejante al que había antes, pero, por alguna razón, resultó atronador.

Todo aquello le daba muy mala espina.

—¿Qué ha pasado? —preguntó Matilde. Francisca ahogó un gemido. Se arrodilló directamente, junto al cubo de agua ensangrentada, y se puso a rezar—. ¿Qué ocurre?

Luis se movió hacia una ventana y miró fuera. Vio algo, sin duda, William lo dedujo por el modo en que se tapó la boca con la mano, como si estuviese ante un espectáculo espantoso, algo terrible. Pero lo tenía de espaldas. Tuvo que esperar un par de segundos para poder leer su expresión.

Entonces, sí vio su rostro. Estaba pálido y aterrorizado.

Pobre doctor Pelayo. Seguro que ya se temía lo que le tenían preparado y eso que él no sabía nada de la tumba abierta en el huerto.

—Nada, no te preocupes —susurró. Tambaleándose, volvió junto a la muchacha. Tras un momento de indecisión, dijo, con un tono urgente que antes no tenía—: Matilde, si me sucediera algo...

Ella abrió mucho los ojos.

—¿Qué te va a pasar?

Luis intercambió una mirada con la doncella. Ella apretó los labios y siguió rezando.

—Da igual. Escucha. Si me sucediese algo, dile a Lorenzo que lo siento. Lamento lo que ocurrió, lo mucho que lo decepcioné... Yo siempre supe que no podría corresponderme, no era eso lo que pretendía, pese a lo que pudo parecer. Simplemente, tuve que decírselo. Necesitaba decírselo.

—Ay, Luis... —Matilde le cogió una mano y la besó—. Ojalá Loren te hubiese amado también. Ahora no estaría muriéndose.

—Puede ser... —musitó, con un suspiro—. Si estudié medicina, fue para intentar salvarlo.

—Lo sé. Y seguramente él también lo sabe.

Se oyeron pasos fuera, acercándose a la puerta. Los tres dirigieron sus ojos hacia allí.

—También quiero que le digas a Candela...

—¿A Candela?

—Sí. Ella entenderá. Dile que lo siento mucho. A pesar de lo que le dije, a pesar de lo ocurrido, debe saber que siempre ha tenido todo mi amor y...

La puerta se abrió de golpe, cortando la frase y dejando entrar el bochorno de la noche cargado de olor a hierba seca y tierra pulverizada mezclado con el de la pólvora y la sangre. Francisca lanzó un gemido, se puso en pie y se adelantó hacia la mesa, con el rosario apretado contra el pecho, a la altura del corazón. Matilde y Luis siguieron mirando hacia allí, llenos de tensión.

Se oyeron unos pasos, firmes y siniestros, cubriendo los primeros metros de la entrada de la cocina. William no podía ver al recién llegado, pero reconoció al momento la voz de Cruzeiro.

—Doctor, ¿ha terminado?

—¿Qué hace, Cruzeiro? —preguntó Francisca, intentando ocultar a Matilde—. ¡Salga de aquí! ¡No puede ver así a la señorita!

—No sea tonta, ya la he visto antes en peor situación. Doctor, se hace tarde y le recuerdo que tengo que acompañarlo de vuelta al pueblo.

—¿Qué ha pasado? —preguntó Matilde—. ¿Qué ha sido ese ruido, esa detonación?

Cruzeiro la miró. Quizá intentó parecer cordial, pero sus ojos seguían helados.

—Nada, señorita Quintana. Lamento el estrépito. A un hombre se le disparó la pistola mientras la limpiaba. No se preocupe.

Ella permaneció muy quieta un momento, como si estuviese considerando el mejor modo de digerir semejante afirmación.

—Bien. No me preocuparé, entonces —dijo. Extendió un brazo y cogió a Luis por la muñeca—. Pero prefiero que el doctor Pelayo siga conmigo hasta que lleguemos a Palacio Quintana. No me encuentro bien.

—Lo siento. Órdenes de su padre, señorita. El médico debe irse ahora.

—No importa. Mi padre no está aquí ahora mismo y yo le doy otras órdenes.

—No, lo siento. Yo trabajo para él. Al menos, de momento.

¿Había sido eso una insinuación? Posiblemente. De hecho, pensándolo bien, si Cruzeiro se casase con Matilde, algún día se haría con toda la fortuna de los Quintana, ya que el primogénito parecía estar tan enfermo. Y seguro que, viéndola en esa casucha, sobre esa mesa, estaba considerando que sería la joven Quintana quien debería agradecer que quisiera casarse con ella, una mujer arruinada de la peor forma posible.

Matilde se mantuvo firme, pese a que parecía al borde del desmayo.

—No se va a llevar al doctor Pelayo a ninguna parte.

Cruzeiro avanzó hacia ellos con una risa desdeñosa. Apareció encuadrado en el umbral, de espaldas.

—Usted duérmase, enseguida vienen a recogernos. Además, no le conviene hacer enfadar a su padre, ya está bastante alterado con lo ocurrido. —Se volvió hacia Luis—. Doctor Pelayo, salga fuera conmigo. Ahora.

—¿Va a llevarme al pueblo? —preguntó este.

—Ya le he dicho que sí.

—Entonces ¿por qué no esperamos al carro y los acompaño en el traslado? Sería lo más lógico, y lo mejor para la señorita Quintana.

Cruzeiro lo miró impasible unos segundos y luego se echó a reír.

—Sí, cierto, sería lo más lógico. Supongo que mi excusa no tiene mayor sentido. Todos cometemos errores. —Se encogió de hombros—. Da igual. Salga, por favor, conmigo.

—No creo que...

—Ninguno de los dos quiere que la chica salga perjudicada, ¿verdad? —Luis afirmó la mandíbula—. Vamos fuera, doctor Pelayo. Trataremos este asunto entre caballeros.

—¡No! —exclamó Matilde—. ¡No salgas! ¡Quiere matarte! —Se agitó hasta conseguir sentarse—. ¡Estoy harta de tantas muertes!

—Tranquila, Matilde —dijo Luis, tenso—. Necesitas reposo. No te preocupes, no ocurrirá nada. No es...

Todos allí imaginaban lo que iba a pasar, de modo que William no se lo pensó dos veces. Aprovechando que todavía tenía a Cruzeiro de espaldas, salió de su escondite y avanzó hasta pegarse a él. No había contado con Francisca, quien, al verle, se sobresaltó y lanzó un grito.

Tampoco importó mucho. Alertado, Cruzeiro quiso darse la vuelta, pero ya era tarde. William lo atenazó por el cuello con un brazo, cortando su aliento para impedir que gritase, y lo pinchó con el puñal bajo la barbilla.

—No te muevas —siseó, intentando infundirle más miedo con su tono que con el filo del cuchillo o las amenazas—. No digas nada, no intentes nada, o te mando directo al infierno, cabrón.

El hombre de Quintana extendió las manos hacia arriba, en un gesto de rendición.

—Vale, vale. No nos pongamos nerviosos, inglés. —Tras un par de segundos en los que todos se quedaron muy quietos, añadió—: ¿Se puede saber qué demonios haces tú aquí?

—No te importa. —Apretó un poco más el cuchillo, hasta dibujar una línea de sangre en la piel. Por si se le ocurría tomar cualquier iniciativa—. Con mucho cuidado, saca la pistola cogiéndola con dos dedos y dásela al doctor.

—¿Estás seguro de que quieres tomar partido por el bando equivocado?

—Por completo. Hazlo.

Cruzeiro tomó aire, quizá para conseguir algo de tiempo y poder pensar. No tenía mucho margen, así que no sorprendió a nadie cuando obedeció. Sacó el arma con dos dedos y se la tendió a Luis Pelayo. Este titubeó, pero terminó cogiéndola.

—Ya está —se burló Cruzeiro—. ¿Podemos firmar la paz o algo así?

—No creo. Ahora saca el reloj.

—¿El reloj? —repitió, con sorpresa.

—Sí, eso he dicho. Vamos, dame la hora.

Cruzeiro se llevó la mano al bolsillo del chaleco y sacó el reloj de oro. Por primera vez, William pudo verlo bien. Y sí, allí estaba la rosa de los vientos, en aquel brillante esmalte azulón adornado con granates. «Perteneció a mi abuelo», había dicho Charles Barrow, el amable Charles Barrow. El hombre que le había ayudado a localizar a su padre cuando desapareció, que lo abrazó y lo consoló cuando encontraron su cuerpo colgado.

Claro que todavía podía haber alguna duda. Quizá su autor,

aquel relojero y orfebre soberbio, había fabricado más de un reloj con ese detalle decorativo.

Pero, entonces, el hombre de Quintana lo abrió.

Para Charles. M.

M. «Margaret, mi querida abuela», le había contado un día, cuando William era un crío y Barrow todavía trabajaba con su padre. Aquel reloj le fascinaba, y le había preguntado al respecto. Barrow se lo dejó coger y examinar de cerca. «Ella se lo regaló a mi abuelo, que también se llamaba Charles, como yo. Por él llevo este nombre. ¡Mira que he pasado malos tiempos, a veces, y me ha tentado la idea de venderlo! Pero, al final, nunca lo hago. Para mí, este reloj simboliza la familia. Jamás me separaría de él».

—Es muy tarde, cabrón inglés —musitó Cruzeiro.

—Ni te imaginas cuánto. ¿De dónde sacaste ese reloj? —Como el otro no contestaba, le zarandeó—. ¡Vamos, habla!

—Lo gané a las cartas.

—Mentira. Yo te diré qué pasó. Vino un hombre, hará un par de años, un extranjero. Un inglés, como yo. Quería saber cosas, detalles, sobre los orígenes de Salazar. Empezó a hacer preguntas y su presencia se volvió incómoda, lo que provocó que Quintana ordenara su muerte.

Pero ¿por qué? No podía evitar encontrarlo absurdo. ¿Qué podía importarle a Quintana de dónde había salido aquel niño abandonado en las raíces de la encina negra o cómo había crecido? ¿Qué podía haber en esos datos que llevase al terrateniente a arriesgarse tanto como para encargar una muerte?

Claro que, viendo lo poco que le importaban al Gran Quintana las vidas humanas, quizá la cuestión era tan sencilla como imaginar que Charles Barrow se le cruzó en la calle y le resultó antipático.

Ajeno a sus pensamientos, Cruzeiro se echó a reír.

—Así que era amigo tuyo.

—Digamos que sí.

—Pues era un metomentodo. En cuanto cruzó el puente de la Reina, don Venancio, que tiene buen olfato para los problemas, me ordenó que lo hiciera seguir. ¡Jodido inglés! Ni se había quitado el polvo del camino del sombrero cuando ya estaba haciendo demasiadas preguntas por el pueblo. —Sí, eso era propio de Barrow. Una de sus grandes virtudes era la de ser rápido. Si tenía una misión, no vivía hasta terminarla. Por eso era viudo y vivía solo desde que su hija se casó con un irlandés y se fue con él—. De allí, se fue directo a ver al Telele.

—¿Y eso por qué?

—Ya sabes cómo son los pueblos. Se parecen mucho a las mujeres: no pueden tener la lengua quieta. El hombre que seguía al inglés nos avisó de adónde había ido y Quintana se puso muy nervioso. —Bufó—. Cuando se pone así, siempre muere alguien. Hoy está de ese humor. Te lo advierto.

—Me da igual. ¿Y aquella noche? —Apretó un poco el cuchillo—. ¿Mató al inglés?

—Y al Telele, no te jode. A los dos. Aunque el inglés se llevó la peor parte, porque lo torturó antes. Le dimos una paliza y desde aquí lo llevamos hasta la encina negra, donde lo colgamos un par de veces, a ver si hablaba. Pero, en una de estas, se nos murió. Supongo que le reventó el corazón o alguna mierda así. El padre Severino, que tiene la costumbre de ir por allí en busca del diablo, nos descubrió entonces, pero le dijimos que acabábamos de encontrarlo colgado y que no tenía documentación alguna. —Sonrió—. No sé si nos creyó. Pero ya sabes cómo son estas cosas. El padre Severino jamás diría una palabra más alta que otra al Gran Quintana.

No era momento para darle vueltas a todo aquello, pero William no pudo por menos que agitar la cabeza, intentando encajar las piezas.

—De modo que le enterrasteis como a un vagabundo y a mí

me enviasteis una nota para que creyera que estaba en otro país.

—Eso es. Don Venancio se lo encargó a uno de sus socios de Londres. Fue sencillo.

Maldito cabrón. Ya solo por eso le hubiera cortado el cuello, pero quedaban preguntas por hacer.

—¿Y qué pudo llevar a Barrow hasta el Telele? ¿Por qué esa posible entrevista puso tan nervioso a Quintana? Barrow vino a investigar a Salazar, no a él.

—No tengo ni la más jodida idea, inglés. ¿Y sabes lo que te digo? No merece la pena que te esfuerces por entenderlo. En realidad, ya estás muerto.

De pronto, Cruzeiro se propulsó hacia atrás y aplastó violentamente a William contra la pared, provocando una lluvia fina de cal y polvo de ladrillo desmenuzado. El inglés soltó todo el aire de sus pulmones y no pudo evitar que el otro le cogiera por la muñeca, alejase el brazo armado de su cuello y le golpease la mano contra el umbral de la puerta, una y otra vez, hasta obligarle a soltar el cuchillo.

Por lo menos, William logró mantener su presa con el otro brazo, incluso presionó más el cuello de Cruzeiro para cortarle la respiración y obligarlo a rendirse. No quería matarlo, al contrario: había demasiadas preguntas que quería hacerle todavía, él era el primer interesado en solucionar ese asunto sin mayores contratiempos. Pero Cruzeiro no estaba por la labor.

Aferró con ambas manos el brazo que lo aprisionaba y trató de apartarlo por la fuerza, pero, viendo que no lo conseguía, empezó a moverse de un lado a otro como un caballo desbocado, arrastrando a William con él. Buscaba golpearlo contra paredes y muebles para obligarlo a que lo soltara. En su empeño, chocó dos veces contra la mesa hasta lograr moverla, casi derribando a Matilde. Ella gritó y Luis se apresuró a ayudarla a mantenerse en el sitio.

Para más complicaciones, la doncella, Francisca, viendo que

Cruzeiro no podía soltarse por sí mismo, se lanzó hacia William, chillando. Intentó alcanzar sus ojos con toda la intención de clavarle las uñas. No lo consiguió, pero le arañó el rostro con saña, a un lado. Él gritó y trató de apartarse y de mantenerla alejada con el brazo libre, pero le resultaba difícil, y si soltaba a Cruzeiro para librarse de la mujer, la situación se complicaría mucho.

Por suerte, eso impulsó al doctor Pelayo a intervenir en el asunto. Se lanzó hacia la doncella y la sujetó por los brazos, apartándola.

—¡Francisca! —le gritó. La empujó hacia el fondo y se interpuso—. ¡Quieta de una vez! ¡Quieta!

No la apuntó, pero tenía una pistola en la mano. Quizá eso terminó de convencerla de que lo mejor que podía hacer era mantenerse al margen, porque se quedó apoyada en la pared, jadeando, mirándoles con ojos desencajados.

—Sea listo, doctor —dijo entonces Cruzeiro, casi sin aliento—. Péguele un puñetero tiro al inglés, ahora. Le doy mi palabra de que le diré al Gran Quintana que lo ha hecho para ayudarnos. Estoy seguro de que sabrá agradecer su apoyo.

—¿De verdad? —Luis entornó los ojos—. Definitivamente, siempre ha creído que soy idiota, Cruzeiro, pero da la casualidad de que siempre se ha equivocado. Me consta que el único agradecimiento que puedo esperar de ese hombre es una tumba anónima.

Cruzeiro soltó una risa ronca y redobló su forcejeo con fuerzas renovadas. William le contuvo a duras penas, rezando para que se rindiese, para que quedase agotado o sin aire y dejase de pelear. No quería tener que matarlo, no quería, pero cuando vio que lograba inclinarse y alcanzar algo del instrumental del médico, el bisturí, sin que él pudiese evitarlo, la cosa se complicó.

Le sujetó por la muñeca y trató de desarmarlo, pero fue inútil. Cruceiro alzó la mano poco a poco, fuerza contra fuerza, a pulso. Llevaba el bisturí dirigido hacia atrás y empezó a lanzar tajos, cada vez más cerca. Viendo la situación, Luis acudió en ayuda de William y también le sujetó por el brazo, pero el hombre de Quintana era tremendamente fuerte y estaba muy desesperado. De un momento a otro, Luis y él se verían obligados a dejar de oponer resistencia y el bisturí saldría directo hacia él, le daría en la cabeza, en un ojo o quizá en el cuello. Podía matarlo.

No le quedó más remedio que romperle el cuello.

El crujido sonó de un modo espantoso. «Mierda», pensó mientras se inclinaba, a medida que el hombre se derrumbaba sobre sí mismo, para dejarlo en el suelo. «Mierda, mierda, mierda...».

Francisca lanzó un alarido.

—¡Cruzeiro! —Corrió hacia el cuerpo y lo abrazó. William se apresuró a coger el bisturí, no fuese a darle malas ideas—. ¡Oh, no! ¡Oh, no! —Los miró con odio—. ¡Malditos!

—Si de verdad piensas que vamos a disculparnos por no habernos dejado matar, estás muy equivocada —le dijo Luis, enfadado. Observó a William con cautela—. Supongo que usted es el famoso inglés que ha llegado a Terrosa para quedársela casi al completo.

Matilde respondió por él.

—Es lord Waldwich, el prometido de Candela. —Sonrió apenas—. Gracias, milord.

—No hay de qué, señorita Quintana. —William se agachó para registrar al muerto. Francisca intentó impedirlo, pero cogió el reloj—. Esto no era de Cruzeiro. Me ocuparé de que lo reciba su dueña.

—Asesino... —siguió acusando Francisca.

—En defensa propia, siempre. Es una vieja costumbre. —Sacó su pistola y se dirigió a la puerta—. Quédense aquí. Voy a echar un vistazo, a ver si...

—No se moleste. —Luis hizo un gesto hacia el exterior—. Están todos muertos, los tres. Puede verlos por la ventana.

William se dirigió hacia allí y comprobó que sus sospechas habían resultado ser ciertas: el whisky del Gran Quintana estaba envenenado. Los cuerpos del delgaducho y el bajito permanecían tirados en el suelo, cerca de la hoguera, con las espaldas y los miembros retorcidos de una forma agónica hasta el punto de casi parecer dislocados. Y el que se negó a beber había recibido una bala, la detonación que escucharon.

El demonio no hacía amigos ni aunque se esforzasen por entregarle el alma a cambio de un poco más de vida.

—Será mejor que nos vayamos de inmediato —musitó, preguntándose si realmente lograría sobrevivir para ver un nuevo amanecer—. Cruzeiro ha dicho que va a venir un carro a buscar a la señorita Quintana. No sabemos cuántos hombres irán en él, pero dudo que nos dejen con vida a usted y a mí.

—Me extrañaría mucho, sí.

—Los matarán —dijo Francisca, mirándoles con odio—. Les arrancarán el corazón y los enterrarán por ahí, y nadie los recordará nunca.

William puso los ojos en blanco.

—Pues con más razón: en marcha. —Miró a Matilde—. ¿Será capaz de caminar, señorita Quintana? ¿La llevo en brazos? Tenemos las monturas bastante cerca.

—No, no. —Luis se opuso de forma categórica—. ¿Qué dice? No la mueva. No puede caminar ni mucho menos montar a caballo. Podría desangrarse.

—¿Está seguro? —William titubeó—. No me hace gracia la idea de dejarla aquí, sola, con esos brutos. Aunque sean hombres de su padre.

—A mí tampoco. Y eso que me preocupa más su padre que sus hombres.

William asintió y pensó rápidamente.

—Hay un coche ahí fuera —dijo entonces. Había tenido una idea—. ¿Y si lo usamos para transportarla?

—Supongo que se refiere al coche en el que han venido ellas.

—Luis asintió, indeciso—. Es pequeño, pero podría viajar recostada si no viene Francisca...

—No iré —dijo ella.

—No vendrá —aseguró William—. Que la recojan los del carro o que vuelva andando, pero con nosotros no viene.

Luis asintió.

—No es lo ideal, me da pánico que en el traqueteo tengamos un disgusto, pero, si intentamos que no se mueva mucho, no tendría por qué haber demasiado problema.

—Eso es. Vamos. —Se dirigió a un extremo de la mesa—. La sacaremos así, con mueble y todo, hasta la entrada, y acercaré el coche. Tendrá que moverse muy poco. En tan solo unos minutos estaremos en Castillo Salazar y allí usted la podrá atender sin peligro.

Aquello pareció alejar a Luis Pelayo varios kilómetros.

—Yo... prefiero no ir a Castillo Salazar.

—¿Y eso?

—Es un asunto privado. Pero podemos llevarla a mi casa. De hecho, allí tengo todas mis cosas, estará mejor atendida.

William negó con un movimiento de cabeza.

—Al margen del hecho de que le secuestraron estando allí, y sin demasiados problemas, siento comunicarle que los hombres de Quintana mataron a doña Filomena y quemaron su casa.

—¿Doña Filomena?

—Sí. —Lo miró sorprendido. ¿Cómo podía haberla olvidado?—. Su ama de llaves...

—¿Qué? —La expresión de Luis reflejó sorpresa—. ¿Doña Fulgencia está muerta?

—¡Ah, perdón, sí! Doña Fulgencia. Perdón, jamás recordaré semejante nombre. Lo siento.

Luis asintió, apesadumbrado.

—Oí el grito y unos disparos, pero me dijeron que estaba bien, que ni siquiera la habían herido...

—Le mintieron. —Se encogió de hombros—. No tiene alternativa, debe venir a Castillo Salazar. Allí podremos protegerlo.

Luis volvió a asentir.

—Está bien. Dadas las circunstancias, lo haré, igual que aceptaré su traslado.

—No hay más opciones.

—No, no las hay. —Sonrió apenas—. Gracias, milord. Ni siquiera hemos sido presentados formalmente, pero ya le debo la vida.

—No se preocupe. No ha sido nada.

—Yo creo que sí. —Le tendió la mano. Tras un segundo de duda, William la estrechó—. Soy Luis Pelayo, un simple médico de pueblo, pese a lo que pueda parecer.

—Yo soy William Caldecourt, también pese a lo que pueda parecer. Encantado.

Luis lo miró. Casi parecía divertido.

—¿No menciona el título?

—No. Seguro que ambos estamos de acuerdo en que, en estas circunstancias, todo eso importa poco.

[illegible]

[illegible] apenas pudo contener su rabia. De hecho, [illegible] en esos momentos que estuvo
segura de que, si le hubieran mirado, se habrían dado cuenta de
lo que le ocurría.

29

Cuando avistaron de nuevo la casa, William vio que la luz de la ventana de su dormitorio estaba todavía encendida.

Supuso que Candela no había seguido sus indicaciones ni había dormido... Bueno, no sería él quien se lo reprochase. ¡Como para hacerlo, en semejantes circunstancias! De hecho, no se había acostado, ni siquiera se había puesto la camisa que le dio para dormir. Les esperaba en el pasillo, caminando de un lado a otro mientras se frotaba nerviosa las manos. Al menos, ya apenas cojeaba.

En cuanto vio a Luis, se abalanzó hacia él, aunque en el último momento se detuvo abruptamente, a un par de pasos, como temiendo ser rechazada.

—¿Estás bien, Luis?

Luis, siempre Luis. No le importaba cómo estaba él, si le dolían sus contusiones, los arañazos de su cara o si estaba agotado tras encontrarse con todo aquello tras un largo día de viaje, algo que había culminado con el rescate del hombre que Candela amaba. William apenas pudo contener su rabia. De hecho, se sentía tan transparente en esos momentos que estuvo seguro de que, si le hubiesen mirado, se habrían dado cuenta de lo que le ocurría.

Pero, claro, no le prestaban mayor atención.

—Sí —respondió el médico con una expresión a la vez amable y cautelosa, sin apartar sus ojos de Candela. Sonrió, cansado—. Gracias a ti.

—No me las des, por favor. ¡Me alegro tanto de verte bien!

—Sí, lo estoy. —Agitó la cabeza—. La que ha llevado peor suerte ha sido doña Fulgencia. Lord Waldwich me contó que han encontrado su cuerpo.

Candela se cubrió la boca con las manos. Sus pupilas se llenaron de lágrimas.

—Oh, Dios mío... Pobre mujer.

—Tranquilízate. —Fue él quien al final se decidió a avanzar para abrazarla. La envolvió entre sus brazos y la estrechó con fuerza. Ella apenas se permitió un gemido. La vio morderse los labios con tal de no llorar—. Gracias, cariño. También a ti te debo la vida, y no lo olvido. Otro día, mañana, te lo contaré todo. Ahora... —Se volvió hacia el exterior—. Hemos traído a Matilde Quintana y necesitamos acomodarla en algún sitio cuanto antes.

Candela lo miró con desconcierto.

—¿Qué? ¿Matilde?

—Es mejor que no la subamos al primer piso, al menos durante unas horas —prosiguió Luis—. ¿Te importa que improvisemos un dormitorio en alguna salita de la planta baja?

—No, por supuesto que no. Elige una, la que te parezca más conveniente, y ordena que lleven una cama y cuanto necesites. ¿Qué le pasa? ¿Está herida?

—No, no. —Titubeó, pero William ya sabía que el doctor Pelayo era un hombre discreto—. Pero, disculpa, esa es una historia que tendrá que ser contada en otro momento. Titán ha ido a llamar a la señora Rodríguez. Espero que no te importe esta invasión.

—En absoluto. —Sonrió—. A pesar de todo lo que pueda parecer, estás en tu casa.

Los ojos de Luis brillaron como si hubiese captado algún mensaje oculto en aquellas palabras.

—Gracias, Candela. Vuelvo abajo, para ocuparme de todo.

Los saludó con un gesto y se dirigió a la escalera. Cuando el doctor se hubo ido, por fin hizo caso a William. Candela lo miró, nerviosa.

—Gracias, milord.

—No hay de qué.

—Está usted herido...

William se tocó los arañazos en la sien y en la mejilla izquierda.

—No es nada, aunque duelen como demonios. El doctor Pelayo ya me los ha limpiado, no te preocupes. Pareces cansada. Debiste dormir un poco.

—Lo intenté, pero me resultó imposible. —Él asintió, sin saber cómo continuar, y se produjo un silencio incómodo. Finalmente, ella se giró y se dirigió a las escaleras—. Disculpe, milord.

—¿Adónde demonios vas?

—A asegurarme de que instalan a Matilde lo mejor posible, claro está. Me parece lo más urgente ahora mismo.

Teniendo en cuenta que estaba pendiente si se casaban o no, algo que afectaría de forma radical al resto de sus vidas, el tema de la urgencia era muy subjetivo. Pero supuso que no podía hacer más. Estaba cansado de todo aquello.

—Desde luego. Pero, Candela —la llamó en el último momento. Ella se volvió desde el primer peldaño—, tenemos que hablar.

No necesitó decir más, ambos sabían a lo que se refería. Ella se ruborizó, inquieta, pero asintió con determinación y se fue.

William esperó unos segundos y aprovechó para ir al dormitorio de la muchacha. Pensaba coger rápidamente el sobre de la mesilla y así recuperar el testamento y su carta, y quizá destruirlos, ya que no habían sido necesarios, pero cuando abrió el cajón descubrió que allí no estaba.

Se quedó paralizado. ¿Lo habría cogido Candela? Era la conclusión más lógica, se trataba de su dormitorio y, además, había estado despierta todo el rato. Sin embargo, no había dado muestras de estar al tanto de su contenido.

Claro que, ¿cómo hubiera debido mostrarse? ¿Despectiva? ¿Agradecida? ¿Emocionada? Quizá hubiese sido mucho esperar.

Lo cierto era que no la conocía en absoluto. No la conocía lo más mínimo. Tendía a olvidarlo por ese absurdo enamoramiento que había arrastrado por toda Europa junto con su retrato, pero solo sabía de ella que era dura, como Terrosa, y digna hija de Salazar.

¿Y si intentaba matarlo para hacerse con la herencia? ¡Por Dios! «No empieces a pensar cosas raras», se ordenó. La conociera o no, ya empezaba a intuir que Candela podía ser muchas cosas, pero no una asesina. Ni siquiera Bernardo lo era, de hecho. Había llevado a Ethan Caldecourt al suicidio, arrastrado por el puro deseo de venganza, pero nunca le hubiese matado directamente.

Sin embargo, la carta no estaba. Preocupado, volvió a su dormitorio. Se quitó la chaqueta, se aflojó y se sacó la camisa y se lavó en la jofaina. ¡Qué calor había pasado todo aquel largo y maldito día! Exterior e interior, con tanta emoción intensa. Estaba tan cansado... Necesitaba dormir. Apenas quedaba un par de horas para que amaneciera, y alrededor de cinco para su boda, si es que esta llegaba a celebrarse. Podía descansar un rato.

Se desnudó por completo y se metió en la cama. Miró el techo, sintiéndose en la gloria. Las sábanas olían a flores y eran suaves al tacto. Resultaba tan...

Despertó de pronto, con el cuerpo laxo por el sueño profundo. Junto a la cama, en la penumbra creada por la vela de la mesilla, vio la figura de Candela, de pie, mirándolo con fijeza.

—¿Candela? —murmuró, con voz densa—. ¿Qué ocurre?

—Lo salvó, pese a todo —dijo ella.

—¿Qué? Ah... —Se pasó una mano por el rostro, todavía pesado por el sueño—. Bueno, qué podía hacer. El buen doctor Pelayo estaba metido en un gran lío. No creo que pueda amarte, pero yo sí podría amarte a ti —añadió, con amargura—. Por eso, Candela, respetaré la decisión que tomes. Si quieres ser mi esposa, me harás el hombre más feliz del mundo. Si no... —en su mente apareció la imagen de su madre exigiéndole su promesa. «Lo siento, madre». Había límites que no podía transgredir— no pasa nada. Bernardo Salazar ya ha pagado su deuda, y tú tienes razón, eres inocente de cualquier culpa. No voy a seguir alimentando esta bola de odios.

Ella pareció reflexionar.

—¿Y qué pasará con Castillo Salazar?

William suspiró profundamente.

—En eso también tenías razón, yo no lo quiero para nada. —«No lo quiero si no estás a mi lado», pensó, sintiendo una pena inmensa—. En cuanto me reúna con mis abogados, lo pondré todo a tu nombre. Serás tú la señora de Terrosa, la dueña de la hacienda grande.

La vio abrir mucho los ojos.

—¿Lo dice en serio?

—Por completo. Lo cierto es que iba a hacerlo aunque te casaras conmigo. Es tuyo, tu derecho de herencia. Además, seguro que lo llevas todo mejor que tu padre. Porque, mejor que Almeida, no resultará difícil. Dejaré que tú misma lo despidas.

Candela se echó a reír.

—La señora Rodríguez dijo que era usted un buen hombre. Tenía razón. —Inclinó la cabeza a un lado, estudiándolo con curiosidad—. Es una criatura extraña, William Caldecourt.

—No sé si me alegra que pienses así, la verdad. —Ambos rieron—. Deberías irte a dormir, Candela. Es tarde y pareces cansada.

Ella lo miró de un modo intenso y William casi pudo sentir que el aire crepitaba entre ellos.

—No quiero irme —dijo ella—. Yo... mañana me casaré con usted. Si es que le parece bien.

William sintió cómo la sangre corría por todo su cuerpo. ¿Cómo podía aquel sentimiento suponer tanto? De pronto, todo estaba cambiando a su alrededor. Vida, vida... La vida lo rodeaba, lo llenaba de entusiasmo y de ilusiones. De deseos de vivir con intensidad cada segundo de su tiempo.

Pero debía ser cauto.

—¿Y Luis Pelayo?

Una expresión de dolor cruzó el rostro de Candela. Fue fugaz, pero dejó tras de sí una estela de amargura.

—Algún día le contaré esa historia. Pero no hoy. No esta noche. Esta noche es para nosotros.

Poco a poco alzó las manos y empezó a soltar los botones que cerraban su cuello de encaje. Bajo la atenta mirada de William, se bajó la parte superior del vestido y luego dejó caer la falda, quedándose con la camisola y las enaguas. Entonces se inclinó para soltarse los botines y William se preguntó si lo hizo aposta de ese modo, porque eso le permitió ver sus pechos por el escote del corsé.

Las enaguas cayeron un instante después. El resto de la ropa fue cosa de otro momento, y Candela Salazar quedó desnuda ante William: una muchacha alta y esbelta, de pechos jóvenes y hermosos, caderas estrechas y piernas largas. Había algo fascinante en el reflejo de las velas sobre su piel, que parecía hecha de seda.

La imagen alejó definitivamente el sueño y avivó su cuerpo, cada centímetro de su piel. Toda aquella excitación se concentró en su verga, que palpitó de un modo que casi le llegó a doler de puras ansias. Pero no era eso lo importante.

—Eres preciosa, Candela Salazar...

Ella sonrió, nerviosa. Fue hacia él, subió a la cama y se acostó a su lado. William adelantó una mano, la apoyó en su cadera y la atrajo hacia él con amabilidad, pero también con firmeza. Tenía un tacto tan suave...

Entonces, recordó lo del testamento y volvió a embargarle aquella ligera inquietud.

—¿Cogiste tú la carta? —le preguntó a bocajarro.

Candela lo miró sorprendida.

—¿Qué? ¿Qué carta?

Parecía sincera. ¿Habría sido alguna de las criadas? Ya preguntaría. Aunque, en realidad, ¿qué importaba? No debería preocuparse por aquello. En caso de morir, seguiría queriendo que Candela heredase todo lo suyo. Y más en ese momento, que ya iba a ser definitivamente su esposa.

—Nada. Olvídalo.

Sus manos la rodearon y cubrieron sus nalgas, acercándola más, y se inclinó poco a poco para besarla. Candela se estremeció. Sus bocas se unieron en un beso que comenzó aparentemente suave, pero siempre decidido.

Y, por fin, todo fue como debía ser.

[illegible]

[illegible]

[illegible] y parecía atormentado, había acabado en su escote.

[illegible] estaba así, con el cabello revuelto y [illegible] del sueño. Alzó una mano para apartarle uno de los rizos que caían sobre su frente.

El leve movimiento lo despertó. La miró pestañeando y su boca se extendió en una sonrisa.

30

Candela despertó al notar una respiración suave a su lado.

William dormía profundamente muy cerca de ella, con la nariz casi enterrada en su cuello. Los dos estaban en el centro del colchón, desnudos, con las piernas entrelazadas; también la tenía aferrada con uno de sus brazos por la cintura. Un vistazo a un lado le indicó que las sábanas estaban en el suelo, hechas un auténtico revoltijo.

«Pero ¿qué...?», se preguntó, aturdida. Fue solo un instante de desconcierto. Un segundo después recordó lo sucedido durante la noche. Todo, absolutamente todo lo ocurrido, cayó sobre ella, como un mazazo.

Luis era su hermano.

Era hijo de Bernardo Salazar, como ella. Luis, que había sido secuestrado por el Gran Quintana por alguna causa que todavía nadie le había revelado. Y ese hombre, ese inglés extraño, a veces despótico y a veces afectuoso, había acudido en su rescate.

Lo miró. Qué atractivo estaba así, con el cabello revuelto y perdido en la paz del sueño. Alzó una mano para acariciarle uno de los rizos que caían sobre su frente.

El leve movimiento lo despertó. La miró pestañeando y su boca se extendió en una sonrisa.

—Buenos días... —susurró mientras la besaba—. ¿Estás bien? —Candela asintió, porque era cierto, se sentía bien, y satisfecha como nunca—. ¿No te sientes molesta?

Un poco, quizá. Habían hecho el amor dos veces antes de dormirse, y se sentía algo resentida. Pero no era nada que no pudiera ignorar.

—No. Estoy bien.

Él sonrió.

—Me alegro, porque me apetece...

Se colocó encima y, sin más preámbulos, la penetró lentamente. Así sería ya por siempre, pensó ella, algo maravillada. Él podría tomarla cuando desease, y ella estaría siempre deseándolo. Lord Waldwich, aquel inglés venido de lejos, de un país que imaginaba frío, oscuro y ruidoso, había llegado para quedarse. Aunque no le interesara el título, era el nuevo señor de Terrosa, y poseería cada noche a la joven Salazar.

Se estremeció de puro placer al imaginarlo.

A diferencia de las veces anteriores, en esta ocasión todo fue más fácil. De hecho, no hubo dolor, solo una leve molestia, casi imperceptible, que desapareció enseguida al ser sustituida por algo que empezó como una comezón indefinida, pero que fue creciendo y creciendo, siempre centrándose en algún punto profundo de sí misma.

Candela se mordió los labios y se aferró con fuerza a los hombros de ese hombre, que la besaba en el cuello, en los pechos, balanceándose incansable entre sus piernas, empujando sin detenerse, siguiendo la promesa de todo aquel placer. Durante unos minutos no se oyó más que el ruido de los crujidos de la cama y el sonido acompasado de sus jadeos.

¿Era ella quien suplicaba? ¿Era él? Durante un momento no lo tuvo claro. William apoyó la mano abierta sobre su pecho y un incendio recorrió su cuerpo, inflamando la sangre de sus venas.

Luego, todo fue urgencia en la larga, larga subida, en la corriente que la arrastraba, recorriendo su cuerpo, hasta casi dar la impresión de estar cambiándolo físicamente desde dentro.

Todo fue oscuridad, tensión y pensamientos sueltos, deshilvanados.

Deseo. Clímax. Placer. Brutal...

Cuando terminaron, cuando descendieron de aquella cumbre tan ansiada, relajados y ahítos, él la besó.

—Si sigues queriendo que nos casemos, deberíamos prepararnos —murmuró, perezoso.

Ella asintió. Sí quería. La noche anterior, tras pensarlo bien, había decidido que era el mejor camino que podía tomar y esperaba llegar a tener una buena convivencia con el inglés. Ya había quedado claro que, en temas íntimos, se relacionaban bien. Además, con el rescate de Luis, se había ganado su admiración.

Ahora estaba segura de que, si cuidaba aquellos sentimientos incipientes que habían arraigado en su interior, podría llegar a quererlo. Quizá no como había querido a Luis, aquel sentimiento inmenso tenía mucho de desconocimiento, de ingenuidad. Ya no era la misma, no era una niña enamorada del puro brillo de la luz del fuego, era una mujer escarmentada tras quemarse que deseaba crear un hogar con un hombre que parecía merecer esa confianza.

Gracias al inglés, estaba contenta. Dolida, triste por lo ocurrido, pero esperanzada por lo que podría llegar a ocurrir. No quería ni pensar en lo que hubiera sido descubrir que lo suyo con Luis no era posible sin tener a un lord Waldwich al que poder aferrarse en el naufragio.

—Antes debo comprobar cómo está Matilde, milord.

Él frunció el ceño. Quizá se preguntaba si a quien quería ver era a Luis. Candela apartó la mirada. Pobre iluso. Si supiera la verdad... Pensó en decírsela, para acabar con aquellos momentos absurdos de tensión, pero no podía. No quería ni pensar en ello. No quería hacerlo real expresándolo con palabras.

—Nada de títulos —dijo él—. Llámame William. O Waldwich, sin más, pero prefiero William. Y que me tutees.

—Muy bien. Te tutearé, William.

—Vamos. —Salió de la cama y, desnudo, se dirigió a la ventana. Aunque agotado por las pocas horas de sueño y por el placer que acababa de vivir, el cuerpo de Candela no dudó un solo instante en responder, excitándose. ¡Qué hombre más hermoso! Alto y espigado, largas piernas, caderas estrechas, glúteos firmes, hombros ligeramente anchos, con los músculos bien marcados... Envuelto en el resplandor del amanecer, parecía un dios romano—. ¿Qué vas a ponerte?

—No lo sé. Da igual.

La miró por encima del hombro, con censura. No le había gustado esa respuesta, pero intentó disimularlo. Le dio la espalda y apoyó ambas manos en el marco de la ventana.

—No quiero volver a reprocharte lo ocurrido con el ajuar. Da igual. Solo eran cosas. —Irguió los hombros, como intentando recuperarse de un golpe—. Pero es una pena, Candela. Hubieras estado preciosa con ese vestido de novia.

Ella se sintió incómoda.

—Sí. Lo lamento. De verdad.

—Lo sé. —Él volvió a mirarla con una expresión inescrutable—. Ambos hemos hecho cosas malas. Algunos seguimos haciéndolas. Pero si continúas decidida a seguir adelante, a casarte conmigo, quiero que sepas que intentaré ser un buen esposo, Candela. No espero de ti que te quedes a mi sombra, nada más lejos de mi intención. Eres una persona inteligente, y esa es una de las cualidades que más valoro en una mujer.

Candela se estremeció. ¿Había algún mensaje último en esas palabras? Esa impresión le daba, pero estaba demasiado aturdida por el sueño, el placer y su situación como para captarlo.

—Gracias —se limitó a decir, y empezó a levantarse—. Será mejor que vuelva a mi dormitorio. No me gustaría que los criados supieran... —La sangre en las sábanas llamó su atención—. Oh...

Él sonrió.

—Me temo que no es algo que podamos ocultar. Vete, tranquila. —La miró con amabilidad—. Nadie dirá nada.

Candela asintió, buscó su camisola, se puso el vestido encima, apresuradamente, y salió con el resto de la ropa hecha una bola arrugada entre los brazos, sintiendo los ojos de William fijos en ella.

Por suerte, aunque algunos criados ya estaban levantados, como indicaban los ruidos lejanos que llegaban desde el piso inferior, no había nadie en ese pasillo. Candela lo recorrió lo más rápido que pudo y entró en su dormitorio. Arrojó la ropa sucia a un lado y se frotó las manos, nerviosa.

Se miró en el espejo. Qué espanto... ¿Era de verdad la misma muchacha que se contemplaba allí el día anterior, cuando esperaba la llegada de su padre para contarle que estaba enamorada? Lo cierto es que no lo parecía. En aquel momento, se había visto perfecta en atuendo y peinado, en cada detalle. Resplandecía bajo la luz del sol.

Ahora... ese cabello revuelto, esas ojeras que delataban que había dormido poco, ese gesto adusto de los labios, hinchados por los besos de un desconocido...

Pero, sobre todo, esa aura nueva que le resultaba tan extraña...

Ya no era una niña, decía su reflejo. Era una mujer completa, y sus pupilas brillaron cuando pensó en ello, porque le recordaban el sabor intenso del placer que había vivido esa noche, incluso esa misma mañana, entre los brazos del inglés. ¡Qué maravilla era el sexo, qué descubrimiento asombroso! Cerraba los ojos y podía volver a sentir todo aquello, y su cuerpo se estremecía ante el recuerdo de las caricias.

Llevada por un impulso absurdo, intentó imaginar la misma escena nocturna pero con Luis, y no le fue posible. William estaba siempre presente, hiciera lo que hiciese. Por mucho que se esforzase por cambiar detalles, su amante era un hombre de cabellos negros, no de un castaño casi rubio. Era el atractivo inglés recién llegado, no el dulce compañero de toda la vida.

Quizá, en definitiva, no había estado tan enamorada de Luis como creía...

—¡No! —le susurró a la joven atrapada en el espejo—. Es solo que estás triste y deprimida, y ese inglés ha aprovechado la ocasión para seducirte.

¿Y qué? Daba igual si había estado o no enamorada. No había nada que hacer al respecto, excepto aceptar las cosas tal y como eran. Debía mirar al frente y llenar su corazón de otro modo, y William estaba allí, dispuesto a ayudarla. Se casaría con él, como había decidido la noche anterior. Lo haría y trataría también de ser una buena esposa.

«Ambos hemos hecho cosas malas. Algunos seguimos haciéndolas».

Candela frunció el ceño. Sí, eso era lo que le había sonado extraño. ¿A qué se refería? ¿Qué seguía haciendo mal? ¿O sería solo un modo de hablar?

Candela suspiró. No tenía tiempo para darle vueltas, tenía que prepararse para la boda y se le echaba el tiempo encima. Tiró de la campanilla y, cuando apareció Alba, le ordenó que le preparase el baño, planchase su vestido blanco de paseo, dejase impecables los botines que iban a juego y le llevase el velo de novia que le había legado su madre.

Pensó que la acosaría a preguntas, pero no lo hizo. Al parecer, William también había pedido un baño y que le subieran un desayuno copioso, y, mientras se lo servían, le había dicho a la señora Rodríguez que finalmente sí habría boda. Por eso, cuando llegó a la habitación de Candela, la doncella ya estaba al tanto de la noticia y se mostraba muy contenta. Se movía de un lado a otro casi dando saltitos de pura emoción.

Candela permaneció en el agua hasta que esta se quedó fría.

Luego se vistió con ayuda de Alba y entre ella y la señora Rodríguez la peinaron. No había elegido nada espectacular. El vestido blanco de paseo era de la temporada anterior, de hecho, aunque siempre le había sentado muy bien. La señora Rodríguez lo realzó con unos encajes en cuello y mangas, para darle un aire más nupcial. Debía reconocer que el ama de llaves tenía buenas ideas y buena mano para esos detalles de costura.

El velo era una auténtica maravilla de encaje italiano. Había sido de su abuela materna, que lo encargó para su enlace y lo guardó para la madre de Candela. Pero Clara Marcos no lo pudo utilizar, por su boda precipitada, de modo que lo guardó con todo celo para ella. De niña, cuando Candela pensaba que no había nada más bonito en el mundo, y no le dejaban tocarlo, le gustaba ir a escondidas y pasar un dedo por su superficie, y soñar con el día en que ella lo usaría.

Ese día por fin había llegado. Y no podía ser más distinto a como era en sus sueños.

Alba lo sujetó con cuidado al moño que había trenzado con cintas blancas. El resultado final fue realmente bonito. Pero, cuando se miró en el espejo, Candela no pudo evitar pensar que hubiese combinado maravillosamente con el precioso vestido de novia que le había traído William...

—¡Oh, por Dios! —dijo, con ganas de tirarse de los pelos.

—¿No le gusta? —preguntó Alba, apurada.

Candela suspiró.

—Claro que me gusta. Me gusta mucho. Perdona, no era por ti. Tú has hecho un excelente trabajo, Alba.

La señora Rodríguez la miró y le hizo un gesto a la doncella.

—Alba, déjanos solas un momento, por favor —le pidió. La muchacha hizo una inclinación y salió en silencio, sin saber si podía sentirse aliviada o no. A través del espejo, Candela vio que el ama de llaves se ponía a su espalda—. Señorita Candela... escuche, ambas sabemos que usted y yo nunca nos hemos llevado muy bien...

Candela arqueó ambas cejas.

—No, ciertamente.

—Lo entiendo. Era ya una jovencita cuando llegué aquí y estaba acostumbrada a vivir según sus propias normas. —Candela arqueó una ceja, sin saber cómo interpretar el comentario—. Pero está usted sola en este día, su pobre madre no puede acompañarla ni aconsejarla. —Le colocó mejor un pliegue del velo, quizá haciendo una referencia más profunda—. Yo no sé... Bueno, por lo que he podido ver en el dormitorio de lord Waldwich, es posible que usted ya haya... conocido ese aspecto íntimo del matrimonio.

Candela se ruborizó.

—¿A qué se refiere?

—Hemos cambiado las sábanas de lord Waldwich —dijo la mujer, directa—. Imagino lo que ha pasado.

¿Podía sentirse mayor bochorno? Imposible. Candela se sintió incómoda y acorralada, de modo que la miró con el ceño fruncido.

—¿Sabe por qué nunca nos hemos llevado bien, señora Rodríguez? Porque es usted una entrometida.

El ama de llaves agitó la cabeza.

—Vamos, no se enfade. No la juzgo.

—Sería la primera vez. —Como la señora Rodríguez no replicó a eso, suspiró—. Pero no cree que haya hecho bien.

La mujer apretó los labios. Le costó unos segundos admitirlo:

—No. Es cierto, no lo creo. Los hombres son muy veletas, señorita Candela. Si se les da todo antes de tiempo, se aburren y se van a buscar desafíos a otro lado. Pero ya está hecho y, por suerte, lord Waldwich es todo un caballero. Está decidido a seguir con el compromiso. Creo que siente algo muy intenso por usted.

—Eso parece...

¿De verdad la amaba? ¿Y qué le pasaba a ella, por qué estaba así, como envuelta en algodones, como entumecida? Tuvo el atisbo de una respuesta casi de inmediato. Se sentía tan dolida por lo ocurrido con Luis que no se atrevía a abrirse del todo. De hecho, en parte se entregaba a ese matrimonio para buscar seguridad y evitar tener más ilusiones románticas. No podría soportar otra decepción.

La señora Rodríguez le recolocó un lazo del pelo.

—En todo caso, lo que deseo que sepa es que, si tiene alguna pregunta, alguna duda, sobre lo que ha pasado, intentaré ayudarla.

Candela la miró de reojo.

—Es usted viuda, ¿verdad?

—Sí, señorita. Estuve tres años casada cuando era una jovencita como usted. Él... enfermó. Unas fiebres se lo llevaron en pocos días. —Parecía realmente afectada, y Candela la miró con pena—. Nunca dé nada por supuesto. En esta vida, nada es para siempre.

—Lo lamento mucho. —El ama de llaves asintió en silencio—. ¿Cómo supo que estaba enamorada?

La señora Rodríguez vaciló.

—Creo que nunca estuve enamorada —admitió, sincera—. Aunque quise mucho a mi marido, eso sí. Llegué a amarlo, porque él me amaba y me dio una buena vida en el poco tiempo que estuvimos juntos. Lo echo mucho de menos. Pero no, la sangre nunca ardió en mis venas, ni me sentí derretir ni viví nada que pudiera encajar en todas esas expresiones que suelen utilizarse al respecto.

Candela hizo una mueca.

—Yo no sé qué siento —susurró con sinceridad.

El ama de llaves rio suavemente.

—Supongo que la cuestión se halla en preguntarnos qué atrae nuestra curiosidad. ¿Se siente fascinada de algún modo por lord Waldwich? ¿Piensa en él, sueña con él? —Candela recordó el sueño erótico que había tenido. Y la larga noche de pasión que acababa de vivir y que deseaba repetir cuanto antes—. Entonces, debería darle una oportunidad. Sobre todo porque, si va a ser su marido, lo ideal sería que llegasen a un entendimiento, ¿no cree? —Candela no dijo nada mientras meditaba sobre aquellas reflexiones—. Ahora debo volver abajo para terminar de organizar la recepción. Pero tenga en cuenta que, para cualquier cosa que necesite, puede recurrir a mí. Intentaré ayudarla en lo posible.

—Gracias, señora Rodríguez. —Candela suspiró, sintiendo por primera vez cierta armonía entre aquella mujer y ella—. Sé que intenta hacer lo mejor para mí.

—Siempre lo he intentado.

Ella asintió. Había llegado el momento de cambiar de tema.

—¿Cómo está la señorita Quintana? ¿Y el doctor Pelayo?

—Bien, aunque la salita verde parece un hospital de campaña, si me permite decirlo. Anoche, Titán les llevó una de las camas de las habitaciones vacías de los criados para salir del paso. Por suerte, el doctor Pelayo ha dicho que quizá hoy podamos subir a la señorita Matilde a una habitación en condiciones. —Pareció insegura—. La otra opción era bajarles una cama mejor.

—Haga lo que crea conveniente, sí... —El ama de llaves sonrió y se dirigió a la puerta, pero la detuvo en el último momento—. ¿Qué cree que le pasa a Matilde?

La señora Rodríguez hizo un gesto evasivo.

—Yo no sé, señorita. Eso debería decirlo el doctor Pelayo.

—Sí, por supuesto.

Se sentía nerviosa ante la idea de encontrarse con Luis. La noche anterior, con la satisfacción que había sentido al verlo sano y salvo, ni lo había pensado, pero ahora le costaba la idea de enfrentarse a él. ¿Y sabría, nada más verla, lo que había ocurrido? ¿Que se había acostado con William?

¿Qué opinaría de su boda? ¿Acaso no sentiría un poco de...?

No, claro que no. No solo era su hermano, sino que además

nunca había sentido nada por ella. No en ese sentido. «No, no», se dijo. Cada vez que se detenía a pensarlo, quería tirarse de los pelos, y no era momento de hacerlo, no con el precioso peinado que le había hecho Alba.

Hubiese preferido ir directamente a la iglesia, pero, como buena anfitriona, debía preocuparse por el estado de Matilde, así que, cuando bajó, se dirigió directamente a la salita donde la habían acomodado. La encontró dormida en la cama que habían colocado cerca de la ventana. A la luz del sol, se la veía pálida y menuda, casi como la niña que fue en otros tiempos.

Luis estaba sentado a su lado, en un sillón. Había estado adormilado, cabeceaba de un modo evidente, pero al oír el sonido de la puerta se despertó.

—Candela... —La contempló, admirado, y se puso en pie de un salto—. Estás... estás preciosa.

—Gracias. —Ninguno de los dos supo qué más añadir, así que hizo un gesto indeterminado—. Debo ir a casarme.

¿Por qué lo dijo así? Por hacerlo sentir mal, supuso. No tenía mayor sentido, pero se sentía herida y abandonada.

Luis apretó los labios.

—Solo si quieres. Te lo digo en serio, Candela, no tienes que hacerlo si no lo deseas. No necesitas Castillo Salazar ni ninguna otra cosa. Puedo hacerme cargo de ti y de tu padre...

—De nuestro padre —lo corrigió, rotunda.

Él apretó los labios.

—Sí, cierto. De nuestro padre. De ese hombre odioso que tanto daño ha hecho. Pero podemos cuidarlo entre los dos, pese a todo, si lo deseas. No tienes que casarte, ni con lord Waldwich ni con nadie que no quieras. Mi hogar será el tuyo, esté donde esté.

Algún día seguramente podría imaginar algo así con cariño y agradecimiento. Sin duda. Pero era demasiado pronto. En esos momentos, la idea de convivir con Luis de esa manera se le hacía insufrible por completo. No podía cambiar su corazón de un día para otro.

—Gracias, pero no hace falta. Creo que casarme es una buena decisión. —Para no tener que seguir mirándolo, se volvió hacia Matilde—. ¿Cómo está?

—Bien. Mucho mejor. Ahora sí que estoy casi seguro de que saldrá de esta.

Candela se mostró sorprendida.

—¿Tan grave estaba? ¿Qué le ha pasado?

Luis titubeó.

—Creo que eso es mejor que te lo cuente ella, si lo desea.

Estuvo a punto de echarse a reír. Otro que evitaba dar una respuesta.

—¿Está dormida?

—Sí. Le he dado unas gotitas de opio para que descanse.

Candela asintió y empezó a dirigirse hacia la puerta.

—Entonces, nos vemos más tarde.

—Candela. —Se detuvo. Él sonrió tentativamente—. Me hubiese gustado mucho poder llevarte al altar. Lo he propuesto, pero lord Waldwich piensa que es mejor que no me acerque al pueblo, al menos de momento.

Lo miró con amargura. Ir al altar del brazo de Luis, qué experiencia más aterradora. Menos mal que William había dado con una buena excusa.

—Sí, por supuesto.

Fuera, se encontró con todos los criados en formación, ataviados con sus mejores galas. Alba y Titán irían también a la ceremonia; los demás empleados tendrían que quedarse para seguir organizando el convite y controlar la situación que se vivía en esos momentos en la casa.

En el camino, el coche de William relucía de puro limpio, adornado con una multitud de lazos que simulaban las flores blancas que no habían podido encontrar en semejante época de calor. A su pesar, tuvo que reconocer que estaba realmente bonito.

William esperaba a su lado, impecable con un traje caro y elegante, de un gris muy claro, casi perla. Qué guapo estaba.

Y ella iba a ser su esposa...

Alba se acercó y le tendió un ramillete hecho también de lazos blancos. Los tallos eran de madera flexible forrada de tela verde, con trocitos colgantes que parecían hojas. Quedaba precioso.

—Lo hemos hecho entre todos —le dijo, señalando a la fila de criados—. Para ayudar a que tenga un día inolvidable.

Ella sintió que se le llenaban los ojos de lágrimas. Le hubiera gustado abrazarlos, pero le habían enseñado que no era adecuado.

—Muchas gracias. —Sonrió a la señora Rodríguez—. A todos.

Se dirigió hacia William, que se quitó el sombrero para recibirla. Sus pupilas brillaban de puro regocijo y se inclinó con galantería.

—Estás preciosa —dijo, y se le encogió el estómago.

Las mismas palabras que había pronunciado Luis. Le tendió una mano para ayudarla a subir al carruaje, que la esperaba con la puerta abierta, como un monstruo dispuesto a tragársela.

Pero Candela sintió de pronto que tenía los pies clavados en la tierra.

—No sé si voy a ser capaz —susurró.

Él la estudió con fijeza.

—Claro que sí. Eres Candela Salazar —dijo, y la leve presión de sus dedos le transmitió fuerza y confianza—. Eres capaz de todo. —Sí, lo era. De eso. De todo. De mucho—. La cuestión es si quieres hacerlo. Y, también, por qué lo haces.

¿Lo sabía? ¿Intuía William por qué había tomado aquella decisión?, ¿cómo se sentía? ¿Lo sabía ella de verdad? Se encontraba tan confusa...

Candela apretó los labios y subió al coche, y él se sentó a su lado. Justo antes de que el conductor iniciara la marcha, vio a su padre en una de las ventanas del primer piso. Los miraba, muy serio.

Ella apartó los ojos.

31

William y ella hicieron el breve trayecto hasta el pueblo en completo silencio. Allí descubrió que la iglesia también había sido decorada con todo esmero, algo nada propio de don Severino, más inclinado hacia la piedra desnuda, el frío y la sobriedad. A la santa mortificación de cuerpos y espíritus, en definitiva.

Así que aquello también debía haber sido iniciativa de William. No pudo por menos que dedicarle una sonrisa de agradecimiento, aunque él la recibió pensativo, algo preocupado.

Habitualmente, en la iglesia de Santa María Magdalena de Terrosa no se celebraba misa a las nueve de la mañana. A esa hora los lugareños ya estaban dedicados a sus tareas. Sin embargo, ese día el lugar estaba colapsado por una pequeña multitud, y hasta se diría que la gente se había puesto sus mejores atuendos para la ocasión. ¡Por supuesto que sí!

Allí estaban doña Baltasara con su marido, el boticario, ambos elegantes como para acudir a una audiencia con el rey y tratando de simular gran amistad con doña Leonora, la esposa de Nicolás Andrade, el alcalde. Al verlos, doña Baltasara alzó una mano a modo de saludo.

—¡Lord Waldwich! ¡Lord Waldwich! —se la oyó gritar.

William se echó a reír.

—¿Sabes? Debo reconocer que Terrosa tiene su encanto. —Alzó la mano para saludarla en respuesta—. No me acuerdo cómo se llamaba esa mujer, era un nombre horrible, Baldomera o algo así. Pero, ya ves, me enternece verla ahí, tan entusiasmada.

Ella no pudo por menos que reír en respuesta.

—Doña Baltasara. La mujer del boticario.

—Ah. Ya lo decía yo. Un nombre horrible.

Seguía riendo cuando bajó del coche. Candela arrugó la nariz. El aire en el pueblo estaba cargado de un aroma desagradable.

—¿A qué huele? —preguntó, sorprendida.

William hizo un gesto en dirección a la casa de Luis.

—A quemado.

Ah, sí, el incendio. ¡Y la pobre doña Fulgencia! La recordó, tan menuda, con la larga trenza gris. No podía imaginar la idea de no volver a verla. ¿Cuándo sería el funeral? Quizá esa misma mañana, después de la boda. Con el calor que hacía, dudaba que esperasen mucho más para enterrar el cuerpo. Claro que, si estaba dentro de la casa, se habría calcinado. Candela apretó los labios y se forzó a olvidar ese asunto.

William le ofreció el brazo y la condujo hacia la iglesia. Junto a la escalinata, estaba el alcalde Andrade, que encabezaba el grupo de autoridades de Terrosa: junto a él se hallaban el médico, el boticario y el capitán de la Guardia Civil. Cuando llegaron a su altura, William y él estrecharon sus manos.

—Mis mejores deseos, milord —dijo el alcalde, con aire de satisfacción—. Permita que le presente a mi esposa, doña Leonora.

La mencionada, una mujer alta y delgada, con una gran nariz, sonrió. Era hija de un político madrileño y todo el mundo sabía que Andrade se había casado con ella únicamente por su dinero y por los contactos de su padre, pero en definitiva habían congeniado y formaban un matrimonio feliz.

«Algo así podríamos ser nosotros dos en el futuro», pensó Candela, y no le disgustó la idea, aunque no pudo darle muchas vueltas, porque la mujer la abrazó. Siempre había sido de natural cariñoso, bien lo sabía ella, que había pasado mucho tiempo en su casa, jugando con su hija Petra.

—Un placer, lord Waldwich.

—Lo mismo digo, señora Andrade —dijo William, inclinándose cortés para besar su mano. Hubo un coro de exclamaciones ante la elegancia del gesto. Un besamanos era algo que ya no solía verse por aquel rincón de Extremadura—. Gracias por venir.

—¡Oh, por favor, no podría perdérmelo! Candela, cariño... —le dijo a ella, estrechándola con fuerza antes de observarla con cara de felicidad—. ¡Cómo pasa el tiempo! Hace nada estabas jugando a las muñecas con Petra, sentadas en el suelo del patio mientras yo bordaba, y ya ves, aquí estamos. ¡Para celebrar tu boda!

—Sí. Me alegro de verla, doña Leonora. —Miró alrededor—. ¿Dónde está Petra?

Doña Leonor puso cara de impaciencia.

—Por ahí. Buscando a Matilde. —Candela y William intercambiaron una mirada discreta—. Lleva buscándola desde ayer. Quería preguntarte si querías que fueran tus damas de honor.

—¡Oh, me encantaría!

—Esperemos que aparezca, entonces. —El señor Andrade también estaba enojado con su hija, pero era más diplomático—. Por mi parte, aquí estoy para cumplir con su petición y ser el padrino de la boda. —Sonrió a Candela. El padre de Petra nunca le había caído especialmente bien, pero tampoco sentía aversión por él. Era un hombre atractivo, de más de cuarenta años, con una gran ambición y, sobre todo, muy pagado de sí mismo—. Un auténtico honor, querida Candela.

—Gracias, don Nicolás.

A su lado, William sonrió cordial.

—Anoche me tomé la libertad de ir a buscarle a su casa, pero por desdicha no se encontraba allí.

—No, anoche tuve que asistir a una cena, un compromiso fijado hace tiempo —respondió Andrade. Sus ojos solían mostrarse huidizos, así que no estuvo segura de si estaba esquivando las pupilas de William, como buen mentiroso, o si había visto pasar un mosquito que atrajo su atención—. Mis criados me informaron de su visita, sí. Lo lamento. ¿Fue por algo relacionado con el incendio? —Su expresión se oscureció y carraspeó discreto—. Quizá deberíamos hablar en un momento más adecuado.

—Desde luego. Tenemos que hacerlo. El doctor Pelayo no ha podido venir ahora, está atendiendo a unos pacientes en Castillo Salazar, pero me gustaría que nos reuniésemos junto con el capitán de la Guardia Civil —hizo un gesto hacia el aludido— para aclarar lo que ha pasado.

—Por supuesto...

El capitán Trincado dio un paso al frente.

—Disculpe, milord. ¿He entendido bien? ¿El doctor Pelayo está en Castillo Salazar?

—¿Don Luis? —William sonrió con aire plácido—. Sí, así es. Desde anoche.

—Es que... —El hombre titubeó—. Lo lamento, milord, pero tendré que enviar a unos hombres a detenerlo.

—¿Qué? —empezó Candela, alarmada.

El inglés la tomó del brazo, apenas un roce, pero suficiente para pedirle silencio. Ella apretó los labios y dejó el asunto en sus manos.

—¿Y eso por qué? —preguntó William.

—Hay quien dice que es responsable de lo ocurrido. Estamos buscándolo desde anoche.

—Seguro que sí. Ya me imagino quién dice qué, y por qué. —El capitán se ruborizó—. Pero yo digo que no es cierto y que, si tratan de detenerlo, y más en mi propiedad, voy a enfadarme mucho. —Trincado apretó la mandíbula, sin atreverse a provocar un enfrentamiento—. En todo caso, ya que estamos, le informo de que me gustaría interponer algunas denuncias contra gentes del pueblo, y requerir la intervención de la Guardia Civil.

El capitán lo estudió muy serio, como si calibrase el grado de poder, o de locura, de aquel extranjero.

—Por supuesto —decidió decir.

—Estupendo. ¿Les parece bien que nos reunamos esta tarde en Castillo Salazar sobre las ocho? ¿Después de la celebración? Por supuesto, todo el pueblo de Terrosa está invitado. ¡Tenemos que brindar por un matrimonio largo y feliz!

Sonrió en general y un barullo de vítores siguió a sus palabras. Candela entornó los ojos.

—No creo que haya suficiente vino en nuestra bodega para tanto brindis.

—La experiencia me dice que sí. —Ella se ruborizó al recordar su secuestro—. De todos modos, me he encargado de traer más en los carros que han venido desde Madrid, aparte de otros suministros para la celebración. Permíteme un momento.

Sacó un reloj del bolsillo y lo abrió. ¿Y eso? Había uno enorme en la torre de la iglesia. Candela lo miró sorprendida. ¿No era el de Cruzeiro? Sí, ese era. En Terrosa todo el mundo le había visto alardear de su precioso reloj suizo, que al parecer le había legado un familiar, o algo así.

Quizá quería consultar la hora, pero William no prestó atención alguna a la esfera. Muy por el contrario, sus ojos estaban fijos en el sobresalto de Andrade y en el modo en que había palidecido el capitán Trincado. Ninguno de ellos se atrevió a decir nada.

—Si no me equivoco, ahora mismo estarán preparando todo, dirigidos por la señora Rodríguez —seguía diciendo William—. Ya lo verán: ¡solo lo mejor para un día como este! —Sonrió a Andrade, mientras cerraba la esfera del reloj. Le permitió ver, como quien no quiere la cosa, el dibujo de la rosa de los vientos—. ¿No cree?

—Desde luego, desde luego. —¿Qué le pasaba? Parecía al borde de un síncope. Por suerte para él, el padre Severino apareció en lo alto de la escalera, en el pórtico de la iglesia, y les hizo un gesto de impaciencia—. Oh, vamos tarde —replicó Andrade. Saludó a William con la cabeza—. Hablaremos más tarde.

—Desde luego que lo haremos. —William asintió con aparente buen humor, sonrió en general y ofreció el brazo a la hermana de don Severino, que al parecer iba a ejercer de madrina. La mujer no podía ir más acicalada ni más orgullosa del brazo de aquel guapo y rico inglés—. Vamos allá.

El grupo de gente se abrió y formó un pasillo en las escaleras de la iglesia. William las subió y, al llegar arriba, miró a Candela una última vez. Guapo, atractivo, triunfador... Y, sin embargo, qué solo lo sintió en medio de la multitud, al otro lado de esas pupilas tan negras. Qué sola se sentía ella...

Candela subió los peldaños unos segundos después del brazo del alcalde. Arriba, en un ángulo protegido, estaba la silla de ruedas de la Abuela Quintana.

La anciana la miró con su mueca de costumbre, un gesto que ella encontraba lleno de maldad. ¿A qué demonios habría ido? Nunca había sido mujer de mostrar interés por esa clase de eventos, por no hablar de que hacía años que no salía de Palacio Quintana. Para cualquier asunto administrativo, iban a verla políticos, contables, hombres de negocios o banqueros, indistintamente. Hasta los obligaba a viajar desde Madrid cuando la importancia de la gestión así lo requería.

Pero allí estaba. En la iglesia, el día de su boda...

—¡Candela! ¡Candela! —exclamó de pronto alguien, saliéndole al paso: era Petra Andrade, una joven alta y delgada, con la gran nariz heredada de su madre, pero, aun así, con cierto encanto general. En ese momento, con su vestido nuevo y su sombrerito de paja, estaba encantadora. Sin más se inclinó a darle un beso en la mejilla. Parecía muy contenta—. ¡Candela, querida, me alegro mucho por ti!

—Gracias. —Candela no pudo evitar sonreír, con el corazón repentinamente henchido de cariño—. Y yo me alegro de verte, Petra. Mucho.

Era verdad. Petra no era especialmente lista, y bien sabía Dios que el destino no la había agraciado con un gran físico, pero siempre había sido cariñosa. Debería cuidar más su amistad.

—No sé dónde se ha metido Matilde —le estaba diciendo Petra, pasando la vista por la multitud—. Cuando me enteré de tu boda, pensé en ir con ella a visitarte a primera hora para proponerte que nos dejaras ser tus damas de honor. Pero ayer no pude encontrarla por ningún lado, y ahora, tampoco. ¡No sé dónde se ha metido! —Se ruborizó ligeramente, como si se dispusiera a pedir algo para lo que quizá no fuera digna—. ¿Puedo ser tu dama de honor, aunque sea yo sola? ¡Me encantaría!

—¡Por supuesto! —Candela sonrió y se inclinó a besarla en la mejilla—. ¡Gracias!

Atravesaron por fin el pórtico de la iglesia, que tantas novias había visto pasar a lo largo de los siglos. No se había dado cuenta, pero se oía música. Era el órgano de la iglesia, seguramente tocado por don Ulpiano, el maestro de la escuela, que solía hacer los honores en los grandes momentos.

No era un gran virtuoso, pero, teniendo en cuenta que la otra persona en todo Terrosa que hubiese podido tocar el órgano era ella, no tenían muchas más alternativas. Y la música... la música era soberbia.

Siguiendo aquella melodía bella y profunda que no pudo reconocer y que jamás podría olvidar, Candela se dirigió al altar, donde lord Waldwich esperaba con una expresión extraña. Sus ojos brillaban y ella sintió que el corazón le palpitaba más rápido. ¿Qué era aquello? ¿Felicidad? ¿Esperanza?

Ilusión, sí, una gran ilusión ante esa nueva vida que empezaba en ese momento, casi por sorpresa. No se atrevió a examinar su corazón más a fondo. Estaba demasiado confusa y desconcertada.

Pese a la petición de brevedad de William, o quizá debido a ella, la ceremonia fue larguísima, más de lo habitual, y eso era decir mucho tratándose de una misa del padre Severino. Levantarse, arrodillarse, levantarse, arrodillarse, escuchar en silencio abnegado un sermón lleno de amenazas si osaban pensar de otra manera...

Cuando todo terminó, Candela se sentía aturdida y anquilosada, y se preguntaba cómo Dios podía disfrutar de celebraciones tan sumamente aburridas. Quizá no estaba allí y era el único que se libraba del tedio.

Quizá no estaba en ninguna parte, como aseguraba su padre...

—Puede besar a la novia —oyó decir al padre Severino.

William se giró hacia ella, le levantó el velo y, tras sonreír de un modo que Candela percibió como sibilino, unió sus bocas en una caricia suave, adecuada al público que tenían. Muy distinta del modo en que la había besado la noche anterior.

Ahora era su esposo.

Candela no lo podía creer. Su marido.... La sensación que le provocaba la palabra era inmensa. ¡Si apenas lo conocía! ¿Cómo podía haberse visto metida en semejante lío?

—¿Qué música sonaba a la entrada? —preguntó absurdamente, en un susurro.

Él pareció complacido.

—¿Te gustó? La compuso hace mucho un autor llamado Bach. —Candela asintió, lo conocía, aunque no esa pieza. Era muy hermosa. William siguió hablando mientras le ofrecía el brazo para salir—. Pensé que podíamos empezar con una música elegida por mí, y terminar con una elegida por ti. Para que haya un poco de los dos en este día.

Candela lo miró con desconcierto, pero entonces empezó de nuevo a sonar el órgano y reconoció de inmediato las notas: era el *Canon en re mayor* de Pachelbel, una de sus composiciones preferidas, la que siempre había deseado escuchar el día de su boda. Siempre, desde que era una niña.

Se quedó paralizada. ¿Cómo lo había sabido William? Por la señora Rodríguez, claro. Posiblemente fuera la que más veces había tocado al piano en su vida, en un arreglo por su cuenta de la partitura para cuerda original. Recordó un día en que el ama de llaves se acercó y le preguntó por el nombre de esa pieza. ¿Cuándo ocurrió eso? No estaba segura, muchos meses atrás. Entonces, el inglés ya estaba preparando su llegada y ella todavía no sabía nada de su existencia.

William sonrió, con un gesto algo vulnerable, y el corazón de Candela se encogió en su pecho. Aquel hombre empezaba a fascinarla. ¿Y si se enamoraba de él? ¿Qué ocurriría si le dejaba entrar, si se enamoraba, pero luego se demostraba que el sentimiento que impulsaba a William no era más que un espejismo? ¿O si, tras conocerla, conocerla de verdad, no podía amarla?

No, no, por favor, no. Eso era algo que se había propuesto, una de las razones por las que se casaba con él, para no arriesgar sus sentimientos, o eso esperaba. Ya había sufrido lo suficiente con Luis, tenía que evitar volver a enamorarse. Intentó racionalizarlo, intentó recordar todo lo desagradable que había ocurrido desde que lo conoció, incluso trató de ignorar aquella afinidad carnal que sentía por el inglés y que la unía tan firmemente a él... Pero fue inútil, no pudo escapar al embrujo.

La música y la luz, y el momento intenso y mágico, parecieron envolverla, como filamentos. Formaron a su alrededor una crisálida de la que, así lo sintió, tarde o temprano saldría una Candela muy distinta.

32

«¿En qué estará pensando?», se preguntó William, mientras la miraba de reojo, en el camino de vuelta. Candela contemplaba el paisaje con expresión absorta. ¿Estaría recordando la ceremonia, el modo en que estaba decorada la iglesia o la música escogida?

Qué tontería. Pensaba en él, claro. En el dichoso Luis Pelayo.

¿Qué podía hacer o decir ante algo así? William se sentía incapaz de reaccionar, no sabía cómo llegar a ella. La impotencia lo enfurecía. Estaba tan tenso que temía que las palabras se le estrangulasen en la garganta si intentaba decir algo.

El coche dejó atrás el pueblo, recorrió el camino entre moreras, el que atravesaba las tierras llanas regadas en otras épocas por el Terrosilla, y llegó de nuevo a la mansión de Salazar. Y todavía no habían pronunciado ni una palabra.

¡Qué triste pareja de recién casados formaban! Y él era el único responsable de ello. Candela no tenía la culpa de haberse enamorado de otro hombre, pero él sí era el culpable de haber hecho las cosas de ese modo, de haber creado la distancia de ese abismo entre ellos.

¿Y qué podían hacer ahora?, ¿cómo iban a llenar ese tiempo?

¿Se refería al día de su boda o al resto de sus días juntos? Tendría que haber preparado el convite de inmediato, pero en su momento pensó que era demasiado pronto. Los invitados empezarían a llegar sobre las doce y media, muchos se quedarían a comer y luego proseguiría la celebración, con baile incluido, gracias a la pequeña orquesta que había contratado en la capital y que había llegado con el resto de los carros.

¡Haría que volviesen a tocar el *Canon en re mayor* de Pachelbel! ¿Le habría gustado el detalle? Quizá se estaba excediendo con tanta amabilidad y empezaba a hastiarla. No podía evitarlo, una vez abandonada la idea de la venganza, se sentía en una continua angustia por compensar las cosas, por conquistarla.

«No te engañes, no es solo eso». Estaba la precipitación por la boda, el robo que estaba cometiendo al negarle la posibilidad de una vida independiente con su fortuna, su herencia. Ahora que ya estaba hecho, de pronto aquel asunto le carcomía más que nunca. Candela no iba a perdonarle. ¡Dios, que no se enterase jamás!

Pero, a la vez, esa idea era estremecedora, vivir el resto de su existencia con el miedo a que ocurriese. «Tengo que ganármela, tengo que enamorarla». Solo así le perdonaría, de darse el caso.

Estaba tan sumido en sus pensamientos que se sobresaltó cuando el coche se detuvo frente a la gran escalera de Castillo Salazar. Gabriel, el muchacho de las caballerizas, le abrió la puerta, y el resto de los criados, todos, esperaban en fila a un lado, como habían hecho cuando partieron.

—Milord, milady —empezó la señora Rodríguez—. Señorita Candela, antes le hicimos un pequeño regalo para que contase con un ramo nupcial en la boda. Pero también queremos que tengan un recuerdo más duradero. Por eso, hemos hecho una pequeña colecta entre todos para comprarles un obsequio, en recuerdo de esta fecha.

Hizo un gesto y una feliz Alba fue también la encargada de

entregarlo, una cajita pequeña, envuelta con esmero. William se preguntó si no escogían siempre a la joven doncella por el simple hecho de que era encantador ver su entusiasmo. Estaba emocionada y nerviosa cuando se la dio a Candela, que parecía aturdida.

—Gracias, Alba —dijo William por ella—. Ábrelo, querida.

—La instó, al ver que se quedaba quieta. Ella desató el lazo. ¿Le temblaban los dedos? Esa impresión le dio.

Dentro había una pequeña cruz de plata, sencilla pero hermosa.

—Es para su primer hijo, lord Waldwich —dijo la señora Rodríguez, sonriendo con entusiasmo—. Les deseamos de corazón que sea un varón sano y feliz.

—¡Oh, sí! —exclamó Alba, a la que ya podía imaginar jugando con el bebé y haciéndole carantoñas.

William no pudo por menos que sonreír, también emocionado.

Pero Candela puso los ojos en blanco, como si acabase de tomar una medicina muy amarga. ¿Por qué tenía que mostrar de una forma tan evidente su desprecio por él? Molesto, William apretó ligeramente la mano con la que la estaba sujetando por el brazo.

—Son ustedes muy amables —dijo—. Lady Waldwich y yo se lo agradecemos enormemente, y prometemos hacer todo lo posible para que haya pronto un heredero al que entregársela. —Todos rieron tontamente, algo ruborizados, menos ella—. Estoy seguro de que la conservará siempre como un tesoro familiar.

—Muy amable, milord.

—Quiero que sepan que, a ustedes en concreto, los considero de la familia —les dijo a todos en general—. Por eso, lamento mucho que no puedan participar ahora mismo en la celebración, pero solo puedo confiar en ustedes para asegurar que todo vaya bien. Los criados que he contratado provienen de distintos sitios, nunca han trabajado juntos y, lo que es más grave, nunca han trabajado aquí. Si debo ser sincero, ni siquiera sé si trabajan bien. Ustedes son Castillo Salazar. —Miró al ama de llaves—. Y solo usted, señora Rodríguez, sabe cómo dirigir un evento como este.

Ella sonrió.

—No se preocupe, milord, nos ocuparemos de todo.

—¡Desde luego! —aseguró Alba.

—Gracias. Por supuesto, espero que más tarde tengan su propia celebración, y me ocuparé de que, por el día de hoy, cada uno de ustedes cobre un mes completo de sueldo adicional.

Los criados lo miraron incrédulos y se levantó un rumor de voces excitadas.

—Milord... —El ama de llaves no acertaba a decir nada—. Eso... eso es muy generoso por su parte.

—No, tan solo es justo. Quiero que recuerden este día con el mismo afecto que yo siento por ustedes. Lo dejo todo en sus manos.

—Todo saldrá perfecto, lord Waldwich. Le damos nuestra palabra. —Hizo un gesto hacia la doncella—. Hace demasiado calor aquí, quizá deberían entrar ya. Si desean refrescarse, Alba les llevará agua al dormitorio principal. Mientras estaban fuera, hemos trasladado al señor Salazar a otra estancia, para que ustedes puedan ocupar esa.

Candela frunció el ceño.

—¿Y eso por qué?

—Parecía lo más apropiado, milady —explicó la mujer, algo apurada al ver su disgusto—. Ahora son ustedes los señores de la casa. Además, lo propuso él mismo, don Bernardo, cuando ya habían salido hacia la iglesia. ¿Hay algún inconveniente?

—No, en absoluto —la tranquilizó William mientras reiniciaba la marcha hacia el interior, llevando con él a Candela—. Han sido muy amables, todos. Aunque no tiene mucha importancia, porque tengo previsto que mi esposa y yo partamos para Londres lo antes posible.

Candela se detuvo bruscamente. Le miró con expresión belicosa, pero todavía no dijo nada. Por suerte.

—Oh. —La señora Rodríguez captó la tensión y asintió, intentando contemporizar—. Bien, supongo que es lógico, aunque se les va a echar mucho de menos aquí y espero que vengan a menudo. El señor Salazar está esperando en la biblioteca. Me ha pedido que...

Candela se soltó de un tirón y se marchó a buen paso. De hecho, al llegar a las escaleras subió corriendo. William no se atrevió a llamarla. Solo le faltaba que no se dignase a contestar delante de todo el servicio.

—Iré a verle, por supuesto —se limitó a decir.

Entregó los guantes y el sombrero a Alba y fue a la biblioteca.

Tal como había dicho el ama de llaves, Salazar se encontraba allí, sentado junto a la ventana, con un libro en las manos. La luz del sol le iluminaba de perfil y revelaba una versión insólita del gigante rugidor que fue en otros tiempos. Nadie le hubiese confundido con él, de hecho. Menudo, pálido, sin aquella marca de soberbia continua en la boca... «No debes apiadarte, maldición», se dijo por enésima vez.

Al verlo entrar, Salazar sonrió.

—Bien. Está hecho, ¿no?

—Así es. —Se apoyó en el borde del escritorio y se cruzó de brazos con desenvoltura. Una cosa era que se sintiera mal por haber llevado a cabo aquel plan, y otra que Salazar lo supiera—. Ya soy tu flamante yerno.

—Felicidades, supongo. ¿Cómo lo has conseguido? Hubo un momento en el que pensé que no ibas a poder lograrlo, la verdad. Daba por hecho que, debido a tu falta de mano izquierda, Candela seguiría negándose a la boda el tiempo suficiente como para cumplir su mayoría de edad. Entonces, descubriría que es una mujer rica e independiente y nos dejaría plantados a los dos.

—Calla. Ni lo menciones. —Al día siguiente era el cumpleaños de Candela. Tenía pensado celebrarlo con parte de lo enviado para el convite nupcial y alguna otra cosa. Y el vestido que había reservado como regalo, con sus joyas. Esperaba que ese no lo destrozase—. No quiero que se entere nunca.

—¿Ah, no? —Le miró con perspicacia—. ¿Eso no formaba parte de tu venganza?

—Bernardo...

Salazar rio entre dientes.

—No te preocupes, no se enterará por mí. Y eso que podría presionarte, ¿no lo has pensado? Podría chantajearte y amenazarte con que o me llevas de vuelta a Londres o le digo la verdad y te destrozo el resto de tu existencia.

William hizo una mueca.

—No tienes pruebas. Le diría que te lo has inventado.

—Vamos, reconoce que te inquieta la posibilidad.

No podía negarlo. Antes de la boda no tenía miedo, porque Salazar sabía que si lo contaba se quedaría en la calle, en la más absoluta miseria, algo que no deseaba. Pero ahora... podía plantearse que William no se atrevería a dejar sin nada a su esposa y a su suegro, quienes, legalmente, dependían de él. Sería un escándalo social que ni el poderoso lord Waldwich podría afrontar sin muchas pérdidas, económicas y personales.

—¿Vas a hacerlo?

—No, no te preocupes, no lo haré. —Salazar suspiró—. Cada día me siento más cansado, y reconozco que solo con imaginar otro viaje como el que hemos hecho se me erizan todos los pelos del cuerpo. Además, tras mucho pensarlo, estoy de acuerdo contigo: debo morir aquí. Es un círculo, una vuelta al origen. —Miró por la ventana—. Nací en este infierno y moriré en este infierno. Atrapado con mis fantasmas.

—Bien... —El libro que tenía Salazar resbaló de sus manos y cayó al suelo. El viejo intentó inclinarse, con esfuerzo. William se sintió impulsado a ayudar—. Espera, yo te lo recojo.

No se opuso, aunque no le gustó la situación.

—Mierda —gruñó—. Qué broma pesada de la vida, trabajar durante años, aprender, sudar sangre para prepararte, y terminar siendo un inútil incapaz de recoger lo que se te cae. Además, es una puta mierda de libro, tráeme otro.

—¿Cuál?

—Me da lo mismo. Uno que no me aburra. Me queda poco tiempo, no soporto la idea de pasarlo aburriéndome.

William fue hacia las baldas, dejó el libro de historia que había estado leyendo Salazar y contempló los que estaban más cerca de él. La biblioteca de la mansión era enorme, cientos de volúmenes llenaban sus estanterías, la mayoría bastante viejos. ¡Qué sitio más maravilloso! A él siempre le había gustado leer, le gustaba el olor del cuero de las cubiertas, el tacto rugoso del papel, la maravillosa sensación que produce abrir un libro, como si se abriera una puerta ante un mundo nuevo.

Le llamaron la atención los libros escritos por mujeres, libros que seguro que había encargado ella, porque no creía que Salazar los hubiese comprado por sí mismo. Nombres como Olimpia de Gouges o Mary Wollstonecraft le hicieron comprender por qué razón Candela era una mujer culta, muy distinta a otras, incluso adelantada a su tiempo. Supuso que, al estar sola en aquella enorme casa, había buscado refugio en la biblioteca y el lugar la había cambiado, conformando su carácter.

Se echó a reír al encontrar a los filósofos griegos. Detrás, efectivamente, había otra fila de libros. Textos eróticos de contenido bastante subido de tono, algunos incluso con dibujos.

—Así que Candela tenía razón. Tienes aquí unos libros muy poco... habituales.

—Sí, maldición. —También Salazar sonrió—. Esos se quedaron ahí, son de una época bastante larga que pasé en España. Larga y aburrida, por supuesto, así que la tuve que amenizar, y fui varias veces a Madrid, donde tenía contacto con algunos hombres que me conseguían ejemplares... curiosos.

—Pues debiste ocultarlos mejor.

—No pensé que esa muchacha fuese a leer nada. Bien sabe Dios que su madre no tenía en la cabeza más que tonterías de lazos y vestidos. No le interesaban los libros más que como detalle de decoración.

—No creo que fuese culpa suya. Seguro que nadie le dio la oportunidad de empezar a leer y desarrollar el gusto por las buenas historias.

—No. Claro que no. —Le miró sorprendido por el comentario—. ¿Para qué? Era una mujer, quita, quita. Ya ves lo que ocurre cuando les das algo de cultura: se vuelven incontrolables. ¡Pretenden ser hombres!

¿Merecía la pena comentarle que no se podía reprochar a alguien que no leyese cuando no se le permitía hacerlo? William suspiró. No, en realidad no. Había cosas que para qué discutir. Le llevó un libro de relatos eróticos.

—Toma. Parece interesante. Ya me dirás si te gusta, porque quizá lo lea yo también.

—Desde luego. —William se dirigió a la puerta, con la idea de despedirse en el umbral, pero Salazar siguió hablando—. Espera un momento, demonios. —Masculló algo antes de continuar—. Vale, reconozco que me gustaría mucho saber cómo lo lograste.

—¿El qué? —preguntó con sorpresa.

—Que Candela aceptase casarse contigo, por supuesto. ¿De verdad te pidió que lo hicieras, que te casaras con ella? No parece propio de mi hija, pero tú estabas muy obcecado en ello, tampoco parece propio de ti haber transigido en eso.

William se encogió de hombros.

—Tengo mis métodos. Y siempre consigo lo que deseo.

—Lo sé bien. —Le miró pensativo—. Llegasteis a un entendimiento, imagino. Conseguiste convencerla de algún modo, incluso doblegar su voluntad mucho más allá de eso, porque anoche te acostaste con ella. No te molestes en negarlo —añadió, al ver que iba a protestar—. Soy un viejo, y los viejos dormimos poco. Cuando me siento algo mejor, más fuerte y menos torpe, deambulo por la casa. Algo escuché, y no fueron gritos de dolor precisamente. Luego, por la mañana, oí los pasos rápidos de Candela cuando se dirigía a su habitación. —Sonrió—. En eso me recordó a Clara, su madre.

Pues sí, no merecía la pena intentar negarlo. William se encogió de hombros.

—No es un tema del que quiera hablar contigo.

—Ya. Algo pasaría... No es propio de Candela dar su brazo a torcer con tanta facilidad. Tuvo que ocurrirle alguna cosa.

William titubeó.

—¿Has visto ya a Luis Pelayo?

—No. Sé que está en la casa, me lo ha dicho la señora Rodríguez. Y Matilde Quintana. La han trasladado a un dormitorio mientras estabais fuera. ¿Su presencia aquí está relacionada con la aceptación de Candela, verdad? —William siguió empeñado en su silencio—. ¿Qué es lo que ha sucedido?

—Nada que sea de tu incumbencia.

William salió de la biblioteca, dejándole con las ganas de saber. Ya que no podía vengarse con toda la contundencia que hubiese deseado, siempre podía atormentarle con aquellos pequeños desplantes.

Aunque, cuando lo oyó reír, no estuvo seguro de que fuese un método demasiado útil.

Preguntó por la habitación en la que habían instalado a Matilde Quintana y se dirigió hacia allí. Llamó a la puerta.

—Adelante —dijo una voz de hombre.

William entró en una habitación amplia, muy elegante, decorada en color blanco y tonos tostados. Matilde seguía dormida. Luis estaba leyendo a un lado. Tuvo una sensación extraña, de imagen ya vista. Claro, por la semejanza con la imagen de Salazar, que también le encontró leyendo, momentos antes.

Incluso diría que había alguna clase de parecido físico, aunque fuera lejano. La línea elegante de la nariz, el trazo de las cejas... Algo, no estaba seguro qué.

—Buenos días —dijo.

—Buenos días, lord Waldwich. —Luis también le saludó con la cabeza, mientras se ponía en pie. Apretó los labios—. Por lo que me han dicho, supongo que debo felicitarle.

—Así es. Esta mañana me he casado con Candela. —Le mostró la alianza del dedo al tiempo que estudiaba su expresión—. Ahora es mi esposa. ¿Lo ha entendido? Mi esposa —insistió en el posesivo—. Le aseguro que me tomaré muy a mal cualquier acercamiento impropio. En realidad, cualquier acercamiento por su parte, doctor, a menos que se diese un caso de tifus, malaria o peste bubónica. ¿Entendido?

Luis frunció el ceño, molesto por su tono.

—Lo comprenda o no, supongo que no soy quién para opinar al respecto, ¿verdad?

—Verdad.

—Como quiera. —Volvió a sentarse, lentamente, mientras lo observaba con censura—. Así que al final lo ha hecho. La ha obligado a aceptar esa boda.

William se sintió insultado.

—No la he arrastrado por la fuerza al altar, si se refiere a eso. Digamos que hemos llegado a un entendimiento.

—¿De verdad? No le creo. Me consta que ella no quería casarse, por eso vino a verme anoche; por eso se escapó de aquí, de usted. No atino a imaginar qué ha podido hacerle cambiar de idea.

«Tú», se dijo William, con un eco amargo. Pero no quería ni pensar en ello. Además, le dio la impresión de que él ya lo sabía y se sentía culpable.

William caminó hasta la ventana y miró hacia el exterior, con las manos cruzadas a la espalda. Tenía que buscar el modo de aclarar las cosas, pero no sabía por dónde empezar. Estaba demasiado tenso. Mejor dar un pequeño rodeo.

—¿Está al tanto de cuál es la situación actual de Castillo Salazar? —optó por preguntar.

—Sí, Candela me lo contó. —Los ojos de Pelayo se enturbiaron ligeramente—. En pocas palabras, y solo por encima, pero estoy al tanto de que Bernardo Salazar ya no es su propietario. —William hizo una mueca—. Si va a decirme que Candela se ha casado con usted por su dinero, ahórrese el esfuerzo. Ella nunca haría algo así.

—No, no lo haría. Solo lo menciono para que tenga en cuenta que, en definitiva, esta es una buena oportunidad para Candela. Ella...

—Ella es una joven fuerte, lista y educada. De haber sido hombre, se le hubiese permitido estudiar una carrera y hacer una vida independiente. Pero no pudo ser.

William asintió. Para qué negarlo.

—No, no pudo ser.

—Aun así, Candela ha sabido buscar una manera de estar al tanto de la situación económica de la hacienda, y de ser útil para la comunidad. Se ha esforzado mucho estos últimos años. Ha ayudado de mil formas distintas, desde organizar eventos para recaudar fondos hasta participar en una cosecha, en el arreglo de una casa o, como el otro día, en la construcción de un nuevo pozo. La gente de Terrosa la quiere, y no porque haga pantomimas hipócritas como las de las Damas Católicas de Terrosa, no. Y los empleados de Castillo Salazar, en concreto, la adoran.

—No sé qué decirle. No parece llevarse muy bien con el ama de llaves.

Luis apartó aquella idea con un gesto.

—Eso no son más que tonterías. Candela ya se siente adulta y la señora Rodríguez ha hecho las funciones de madre durante demasiados años, en su época más difícil. Siempre intenta protegerla, educarla, y no se da cuenta de que ese momento ya pasó. Pero yo le aseguro que ambas se aprecian mucho.

William reflexionó sobre aquello.

—Sí, yo también lo creo.

—Todos la queremos. Candela es así, cabezota, temperamental y algo caprichosa. Pero se ha interesado por conocer personalmente a cada arrendatario de sus tierras, a cada trabajador. Siempre se ha preocupado de ayudar a los menos favorecidos, incluso a costa de enfrentarse a Almeida o al propio padre Severino.

—¿El padre Severino? ¿Oponiéndose a ayudar a los menos favorecidos?

—Ya ve. A veces, la religión solo parece existir para convencer a quienes nada tienen de que deben conformarse con su situación, a la espera de un premio futuro, en otro mundo, no para ayudarles de verdad en este, el único realmente seguro, en principio. —Chasqueó la lengua—. Solo los ayudan a malvivir, los llenan de miedos y lastres y los enseñan a resignarse.

Se parecían tanto a sus propios pensamientos que William no pudo por menos que sonreír. Intuía que, en aquello, Luis y él podrían entenderse perfectamente.

—Estoy de acuerdo, doctor. En todo. Pero el mundo en que vivimos es así, y lo que cuenta es que yo soy una buena oportunidad para ella.

—Pero es que eso nunca lo he dudado, desde un punto de vista económico y social. Lo que me pregunto es qué oportunidad es ella para usted; por qué ha decidido casarse así, atarse así, a ciegas, sin conocerla. A toda prisa.

William parpadeó. Por su mente pasó la idea de la venganza. Pero, curiosamente, ya no tenía entidad propia. Candela y su padre se habían convertido en asuntos muy distintos. ¿Qué podía contestar? ¿Que estaba fascinado, obsesionado, hechizado? Todo ello era bastante cierto, pero también bastante ridículo, y no quiso dar pie a que le considerase idiota.

—Digamos que me preocupa su futuro.

Luis le lanzó una mirada especulativa.

—No pretenderá hacerme creer que está enamorado de Candela.

Fascinado, obsesionado, hechizado... Enamorado era otra forma de decirlo, sí. Algo que no podía controlar y que arrastraba su corazón por aquella áspera tierra extremeña.

—No pretendo hacerle creer nada —replicó, sin saber con quién estaba enojado, si con el doctor o consigo mismo—. Eso no es asunto suyo. En todo caso, debería ser yo quien hiciese esa pregunta.

—¿Usted? ¿A quién?

—A usted, por supuesto.

Luis pareció desconcertado.

—¿Por qué lo dice?

—No disimule, no es necesario. Me consta que, si ella se escapó anoche, fue para huir con usted.

Luis se frotó las manos con repentino nerviosismo.

—Sí, bueno... Pero ya le dije que no era posible.

—¿Ah, no? —preguntó William, irónico, arqueando una ceja.

Si Luis quería reconocer sus inclinaciones, tendría que hacerlo él mismo. Así sabría hasta qué punto había decidido ser sincero y encauzar su relación futura.

—No. Yo quiero mucho a Candela, claro que la quiero. Pero... —Titubeó—. Supongo que, dadas las circunstancias, debo contárselo también a usted. Al menos, traerá algo de paz a su matrimonio.

—Deje de darle vueltas. —«Vamos, dilo». Así podría replicar que no pasaba nada, estrechar su mano y seguir camino, y esperar que su esposa no se empeñase en conseguirle algún tratamiento. Mucha gente se empeñaba en considerar esas tendencias como enfermedades mentales con posible cura—. ¿Qué pasa?

El médico bufó y lo soltó:

—Pues pasa que también soy hijo de Bernardo Salazar. Candela y yo somos hermanos por parte de padre.

[illegible] importaba, [illegible] de salsa y [illegible] fer-
mento.

Así que Luis Felipe también formaba parte de la larga ristra de bastardos de Salazar, los Cien Mil Hijos de San Bernardo, en su propia versión de los Cien Mil Hijos de San Luis. Ese eliminaba por completo su problema con aquel hombre...

O no. ¿Fue Candela a su cama de aquel modo tan trágico y a la vez tan heroico, al enterarse de eso? ¿Decidida a inmolarse en su propia desdicha, porque estaba superada, horrorizada por

33

William se quedó con la boca abierta. Esperaba una confesión sobre sus gustos sexuales, no aquello. Luis hizo una mueca.

—¿Lo entiende? Ni aunque lo desease, que no lo deseo, por razones que no vienen al caso, podría plantearme una relación así con ella.

William tardó unos segundos en reaccionar.

—¿Candela y usted... son hermanos?

—Sí. Eso es.

Hermanos... ¡Claro! Aquella era la información con la que había intentado negociar Salazar cuando salió el nombre de Luis Pelayo a la palestra, pero él se había negado a entrar en el juego. Qué momentos de angustia se hubiese evitado... No importaba, ahora lo sabía y le había salido gratis la información.

Así que Luis Pelayo también formaba parte de la larga recua de bastardos de Salazar, los Cien Mil Hijos de San Bernardo, en su propia versión de los Cien Mil Hijos de San Luis. Eso eliminaba por completo su problema con aquel hombre.

O no. ¿Fue Candela a su cama de aquel modo tan trágico y a la vez tan belicoso al enterarse de eso? ¿Decidida a inmolarse en su propia desdicha, porque estaba superada, horrorizada por el descubrimiento? No estaba seguro de querer conocer la respuesta. La idea le mortificó, le hizo tanto daño que hubiese preferido mil veces un cuchillo sajándole la carne.

—Pero... ¿cómo es que ella no lo sabía? —decidió preguntar, con voz átona.

—Ella pensaba, como tantos otros, que yo era hijo del Gran Quintana. Incluso yo lo creí durante mucho tiempo.

—No lo entiendo. ¿Cómo se produjo la confusión?

—Porque se permitió que así fuera, claro está. Poco antes de mi nacimiento, mi madre trabajaba en Palacio Quintana, era una de sus criadas. Era también una mujer muy orgullosa y callada, distante, lo que, junto con su belleza, la hacía parecer soberbia y no atraía simpatías. Todos dijeron que, llevada por la ambición, se había acostado con Quintana, que en esa época era viudo, porque aspiraba a casarse con él y convertirse en la señora del lugar. Pero no consiguió su objetivo. Al quedar en estado de mí, la Abuela Quintana la echó y ella tuvo que casarse con el único hombre capaz de hacerlo con una mujer arruinada como ella: Pedro Pelayo, campesino en tierras de Salazar, más pobre que las propias ratas, ya mayor pero todavía soltero por... su aspecto. —Se encogió de hombros—. Mi padre no era un hombre muy agraciado, precisamente.

—Comprendo. Y ya veo que todo encajaba.

—Pues sí. Sobre todo porque, poco después, el Gran Quintana se casó con su segunda esposa, una mujer de familia distinguida que aportó una gran suma a las arcas de los Quintana. Algo que mi madre ni de lejos hubiese podido hacer. —Contempló los dedos entrelazados de sus manos—. De ese matrimonio nacieron Lorenzo y Matilde, mis supuestos hermanos.

—Ya veo. Pero... Quintana sabría que no tuvo nada que ver con su madre. ¿No?

—Sí, desde luego. Me lo dejó muy claro cuando me dio el dinero para mis estudios: no éramos familia, no tenía por qué hacerlo, y esperaba... demasiado a cambio. —El médico pareció incómodo—. En todo caso, son cuestiones que no le atañen, lord Waldwich. No tienen que ver con Candela, mucho menos con usted.

—Sí, no se preocupe... —Dejó pasar un par de segundos antes de continuar—. ¿Cómo supo quién era su padre? Que era Salazar, me refiero.

—Él mismo me lo dijo. Debí sospecharlo antes, lo sé, porque recuerdo muchas ocasiones en las que me encontré con él, siendo yo un crío, y me miraba de una forma... especial. Pero no pensé en ello. ¿Cómo se me iba a ocurrir? El resto de los bastardos Salazar son conocidos, se ufanan de ello. Algunos incluso reciben una pensión o trabajan en Castillo Salazar, como Titán. Supongo que lo sabe.

—¿Que Titán es hijo de Salazar? Sí, me consta. Se llama Benito Expósito.

—Así es.

—Lo que no tengo claro es de dónde salió.

—Eso es sencillo. Hace unos años, había una familia gitana afincada en las lindes del Huerto del Terrosilla. Todos eran bastante grandes, por eso los llamaban los semigigantes, pero la hija pequeña era muy atractiva, según me han dicho. Salazar, claro, tuvo que seducirla, cómo no. Un día, los semigigantes desaparecieron, pero al cabo de unos meses dejaron un bebé en la puerta de esta mansión con una gargantilla que le había regalado Salazar a la chica. Nadie tuvo dudas de lo ocurrido, ni siquiera él, por eso Titán ha crecido en la casa, sin que le faltara nunca techo o comida.

—Pero ha trabajado siempre como criado.

Luis lo miró algo confuso.

—Por supuesto. Otra cosa hubiese sido un escándalo, incluso de no haber sido gitano.

—Pero ¿Titán lo sabe? ¿Sabe que es hijo de Salazar? ¿Que es hermano de Candela?

—Sí, siempre lo ha sabido. —A William le sorprendió aquella lealtad a quienes lo condenaban a la pura servidumbre siendo de su propia sangre. Supuso que el pobre Titán no tenía otra cosa a la que aferrarse en la vida—. En cualquier caso, Salazar siempre ha cuidado de sus bastardos.

—No sé qué decir... —comentó William.

Luis le interpretó mal.

—No le culpe a él. Con el tiempo me enteré de que fue mi madre la que no quiso que tuviera nada que ver con nosotros. Por eso ni yo lo supe de crío. Para mí Salazar era el señor de Castillo Salazar, el amo que casi nunca estaba aquí. Cuando decidí iniciar mis estudios de Medicina, necesité dinero, así que, aprovechando una de sus raras visitas al pueblo, acudí a él, animado por Candela. Vine y, para mi sorpresa, me recibió de inmediato.

—Supongo que él sí lo sabía.

—Sí, desde luego que sí. —Se encogió de hombros—. Cuando le dije lo que quería, puso el dinero sobre la mesa, una buena suma, suficiente como para pagar mis estudios y mantenerme una larga temporada. Incluso, cuidándolo, hubiese podido sufragar parcialmente esa consulta que he perdido sin apenas haberla disfrutado. «Que no se diga que no ayudo a mis hijos a forjarse un buen futuro», declaró. Casi me parece poder verle, alto y soberbio, con expresión adusta. «Ya que parece que tienes buena cabeza, úsala».

—Muy propio de él —replicó William, recordando su propia escena en el despacho de Salazar.

—No podía saberlo, apenas lo conocía. Me dejó atónito. Le expliqué que se equivocaba, que yo no tenía nada que ver con él, pero insistió. Creo que hubiese podido perdonarle todo, y quizá hasta nos hubiésemos acercado —dudó—. Pero entonces...

—¿Entonces? —le animó William, pero Luis hizo un gesto vago con la cabeza.

—Discutimos.

—¿Por qué?

—Digamos que no estuvimos de acuerdo en las razones que me llevaban a estudiar Medicina y en cómo emplear esos conocimientos, de conseguirlos. —Por el modo en que lo dijo, no pensaba hablar más del tema de la disputa—. Así que, ese día en concreto, no usé la cabeza. Le arrojé su dinero a la cara y me fui de su casa jurando no volver a pisarla. En su lugar, acudí a Quintana. Él sí me prestó el dinero. Lo malo, claro, es que pretende cobrarlo en favores.

—Como el que...

—No, por favor. No metamos a Matilde en esto. —Se hizo un segundo de silencio, tiempo que aprovechó para mirar a la muchacha: seguía profundamente dormida—. No le dije nada a Candela. Por aquel entonces era demasiado jovencita, apenas había cumplido los dieciocho años...

—La época en la que la prometieron con Lorenzo Quintana.

Luis lo miró sorprendido.

—Veo que está al tanto. Eso ocurrió poco antes, sí. Pero el caso es que no se lo dije. ¿Para qué? Yo no quería que fuese cierto y mi parentesco con Salazar no tenía que ver con ella. Nada de eso provocó problemas en nuestra relación. O eso suponía yo —musitó.

William lo miró algo incrédulo.

—¿Cómo no lo vio venir? Por lo que yo sé, Candela siempre ha estado enamorada de usted.

—Si es así, no me di cuenta. —Luis enterró los dedos en el pelo y se tiró del cabello—. No supe verlo, demonios. Ni siquiera ahora me lo creo. Pienso que ha confundido lo que siente. Está... Siempre ha estado demasiado sola. Candela parece fuerte, pero tiene la sensación de que no encaja en lo que el mundo espera de ella, y es cierto. Supongo que a mí me pasaba un poco lo mismo, y por eso nos buscamos y nos consolamos el uno al otro. Quizá ella entendió otra cosa...

—Resulta evidente.

Luis dio un golpe en el apoyabrazos derecho de su sillón.

—Diantre. Tiene razón. ¿Cómo he podido estar tan ciego? Anoche, incluso. Me dijo que su padre se había quedado sin Castillo Salazar, y yo estaba pensando en la casa, en la que hubiese debido ser mi herencia, perdida así, sin siquiera haber tenido nunca opciones de nada... Y, de pronto, allí estaba ella, declarándome su amor de un modo... —Durante un momento, se quedó sin palabras—. Era irresistible, milord, incluso siendo yo el hombre que escuchaba. Nada, nadie, puede resistirse a una confesión así. —Sus ojos se volvieron reflexivos—. Creo que jamás olvidaré unas palabras tan bonitas, esa promesa de un amor tan sincero e incondicional.

William parpadeó y tragó saliva, víctima de una envidia corrosiva y perniciosa. Y de la pena. Una pena enorme por sí mismo, por aquel muro en el que se había estrellado toda la ambición y la fuerza de William Caldecourt, al que no le importaban los vivos y solo soñaba con la venganza.

Por Dios, no iba a llorar. No iba a hacerlo y menos delante de aquel hombre. Contuvo la respiración hasta que estuvo seguro de que su rostro no delataría el torbellino de sus emociones.

Por suerte, Luis se había quedado tan concentrado en sus recuerdos que ni se dio cuenta.

—Yo la quiero —siguió entonces—. Bien sabe Dios que la quiero mucho, aunque nunca me lo había planteado en esos términos. Siempre ha sido... una niña encantadora. Y, de pronto, anoche, tenía junto a mí a una bella mujer que decía que no quería vivir sin mí, que no podía hacerlo. Que quería que le hiciera el amor...

—No es necesario que entre en detalles —intervino William, incómodo—. Creo que ha quedado más que claro...

—¿Usted cree? —Luis lo observó pensativo—. No sé qué la ha impulsado a casarse con usted. Supongo que se siente frustrada. —William apretó los puños—. Pero da igual. Hay algo que no debe olvidar: Candela es mi hermana pequeña. Si le hace algún daño a partir de ahora, tendrá que responder ante mí.

William se lo pensó un momento y asintió.

—¿Y qué planes tiene usted ahora?

—¿Yo? —Luis lo miró con sorpresa—. Pues... no tengo ni idea. No tengo casa ni consulta, pero sí una deuda enorme con el Gran Quintana. —Se echó a reír, entre dientes, de un modo que le recordó todavía más al humor de Salazar—. En realidad, si lo miramos bien, es una suerte que quiera matarme. Así terminarán mis miserias.

—No bromee con eso. —El otro se encogió de hombros—. Para saber cómo ayudarle, me vendría bien estar al tanto de lo ocurrido. ¿Por qué Quintana quiere matarlo? ¿Por qué ha matado a todos esos hombres?

Luis hizo una mueca.

—Ya le he dicho que eso a usted no le importa.

William inspiró profundamente, clamando por un poco de paciencia.

—Créame, mi vida ya es bastante complicada y me gusta bastante poco tener que meterme en asuntos ajenos. Pero la cuestión es que Quintana quería matarlo por eso, doctor. Y puede volver a intentarlo. —El médico dudó—. Sin embargo, yo puedo ayudarle a establecerse en Madrid o en cualquier otro lado: París, Londres, si lo prefiere... La cuestión, claro, es saber si le va a dejar en paz o le va a perseguir por toda la maldita Europa.

—Pero ¿qué dice? No voy a irme de Terrosa. Este es mi hogar. —Su mirada se perdió durante un segundo en algún punto de su mente—. No. Este es mi sitio.

—No sea testarudo. —Luis apretó los labios, terco, y William suspiró—. A mí me da igual. Vivo en otro país y mi esposa vendrá conmigo. Pero sé que ella lo aprecia, y que se llevará un disgusto si se entera de que le ha ocurrido alguna desgracia como la que ha estado a punto de pasar. ¿Por qué no nos facilita las cosas a todos y, simplemente, se va?

—No voy a irme.

William decidió coger el toro por los cuernos. No le quedaba más remedio.

—¿Es por el hijo de Quintana? ¿Por Lorenzo?

Luis se sobresaltó.

—No se meta donde no lo llaman.

—No pretendo hacerlo. Y tengo muy claro que no soy quién para juzgarle, ni siquiera para darle consejos. Pero, de todos modos, le daré otro: piense en lo que le ha dicho a Candela, en lo que le desearía a Candela. El amor que siente ella no puede ser, usted lo sabe y yo lo sé. ¿Qué debe hacer Candela, languidecer en un rincón? ¿Dejarse morir? No. Debe alzar la cabeza y buscar, seguir buscando su felicidad, como sea, donde sea. Maldita sea, haga usted lo mismo.

El médico tragó saliva.

—No lo entiende.

—Sí que lo entiendo. Lorenzo Quintana no le corresponde.

—Es más que eso. —Sus ojos brillaron con lágrimas contenidas—. Durante años, tuve que contenerme al creer que era mi hermano. ¿Lo entiende? Me comportaba con él como tal, o como un amigo, pero yo... no podía evitar quererle como le quiero. Qué terrible situación, lord Waldwich, ni se lo imagina. Si ya de por sí este amor perverso que siento es una atrocidad ante Dios y los hombres, tenía que añadirle el hecho de que fuéramos hermanos. —Soltó una risa seca—. Irónico, ¿no cree? Tengo el infierno ganado solo por amar.

—Eso no es cierto. El amor nunca podría condenar a nadie.

—¿Usted cree? —Sonrió ligeramente—. Cuando supe que era hijo de Salazar, al menos tuve unos momentos de esperanza. Ya no había incesto, algo es algo. Llevado por el entusiasmo, se lo confesé a Lorenzo y... bueno, él no supo aceptar la situación. No debí hacerlo. Hemos vuelto a vernos, en ocasiones, pero nada ha vuelto a ser lo mismo entre nosotros. Supongo que se siente violento ante un degenerado.

—Con más razón, entonces. Debería irse, empezar una nueva vida. Seguro que hay alguien, en alguna parte, dispuesto a aceptar y corresponder todo ese amor que siente.

Luis agitó la cabeza.

—Lorenzo se está muriendo. Tiene sífilis desde hace años. He estudiado, he consultado con los mejores especialistas, he intentado curarlo, aliviarlo, pero... esa enfermedad maldita no tiene solución. No le queda mucho tiempo. Va a venir a Terrosa a pasar lo que le resta de vida. Y yo voy a estar aquí para cuidarle.

—¿Aquí? —Lo miró sorprendido—. ¿Dónde? ¿Cree que va a ser bien recibido en Palacio Quintana?

—No, claro que no. Ni él querría ir, de ser posible. Por eso estaba preparando la casa para recibirlo. —Agitó la cabeza, desazonado—. Ahora no tengo nada, excepto deudas.

—En eso sí puedo ayudarle.

—No. No puedo permitirlo.

—Solo es dinero. Claro que puede. Le compraré una casa, la acondicionaremos como usted decida y me ocuparé de los gastos.

Luis parpadeó, sorprendido.

—¿Por qué haría eso?

—Porque es usted mi cuñado. Ahora somos familia.

El médico titubeó, pero terminó asintiendo.

—Está bien. Aceptaré, sobre todo por Lorenzo. Pero le devolveré todo lo que me preste. Hasta la última moneda.

—No. Lo destinará a curar a quienes no puedan permitirse sus servicios. Puede crear una fundación a nombre de Lorenzo, o de su madre. Como prefiera.

Luis sonrió. Sus ojos brillaron, llenos de emoción.

—Está bien. Es usted muy generoso, milord.

—Y testarudo, créame. —Sonrió de vuelta y se puso en

pie—. En ese caso, lo único que nos queda por hacer es intentar que no le maten antes.

—Ja. Al final me va a convencer de que está enamorado de Candela. —William agitó la cabeza y se dirigió hacia la puerta—. ¡Lord Waldwich! —le llamó Luis en el último momento. William le miró—. Sea amable con ella. Y no olvide que usted le ofrece seguridad material, que, no lo niego, es importante. Pero yo podría hacerme cargo de mi hermana, milord. No tendríamos mucho, pero no le faltaría una comida en el plato o un techo sobre la cabeza. No se equivoque, ella no lo necesita, no lo necesitará nunca mientras yo respire en esta tierra. Ni esa boda forzada del modo que haya sido podrá retenerla si ella no quiere quedarse. El único modo en el que podría conseguirla es logrando que le quiera.

William se lo quedó mirando durante mucho tiempo. Finalmente suspiró.

—¿Qué puedo hacer? No soy capaz de dejar de pensar en ella. A veces me asusto, porque mi felicidad o mi desdicha dependen casi por completo de su humor. Estoy enamorado, sí. No lo puedo negar.

Luis parpadeó, algo aplacado.

—Quizá debería decírselo.

—Ya lo hice. Y no sé si fue un error...

—No lo creo. Nunca es un error decir «te quiero», y se lo asegura alguien que lo ha oído en condiciones muy difíciles. Pero nunca hay nada malo ni erróneo en amar, lord Waldwich. Repítaselo. Y, por todos los santos, tenga paciencia. Dele la oportunidad de conocerlo.

William arqueó ambas cejas, con una idea repentina.

—¿Se refiere a cortejarla?

—Así es. Corteje a su esposa, ya que no cortejó a su prometida. No puede pretender que Candela responda a sus requerimientos sin más, sin conocerlo, sin haber aprendido a quererlo. No parece ser usted un mal hombre, lord Waldwich...

—William. Por favor, llámeme William.

—Así lo haré, gracias. A mí llámeme Luis. En cuanto a Candela... póngase en su lugar. Necesita tiempo.

William contempló los firmes ojos del médico sintiendo un nuevo respeto. Sabía que tenía razón, de modo que asintió y salió de la estancia en silencio.

34

—¿Está todo a su gusto? —preguntó la señora Rodríguez.

Sentada ante el tocador del dormitorio principal de Castillo Salazar, Candela asintió con aire indiferente. Acababa de quitarse el velo y Alba estaba retirando algunos lazos del moño, los especialmente molestos, antes de que terminaran por provocarle jaqueca. Por lo demás, bajaría con ese mismo vestido para la recepción nupcial—. Las cosas de milord están a la izquierda. Hemos colocado las suyas en el armario de la derecha. —Señaló hacia un lado—. Aquel arcón, además, es suyo. Tiene sus vestidos de...

—Gracias —la cortó, incapaz de seguir aguantando—. Váyanse, por favor. Tú también, Alba.

—Sí, señorita. ¡Digo milady!

—No te preocupes. Llámame como siempre.

—Muy bien, milady.

—Vamos, Alba —ordenó la señora Rodríguez. Se dirigió hacia la puerta, pero no dio más que unos pocos pasos antes de girar sobre sí misma—. Ah, por si pregunta, he puesto los papeles del señor en el primer cajón del escritorio. —Señaló hacia la zona en la que había un pequeño despacho privado, separado por un umbral en arco—. Tenía una carpeta en su dormitorio.

—Gracias.

El ama de llaves la miró con pena.

—Anímese. Los invitados no tardarán en empezar a llegar. Debería...

—Váyase, por favor —repitió con más contundencia.

La señora Rodríguez asintió y salió.

La doncella hizo una ligera inclinación y se fue. Candela se puso en pie y caminó sin rumbo fijo. No fue intencionado que terminase junto a la cama. Sobre la colcha estaba el velo de su madre cuidadosamente doblado. Lo cogió, pensativa, y lo extendió. ¡Había soñado tantas veces que lo luciría al casarse con Luis! Lo pasó por su mejilla, con los ojos cerrados, como cuando era niña y simulaba que era el día de su boda, que era feliz y estaba enamorada.

Enamorada de Luis...

¿Qué le pasaba? Estaba como aturdida con aquel asunto, incapaz de reaccionar. Por eso no lo lamentaba como debería estar lamentándolo, como hubiese querido. No estaba sumida en el llanto, con el alma destrozada. Pero no podía haberse equivocado tanto. Le quería, claro que le quería. Jamás volvería a sentir algo tan puro como lo que había sentido por él.

Un rayo de sol se reflejó en la alianza de boda que le había puesto lord Waldwich en el dedo. Era de oro, pero estaba adornada con diminutos diamantes. ¿Era una cadena? ¿O una oportunidad? No estaba segura. Apenas conocía a aquel hombre, aunque su presencia le hiciera hervir la sangre y poco a poco estuviese ganando terreno en su corazón.

¿Quién era? ¿Cómo era? ¿Podía desenamorarse tan rápido como se había enamorado y por motivos tan nimios?

—Estás muerta de miedo, Candela Salazar.

Y no era para menos. Si volvía a entregar su corazón solo para equivocarse otra vez, dudaba mucho de que pudiera superarlo. El amor de toda la vida no podía haber salido peor. No iba a abrirse fácilmente a uno tan repentino como el que le ofrecía lord Waldwich. Primero, tenía que conocerle, conocerle bien.

Candela miró hacia el despacho. ¿Una carpeta con papeles había dicho la señora Rodríguez? ¿Y qué podía contener? Arrojó el velo sobre la cama, fue hacia allí y la buscó en el escritorio. Documentos oficiales, asuntos de negocios en general... También había una agenda con nombres.

Sus dedos rozaron el extremo de un papel en uno de los compartimentos laterales. Lo sacó. Estaba doblado en cuatro y se veía que había sido manoseado en numerosas ocasiones. De hecho, debía tener varios años, a decir de su color y lo desvaído de la tinta. Algunos manchones aquí y allá le hicieron pensar en lágrimas a través del tiempo.

> A mi muy amado hijo:
>
> William, perdóname por lo que voy a hacer, por favor, perdóname...

La carta era breve, pero muy sentida, y terminaba de un modo abrupto. La última carta de su padre, claro...

La tenía en la mano cuando entró William en el dormitorio. La habitación era lo bastante grande como para que no la hubiese visto, y más estando Candela en la zona del despacho, que quedaba algo apartada. Pero, lamentablemente, el inglés barrió el lugar con los ojos, porque la estaba buscando.

Se miraron.

—¿Qué haces?

—Revisaba estos papeles —dijo, optando por la sinceridad. Y por el desafío de siempre, por supuesto—. Al fin y al cabo, ahora son míos.

La mirada de lord Waldwich se posó en el papel y sufrió un sobresalto. Atravesó la distancia que les separaba a buen paso, pero sin correr, y se lo arrebató de un tirón.

—No vuelvas a hacer algo así —ordenó, pálido y seco.

Le molestó tanto que Candela levantó la nariz, enojada.

—Vuestra señoría disculpe, lord Waldwich. Pensé que podía mirar cuanto quisiera. Al fin y al cabo, usted no ha dejado de meterse en mi vida desde que ha llegado. Antes, incluso.

Él apretó los labios. Guardó el papel en su carpeta.

—Tutéame, maldita sea. No seas chiquilla.

—¿Quiere que lo haga?

—Si no fuera así, no lo habría dicho. Además, no entiendo a qué viene esto. Esta mañana ya me has tuteado.

—Esta mañana estaba de otro humor. Pero muy bien. Si lo ordenas, te tutearé.

—Y me llamarás William.

Se inclinó hacia él, insinuante.

—¿No quieres que te llame amo? ¿Ni siquiera lord Waldwich?

Él la enlazó por la cintura y la atrajo.

—Puedes llamarme amo en la intimidad, si eso te agrada.

Candela se lo pensó.

—No, no me agrada. No veo nada atractivo en el sometimiento a otro, solo en el compartir juntos una aventura. En igualdad absoluta de condiciones.

William sonrió.

—Eres una mujer muy peculiar, esposa mía.

Esposa mía. No pudo evitarlo. Oírselo decir la hizo estremecer.

—Lo soy, desde luego.

—Yo tampoco lo haría de otro modo. —Agitó la cabeza—. Dejemos ese asunto. —La miró de reojo—. Vengo de hablar con Luis.

—Oh. —¿Se lo habría dicho? ¿Habrían hablado de ella? Seguramente. Intentó apartarse, pero no la soltó—. ¿Qué pasa?

—¿Que qué pasa, Candela? ¿No tienes nada que decirme?

Se miraron fijamente y ella vio la verdad en sus ojos. Inspiró profundamente.

—Luis es mi hermano. —Esperó alguna reacción, pero no hubo nada—. También es hijo de Bernardo Salazar. Te lo ha dicho, ¿no es cierto?

—Sí. Me lo ha contado él. Tú no. ¿Por qué demonios no me lo contaste anoche? —Le vio apretar los labios en una fina línea—. Para hacerme sufrir, claro. Sabías que me estaban reconcomiendo los celos.

—¡A ti no te importó hacerme sufrir a mí!

—No, es verdad —reconoció él, para su sorpresa—. Tienes razón. Ambos hemos empezado mal este asunto.

Candela asintió. Le sujetó por las muñecas para intentar apartarse. Esta vez pudo conseguirlo.

—No se te ocurra compadecerme —dijo, alejándose.

—No seas tonta, nadie podría hacer algo semejante. Eres fuerte. Sobrevivirás.

Candela le miró con amargura. Sí, sobreviviría. Por supuesto que lo haría. Pero eso no lo hacía menos doloroso. ¿Cómo podía no entenderlo?

—Yo lo amo —le soltó.

Se sorprendió al oírse, porque hubo algo extraño, una discordancia. Las palabras, tantas veces repetidas en su mente, surgieron de su boca, pero no de su corazón. ¿Por qué se sentía así? ¿Por qué estaba tan abotargada ante todo lo relacionado con Luis? Lo olvidó al ver algo, quizá un destello de dolor, en el fondo de las pupilas de su marido.

Él permaneció mucho tiempo en silencio.

—Aunque así fuera —dijo por fin, con voz cansada—, tienes que olvidarlo, y lo sabes. No hay otra solución. Si te empeñases, es posible que consiguieras arrastrarle a una locura, y se vería atado por pura lealtad a una mujer que no ama y cometiendo un pecado para el que no está preparado. —Soltó una risa ronca—. Luis no es como yo, amor mío. A mí me daría igual que fueses mi hermana, mi prima o mi tía, señorita Salazar, por Dios que iría a por ti en cualquier caso y entregaría gustoso mi alma al diablo en el trayecto.

—Qué cosas dices... —susurró ella, sintiendo que el cuerpo le ardía ante aquellas palabras.

—Sí. Y las digo totalmente en serio. —Titubeó, como sorprendido por una idea repentina—. No sé, si te digo la verdad, ahora pienso que estoy siendo injusto con Luis Pelayo. A su manera, su lucha es mucho más sangrienta que la mía, con mayores pérdidas en el caso de error. Y, sin embargo, ahí sigue, ahí permanece, en medio del combate. Es un luchador.

—¿Un luchador?

William adoptó un aire grave.

—Seguro que recuerdas que, anoche, tu padre te dijo que Luis no es como los demás hombres.

Ella dio un paso atrás, como si quisiera tomar distancia para verle mejor.

—¡William! ¿Cómo puedes plantear de nuevo semejante barbaridad? ¡Eso no es cierto! ¡Sabes tan bien como yo que ese viejo odioso diría cualquier cosa con tal de salirse con la suya!

—Sin duda. Pero, en este caso, además, decía la verdad. Por lo que tengo entendido, Luis Pelayo siempre ha estado enamorado de su mejor amigo, Lorenzo Quintana. Primero, pensó que era su hermano y eso le mortificaba, siendo también un hombre. Y luego... Bueno, seguía siendo un hombre, alguien que no compartía con él esas inclinaciones sexuales.

—No creo, son tonterías que...

—Él mismo me lo ha reconocido.

Candela se tapó los oídos.

—Mientes.

—No. No miento. Es la pura verdad. De hecho, Luis decidió estudiar Medicina cuando supo que su amigo estaba enfermo de sífilis, lo que hace más meritorio ese amor. Quería salvarle... Ahora, por lo que parece, se conforma con hacerle más fácil el último trance, en su caso. Está decidido a permanecer a su lado hasta el final. —Agitó la cabeza, triste—. Qué amores más distintos vivimos unos y otros, Candela. O qué diferente es el modo en que puede manifestarse el amor.

—¿A qué te refieres?

—A que Luis siente uno que ha cuidado a lo largo de años, pero no tiene posibilidades de fructificar de ningún modo, porque el hijo de Quintana jamás podrá corresponderlo. Igual que el tuyo. Luis jamás podrá amarte, jamás, y tú sabes que no debes amarle a él, que debes arrancar ese amor de tu corazón, como una mala hierba.

—Deja de repetirlo. Por favor...

—Lo siento, pero no deja de ser real solo porque no lo mencionemos. —Sus ojos se volvieron reflexivos—. Me pregunto si el mío, sin sentido, sin pasado, tendrá algún futuro. Porque si tú no me das una oportunidad, morirá como una planta bajo esta sequía que estamos viviendo.

Candela se alejó unos pasos, sintiéndose muy triste, por Luis, por ella, por el pobre Lorenzo, que siempre había elegido el camino equivocado en la vida, solo porque se había pasado el tiempo huyendo de Palacio Quintana.

—Tú no lo entiendes... —susurró—. No tienes ni idea de lo que estoy sintiendo.

¿Se le había escapado una lágrima? Diría que sí. Como para confirmarlo, a su lado apareció un pañuelo muy blanco. William se lo estaba tendiendo.

—Claro que lo entiendo. —Esperó un poco mientras se limpiaba la mejilla, observándola con los brazos en jarras—. Concédeme un mínimo de perspicacia. Te sientes herida, confusa y te han roto el corazón.

Expuesto así, quedaba claro que sí sabía lo que estaba sintiendo.

—Cierto. Y no dejas de decirme cuánto me amas, y cuán sensato sería que superase todo y lo dejase atrás. Pero ¿hasta qué punto puedo fiarme de ti? —Le miró con los ojos entornados—. No te conozco, lord Waldwich. No sé quién eres en realidad, solo el aspecto que has decidido mostrarme hasta ahora. ¿Y si eres muy diferente? ¿O si cambias de opinión? ¿O si solo lo dices porque tienes intereses en el asunto? Quieres que me olvide de Luis. Reconócelo.

—Lo reconozco. Tengo intereses y, maldita sea, en estos momentos de mi vida todos pasan por ti. ¿Por qué? —Se encogió de hombros—. No tengo la respuesta, pero es un hecho. Te quiero, Candela. ¿Necesitas que te lo repita para creerlo? Lo haré. Tienes mi corazón en tus manos. Puedes hacer con él lo que quieras.

Candela lo miró con curiosidad.

—Eres un hombre muy peculiar, marido mío —dijo, remedando su expresión. Se lo pensó un momento—. No te preocupes, no voy a hacer nada. Sé que Luis no me ama, no así. No de este... de este modo.

—Ni tú a él, en realidad. De otro modo, no vibrarías así entre mis brazos. —Se miraron a los ojos, y Candela tuvo una sensación extraña, una comunión profunda como no había tenido nunca con nadie. William agitó la cabeza—. Solo espero que te des cuenta antes de que sea demasiado tarde.

¿Tendría razón? Quizá. Sí que era cierto que temblaba con él, mientras que con Luis siempre se había limitado a suspirar como una niña. No era lo mismo.

Llevada por un impulso, le cogió por las solapas. Iba a besarle, pero al final no supo cuál de los dos tomó la iniciativa. Ella se puso de puntillas, pero él se inclinó a la vez sobre su boca y se besaron con un eco de la pasión vivida la noche anterior.

Aquello sí que había sido compartido, soberbio.

—Me encantaría hacerlo, ahora, sobre ese escritorio... —susurró él cuando sus labios se separaron. La tenía arrinconada contra el mueble. Candela sintió que la urgencia que había empezado a sentir entre las piernas crecía a niveles casi insoportables—. Pero temo que nos esperan abajo.

—No importa. —Tiró más de sus solapas, pero para separarlas y desnudarle cuanto antes—. Hagámoslo.

Él rio.

—Es que precisamente venía a decirte que han empezado a llegar los primeros invitados. La verdad, no creo que sea prudente.

A través del bramido de la sangre en sus oídos, Candela oyó algo más, a lo lejos. Sí, el aire de Castillo Salazar ya se estaba llenando con el ruido de caballos y carruajes, como en otras épocas. Sintió que se mareaba mientras trataba de contener aquella excitación.

—Llegan antes de tiempo —masculló, molesta.

Él rio más todavía. Se le veía contento y parecía más joven.

—Cierto. Pero no podemos echarles. Y, a menos que no te importe encontrarte dentro de un rato con un montón de sonrisitas condescendientes bromeando con lo que puedan haber estado haciendo los recién casados, encerrados en su dormitorio, será mejor que bajemos cuanto antes.

Sí, ya podía imaginarlo, los invitados con miradas cómplices, supuestamente entendidas, al menos los hombres. Las mujeres mostrarían censura, excepto las jóvenes; esas estarían llenas de envidia.

Pensándolo bien, todas.

—Será mejor que bajemos, sí.

Él rio entre dientes y la condujo del brazo hacia la puerta.

—Por cierto, por si te lo preguntas, la señorita Quintana ha sido trasladada a tu antigua habitación, y le han dado la que ocupaba yo a tu querido doctor Pelayo.

Candela decidió ignorar el tono del último comentario y asintió.

—Me lo ha dicho la señora Rodríguez. Precisamente, pensaba pasar ahora a ver a Matilde.

—Bien. Candela... —Lo miró. William parecía avergonzado por su pequeña pulla y, para su sorpresa, le tendió la mano, como si se dispusiera a cerrar un asunto de negocios—. Te propongo una tregua. No, más que eso, te propongo un pacto. Intentemos que nuestro matrimonio funcione, ¿te parece? No puede ser tan difícil si nos lo proponemos de verdad. ¿No crees?

—Supongo que no. —Y, total, no le quedaba otro remedio. «Oh, basta, tonta». ¿Por qué no era capaz de reconocer, ni ante sí misma, que lo estaba deseando? Estrechó la mano con fuerza, como hubiese hecho un hombre—. De acuerdo. Y te advierto que...

Tenía intención de soltarse de inmediato, pero él la retuvo. Su mirada pareció taladrarla.

—Lo que dije en la iglesia es cierto: prometo amarte, respetarte y cuidarte el resto de mi vida, Candela Salazar.

Ella tragó saliva, sintiendo la fuerza de ese juramento. Era real. Algo así solo podía ser real. Lord Waldwich, aquel inglés tan guapo que podía ser firme, pero también sabía cómo mostrarse gentil y amable, se había enamorado y había organizado toda aquella locura para poder casarse con ella cuanto antes. ¡De un día para otro! ¡Solo por haber visto su retrato! La vida, ese sendero estrecho y enrevesado que recorría sin poder volver atrás, a veces tenía giros asombrosos.

Lentamente, asintió.

—Pues yo prometo amarte, respetarte y cuidarte durante el resto de mi vida, William Caldecourt. —Lo observó con intención—. Siempre y cuando me seas fiel y te comportes como un marido ejemplar, por supuesto.

—Tendrás que enseñarme qué es eso.

—Lo haré encantada.

William se echó a reír. Señaló con la cabeza hacia la puerta.

—Es un pacto firme entre nosotros. Algo que no tiene nada que ver con la jungla que existe ahí fuera. Entiendes su importancia, ¿verdad?

—Sí. —Sí, y cada vez estaba más entusiasmada. Siempre había tenido un gran compañerismo con Luis, pero aquello... aquello era otra cosa. ¿Formar parte de una pareja era eso? Le gustaba—. ¿No más mentiras?

¿Lo vio dudar? No estuvo segura.

—No más mentiras —afirmó, y Candela olvidó todos sus miedos. Pensó que la iba a soltar, pero no fue así. Le alzó la mano y se la besó, gallardo—. Espero estar a la altura. —Señaló la puerta—. ¿Vamos?

Ella asintió y bajaron. Desde la mitad de la escalera, fue fácil darse cuenta de que la mayor parte de los invitados estaban ya en Castillo Salazar, pese a ser poco más de mediodía. Los criados habían cubierto el patio interior con la tejavana de caña entrelazada que se solía poner en los días de calor, y estaba ya llena de gente repartida en grupos, que charlaba animadamente, levantando un revuelo de risas y conversaciones mientras tomaban limonada o bebidas frescas.

En un rincón, la orquesta que había traído William tocaba *La campanella* de Paganini, la primera de las muchas piezas que se fueron desgranando a lo largo de todo el día.

Fue una celebración intensa y maravillosa, sobre todo desde el momento en que Candela se dio cuenta de que no necesitaba simular entusiasmo. Realmente empezaba a estar ilusionada con la idea de ser la esposa de lord Waldwich. Todo el mundo la llamaba lady Waldwich y eso le encantaba, pero el asunto iba más allá. Saber que ese hombre guapo y viril estaba pendiente de cada uno de sus gestos le provocaba una maravillosa sensación.

Comieron en el gran salón de Castillo Salazar, en el que habían compartido mesa con nobles e incluso reyes, pero que no se usaba desde hacía muchos años. Un auténtico ejército de criados, que seguramente no habían parado desde la madrugada, se movían llevando bandejas enormes cargadas de toda clase de delicias, con gran profusión de vinos. En los carros de lord Waldwich había llegado de todo. La gente brindaba y se congratulaba por ello.

A media tarde, tras trasladar el piano de Candela desde el salón hasta el patio, en el que ya habían liberado todo su centro, se inició el baile con un vals. William fue a buscarla y la llevó hasta la mitad y, cuando empezó la música, la condujo con soltura. Qué bien bailaba. Mejor que ella, que se consideraba una buena bailarina.

—Creo que has visitado muchos salones de baile —le dijo, simulando celos.

Él se echó a reír.

—Bien sabe Dios que no tantos como debería. Seguro que cuando vayamos a Londres me ayudarás a solucionar eso. Estoy deseando mostrarte Almack's, o llevarte de fiesta en fiesta durante la temporada.

Candela lo miró pensativa.

—¿De verdad vamos a ir a Londres?

—¿No quieres?

—Sí... No... No sé... —Ambos rieron—. En realidad, me encantaría ir, pero creo que no para vivir allí. —Hizo un gesto con la cabeza, abarcando todo lo que tenían alrededor—. Esta es mi casa, William. Aquí quiero pasar mi tiempo. Al menos, el tiempo importante.

Él chasqueó la lengua, algo frustrado.

—Pero, Candela... hay todo un mundo ahí fuera.

—Lo sé. No me niego a visitarlo, a verlo y viajar por él, y pasar largas temporadas descubriendo maravillas. Pero este es mi hogar.

Él asintió, serio, como meditando la situación. Ojalá, porque en caso contrario tendrían problemas. Ella no quería vivir de forma permanente en Londres. Poco sabía de ese sitio, pero era una criatura de luz, de calor, de cielo inmenso, sin mácula. La idea que tenía de Inglaterra era la de un lugar húmedo y neblinoso en el que las distancias eran siempre cortas, porque no se veía el horizonte.

Al terminar el vals, William tuvo que atender a las invitadas y Candela bailó con el alcalde y otros dignatarios locales. Y, por supuesto, con Luis, que bajó en un momento dado y la felicitó por su enlace.

—¿Cómo se encuentra Mati? —le preguntó, a su vez.

—Mucho mejor —replicó él, y se le veía menos preocupado, ciertamente—. No tiene fiebre, así que creo que saldrá de esta.

—Me alegro. ¿Me vas a decir lo que le pasa?

—¿William no lo ha hecho?

—Aún no he tenido oportunidad de sacárselo, no. —Habían estado demasiado ocupados en discutir su propia relación—. Ahora te lo estoy preguntando a ti.

Luis titubeó.

—No puedo. Créeme, me encantaría, sobre todo porque tengo que darle una noticia muy triste, y no sé cómo se lo va a tomar. —Se lo pensó un momento—. Estaría bien que vinieras conmigo a verla luego. Si quiere que hablemos en tu presencia, después podrías... no sé, ayudarla de algún modo, aunque sea dándole consuelo.

—Lo haré encantada, claro.

—Gracias. —Sonrió, algo tímido—. Se te ve bien, Candela. Yo... no sé, esperaba encontrarte distinta.

Ella asintió.

—Rota, imagino.

—Pues sí.

Candela hizo un gesto vago.

—Han pasado muchas cosas. Estoy intentando llegar a un acuerdo con la vida.

—Eres una mujer fuerte. Lo conseguirás.

—Lo sé. —Se mordió el labio inferior—. Siento mucho lo de anoche, Luis. No debí presentarme así y comportarme de ese modo. Estoy muy avergonzada.

—¿Por qué? Lo que ocurrió podemos olvidarlo, si quieres. Solo estábamos tú y yo, que nos conocemos bastante, no cabe vergüenza alguna entre nosotros. Y que te presentaras allí...

¡fue una suerte, o ahora mismo estaría muerto, enterrado en una fosa anónima en el huerto del Telele!

—¡Qué horror!

—Tengo tanto que agradecerte, Candela... Yo sí que lo siento. Haber sido tan brusco, haberte contado las cosas de un modo tan poco amable, tan cruel...

—No es cierto. No fuiste cruel. Solo sincero, y te lo agradezco.

—No te cierres al amor por eso, por mi culpa. De verdad que creo que ese hombre te quiere.

—¿Y confías en un amor así? Llegó a mí buscando venganza, se enamoró de pronto, asegura que vio mi retrato y... —Titubeó un momento—. Luis, ¿tú crees en el flechazo?

—¿El flechazo? —Arqueó las cejas—. Pues no sé... —Para su sorpresa, se puso a declamar—: «Y en el instante que vi este galán forastero, me dijo el alma: "Éste quiero", y yo le dije: "Sea así"».

—¿Qué es eso?

—Es de Lope de Vega, de *El caballero de Olmedo*. Habla del flechazo, del amor como impulso repentino, algo que decide más nuestra alma que nosotros mismos. —Se encogió de hombros—. No sé, hay quien dice que lo ha vivido, que es un hecho irrefutable. Recuerdo a un amigo, en la universidad... Íbamos por la calle, cargados con nuestros libros, y nos cruzamos con unas jovencitas. Las miró, se fijó en una de ellas y dijo «Esa morena es para mí». Créeme: a día de hoy, sigue felizmente casado con ella.

—Caramba. —Candela lo observó admirada—. Qué seguridad.

—Cierto. Para él, está claro que el flechazo existió. Yo no sabría qué decirte... Soy más de amores constantes, madurados lentamente con el tiempo, como el trigo bajo el sol.

—Yo también. Pero empiezo a creer que puede haber otras... no sé, otras posibilidades.

—Cada persona tiene su propio modo de llegar al amor, y de entenderlo, Candela. No podemos opinar por otros. —¿Estaría pensando en Lorenzo? Sintió ganas de preguntarle, pero no se atrevió. En definitiva, entre ellos sí que había sombras, espacios para mostrarse tímido y vergonzoso—. Y no sé por qué, pero creo que es cierto: William está muy enamorado de ti. Así son las maravillas de esta vida, Candela. El amor es el amor, y se abre camino de mil modos distintos. ¿Es mejor uno que otro? No sabría decirte. Lo que importa, en definitiva, es el sentimiento. Y creo que él siente algo muy intenso por ti.

—Sí, yo también empiezo a creerlo. Espero que no nos equivoquemos. —Iba a decir que no soportaría otro desengaño, pero prefirió callar. La polonesa terminaba y no quería volver al tema del principio. Lo que ocurrió entre Luis y ella formaba ya parte de un pasado que prefería no remover—. Ponga o no mi corazón en ello, lo cierto es que ahora estoy atada a él.

35

En ese momento, William apareció a su lado.

—Perdón, querida... ¿te importa que el doctor Pelayo venga conmigo? —Miró a Luis—. Es importante. He organizado una reunión en mi despacho con el alcalde y el capitán Trincado para solucionar lo ocurrido anoche.

Luis asintió al momento.

—Por supuesto.

Candela los miró alternativamente. ¿Por qué los hombres siempre tenían que asumir que ellas debían quedarse al margen de todo?

—Yo también voy —dijo.

No era un ruego, ni siquiera una pregunta. Aun así, Luis puso mala cara.

—No sé si...

Por suerte, William se encogió de hombros.

—Si quieres venir, no tengo ningún problema.

«Faltaría más», pensó, indignada, mientras los acompañaba hasta el despacho. Aunque, pensándolo bien, debía estarle agradecida. Al menos él había dejado claro que respetaba su decisión. Luis no hubiese dejado de poner excusas para que cada cual cumpliese su papel según consideraba respetable la sociedad. Él, con los asuntos importantes; ella, bailando en el salón.

Siempre había pensado que, en esos aspectos, iría cambiando a Luis, y seguramente lo hubiese logrado, de haber sido las cosas de otro modo y haber podido estar juntos. Pero ahora se daba cuenta de que querer cambiar a otro no era estar enamorado del original. De hecho, indicaba lo contrario.

Qué tonta había sido. Casi se sintió físicamente enferma al degradarse de tal modo el viejo sentimiento que le había inspirado Luis.

—¿Estás bien? —le preguntó William en el pasillo, cediéndole el paso al despacho.

Ella asintió y entró.

Bernardo Salazar también estaba allí, con expresión cerrada, sentado en uno de los sillones. Al verla, frunció el ceño. El alcalde y el capitán, que ocupaban las sillas de visitante del escritorio, también la miraron, sorprendidos e incómodos; todos se pusieron en pie de inmediato.

—Aquí estamos, perdón por la demora —dijo William, que parecía no captar la tensión que había en el ambiente.

Indicó a Candela que se sentase en uno de los sillones mientras que Luis dejó claro con un gesto que prefería seguir de pie. El alcalde y el capitán de la Guardia Civil ocuparon sus asientos.

—No tiene importancia —replicó Andrade, cortés.

—Para algunos, es posible —gruñó Salazar—. Pero otros tenemos el tiempo contado.

—No seas gruñón, Bernardo.

William sonrió, sentándose tras el escritorio, como el señor del lugar.

—¿No? —Hizo un gesto hacia su hija—. ¿Y qué hace ella aquí? Creí que íbamos a tratar algo serio.

—Pero ¡qué desfachatez! —gruñó Candela—. No puede evitar ofender, ¿verdad?

William le lanzó una mirada de advertencia.

—Candela es mi esposa, ha querido estar presente y yo no veo ninguna objeción.

—No creo que sea un asunto apropiado para los delicados oídos de una dama —intervino el capitán Trincado.

Candela apretó los dientes, luchando por no decir algo que la delicada boca de una dama no debería poder pronunciar. Seguramente, William se dio cuenta.

—No se preocupe, mi esposa es una mujer inteligente, su opinión puede venirnos muy bien. —Siguió de inmediato, sin dar tiempo a que nadie interviniese para refutar semejante afirmación—: Gracias a todos por estar aquí. Les he pedido que vengan para aclarar dudas sobre lo ocurrido anoche. Lo primero de todo... —Tendió un documento al capitán—. Esta es mi declaración.

—¿Su declaración?

—Así es. En ella cuento cómo estaba en casa del doctor Pelayo, hablando con él por un dolor de cabeza, cuando entraron Venancio Quintana y varios de sus hombres de un modo muy violento. Viendo que la cosa podía complicarse, salí por la ventana y esperé fuera, escondido. Escuché disparos y vi que sacaban atado y encapuchado al doctor. Los seguí y comprobé que se lo llevaban a la casa del Telele. Me acerqué y escuché con toda claridad que pensaban matarlo tras hacer aquello para lo que le habían llevado. Según oí, eran órdenes del Gran Quintana. Habían asesinado ya a otra anciana, y sospecho que era la bruja que le hizo una carnicería a Matilde Quintana...

—¿Una carnicería?

Candela vio cómo William intercambiaba una mirada con Luis. Este negó con la cabeza, pero el inglés no le hizo caso.

—Un aborto.

—¿Qué? —Andrade abrió mucho los ojos—. ¡Imposible! ¿Cómo se atreve a insinuar semejante atrocidad? Está afrentando el honor de la señorita Quintana.

—Por mí, el dato no irá más lejos. Pero a ustedes, las autoridades locales, debo informarles de la situación.

—No tiene pruebas de nada de eso —protestó el capitán.

—Bueno, para ser exactos, la prueba soy yo. Soy un testigo. Y el doctor Pelayo también. Se le requirió para que solucionase lo ocurrido. La curandera estuvo a punto de provocar la muerte de la señorita Quintana y el doctor Pelayo salvó su vida.

—No puede demostrar lo que dice —insistió Trincado.

—Repito que solo soy un testigo. No es mi tarea demostrar nada. Es usted quien debe hacerlo, investigando y encontrando otras pruebas, las muchas que sin duda habrá por ahí, ya que para eso le pagan. —El guardia civil se ruborizó violentamente, pero esa vez no se atrevió a replicar—. Cruzeiro había dado una botella a sus hombres de parte de Quintana, un whisky que debía de ser excelente... al menos, cuando todavía no estaba envenenado. De esa casa no podían salir vivos más que Cruzeiro, la doncella de los Quintana y la joven Matilde. Seguro que, si recuperan los cuerpos, podrán confirmar las causas de las muertes.

El alcalde y el capitán se removieron incómodos.

—No disponemos de medios... —empezó el primero.

William sonrió con amabilidad.

—Por eso no se preocupe. Puedo ocuparme de todo. Puedo traer al propio Matheu Orfila. Bueno, quizá sea mejor decir Mateo Orfila, que nació en Mahón, es español.

—¿Conoce al profesor Orfila? —preguntó Luis, admirado.

William asintió.

—Sí, desde luego. Hemos jugado más de una partida de dominó. Un hombre muy agradable.

—¿Quién es? —inquirió Candela.

—El decano de la Facultad de Medicina de París y miembro del Consejo Real de Instrucción Pública —explicó el propio Luis—. Posiblemente, la mayor eminencia en temas toxicológicos.

William alzó un dedo con una sonrisa.

—Además de excelente cantante.

Luis asintió, algo divertido.

—Eso he oído decir.

—Sí. —William se encogió de hombros—. Está ya mayor, pero seguro que puedo tentarle con este misterio, una buena suma y unas vacaciones pagadas en su tierra.

—No será necesario —dijo de pronto una voz profunda y seca, como las raíces de la encina negra.

Candela se sobresaltó, y todos se volvieron hacia la puerta. El hombre que había hablado parecía ocupar buena parte del umbral. No era tan grande como Titán, ni mucho menos, pero sí se trataba de un hombre alto y de fuerte constitución. Don Venancio Quintana pasó la vista por el lugar, como si estuviese tomando buena nota del número de amigos y enemigos.

—No sabía que a esta recepción invitaban a cualquiera. —En su rincón, Salazar miraba al recién llegado con burla y resentimiento—. Tienes suerte de que ya no sea mi casa, Venancio. Haría que te echasen a patadas.

—Eso tengo entendido, que ya no es tu casa. —Soltó una risa seca—. Menos mal que has vendido bien a tu hija. De otro modo, ahora estarías en la puerta de la iglesia, pidiendo limosna.

—¡¿Cómo se atreve?! —exclamó Candela, enfadada.

Aunque fuese algo que ella misma había pensado, no iba a permitir que nadie les insultase así, y menos en Castillo Salazar. Quintana la miró con desprecio.

—¿Acaso no es verdad?

—Tenga mucho cuidado al dirigirse a mi esposa —le advirtió William. Los ojos de Quintana se volvieron hacia él. Le examinaron con cuidado, de arriba abajo—. O le prometo que yo mismo le patearé hasta la puerta. No necesito llamar a otros para que lo hagan.

—No me da ningún miedo, lord Waldwich —replicó el

otro—. Puede tener mucho dinero y ser noble y muy poderoso allá, en la puta Albión, pero aquí está en mi mundo. Este es mi jodido reino y aquí se hace lo que yo digo.

—¿De verdad?

—Le aconsejo que no haga que se lo tenga que demostrar. ¿Dónde cojones está mi hija?

—A salvo. —William no parecía amedrentado en absoluto—. ¿Qué tiene que responder a mis acusaciones?

—Que usted delira. Por suerte, aquí hay un médico, aunque sea un invertido.

William se echó a reír.

—Tiene razón, he cometido un error. A ver, replantearé el asunto. —Lo señaló con un dedo—: Un nuevo insulto más, a cualquiera de los presentes, y lo arrojaré a la calle. Se lo advierto muy en serio.

Los ojos de Quintana brillaron.

—¿Usted me lo advierte a mí?

El alcalde se puso en pie, alarmado.

—A ver, señores, por favor, no perdamos la calma. Tenemos que encontrar una solución pacífica para este asunto. ¿Tiene algo que decir de esos cuerpos, don Venancio? ¿Qué diría un estudio del profesor...?

—Orfila —le ayudó Luis—. Pero no es el único que podría determinar si hay alguna sustancia tóxica en los tejidos.

—Lamentablemente, no va a ser posible —replicó Quintana—. Al venir hacia aquí, he visto un incendio a lo lejos, por eso he llegado tarde. —Se encogió de hombros—. Me temo que está todo demasiado seco. La casa del Telele ya no existe y sus alrededores han quedado arrasados. Si había cuerpos allí, que no lo sé, solo serán huesos ennegrecidos.

—Qué oportuno —musitó William.

Salazar se echó a reír.

—Cada vez estoy más seguro de que eres el diablo, Venancio. Vas dejando llamas y suelo consumido por donde pasas.

Quintana le lanzó una mirada envenenada.

—Ojalá sea cierto y se cumpla en este mismo sitio. Lo preguntaré por última vez: ¿dónde está mi hija?

—Ya le hemos dicho que se encuentra a salvo —respondió William.

—Vengo a llevármela.

—Imposible.

—Si no me la entrega, consideraré que la ha secuestrado, y el capitán Trincado, aquí presente, tendrá que intervenir. —El mencionado no pareció muy dispuesto a actuar de ninguna manera, pero tampoco se negó en redondo—. Mi hija es menor de edad.

—Por pocas semanas, tengo entendido. Pasarán rápido.

—No voy a...

—Si quiere, podemos hablar de lo que le ha ocurrido a Matilde. —Luis le interrumpió con toda determinación—. Lo hablaremos aquí, y yo diré lo que sé y lo que opino de ello. Sobre todo del hecho de que, por lo ocurrido, haya quedado impedida para tener hijos en el futuro.

—¿Qué? —Por primera vez, Quintana pareció afectado, casi humano—. Eso no es posible...

—Ya lo creo que lo es. Y usted tiene la culpa.

—¿Yo? ¡Yo no la dejé con esa carnicera! ¡Yo quería que tú te ocupases del asunto de un modo seguro y rápido! ¡Para eso te pagué la puñetera carrera!

—Tenía que haberlo especificado cuando me entregó el dinero. Pero no, solo quedamos en que lo devolvería poco a poco. Jamás hubiese aceptado otras alternativas, y menos una como la que sugiere.

—Pero por tu culpa la Abuela Quintana tuvo que recurrir a esa... solución tan drástica.

—Ella tiene su parte de responsabilidad, no lo niego. Pero usted... usted es el peor, y con diferencia. Es el que ha dado pie a todo esto, ambos sabemos cómo. ¿Quiere que lo cuente? Lo diré tan alto que lo oirá toda esa gente que está ahí fuera, tan cerca, celebrando la boda. —Quintana guardó silencio, furioso—. Váyase y olvídese de ella. Para siempre.

—Date por muerto, Pelayo. —Miró a todos, en general, William incluido—. Esto no va a quedar así.

Dio media vuelta y salió, dando un portazo.

—Ha amenazado de muerte al doctor Pelayo —dijo William, y miró al guardia civil—. Espero que actúe en consecuencia, capitán.

El capitán Trincado titubeó.

—Eh... Solo son las palabras de un padre preocupado por su hija.

—¿En serio? —El otro se removió incómodo—. Bueno, en cualquier caso, creo que ya ha quedado claro que el doctor Pelayo es inocente de lo ocurrido anoche.

El alcalde y el capitán intercambiaron otra mirada.

—Así parece... —empezó el primero.

—Estudiaremos la situación —se superpuso el segundo, sin querer comprometerse—. Iré con mis hombres a la casa del Telele y veremos qué podemos sacar de lo que quede.

Aquello no agradó a William. Durante un segundo, su expresión le delató y resultó evidente; pero no tardó en ocultarse tras una amplia sonrisa.

—Estupendo, entonces. —Se puso en pie y les tendió la mano, empezando por Andrade. No tuvo reparo en hacerles sentir que los estaba echando del despacho—. Pues si quieren quedarse un rato más, les animo a disfrutar del resto de la fiesta.

Los dos hombres salieron. Candela, Luis, William y Salazar intercambiaron una mirada.

—Trincado no hará nada —dijo ella. Los otros asintieron—. No intervendrá, ni siquiera si apuñalan a Luis en la plaza de Genaro Quintana a plena luz del día.

—Ya me ha quedado claro —respondió William—. Y sospecho que lo mismo pasaría con cualquiera de nosotros.

—No os toméis a la ligera las amenazas de Venancio —les advirtió Salazar—. Va completamente en serio.

—Lo sé —dijo William. Titubeó un momento—. De hecho, anoche... alguien me disparó.

—¿Qué? ¿Cuándo?

—Después de la cena, cuando salí a fumar... —Miró a Candela. Ella asintió al recordar su pequeño escarceo en la caballeriza, pelea incluida—. ¿Recuerdas?

—Perfectamente.

—¿Y por qué no dijiste nada? —le increpó Salazar, sorprendido—. Deberías habérselo comentado al alcalde y al capitán.

—Dudo que no lo sepan. Y si no lo saben, no quieren saberlo.

En eso tenía razón. Salazar guardó silencio.

—¿Y qué propones hacer? —preguntó Candela.

—Ya ha quedado claro que lo único que vamos a conseguir denunciando todo esto es que se nos ignore. La otra opción es que nos ataquen de alguna manera. Entregarle a Matilde no es una opción, todos estaremos de acuerdo.

—Por completo —apoyó Luis, y Candela asintió.

—A mí la chica me importa poco —admitió Salazar—. Pero me encanta la idea de llevarle la contraria a ese cabrón.

—Ya me imagino, Bernardo. Propongo que tratemos de estar alerta y que nos preparemos para las represalias. ¿De cuántos hombres disponemos?

«Oh, Dios —pensó Candela—. Realmente se plantea iniciar una nueva guerra con Quintana».

—En la casa, de tres, además de vosotros —replicó—. Pero podemos pedir ayuda a los arrendatarios. Juntaríamos fácilmente cuarenta, quizá cincuenta hombres.

—Hombres de campo, eso sí —le advirtió Luis—. Y gentes que temen a Quintana. No espere mucho de ellos a la hora de combatir.

—Lo entiendo. Candela, necesito un buen jinete para que

monte el más rápido de mis caballos y vaya a Madrid a llevar un mensaje. —Mientras hablaba, se sentó en el escritorio, sacó un papel y empezó a escribir—. ¿Quién podría hacerlo y cuándo podría salir?

—Gabriel, sin duda. —Candela se levantó y tiró de la campanilla que había junto a los sillones—. Y saldrá en cuanto esté lista esa carta. ¿Qué es?

—Pido a mis abogados en Madrid que me envíen un grupo armado lo antes posible. ¿Veinticinco hombres serán suficientes? ¿Qué opináis?

—¡Madre mía! —exclamó Luis—. Pero William...

—Que sean cincuenta. Si Quintana quiere guerra, la tendrá. No voy a consentir que venga a mi casa a intentar matarme y a amenazar a los míos.

Salazar sonrió.

—Así me gusta. Es mi sangre, que por fin rebulle en tus venas.

—¿A qué se refiere? —preguntó Candela, sorprendida.

William apartó el tema con un gesto mientras lanzaba una mirada asesina a Salazar.

—Nada. Cosas de tu padre.

—¿Podría mandar también una nota? —preguntó Luis—. Sería para Salamanca.

—¿Para Lorenzo Quintana?

—Sí. —Ignoró el bufido de Salazar—. Es posible que ya esté en camino, pero creo que es mejor asegurarse. Lorenzo es el único que puede evitar esa guerra. O, al menos, terminarla sin derramamiento de sangre.

William asintió.

—Buena idea. Y, de no ser así, toda ayuda será poca.

36

—¿Cómo ves la situación, Titán? —preguntó William.

Estaba fumando en el exterior de la casa, en la parte de atrás, apoyado en la barandilla del porche. Al salir, Titán lo había seguido y se había sentado en una roca, a pocos metros. Se entretenía tallando una madera con la navaja. Quizá fuera una pipa, todavía era difícil saberlo.

Aparte de un gesto de reconocimiento al principio, no se habían dicho nada, y William estaba harto del silencio. Ya iba siendo hora de iniciar una conversación.

Pero Titán no parecía opinar lo mismo, porque siguió a lo suyo, sin hacerle caso. Como si no lo hubiese oído.

William suspiró, sin dejarse importunar, y miró a lo alto. El cielo se había teñido de tonos rojizos por un crepúsculo impresionante, y todo empezaba a quedar en calma a su alrededor. La música, que había sonado casi de forma ininterrumpida durante todo el día, había cesado, y ya apenas se oían voces o risas. Luis había ido a ver cómo estaba Matilde, Candela y su padre se habían retirado a descansar un poco y la mayor parte de los invitados ya se habían marchado a sus casas. Por fin.

El día había superado las expectativas de lo esperado en sus mejores sueños, dadas las circunstancias, pero se sentía agotado. Física y anímicamente. Sin apenas haber dormido la noche anterior, después de un largo viaje, y tras ese día intenso y lleno de emociones que había vivido, estaba deseando meterse en la cama y dormir mil horas.

Pero antes...

Ese crepúsculo bellísimo que se estaba pintando en el cielo era el de su noche de bodas. William sonrió. Se preguntó si Candela estaba pensando también en ello. Si temblaba por la anticipación, como él, por el deseo de volver a repetir lo vivido. ¡Dios, cómo la deseaba! ¡Más que antes de acostarse con ella, de ser eso posible! Por muy cansado que estuviese, no pensaba perderse semejante placer.

—¿A qué se refiere, inglés? —preguntó de pronto Titán, sacándole de aquellas agradables cavilaciones.

Tuvo que hacer un esfuerzo por recordar qué había preguntado él mismo. Demonios, de verdad que estaba cansado...

—Creí que ya no ibas a contestar. —Titán hizo honor a la idea no contestando a eso. William bufó—. Me refería al peligro que corre el doctor Pelayo.

—Oh. —Nueva pausa, aunque algo más breve—. Don Venancio es muy peligroso. Raramente cambia de idea y nunca habla en balde. Pero le resultará difícil entrar en Castillo Salazar. Cerraré las dos verjas en cuanto se vayan los últimos invitados, y he pedido a algunos campesinos que hagan guardia por la noche.

—Buena idea, gracias.

—De nada. Yo diría que está todo bastante seguro. —Se lo pensó—. Claro que, mientras el doctor esté ahí dentro, es posible que don Venancio se empeñe en ello. Todo depende...

Sí, dependía de la locura del Gran Quintana. Menudo canalla era, ya lo había visto, un auténtico señor feudal, acostumbrado a hacer las cosas a su modo. William había tenido que contenerse más de una vez para no iniciar una pelea en el despacho, sobre todo cuando se dirigió a Candela de un modo tan despectivo.

No importaba. Estaba acostumbrado a derribar viejas glorias. Lo que le había sucedido a Salazar le ocurriría a Quintana. William se ocuparía de destruir las bases de su riqueza y de adquirirlo todo desde la sombra. Y, esta vez, sin ningún remordimiento añadido.

Pero pensaría en él en otro momento. Empezaba su noche de bodas. No iba a desperdiciarla con la imagen de Quintana en su cabeza.

—¿Vamos dentro? —le preguntó Titán.

William lo miró con sorpresa. Antes, al salir, no había dado importancia al hecho de que le siguiera hasta allí. Ni siquiera a que se sentase cerca, a perder el tiempo, algo poco propio de él, como había podido comprobar.

—¿Me estás esperando? —El hombretón se encogió de hombros, sin querer comprometerse con una respuesta pero respondiendo—. ¿Sueles salir a tomar el aire a esta hora?

—No.

—¿Entonces?

Titán seguía renuente. Tardó un poco en contestar.

—La señorita Candela me ha pedido que no le pierda de vista si sale. Tengo entendido que han intentado matarle.

—Ah, eso. —Sonrió para sí, contento por el detalle de Candela—. Cierto, me dispararon.

—¿Por qué no me lo dijo?

—No te lo tomes a mal, pero no somos tan íntimos.

—Hay que joderse con el inglés... —gruñó Titán—. Y, encima, jugándose el pellejo en la chabola del Telele. Si le llegan a matar anoche, estando a mi lado, milord, me hubiese tenido que ir de Terrosa con lo puesto, ¿se da cuenta? Cualquiera vuelve para decírselo a la señorita.

—¿Por qué? No hubieses tenido la culpa de nada. De hecho, estar ahí, a mi lado, no me ayuda a mí, solo te pone en peligro a ti. —Señaló hacia los árboles—. Sabes tan bien como yo que, de haber alguien con una escopeta por ahí, no podrías impedir que me fulminasen en un segundo. Y si tienen mala puntería, en vez de darme a mí, pueden acertarte a ti.

Titán bizqueó.

—Bah. He revisado los alrededores y tengo claro desde dónde podrían disparar si hubiese alguien por ahí con semejantes intenciones. Además, si las cosas son así, quizá usted no debería salir, y punto.

—¿Quedarme encerrado en la casa dices?

—Por supuesto. Como el médico.

—De eso nada. Puedo vivir con miedo, amigo mío, pero no por ello dejaré de vivir. Iré donde me apetezca y da la casualidad de que me gusta salir a fumar. Mirar el cielo con un crepúsculo tan hermoso. Sentir el viento en el rostro...

Titán se echó a reír.

—Por no haber, no hay ni brisa, inglés. Hace un calor del infierno y lo que notas son las moscas.

William no pudo por menos que secundar su carcajada.

—Qué poco romántico. Escucha, yo agradecería mucho más que te pegases como una lapa a la señorita Candela. Que no la perdieras de vista. Ten en cuenta que soy un tipo escurridizo y, quizá, quien me quiere hacer daño a mí, si ve que no puede alcanzarme, decida hacerlo a través de ella.

Titán le miró, repentinamente preocupado.

—¿Usted cree?

—Sin duda.

—Pero... si la desobedezco, me gritará.

Intercambiaron una masculina mirada de circunstancias.

—Ya...

—¿Quién te gritará?

Los dos se volvieron hacia la puerta. Candela los contemplaba con curiosidad. Bajo la luz del crepúsculo, su vestido nupcial parecía incluso más blanco, casi níveo, aunque con reflejos rojizos. Estaba preciosa, pero por la cabeza de William solo pasó la idea de quitárselo. Y la pregunta de cómo sería su ropa interior.

—Nadie, querida —dijo con un carraspeo—. Cosas nuestras, apuros de viriles hombres de campo. —Sonrió y añadió, antes de que le diera tiempo a seguir preguntando—: Creí que estabas descansando antes de la cena.

—Era mi intención, pero me han entretenido. Doña Baltasara es incansable. ¡La de preguntas que me ha hecho! Y jamás olvida nada, o esa impresión me da. Esa mujer parece una auténtica enciclopedia de chismes.

William se echó a reír.

—¿Ya se ha ido todo el mundo?

—Sí. Me siento agotada. ¡Y la casa está hecha un completo desastre! Menos mal que contrataste bastantes criados. La señora Rodríguez, la señora Ortiz, Alba y yo no hubiésemos podido afrontar ponernos a recoger ahora.

—Ni se te ocurra. —Arqueó una ceja—. Y te advierto que es una orden.

—Estoy tan cansada que la voy a acatar sin protestas. —Candela recorrió los alrededores con la vista. Demostró tener buen ojo, porque se fijó sobre todo en el pequeño grupo de árboles que quedaba a la derecha—. No deberías estar aquí fuera, William. Sabes que es muy peligroso. Al menos, hasta que se solucione lo de don Venancio.

—Titán se ha ocupado de todo, no te preocupes. La casa está vigilada.

—No sé yo... En fin, vengo a avisarte de que van a servir la cena.

—Estupendo. ¿Vamos, Tit...? —empezó, pero Titán ya no estaba a su lado.

¿Cuándo se había ido? Para ser tan grande, era muy sigiloso, además de listo. Sabía cuándo había que dejar a solas a una pareja de recién casados.

Candela lo miró desconcertada.

—¿Ibas a decirle a Titán que viniese?

—Pues... —Sintió el impulso de disculparse, pero se negó en redondo—. Sí, vaya. Eso iba a hacer.

—¿A cenar?

—Pues sí.

—Pero William... ¡Es un criado! ¿Acaso en Inglaterra coméis con los criados?

—Pero ¿qué dices? Por supuesto que no.

¿Comer con los criados? ¿En la rígida sociedad inglesa? Imposible. Tan estrictos, tan distantes... Siempre había casos y casos, por supuesto. El duque de Gysforth, uno de los pocos amigos de verdad que había hecho William desde que heredó el título, era famoso por haber desarrollado una excéntrica familia con los empleados de su casa tras haber sido prácticamente criado por ellos. Su madre murió siendo él muy pequeño, y su padre, un hombre despótico, raramente estaba en casa.

Pero, debía reconocerlo, eran una rara excepción. Y ni siquiera lord Gysforth compartía con ellos su mesa.

—Pues aquí tampoco puedes hacer eso. En el comedor de Castillo Salazar solo se sienta la familia.

Aquello lo molestó. No supo exactamente por qué, puesto que el gigantón no había buscado precisamente su amistad, al contrario. Quizá fuera por la lealtad inquebrantable que Titán demostraba por Candela y que ella no valoraba. La daba por hecho, sin considerar la necesidad de retribuirlo de ningún modo.

—Que yo sepa, anoche yo no era de la familia —replicó—. Además, ¿hoy no va a cenar Luis con nosotros?

—Bueno, sí... Pero vosotros sois... —Se corrigió rápidamente—. Tú eras un invitado y él lo sigue siendo. Me refería a que los criados no comen con nosotros. Nunca.

—Estoy seguro de que tú sabes que Titán es también tu hermano. Exactamente igual que Luis.

Ella parpadeó.

—Sí, claro... Pero eso nadie lo comenta.

—No por eso es menos cierto.

—¡Vamos, William! ¿Qué insinúas? Si tuviéramos que dar de cenar a todos los bastardos de mi padre, no daríamos abasto.

—Pues nos arruinaremos felices, pensando en el bien de los estómagos de la familia. —Se echó a reír al verle la cara—. No, querida, no pretendo eso, pero sí hacer un poco de justicia en ese asunto. Luis me dijo que algunos reciben una pensión, imagino que el listado lo tiene Almeida, ¿no?

—Así es.

—Bien, me haré con él. Pero algunos, como Luis o como Titán, merecen un reconocimiento mayor que una simple pensión, Candela. Algo más... sentimental que económico. Piénsalo bien. Ese gigantón es leal y te quiere. ¡Por Dios, soy un recién llegado y ya me he dado cuenta de que daría la vida por ti! ¿Y tú qué ofreces a cambio? Ni siquiera has considerado la posibilidad de sentarte a la mesa con él, menos aún de darle las gracias o llamarle «hermano». Que lo es. —Ella se ruborizó. William agitó la cabeza—. Lo que hubiese dado yo por tener un hermano. Lamentablemente, no he sabido lo que es sentir esa clase de amor.

—Yo tampoco.

—Eso no es totalmente cierto. No te han enseñado a darlo, pero sí lo has recibido, al menos por parte de esos dos hombres. Quizá puedas reflexionar sobre ello, y empezar a mostrarlo tú misma. —Candela lo miró pensativa. William hizo un gesto hacia el interior—. ¿Vamos? —La tomó de la mano y se la besó—. Qué piel más suave tienes. Me atrevería a más, pero no estoy seguro de que... —Fue ella la que se puso de puntillas y buscó su boca—. Candela...

—Calla, tonto. —Le empujó hacia el marco de la puerta. William quedó allí, felizmente atrapado. Candela le besó con fuerza, con una pasión que siempre identificaría con el luminoso sol de España—. Esto es por ser tan previsor. —Un nuevo beso—. Esto por el día que has preparado, ha sido todo muy bonito. —Otro más—. Y esto por hablar así de mi familia. Tienes razón, en todo...

Un último, más intenso que el primero todavía. Sintió su lengua, aleteando en su boca. ¡Qué bien sabía! Cuando se apartó, él se encontraba tan excitado que se preguntó si estaría fuera de lugar decir que no tenía hambre. Con gusto se saltaría la cena, se cargaría al hombro a aquella mujer y subiría al dormitorio, a encerrarse durante un milenio.

—Ha sido todo un placer —dijo, intentando bromear, pero ella le lanzó una mirada seria, intensa.

—Tienes razón, Titán es mi hermano. No solo lo es por sangre, lo es por derecho, porque siempre se ha comportado conmigo como tal. Debería verlo así, y no como un simple criado, una sombra obediente que debe estar ahí casi por obligación.

—Me alegra haber sido útil. Titán es un buen hombre.

—Sí que lo es. Y tú. Me va quedando claro a cada momento. —Dudó—. William, yo... lamento muchas cosas. Otras no. Y no sé lo que siento ahora mismo, la verdad. Pero me gustaría... me gustaría que lo descubriéramos juntos.

El corazón de William rebulló de pura felicidad.

—Así será. Te lo juro.

—Buenas noches. —Miraron hacia la escalera del vestíbulo. Luis estaba bajando, casi había llegado al pie—. Alba me avisó para la cena —se excusó, con un carraspeo.

Candela asintió.

—Sí, yo se lo pedí.

—Gracias. Aunque, la verdad, no sé si debería cenar arriba...

—En absoluto. Y si es por culpa de padre, menos todavía. —¿Seguía Candela seria con él? Se diría que no, aunque se mantenía lejos, más cauta que distante. William disimuló una mueca. Eso no le hacía gracia. Podía indicar que seguía habiendo algún sentimiento intenso, pero reprimido—. Debes salir un poco del dormitorio, Luis. Ven con nosotros.

—Está bien.

Se dirigieron al comedor, comentando la mejoría de Matilde Quintana, que siempre era un buen modo de llenar el silencio. Cuando entraron, Salazar estaba ya sentado a la mesa.

37

—Ah, lord Waldwich, el dueño de cuanto contemplo, acompañado de mi querida hija —dijo al verlos. Y luego sus ojos se detuvieron en Luis, con repentina fijeza—. Y el muy honorable doctor Pelayo, que sigue con nosotros, dignificando nuestro techo con su presencia. ¡Qué inmenso honor!

—Ciertamente, el inmenso honor es todo suyo, señor Salazar —respondió Luis, indiferente.

Sus ojos recorrieron con aire profesional el rostro de su padre, el esfuerzo de la respiración en su pecho y sus manos macilentas.

—¿Qué pasa? —preguntó Salazar, algo pendenciero—. ¿Qué ves? Te divierte encontrarme así, ¿verdad?

Empezó a toser de forma estruendosa y se le mancharon los labios de sangre. Usó la servilleta para limpiarse y volvió a dejarla en la mesa. Luis la observó con gravedad.

—Tiene un aspecto lamentable, señor.

—Eso dicen —jadeó, recuperando el aliento—. En cualquier caso, si no te importa, prefiero que me atienda un médico de verdad.

—No me importa. Adelante. —Pero, mientras lo decía, le cogió por la muñeca y sacó un reloj de bolsillo—. No se preocupe, siga con lo suyo, como si yo no existiera, o sea, como ha hecho siempre. Solo estoy matando el rato mientras espero a que me sirvan la sopa.

—Eres tan deslenguado como Candela.

—Entonces, podríamos decir que es un rasgo de familia. —Agitó la cabeza y guardó el reloj. Le levantó los párpados, observando sus pupilas—. Saque la lengua. —Salazar obedeció, como haciendo burla. Luis arqueó las cejas—. Le diagnostico un leve resfriado.

Salazar estalló en una carcajada.

—¿Para eso estudiaste tanto? ¡Qué pérdida de dinero, cojones!

—Puede. Pero no era su dinero —replicó Luis, haciéndole un gesto mal disimulado a William, con una indicación más que evidente de que tenían que hablar.

Él estaba ofreciendo su silla a Candela, que se dio cuenta y frunció el ceño. Salazar también, pero en su caso hizo como si no lo hubiera visto, malhumorado.

—Espero que todos hayáis disfrutado del día tanto como yo —dijo William, por iniciar una conversación amena, una vez que estuvieron todos sentados—. Para haber sido algo improvisado, ha salido todo bastante bien. —Sonrió al ama de llaves, que estaba vigilando cómo servía el primer plato uno de los lacayos llegados desde Madrid—. Señora Rodríguez, por favor, felicite a los criados. Han hecho una labor excelente.

—Muchas gracias, milord —sonrió ella, ruborizada.

Salazar bufó.

—He oído decir que les vas a pagar un buen dinero como extra. Menuda tontería. Los vas a maleducar.

William arqueó una ceja.

—Son personas adultas... Bueno, excepto Alba, quizá. Pero el resto son lo bastante mayores como para no necesitar que nadie los eduque. Ah, y hasta para saber cuándo se merecen un reconocimiento de su señor.

—Haz lo que quieras. Ahora son tus criados y tu dinero.

—Exacto.

Había puré de calabaza y salmón, de las existencias llegadas para la boda, y conejo al ajillo. De postre, tomaron los últimos trozos de la tarta nupcial.

—¡Veo que ya no se te atraganta el pastel! —rio Salazar, refiriéndose a Candela.

Ella suspiró.

—Cállese, señor —ordenó Luis, enfadado—. Ahora es cuando debe callarse, no antes.

—¿A qué te refieres?

—¿Por qué demonios no le dijo a Candela que yo soy su hijo?

—Ah, es eso. —Miró a su alrededor, con aire taimado—. Es una pena que nuestro pequeño secreto sea ya de dominio público.

—¿Por qué no se lo dijiste? —preguntó también William.

De esa pregunta no podía escapar.

—¿Y por qué debería haberlo hecho? ¿A ver, por qué? ¿A quién cojones le importa? A mí no, desde luego, ni a ti te ha importado nunca —añadió, centrándose en Luis—. No sé por qué iba a ser distinto con ella.

—Una exposición digna de usted —afirmó Luis—. Tardía, concisa y brutal. Sobre todo porque sabe que se produjo un... malentendido al respecto.

—Luis... —Candela se había ruborizado— por favor, déjalo estar.

—Ah, que la idiota de mi hija fue a fijarse en ti, sí. —Salazar soltó una carcajada que terminó en tos, como siempre. Los otros tres esperaron, mirándole con distintas expresiones, pero todas sombrías—. Y para más inri, ni se da cuenta de que eres un invertido.

—Bernardo, basta —dijo William, pero el otro no dio muestras de haberle oído.

—¿Le has contado la razón por la que estudiaste Medicina? —le preguntó a Luis.

Este asintió.

—Pues sí. Se lo dije.

—¡Cuánta jodida sinceridad! —Nadie replicó nada. Visto lo visto, Salazar optó por dirigirse a William—. Solo le puse una condición, una: que no tratase a Lorenzo Quintana. Solo eso, para evitar más habladurías sobre sus posibles vicios y el amor perverso que siente por ese hombre. ¿Crees que me hizo caso? ¡No! ¡Me tiró el dinero a la cara y se empeñó en estudiar Medicina para cuidarlo! ¡Al hijo de Quintana! ¡A ese crápula que se pudre por la sífilis por haberla metido donde no debía!

—¡Bernardo! —advirtió William.

—¿Qué? Aquí ya todos somos adultos, como has dicho antes. —Miró a Alba—. Tápate los oídos, niña. Los demás, todos sabemos de qué va esto. ¿Cómo dice el refrán? Una noche con Venus y... no sé qué más.

—Una noche con Venus y toda una vida con Mercurio —le ayudó Luis. La frase se refería al contagio de la sífilis en un momento de pasión y su posterior tratamiento, algo que ya era para siempre: píldoras de mercurio. Un remedio que, de hecho, ni siquiera era tal, ya que ayudaba a paliar en parte algunos síntomas, pero que, de por sí, resultaba muy dañino para el cuerpo humano.

—Eso. —Mascculló algo más, antes de soltar—: A estas alturas, ya no tendrá nariz.

—¡Por Dios! —Luis dejó la cucharilla de golpe y cerró los ojos con fuerza. Estuvo así, quieto, varios segundos; luego, apartó el platillo con su ración de tarta casi entera y se dirigió a los recién casados—. Perdonad, Candela, William, pero se me ha quitado el apetito. Será mejor que me retire.

—Voy contigo. —William se puso en pie—. Vamos, pasemos al salón. Tomaremos una copa y se nos calmarán los ánimos.

—Yo también voy con... —empezó Salazar, pero William le lanzó la servilleta.

—Tú te quedas aquí. No quiero verte hasta mañana. Como pronto. —Miró a su esposa—. Candela, tú...

—Yo me quedo aquí, sí, descuida. —Su voz sonó tensa como una cuerda de violín—. Me reuniré luego con vosotros.

O mucho se equivocaba o le iba a caer una buena a Salazar. En otra ocasión le hubiese compadecido, pero no esa noche. Se había comportado de un modo especialmente odioso.

El lacayo les abrió la puerta. Salieron en silencio.

Una vez fuera, William no pudo evitar echarse a reír.

—Maldito viejo. Nunca aprenderá a comportarse como una persona. Supongo que es lo que tiene el haberse criado entre ovejas.

—Sí. —Luis también asintió, con aire reflexivo—. Yo he estado en la chabola del viejo Eustaquio, el pastor que lo encontró y lo crio. Debió ser terrible vivir allí para un niño, al ritmo de los golpes de la vara de ese hombre.

—Sin duda. Pero eso no le excusa de las cosas que ha hecho luego de adulto.

—No, por supuesto que no. Nada podría excusarlo. Solo lo explica.

Se miraron, y William no pudo evitar pensar que estaba ante un semejante, alguien que sentía lo mismo que él y que entendería perfectamente las razones de su venganza. Pero, por supuesto, no podía decírselo. No se conocían lo suficiente. Quizá algún día, con suerte.

Carraspeó.

—Bueno, al menos esta noche pagará por sus crímenes. Estoy seguro de que Candela le va a echar una buena reprimenda.

—Eso espero. Aparte de las palabras que tendré luego con él.

—Ah, bien. Me abstendré, entonces, de intervenir yo también. —Hizo un gesto indicando el whisky y el coñac y Luis señaló el whisky. William empezó a servirle—. Antes, me hizo una señal. ¿De qué quería hablarme?

—De su situación. Es grave, me temo que no le queda mucho tiempo por su edad y las condiciones de su cuerpo. Y puede ser muy contagioso, William.

—Sí, lo imaginaba. Ya he dado órdenes a ese respecto. Todo lo que toca se retira con precaución y es inmediatamente hervido, o quemado, no se preocupe.

—Perfecto. Aun así, hay que tener cuidado. Lo mejor sería sacar a Candela de aquí y así...

—¿De qué habláis? —preguntó ella, desde el umbral. Les miraba con el ceño ligeramente fruncido—. ¿Sacarme de dónde? ¿Y cómo, exactamente? ¿Como si fuera una niña? ¿O como si fuera una muela?

—Pues no. Hablábamos de sacarte del comedor para salvarte de tu padre —improvisó William—. Pensé que preferirías venir a tomar una copa y charlar con nosotros. —Le tendió la suya, que ni había empezado, con un gesto gallardo—. Misterio resuelto.

Candela frunció el ceño todavía más. Ni siquiera hizo amago de ir a coger el vaso.

—¿En serio?

—Oh, está bien. —Hubiese preferido no tener esa discusión, pero estaba claro que no le iba a dejar otro remedio. En compensación, se quedaría con el whisky. Bebió un largo trago antes de seguir. Salazar siempre había sabido cuidarse bien—: Estamos hablando de qué debemos hacer respecto a tu padre.

—¿Qué debéis hacer... vosotros? Porque hablabais de sacarme a mí de aquí, de Castillo Salazar, ¿no?

Luis y William intercambiaron una mirada.

—Bueno... sí —respondió el primero.

—Pues olvidadlo. Yo no me voy a ir a ningún sitio.

—Tu padre está muy...

—Nuestro padre, según tengo entendido.

Luis hizo una mueca y asintió.

—Nuestro padre está muy enfermo.

—Lo sé.

—Me consta. Y no tiene sentido arriesgarse a que te contagies. Debes marcharte de aquí. Con que vuelvas en... los últimos momentos, sería suficiente.

Ella lo miró sorprendida.

—¿Acaso tú eres inmune a la tisis? —Se volvió hacia William—. ¿O tú?

—Candela... —empezó este último, pero Luis fue quien contestó.

—No, por supuesto que no. Pero soy médico.

—Pues yo soy su hija, y no me voy a mover de esta casa. —Lo señaló con un dedo—. No te esfuerces, Luis, no me vas a convencer. Mi lugar está aquí, y lo sabes. Con vosotros.

Luis se lo pensó un par de minutos y asintió.

—Está bien. Cabezota.

—No más que tú.

Ambos se miraron y sonrieron, como si compartieran una broma privada. Por primera vez, William no se sintió amenazado. Quizá el sentimiento les seguía resultando extraño, pero empezaban a ser dos hermanos que habían crecido juntos, nada más, y eso terminarían siendo por completo.

Luis se volvió hacia él.

—¿Puede conseguirme un par de buenas enfermeras? —le preguntó a William.

Este asintió.

—Por supuesto. Mandaré otra nota a mis abogados y le traeré las mejores que pueda pagar el dinero.

—Estupendo. También necesitaré algunos preparados del boticario. —Esta vez se dirigió a Candela—. ¿Te ocuparás tú de conseguirlos?

—Desde luego.

—Bien. Pues veamos cómo podemos cuidar entre todos de ese demonio.

[illegible]

[illegible] expectación [illegible] cuantas cosas que querría hacer a lo largo del [illegible] por eso le he pedido las dos tazas. La pequeña [illegible] nos la servirán por la noche, a ella y a mí, en el comedor.

38

—¿Está todo listo? —preguntó William a la mañana siguiente.

La señora Rodríguez sonrió.

—Desde luego, milord. Después de la proeza con la de ayer, pensé que la señora Ortiz no sería capaz de superarse, pero le aseguro que no va a desmerecer. Va a ser una tarta deliciosa. Bueno, dos. —Titubeó. Seguro que se moría de ganas por saber la razón de haber encargado dos tartas de cumpleaños, una más pequeña que la otra—. Los regalos están preparados. Los iremos dejando por la casa en los lugares y a las horas que nos indicó, y hemos cubierto el cenador. Pondremos la mesa cuando caiga la tarde.

—Perfecto. Lo dejo todo en sus manos, señora Rodríguez. Yo no volveré hasta la noche.

Ella le miró sorprendida.

—¿No va a asistir a la comida de cumpleaños?

—No. —Hubiera sido lo correcto, sin duda, pero habría desmerecido el encuentro de la noche. Era mejor ir creando la expectación. Además, había varias cosas que quería hacer a lo largo del día—. Por eso le he pedido las dos tartas. La pequeña nos la servirán por la noche, a ella y a mí, en el cenador.

—Como desee. —Estuvo a punto de callarse, pero no lo hizo—. No sé, milord... La idea es buena, pero creo que milady se disgustará.

—¿Usted cree? —Después de la noche que habían pasado, quizá. Habían hecho el amor varias veces y habían hablado hasta quedarse afónicos. Al final, según la costumbre habitual, había dormido poco más de tres horas. William se preguntaba cómo era posible que, habiendo descansado tan poco, se sintiera tan lleno de energía—. No se preocupe. Candela estará bien acompañada, no me echará de menos. O sí, y será mejor el reencuentro, en la cena. —Sonrió—. Si pregunta, dígale que siga el rastro, como indica el juego. Me encontrará.

Fue al comedor. Salazar ya estaba allí, como de costumbre, frente a un huevo pasado por agua. Aparte de jugar con él a ver cuán blando estaba, no parecía hacer otra cosa.

—Buenos días —le dijo.

—Mmm...

No debía estar de buen humor, claro que eso no era ninguna novedad tampoco. William dejó que le sirvieran el té y empezó a untar una tostada con mantequilla y mermelada mientras daba vueltas a sus pensamientos.

Salazar siguió contemplando el huevo, pensativo, pero no estaba tan absorto como pretendía hacer creer.

—Sé que me estás mirando —murmuró—. Y no con buenos ojos.

William agitó la cabeza, intentando comprender a aquel hombre. Supuso que era algo imposible. Pertenecía a otra época y a otro mundo.

—Hoy es el cumpleaños de Candela. Espero que te comportes.

—Por supuesto. Ya da igual que cumpla años. Será prisionera de por vida.

—A esa clase de comentarios me refiero. No quiero que sueltes ni uno en su presencia. Jamás. —Mordió un trozo de tostada y lo masticó lentamente, antes de añadir—: Además, Candela no va a ser una prisionera. Eso te lo aseguro.

—¿No? —Rio con desdén—. Qué blando eres. Casi tanto como tu protegido, ese que juega a los médicos.

—Ah, qué tontería. Es un gran médico y un gran hombre. ¿Cómo pudiste rechazarlo?

Salazar hizo un gesto vago.

—Fue por su bien, demonios. En ese asunto todo ha sido complicado. —Titubeó—. Pero, créeme, estoy orgulloso de él. De lo mucho que ha logrado partiendo de la nada, como hice yo.

—¿Y por qué no se lo dices?

Por Dios, él acababa de conocerle y sabía lo importante que sería para Luis escuchar algo así. Salazar lo respetaba, lo admiraba y quizá incluso lo quería. Pero era demasiado soberbio o demasiado testarudo como para decírselo.

—¿Qué sentido tendría hacer semejante cosa? —preguntó, confirmando su sospecha—. Lamentablemente, Luis nació en el lado equivocado de la cama. Si hubiera sabido cómo iba a ser, habría actuado de otro modo. Por entonces, yo ya estaba casado con Clara, que no dejaba de tener un aborto tras otro. Andrea, la madre de Luis, era preciosa, y muy lista, me gustaba mucho. Quizá es la única vez en mi vida en la que me he enamorado de verdad. Cuando se quedó embarazada... le ofrecí una renta, como a todas. Pero no quiso. Me sugirió que la llevase a Londres, donde podría vivir como mi esposa. Una aquí, otra allá. Pero... no quise.

—¿Por qué?

—Porque me dio vergüenza —respondió, con sinceridad—. Andrea podía ser bella y lista, pero no dejaba de ser una criada, inculta y sin ninguna educación. Reconozco que era callada, que podría haberla vestido con sedas y quizá nadie se hubiese dado cuenta. Pero yo lo sabría. No salí de la puta chabola de Eustaquio para remozarme en otra clase de barro. Yo no quería en mi cama, de forma oficial, a una criada analfabeta, solo a grandes señoras, como Clara.

—Pero... —Lo miró asombrado—, ¿cómo pudiste? Dices que la querías.

—El amor no suele tener nada que ver con el matrimonio. Es un negocio, demonios, que pareces nuevo en esto.

—Pues hablemos de negocios, entonces: de haber pensado todos como tú, Clara nunca te hubiese mirado dos veces, y jamás se hubiese casado contigo.

—Bah. Clara era una dama con un corazón enorme, sí. Pero si me vio fue porque yo destaqué. Me dejé la piel estudiando, trabajando, peleando, dando dentelladas a mi alrededor. Demostrando que, aunque estaba entre ovejas, aunque surgía de un rebaño de ovejas, en realidad yo era un lobo. Los lobos nos reconocemos, y Andrea no lo era. Trabajaba en su día a día, mucho, pero no luchaba por mejorar, porque no concebía el salirse de los límites que le habían impuesto. Estaba atada, sujeta al rebaño, así que no era digna de más.

—Ella lo tenía un poquito peor que tú, idiota. Era una mujer.

Salazar lo miró, sorprendido.

—Quizá. No lo había pensado. —Por supuesto. Los hombres no solían fijarse en las trabas que no existían para ellos—. En todo caso, nunca me perdonó que no me la llevase de aquí. Se negó a recibir nada, se negó a admitir públicamente que habíamos tenido algo, y lo organizó todo para casarse con un campesino de mis tierras. Otra hormiga como ella. Nada. Pedro Pelayo no sabía ni escribir su nombre. Era ya muy mayor y ninguna mujer había querido desposarlo, por feo y pobre. Y como Andrea había estado trabajando para Quintana, todo el mundo supuso que el bastardo era suyo. Incluso el propio Luis.

—Lo sé. Supo la verdad cuando te pidió dinero para estudiar la carrera.

—Sí. —Gruñó—. ¿Te dijo por qué se lo negué?

—No. Lo hiciste tú anoche.

—Ah, sí. —Salazar apartó definitivamente el huevo. Ni siquiera lo había probado—. Yo siempre he seguido sus avances, lo que hacía, lo que se comentaba de él. Estaba orgulloso, esperando en la sombra a ver qué nos deparaba el futuro, pero... de pronto empezó a surgir esa historia sobre su hombría... —Frunció el ceño—. Ah, cojones... Estoy seguro de que fue ese vicioso de Lorenzo Quintana, él lo confundió cuando no eran más que unos críos.

—Supongo que te refieres a las preferencias sexuales de Luis. Creía que eras un hombre más abierto de miras.

—Y lo soy. Yo puedo entender que haya curiosidad, que se prueben cosas. La vida es un continuo moverse en un mar de emociones y sentimientos, buenos y malos. Para Lorenzo todo valía, hombres o mujeres, daba igual, lo que importaba era el placer. Eso puedo entenderlo, ya te digo. Pero Luis... Luis quedó atrapado en ese oleaje. ¿Cómo puede un hombre preferir acostarse con otros hombres? ¿Amar a otro hombre como solo se debe amar a una mujer?

—No lo sé. Pero tampoco sé por qué hay que plantearse semejante pregunta. Nunca he entendido que tengamos que opinar sobre las preferencias ajenas.

—Tú siempre has sido muy liberal. En eso te pareces a Ethan.

—A mi padre. Dilo.

—No es tu padre. Ya no te queda nada de su sangre en el cuerpo.

William frunció el ceño.

—Maldito...

—Ah, da igual. El caso es que perdí a Luis... Lo perdí.

—Lo perdiste mucho antes. Cuando no quisiste tener una vida con su madre.

—Pero ¿cómo iba yo a pensar que aquella chica ignorante, inculta y pobre daría a luz un muchacho así? —Sonrió con orgullo—. Ha sido infatigable, trabajador, ambicioso, se ha labrado un futuro por sí mismo... ¡Ha ido a la universidad! ¡A la puta universidad, William, lo que siempre soñé para mi hijo! ¡Yo, el muchacho de las ovejas, he tenido un hijo universitario!

—Ya me lo imagino —musitó William, preocupado, temiendo que al final le diera una crisis de tos.

—¡Me hubiera gustado tanto enseñarlo a montar o llevarlo de caza...! Pero no estuve ahí en ninguno de sus momentos. —Se encogió de hombros—. Supongo que así son las cosas.

—No, no culpes a la vida o al mundo. Las cosas son como las hacemos nosotros —refutó William, controlándose para no llamarle cobarde. Si había perdido a su hijo, había sido por su incapacidad para aceptarle como era, porque le avergonzaba lo que pudiera decir la gente, no por causa de un destino incontrolable. Observó su tostada unos segundos—. Quiero que reconozcas a Luis como tu hijo y que lo conviertas en tu heredero.

—¡Vaya por Dios, qué soberana tontería! —exclamó Salazar cuando salió de su asombro—. ¿Te has vuelto loco?

—¿Loco? Y eso que todavía no te he hablado de Titán.

—¿Titán? —El viejo abrió al máximo los ojos—. Sí, definitivamente, te has vuelto loco.

—También lo vas a reconocer, si él lo desea, y le dejarás las tierras donde estaba la familia de los semigigantes, en las que le construiremos una buena casa.

Salazar hizo una mueca.

—Veo que te has estado informando.

—Tengo esa costumbre, sí, aunque es algo que sé desde hace tiempo. Ah, y le daremos dinero suficiente como para emprender el negocio que prefiera. —Se encogió de hombros—. En realidad, supongo que podría llevar Castillo Salazar mientras Luis se dedica a la medicina. Seguro que entre ellos se arreglan bien.

—¡Castillo Salazar en manos de Titán, un gitano...!

—Bernardo... —Quizá no iba a decir más, pero el tono de

advertencia hubiese cortado cualquier comentario—. En manos de tu hijo. Alguien que es más listo de lo que parece y que ha demostrado una lealtad inquebrantable.

—¡Bah! Siempre ha tenido un plato en la mesa al final de la jornada. Es como un perro.

—¡Por Dios! No te atrevas a volver a repetir eso en mi presencia. Deberías valorar más la lealtad. Es la única virtud realmente válida en esta vida.

—Tonterías... —Pero cambió de tercio—. En cualquier caso, Luis no será mi heredero mientras no se retracte y se aparte de esas malas influencias. Eso tenlo muy claro. Solo me queda mi nombre y mi dignidad, no quiero andar de boca en boca a estas alturas como el padre de un degenerado.

—Tú harás lo que yo te diga. Lo primero, no volver a usar ese término. En mi presencia, hablarás con respeto de tus hijos. De todos.

Salazar frunció el ceño.

—Pongamos que lo hago, pongamos que transijo y Luis Pelayo se convierte en mi heredero... ¿Quieres decirme qué demonios tiene que heredar, si no queda nada? ¿O de dónde voy a sacar los terrenos para Titán o el dinero para levantarle una casa de su tamaño? ¡Ni siquiera una diminuta! Ja. No queda nada para ellos. Su hermana recibirá algo a través de ti, pero no hay nada más que...

—No te preocupes por eso. En cuanto pueda, enviaré otro mensaje a Madrid para que inicien los trámites. Titán tendrá lo suyo, yo me ocupo. En cuanto a Luis, lo mismo: tú le das tu apellido y yo le devolveré la casa y las tierras. Luego, si su intención es no casarse nunca, como imagino, buscaremos el modo de que pueda adoptar un niño, o varios, y que sean criados aquí, como sus hijos, para que lo hereden en el futuro. De ese modo, sea como sea, siempre seguirá habiendo un Salazar en Castillo Salazar. Uno como el primero, que no llegó a él por sangre, sino por suerte y ambición.

Salazar se quedó muy quieto. Sus ojos brillaron y sonrió de oreja a oreja.

—Sí, demonios. Eso me ha gustado. —Su mandíbula se movió de un lado a otro, como si rumiara sus pensamientos—. Pero, en todo caso, Luis debe prometer que dejará esa vida de depravación y que se casará como es debido. No quiero que...

—Luis no estará obligado a prometer nada. Hará su vida, con discreción, como ha hecho siempre, porque este mundo no está preparado para aceptar a los que no son como decide la mayoría. Esperemos que algún día cambien las cosas. Pero, al margen de todo eso, Luis tiene que ser tu heredero. —Clavó un dedo sobre la mesa—. Y te lo advierto, Bernardo, no es algo sujeto a discusión.

Salazar lo contempló con algo de lástima.

—Eres un blando, William. Y un sentimental. Siempre lo digo y empiezo a preguntarme si he hecho bien entregándote a mi hija. A este paso, terminarás arruinado.

—Mis contables piensan que no es algo probable. Pero tampoco es algo de tu incumbencia. Ni siquiera tu hija lo es.

Salazar hizo una mueca.

—Me retracto. No eres tan blando.

—Ya me parecía a mí. —Comió un par de bocados más. Casi había vaciado su plato y Salazar seguía con su huevo a un lado—. Cómete eso.

—No tengo hambre.

—Da igual, necesitas fuerzas. Cuando acabes, tienes que subir. Luis va a hacerte una revisión a fondo y a ponerte un tratamiento. Hemos pensado que...

—Ah. Así que era eso —repuso Salazar, con suspicacia y un destello de maldad—. El bueno del doctor Pelayo se ha ofrecido a cuidar abnegadamente al viejo a cambio de unas condiciones: su nombre y su herencia.

—No, idiota. Luis no sabe lo que vamos a hacer. Se ha ofrecido desde un primer momento. Ha dicho que aunque tú has sido el peor de los padres, él no será un mal hijo. —Los ojos de Salazar perdieron intensidad y, de hecho, brillaron como si se hubiesen llenado de lágrimas, pero, como apartó el rostro para centrarse en el dichoso huevo, William no pudo estar seguro—. No ha pedido nada, viejo egoísta y mal pensado. Y precisamente por eso yo he decidido tomar medidas. No se lo menciones, no quiero que lo sepa hasta que esté todo hecho. —Se levantó y se dirigió hacia la puerta. Se detuvo un segundo en el umbral. Agitó la cabeza, mirándole con desprecio—. No te mereces los hijos que tienes.

—Jamás he pretendido lo contrario —le oyó decir mientras salía.

William suspiró, apartándolo de sus pensamientos. Era muy temprano, pero tenía muchas cosas que hacer, ya era hora de ponerse en marcha.

Pidió una montura en las caballerizas y se dirigió al pueblo.

Quería indagar un poco en el asunto de Charles Barrow. Quintana podía salir impune de lo ocurrido en la caseta del Telele, pero, desde luego, pagaría por la muerte de Barrow. Podía hacerlo según la ley si conseguía pruebas en su contra, pero, en cualquier caso, terminaría pagando. Él se ocuparía de ello.

Cruzeiro dijo que el inglés que mataron, Barrow, había estado investigando por el pueblo. Que había preguntado en un par de sitios y luego había ido a ver al Telele. En ese momento, intervino Quintana, alarmado hasta el punto de llegar al asesinato. No solo mató a Barrow, sino que también eliminó a quien podía tener la información comprometedora para solucionar el problema de raíz.

¿Qué sabía el Telele?

Necesitaba información, chismes del pueblo. Seguro que eso había buscado Barrow, indagando sobre los orígenes de Salazar. Él conocía a pocos lugareños todavía, pero por suerte ahí estaba doña Baltasara. La esposa del boticario, esa cotilla incansable, podía ser la opción ideal.

Por eso había salido temprano esa mañana. Quería verla y, quizá, luego volver a lo que quedara de la casa del Telele, para echar un nuevo vistazo.

Dirigió el caballo directamente a la plaza principal del pueblo, saludando a conocidos de la boda y a gente que no había visto nunca, pero que lo felicitaban a su paso. Dejó al animal atado fuera, y entró en la botica. Allí preguntó por la señora.

El dependiente, un hombrecillo de mediana edad, menudo y con unas gafas diminutas sobre una nariz enorme, envió al muchacho de las entregas a la casa a avisar de su presencia. El chico volvió con una invitación: que le diera diez minutos y luego subiera a la vivienda por la puerta interior, un privilegio que solo concedían a amigos muy cercanos y familia, como se encargó de informarle el muchacho, seguramente por insistencia de su señora.

Pasado el tiempo, subió. Le abrió una criada, la que acompañaba a la mujer del boticario cuando se conocieron en el pueblo, y le indicó que pasase. Doña Baltasara ya acudía, avanzando a buen paso por el pasillo. Estaba vestida y enjoyada como para ir a una recepción en cualquiera de las fiestas de los nuevos ricos de Madrid. Olía mucho a perfume pretenciosamente caro.

—¡Me ha pillado apenas sin arreglar! —exclamó, coqueta.

—Lamento si es mal momento —se excusó él, haciendo un gesto hacia la puerta—. Puedo volver otro día.

—No, no, milord, faltaría más. Pase, pase, está usted en su casa. —Esperaba que no fuese así, jamás, pero trató de que no se le notase en la cara—. ¿Ha desayunado?

—Sí, sí. Antes de salir de Castillo Salazar.

—Entonces, si le parece, nos servirán una infusión en la salita. Vamos, Raimunda, espabila. Té para dos, que el caballero es inglés. —Dio unas palmadas y la doncella hizo una inclinación y salió corriendo—. Venga conmigo.

La salita en cuestión no podía estar más recargada. Objetos de toda clase y estilos se amontonaban en una profusión caótica. Si al menos hubiesen tenido algún valor artístico, habrían podido entenderse, pero no era así.

Por lo menos, el gran ventanal del mirador dejaba entrar mucha luz y la volvía algo alegre. Hablaron de trivialidades hasta que llegó la doncella con la bandeja. Les sirvió un té cuyo olor le resultó más prometedor que el de la Abuela Quintana.

—¿Disfrutó de la recepción? —preguntó, mientras probaba un sorbo.

Excelente. Quizá fuera por ser la casa de un boticario, pero no había probado un té tan bueno desde su llegada a España.

—Mucho, gracias, milord. Hacía tiempo que no se celebraba por aquí un evento semejante. ¡Estaba todo Terrosa!

—Bueno, casi todo. La Abuela Quintana se excusó. —Puso expresión contrita—. Supongo que está muy mayor.

Ella lo miró sorprendida.

—¿La había invitado?

—Sí, claro. A los Quintana en general, como al resto del pueblo. ¿Se sorprende?

—Bueno... sí, un poco. Los Salazar y los Quintana no se han llevado nunca bien.

—Ah, pues no lo sabía. Además, me extraña... Ayer, nada más llegar, recibí una nota de Ildefonsa Pineda.

—La Abuela Quintana, sí. —Definitivamente, doña Baltasara estaba intrigada—. ¿Le mandó una nota?

—Sí. En ella me pedía que fuese a verla.

—¡No me diga! ¿Le invitaron a Palacio Quintana?

—Así es. Fue muy amable. Quería conocerme y tratar de estrechar lazos entre nosotros, por el bien del pueblo. Me pareció sincera y, ya le digo, se comportó de un modo encantador.

Doña Baltasara se removió inquieta. William casi podía leer lo que pasaba al otro lado de sus pupilas. No lo conocía y no sabía cómo empezar a hilvanar su sarta de chismorreos.

—Yo... Verá, a mí no me gusta hablar mal de los demás, odio los chismes. —William consiguió permanecer inexpresivo. Incluso logró hacer un gesto con la cabeza que podía confundirse con comprensión—. Pero esa mujer... Tenga cuidado, no lo envenene. Y esté muy atento, porque si quería verlo era porque andaba buscando algo. La matriarca de Terrosa no da puntada sin hilo. ¡Menuda bruja!

—¿Matriarca de Terrosa? Sabía que formaba parte de la familia Quintana, a su modo, puesto que no deja de ser una antigua empleada. Pero, tal como parece insinuar usted, da la impresión de que es alguien muy importante en el pueblo.

—No no, no se confunda. Es verdad que era el ama de llaves de la familia pero tenga en cuenta que prácticamente crio sola a don Venancio, cuando su madre perdió la razón. Por si eso fuese poco, al morir el Viejo Quintana, el padre de don Venancio, este era muy pequeño, así que ella fue la que se puso al frente de los negocios de la familia y la que lo administró todo. Le puedo asegurar que esa anciana antipática ha sido la persona más importante en este pueblo en los últimos cincuenta años.

William evaluó toda aquella información. Decidió ir paso a paso.

—¿La madre de Venancio Quintana se volvió loca?

—¡Ya lo creo, milord! —Doña Baltasara se llevó una mano a la mejilla—. ¡Fue terrible! Bueno, según dicen, hace mucho de eso, yo no estaba. —Rio, como una niña—. En otras circunstancias, la hubiesen mantenido en casa, por evitar el escándalo, ya sabe, son situaciones difíciles, cuestiones de familia que es mejor no airear. Pero tuvieron que ingresarla. ¡Hasta se la llevaron con camisa de fuerza!

—No me diga.

—Era un peligro, se lo aseguro. La difunta abuela de mi doncella trabajaba entonces en la casa, en Palacio Quintana, ¿verdad, Raimunda? —le preguntó directamente a la mujer.

Al verse involucrada en la conversación, la doncella se apresuró a realizar una reverencia.

—Sí, señora. Era compañera de la Abuela Quintana. Ambas

empezaron juntas, como doncellas, en Palacio Quintana, cuando tenían doce años. ¡Y menuda era ya entonces la Ildefonsa, según me contaba mi abuela!

William se frotó la mandíbula.

—De modo que los orígenes de la Abuela Quintana son muy humildes.

—¡Oh, pues claro! Mucho. Sus padres vivían en Pedregal del Pozo. Una aldea cercana —añadió en su beneficio, porque no tenía ni idea de a qué se refería. William asintió—. La mandaron a servir porque necesitaban el dinero, eran más pobres que las ratas, aunque también, según dicen, porque no querían tenerla en casa. Era mala, muy mala... Pero ya ven, con la desdicha de los Quintana, ella consiguió medrar.

—¿Qué desdicha? Oh, lo de la locura de la señora Quintana, ¿no?

—Exacto. —Doña Baltasara compuso una expresión trágica—. Doña Eulalia se llamaba la difunta madre de don Venancio. Pobre mujer. Se volvió completamente loca al tenerlo. Hay quien asegura que no es algo sorprendente. —La expresión se volvió ecuánime—. Al fin y al cabo, traer al mundo a un demonio como don Venancio enloquecería a cualquiera.

No pudo por menos que estar muy de acuerdo. Pero mejor buscar alguna causa más lógica.

—¿Le diagnosticaron algún mal en concreto?

—No lo sé, la verdad.

Miró a la doncella, que se encogió de hombros.

—Mi abuela me contó que vagaba por los pasillos chillando como una desquiciada. Decía que le habían cambiado a su hijo, que los seres del bosque robaron al niño humano de su cuna y dejaron en su lugar a un demonio el doble de grande, de alma negra y seca como la ceniza.

«Pues no se equivocaba en absoluto», pensó William. Menudo cabrón estaba hecho el tal Venancio.

—Entiendo. —Tomó un nuevo sorbo antes de proseguir—.

He oído historias de ese estilo, sobre intercambios de humanos y elfos o trasgos, pero más al norte, en Inglaterra. Supongo que son más comunes de lo que pensaba.

—Le aseguro que Extremadura es una tierra rica en leyendas, sobre todo la zona de las Hurdes —replicó ella—. No hace falta irse al extranjero a encontrarlas.

—No lo dudo...

—Sigue, Raimunda. Si es que hay algo más, claro.

—Bueno, no sé, solo era eso... —La doncella frunció el ceño, intentando hacer memoria—. Doña Eulalia no dejaba de jurar que ese niño de la cuna no era su hijo. ¡Hasta intentó matar a la pobre criatura!

—Una pena que no lo lograra —gruñó William por lo bajo.

Doña Baltasara y su doncella lo miraron.

—¿Perdón?

—No no, nada. Qué hechos tan terribles, decía.

—Ciertamente, ciertamente...

—Doña Eulalia no logró su propósito, claro —siguió Raimunda—. Pero no tuvieron más remedio que llevarla a un sanatorio, en Badajoz, creo. El Viejo Quintana, don Faustino, el padre de don Venancio, sufrió un ataque poco después. Los médicos dijeron que fue por alguna impresión, aunque no pudieron imaginar la causa. Mi abuela contaba que fue por una carta que recibió.

—¿Una carta? ¿De quién?

—Lo ignoro. Se lo pregunté, desde luego, pero ella no llegó a enterarse de eso. Sabe lo que ocurrió porque otra compañera y ella le estaban sirviendo el café mientras él abría el correo. El sobre no tenía remitente, en eso sí se fijó, pero hubiera dado igual, porque mi abuela no sabía leer.

—¿Y qué ocurrió?

—Por lo que parece, lo que fuera que le contaban en ella le provocó un gran disgusto. Tuvo un ataque y, a consecuencia de aquello, se le paralizó medio cuerpo. Y aquí tiene un detalle curioso: cuando le contaron al médico lo ocurrido, preguntó por la carta, para comprobar si su contenido era tan terrible como para provocarle semejante susto, pero no estaba por ningún sitio.

—La carta... —William se frotó la barbilla, pensativo— no estaba.

—No, milord. Mi abuela y la otra compañera, la Tomasa, no sabían qué podía haber ocurrido. Había entrado tanta gente al dar la alarma que cualquiera hubiera podido ser. La casa era un caos con el señor en semejantes condiciones. En cuanto despertó y pudo hablar, pidió que hicieran llamar a la Ildefonsa. Dos días después, allí estaba de nuevo, y se puso al frente de todo.

—¿Dos días? —preguntó sorprendido—. ¿No estaba en Palacio Quintana?

—No, señor. Para entonces, llevaba un tiempo fuera. Había vuelto con su familia.

—A... Pedregal del Pozo, ¿no? —La mujer asintió—. ¿Y eso? ¿Por qué se fue?

—Mi abuela no lo sabía, nadie del servicio estaba al tanto de las razones. Solo tenían claro que la señora Eulalia la había despedido unos meses antes. No la quería cerca...

Raimunda dudó, ruborizada. Doña Baltasara se encogió de hombros.

—En realidad, todos sospechaban que estaba liada con el Viejo Quintana —explicó por ella.

—¿En serio? —preguntó William—. ¿Y era cierto? ¿Estaban liados?

—Desde luego, mi abuela lo creía. —La doncella carraspeó—. Decía que Ildefonsa era muy guapa y estaba decidida a todo. Por aquel entonces tenía dieciséis años y el Viejo Quintana alrededor de cincuenta, además de haber sido siempre muy poco atractivo, así grandote como don Venancio, aunque más encorvado; pero claro, era el amo.

—Comprendo. Y la señora la echó.

—Así es. Ildefonsa tuvo que recoger sus cosas y volver a la aldea. Lo que pasa es que, después, al verse débil y en cama, y con doña Eulalia internada lejos, el Viejo Quintana la hizo llamar para que cuidara del niño.

—¿Por qué haría eso? ¿No podría haberse ocupado otra? ¿Tu abuela, por ejemplo?

—Sí, milord, ya lo creo que sí. —Raimunda asintió con firmeza. Su voz dejaba ver el orgullo y el cariño que sentía por la que había sido su abuela—. Ella crio a doce hijos bien sanos, y a una treintena de nietos y bisnietos, además. Pero es lo que hizo el amo, no sé por qué. La Abuela Quintana regresó, pero no se limitó a ser niñera: en pocos meses, pese a su juventud, ostentaba el cargo de ama de llaves, y poco después ya se ocupaba prácticamente de la administración de todas las propiedades Quintana. Cuando don Faustino murió, dejó por escrito en su testamento que dirigiese ella la hacienda al completo. Y no hasta que su hijo fuera mayor de edad, sino hasta que ella considerase que este estaba en condiciones de tomar las riendas. Por eso, incluso ahora, la Abuela Quintana manda más que el propio Gran Quintana.

William arqueó una ceja, admirado.

—Es impresionante. Debió de ser una mujer muy inteligente, y de mucho temperamento.

—No lo sabe usted bien. Incluso ahora, que debe tener como cien años...

—No exageres, Raimunda —la interrumpió doña Baltasara, que no pudo evitar reírse—. ¿Qué tendrá?, ¿setenta y cinco, quizá? ¿Ochenta? No, no creo que tenga tantos. Pero bueno, seguro que ni ella misma lo sabe.

—Supongo... El caso es que sigue gobernando con mano de hierro. Mi prima Rosa trabaja ahora allí y me cuenta. Dice que incluso don Venancio está obligado a consultarle muchas de las decisiones importantes. Es rígida como una escoba y no tiene corazón. Solo quiere a los que considera suyos, que son los Quintana, no su familia natural, a la que dejó morir de hambre sin derramar una sola lágrima. Sin embargo, siempre ha estado ciega con don Venancio, supongo que porque lo crio, y luego se ha ocupado de sus hijos, Lorenzo y Matilde.

—¿Y saben qué relación puede tener Jose el Telele en todo esto?

—¿Jose el Telele? —Raimunda y su señora intercambiaron una mirada. La pregunta las había desconcertado a las dos, fue evidente—. Bueno, no sé, Tomasa, su madre, trabajaba con Ildefonsa en Palacio Quintana. El crío...

—Perdón, ¿Tomasa? ¿La misma que estaba cuando don Faustino recibió la carta?

—Sí, así es. —Raimunda lo miró sorprendida—. ¿Por qué?

—Por nada, solo quería confirmarlo —dijo, aunque tenía la sensación de haber dado con otra pieza importante de aquel rompecabezas—. Me decías del niño...

—Oh, sí. Que el pequeño rondaba siempre por allí. Bueno, era ya un jovencito cuando lo del Viejo Quintana, porque tendría trece o catorce años. Tomasa era la única amiga de Ildefonsa, aunque, si le digo la verdad, no creo que la amistad fuera mutua. Pero sí es cierto que, luego, cuando Tomasa murió y se vio que Jose no podía seguir cultivando las tierras, ya que en cuanto tenía alguna contrariedad entraba en una de sus crisis, la Abuela Quintana permitió que siguiera en esa casa, que hubiese podido arrendar a cualquier otro.

—El único detalle de caridad cristiana que ha mostrado esa mujer. —Doña Baltasara apretó los labios—. Aunque preside el grupo de Damas Católicas de Terrosa desde hace muchos años, bien sabe Dios que siempre es reacia a dar dinero para los pobres. Dice que no son más que muertos de hambre. Que si no son capaces de luchar por sí mismos y no aportan nada, para qué mantenerlos.

William arqueó ambas cejas. El comentario le recordó a Salazar, a lo que le había dicho sobre la gente que luchaba por destacar y la que se dejaba morir en la sombra más gris del mundo sin hacer nada por que todo mejorase.

El rebaño de ovejas y el lobo.

—Un encanto de mujer, por lo que veo. —La visita había resultado enormemente útil. Necesitaba meditar sobre todo lo escuchado. Lo mejor que podía hacer era irse retirando—. Por cierto, eso me recuerda que quería pasar por la iglesia, para dar una donación al padre Severino. Si le parece bien, doña Baltasara, aportaré en su nombre una cantidad similar a la que tenía pensada.

Los ojos de la mujer brillaron, y parecieron duplicar su tamaño por la pura emoción.

—¡Oh, qué amable, milord!

—En absoluto, es lo menos que puedo hacer. —Se puso en pie. Por suerte, ella también, y le acompañó personalmente a la puerta—. He pasado un rato muy agradable, doña Baltasara, gracias.

—No hay de qué. Candela y usted siempre serán bienvenidos aquí. Vengan cuando quieran.

Aquella excusa le costó una donación total de cien libras a la iglesia de Santa María Magdalena. El padre Severino se quedó encantado.

Desde allí, fue a la casa del Telele. Como les había dicho Quintana, el lugar había sido arrasado por el fuego. Solo quedaban en pie las paredes agujereadas. Se había caído casi todo el tejado y no quedaba ni rastro de la cuadra. En el huerto no había agujeros. Se preguntó cuántos cuerpos encontraría si se ponía a cavar.

Allí no había nada, pero ahora tenía otra pista: Pedregal del Pozo. Se lo pensó, porque no era un paseo que le apeteciera especialmente, al contrario. Con el sol de justicia que hacía, y las pocas indicaciones que casi tuvo que ir arrancando por la fuerza a los escasos labriegos que se fue encontrando, estuvo a punto de morir de puro calor en el camino. Pero, por suerte, al final logró llegar.

Allí, tras buscar y convencer a unos y otros durante casi una hora, habló con el único miembro que quedaba de la familia de Ildefonsa Pineda: una prima muy anciana, que no la recordaba con cariño, al contrario. Y lo que le contó terminó de confirmarle algunas sospechas.

Eran casi las cinco cuando emprendió el camino hacia Terrosa y el sol seguía calcinándolo todo desde un cielo inmenso, muy azul. Tuvo la impresión de que hacía más calor que a la ida, de ser posible. Asfixiado, William optó por detenerse en una fonda del camino, donde no sabían lo que era el té.

Consternado, estuvo a punto de volver al exterior, pero no estaba tan loco, de modo que pidió algo de queso, pan y vino para salir del paso.

Mientras miraba por la ventana, empezó a encajar las piezas.

rado que con él no tendría que ser otra persona para vivir plenamente su vida.

¡Había sido tan considerado! No podía negarlo, empezaba a sentir algo por él, algo más que aquella intensa atracción física

39

El día de su vigesimoquinto cumpleaños, Candela Salazar se despertó sola en la cama. Fue la primera vez que encontró extraño algo así.

Era tarde, casi las nueve y media, aunque eso sí que no le resultó sorprendente. Llevaba dos días prácticamente sin dormir, con grandes emociones y, por si eso no fuera suficiente, estaba exhausta tras una noche de sexo y pasión. Habría muchas cosas en las que no estaría de acuerdo con William en el futuro, y algunas hasta la harían enfadar, seguro, pero debía reconocer que, en temas íntimos, parecían creados el uno para el otro.

Y, cuando llegó el agotamiento físico, este dio paso a algo igualmente bueno: habían hablado durante horas, contándose cosas, conociéndose, acercándose poco a poco hasta un punto al que nunca había llegado antes con ninguna otra persona. Desnudos en la cama, Candela le había abrazado cuando William lloró, recordando a su padre. Y él se había reído cuando le habló de su breve aventura como Andrés Salazar, y le había jurado que con él no tendría que ser otra persona para vivir plenamente su vida.

¡Había sido tan considerado! No podía negarlo, empezaba a sentir algo por él, algo más que aquella intensa atracción física que había experimentado desde el principio, o la gratitud por haberle salvado la vida a Luis, o por no echarlos de Castillo Salazar a su padre y a ella.

Qué curioso que, cuando creía haber tenido la peor de las suertes, por verse forzada al matrimonio con un desconocido, hubiese descubierto que no podía haber sido más afortunada.

Rodó por las sábanas, perezosa, y su mano rozó algo. Había una caja en la almohada, en el lado de William, con una nota.

> Para que brilles esta noche
> incluso más que las propias estrellas.
> Sigue mi rastro...

No tenía firma, pero reconoció la letra de su marido. Dentro, había un collar de diamantes. Una joya de verdad asombrosa.

—Pero... —susurró.

¡Menudo regalo! Jamás había recibido nada tan bonito. Ni tan caro.

Entusiasmada, se arregló y bajó a desayunar. La señora Rodríguez le dijo que William había tomado el desayuno a primera hora con su padre. Después había salido y había dicho que posiblemente no hubiera regresado a la hora de la comida.

Candela parpadeó, sintiendo que toda su alegría se desinflaba en un solo segundo.

—¿Que no estará en la comida?

No pudo creer que se sintiera tan decepcionada. ¡Era su cumpleaños!, ¡y lo sentía especialmente importante ese año!

—Dijo que no lo sabía —intervino Alba—. Que intentaría volver lo antes posible.

—Pero ¿dónde ha ido?

—Eso no lo sé, señorita Candela.

—Es un hombre maravilloso. —La señora Rodríguez colocó otra bandejita en la mesa. Las tostadas humeaban y llenaron el espacio con un delicioso aroma a pan recién hecho—. Y usted muy afortunada. Debería estar muy contenta.

—¿Sabe que milord piensa construir una casa para Titán? —siguió Alba, con entusiasmo—. ¿Y que quiere que Castillo Salazar sea para don Luis?

—¡Alba! —la riñó el ama de llaves—. Te he dicho muchas veces que no se repite lo que se oye decir a los señores en la mesa.

—Perdón, señora Rodríguez. ¡Pero no sabía si lo sabía!

Candela casi se echó a reír. «Menudo trabalenguas». No, no lo sabía, pero podía creerlo. William Caldecourt, lord Waldwich, estaba demostrando ser un hombre excepcional, aunque tuviese el mal gusto de desaparecer durante el cumpleaños de su esposa. ¡Y más estando recién casados!

Hizo un mohín. Estuvo a punto de no desayunar para demostrar su enojo, pero al fin y al cabo William no estaba para sufrir por ello. Además, la mesa estaba dispuesta con todas las cosas que le gustaban, a su capricho, y tenía mucha hambre.

Bajo la servilleta, había otra cajita, más pequeña, con otra nota.

> Para que resalten tu belleza y nos deslumbres a todos,
> aunque, esta noche, solo yo vaya a contemplarte.
> Sigue mi rastro...

En su interior, un par de pendientes, a juego con el collar que había dejado en el dormitorio, lanzaron destellos con la luz que se filtraba por las ventanas.

—¡Oh, Dios mío! —exclamó Alba, que le estaba sirviendo más café y estuvo a punto de derramarlo—. ¡Qué cosa tan preciosa!

—Sí que son bonitos, sí —admitió la señora Rodríguez—. Tal como indica la nota, debería lucirlos esta noche, milady.

—¿Esta noche? ¿Para qué?

—Ah, no, yo no puedo decirle nada. —El ama de llaves se alejó, riendo—. Debe seguir su rastro.

¿Seguir su rastro? ¡Qué intriga...! Candela decidió registrar la casa, buscando más regalos, pero primero pasó por la habitación en la que se alojaba Matilde. La encontró sola y despierta. Luis había estado casi toda la noche con ella, pero, tal como le dijeron, esa mañana había ido al pueblo con Titán a echar un vistazo a los restos de su casa y ver si había algo que pudiera salvarse.

Calibró la idea de reñirle por ello a su vuelta, por exponerse al peligro de que Quintana intentase asesinarlo fuera de los límites de Castillo Salazar, pero no merecía la pena. Él ya era consciente de los riesgos que corría.

Sentada ante el tocador, Matilde Quintana se cepillaba el largo cabello rubio que tanto había envidiado Candela de niña. Cuando la vio entrar, a través del reflejo del espejo, le dedicó una sonrisa.

—¡Muchas felicidades! —exclamó, girando en la silla—. ¡Feliz cumpleaños, Candy!

—Gracias. —¡La de tiempo que hacía que nadie la llamaba así! Desde la época en la que Matilde, Petra y ella corrían por la dehesa y se bañaban en ropa interior en el pequeño lago de Aguatriste, demasiado niñas como para que les importase que alguien pudiera verlas. Sintió una profunda nostalgia de aquellos días—. ¿Cómo te encuentras? —preguntó, acercando una silla y sentándose a su lado.

—Bien. Creo que hoy bajaré a pasear un poco por el jardín.

—Me alegro. Además, tienes que reunirte con nosotros para la comida, vamos a celebrar mi cumpleaños en familia.

Algo vibró en las pupilas de Matilde.

—Gracias por todo, Candela. De verdad.

—No hay de qué. —Hubo un momento tenso, un silencio incómodo que se esforzó por romper—. Oye, Matilde... me consta que estos últimos años no hemos estado muy unidas, pero espero que sepas que si necesitas cualquier cosa, lo que sea, aquí me tienes.

Matilde asintió.

—Lo sé.

Bueno, pues ya estaba hecha la visita y ya estaba dicho todo. No se le ocurría nada más, nada que no estuviera relacionado con lo ocurrido, demasiado escabroso y personal para abordarlo si no lo planteaba ella. Por lo demás, tenía muy poco en común con la Matilde Quintana del presente. Qué triste.

—Será mejor que te deje descansar. —Se puso en pie para marcharse—. Pero te esperamos a la hora de comer, no lo olvides.

—Por supuesto. Candela... —La miró. Matilde titubeó un momento—. No puedo volver a Palacio Quintana.

Allí estaba, entreabriendo la puerta. Candela rezó para ser lo suficientemente hábil como para animarla a sincerarse.

—Eso imaginaba. Luis nos ha contado que quiere ayudarte para que puedas reunirte con tu hermano. No te preocupes, William se ocupará de los trámites y de todos los gastos.

—Sí. —Dudó—. ¿No preguntas por qué?

—No sé, Matilde... Quizá lo imagino, y me parece tan terrible la posibilidad que entendería que no quisieras hablar de ello. —Volvió sobre sus pasos, a la silla—. Pero, si quieres hacerlo, yo estoy aquí para escucharte, ya te lo he dicho. Hace años que no tenemos mucha relación. Supongo que éramos muy jovencitas y yo no supe estar a la altura, no supe insistir, no supe protegerte. Pero soy tu amiga y te quiero, Mati. Si quieres hablar conmigo, aquí me tienes. Y te juro que jamás le contaré a nadie lo que me digas.

Matilde apartó la vista. La fijó en sus dedos, que jugaban con las cerdas del cepillo. De seguir así, terminaría echándolo a perder, pero qué se le iba a hacer. Dadas las circunstancias, era mejor no decir nada.

—La primera vez que vino a mi cama yo tenía doce años. —«Oh, Dios mío», pensó Candela. En aquella época todavía eran muy amigas. Quizá fue entonces cuando empezó a alejarse. ¿Cómo no se dio cuenta de que algo le pasaba? ¡Y algo así de terrible!—. Me llamó Esmeralda, así que ya pude suponer lo que había ocurrido con mi hermana mayor, a la que ya casi ni recuerdo. Solo me queda una... impresión lejana, la seguridad de que la quería mucho, muchísimo, pero siempre la veía triste. Normal. Ella no era como yo. Ella se consumió de inmediato.

—Dios mío... —Candela buscó algo que decir. No se le ocurría nada brillante, nada que borrase todo aquel horror y ayudase un poco—. Dios mío, Matilde, debiste decírmelo.

—¿Cómo? ¡Me moría de la vergüenza! Además, una vez intenté hablar de todo esto con el padre Severino y me acusó de mentirosa. —Maldito hipócrita... A Candela le quedaba poca fe en general, pero en ese momento perdió buena parte del resto—. Me dijo que confundía las cosas, que tenía la mente emponzoñada, como todas las mujeres, y me impuso veinte rosarios, cincuenta avemarías y un mes de misas diarias.

—Pero... —Candela estaba tan indignada que durante un momento no supo qué decir. Así que había acudido a la iglesia a pedir ayuda y se vio recibiendo una reprimenda y cargando con un castigo más que severo. ¡Qué indignante!— tú no tenías culpa de nada, nunca la has tenido.

—¿Tú crees? No lo sé. Ahí estaba, cumpliendo mi papel de cara a la galería, tal como me decían que debía hacer. Siempre sonriente, siempre mostrándome orgullosa del brazo de mi padre, tratando de simular total normalidad. Me compraba vestidos y zapatos, y muñecas, y cualquier capricho que se me pudiera ocurrir, y yo sabía que era para comprar mi silencio, pero no podía evitarlo, no podía... —Se cubrió el rostro con las manos—. Me decía que era nuestro pequeño secreto.

—¡Pero eras una niña! —Se acercó para arrodillarse a su lado y la abrazó—. Matilde, ¿qué otra cosa podías hacer, excepto sobrevivir? Él es el único culpable de todo. Tenía el deber de protegerte y abusó de ti como un miserable.

—Sí, lo sé. Tienes razón, pero... me cuesta. —Agitó la cabeza—. Por suerte, no somos muy fértiles, los Quintana. Únicamente me quedé embarazada una vez, hace tres años, y otra ahora.

—¿Cómo lo solucionaste?

—En ambos casos, la Abuela Quintana fue la que terminó decidiendo. ¿Sabes? Creo que ella sabía lo que pasaba desde el principio, desde que yo era una niña, pero intentaba ignorarlo, intentaba fingir que no ocurría nada, igual que yo.

—La diferencia está en que ella era una mujer adulta, y hubiese debido cuidarte.

—Lo sé. Jamás se lo perdonaré tampoco. —Apretó los labios—. La primera vez, tuvo una bronca enorme con mi padre. Quería buscarme un marido, pero él se negó. ¡Se puso como loco! Le dijo que tenía todo pensado, que había comprado un médico para casos como este. Pero, cuando le hizo llamar, Luis supuso de qué iba todo y se negó a intervenir, a menos que yo se lo pidiese y con la condición de que no volviera a ocurrir. Ahí empezaron sus trifulcas.

—¿Se lo pediste?

—No. ¡No! ¿Cómo iba a hacer una cosa así? Era mi niño, aunque naciera del pecado, me daba igual. La Abuela decía que era una aberración, que Dios iba a odiarlo, pero no puede ser verdad. ¿Qué dios puede considerar culpable a algo tan pequeño, tan inocente y vulnerable? Culpable era el Gran Quintana. Culpable era la Abuela, incluso yo, si me apuras. Pero no ese niño, que no había cometido más crimen que nacer de un acto no deseado.

—Oh, cariño... —Le pasó un brazo por los hombros y la estrechó contra su pecho—. ¿Y qué ocurrió?

—Ya te lo he dicho. La Abuela decidió por todos. Aquella vez, aprovechando que mi padre no estaba en casa, hizo llamar a esa mujer horrible que practica abortos en el tugurio de Carmen la Sevillana. Vino a Palacio Quintana, pero cuando padre se enteró se puso furioso. Además, hubo que avisar a Luis, porque... no sé, no quedé bien.

—Mati...

—Esta vez la Abuela ha sido más osada aún. Mandó una nota a lord Waldwich.

—¿De verdad? —preguntó, sorprendida—. ¿Para qué?

—¿Tú qué crees? Si conseguía convencerle de que se casase conmigo, no tendría que hacerme pasar por un nuevo aborto. Supo, por el padre Severino, que se estaba organizando todo para una boda, así que no se lo pensó dos veces y le ordenó que preparase la documentación necesaria, pero a mi nombre. —Suspiró—. Me temo que la Abuela está demasiado acostumbrada a salirse con la suya. Pensó de verdad que podría conseguirlo.

—¿Y por qué no eligió a cualquier otro?

—Porque mi padre no lo permitiría. Lord Waldwich, sin embargo, es casi intocable. No está influido por los Quintana ni por los Salazar, no pertenece a ningún bando y todo el mundo sabe que tiene más dinero que todos nosotros juntos. Además, es noble. Si le pasara algo, habría consecuencias.

—Espero que tu padre lo recuerde.

—Yo también. En todo caso, eso no funcionó, así que la Abuela, que no quería otra escena con mi padre, lo organizó todo para que Francisca y yo nos reuniésemos con la misma bruja en casa del Telele, que sigue vacía. Pero Francisca se lo dijo a Cruzeiro, con el que tenía alguna relación, y este se lo contó a mi padre, que intentó convencer a Luis. Al no tener éxito, fue a casa del Telele y se encontró con que todo había ido mal, peor que la primera vez. Yo... me estaba muriendo desangrada. —Bajó la voz hasta que solo fue un susurro—. Ojalá me hubiese muerto.

—No digas eso.

—Es lo que siento, Candy. —Suspiró—. Lleno de ira, mi padre mató a la bruja y luego fue a buscar a Luis para traerlo, quisiera o no. El resto, ya lo sabes.

—Al menos, sirvió de algo.

—Sí. —Sus ojos se perdieron fijos en el frente, sin ver nada—. Mis niños, Candela. No dejo de pensar en ellos, ¿sabes? Ni un solo segundo. Sé que están en algún lado y me observan, y se preguntan cómo su madre pudo hacerles tanto mal.

—No digas eso. No es cierto. —Al ver que se echaba a llorar, la abrazó—. No te martirices, Matilde.

—No quiero... no quiero volver a verlo —sollozó, estremecida—. Ni a él ni a ningún otro hombre, Candela. A nadie. Que no me toquen.

—Quién sabe. Quizá algún día te enamores.

—Lo veo poco probable. Ahora mismo, los hombres me repugnan.

Sí, Matilde iba a necesitar reconstruir toda su vida de algún modo.

Tras confesarle todo aquello, se mostró agotada. Candela la ayudó a acostarse y esperó para asegurarse de que dormía. La dejó descansando y fue al despacho, agobiada por el peso de una profunda tristeza.

Hasta se sintió algo culpable cuando vio que, junto a la chimenea, había una caja con una nota.

> Para iniciar el camino de la vida
> que vamos a recorrer juntos.
> Sigue mi rastro...

Dentro había unos zapatitos con tacón, forrados en seda verde, preciosos. En la parte delantera tenían una pequeña estrella de diamantes. Qué cosa más delicada. Nunca había tenido unos iguales.

—Qué tontería —se dijo en voz alta, con el corazón pletórico de una sensación extraña—. Nadie ha tenido nunca unos iguales. Han sido hechos para mí, pensando en mí. Para la joven del retrato.

A la hora de la comida, se presentó puntual en el comedor, y se llevó una sorpresa. Estaban su padre, Luis, Matilde y también Petra, a la que habían invitado el día anterior. El ambiente, en general, fue bastante alegre. Salazar se mantuvo silencioso, excepto en las ocasiones en las que se mostró mordaz, como siempre, pero el resto de los comensales intentaron animarla en lo posible.

Sus platos preferidos componían el menú y la tarta era la que habría pedido si alguien le hubiera preguntado.

—¿Dónde está lord Waldwich? —preguntó Petra.

—Eso me pregunto yo —la apoyó Salazar—. ¡Pronto has conseguido ahuyentar a tu marido, muchacha!

—Si de verdad hubiese querido hacerlo, le aseguro que no hubiera llegado a ser mi marido —replicó, y ya no le hizo mayor caso.

Luis volvió a marcharse pronto, porque quería visitar a algunos de sus pacientes, pero prometió volver antes del anochecer para evitar mayores riesgos. Se llevó con él a Petra, que regresaba a su casa, y, por supuesto, a Titán como escolta.

Ella y Matilde se quedaron en Castillo Salazar. Esta última subió a su dormitorio a dormir una siesta, y Candela decidió dar un nuevo repaso a la casa. Se movió de un lado a otro, siguiendo la premisa equivocada de que William no repetiría lugar, hasta que, desalentada, decidió probar de nuevo en su habitación.

Sobre la cama, dispuestos con todo esmero, vio unas enaguas preciosas, un corsé más hermoso todavía y otros detalles de ropa interior, dignos de la mismísima reina Victoria. Junto a ellos, había una nota:

> Para que me tientes hasta el límite esta noche.
> Aunque pienso quitártelo en cuanto me sea posible.
> Sigue mi rastro...

Candela se echó a reír. Imaginó a la pobre señora Rodríguez colocando semejante nota. Seguro que la leyó y se puso roja como un tomate.

—Estás loco, William Caldecourt.

Pasó el resto de la tarde entretenida entre volver a dejar Castillo Salazar en perfecto estado, después del esfuerzo del día anterior, y recorrer la casa a ratos para ver si había algo más. A esas alturas, ya sospechaba que debía de haber un vestido, y se preguntaba cómo sería. Lo esperaba soberbio, pero ni de lejos llegó a imaginar algo como lo que encontró.

Se acercaba la noche cuando lo descubrió por fin, colgado en el vestidor. Era el vestido de noche más maravilloso que hubiese podido imaginar: confeccionado en una seda del mismo verde que sus ojos, dejaba los hombros a la vista, se ajustaba al talle y las amplias faldas con pliegues abullonados estaban adornadas con bellísimos encajes y con pequeños grupos de diamantes diseminados aquí y allá, como estrellas.

Se llevó una mano al pecho, impresionada.

—Oh, Dios mío...

Sujeta con un alfiler, vio una nota. La cogió.

> Para que compartas conmigo
> este momento inolvidable.
> Sigue mi rastro...

—¿A que es hermoso?

La señora Rodríguez estaba a su espalda. Candela sonrió.

—Son ustedes unos intrigantes. —Asintió—. Sí, es maravilloso.

—Me alegra verla contenta.

—Gracias. —Se sintió conmovida al imaginarla organizando aquello con William. Ella, que siempre se había mostrado tan seca y desagradable—. Señora Rodríguez, siento haber sido tan... rebelde a veces. Me consta que siempre ha actuado por mi bien, pero tiene que entenderlo...

—Lo hago, no se preocupe. Además, la rebeldía es el derecho más sagrado de la juventud. —Avanzó hacia ella y le retiró un mechón, sujetándolo tras la oreja, con una caricia llena de cariño—. Sé bien que es difícil conseguir encontrar nuestro lugar en esta vida. Los jóvenes quieren decidir por sí mismos y los viejos queremos que no se equivoquen, como nos ocurrió a nosotros. Es ley de vida. Pero, al final, se llega a un punto en el que solo quedan dos adultos que se aprecian y se respetan. —Carraspeó—. Sé que no ha sido el mejor modo de empezarlo, pero le deseo que sea muy feliz en este matrimonio y en esta vida, señorita Candela... Lady Waldwich.

Dejándose llevar por un impulso, ella la abrazó.

—Gracias por haber estado ahí, todos estos años, tratando de guiarme, señora Rodríguez.

—De nada, milady. —La estrechó con fuerza y luego le dio unos golpecitos en la espalda, para dar por terminado algo tan impropio—. Siempre ha sido usted una buena chica, en realidad. Y una joven admirable, ya le he dicho siempre lo que admiro su labor en la hacienda. Otra se hubiese limitado a pensar en vestidos y bailes. Por eso, no debería haber sido tan severa con usted. Es solo que, a veces, los miedos nos ciegan y nos convierten en viejos intransigentes. —Se limpió los ojos empañados de lágrimas—. Pero dejémonos de sensiblerías. Los regalos no han terminado. Ahora, tenemos que prepararla para una noche inolvidable.

Entre Alba y ella la ayudaron a bañarse y a vestirse. En vez de los moños trenzados de siempre, que había llevado desde niña, la doncella le hizo un recogido bajo que le daba un aire elegante y señorial, más adulto. Lo adornaron con unas pequeñas peinetas bordeadas de diamantes que también había dejado William para ella.

El resultado fue realmente espectacular.

—¡Parece usted una princesa! —exclamó Alba, con los dedos de las manos entrelazados, observándola con admiración.

La señora Rodríguez también sonrió.

—Está bellísima. —Le tendió una flor blanca, de seda, y le señaló la puerta—. Ahora, debe terminar de seguir el rastro.

Sorprendida, salió al pasillo. Un poco más adelante, en el suelo, había otra flor, y otra más allá. Las fue siguiendo, recogiéndolas en un ramillete. La llevaron escaleras abajo, a través del vestíbulo y fuera, hacia la parte de atrás de la casa.

Ya de lejos vio que el cenador del jardín estaba muy iluminado. Intrigada, se dirigió hacia allí.

En lo alto de la escalinata estaba William, vestido de etiqueta, con una flor en la solapa.

—Me encontraste —dijo, y rio—. Feliz cumpleaños, Candela Salazar.

Ella parpadeó, sobrecogida entre aromas y sentimientos, preguntándose por qué no podían atesorarse los momentos como ese, guardarlos por siempre en una cajita o en un frasco, como un perfume, para volver a vivirlos en los años futuros.

—Gracias, lord Waldwich.

—Estás maravillosa. De verdad, serías la reina de la temporada londinense. —Sonrió—. Me alegra comprobar que las medidas eran exactas.

—Y yo que no me lo entregases con el ajuar.

Los ojos de William titilaron. Por primera vez, no hubo enfado ni animadversión alguna. Era de esperar que, con el tiempo, lo ocurrido se convirtiese en una anécdota que contar a los nietos.

—Quería darte una sorpresa en tu cumpleaños, por eso hice que lo trajeran con los carros para la fiesta. —Sonrió—. Fue una suerte, sí.

Ella asintió y subió la escalinata del cenador. Aunque todavía había algo de luz, ya habían dispuesto varias lámparas dispersas aquí y allá y dos candelabros en la mesa. Seguro que, cuando llegara la noche, aquel lugar se convertiría en un rincón mágico. Admirada, pasó las pupilas por la vajilla, los cubiertos, las suaves servilletas del mejor hilo...

Todo estaba dispuesto de un modo exquisito, hasta en el último detalle, el pequeño jarrón de porcelana, que contenía más de aquellas flores de seda, indiferentes a la sequía, siempre bellas, pese al calor.

Candela caminó hacia allí y añadió las que había ido recogiendo.

—Estas flores tienes que haberlas encargado, y con tiempo —dijo.

—Tuve mucho tiempo para organizarlo todo.

—¿Fue antes o después de que vieras el retrato?

Él le lanzó una mirada intensa.

—Después. Esto lo preparé para ti, no para la hija de Salazar.

Candela asintió.

—Veo que has estado ocupado.

—Más de lo que crees. De algún modo, todo eso le dio un sentido a mi vida, algo distinto, no relacionado con la venganza. Me ayudó. —Le tomó una mano y la besó—. Siento no haber podido venir a mediodía.

—No te preocupes. Sé que no te acostumbras a que comamos tanto a esas horas.

—No, eso es cierto. —Rio, y la condujo a la mesa—. Pero me hubiese gustado estar.

—¿Qué has tenido que hacer?

—Varias cosas. —Su expresión se volvió grave—. He ido a una aldea cercana. Pedregal del Pozo.

—¿En serio? Pero ¿para qué? Es un agujero miserable. ¿Qué te llevó allí?

—La familia Pineda.

—No los conozco. ¿Quiénes son?

—La familia de la Abuela Quintana.

—Oh. —Lo miró sorprendida—. Es verdad, se apellida así. ¿Y les buscabas por algo?

—He estado recabando información, reuniendo datos. ¿Y sabes qué? —Empezó a servir el champán—. Creo que he reconstruido la historia de estas dos familias.

—¿Qué historia?

—El misterio que nadie busca, porque solo ve el misterio que nadie puede resolver. Hablo de los Quintana y los Salazar.

—No te entiendo, William. Si te refieres al modo en que apareció mi padre, pues sí, aunque no es tan raro, siempre hay niños abandonados, incluso en pueblos como Terrosa. Siempre hay jóvenes que tienen hijos estando solteras y no siempre pueden hacerse cargo de ellos. Y el burdel de Carmen antes lo llevaba otra mujer, pero siempre ha estado ahí. Puede haber sido cualquier alternativa de esas, nada honorable, me temo. Pero ¿qué misterio puede haber en los Quintana?

«Aparte de lo ocurrido con Mati», pensó, pero no quiso sacar ese tema, ojalá no lo sacara él. No quería algo tan oscuro en una noche que debía resultar tan luminosa.

William no pareció pensar siquiera en ello.

—Más importante de lo que imaginas. Pero, antes, la cena. Siéntate, por favor. —Lo hizo. Acercó su copa para un brindis y ella tomó la suya y lo aceptó—. Hoy es tu cumpleaños. Nada puede ensombrecer eso.

—Gracias. —En su plato había otra cajita, pequeña—. ¡Oh, William, no eran necesarias más cosas!

—Yo creo que sí. Ábrelo. —Ella así lo hizo. Dentro, un anillo con un diamante de varios quilates reflejó la luz de uno de los últimos rayos de sol de su día, como marcando un nuevo comienzo—. Tienes una alianza de boda, pero nunca tuviste un anillo de compromiso. Quería regalártelo, que lo tuvieras. Que puedas dejárselo a nuestra hija, si es que algún día la tenemos...

—Gracias. De verdad. Es... es precioso.

William no había querido que nadie estuviera presente esa

noche, por lo que no iba a haber criados. La comida estaba dispuesta en un mostrador, en recipientes metálicos, calientes, para mantenerla a buena temperatura.

Para su sorpresa, entre los entrantes había una bandejita con ostras.

—Espero que te gusten. Ha sido toda una odisea que las trajeran frescas desde Galicia con estos calores.

—Me encantan. Seguro que lo sabes.

Él se echó a reír.

—Sí. Sí que lo sé.

Había también anchoas, mantequilla, queso, jamón y salchichón. De primer plato, trucha fría en salsa verde, seguida de un faisán guarnecido con perdices trufadas, todo ello acompañado de una ensalada *à la parisienne.*

Cuando acabaron de cenar, mientras charlaban animadamente de toda clase de temas, Candela se sentía completamente llena. Y aún faltaba la tarta.

—Dios mío, no voy a poder... —dijo al verla. Era preciosa, y de fresas, su preferida. Al final, sí que comió un buen trozo—. Tú quieres matarme.

—Estoy seguro de que sobrevivirás a este empacho. —Ambos rieron—. Yo también estoy al límite. Tomaré un licor con el café. ¿Tú quieres?

—No, gracias.

William asintió. Sirvió los cafés y sonrió.

—Pareces un gato muy satisfecho de sí mismo. ¿Vas a intentar seducirme? —preguntó ella, con una sonrisa.

—Siempre. ¿Te importa si fumo?

—No, en absoluto.

Él encendió un cigarro con una de las velas. El aroma del tabaco se mezcló con el del café y el de la noche. De nuevo se sintió nostálgica de ese instante. Se preguntó si volvería a ser igual de feliz en el futuro o si ese sería el momento álgido de su vida.

—¿Cómo estás, Candela? —preguntó William, de pronto, rompiendo aquel extraño silencio.

Se refería a Luis, claro. A cómo se sentía tras todo lo ocurrido. Y ella empezaba a sentirse menos confusa y a descubrirse avergonzada. ¿Tan voluble era? ¿Tan infantil y ridícula? Quizá no había estado enamorada, solo empeñada con todas sus fuerzas en aquel sentimiento, porque era algo que le daba esperanzas de escapar de su soledad. El sueño romántico de la boda, el marido, los hijos... era mucho mejor que su vida de hija solitaria y olvidada, abandonada en un rincón remoto del mapa.

Recordó las muchas veces que veía detalles en Luis que no terminaban de convencerla. Era demasiado tranquilo o demasiado blando, o demasiado lo que fuese en el momento. Siempre algo. Como aquello de que nunca hubiese intentado besarla. Y ella se dedicaba a buscarle justificaciones, y a decirse que, cuando se casasen, ella le ayudaría a cambiar.

—Candela, tienes que superarlo —le estaba diciendo William. Seguramente había interpretado mal su silencio y su ánimo sombrío—. Simplemente, ha pasado. Todos saldremos adelante.

—Lo sé. —Le cogió la copa y bebió un sorbo. Se preguntó qué diría si le pedía que le dejase probar el tabaco, pero no se atrevió. Había cenado muy bien y no quería que se le estropease el estómago—. Y estoy contenta, William. Te has portado muy bien conmigo, incluso con mi padre.

—¿Cómo podría actuar de otro modo? Ya te dije que te quiero.

—Me conoces tan poco...

—Lo sé. Pero tengo la sensación de haber tocado tu alma de algún modo. ¿No sientes lo mismo? —Quizá. Había algo, siempre lo había habido, entre ellos—. Por eso estoy aquí, ahora, intentando cortejarte y seducirte en lugar de poseerte en el dormitorio, tratando de doblegar tu voluntad, tal como me había propuesto en un principio.

Se detuvo, como si realmente esperase una respuesta. Candela inclinó la cabeza a un lado, con un gesto algo coqueto.

—No hubieses podido.

—¿El qué?

—Doblegar mi voluntad. Poseerme por la fuerza.

Se echó a reír.

—Lo sé. Pero, por aquel entonces, yo era un idiota. Y tienes razón: no te conocía.

—Tampoco te conocías tan bien a ti mismo. No tanto como creías. Nunca le hubieras hecho eso a ninguna mujer. Mírame a los ojos y dime que me equivoco.

Él sí que le mantuvo la mirada, pero forcejeó todavía un poco.

—Te recuerdo que estaba muy enfadado. Furioso.

—Lo sé. Y también que sabes dónde están los límites. Que jamás hubieras aplastado de ese modo, por la fuerza, la voluntad de una mujer inocente.

William hizo una mueca.

—Es cierto —murmuró, rindiéndose—. Dudo que hubiese podido hacer semejante barbaridad. Pero a saber hasta dónde hubiera llegado. Tengo que dar gracias por haberte encontrado a ti. —William se pasó una mano por el pelo, en aquel gesto que empezaba a ser tan característico, y se removió, incómodo—. Escúchame. Está claro que no hemos empezado con buen pie ninguno de los dos, pero te aseguro que haré todo lo posible por hacerte feliz, Candela.

Ella pasó un dedo por el borde de la copa.

—¿Es eso cierto?

—Por supuesto —replicó él, desconcertado—. ¿Por qué lo dices?

—Porque no me quiero ir de Terrosa, William.

Él fue a decir algo, pero debió leer la expresión de su rostro porque cambió de opinión. Inspiró profundamente y asintió.

—Has elegido un buen momento para sacar el tema, maldita

—dijo, al cabo de unos segundos. Ella rio y él se unió a las risas—. Te odio. ¿Qué puedo replicar ahora?

—Que no me obligarás a vivir en un país donde voy a morirme de frío.

Él rio más aún.

—En eso tengo que darte la razón. —Se encogió de hombros—. No te preocupes, no voy a obligarte a nada. Todo lo que hagamos será de mutuo acuerdo. Pero me gustaría que vinieras a Londres. Tengo allí muchos negocios y necesitan mi atención. Podemos vivir aquí a temporadas. Y podrás cuidar de tu padre. Aunque bien sabe Dios que no se lo merece.

—Lo sé. Me parece bien, lo haremos de mutuo acuerdo. —¡Era tan maravilloso! Sintió la garganta reseca. Él hizo amago de ir a servirse otra taza de café, pero ella interpuso su mano—. Vamos arriba, lord Waldwich. Tienes que cumplir con tu esposa.

William sonrió.

—Sus deseos siempre son órdenes para mí, milady. —Se puso en pie y le tendió la mano—. Aunque, de camino, hay algo de lo que quiero hablarte. Lo que he descubierto en Pedregal del Pozo sobre las...

Nunca supo qué iba a decir. De pronto, Candela vio un destello en la distancia, junto con una detonación. Reaccionó por puro instinto para proteger a William: lo empujó con fuerza a un lado, mientras ella seguía el movimiento que ya llevaba.

Algo mordió su brazo, con una quemazón insoportable.

40

Candela se sentía envuelta en una oscuridad pegajosa.

No, no era oscuridad, solo penumbra. En algún lugar había un resplandor, como unas aguas profundas con luz en su superficie. Trató de ir hacia allí. Qué difícil resultaba avanzar...

Y, total, tampoco importaba. Estar allí, así, era agradable. No había grandes emociones, pero tampoco existían el miedo ni la tristeza.

Se preguntó si sería así estar muerta...

—Ha debido ser él —oyó, en un momento dado.

Reconoció la voz de William, aunque hablaba en susurros. Su marido, reflexionó con algo de sorpresa, y recordó las noches que habían compartido. Quería volver a sentir lo que sintió. Quería verlo sonreír. Quería saber si, por fin, de verdad, estaba enamorada.

—Pues debes adelantarte. Se lo tienes que contar tú mismo.

Ese era su padre. ¿Qué hacía allí? Sonaba preocupado.

—¿Para qué?

—Si es como dices, ese hombre lo usará. Y si Candela se entera por otros medios, jamás te lo perdonará.

—Tonterías. Intentaré que no lo sepa nunca...

—Te estás equivocando, William.

Abrió los ojos.

El sol entraba a raudales a través de todos los resquicios que dejaban las cortinas, llenando el dormitorio de intensas luces y sombras: negros muy negros, dorados muy dorados, todo entremezclado con mil tonos intermedios. Candela estaba en la cama, sin sábanas. Se preguntó si las habría apartado ella, porque hacía mucho calor. Solo estaba vestida con una camisola. Le dolía mucho el brazo.

A su lado, en el sillón, vio a William totalmente dormido, con un paño doblado en la mano. Junto a él habían puesto una mesita, con una palangana. Debía de haber estado refrescándola, para aliviarle el bochorno. Al verle, se sintió embargada por una intensa sensación de ternura.

Y, de pronto, todo volvió de algún rincón de su memoria. El disparo, que hubiese podido matar a William, pero a ella la había raspado. Luis, con las manos y la camisa manchadas de sangre, haciéndole una cura y pidiendo a gritos que le trajeran agua. Le dio algo para dormir, claro.

Mejor, porque le vio enhebrar una aguja, y seguro que aquello iba a doler mucho.

Candela suspiró. Sentía la garganta reseca, así que buscó con los ojos la mesilla. Le gustaba tener siempre allí una jarrita con agua y un vaso. Alba se encargaba de cambiarla por otra fresca cada día, aunque con el cambio de dormitorio quizá se había perdido aquella costumbre.

No, no debió dudar ni por un segundo. Alba siempre estaba pendiente de ella. La jarrita estaba allí con su vaso, en esa nueva mesilla que siempre había identificado con su padre. Trató de incorporarse sin molestar a William, pero el débil crujido de la cama lo despertó.

—¿Candela? —preguntó William. Se inclinó hacia ella, ansioso—. ¡Candela, por fin! ¿Cómo estás?

—Bien, perfectamente. —¿Por fin? ¿Qué había querido decir con eso? Le dolía un poco el brazo, donde le había rozado la bala, pero nada más—. ¿Qué hora es?

—Casi las seis de la tarde.

—Oh, por Dios... ¿Ha estado mi padre aquí?

—¿Eh? Sí, vino a ver cómo estabas. —La miró con cautela—. ¿Por qué?

—Me pareció oírlo. —Apenas pudo acabar la frase. Tosió—. Tengo sed. La garganta... seca.

—Supongo que es por lo que te dio Luis. Has dormido todo el día. —Cogió la jarrita de la mesilla—. Espera, te serviré algo de agua.

—Gracias —logró balbucear.

—A ti. —Le acercó el vaso y le dijo mientras bebía—: Eres una mujer muy valiente, Candela. Anoche me salvaste la vida.

Ella sintió que no tenía tanto mérito. Había reaccionado sin pensarlo siquiera, en cuestión de milésimas de segundo y por algo que, como comprendió de pronto, le importaba mucho. Solo con imaginar lo que hubiese podido ocurrir, se estremeció. William acababa de entrar en su vida, pero, si de pronto desaparecía, iba a dejar un vacío tan grande como una sima al infierno.

—¿Viste quién era?

—No —replicó él—. Me temo que no. Era de noche y estábamos demasiado lejos. De hecho, ni siquiera fui tras él, no sé si lo recordarás. Parecías a punto de desmayarte y no iba a dejarte allí, sangrando, para ir detrás de nadie.

—Es verdad. —En realidad, estaba segura de haberse desmayado al recibir el balazo, pero luego se recuperó un poco. Lo bastante para oír los gritos de William, dando la alarma, mientras la mantenía cubierta con su cuerpo, por si volvían a disparar—. Pero ¿más tarde? ¿Supiste algo?

—Por la mañana, echamos un vistazo. Quien fuera estuvo un tiempo, la zona está bastante pisoteada. Ningún rastro llamativo. De todos modos, podemos suponer quién lo mandaba.

—Sí. —Lo aferró del brazo, tensa—. Ten cuidado.

—No lo dudes. —Sonrió y se inclinó para besarla, pero justo en ese momento llamaron a la puerta. Se echó a reír—. Vaya por Dios. Adelante.

Alba se asomó al umbral y sonrió con amplitud.

—¡Se ha despertado! ¡Qué bien, señorita... milady!

Candela se echó a reír.

—Gracias, Alba.

—¡Qué contentos se van a poner todos cuando sepan que milady se ha despertado! —Fue a darse la vuelta, pero se detuvo—. ¡Ah, se me olvidaba! Qué cabeza la mía, como dice la señora Rodríguez. El señor Almeida quiere hablar con usted, milord. Lo está esperando en el despacho.

Candela no necesitó mirar a William para percibir su cambio de humor. Se recuperó y siguió sonriendo, pero estaba tenso.

—Gracias, Alba. Ahora mismo bajo.

La muchacha salió corriendo sin darse ni cuenta de que dejaba la puerta entreabierta. William evitó su mirada mientras iba a cerrar.

—¿Ocurre algo? —dijo ella.

—Supongo que no. —El tono intentaba ser indiferente, pero no lo lograba. Como la sonrisa, no consiguió iluminar sus ojos—. Te dejaré unos minutos. Quizá te animes luego a caminar un poco y hasta bajar a cenar.

—No es mala idea. —Esa fue la voz de Luis, que justo apareció a tiempo de evitar que William le cerrase la puerta en la cara—. Eh, eh... que viene el médico. —Ambos rieron, y luego la miró—. Veo que mi paciente favorita mejora.

—Me siento mucho mejor, gracias —admitió ella, con normalidad, aunque no pudo evitar ruborizarse.

Pese a que ya se habían visto varias veces desde la noche terrible de su declaración, todavía era demasiado pronto. No sabía cómo comportarse con Luis. En cierto modo, se había vuelto un extraño.

William se dio cuenta y carraspeó. Sacó el reloj de Barrow y miró la hora.

—Tengo que bajar —dijo—. Espero que no me lleve mucho tiempo.

—¿Vas a despedirlo? —preguntó ella, decepcionada.

—No. Eso lo harás tú. Te lo prometí. —Ambos se sonrieron—. Estaré en mi despacho, si necesitáis algo.

—Un momento, William —dijo Luis.

Fue hacia él y le murmuró al oído algo que Candela no pudo oír. La expresión de su marido se ensombreció.

—¿Estás seguro?

—Por completo. —La miró de reojo. Quizá pensó que había escuchado todo desde el principio, porque dejó de bajar tanto la voz—. Titán estaba conmigo. De hecho, fue para allá, dijo que conocía a alguien de la taberna y que no tardaría. Supongo que estará al llegar y que nos traerá más detalles.

—Bien. Luego hablamos. —Sonrió a Candela, aunque dio la impresión de ser un gesto forzado, como antes—. Nos vemos más tarde.

Cuando se cerró la puerta, Luis dejó el maletín en la silla y se sentó en el borde de la cama.

—Menudo cumpleaños, Candela. Supera aquel en que estuviste a punto de partirte la cabeza al caerte de un árbol.

—Es verdad. —Rio al recordarlo—. ¿Qué años tenía? ¿Ocho?

—Siete. Acababas de cumplir siete. ¡Por Dios, sangrabas como un gorrino!

—¡Vaya! ¡Qué amable! Bien que recuerdo que tú no te atreviste a subir.

—Siempre he sido más cobarde que tú. —Abrió el maletín—. Quítate la camisola, por favor. Veamos ese brazo.

¿Quitarse la camisola? ¿Frente a él, con el que apenas un par de días antes había intentado...? Candela se ruborizó.

—Eh... no creo que sea necesario. Me encuentro bien. Apenas me duele. No ha sido nada.

Luis debió darse cuenta de lo que pasaba, porque sus ojos se turbaron ligeramente.

—Prefiero asegurarme. —Hizo un gesto con la mano hacia la lazada que cerraba su escote—. Puedes abrir el cuello y bajarlo por ese lado. Con eso será suficiente. Solo quiero comprobar que la herida está sanando bien.

—De acuerdo.

Soltó el lazo y bajó la camisola, cobijándose el pecho con las sábanas. Descubrió entonces que tenía el brazo vendado. Luis retiró la gasa con habilidad, examinó la herida, le aplicó un emplasto de hierbas que llevaba en una cajita y que olía muy bien y volvió a taparla.

—Estupendo, esto va perfectamente. Aunque te quedará una pequeña cicatriz, para que te vanaglories ante tus nietos.

—Lo haré. —Empezó a colocarse otra vez bien la ropa. Buscó algo que decir para superar el momento de timidez, y recordó lo ocurrido a su llegada—. Luis... ¿De qué hablabas con William, antes de que se fuera?

—¿Qué? —Se notó que sabía perfectamente a qué se refería, pero intentaba disimular—. No te entiendo.

—Luis...

Él hizo una mueca.

—Ah, está bien. —Habló mientras guardaba las cosas en su maletín—. Acabo de volver del pueblo. Me han dicho que en la taberna de la Rosario ha habido un altercado. Hay varios hombres de fuera. No sé... extraños.

—¿Matones contratados por Quintana? ¿Es eso?

—No lo han dicho así. Más bien da la impresión de ser una banda de delincuentes, borrachos y pendencieros. Pero yo sí me temo que sea cosa de Quintana, simplemente porque sus hombres no han intervenido para darles un escarmiento y mostrarles los límites del pueblo, como ha ocurrido en otras ocasiones, cuando han llegado alborotadores. No sé... Titán fue a echar un vistazo, por si conseguía más información. Yo tenía que venir para prepararte este emplasto, que siempre lleva su tiempo.

Candela lo miró asustada.

—Eso solo puede significar problemas.

—Pues sí. Pero no te preocupes, nosotros nos encargaremos. Tú tienes que recuperarte.

—Oh, por Dios. Estoy perfectamente. Y sabes que no me gusta que me dejen fuera.

—Claro que lo sé, mi querido Andrés. —Ambos rieron ante la mención—. Pero, ahora mismo, estás bajo mis cuidados. Es mejor que guardes reposo. —Hizo un gesto indeterminado—. A pesar de lo ocurrido, se te ve contenta.

Candela titubeó.

—Sí, lo estoy. Me avergüenza lo rápido que lo he superado todo. Perdona.

—No hay nada que perdonar. Y no puedes superar un problema que no existe. —Sonrió—. Simplemente, era una ilusión.

—Sí. Todo lo que ha ocurrido me ha llevado a pensar que, en realidad —se ruborizó, pero lo dijo—, yo tampoco te quería de ese modo. Que eras más una... ensoñación de niña, un ideal. Y, desde luego, una vía de escape de una vida que no me gustaba. William supo verlo desde el principio.

—El amor nunca es un escape, es otra cosa, algo con valor por sí mismo. Una comunión en la que aceptas al otro tal cual es, sin deseo de cambiarlo, pese a sus muchos defectos.

Pensaba en Lorenzo, claro. Lorenzo, con sus infinitas juergas, sus miles de mujeres, su sífilis para lo que le quedaba de vida. Y él, entregado en cuerpo y alma a hacerle todo más sencillo simplemente porque lo amaba.

Pobre Luis. Ella había querido cambiarlo tantas veces... Por eso se había liberado tan fácilmente de aquel sentimiento una vez que comprendió que era imposible. Y menos mal. Ahora sabía que nunca hubiera sido feliz con un hombre al que quería cambiar. Por suerte, el destino le había llevado uno que era tal cual deseaba.

No, no era eso. Uno al que aceptaba tal cual era.

Le vino a la mente la cita de Luis, aquellos versos de *El ca-*

ballero de Olmedo. «Y en el instante que vi este galán forastero, me dijo el alma: "Éste quiero", y yo le dije: "Sea ansí"». Cuánta razón tenía Lope de Vega. Si la atracción que había sentido siempre por lord Waldwich era un signo de enamoramiento, entonces sí, había empezado a enamorarse desde que lo vio bajar del coche.

Amarlo... Eso sería algo que vendría con el tiempo. Con palabras, actos y momentos compartidos.

Perdido en sus pensamientos, Luis la abrazó y Candela se aferró a él, a aquel olor familiar y querido, mientras intentaba contener las lágrimas. Cuando por fin se calmó, se miraron a los ojos, muy cerca, y él la besó en la frente con infinito cariño. Estaba cargado de afecto.

Luego, Luis la estrechó con fuerza. Justo acababa de soltarla cuando llamaron a la puerta.

Era otra vez Alba. Parecía desconcertada.

—Milady, milord pide que vaya cuanto antes a su despacho, si le es posible.

—¿Ahora?

Miró a Luis. Él se encogió de hombros.

—Realmente, te sentará bien levantarte un poco. Pero no salgas de la casa. Hace mucho calor y estás débil.

—Muy bien. Ayúdame a vestirme, Alba.

—Sí, señorita.

—Yo iré a comprobar cómo está Matilde. —Luis se inclinó para besarla en la mejilla—. Nos vemos luego, en la cena.

Cuando se quedaron solas, Alba la ayudó a arreglarse un poco con un vestido de tarde de un tostado suave que contaba con una pequeña diadema de florecillas a juego para adornar el moño de rodete, algo que le daba un aire a la vez fresco y juvenil. Una vez arreglada, mientras se miraba en el espejo, se preguntó si no sería un atuendo demasiado femenino como para despedir al administrador. Quizá debería ponerse algo más serio, más profesional...

Decidió que no. Almeida debía tener clara una lección, al igual que tendría que hacerlo algún día su padre, con suerte: llevar pantalones o faldas no te hacía más apto para entender una contabilidad o para despedir sin remordimientos a un ladrón de su calaña.

Intrigada por lo que pudiera haber llevado a William a pedir su presencia, bajó las escaleras y cruzó el vestíbulo.

Cuando llegó al despacho, tomó aire y llamó a la puerta.

41

—Adelante —oyó.

Era William, pero su voz sonó tan seca que la llevó a pensar que allí solo estaba lord Waldwich. Ni siquiera sonrió cuando ella sí lo hizo, desde el umbral. Tampoco recibió mayor respuesta de Almeida, que estaba de pie, ante el escritorio en el que se hallaba sentado su marido, y al que saludó con un gesto de la cabeza.

El administrador estaba sudoroso y rojizo. ¿Qué estaría pasando? ¿La habría llamado para que pudiera despedirlo en ese momento? ¡Ojalá! Candela no se consideraba cruel, pero se alegraría mucho de perder de vista a aquel individuo. Odiaba que tocase nada relacionado con Castillo Salazar. Se sentía frustrada y furiosa cada vez que lo veía trabajando con sus libros falsos, o mirándola con burla y prepotencia porque sabía que su padre prefería perder dinero que dejarlo todo en manos de una mujer, maldito fuera.

—¿Querías verme?

—Sí. Pasa, por favor. Cierra la puerta. —Lo hizo—. Verás, querida, ha llegado el momento de que despidas a este hombre, por ladrón.

—¿De verdad? —Sonrió—. Supongo que no necesita mucho trámite. El señor Almeida y yo ya habíamos tenido más de una conversación sobre este tema, ¿verdad?

Esperaba protestas, una negativa quizá. Pero Almeida ni la miró. Parecía enfermo, congestionado. Tenía los ojos clavados en William, incrédulo.

—Lord Waldwich, no siga por ahí, se lo advierto. Le aseguro que no bromeo ni amenazo en balde.

—¿Amenazar? —preguntó ella, asombrada—. ¿Cómo se atreve?

William señaló al administrador con una mano.

—Sí, aquí el señor Almeida me está amenazando con contarte algo que podría destruir nuestro matrimonio. Ha pensado, equivocadamente, que podía jugar conmigo.

El otro se envaró.

—¡Lord Waldwich!

—No entiendo nada —protestó Candela—. ¿Quieren hacer el favor de explicarse?

—Adelante, Almeida. Cuénteselo.

Los ojos del administrador pasaron de uno a otro, como enloquecidos.

—Si cree que no lo haré, se equivoca.

—Al contrario. De lo que puede estar convencido es de que, si no lo hace usted, lo haré yo. Vamos. —El otro no dijo nada, la barbilla muy tensa—. ¿No? Está bien. Candela, nuestro administrador quiere informarte de que tu abuela materna murió hace unos pocos meses y te dejó una generosa herencia en su testamento, a cobrar cuando fueras mayor de edad. —Volvió los ojos hacia ella. Parecía firme, pero ya empezaba a conocerlo lo suficiente como para captar el rescoldo de miedo—. Ya ves, ayer hubieses visto solucionados todos tus problemas económicos sin necesidad de casarte conmigo.

—No entiendo...

William hizo un gesto hacia Almeida.

—Adelante, enséñele el documento que me ha robado —lo

animó—. Ya no le sirve para chantajearme y, si trata de llevárselo, haré que termine sus días en la cárcel.

Almeida vaciló un segundo, pero sacó un papel del bolsillo y se lo entregó. Era una carta de una notaría de Badajoz. Candela frunció el ceño. El sobre estaba abierto.

Sacó su contenido, una única hoja de buen papel, y lo leyó.

> Estimado lord Waldwich:
>
> Su señoría, nos ponemos en contacto con usted para informarle de que, tal como se indicaba en el fideicomiso de los señores de Marcos y Villaral, y siguiendo sus expresos deseos, hemos transferido a su banco la cantidad que custodiábamos para su esposa, reservada a su nombre por los abogados de su familia materna, ya mencionada.
>
> Nos disculpamos por el retraso en la gestión, aunque estamos seguros de que comprenderá que debíamos realizar las comprobaciones pertinentes, y justo acaba de llegarnos la confirmación del obispado de que, efectivamente, se ha llevado a cabo su matrimonio con la señorita Salazar en el último día de margen.
>
> Como recordará, esa importante cantidad debía ser entregada a la señorita Salazar si, a la fecha de su mayoría de edad, hubiese continuado en estado de soltería. Puesto que las circunstancias han sido otras, hemos procedido en consecuencia.
>
> Aprovechamos la ocasión para felicitarlo por su enlace...

Candela jadeó con los ojos prendidos en las líneas de escritura esbelta y elegante. ¿Qué significaba eso?

«Maldito», pensó, sintiendo un frío extremo recorrer todo su cuerpo. Al margen de cualquier otra cosa, allí tenía la razón de tantas prisas para el matrimonio, ese llegar tan apurado de tiempo para casarse de un día para otro. Claro, se le acababa el plazo para atrapar la última posesión de Salazar, la más importante: su hija.

«Maldito, maldito, maldito...». Se sentía noqueada, incapaz de salir del asombro, como si el mundo se hubiese vuelto del revés. ¿Tanto se había equivocado con William? ¿Toda su galantería, toda su seducción, se basaba en lo que explicaba ese documento? No, no podía ser. «Sigue mi rastro». ¿Para qué tomarse tantas molestias por crear para ella aquel maravilloso día de cumpleaños? Ya estaban casados, no hubiese sido necesario. Cuando hicieron el amor, la noche de bodas, cuando hablaron largo y tendido, con los corazones en la mano, ya estaba cumplido el acuerdo.

Alzó los hombros, dio un par de pasos al frente y dejó la carta sobre la mesa. Iba a demostrarles que podía ser más inglesa que aquel inglés.

—Está despedido, Almeida.

Almeida bufó.

—¡La engañó, señorita Candela! —exclamó, agitando el sombrero—. ¡Téngalo muy en cuenta! ¡Su maldita costumbre de no consultar conmigo nada la ha llevado a este encierro!

«Lo que me faltaba». Candela lo fulminó con la mirada.

—¿Consultar con usted? ¿El qué? Pero ¿qué se ha pensado? No se equivoque, señor Almeida, no soy ninguna idiota. Ha intentado usar ese documento a su conveniencia y no le ha salido bien la jugada. Es usted despreciable. —Se encogió de hombros—. Sabe que yo lo hubiese despedido hace años por ladrón y sinvergüenza de haber estado en mi mano. Ahora, por fin, puedo hacerlo. Si no tiene más que decir, abandone Castillo Salazar para siempre.

Él lanzó un bufido lleno de furia y se fue dando un portazo.

William ni siquiera miró la puerta. Mantuvo los ojos fijos en Candela; la observó en silencio, con los dedos entrecruzados sobre el escritorio. Sus pupilas tanteaban, como si quisiera leer más allá de lo aparente.

—¿Y ahora? —preguntó, y ella se sorprendió de lo fácil que le resultó captar su miedo.

De no haber estado tan enfadada hubiera rodeado la mesa para consolarlo. Pero no podía por menos que sentirse un poco traicionada.

Pero debía controlarse y recordar que, igual que ella no era la misma niña de dos días atrás, el hombre que llegó de la lejana Inglaterra no era el William con el que había aprendido a reír, a hacer el amor y a vivir la complicidad de pareja. El que había creado para ella aquel juego tonto y tierno el día de su cumpleaños.

—Mi padre lo sabía, ¿verdad? —Esa era la razón de la conversación que había oído entre sueños. Misterio resuelto—. Ayer... Hoy, mientras estaba semiconsciente, hablabas de eso con él.

—¿Nos oíste? —Ella asintió—. Sí. Esta mañana me di cuenta de que faltaba el documento y sospechaba quién había sido. Lo comenté con tu padre. —Hizo una mueca—. Y reconozco que no pensaba que lo supieras nunca, pero han cambiado las cosas. Cuando Almeida me ha amenazado con contártelo, me he dicho que no podría vivir toda una vida con ese miedo, Candela. Necesitaba que...

La puerta se abrió de golpe. William se puso en pie de un salto, casi derribando su silla, y Candela se llevó una mano al corazón. Por suerte, solo era Titán, seguido de una atribulada señora Rodríguez.

—¡Milord, perdón, está como loco, no he podido pararlo! —dijo la mujer.

—¡Vienen ya para acá, milord! —exclamó Titán, sin hacerle caso. Sudaba profusamente. Debía de haber llegado a la carrera—. ¡Y son muchos!

—Maldición... —masculló William. Miró al ama de llaves—. Señora Rodríguez, reúna a todo el personal del servicio y salgan de la casa por la parte de atrás. Váyanse, fuera.

—¿Qué? Pero milord...

—Haga lo que le digo. No cojan nada, solo corran, huyan. Manténganse lejos del camino al pueblo. Vayan al bosque o busquen algún escondite por ahí, no sé, pero no vuelvan hasta que Gabriel compruebe que ya no hay peligro. Sobre todo, cuide de Alba. Vienen para acá unos malnacidos que no deben encontrarla. ¿Me entiende?

La mujer abrió mucho los ojos.

—Perfectamente, milord. —La miró a ella de reojo, indecisa—. ¿Y las señoritas?

—Nosotros nos ocuparemos de ellas. Márchese.

—Sí, milord. Voy de inmediato.

Salió corriendo, más rápido de lo que Candela hubiese pensado que podía moverse. William se volvió hacia Titán.

—Vienen a por Matilde Quintana; hay que sacarla de aquí y buscar un buen refugio. Y Candela y Bernardo irán con ella, claro. ¿Se te ocurre algún lugar al que puedan ir?, ¿algún lugar donde estén seguros?

—¿Yo? —preguntó Candela, sorprendida.

¿Acaso ella se iba a ir a algún lado y ellos a quedarse allí, a recibir a aquellos canallas? Pero no parecieron oírla.

Titán pensó con rapidez.

—A casa de la señorita Petra Andrade, por ejemplo. Pero solo si podemos contactar primero con ella y conseguir su ayuda. De otro modo...

—Ya. El alcalde le debe su puesto a Quintana.

—Eso es.

—Otra opción es la iglesia.

Titán bufó.

—Cómo se nota que es un recién llegado, milord. Dudo que don Severino conceda protección a don Bernardo. A la señorita Candela, posiblemente, pero a él...

—Estoy aquí, caballeros —dijo Candela enojada, mirándolos con los brazos en jarras—. Quizá pueda aportar algo a su conversación. Como por ejemplo un «Yo no voy a ir a ninguna parte».

William le devolvió la mirada, impertérrito, y ni siquiera le habló a ella. Siguió dirigiéndose al traidor de Titán.

—Bueno, pues ve a casa de Andrade y prueba suerte. Llévalos de inmediato. Intentaremos hacerles llegar luego lo que necesiten.

—Muy bien, milord. —Titán se giró a medias hacia ella, amedrentado—. Vamos, milady.

—Ni hablar. —Candela se cruzó de brazos. No se lo tuvo en cuenta a Titán, seguro que estaba angustiado por protegerla y no pensaba con claridad, pero fulminó con la mirada a su marido—. Ni lo sueñes. ¿Crees que voy a dejarte aquí solo para que te enfrentes a esos canallas? No. Yo de aquí no me muevo. Y no sé qué vas a poder hacer al respecto, dado que Titán hará lo que yo le diga.

—Llévatela, Titán.

Al momento, el gigantón la cogió por una muñeca y tiró de ella. Candela lo miró con la boca abierta.

—¡Titán! —exclamó, atónita—. ¿Qué haces? ¡Suéltame!

—Debo sacarla cuanto antes de aquí, señorita Candela. El hijo de la Rosario me dijo que había oído a alguno de ese grupo mencionar que trabajaban para Quintana. Cuando salí del pueblo se estaban reuniendo en la plaza para venir aquí. Son peligrosos y la mayoría de ellos están borrachos. —Titubeó—. Han dicho cosas muy desagradables sobre lo que harían con usted.

—¿Conmigo?

—Sí, contigo —respondió William—. Ya te lo puedes imaginar, Candela. A nosotros solo querrán matarnos.

Titán bufó.

—No tardarán en llegar y... —Justo entonces se oyó un tañido de la campana de la puerta, y algo más. ¿Un disparo?—. Joder... No creí que llegaran tan rápido. ¡Si algunos apenas se tenían en pie!

—Llévatela de inmediato —ordenó William. Abrió un cajón del escritorio, sacó una pistola y comprobó que estaba lista para disparar. Mientras, la campana había seguido sonando. Eran tañidos espaciados, como un toque de difuntos, algo que jamás hubiesen tocado los hombres de guardia, que ya debían de estar muertos. De algún modo, aquella burla logró propagar el pánico—. ¡Rápido!

—¡Dejadme! —Tuvo suerte y, de un tirón, logró soltarse, más que nada porque Titán no se atrevía a aferrarla muy fuerte—. ¿Qué hacéis? ¡Soy perfectamente capaz de cuidar de mí misma! ¡Y también puedo usar un arma! —Titán hizo amago de ir hacia ella, pero se apartó y le señaló con un dedo—. ¡Titán, te lo advierto: no vuelvas a intentar retenerme!

—Pero señorita Candela...

—¡He dicho que me quedo!

William frunció el ceño.

—Loca. —Rodeó el escritorio y fue hacia ella para cogerle el rostro entre las manos. La besó con fuerza antes de seguir—: Perdóname, Candela. Por todo lo que hice mal hasta llegar a ti, pero también por esto. Te conozco y sé que vas a odiarme, pero tengo que hacerlo, porque no quiero que te pase nada, y me temo que lo que va a ocurrir aquí será grave. —Miró a Titán, que acudió a su lado. Cuando Candela intentó apartarse, William la retuvo—. Quieta.

—¡No! ¡William!

No le hizo caso. Se la entregó al gigantón, que esta vez la retuvo por la cintura tan fuerte que le quitaba el aliento, y siguió hablando con él.

—Busca a Matilde y a Bernardo y sácalos a los tres por detrás, da igual lo mucho que protesten. Llévalos a casa de Andrade o la iglesia, donde puedas, hasta que os llegue ayuda. Ese canalla de párroco no se atreverá a entregarlos ni a negarles refugio, o eso espero. Y si lo hace, pégale un tiro. Aunque sea lo último que hagas.

—Muy bien, milord.

—¡No! —gritó ella, intentando oponer resistencia—. ¡Suéltame!

Titán no le hizo ni caso. La arrastró fuera del despacho, por el pasillo y hacia las escaleras, donde se encontraron con Luis, que bajaba los últimos peldaños.

—Llegan los hombres de Quintana, don Luis —le advirtió Titán.

El otro asintió, grave.

—¿Dónde está William?

—En su despacho. Quiere que saque a las señoritas y a don Bernardo por detrás y que los lleve a casa de Andrade o a la iglesia.

—Buena idea. Date prisa.

—¡No, Luis! —Lo miró furiosa—. ¡Quiero quedarme y ayudar!

—Hazles caso, Candela. Esto se va a poner muy complicado.

—¿Y eso qué significaba? ¿Que ella solo servía para situaciones simples? ¡De verdad que los odiaba a todos! Pero no le dio tiempo a protestar más. Luis ya se alejaba—. Voy con William.

Titán la llevó dando tumbos hasta su antiguo dormitorio, sordo a órdenes o protestas. Allí, de pie junto a la cama, estaba Matilde, con expresión de susto.

—¿Qué ocurre? ¿Qué es ese sonido?

—Venga con nosotros, señorita Matilde —dijo Titán, sin más preámbulos—. No se pare a coger nada. Tengo que sacarlas de aquí.

—Pero...

—¡Sígame! ¡Y usted también, don Bernardo! ¡Saldremos por detrás! —le gritó al anciano, que se había asomado a la puerta de su propio dormitorio—. ¡Vamos!

—Os sigo —dijo Salazar—. Pero a mi ritmo. Yo no puedo correr como antes. Qué demonios, dadme una pistola y les pegaré un tiro a todos.

—¡Ja! —Candela forcejeó furiosa—. ¡Si se la dais, juro que os mato!

—Yo lo ayudo, don Bernardo —oyó decir a Matilde.

—Gracias, niña —replicó el anciano, amable como nunca.

Volvieron a bajar mientras oían el retumbar de los cascos de muchos caballos, ya muy cerca de la casa, cada vez más. Estaban en mitad del vestíbulo, en dirección al pasillo que conducía a la salida trasera, cuando la gran puerta principal se estremeció bajo el impacto de muchos golpes y patadas.

Casi de inmediato, se abrió con estruendo, dando paso a varios hombres, todos de aspecto peligroso, una sensación que aumentaba por la expresión determinada de sus rostros.

Matilde, que iba la última, recibió un empujón y cayó sentada a los pies de Salazar, que a punto estuvo de seguirla al suelo. El hombre que la había derribado trató de agarrarla, pero se llevó un buen puñetazo del anciano.

—¡Ah, cojones! —gritó Salazar al sentir sus nudillos doloridos.

La respuesta a su acto de valor le llegó de inmediato en forma de otro golpe directo a la mandíbula dado por un individuo barbudo y mal encarado. Salazar no tuvo opción alguna. Cayó de lado, redondo, inconsciente, junto a una Matilde que no dejaba de gritar.

—¡Ayúdela! —le ordenó a Titán—. ¡Y llévela al pueblo!

Sin más, soltó a Candela y avanzó a la carrera con los brazos abiertos para apartar a los que se abalanzaban sobre Matilde. Al menos, algo consiguió, porque los hombres lo miraron espantados y hasta alguno reculó. No podría pararlos, seguro que eran más de una docena, pero quizá sí fuese capaz de interponerse el tiempo suficiente como para que Matilde y Candela pudieran recomponerse y llegar hasta la puerta trasera.

—¡Mati! —gritó ella. Matilde, que estaba intentando levantarse, la miró. Le tendió la mano y Candela corrió hacia allí. La agarró y tiró de ella hacia arriba—. ¡Vamos!

Matilde logró incorporarse, a pesar del lío de enaguas, pero no le dio tiempo. Seguía entrando gente por la puerta y Titán cayó bajo una horda de individuos que no dejaban de darle puñetazos y patadas. Dos hombres llegaron hasta la hija de Quintana y la sujetaron, y Candela tuvo que soltarla; de lo contrario, corría el riesgo de que también la atrapasen.

Esquivó hábilmente al primer matón que trató de sujetarla y corrió hacia el pasillo que le quedaba más cerca. Por suerte, era el que llevaba al despacho. Entró corriendo. William y Luis estaban junto al armario de las armas, preparándose. Al verla llegar, William apuntó hacia allí con una escopeta.

—¡Al suelo, Candela! —le oyó gritar. Lo hizo, arrojándose de bruces, y llevaba tanta velocidad que fue deslizándose hasta casi llegar a la chimenea. El hombre que la había perseguido se quedó paralizado al verse encañonado y lo miró con rabia—. ¡Vete por la ventana! ¡Vamos!

—¡No!

¡Santa paciencia! ¡Si dejaran de preocuparse tanto por salvarla a ella, quizá lograran salvarse todos! ¿Por qué iba a tener que irse? Sabía que quedarse era una locura, claro que sí, pero ¿qué más daba? Ellos no iban a poder escapar y no pensaba marcharse dejándolos allí, de ningún modo. Si luego los mataban y ella había huido como una cobarde, no podría vivir con la sensación de culpa. Sola y con remordimientos, lo que le faltaba.

Prefería morir con los suyos, con los dos hombres que más había amado.

Entraron varios matones más, y otros llegaban por el pasillo. William pasaba el objetivo de su escopeta de uno a otro, y Luis lo apoyaba haciendo lo mismo, pero no podrían mantener mucho más el control de la situación. De hecho, lo perdieron casi enseguida, cuando uno de aquellos individuos se lanzó corriendo a por William, intentando llegar antes de que le diera tiempo a disparar.

No fue así, recibió el impacto de lleno y la sangre salpicó

por todos lados, pero rompió el bloqueo de la puerta y los otros hombres entraron en avalancha. Tres o cuatro se dirigieron hacia William y Luis, que también logró disparar su escopeta a bocajarro, matando a otro de los asaltantes antes de que lo derribasen y lo empezasen a golpear con saña.

Candela cogió el atizador de la chimenea y, esgrimiéndolo a dos manos como si fuera una espada, se enfrentó al desconocido más cercano. El hombre, bajito y barbudo, con ojillos de loco, se detuvo en seco y sonrió. Saltó a un lado, saltó al otro, como un idiota, jugando con ella.

Entonces, de pronto, otro se movió por su izquierda, intentando tomarla por sorpresa. Candela giró y lo azuzó, obligándole a retroceder, algo que había esperado el primero, el listo de los jueguecitos, que se lanzó hacia ella aprovechando la distracción; por suerte, fue lo bastante rápida como para girar a tiempo otra vez hacia él y lo alcanzó en la cabeza con tanta fuerza que el tipo cayó fulminado.

Durante un segundo, pasó por su mente la idea terrible de que lo había matado, pero no tuvo tiempo para lamentaciones sin sentido. Tres individuos ocuparon su sitio y ella volteó la barra a un lado y a otro, obligándolos a echarse hacia atrás.

Lamentablemente, eran demasiados. La desarmaron y, en pocos minutos, William, Luis y ella estaban de rodillas, en mitad del despacho, vigilados por media docena de hombres. Los que estaban en la puerta se apartaron para dejar pasar al Gran Quintana, que barrió el lugar con los ojos.

—Buenas tardes, lord Waldwich. —Sonrió—. Como puedes ver, ha llegado el momento de que ajustemos cuentas.

—¿Cómo se atreve a entrar en esta casa de semejante modo? —exclamó William, furioso—. ¡Se ha vuelto definitivamente loco! ¡Haré que lo...!

Quintana hizo un gesto y uno de los hombres le dio una patada en el costado, obligándole a callar.

—A ver si nos entendemos de una vez, inglés. Esto no es

locura, es audacia. ¿Te queda claro? Me atrevo a todo y con todos, incluso con señoritos pagados de su propia importancia como tú. —Rio—. Cojones, hasta reconozco que disfruto mucho aplastándoos. Pero jamás llevo a cabo un movimiento que no esté bien pensado.

—Ya lo veo —replicó William, jadeando—. Me encantará ver cómo explicas esta invasión. Ni siquiera tu buen amigo, el capitán Trincado, va a poder salvarte de esta. Haré que te ahorquen.

—¿Tú crees? Yo, sin embargo, lo encuentro muy sencillo. Verás, deja que te cuente lo que se dirá en el futuro sobre lo ocurrido aquí en este día. Escucha bien, inglés, porque es una puta historia de terror, una que empieza con un grupo de hombres armados llegados al pueblo. Un grupo de forajidos, borrachos y pendencieros, que se dirigía hacia Portugal, escapando de la justicia. Uno de ellos iba herido, y buscaron un médico en el pueblo. Pero, en vez de ayudarlo, el doctor Pelayo intentó avisar a las autoridades, por lo que tuvieron que huir y quemaron su casa.

—Qué barbaridad —intervino Luis—. Y supongo que el capitán Trincado apoyará esa mentira.

Quintana lo miró y lanzó una carcajada.

—Por completo, doctor. A estas alturas, tiene toda la documentación de su denuncia de aquella noche. Algo que no hizo público dado que no quería crear pánico hasta que hubiese localizado a la banda.

—Muy lógico —convino William, irónico—. Tenía una banda de asesinos rondando por la zona. Por eso se fue a bailar a mi boda.

—Eso fue para no levantar sospechas, inglés. Entiéndelo, tenía que disimular. Además, estaban tan escondidos que llegaron a pensar que habían continuado su camino. Por desgracia, esos tipos seguían buscando al doctor Pelayo, por lo que, al saber que estaba en Castillo Salazar, se presentaron allí, lo arrasaron y mataron a todos sus habitantes. En cuanto lo supo, el capitán Trincado mandó a sus hombres en su persecución, pero no lograron alcanzarlos. Aquellos demonios desaparecieron en dirección a Portugal como si nunca hubieran existido. —Escupió en el suelo, a un lado—. Fin de la historia.

—¿Así termina? ¿En serio? Menuda basura de historia —gruñó William—. No se lo creerá nadie. Sobre todo porque esos borrachos pendencieros también eran idiotas y ya en la taberna de la Rosario, según me han dicho, contaban que venían para acá. Y que habían sido contratados por el Gran Quintana.

Quintana se echó a reír.

—No te preocupes tanto por esas nimiedades. Se lo creerán los justos y necesarios. Nadie va a hacer demasiadas preguntas, y en poco tiempo solo será una leyenda más, como tantas de esta tierra.

—Ya. ¿Y estos tipos saben lo que sueles hacer con los matones que contratas? Cuidado con el whisky que os dé, idiotas. —Miró a los matones—. A los últimos que trabajaron para él los envenenó, para no tener que pagarles lo acordado.

Eso sí que produjo un instante de tensión. Los hombres parecieron indecisos y Quintana, molesto. Candela se preguntó si, en definitiva, no había pensado hacer precisamente eso también. Y William acababa de estropear sus planes.

—Qué desesperado estás, inglés —masculló, sin embargo—. Da igual lo que inventes, no verás un nuevo día. Eso sí, te prometo que tendréis un funeral por todo lo alto. —Se le escapó una carcajada—. Os voy a colgar a buena altura. —Hizo un gesto a los hombres—. Sacadlos fuera.

—¿Y la chica? —preguntó uno de los que la sujetaban.

—¡Irá a la cárcel por esto! —Candela forcejeó, intentando fulminar con la mirada a Quintana—. ¡El resto de su vida, canalla!

Quintana agitó la cabeza.

—Candelita Salazar, siempre tan bravucona. Qué poco

atractivo resulta en una mujer, querida. —Sus ojos se tiñeron de otra cosa, una sensualidad inquietante—. Pero puede que haga un esfuerzo y trate de domarte.

—No la toques —le advirtió William. O quizá se lo suplicó—. Suéltala. Hazlo y te aseguro que no opondré resistencia alguna.

—¡Vaya! Qué tierno, y más viniendo de un recién casado. Pero no. Tú me robaste a mi niña, inglés. Creo que me quedaré con tu mujer, que, además, tiene el valor añadido de ser la hija de Salazar.

—Maldito hijo de puta...

—¡Vamos, hombre! Si justo iba a decirte que tenías razón, la historia era una porquería porque no había terminado. Quedaba el misterio de qué ocurrió con Candela Salazar. Algo que se murmurará por las noches, frente a las chimeneas, y llenará de miedo los corazones de los lugareños. Porque su cuerpo no será encontrado con los demás, y todos supondrán que los forajidos se la llevaron consigo para violarla y matarla o venderla por ahí. —Sonrió—. ¿No es fascinante? Estamos en el nacimiento de una leyenda. Hasta muchos dirán que han visto su fantasma, recorriendo la dehesa, o en la Charca, o cerca de la encina negra, donde fue ahorcado su amado. —Avanzó hasta situarse frente a William y se acuclilló, para mirarlo de frente—. Y, mientras tanto, yo la conservaré con vida en el sótano de Palacio Quintana. Bueno, a ver, lo que me sea posible... —Se encogió de hombros—. Me pregunto cuánto tiempo será capaz de sobrevivir cabalgándola a fondo.

—Canalla... —murmuró William, que logró soltarse por sorpresa y hasta llegó a golpear a Quintana, pero lo redujeron enseguida.

El Gran Quintana soltó una risa seca.

—No te pongas así, inglés. Lo cierto es que siempre me aburro demasiado pronto de las zorras. Antes de fin de mes se la habré entregado a mis hombres.

Candela palideció.

—No se atreverá...

—¿No? —Avanzó hacia ella y la miró lentamente, de arriba abajo—. Ya hablaremos tú y yo más tarde, cuando estemos a solas.

Alzó una mano y la golpeó. Antes de sumirse en la oscuridad, Candela tuvo un segundo para lamentar no haber aprovechado la ocasión y haberse ido por la ventana.

42

William despertó con un tremendo dolor de cabeza, algo que empezaba a ser habitual.

Parpadeó, intentando centrarse. ¿Dónde estaba? En algún lugar al aire libre, una colina, y dos hombres lo sostenían y lo mantenían en pie. Cerca, otros dos sujetaban a Luis y, un poco más allá, estaba Bernardo. Ese no necesitaba ayuda. Estaba de rodillas, despeinado y con unos arañazos en el rostro, pero erguido por sí mismo.

—Por fin te reúnes con nosotros, Waldwich —le dijo el Gran Quintana. Estaba subido en su caballo, con una Candela desmayada entre los brazos. Su moño se había deshecho y su larga melena de hebras doradas caía libre por uno de los flancos. Uno de los hombres miraba a la joven con expresión lujuriosa. No se lo tuvo en cuenta. Estaba muy bella a la luz del atardecer, ya casi entrando en el crepúsculo—. Creí que íbamos a tener que colgarte sin que hubieses recuperado el conocimiento.

—Ah, pues menos mal. Hubiera sido una lástima perdérmelo.

Quintana lo miró con desprecio.

—Te crees muy listo, pero hasta aquí has llegado. Algo habrás hecho mal.

«Sin duda», pensó William. Miró alrededor, intentando hacerse cargo de la situación. Estaban en el famoso cerro de los Ahorcados, así que ya imaginaba las intenciones de aquel canalla. Los colgarían, a los tres. Se divertirían con el linchamiento y a saber qué más indignidades les tenían reservadas.

Pero solo lo sentía por Candela. Ella tendría que vivir para conocer el infierno. El corazón se le encogió solo de pensarlo. No, no podía permitirlo. No lo admitiría. Total, iba a morir, pues tendrían que matarlo defendiéndola.

¿Cuántos hombres eran? ¿Dónde estaba su mejor oportunidad? Al empezar a contarlos, pasando los ojos de uno a otro, vio a Matilde. Estaba sola, en el caballo de uno de los hombres que habían desmontado, supuso. Y podía ver la culata de una escopeta sujeta en la silla.

Si pudiera indicarle que la cogiera para montar barullo, en un momento dado... Pero ¿para qué? Podría disparar a uno y quizá crear algo de desconcierto, pero sospechaba que la escena terminaría igual, solo que con la pobre Matilde magullada.

—¿Hay algo que pudiera hacerte cambiar de idea? —preguntó, más que nada por ganar tiempo—. ¿Quieres dinero? Puedo hacerte más rico de lo que nunca hubieras soñado.

Quintana sonrió.

—Ah, no, amigo. Me agrada mucho oírte decir algo así, pero no hay forma de parar esto. Hoy vamos a hacer limpieza en Terrosa.

—¡Ja! Para eso tendrías que bañarte incluso tú, Venancio —intervino de pronto Salazar—. Y bien sabemos que no lo tienes por costumbre.

El suelo saltó a pocos centímetros al impactar la bala de la pistola de Quintana. Salazar no se inmutó, al menos en apariencia, pero sus ojos contemplaron el agujero en la tierra y volvieron a su enemigo.

—Un comentario más de ese tipo y la siguiente hará imposible que te ahorquemos —le avisó, con una mirada helada—.

Soy el señor de este lugar, yo, Venancio Quintana, el heredero de la larga estirpe de los Quintana. No tú. Tú no eres más que un advenedizo que surgió de este lugar maldito y que también acabará aquí. Ya ves, Bernardo Expósito. En ti se cierra un círculo en el que se disipa tu presunción. Estoy erradicando el apellido Salazar de estas tierras.

—En realidad... —empezó William. No había querido mencionarlo antes, por si lo mataba de un tiro. Pero, ya puestos, qué más daba—. En realidad, nada de eso es cierto, y creo que tú lo sabes. Por eso tantas muertes, ¿verdad, Pineda?

La mayor parte de los presentes no entendieron la referencia, pero Quintana sí. Su expresión se volvió terrible. Eso le dio la respuesta y confirmó todas sus sospechas. Pensó que iba a replicar algo, o quizá a pegarle ese tiro que tanto se temía, pero no. Se limitó a hacer un gesto y uno de los hombres golpeó a William, quitándole el aliento para seguir hablando. Casi de inmediato, les empezaron a arrastrar hacia un árbol inmenso, pavoroso a la luz de las antorchas.

El árbol de los ahorcados, claro. La famosa encina negra que devoraba las almas de los que morían colgados de sus ramas.

«Por Dios...». No dudaba de que, cuando llegasen sus hombres y sus abogados se pusiesen a investigar el asunto, Quintana terminaría sentado ante un juez y, finalmente, enfrentado a su propio patíbulo; pero eso importaba poco, al menos respecto a Luis, a Bernardo, a él. Y a Candela.

Para cuando llegase la mañana, estarían muertos y ninguna justicia podría devolverles la vida. ¡Y morir en esos momentos, cuando por fin había encontrado a Candela, cuando había conocido el amor y había empezado a vivir de verdad! Le lanzó una mirada desesperada. Allí seguía, inconsciente, en brazos de su enemigo. ¡Tonta! ¿Por qué no se fue cuando tuvo la oportunidad? ¿Y si ya estaba embarazada? Esa idea lo llenaba de angustia.

Candela, sus hijos, las luminosas mañanas de verano, los

largos y hermosos crepúsculos de Extremadura; las horas, lentas y tranquilas, vividas en dicha y armonía junto a la persona amada... Cada metro que lo acercaban a la encina negra, era un metro más que se veía alejado de aquella vida maravillosa que le estaban arrebatando. Tuvo que contener las lágrimas. ¡Cómo le hubiera gustado vivirla!

Forcejeó cuanto pudo, pero fue inútil, eran demasiados. Lo llevaron bajo aquel árbol aterrador y una soga rodeó su cuello. ¿Debería rezar? ¿Para qué? A su lado, ni Luis ni Bernardo decían nada, solo se mantenían lo más enteros que cabía en semejante situación. Los hombres Salazar eran orgullosos y no tenían tratos con dioses. Y él era uno de ellos.

—Alto —se oyó de pronto.

Un sonido extraño, una voz que, en semejante lugar, hubiese podido atribuirse a alguna criatura nocturna. A algún demonio.

Todos miraron en la dirección del sonido. Un jinete solitario había aparecido en la cuesta de subida a la colina. Iba vestido de negro, llevaba sombrero pese a ser casi de noche y algo cubría su nariz.

¿Lorenzo Quintana? Estaba por asegurar que sí. Aquellas prótesis nasales eran muy usadas por los enfermos de sífilis, una enfermedad que atacaba el cartílago, lo deformaba y, en fases avanzadas, lo destruía.

Además, su sola visión logró que Quintana se pusiera pálido. Con rostro desencajado, observó cómo se acercaba y el modo en que desmontó poco antes de llegar a ellos. El desconocido caminó sin miedo hasta llegar al grupo que formaban los hombres que se disponían a linchar a William, Luis y Bernardo.

—Soltadlos —ordenó, sin mostrar temor alguno.

Los hombres miraron a Quintana, quien dudó, pero asintió. Aun así, se limitaron a apartarse un poco. No le importó. Avanzó hacia Luis y le quitó él mismo el lazo del cuello.

Los dos hombres se miraron fijamente.

—¿Qué haces aquí, Lorenzo? —preguntó Quintana, rompiendo el silencio.

Así que tenía razón, aquel era Lorenzo Quintana, el hijo del terrateniente. El hombre del que estaba enamorado Luis.

El mencionado se volvió hacia su padre y lo encaró.

—Llegar a tiempo. ¿No me decía que no lo lograría nunca, cuando me reprochaba mi poca puntualidad? Hoy, por suerte, lo he conseguido. No todo va a salirme mal en la vida. —Miró hacia ellos—. Soltad a esos hombres, he dicho.

—Tú no das las órdenes, muchacho —siguió diciendo su padre—. Y, por esa nariz, tengo la impresión de que nunca las vas a dar.

—¿No? Pues se equivoca. Debe saber que la Abuela le ha retirado todos los privilegios, padre, ahora mismo yo soy el administrador de los Quintana. Por eso he vuelto. Me hizo llamar hace varios días. No sé si de verdad no lo sabe o si está aprovechando las últimas migajas antes de que se haga público. —Miró a los matones—. Mi padre no va a poder pagaros. Los únicos que podríamos hacerlo somos él y yo. —Señaló con un gesto a William—. Y no lo haremos si no os detenéis inmediatamente.

Quintana frunció el ceño.

—¡Eso es mentira!

—No voy a entrar en el juego de empezar a discutirlo, padre. Sabe que es cierto, y también sabe el porqué. —Quintana dudó—. La Abuela se lo ha advertido en innumerables ocasiones. Esta ha sido la última vez.

—Puedo creer que te haya llamado para intervenir esta noche. Pero que te haya nombrado administrador... ¿Ella soltar el poder? Lo dudo. Nunca lo hizo conmigo, menos con un sifilítico al que le queda poco de vida.

Lorenzo se encogió de hombros.

—Digamos que no ha tenido más remedio.

—¿A qué te refieres?

—A esto. —Sacó un papel del interior de la chaqueta—. Es una carta, padre, una carta de chantaje. —Se giró para que todos los presentes pudieran verla—. Firmada hace muchos años por Ildefonsa Pineda, la Abuela Quintana. En ella, advierte al Viejo Quintana de que ha intercambiado a los niños. Con la ayuda de Tomasa, una mujer que todavía seguía trabajando en Palacio Quintana, cogió al auténtico heredero Quintana, al pequeño Venancio, y en su lugar puso a otro bebé, unos pocos días mayor, que no tenía nombre ni había recibido bautismo, pero que también era hijo del Viejo Quintana.

—¿Qué? ¡Todo eso es mentira!

—No, no lo es. Ildefonsa Pineda es su madre —intervino William—. Por eso se fue de Palacio Quintana, por eso la expulsó doña Eulalia. Ambas estaban embarazadas del señor, con poca diferencia, y no podía perdonárselo. Ildefonsa siempre dijo que había vuelto a casa de su familia, pero no fue así. Nunca regresó a Pedregal del Pozo, lo sé porque estuve allí y así me lo contaron. No quería que nadie supiera que iba a tener un hijo. En realidad, fue a esconderse a casa de su amiga Tomasa, a casa del Telele. Allí tuvo a su hijo y organizó su plan. Y, por eso, luego tuvo que mostrar su agradecimiento con ellos y dejarle la casa a su hijo.

—No fue tanto agradecimiento, milord, como pura necesidad —le dijo Lorenzo Quintana—. La madre del Telele estaba encargada de hacerse con esta carta después de que el Viejo Quintana la leyese. Lo tuvo fácil, porque el viejo sufrió un ataque y se produjo un gran revuelo. Pero, en lugar de devolvérsela a la señora Pineda, se la quedó y la guardó mucho tiempo. Con ella, podía demostrar la verdad, que el hombre que llevaba el nombre de Venancio Quintana en realidad era un bastardo que solo podía aspirar al apellido de su madre, Pineda.

—¿Cómo te atreves...? —bramó Quintana—. Si no fueras mi hijo te pegaría un tiro ahora mismo. Sigue y olvidaré que lo eres.

—Me atrevo a eso y a más. Me atrevo a asegurar que el hijo

de Tomasa, Jose el Telele, fue el encargado de deshacerse del niño. Y lo sé porque él mismo me lo contó, como me contó toda esta sórdida historia hace años. Por eso me fui de Terrosa, padre. Seguir aquí hubiese resultado difícil. Deseaba contarlo todo, la verdad me quemaba la lengua, pero si lo hubiera hecho habría perjudicado a Matilde. Por ella, y solo por ella, callé.

—Oh, Loren —sollozó su hermana.

Lorenzo agitó la cabeza, apenado, pero siguió con su historia.

—Jose me lo contó todo. Tenía que matar al bebé Quintana y enterrarlo en algún rincón olvidado, pero el propio Jose era un niño, tenía trece años, y le dio pena aquella criatura diminuta y vulnerable. Decidió dejar su destino a la decisión divina en este mismo lugar. —Señaló hacia las raíces del árbol, que se extendían por metros—. Y Dios y el diablo quisieron que viviese. Para cuando la Abuela lo supo, el niño ya había sido bautizado y tenía una vida de pastor.

—Bobadas —declaró el Gran Quintana—. De haber sido las cosas como dices, la Abuela habría ordenado matarlos. A Eustaquio y a él.

—En realidad, según me contó Jose, le reprochó que no hubiese cumplido sus órdenes, pero menos de lo esperado. Más que nada, le divertía la situación. Disfrutaba con la idea de que el hijo de los Quintana, los que la habían tenido como criada y se habían creído superiores, tuviera esa vida de pastor. Por eso decidió no intervenir. Y sabe tan bien como yo, padre, que ese es un comportamiento muy propio de la Abuela. —El interpelado hizo una mueca—. De todos modos, esa mujer, Tomasa, añadió el nuevo nombre del auténtico niño Quintana en este papel, junto con su confesión, su participación en los hechos. —Agitó la carta—. ¿Quiere leerlo?

—¡No! Estás delirando. Y ese documento es falso, apostaría el alma por ello. —Quintana soltó una risa seca que sonó forzada—. Sí, eso debe de ser. De lo contrario, ¿cómo pudo llegar a ti? No me digas que te lo dio la Tomasa, o Jose. Sería entregarte la gallina de los putos huevos de oro.

—No, no fueron ellos. Tomasa lo usó para vivir tranquila unos cuantos años. No pedía mucho: una casa sin renta, un pequeño sueldo sin tener que trabajar, simulando que cosía para Palacio Quintana... Algo suficiente para llevar una vida sencilla. Una vez que comprobó que la cosa iba a ser así, a la Abuela no le importó mantener la situación.

—No has contestado a mi pregunta.

—Ahora lo haré, tenga un poco de paciencia. Cuando murió, la Abuela mandó rápidamente a Matilde con su doncella, Francisca, a registrar la casa. Siempre ha pensado que Matilde es manipulable, así que imaginó que le entregaría la carta sin protestar ni hacer preguntas. Pero no fue así. Pese a lo que puedan haber creído ustedes dos, padre, mi hermana tiene muy poco de tonta. Encontró la carta, la ocultó y me la envió. Sabía que yo la usaría correctamente llegado el momento. —Sonrió ligeramente—. Y el momento ha llegado.

Quintana miró a su hija.

—¿Es eso verdad?

Matilde se estremeció.

—Sí. Todo lo que Lorenzo ha dicho es verdad.

—Maldita furcia... Te he dado todo mi cariño y tú me traicionas así una y otra vez. —Ella no replicó, estaba tan tensa y pálida que parecía a punto de desplomarse. Quintana tomó aire y volvió a centrarse en su hijo—. ¿Qué vas a hacer?

—Depende. Ya me he enterado de lo que pasó en casa del Telele el otro día. Y ambos sabemos que no son los únicos muertos que ha enterrado, padre.

—Entre ellos, un inglés que vino hace tres años —dijo William—. Un hombre llamado Charles Barrow.

Quintana frunció el ceño.

—Recuerdo que pasó por aquí un inglés hace unos años, pero yo no ordené que lo mataran. ¿Por qué tendría que haberlo hecho? No era más que un lechuguino que pedía té en la posada y luego arrugaba la nariz cuando se lo ponían delante. —A pesar de la tristeza que le causaba aquel tema, William estuvo a punto de soltar una risa. Ya podía imaginar la cara de Barrow sobre lo que en la posada local entendían por un té—. He usado la casa del Telele porque estaba vacía, pero no sé nada de esas mierdas de las que estáis hablando. Todo eso es mentira.

—Ya. Hasta podría creerte, de no ser porque el propio Cruzeiro me lo contó todo antes de morir. Me dijo que nada más llegar, ordenaste que lo siguieran, y que te preocupaste cuando supiste que iba a casa del Telele. De modo que ordenaste su muerte.

Quintana soltó una carcajada tensa.

—Tienes buena inventiva, inglés, tengo que admitirlo.

—No mucha. —Alzó un dedo en el aire—. Lo que sí tengo es su reloj. El que le quitó a Barrow.

Lo buscó. Por suerte, todavía lo llevaba encima. Los hombres de Quintana estaban tan ansiosos de sangre que ni los habían registrado. Quizá pensaban saquear sus cadáveres.

Lo sacó y lo abrió. Quintana lo miró con expresión pétrea.

—No lo había visto nunca.

—Yo sí —dijo Matilde—. Y usted también. Era de Cruzeiro. Alardeaba de él. Lo mostraba siempre que tenía ocasión.

—¡Calla de una vez! —le ordenó su padre, furioso—. Cada vez que abres la boca es para darme una puñalada.

—No dice nada que no sea cierto —replicó Lorenzo—. Todos esos secretos nos han traído hasta aquí esta noche. Y aquí terminan, padre. —Miró hacia Bernardo Salazar, que jadeaba sentado en una piedra, todavía con la soga al cuello—. ¿Quieren que pronuncie el nombre del auténtico Quintana de Terrosa?

—Cojones, no —dijo el viejo—. ¿Ser un Quintana? ¿Y llamarme Venancio? Evítame esa última indignidad, muchacho. Que me ahorquen y listo.

Lorenzo se echó a reír.

—Siempre me ha caído bien, don Bernardo, usted lo sabe. Y lo admiro. Si quiere, guardaré silencio, aunque le recuerdo que tiene unos hijos a los que dejar un legado.

—Y no puedo estar más orgulloso del que les dejo. Somos Salazar. Salimos de aquí —pateó una de las raíces— y llegamos muy alto, trepando con el único impulso de nuestra ambición. Nada puede compararse con eso. Y menos la sangre podrida de una familia que ni supo mantener las ramas de su árbol.

—Supongo que tiene razón. —Lorenzo se volvió hacia el grupo de mercenarios, que seguía la escena desconcertado—. Todos ustedes ahora trabajan para mí. Les pagaré en cuanto lleguemos a Palacio Quintana y se irán de Terrosa de inmediato.

—¡No! —gritó el Gran Quintana—. Eres un enfermo, un sifilítico sin posible redención, Lorenzo. ¿De verdad crees que te van a hacer caso? No. Ni hablar. Colgadlos —ordenó a los hombres. Señaló a su hijo—. También a él.

—¡No! —gritó Matilde—. ¡No se atreva!

—¡Calla! En buena parte es culpa tuya. —Viendo que los hombres dudaban, mirándose unos a otros, los azuzó—. ¡Vamos! ¿Queréis cobrar o no? ¡Daos prisa! ¡Colgadlos de inmediato! —Candela se removió en sus brazos y, de un empujón, la tiró al suelo—. ¡Vamos! ¡Esa putita va de regalo!

—¡Hijo de...! —William intentó acercarse, pero le apuntaron varias pistolas y se quedó quieto, con las manos en alto—. ¡Candela! —Ella empezó a incorporarse y miró alrededor aturdida. Por lo demás, parecía estar bien, y sintió un alivio inmenso—. Oh, demonios...

—Lo de la chica está muy bien, pero ¿seguro que nos va a pagar? —preguntó uno.

Otro torció el gesto.

—No queremos tonterías. Si intenta no pagarnos, o envenenarnos, o mierdas de esas...

—¡No seáis idiotas! ¿Es que no veis que intentan salvarse la vida como sea? ¿Que no dejan de parlotear para ver si de ese modo consiguen confundiros? ¿A qué viene preguntar sobre si se os va a pagar o quién lo va a hacer? ¡Yo soy el Gran Quintana, cojones! ¡Soy la ley de este lugar! ¡En Terrosa se hace lo que yo digo! ¡En Terrosa soy Dios!

De pronto, se oyó el retumbar de un disparo y el Gran Quintana cayó hacia atrás, con la cabeza reventada ensangrentando la noche. El animal se encabritó, pero sobre todo optó por retroceder, alejándose de Candela.

A pocos metros, sobre su caballo, Matilde Quintana permanecía inmóvil manteniendo firme el rifle en alto. Salió una voluta de humo de los cañones, que parecían los ojos de un demonio.

43

—¿Estás bien? —le preguntó William, días después.

Candela, sentada a la sombra, en el patio, lo miró.

—Sí.

William avanzó hacia ella y se sentó en otra de las grandes butacas de caña. Parecía tan triste y compungido que tuvo ganas de consolarlo, pero se obligó a permanecer quieta. Desde lo ocurrido en el cerro de los Ahorcados, con las explicaciones que hubo que dar sobre el grupo de fugitivos de la justicia que habían pasado por Terrosa y habían matado a Venancio Quintana, no habían tenido apenas tiempo para hablar. O sí lo habían tenido, pero habían eludido quedarse a solas y tener que hacerlo.

No podía evitarlo, se sentía extraña con William. Ni siquiera dormía ya con él. Tras marcharse Matilde a Palacio Quintana, ella había vuelto a su antigua habitación.

No podían seguir así, pero no sabía cómo solucionarlo.

—Supongo que esperas una explicación. —William se frotó el entrecejo, preocupado—. Algo, además de una disculpa.

—¿Por qué?

—Por lo de tu herencia.

Candela agitó la cabeza.

—Hay cosas, William, que no necesitan explicación ni pueden disculparse. —Le miró con cierta dureza—. Esa era la causa de tu prisa, ¿verdad? Me preguntaba a qué vendría tanta urgencia.

—Sí, era esa. —William se encogió de hombros—. Sé que hubiera dado igual esperar un poco, ya que, al casarte conmigo, todo hubiera terminado siendo de mi propiedad, pero prefería no correr riesgos. Me asustaba la idea de que pudieras enterarte, por cualquier causa, y que todo se fuese al garete.

—Claro. Era mejor asegurar la jugada. Muy propio de ti.

—Cierto. Así soy yo. —Hubo una ligera pausa, algo incómoda—. Si te digo que estoy muy arrepentido, ¿serviría de algo?

—En parte. Nada puede borrar el hecho de que realmente fueras capaz de imaginar semejante plan.

—Pero no lo llevé a cabo, Candela.

—Porque era yo. Porque la suerte y el destino hicieron que sintieras algo por mí. Pero, de no haber sido así, ¿qué hubiera pasado?

William se lo pensó.

—Que me hubiese arrepentido terriblemente, pero demasiado tarde. No hubiese podido superar el haber utilizado a alguien así y estaría atado por siempre a un matrimonio sin amor, ahogado por la culpa. —Chasqueó la lengua—. No me gusta el lord Waldwich de esa posibilidad.

—A mí tampoco.

William la miró.

—Tampoco parece que te guste mucho este. Has vuelto a tu antiguo dormitorio.

—Y te agradezco que no me hayas organizado una escena por eso.

—No lo haría. Solo puedo decirte que si me abandonas, me sentiré desolado. Me sentiré... Bueno, ya te imaginas. Pero lo entenderé y asumiré el castigo, y te aseguro que jamás te faltará de nada. De hecho, he organizado todo lo necesario para que puedas administrar a tu conveniencia la mitad de toda mi fortuna.

—¿Qué? —Arqueó ambas cejas, sorprendida—. ¿Es eso cierto?

—Por completo. No puedo dártela sin más, puesto que, al ser mi esposa, seguiría teniendo yo la última decisión, pero sí puedo hacer que tengas libertad de acción completa. Ahora eres una mujer muy rica, Candela. Actúa como creas que debes hacerlo. Pero, si decides alejarte de mí, espero que siempre recuerdes que yo te amo.

Ella se lo pensó unos momentos.

—¿Estás seguro de eso?

William dudó.

—No. A veces temo haber heredado una debilidad de mi madre, una especie de extraña sensibilidad hacia lo romántico que se manifiesta como... como una obsesión. Ella se enamoró de tu padre y no dejó de amarlo así hasta el fin de sus días, pese a lo que le hizo. Y yo me enamoré de ti y sigo estándolo, por completo, pese a lo que te he hecho. —Suspiró—. No sé, Candela. No soy un gran entendido en estos temas, jamás me había enamorado antes y dudo que vuelva a ocurrirme algo así. Solo sé que eres mi esposa, que quiero que seas la madre de mis hijos, mi compañera y mi amiga hasta que seamos tan viejos que tengamos que apoyarnos el uno en el otro para poder seguir caminando —declaró, mirándola con fijeza—. Lo único cierto es que quiero amarte, Candela Salazar. Estoy llamando a tu puerta para que me permitas hacerlo.

Tras semejante declaración, durante un momento, Candela no supo ni qué decir. Luego, sintió una extraña ternura. «Hasta que seamos tan viejos...». Qué hermosa frase, qué bello sentimiento. Se preguntó si William comprendía exactamente qué era lo que había dicho, lo que implicaban sus palabras. Posiblemente no. Y ella no estaba preparada para asumirlo, pero era lo suficientemente sensible como para agradecerlo.

—Lo pensaré. Pero necesito tiempo, William. Todo esto ha sido... muy doloroso.

—Está bien. Lo entiendo y no quiero atosigarte. —Se puso en pie—. Sabes dónde estoy. No hay prisa.

Se alejó y entró en la casa. Candela se quedó allí, pensativa. Triste.

«Hasta que seamos tan viejos...».

—Es un memo —dijo una voz. Apoyado en su bastón, Bernardo Salazar salió por la puerta que daba a la biblioteca, el lugar en el que pasaba todo su tiempo en los últimos días—. Los hombres enamorados se vuelven jodidamente tontos.

Candela sonrió.

—¿Usted no se ha enamorado nunca?

—Claro que sí. Por eso Luis salió como salió.

Así que había querido a Andrea, su madre. Tendría que decírselo algún día.

Salazar avanzó y se sentó en el butacón que había ocupado antes William. Lo miró con sorpresa. Raramente buscaba su compañía.

—¿Qué quiere, padre?

—Pues... —Bufó—. Bah. Abogar por ese cretino.

Eso le causó más asombro todavía.

—¿Por William? ¿Usted?

—Ya ves. Qué cosas pasan, ¿eh? —Miró alrededor, por el bonito patio central de la mansión—. Hace años hice algo poco ético llevado por el rencor. El padre de William era un hombre... Bah. Era listo, y bastante decente para lo habitual en los círculos en los que yo me movía por entonces. Pero también era débil. No medí bien los pasos y el muy idiota se ahorcó. William no me lo ha perdonado nunca.

—Lo sé. Ni lo de su madre.

—Ya, pero de eso no me siento culpable. No me enamoré de Helen, me niego a pedir disculpas por ello. Mi vida sexual ha pasado por muchas fases que...

—Le ruego encarecidamente que me las evite.

El anciano rio.

—Vale, vale. Pero no me lo ha perdonado tampoco. El rencor lo cegó y lo llevó a actuar contigo de ese modo tan poco... apropiado.

—Le agradezco que intente defenderlo, pero, si le digo la verdad, no creo que haya excusa posible para lo que hizo.

—No. Pero quizá sí haya perdón. —Candela lo miró con sorpresa, sintiendo que, por fin, aquellas palabras le ofrecían una respuesta—. Algo poco valorado en nuestros días, pese a todo lo que se predica cada domingo. Si hay arrepentimiento, debe haber perdón.

—No sé si arrepentirse es suficiente.

—¿No? Entonces ¿qué nos queda? ¿Una cadena eterna de reproches sin sentido? La gente se confunde y comete errores, grandes y pequeños. Son errores, Candela, no maldades. La maldad marca todos los actos de la vida, es como un largo camino que se elige de forma consciente. Los errores son pequeñas piedras con las que uno se tropieza en cualquier otro sendero. ¿Tú no te has equivocado nunca?, ¿no has cometido jamás un error?

—Sí, claro. Muchas veces. Pero eso...

—Todos lo hacemos. Somos humanos, está en nuestra naturaleza, igual que lo está el perdonarnos mutuamente esas meteduras de pata, solo porque nos entendemos, porque sabemos que somos falibles y a veces erramos. Es el juego de la vida, Candela. No hay alternativas: no dudes de que más de una vez te vas a equivocar. Muchas, terriblemente. Si quieres que te perdonen cuando te arrepientas de verdad, tienes que perdonar tú, llegado el momento. O estarás cometiendo un nuevo error.

Ella lo pensó y asintió.

—Gracias, padre.

—De nada. Pero, por si necesitas una ayudita... —Sacó un sobre del interior de la chaqueta—. Toma.

—¿Qué es?

—El testamento de ese idiota. Cuando fue a rescatar a Luis, te lo dejó en tu dormitorio, junto con una carta lacrimógena. Ahí la tienes también. —Recordó cuando le preguntó si había cogido una carta. Debía ser esa—. Yo lo tomé prestado. Te lo hubiese dado de saber que lo habían matado, pero preferí guardarla yo por si acaso. Tenías que haber visto su cara cuando volvió a buscarlo y no estaba. —Rio entre dientes—. Le observé, escondido. Menos mal que no me dio la tos.

Candela agitó la cabeza con una sonrisa.

—No tiene usted remedio.

—No. Ya es tarde para eso. —Se puso en pie para irse—. Léelo, recapacita y actúa en consecuencia. Pero, antes de tomar ninguna decisión, recuerda que, si los seres humanos se equivocan de continuo, incurriendo en error tras error, los hombres Salazar siempre los cometemos a lo grande.

—William no es un Salazar, padre.

Desde la puerta, Bernardo sonrió.

—Sí. Sí que lo es.

44

Septiembre llegó a Terrosa sin que se notase cambio alguno. El calor siguió igual, el sol continuó dominando el cielo y varios pozos más se secaron, lo que provocó nuevas peleas entre vecinos que el nuevo señor, lord Waldwich, tuvo que dirimir con el consejo de sus allegados. Por suerte, todo el mundo estaba de acuerdo en que lo había hecho con bastante acierto, igual que el resto de las gestiones que estaba llevando a cabo para mantener la estabilidad económica de Terrosa tras la muerte de Venancio Quintana.

Pero a William no le importaba demasiado todo aquello. Se alegraba del bienestar de todos, por supuesto, pero estaba viviendo unos momentos muy felices en su círculo más íntimo y dedicaba pocos pensamientos al resto. Pese al inicio tormentoso de su matrimonio y a los remordimientos por no haber cumplido del todo con la petición de su madre, sentía que todo empezaba a encajar de algún modo en un dibujo perfecto.

Candela volvió una noche a su dormitorio. En aquel momento, no dijo nada, solo se acostó junto a él. Ni siquiera se besaron, no hubo nada sexual en su contacto. Solo se abrazaron y durmieron juntos. Al día siguiente, sí, empezaron a contarse todo, y fue como abrir un agujero en la roca y encontrarse con un surtidor de agua a presión.

Desde entonces, habían ido conociéndose y se sentían exultantes. Pasaban días y noches juntos y buscaban todo momento para hacer el amor. A esas alturas, eran amantes y cómplices, y no habían tardado en hacerse también amigos.

Salazar, por su parte, se encontraba algo mejor gracias a los cuidados de Luis, como una mala hierba que recibe abono. Por desgracia, a medida que adquiría fuerzas se iba volviendo más y más irascible. O, como decía Candela, volvía a ser él mismo, y siempre les regalaba perlas de sabiduría del tipo:

—Este sitio es un puñetero infierno. Asnos y ovejas, mires donde mires no hay nada más, aunque muchos caminen a dos patas.

Quería volver a Inglaterra, claro. William intentaba ignorarlo, pero no siempre estaba de humor. Daba igual, porque no pensaba ceder, y no por falta de ganas. Si no lo mandaba a Londres, o a Pernambuco, era porque al menos en aquello quería cumplir la voluntad de su madre. Que se quedase allí, haciendo penitencia.

Las fiestas de Terrosa se celebraban siempre a mediados de mes y duraban una semana, durante la cual se sucedían distintos eventos locales. Se iniciaban y terminaban con bailes y unas misas a la patrona del pueblo. Para el cierre se celebraba una romería hasta una ermita cercana, con comida en el campo y baile hasta altas horas de la noche.

El de apertura se llamaba El baile del Día Blanco, y estaba reservado para las personalidades más destacadas del pueblo y algunos invitados de fuera. Se organizaba siempre en el palacete conocido como la Casa del Rey.

Esa fue la primera salida pública de William y Candela. También acudió Salazar, que decidió ir más que nada porque, para entonces, estaba sumido en el más completo aburrimiento, aunque no dejó de protestar mientras el coche atravesaba Terrosa.

—Horrible, horrible... Esto es espantoso.

William miró por la ventanilla. Hombre... Bonito bonito no era. Daba la impresión de que los encargados de levantar aquel pueblo se habían limitado a buscar en todo momento lo más económico, sin pensar para nada en que la belleza de sus edificios era parte de la salud espiritual de una comunidad.

Pero, al menos en esos momentos, no tenía un aspecto tan lamentable. El alcalde había tirado la casa por la ventana y todo el pueblo estaba adornado con banderines y cintas de colores, lo que le daba un aire alegre y encantador. Además, habían sacado santos y cruces de la iglesia y cada poco podía verse un altarcito con velas.

—No es Londres, pero tampoco está mal... —intentó contemporizar.

—Ja. Lo detestas tanto como yo.

William se echó a reír. Para qué negarlo.

—Casi tanto.

—Adornos de pueblerinos. Todo huele a oveja —dijo Bernardo.

William y Candela se miraron y entornaron los ojos.

—Si quiere, no tiene ni que bajar del coche. En cuanto nos dejen, puede volver a casa —le sugirió Candela a su padre.

—No. ¿Para qué? A ver, al menos la casa tiene otra clase, que para eso la diseñé junto con el arquitecto. Pero también huele a oveja.

—Oh, no, por favor —protestó ella—. Otra vez no.

William bufó.

—Si vuelves a repetir eso, juro por lo más sagrado que...

—¿Qué? ¿Vas a echarme para que pida limosna?

—No. Haré que te lleven a la cabaña de Eustaquio y que te dejen allí. Y reconoce que tiene cierto aire poético, sería una vuelta total a tus orígenes. Además, así sí podrías quejarte de que huele a oveja.

Salazar palideció, pero no perdió el ánimo beligerante. Seguro que hubiese seguido discutiendo, pero, por suerte, estaban llegando. El coche se detuvo y uno de los muchachos encargados de atender los carruajes abrió la puerta.

William fue el primero en bajar; luego ayudó a Candela y a Salazar, aunque este refunfuñó tanto que estuvo tentado de provocarle una caída fatal desde la escalerilla del coche. O, al menos, una que le impidiese hablar durante una buena temporada. Maldito viejo...

Agitó la cabeza mientras entraban en el palacete y se dirigían al gran salón de baile. Había ido a divertirse y no iba a permitir que Salazar le estropease el día. Por desgracia, su ánimo se oscureció más aún al descubrir que el lugar estaba lleno a rebosar. Había llegado gente de todos lados para las fiestas. Incluso había personalidades de Madrid y Barcelona. William suspiró, resignado. Seguramente el alcalde querría presentarle a algunos invitados y simular que eran grandes amigos, así que lo mejor que podía hacer era disfrutar del momento antes de que lo encontrase.

—Bailemos —le dijo a Candela, tomándola de la mano.

Ella sonrió.

—Espera, mi padre...

—Deja, deja. Yo me las arreglaré —gruñó Salazar, alejándose hacia el mostrador de las bebidas—. Mira por dónde, esto está lleno de viejos enemigos. Voy a poder discutir a placer.

Candela puso los ojos en blanco. Luego se echó a reír, mientras seguía a William por la zona de baile, al ritmo del vals que estaba interpretando la orquesta.

—Es incorregible.

—Genio y figura... —William miró a su alrededor, reconociendo a gente. Llevaba un mes en Terrosa, pero ya tenía la sensación de haber vivido siempre en aquel lugar. Pronto tendría que viajar a Londres, no podía demorarlo más o sus negocios empezarían a resentirse, pero no estaba seguro de que Candela estuviera dispuesta a acompañarle—. No veo a Luis.

La expresión de Candela se ensombreció.

—No va a venir. Lorenzo ha empeorado.

William asintió. Lorenzo y su cuñado no habían querido quedarse ni en Palacio Quintana ni en Castillo Salazar. No les importaban las habladurías, aunque, teniendo en cuenta que Lorenzo estaba muy enfermo, nadie decía directamente nada. Ni siquiera doña Baltasara, que se había convertido en una de sus visitantes habituales, siempre dispuesta a llevarles lo que necesitasen de la botica de su marido.

Quizá por eso no se había resentido el número de pacientes de Luis, al contrario: estando cerca la retirada del doctor Segura, y habiendo sido reconocido Luis como hijo de Salazar, nadie dudaba de que se convertiría en el médico más importante de los alrededores. William les había comprado una casa cerca del centro del pueblo, donde Luis había vuelto a abrir su consulta, en la que una placa decía: LUIS SALAZAR – MÉDICO.

Era un cambio a mejor desde la anterior, y eso que todavía no había visto todo el material médico que William había encargado para él y que llegaría de distintos sitios, incluso de América, a lo largo de las siguientes semanas. Era una pena que no fuera a disfrutarlo mucho tiempo con la persona que amaba.

—Lo siento.

—Sí, yo también. —Candela movió la cabeza; las plumas de su tocado se agitaron ligeramente—. ¿Ya te han dicho que Luis y Matilde van a casarse?

—Sí, lo sé. Me lo dijo Luis el otro día.

—¿Qué piensas?

—Pues... a él lo felicité, qué remedio. Pero reconozco que pensé que es muy triste que Lorenzo vaya a morir tan joven, que Luis no pueda vivir su vida libremente y que a Matilde le hayan truncado de semejante modo la suya. Por más que lo intenta, no parece capaz de reponerse.

—No, está desolada. No sé... Me da pena, pero al menos con Luis está bien, y siempre se tendrán el uno al otro.

—Y están unidos por el amor a Lorenzo.

—Sí, eso es cierto. Pero ¡pensar que no tendrán lo que tenemos tú y yo...! —Sus ojos brillaron, a medias entre las lágrimas y la pasión—. No sé, me parece terrible.

—Hay matrimonios que forjan otros tipos de relación, otros modos de amarse, pero no por eso se aman menos. Son... otros grados de pasión, ya sabes.

Candela sonrió por la referencia a su carta, pero suspiró, no del todo convencida.

—¡Ojalá no se equivoquen y sean felices! Mañana sin falta iré a verlos y...

—Candela, tengo que volver a Londres. —Era mejor soltarlo cuanto antes. Llevaba días dejándolo para otro momento, y si no lo afrontaba, podía seguir así hasta el año siguiente—. No puedo demorarlo más. Mis abogados están que se suben por las paredes.

Ella asintió, apenada.

—Sí, lo entiendo.

—Yo sé que tú no quieres venir. Hagamos una cosa, a ver qué te parece. Yo me voy, estoy allí el tiempo necesario para organizar que las cosas funcionen por sí mismas durante al menos seis meses y luego vuelvo. Prometo estar aquí para pasar las Navidades con vosotros. ¿Te parece bien?

Candela lo miró de esa forma que recordaba, la que habían captado en el daguerrotipo. Ojos soñadores, intensos, llenos de vida y rebosantes de amor.

—Eres el mejor hombre del mundo, William Caldecourt. De verdad que creo que no podría haber tenido mejor suerte a la hora de escoger esposo. ¡Aunque no te escogiera yo!

William rio, encantado.

—Vaya, gracias, cariño. Pero me temo que eso no ha sido una respuesta a mi pregunta.

—Sí lo ha sido, claro que sí. —Se puso de puntillas para darle un beso rápido en los labios. ¡Serían el escándalo de las viejas damas de Terrosa!—. Iré contigo a Londres. Sé que quieres enseñármelo y yo quiero conocerlo. Quiero saber cómo es tu vida allí, cómo son los rincones en los que has crecido... —William vaciló. No era una perspectiva muy alegre, pero prefirió dejarlo estar. Entendía que ella quisiera conocerlos. Eso sí, no la llevaría a la calle Farringdon a ver la reja de la cárcel de Fleet—. Luego, volveremos para pasar aquí las Navidades. Si tuvieras familia allí, te propondría organizarnos para poder estar con todos, pero...

—Pero mi única familia está aquí, en Terrosa.

—Así es. —El vals terminó. Candela se detuvo y sonrió, sin soltarlo—. Y es una familia que te quiere mucho. Que irá contigo adonde sea, siempre que sea necesario, para pasar a tu lado todo el tiempo posible.

William tragó saliva. Iba a contestar, seguramente con lo que Salazar hubiese tildado de tontería romántica salida directamente de su corazón, pero entonces los interrumpieron.

—¡Candela! —se oyó. Petra Andrade se estaba acercando con gesto lleno de entusiasmo, seguida de dos o tres jovencitas más—. ¡Candela, querida, ya era hora de que llegases!

—Llevo ya un rato aquí. Hasta hemos bailado un vals.

—¡Pues no te había visto! ¡Tienes que venir de inmediato!

—Claro, pero ¿qué pasa?

—¡Están todas discutiendo! ¡Ya sabes que en el Martes Blanco las jóvenes solteras hacemos nuestra ofrenda a la Virgen, y Dolores se ha puesto enferma, por lo que necesitamos una pianista y...! —Lo miró, ruborizada—. Bueno, perdón, si es que a tu marido no le importa.

—Hola, Petra. Hola, Macarena, Lucía... ¡Claro que iré! —Sonrió a su marido, con un gesto que dejaba claro que no iba a importarle si quería seguir con vida—. Dame unos minutos, William.

—Por supuesto, querida —replicó él.

Saludó a las chicas con un gesto galante y las observó mientras se iban, feliz de ver a Candela tan contenta con sus amigas.

Luego, consiguió una copa y paseó entre la gente, intercambiando cortesías. A lo lejos, Nicolás Andrade le hizo un gesto para que fuese a su lado, donde estaba con tres caballeros de aspecto tan opulento como aburrido, pero consiguió simular que lo confundía con un simple saludo. Agitó la mano, sonrió y siguió caminando.

De pronto, un camarero lo interceptó.

—Milord, disculpe. —Sabía que era lord Waldwich. Bueno, todo el mundo le conocía allí a esas alturas—. Una dama lo espera en el jardín.

—Gracias.

¿Sería Candela, para flirtear entre las rosas? ¿Qué otra podía hacerlo llamar así? Sorprendido y encantado, fue hacia las grandes puertas que daban a la terraza que se extendía a los lados del edificio, rodeando la parte de atrás del palacete con una balaustrada blanca. Hacia delante se convertía en una escalinata flanqueada por grandes jarrones de la misma piedra que bajaba hasta un bonito jardín.

Casi era completamente de noche y destacaban por todo el lugar los círculos dorados en la posición de algunas lámparas. William miró alrededor. Había gente paseando, y tres señoras de mucha edad estaban sentadas en un banco de piedra, tomando una copita. Como no le dijeron nada, supuso que no lo había convocado ninguna de ellas.

Nada. Nadie. Quizá había sido algún error. Iba a entrar cuando, abajo, en el jardín, a su derecha, distinguió una figura. Reconoció enseguida a la Abuela Quintana, sentada en su eterna silla de ruedas. Estaba sola.

—Demonios... —musitó William para sí.

Esa era una conversación que llevaba semanas evitando, pero supuso que se le había acabado la suerte. Una pena. A pesar de ser poco amigo del bullicio, se lo estaba pasando bien en aquella fiesta. Estaba seguro de que, tras hablar con aquella mujer, la recordaría de un modo más sombrío.

Descendió lentamente por la escalera, mientras la anciana lo escrutaba, totalmente inexpresiva, a través de sus ojillos azules.

—¿Le sorprende verme aquí? —preguntó cuando estuvo lo bastante cerca como para oírla.

William sopesó bien su respuesta, porque ya había tenido suficiente guerra con un anciano para el resto del día y de la semana, pero no pudo evitar responder:

—Un poco. —Se detuvo ante ella—. Me dijeron que me esperaba una dama.

—Vaya. No le creía tan poco caballeroso, lord Waldwich —replicó la mujer, ofendida—. Le aseguro que no se hubiese atrevido a decirme eso cuando yo era la que hacía y deshacía en Palacio Quintana. Quizá no salí de una alta cuna ni llegué a casarme con ese hombre repugnante al que ya en mis tiempos de jovencita llamaban el Viejo Quintana, pero fui yo la que llegó a detentar todo el poder y...

—No lo he dicho por su cuna, o por su condición social, señora Pineda. Es solo que alguien que ha hecho las cosas que ha ordenado usted no es una dama.

—¡Ja! ¿Ni aunque fuese la propia reina de Inglaterra?

William sonrió.

—Seguramente ella habrá hecho cosas peores, pero el caso es que conozco las suyas y hablamos de usted, señora Pineda.

—Pequeño bellaco presuntuoso... No conoce ni la mitad. En todo caso, da lo mismo. No estamos aquí para hablar de su opinión sobre mí.

—¿Entonces? ¿Acaso ha venido a disculparse por intentar asesinarme?

Ella sonrió, taimada.

—¿Lo sabía?

—Lo suponía. Acaba de confirmarlo. Deje que adivine: como no acepté la propuesta de casarme con la señorita Matilde, lo más conveniente para sus intereses era que mi fortuna no llegase a los Salazar. —Frunció el ceño—. Pero no sé... Entiendo que pudiera no saber que, si me mataba, Candela recibiría una herencia de su abuela materna y podría salvar Castillo Salazar. Pero lo que no acabo de comprender es por qué insistió habiéndome casado ya con ella.

—Me lo pensé, cierto. Pero Almeida me convenció de que, en cualquier caso, nos convenía. —Sobre todo a él, claro, que veía cerca la hora de su enfrentamiento por el robo continuado a lo largo de los años y por esas manipulaciones en beneficio de Quintana. Por su culpa, Candela había recibido un balazo. Si había estado dudando sobre si denunciar o no sus maniobras ante las autoridades, en ese momento decidió que lo haría a primera hora de la mañana siguiente. Ese hombre terminaría sus días en la cárcel—. Él estaba preparando las cosas para que, en pocos meses, todo lo de los Salazar fuera nuestro, por lo tanto, cuanto más ricos fueran, más nos enriqueceríamos nosotros. Pero tuvo que suceder todo este desastre provocado por Venancio...

—Créame, nunca tuvo una oportunidad. Le puedo asegurar que el señor Almeida no es ninguna mente brillante en cuestión de números o de negocios. Y si el señor Salazar estaba en esa situación, fue porque yo me ocupé de ello.

Ella apretó los labios.

—Sí, ya me he dado cuenta. Por eso estamos aquí —dijo, incidiendo en las primeras palabras—. Me han dicho que ha estado hurgando en nuestros asuntos.

William la miró pensativo. ¿Lo admitía? ¿Por qué no? Ya no podía hacer nada para evitarlo.

—Sí, es cierto.

—¿No va a explicarse?

—Si lo desea... Usted no hizo un mal trabajo, pero la gestión de su hijo en los últimos años, como administrador, ha dejado mucho que desear. Estas últimas semanas he podido ir comprando deudas y apropiándome de algunos de sus bienes. —Se encogió de hombros—. Debo decir que deshacer su fortuna me ha costado incluso menos que cuando acorralé a Salazar. Con él, tardé años. Con ustedes, cerca de un mes. Aunque debo reconocer que ahora tengo mejores expertos trabajando para mí.

Ella apretó los labios.

—¿Qué pretende?

—Es sencillo. Devolverle la cortesía, señora Pineda: todo el patrimonio de los Quintana será pronto una parte ínfima de las posesiones de los Salazar.

—Maldito...

—Pero no se preocupe por su nieta. Le doy mi palabra de que a Matilde no le faltará nunca de nada. Tenía pensado entregarle una generosa cantidad para que pudiera vivir siempre sin ahogos, pero, no sé si lo sabe, parece que se entiende bien con mi cuñado, Luis Salazar. De hecho, van a casarse en otoño. Por tanto, estará bien atendida siempre, porque formará parte de la familia. Juntos, serán el matrimonio Salazar y criarán nuevos Salazar, para que perdure por siempre el apellido.

—¡Ja! —La risa fue como un graznido—. Para odiar tanto a ese hombre, se preocupa mucho de perpetuar su memoria.

William recordó lo que le había contado Candela, lo dicho por Bernardo sobre el perdón, y sobre Ethan. Eso último, el reconocimiento de que no había medido bien sus pasos, era casi una disculpa, seguro que se arrepentía. Quizá algún día pudiera aceptar su consejo y buscar el modo de perdonar, pero todavía no había llegado el momento, no lo sentía así, en su corazón.

La prueba es que Salazar seguía allí, en Terrosa.

—Esto no tiene nada que ver con el hombre que ha sido o es Bernardo Salazar, solo con el apellido. Respeto mucho lo que supone ese querer conseguir algo mejor de la vida sin conformarse.

—Entonces, yo podría ser una Salazar.

—Sin duda. Y, de haber actuado de otro modo, hubiera sido bienvenida en la familia. Pero hace mucho que perdió todo derecho a participar. Ya ve, tengo mucho que reprochar a Bernardo, pero ni de lejos se acerca a cuanto usted ha hecho.

—Lo dice como si yo fuera culpable por los crímenes de Venancio.

—No, en absoluto. Cada cual tiene sus responsabilidades, y el Gran Quintana estará pagando por lo que hizo en el infierno. —Se inclinó hacia ella, deseando que le llegara toda su animadversión—. Pero alguien como usted, señora, es lo peor que ha podido dar de sí la humanidad. Y no solo por lo que hizo hace años, o por lo que ha ido haciendo todo este tiempo, que seguro que muchas cosas nunca las sabremos. No, nada de eso importa en realidad. Si la desprecio es por lo que ha estado consintiendo que ocurriera.

La anciana se quedó paralizada. Estaba ya demasiado oscuro como para captar bien los cambios en su rostro, pero estuvo seguro de que su tez ya de por sí blanca había palidecido aún más.

—¿Qué... qué insinúa, inglés? En la familia Quintana nunca ha ocurrido nada como lo que está pensando. Son imaginaciones suyas.

—Ambos sabemos que no es así. Y me da igual las cosas que pueda asegurar al respecto —añadió, al ver que abría la boca para seguir protestando—. Usted no la vio en aquella mesa, desangrándose. No vio su expresión de dolor, su rostro, tan pálido... Su pena por la pérdida.

Por primera vez, la sombra de una emoción recorrió el rostro de la anciana.

—No me culpe a mí. Intenté ayudarla, intenté...

—Tarde —la cortó, antes de que siguiera excusándose—. Tarde y mal, y lo sabe. Dejó a Matilde sola frente al monstruo y luego se ocupó de intentar esconder el resultado. Estoy por asegurar que usted ordenó a esa carnicera del burdel que la dejara estéril al practicarle el aborto. Así se resolverían posibles problemas futuros.

—No diga tonterías. Lorenzo no podrá tener hijos, ella era la única opción que nos quedaba para mantener la fortuna en la familia.

—No. Matilde nunca ha sido su opción, porque no mantendrá el apellido. Y es inútil que intente mentir. Mis abogados descubrieron su intento de formalizar un nuevo matrimonio de su hijo. ¿Le suena el nombre de la señorita Elvira de la Cruz, la joven hija de un juez de Madrid? —Ella apretó la mandíbula. William la observó con desdén, ya totalmente seguro de sus sospechas—. Un nuevo intento, ¿no? Visto lo ocurrido, mejor destruir los antiguos retoños y buscar unos nuevos para seguir expandiéndose, ¿verdad? No se sorprenderá de saber que el juez De la Cruz ya está al tanto de todo. Me pareció correcto que lo supiera, aunque Venancio haya muerto.

Ildefonsa Pineda apretó los dedos en los apoyabrazos de su silla.

—¿Y qué quería que hiciera? Ni siquiera tenía mucho sentido, dado que a mi edad ya era demasiado tarde como para ver los frutos de ese intento. Pero quería morir con un poco de esperanza. Con la idea de que no todo estaba perdido...

—Si pretende darme pena, lo lamento, la tengo reservada toda para Matilde. —Bien, ya estaba todo dicho. O casi todo—. La semana que viene irán a expulsarla de Palacio Quintana, vaya despidiéndose de todo y recogiendo sus cosas, aunque le advierto que no podrá llevarse nada más que su ropa y poco más. Pero va a tener suerte, vieja desalmada, no irá a la cárcel. Solo al convento de caridad que acepte recibirla.

—No será capaz... —Él le mantuvo la mirada—. Le sugiero que lo reconsidere, inglés. Todavía me quedan amigos poderosos y soy muy buena enemiga.

—Entonces, sí que hay algo en lo que nos parecemos. Por eso le daré un consejo: no se esfuerce en amenazarme. Ahora mismo, ya carece de todo poder. Irá al convento, señora Pineda. No será agradable. Me han dicho que, en esos lugares, las monjas son muy estrictas. —Se encogió de hombros, falsamente contrito—. Entre nosotros, no debería permitirse que tomaran los hábitos quienes claramente no quieren a su prójimo. Pero la mantendrán limpia y le pondrán en la mesa algo a lo que llamarán comida. —Se despidió con un gesto de la cabeza—. De verdad que espero que viva muchos años.

—¡No se atreva! —William le dio la espalda y empezó a subir las escaleras, sin hacer caso de sus gritos cascados—. ¡Waldwich, vuelva aquí ahora mismo! ¿Me oye? ¡Se lo ordeno! ¡Vuelva! ¡Maldito sea! ¡No se atreverá!

Pero se equivocaba.

Epílogo

Cinco años después

—¡Dile hola a papá! —animó Candela al pequeño Ethan.

El niño, de cuatro años, no necesitó más. Echó a correr sobre la hierba, tropezando consigo mismo y con su perrito, Drake, para ir a recibir a su padre, que llegaba de Londres. William, que acababa de bajar del coche, lo recibió entre sus brazos y lo alzó en el aire, haciéndolo reír, mientras Drake ladraba feliz y entusiasmado como el que más, dando saltos a su alrededor.

«Qué estampa más bonita», pensó ella, emocionada. Otro momento que atesorar en los frasquitos de su memoria. En el futuro, podría alzar su tapa y volver a oír sus risas, ver sus rostros felices iluminados por el sol de la tarde. Sentir la hierba bajo los pies y el aroma de los rosales cercanos...

—¿Milady, la ayudo? —preguntó el ama de llaves.

Candela sonrió, aceptó el brazo de la señora Rodríguez y bajó la escalinata con esfuerzo. El embarazo de su segundo hijo estaba ya muy avanzado. Esta vez estaba convencida de que iba a ser niña. Pensaba llamarla Clara.

—Espera, te ayudo —le dijo William, yendo hacia ellas—. Buenas tardes, señora Rodríguez. ¿Todo bien por aquí?

—Muy bien, gracias, milord. Milady se ha tomado más en serio lo de descansar tras las comidas.

—¡Qué remedio! —protestó ella, aunque riendo—. Se me caen los párpados sin poder evitarlo.

—De lo cual me alegro mucho —replicó William. La señora Rodríguez se retiró con la discreción habitual, de modo que aprovechó para abrazarla y plantarle un beso en los labios mientras le acariciaba el vientre—. ¿Cómo te encuentras, amor mío? ¿Y el bebé?

—Bien, bien. Luis dice que todo está en orden, no te preocupes.

—Temí que no me diera tiempo a llegar.

—No hubiera pasado nada. Te hubiese presentado a tu hija después.

—No, ni hablar. Quiero estar aquí cuando nazca, como cuando llegó Ethan.

Candela sonrió.

—Eres un padre maravilloso, William. —Se puso de puntillas para besarlo en la mejilla—. ¿Estás muy cansado?

—No, no mucho. Más que nada siento el cuerpo anquilosado de tantas horas en el coche.

—Ah, pues perfecto, porque yo tengo que estirar las piernas. Estos días siempre camino un poco antes de la cena. Demos un paseo, ¿te parece bien?

—Por supuesto.

—Vamos, Ethan. —Tendió la mano hacia el niño, que tomó también la de su padre. Intentó balancearse un par de veces entre ambos hasta que William, seguramente por temor a que le hiciese daño a ella, lo alzó y se lo colocó sobre los hombros—. ¿Todo bien por Londres?

—Mejor que bien. Por fin he podido dejar todo tan organizado que no tendré que volver en un año, al menos. Mi nuevo administrador ha resultado ser un gran hallazgo. Será él quien venga cada seis meses a rendir cuentas, si te parece bien.

—Claro que sí. Me encantará conocerlo. —Candela lo miró preocupada—. Pero, no sé... A ti te gusta aquello.

—Pero a ti no.

—¿Qué dices? Sí que me gusta, ¿cómo podría ser de otro modo? Londres es impresionante y toda Inglaterra es bellísima...

La habían recorrido al completo durante el primer viaje tras la boda, a lo largo de casi cinco meses, y Candela no había podido evitar enamorarse de un lugar tan hermoso.

—¿Pero?

—Pero... ¡es todo tan grande! ¡Tan... magnífico! ¡Y hay tanta gente! Me aturde un poco.

—Pensé que ibas a decirme que hace demasiado frío.

—También, también. —Hizo un gesto hacia el cielo, inmenso y azul—. Yo necesito esta luz, William.

—Lo sé. Pero ya sabes que todo tiene fácil solución, porque yo solo os necesito a vosotros.

—Gracias. —Le dio un beso—. Pero iré cuando lo creas conveniente sin problema. Y desde luego quiero que los niños hablen los dos idiomas y estudien allí también. Que tengan el mejor futuro posible. Por eso, creo que igual podríamos pasar medio año en cada país... cuando sean más mayores.

—Por supuesto. —William sonrió. Se le veía aliviado y ella se alegró de haberse decidido a proponerlo—. No te preocupes, todo irá bien. ¿Cómo están Luis y Matilde?

—Muy bien, de verdad, cada día mejor. Es asombroso lo bien que les está yendo juntos. ¡Y con todos esos críos!

Habían convertido Palacio Quintana, ahora llamado Palacio Salazar, en un hogar para niños huérfanos. Siempre que podían, los adoptaban y les iban dando el apellido Salazar. Ya tenían más de veinte, entre niños y niñas. Jamás había visto tan feliz a Matilde, con sus numerosos hijos. Y Luis, que había tardado tanto en sonreír tras la muerte de Lorenzo, era ya otro hombre, siempre volcado en su familia.

—Mañana iré a verlos. —Sonrió—. Ahora que nos conocemos un poco mejor, ¿puedo decirte que te quiero sin que te suene extraño, lady Waldwich?

—Si no me lo dices, nos enfadaremos.

La besó y siguieron caminando. Sus pasos los llevaron hasta la tumba de Bernardo Salazar.

Estaba situada en una zona discreta del jardín trasero, que había sido preparada como pequeño cementerio familiar. No podía ser enterrado en suelo sagrado por seguir excomulgado, pero eso a él no le había preocupado nunca: de hecho, había pedido ser enterrado allí, en ese punto exacto. A pesar de todo, William no tuvo reparos en concederle aquel último deseo.

En aquel lugar, entre los rosales, Bernardo Salazar tenía su lápida y su inscripción, con un AQUÍ NO HUELE A OVEJA, el epitafio que él mismo había dejado escrito y que solo unos pocos podían entender. En vez de una cruz, había un árbol, con lo que parecía ser un ángel entre las ramas, aunque William aseguraba que tenía aspecto de demonio.

Candela se alegraba de tenerlo cerca. Le gustaba poder ir hasta allí y soñar que todo había sido muy distinto. Al menos, en los últimos años lo fue.

—Es curioso —murmuró, poniendo una mano sobre la lápida—. Hubo momentos en los que lo odié intensamente, pero ahora... lo echo mucho de menos.

William asintió.

—Yo también.

—¿Le has perdonado?

—No lo sé. Supongo que sí. Al fin y al cabo, él intercedió para que me perdonases tú. Qué menos que retribuirle el favor. —Sonrió a Ethan y la besó a ella—. Y nunca olvido que debo darle las gracias por todo lo que tengo.

Candela sonrió.

—Te quiero, lord Waldwich. Y estoy deseando vivir contigo esa larga vida que me prometiste.

Él rio.

—Te quiero, Candela Salazar.

Nota de la autora

En cuanto a las referencias históricas, debo agradecer por completo el hecho de que la *Revista de estudios extremeños* tenga sus publicaciones online. Dos de ellas, en concreto, me han sido muy útiles:

«Los orígenes de las actividades corcheras en Extremadura: el corcho extremeño entre catalanes e ingleses», 2013. Todo mi reconocimiento y admiración para sus autores, Francisco Manuel Parejo Moruno, Carlos Manuel Faísca y José Francisco Rangel Preciado. La ayuda que recibí con su excelente trabajo no tiene precio.

«Notas sobre el clima en Extremadura (1463-1550)», 2017. Aunque no correspondía a la época, me resultó muy útil para tener un poco más claras las consecuencias de la sequía en Extremadura. Mil gracias al autor, Julián Clemente Ramos.

Asimismo, fue maravilloso contar con el estudio «Redes para el aprovisionamiento de corcho y la internacionalización: el capital social generado por la empresa familiar Reynolds, 1822-1906», de José F. Rangel Preciado, Amelia Branco y Francisco M. Parejo Moruno, a disposición pública en internet tras ser presentado durante el XII Congreso de la Asociación Española de Historia Económica, Salamanca, 2017.

Gracias a ellos, y a más información que encontré por internet, todo lo relacionado con la familia Reynolds (a excepción de su relación con los Caldecourt o Salazar, por supuesto) son hechos reales que forman parte de la realidad histórica de Extremadura.

La sequía del año 1850 es fruto de mi imaginación. Intenté encontrar referencias sobre el clima en esa fecha concreta, pero, aunque hay estudios estupendos, no conseguí nada tan específico.

Al final, elegí ese año porque fue el momento en que terminó el periodo denominado «Pequeña Edad de Hielo», caracterizado por unas temperaturas muy bajas. A partir de 1850 empezaron a subir, por lo que decidí utilizarlo en mi historia, en una especie de homenaje al buen tiempo, que tanto adoro. Debo reconocer que, aunque nací en otoño, me encanta el calor y renazco en primavera. Lo de la «Pequeña Edad de Hielo» me pone los pelos de punta.

El día 9 de agosto era el cumpleaños de mi padre, que ya no está presente, pero que siempre me acompaña. He escogido esa fecha para Candela con todo mi amor, y me consta que él lo sabe.

La anécdota que cuenta Luis Pelayo sobre su compañero de la universidad, aquel que se fijó en una joven que pasaba y dijo «Esa morena es para mí», está basada en un hecho real que viví cuando estudiaba. Ella era mi amiga, compañera de clase, y él estaba un par de cursos por delante. Pasó por su lado, se fijó en ella y luego supimos que le dijo eso al chico con el que iba.

Y la frase «Créeme: a día de hoy, sigue felizmente casado con ella», dicha también por Luis, se ajusta por completo a la realidad: mis amigos siguen casados más de treinta años después. Por eso, yo sí creo en el flechazo, una de las muchas formas de iniciarse una relación amorosa. Cada cual es muy libre de creer en él o no, por supuesto. No seré yo quien se ponga intolerante al respecto.

En cuanto a los agradecimientos, mi familia, por supuesto,

tiene un lugar de honor, ya que sin todos ellos y ellas no sería nada. Lo mismo digo de mis amigos, esa gente que me he ido encontrando en el largo camino de la vida y que se han ganado un lugar en mi corazón. Gracias a todos por estar ahí y por llenar mi mundo con tanto amor. Os adoro.

Y, como siempre, a mis editoras, Lola Gude y Arantzu Sumalla, por haber hecho posible que realizase todos mis sueños. Sois grandes profesionales y mejores personas, que lo sepáis. Os estoy muy agradecida por todo, a veces no me creo que haya tenido la suerte de haberos conocido. ¡Y de que os interesen mis historias!

Y a ti, lector o lectora, gracias, mil gracias, por haberme dedicado tu tiempo y por haberme acompañado en este largo viaje por tierras extremeñas. Sin ti, escribir tendría tanto sentido como lanzar un beso al viento: puede hacerse, pero no habrá nadie para compartir el sentimiento y se perderá en la ráfaga. No puedes ni imaginarte la alegría que me da pensar que estás ahí. Te deseo que disfrutes, en una larga vida, de muchos grados de pasión.